MIREILLE CALMEL

Die Nächte der Königin

Buch

Frankreich im Jahre 1137: Mathilde, die Herzogin von Anjou, ist rechtmäßige Erbin der englischen Krone. Um ihren Machtanspruch zu sichern, strebt sie ein Bündnis mit dem Herzogtum von Aquitanien an. Und das um jeden Preis: Heimlich arrangiert sie die spätere Vermählung ihres vierjährigen Sohnes mit der fünfzehnjährigen Eleonore von Aquitanien. Bis zur Eheschließung in zehn Jahren, so besiegeln die Eltern der beiden, soll die schöne Eleonore in einem Konvent erzogen werden. Das abgeschiedene Leben hinter Klostermauern erträgt Eleonore nur durch ihre Freundschaft zu Loanna von Grimwald, die ihr als Vertraute zur Seite gestellt wird. Doch Loanna hat ein Geheimnis: Als direkte Nachfahrin des großen Zauberers Merlin verfügt sie über magische Fähigkeiten, die der englische Hof zu seinen Zwecken zu nutzen weiß.

Dennoch kann sie nicht verhindern, dass das Schicksal ihrer eigenwilligen Freundin eine unvorhersehbare Wendung nimmt. Eleonore von Aquitanien wird die Gemahlin Ludwigs VII. – und damit Königin von Frankreich. Loanna begleitet sie in den Palast des Louvre, denn ihre geheime Mission ist noch nicht erfüllt…

Autorin

Mireille Calmel, geboren 1964 in Südfrankreich, begann mit acht Jahren während eines mehrmonatigen Krankenhausaufenthalts, Geschichten zu schreiben, um die lebensbedrohliche Krankheit zu besiegen. Sie veröffentlichte Gedichte, Erzählungen, Chansontexte und Theaterstücke, führt Regie und tritt als Sängerin auf. Mireille Calmel lebt mit ihrem Lebenspartner und ihren beiden Söhnen in Aquitanien. »Die Nächte der Königin«, ihr Romandebüt, machte sie über Nacht berühmt. Es wurde in sieben Sprachen übersetzt, erreichte kurz nach Erscheinen bereits weltweit eine Millionenauflage und stand nicht nur in Frankreich viele Wochen lang auf den Spitzenplätzen der Bestsellerlisten.

MIRELLE CALMEL

Die Nächte der Königin

Roman

Aus dem Französischen
von Kristiana Ruhl

BLANVALET

Die französische Originalausgabe erschien 2001
unter dem Titel »Le lit d'Aliénor« bei XO Editions, Paris.

Umwelthinweis:
Alle bedruckten Materialien dieses Taschenbuches
sind chlorfrei und umweltschonend.

Blanvalet Taschenbücher erscheinen im Goldmann Verlag,
einem Unternehmen der Verlagsgruppe Random House GmbH.

Taschenbuchausgabe Januar 2003

Umschlaggestaltung: Design Team München
Umschlagmotiv: Tizian
Satz: Uhl + Massopust, Aalen
Druck und Bindung: GGP Media, Pößneck
Verlagsnummer: 35758
LW · Herstellung: Heidrun Nawrot
Made in Germany
ISBN 3-442-35758-6
www.blanvalet-verlag.de

1 3 5 7 9 10 8 6 4 2

Allen
Die mich einst geliebt haben
Die mich heute lieben
Die mich eines Tages lieben werden
Sie sind das Ungesagte zwischen den Zeilen
und Worten
Mein Schweigen und mein Lachen
Mein Blick von heute und mein Licht von morgen.

Erster Teil

1

Ich mochte mich nicht. Und in dieser Nacht des 16. Mai 1133 mochte ich mich noch weniger als sonst, denn ich kam mir schrecklich unnütz vor.

Ich versuchte, mir das Warten schönzureden. Dennoch lauerte ich auf Schritte draußen im Gang, auf das Knarren der losen Holzdielen, auf Stimmen, die durch die verschlossene Türe drangen oder durch den Kamin aufstiegen und in der kalten Feuerstelle murmelten.

Allein saß ich in meiner Kammer und wartete mit einem Gefühl zunehmender Beklemmung auf den großen Augenblick, in dem die Glocken der nahen Kathedrale von Angers erklingen und die Steinmauern zum Erbeben bringen würden.

Mathilde, Herzogin der Normandie, Gräfin von Anjou, Maine und Touraine, Enkelin von Wilhelm dem Eroberer und legitime Erbin der englischen Krone, lag im Krankenraum am Fuße der langen Holztreppe und war im Begriff zu gebären. Ich hatte am ganzen Körper angefangen zu zittern, als ich spürte, dass das Kind bald kommen würde, und da hatte Mutter mich hinausgeschickt, damit ich nicht im Weg herumstand. Mutter… Sie war alles in diesem Hause: Hebamme, Beraterin, Astrologin, Leibärztin, Verwalterin und Hexe. Ich dagegen war nichts. Nur ein zartes Mädchen von zwölf Jahren, auf Beinen, die Grenzpflöcken glichen und die ich genauso wenig mochte wie den Rest meines Körpers. Meine rotblonden Haare zum Beispiel, meine viel zu großen Augen und dieses lange Gesicht, das mit Sommersprossen übersät war. Ich fand mich schrecklich hässlich. Hässlich und nutzlos.

Mutter hatte mich in die umliegenden Wälder geschickt, weil sie angeblich Heilkräuter brauchte. Mit vor Stolz über meine Ausbeute geschwellter Brust war ich zurückgekehrt und hatte an die Tür des Krankenraums geklopft, aus dem die Schreie von Mathilde drangen. Aber Mutter hatte mir nur über den Kopf gestrichen und meine rebellischen Locken zerzaust, die zu langen Zöpfen geflochten waren. »Später, Canillette, später. Die Gräfin ist geschwächt, das Kind wird mit dem Vollmond kommen. Es wird groß und kräftig sein, aber es ist eine schwere Geburt. Jeder leistet seinen Beitrag und dein neugieriges Gesichtchen würde nur stören. Geh jetzt.«

»Aber sieh doch, Mutter«, sagte ich, ihr meinen Korb entgegenhaltend.

»Später, später.«

Bevor sich die Tür wieder vor mir schloss, konnte ich einen kurzen Blick auf Mathilde erhaschen. Die Haare klebten ihr an der schweißnassen, bleichen Stirn und ihr Gesicht war vor Anstrengung und Schmerz verzerrt. Sie krallte sich an den Tisch, der vor ihr stand. Umgeben von drei Hebammen, saß sie mit gespreizten Beinen da; der Saum ihres weißen Hemdes war blutgetränkt.

Der Anblick ließ mich vor Entsetzen schaudern und ich floh in meine Kammer. Meine Patin, die starke Gräfin Mathilde, sonst immer stolz und würdevoll, war in dieser Stunde nur noch ein Schatten ihrer selbst. Sie erschien mir wie ein schreckliches Monster, das von irgendeinem Dämon besessen war.

Vielleicht, so überlegte ich, sollte ich beten. Inbrünstig zu Gott beten, damit der Dämon aus ihr fuhr. Unsinn! Dummes Geschwätz! Gott hatte sicher Besseres zu tun! Und was verstand er schon von meiner kindlichen Pein? Nein, da war es vernünftiger, mich an die Muttergottes zu wenden.

Ich hob die Augen zu dem mit Ölpapier bezogenen Fensterkreuz, das ich geöffnet hatte, um zum Abendhimmel hinaufzusehen. Gewitterwolken zogen vorbei, durch die immer wieder der Mond lugte, rund und voll wie Mathildes Bauch, rund wie der Tisch, von dem aus König Arthur über England herrschte, rund wie die Augen des Zauberers Merlin, dessen Nachfahrin ich war … Rund wie mein Korb.

Unvermittelt schwand meine Angst.

»Danke, Mutter!«, flüsterte ich zum Mond hinauf, dessen lächelndes Gesicht mein Leben erleuchtete.

Ich gehörte dem Geschlecht der Hohepriesterinnen, Druiden und Feen von Avalon an. Die Kirche konnte sich noch so viel Mühe mit mir geben, ihr trauriger und scheinheiliger Gott würde es niemals schaffen, meinen Glauben und die alten Riten zu zerstören. Dafür liebte ich das Leben viel zu sehr. Außerdem hatte ich bereits viel zu viel von dem Wissen in mich aufgenommen, das uns die Priester immer austreiben wollten.

Ich wühlte fieberhaft in einer Erlenholzkommode und zog einen kleinen Mörser aus Kirschbaumholz hervor. Dann warf ich die Heilkräuter, die Mutter verschmäht hatte, in das Gefäß.

»Wenn Mutter nichts davon will, werde ich, Loanna von Grimwald, ihnen die Kraft der drei Lebenszyklen von Wasser, Feuer und Erde verleihen, damit die universelle Kraft ihre beruhigende und heilende Wirkung entfalten möge.«

Ganz verzaubert von dieser Beschwörung nahm ich den Stößel und zerrieb alles, bis ich eine haselnussbraune Paste erhielt, die nach Unterholz duftete.

Das Wichtigste aber fehlte noch. Den Mörser über dem Kopf balancierend, trat ich langsam zum Fenster.

Jenseits der Burgmauern schlief die Landschaft des Anjou und in den Häusern rund um die Einfriedung erhellten Kerzen den Abenddunst mit ihren kleinen Lichtpunkten. Das Muhen der Kühe vermischte sich mit dem ungeduldigen Scharren der Pferde und dem Grunzen der Schweine im Hof. Im Taubenschlag lösten die schrillen Schreie der Falken Flügelschlagen und angstvolles Gurren aus.

»Dies ist keine Nacht wie jede andere«, stellte ich fest. Auch die Tiere spürten es. Bald war es so weit. Bald würde ich der Gräfin die Salbe bringen und das Kind liebkosen. Sobald der runde Mond mich mit seinem Strahl berührte.

Heiter lächelnd kniete ich mich ans Fenster, das Gesicht in die Handflächen vergraben, direkt über dem kleinen Holzmörser.

Ein Schrei erschütterte den Krankenraum. Mit einer scharfen Schere durchtrennte Ginevra die Nabelschnur. Dann nahm sie das Neugeborene an den Füßen, hob es hoch und klopfte ihm fest auf das Hinterteil, bis lautes Säuglingskrähen erklang.

»Es ist ein Junge! Man schicke nach Gottfried dem Schönen!«

Einige Augenblicke später bewegten sich endlich die mit Nägeln angeschlagenen Türangeln und das vertraute Quietschen ertönte, auf das ich seit Stunden verzweifelt wartete.

»Komm«, sagte Ginevra.

Behutsam nahm ich den Mörser und folgte meiner Mutter in würdevollem Schweigen durch die schwere Eichentür.

Undurchdringlicher weißer Rauch erfüllte den winzigen Raum ein paar Tage später, doch das kümmerte mich nicht. In der kleinen Kammer hinter meinem Zimmer erprobte ich meine Zaubereien. Anders als viele Herrscher jener Zeit lehnte Gottfried der Schöne, Graf von Anjou und Maine, die Verwendung von Trennvorhängen zwischen den Zimmern ab. Der Bergfried war stattdessen durch massive Wände aus Bruchsteinen unterteilt, die von Asche und Sand zusammengehalten wurden. Neben der großen Halle zu ebener Erde, wo die Gelage stattfanden, gab es im oberen Geschoss für alle Bewohner der Burg Kammern, die zwar eng und klein waren, aber jedem eine eigene Zuflucht boten. Als Mathilde nach dem Tod ihres ersten Gatten wieder geheiratet hatte, hatte sie sich diese Bequemlichkeit auserbeten. Das Leben in der Burg von Angers war dadurch behaglicher geworden, was auch mir sehr gefiel.

Der Rauch biss mir in der Nase. Ich räusperte mich und musste einige Male husten. Doch ich war fest entschlossen, mein Vorhaben zu Ende zu führen, und so warf ich die übel riechende und Brechreiz erregende Masse, die ich mit den Händen geknetet hatte, in den Kamin. Die Flamme erlosch und entließ eine beißende Rauchwolke in die Luft. Ich fühlte, wie mein Körper erschlaffte und gleichzeitig von einer Empfindung zur nächsten taumelte. Ein Schraubstock schien meine Schläfen zusammenzupressen, während aus den Tiefen meiner Eingeweide ein sonderbarer Schmerz aufstieg. Ich fiel auf die Knie, ohne den Blick von der Feuerstelle zu wenden.

Plötzlich verdichteten sich die Rauchspiralen, unbestimmte Konturen entstanden, die sich ineinander verwirkten und schließlich klare Bilder formten. Alles tanzte um mich herum in einem Ballett aus Licht und Schatten, das ich, durchdrungen von Visionen aus einer anderen Zeit, mit den Augen verfolgte, ohne es wirklich zu sehen. Die Wände schwankten und schienen wie von Krämpfen geschüttelt. Oder war ich das vielleicht? Die Augen geweitet von der seltsamen Macht meiner Seele, sog ich den Duft eines geheimnisvollen Wissens ein, der mich benommen machte.

Ich weiß nicht, wie lange ich in diesem Zustand der Trance verharrte, umwogt von Rauch und bizarren Träumen. Dann, mit einem Schlag, verzog sich der Dunst, von einem Luftzug im Zimmer hinweggefegt. Die Tür hatte sich geöffnet und von fern drang eine Stimme an mein Trommelfell, wo sie sich langsam verstärkte.

Ich kam wieder zu Bewusstsein.

»Loanna! Bei der Macht der drei Kreise! Wie oft soll ich dir noch sagen, dass du zu jung für solche Experimente bist?«

Ich ergriff Mutters Hand, die sie mir hingestreckt hatte. Sie schien erzürnt zu sein. Ich wollte sie mit einem Lächeln beruhigen, doch ich hatte keine Kraft dafür, als hätten mich die Offenbarungen völlig erschöpft. Sie half mir beim Aufstehen. Erst nachdem ich meine schmerzenden Glieder ausgestreckt hatte, konnte ich ihr wieder ins Gesicht sehen. Ich wollte ihr keinen Kummer bereiten. Stolz hob ich das Kinn und erwiderte den Blick der moosfarbenen Augen, aus denen stumme Wut sprach.

Mutter war eine kleine Frau, rund und pausbäckig, und hatte einen dicken Zopf, der einem Strang roter Wolle glich. Aufgerichtet in meinem ganzen kindlichen Selbstbewusstsein, war ich fast so groß wie sie.

»Du bist genauso dickköpfig, wie ich es in deinem Alter war, Canillette.«

Einen kurzen Augenblick lang hatten sich ihre Augen angesichts meiner wilden Entschlossenheit mit Nachsicht gefüllt.

»Es kann gefährlich sein für jemanden, der nicht dafür bereit ist, Loanna. Du musst dir die Reinheit deines Geistes bewahren. Wenn dir die Kräfte entgleiten, die du als Lehrling beschwörst, könntest du deine Hellsichtigkeit verlieren. Das darfst du nie vergessen, Canillette. Es ist dein höchstes Gut.«

»Ja, Mutter. Aber seid mir nicht böse, ich musste es einfach wissen! Heinrich ist so süß, so winzig.«

Ihre runden Arme umfingen mich voller Zärtlichkeit und sie drückte mich an ihre ausladende Brust. Mit einem resignierten Seufzer sagte sie: »Heinrich ist erst ein paar Tage alt und du willst schon alles über sein Leben wissen. Hältst du das für vernünftig? Deine Haut ist wächsern und deine Augen sind geschwollen. In dieser Verfassung wirst du ihm nichts nützen.«

Sie führte mich zum Fenster und forderte mich auf, die belebende Luft tief in meine Lunge zu saugen. Nach und nach kehrte das Leben in mich zurück, und ich fühlte mich ein wenig gestärkt.

Als ich die Kontrolle über meine Sinne wieder gefunden hatte, überkam mich eine tiefe, unüberwindbare Traurigkeit, und es drängte mich, Ginevra davon zu erzählen. »Mir sind sonderbare Dinge erschienen und Orte, die ich nicht kannte. Von einem dieser Orte ist mir nur noch ein langer Meeresarm in Erinnerung, der das Land zweiteilte. Von einem anderen habe ich einen sehnsuchtsvollen Blick behalten, der unendlich rein und zärtlich war. Was für ein eigenartiges Gefühl, Mutter! Ich glaube, ich werde diese Augen mein Leben lang nicht vergessen. Es war, als ob sie mir Leib und Herz durchbohrten. Glaubt Ihr, man kann die Seele derer, die man ansieht, in Bann schlagen, auch wenn es die Kirche verbietet?«

Mutter ließ ihr fröhliches, klingendes Lachen hören. »Natürlich nicht, Canillette! Weder Gott noch die Kirche haben Macht über diese Dinge. Du hast Bilder gesehen, die aus einer fernen Zukunft stammen. Im Augenblick darfst du ihnen keine Bedeutung beimessen. Wir können den Lauf der Dinge nur durch die Kräfte und den Weg der Erde verändern und nicht, indem wir in einer Vision einen Bruchteil der Geschichte sehen. Hab Geduld, meine Kleine. All das, was du gesehen hast, wird recht bald eintreffen, das verspreche ich dir. Dann wirst du England dienen so wie ich heute... Doch geh jetzt! Bernaude braucht deine Hilfe beim Falkner. Zur

Stunde sind dein Wissen und deine Vorliebe für Raubvögel auf der Burg von größerem Nutzen.«

»Sind die jungen Falken angekommen?«

»Ja, sie wurden gestern zur Vesper von einem der Vasallen des Grafen gebracht, doch einer verweigert jegliche Nahrung. Du wirst ihn wieder aufpäppeln, da bin ich mir ganz sicher.«

»Ich laufe, Mutter!«

Glücklich fiel ich ihr um den Hals. Ich liebte sie, traute mich aber nicht, ihr das offen zu sagen. In ihren warmen Augen lag ein Blick voller Zärtlichkeit. Wie der Wind eilte ich die Steintreppen hinunter.

Das Gewitter war ganz plötzlich gekommen, mitten in der Nacht und mit voller Wucht. Im Morgengrauen waren nur noch Trogwolken zu sehen, die den Boden zu berühren schienen.

Ich hatte mir einen Mantel aus dicker Wolle über mein seidenes Nachthemd geworfen und mich, barfuß durch das zarte Gras stapfend, in den Garten unter meinem Fenster geschlichen. Solange alles schlief, herrschte eine sonderbare Atmosphäre an diesem Ort. Er war erfüllt von den Klängen der Nacht und den kaum wahrnehmbaren Geräuschen des erwachenden Tages. Dies war ein ganz besonderer Moment, zum Träumen wunderbar geeignet. Auf der Burg begann der Tag mit dem Hahnenschrei. Dann gingen die Köche ans Werk und die Gerüche von Land und Erde vermischten sich mit dem Duft von gebratenem Hühnchen, Weißbrot und karamellisiertem Zucker. Auf dem Hühnerhof verlangte das Federvieh gackernd nach seiner Tagesration Gersten- und Weizenkörnern.

Seit letzter Woche kam zum üblichen lärmenden Durcheinander noch das Klappern von den Milchtöpfen und Blechnäpfen der Handwerker hinzu. Eine fröhliche Truppe von Zimmerern und Dachdeckern renovierte die Werkstatt von Bernier, dem Hufschmied, der sie mit dröhnender Stimme antrieb. Der Hagelsturm, der in der Nacht vor Heinrichs Geburt über die Burg hinweggefegt war, hatte die Strohdächer abgedeckt. Die Arbeit eilte, denn nichts sollte das Auge beleidigen und vielleicht das Missfallen des Burgherrn und seiner Gäste erregen. Das Haus von Gottfried dem Schönen war in Festtagsstimmung.

Ich setzte mich im Schneidersitz auf den Boden und wartete auf die Dämmerung. Von diesem Ort aus konnte ich sehen, wie die kleine Stadt unterhalb des Bergfrieds erwachte. Bald würde sich ein Firnis aus Karminrot und Orange über Gersten- und Weizenäcker und die brachliegenden, von Klatschmohn überzogenen Felder legen, die hinter dem Turnierplatz begannen. Am meisten liebte ich diesen Ort, weil mich hier niemand sehen konnte, wenn ich im Schutz der kleinen Mauer des Gemüsegartens hockte.

Die Menschen konnten mich gut leiden, doch ich suchte die Gesellschaft von Gleichaltrigen selten. Ich war anders als sie und das gefiel mir. Die Einzige, mit der ich hin und wieder etwas unternahm, war Bernaude, die Tochter des Lautenspielers. Sie war so alt wie ich und hatte ein nichts sagendes, wenn auch nicht hässliches Gesicht. Manche mieden sie, weil sie eine furchtbare Narbe am linken Arm hatte, die von den Krallen eines schlecht dressierten Falken stammte. Trotz dieses Unfalls kümmerte sie sich weiterhin um die Raubvögel und verstand sich mit ihnen beinahe so gut wie ich. Doch hier endeten unsere Gemeinsamkeiten auch schon.

Dann war da noch Bruder Briscaut, mein Hauslehrer. Er war ein ziemlich einfältiger Mönch, der sich immer mit überschwänglichen, großen Gesten darüber freute, mit welcher für ihn unfassbaren Leichtigkeit ich Wissen aufnahm. Das Gute an ihm war, dass er mich weitgehend gewähren ließ und lieber vor sich hin döste, als seine »ausgezeichnete Schülerin« zu überwachen, wie er mich gerne Mathilde gegenüber nannte. Im Grunde genommen hatte ich Spaß mit ihm. Er war wohlbeleibt wie ein Kürbis und durch eine absonderliche Laune der Natur ähnelte auch seine Haut dieser Frucht. Aber er besaß ein großes und edles Herz, selbst wenn er jenen Gott anbetete, der mich ratlos machte. Zwar war ich gläubig und getauft, katholischen Eifer aber vermochte ich in mir nicht zu entdecken.

Ich erinnere mich gut an den Tag vor meinem sechsten Geburtstag. Dass ich keinerlei Angst vor der Strafe Gottes verspürte, machte mir damals schreckliche Sorgen und so vertraute ich mich zerknirscht meiner Mutter an. Sie brach in ihr typisches, fröhliches Lachen aus, das an eine Frühlingsbrise erinnerte.

»Da haben wir aber einen großen Kummer, kleine Canillette! Du darfst dich nicht wegen solcher Nichtigkeiten grämen. Solltest du vergessen haben, dass dein Geschlecht viel mehr über Magie weiß als der gute Jesus Christus? Wenn der Augenblick gekommen ist, werde ich dich in einer Macht unterweisen, die viel stärker ist als die der Katholiken. Dann wirst du lernen, Herz und Seele zu verschmelzen. Im Moment glaube, was du für wahr hältst, aber zeige es nicht offen. Du wirst dein ganzes Leben lang mit diesem allmächtigen Gott der Kirche leben und ihm den größten Respekt entgegenbringen müssen. Hör auf dein Herz, es weiß, was richtig ist, und wird dich leiten ...«

Im Laufe der Jahre entdeckte ich die Kraft meiner Herkunft, indem ich mit Mutter zusammen die Sterne und die Geheimnisse der Pflanzen und der Elemente studierte. Schließlich machte ich mir keine Sorgen mehr über dieses intuitive Wissen in mir und hörte auf, mich mit Bruder Briscaut anzulegen, wenn er mir voller Eifer die Bücher Mose erläuterte.

Eingelullt von der Schläfrigkeit, die mich nun überkam, ließ ich meine Gedanken um die Ereignisse der noch nahen Nacht kreisen. Seit einer Woche waren auf der Burg Feierlichkeiten im Gange. Alle Vasallen von Gottfried dem Schönen waren gekommen, um dem kleinen Heinrich ihre Aufwartung zu machen. Mathilde, die für die Ausrichtung der Festlichkeiten zuständig war, hatte Jongleure, Trouvères – die Minnesänger Nordfrankreichs – und Komiker aller Sorten eingeladen, um der Burg ein wenig höfischen Glanz zu verleihen. Gottfried liebte es, Vasallen und Adelige bei sich zu empfangen; Letztere hatte er im Bergfried und einigen Nebengebäuden untergebracht, je nach Laune und Gunst. Alle kannten seine unvermittelten und heftigen Wutausbrüche und in der Jubelstimmung fand sich jeder auf seine Weise damit ab.

Gottfried der Schöne war ein Mann von Format, groß, stark, kräftig, mit wachem und schnellem Verstand, gewandt und mit allen Wassern gewaschen, aber voller Großmut. Der König von England hatte diesen Mann aus dem Anjou als Vater seines Nachfolgers auserkoren, als seine Tochter Mathilde Witwe wurde. Kränklich und geschwächt, versuchte der König mit aller ihm verbliebenen Kraft, England zu einen, das sich in einem Krieg um seine Erbfolge entzweit hatte. 1127 zwang er den Adel, Mathilde als Thronfolgerin anzuerkennen. Sein ehrgeiziger Neffe Stephan von Blois allerdings wartete kaum seinen Tod ab, um ihr dieses Erbe streitig zu machen. Mathilde war auf der Hut. Sie wusste, dass sie eine starke Armee brauchte, um Stephans Streitmacht trotzen zu können, der in seinen Forderungen von Ludwig dem Dicken, dem König von Frankreich, unterstützt wurde. England brauchte einen König – einen König, wie Arthur es gewesen war.

Seit Anbeginn der Zeit hatte Großbritannien unter dem Schutz des Wissens der Druiden gestanden, die über seine Einheit wachten. Für meine Mutter, Ginevra von Grimwald, eine direkte Nachfahrin von Merlin dem Zauberer, war der Sohn, dem Mathilde das Leben geschenkt hatte, der künftige Monarch, der das zweite Jahrtausend prägen sollte.

Die Parade der Gäste, die tagtäglich an Heinrichs Wiege vorbeidefilierte, wurde nicht müde, die Ähnlichkeit zwischen Vater und Sohn zu betonen: der gleiche leuchtende Haarschopf und die stämmige Fülle, die starke und gesunde Männer auszeichnet. Heinrich gefiel mir.

Im großen Saal des Bergfrieds, wo jeden Tag neue Iris- und Ginsterblüten ausgestreut wurden, fand für diese Schar von Dauergästen das große Festmahl statt. Ich hatte mir den besten Platz ausgesucht. Zusammen mit Pagen und Dienerinnen schnitt ich Brot, mit Bernaude servierte ich Speck- und Erbsensuppe, trug Hühnchen, Pasteten, Kapaune, Wildbret, Saucen, Süßspeisen und Kuchen auf und betätigte mich sogar als Mundschenk, wenn ich mir davon einen Vorteil versprach. Auf diese Weise konnte ich alles beobachten, ohne aufzufallen. Geschickt und scheinbar gleichgültig fügte ich mich in die Dienerschaft ein. Mit gesenktem Kopf stellte ich mich dorthin, wo ein interessantes Gespräch stattzufinden schien. Sobald meine Neugierde bemerkt wurde, eilte ich von dannen.

Dieses Spiel beherrschte ich meisterhaft, und es sollte sich für mich bezahlt machen.

Am Vorabend hatte sich Mutter bereits vor Ende des Banketts zurückgezogen, kurz darauf war auch Mathilde wegen angeblicher Müdigkeit verschwunden. Mein Instinkt sagte mir, dass sich im oberen Stockwerk wichtige Dinge abspielten.

Nachdem ich den langen Korridor erreicht hatte, der in die verschiedenen Flügel des Gebäudes führte, schlüpfte ich eilends in einen kleinen Gang hinter einem Wandteppich. Ich hielt mich rechts und kletterte in einen Verbindungsgang, der zur Belüftung der innen liegenden Räume diente. Mutters Stimme bestärkte mich in meiner Vermutung – sie befand sich tatsächlich in Mathildes geheimer Kammer. Was dort gesprochen oder beschlossen wurde, durfte nicht nach draußen dringen.

Es ging um Stephan von Blois. Ein Schauer des Abscheus überlief mich, wie immer, wenn von ihm die Rede war oder ich ihm begegnete. Ich hasste diesen Mann aus tiefster Seele.

Mutters Stimme klang bestimmt und entschlossen und vermittelte den Eindruck großer Wichtigkeit. »Eine Allianz mit Aquitanien könnte die Pläne dieses Hitzkopfes ein für alle Mal durchkreuzen! Zumal die Fehltritte, die ihm ständig unterlaufen, seiner Sache bei den Baronen ohnehin abträglich sind. Es braucht nicht viel, um dieses vorwitzige Bürschchen auf seinen Platz zu verweisen. Wenn sich die Krone von Frankreich weiterhin vornehm neutral verhält, werden wir ihm für seine Ungeschicklichkeiten bald eine Abreibung verpassen können. Aber ich fürchte das Schlimmste, Mathilde. Ludwig der Dicke ist viel zu ehrgeizig und Stephan ist ihm ein treuer Verbündeter. Stille Wasser sind oft tief. Aber es braucht schon einen Fluss, um die Schande des Treubruchs gegen den Lehnsherrn wegzuwaschen.«

»Es stimmt schon, dass Eleonore ihrem Großvater ähnelt«, erwiderte meine Patin mit einem Seufzer, der sowohl Zufriedenheit als auch Bedauern ausdrücken konnte. »Wilhelm der Troubadour … Ach, Ginevra! Haben wir je einen unbeugsameren und eigensinnigeren Menschen gekannt? Seine Enkelin hat den aufrechten und stolzen Blick derer, die sich ohne Scheu lautstark zu

Wort zu melden. Immerhin hat sie auf Grund ihrer Erziehung nicht die freimütige Sprache ihres Großvaters ... Sie wäre zweifellos eine starke und verantwortungsbewusste Ehefrau.«

»Wie Ihr es seid.«

»Sicher. England darf kein Land der Memmen werden. Aber Heinrich ist doch gerade erst geboren worden! Ist es nicht Wahnsinn, jetzt schon über seine Zukunft zu entscheiden?«

»Eleonore ist in der Tat bereits ein junges Mädchen im Alter meiner Canillette, aber Ihr wisst aus Erfahrung, dass es oft klug ist, wenn die Frau älter ist als ihr Gatte. Stellt euch vor: die Reichtümer des Herzogtums Aquitanien zusammen mit denen des Anjou im Mitgiftkorb des künftigen Königs von England. Er wäre so mächtig, dass er allen trotzen könnte, den König von Frankreich eingeschlossen.«

»Wohlan denn ... Ich weiß Eure Ratschläge zu schätzen. Warten wir, bis der kleine Heinrich ein wenig größer geworden ist und die bösen Launen der Säuglinge abgelegt hat. Sobald er sich in Wesen und Konstitution als viel versprechend erweist, werden wir in dieser Richtung tätig.«

Dann waren die Stimmen schwächer geworden, und ich hatte den Rückzug ins Erdgeschoss angetreten.

Während ich mich diesen noch frischen Erinnerungen hingab, erhob sich eine leichte Brise. Vor mir schob sich die Sonne über den Horizont und erleuchtete das dunkle Blau des Himmels mit einem Schimmer aus Rosa und Grau. Ich fröstelte in meinem Mantel. Die Feuchtigkeit der Erde, die vom Sturm durchtränkt worden war, drang unaufhaltsam durch den Stoff bis auf die Haut meiner Schenkel. Aquitanien! Es galt als schön, sonnig, strahlend, von Musik, Wein und Künsten verwöhnt. Ich liebte all diese schönen Dinge, das, was dort unten »floss«, wie man sagte. Wie ein Fluss, der sich einen Weg durch das Land bahnte, um es mit seinem kostbaren Nass reich und fruchtbar zu machen. Es war also Aquitanien gewesen, jener Ort, dessen Bedeutung ich in meinem Traum vorausgeahnt hatte! Jetzt war ich mir ganz sicher: Dieses Land würde mir gefallen.

2

Komm schon, meine Süße, zier dich nicht so.
»Aber Messire, wenn jemand hereinkommt…«

Statt einer Antwort hob der junge Graf von Poitiers das Zimmermädchen auf den Tisch, küsste es begierig auf den entblößten Hals und ließ ungeduldig eine Hand unter ihre Röcke gleiten. Sie wand sich der Form halber ein wenig und blickte dabei vorsorglich zur Tür, wie sie es immer tat. Der Graf war so unberechenbar!

Die Silhouette, die sich nun im Türrahmen abzeichnete, entlockte ihr einen kleinen Schrei, den der junge Graf seinen zunehmend gezielteren Zärtlichkeiten zuschrieb. Nachdem sein Vorstoß keine Gegenwehr mehr fand, wagte er sich immer weiter vor. Ein wütender Ausruf in seinem Rücken ließ ihn schließlich innehalten.

»Raymond! Du Ehrloser!«

Sein Gesicht verhärtete sich. Ohne sich nach der Stimme umzudrehen, ließ er von seinem Vorhaben ab. Mit hochrotem Kopf schloss das Mädchen sein Mieder und verschwand durch eine zweite Tür. Vor Wut schäumend trat die junge Herzogin Eleonore von Aquitanien in den Raum und schleuderte ihre Reitgerte auf den Boden.

»Schönen Ausritt gehabt, Eleonore?«, fragte ihr Onkel gleichgültig, ohne sie anzusehen.

Er nahm einen Weinkrug, den er beiseite geschoben hatte, um Platz für Isabeaus fleischige Hinterbacken zu schaffen, und goss sich einen Becher ein.

»Wie kannst du es wagen? Hier, bei mir! Mit dieser unwürdigen Person! Sieh mich an!«

Mit einem belustigten Lächeln auf den Lippen wandte er sich langsam um. Mit ihren stolzen zwölf Jahren war seine Nichte bereits krankhaft eifersüchtig. Die Wut machte sie noch schöner, indem sie ihren grünen Augen ein metallisches Glitzern verlieh. Sie kam gerade von einem Ausritt zurück und war offenbar in gestrecktem Galopp dahingefegt, denn aus ihrer Frisur hatten sich ein paar Haarsträhnen gelöst, die nun wie goldene Flammen um ihr Gesicht züngelten.

»Ich habe nichts Schlimmes getan, Eleonore. Ich versichere dir, dass dieses junge Ding willig war.«

Sie hob die Gerte auf und ging drohend auf ihn zu, um ihm ins Gesicht zu schlagen. Zwischen ihren Porzellanzähnen stieß sie wüste Beschimpfungen aus: »Du erbärmlicher kleiner …«

Amüsiert wehrte er den Angriff mit einer Hand ab.

»Bitte nicht damit, liebe Nichte, ich bin doch nicht dein Zelter!«

»Du hast mich betrogen«, wütete sie und versuchte, sich aus seiner Umklammerung zu befreien.

Er drückte ihre Hand zusammen, bis sie die Peitsche losließ, dann drehte er ihr den Arm auf den Rücken und zog sie an seine breite Brust. Sie stieß einen Schmerzensschrei aus, wandte aber dennoch widerspenstig den Kopf zur Seite.

»Genug jetzt, Eleonore!«

Als Antwort spuckte sie ihm ins Gesicht und setzte sich noch heftiger zur Wehr. Er verstärkte seinen Griff, wohl wissend, dass er ihr wehtat. Wäre sie nicht seine Nichte gewesen, hätte er sie seinem unbefriedigten Verlangen unterworfen, damit sie ihre Unbotmäßigkeit bereute. Einen Augenblick lang tobte es so wild in ihm, dass ihm der Wahnsinn in den Augen glomm. Instinktiv warf Eleonore den Kopf zurück und bot ihm ihre Lippen dar. Grob und hastig stieß er sie zurück, als hätte ihn die Stimme der Vernunft tief in seinem Innern verbrannt. Er durfte sie nicht mehr ansehen, musste die Wallungen seines Blutes dämpfen. Geschmeidig schwang er sich auf den Tisch, nahm einen Zweig Weintrauben aus einer Schale und schlug gierig die Zähne hinein. Eleonore lief ein Schauer über den Rücken.

Während sie zusah, wie er die Trauben verschlang, ließ der

Schmerz in ihren Händen die Wut wieder aufflammen. Sie baute sich vor ihm auf.

»Du machst dich über mein Leid lustig! Du liebst mich nicht!«

»Doch, doch, ich liebe dich«, erwiderte Raymond in einem betont lässigen Tonfall, der sie nur noch wütender machte. Sie stampfte mit den Füßen auf.

»Aber nicht so, wie ich es will!«

»Du weißt doch gar nicht, was du willst«, entgegnete er. Seine Stimme klang wieder gefasster und sein Blut beruhigte sich langsam. »Du bist ein Kind, Eleonore«, fügte er schulterzuckend hinzu.

»Das stimmt nicht! Schau!«

Mit einer schnellen Handbewegung löste sie die Bänder, die ihre Korsage zusammenhielten, und entblößte eine kleine weiße, runde Brust. Überrascht stieß Raymond ein Murren aus und wandte den Kopf ab. Dieses kleine Luder war offenbar zu allem bereit, um ihn zum Äußersten zu treiben.

»Bring deine Kleidung in Ordnung! Du bist keine Dienerin!«

»Ich bin genauso hübsch wie Isabeau. Berühr mich«, sagte sie erschreckend sinnlich in verführerischem Ton.

Sie streifte seine Schulter mit ihrer nackten Brust und ergötzte sich daran, wie er erschauderte.

Nur nicht nachgeben, beschwor ihn sein verwirrter Verstand. *Nur nicht nachgeben.*

Der Zorn gewann die Oberhand. Raymond nahm seine Nichte zwischen den Schenkeln in die Zange und machte sich daran, ihr Mieder zu schließen. »Siehst du, deine Verführungskünste bleiben wirkungslos. Du musst schon noch ein bisschen wachsen, um mir zu gefallen.«

Unerschütterlich, zumindest dem Anschein nach, blickte er in ihre Funken sprühenden Augen, bis das Glitzern schließlich nachließ. Eleonore spürte, dass ihr ein Schluchzer die Kehle zuschnürte. Raymond spielte mit ihr. Er genoss es, sie sich gefügig zu machen und dank der Überlegenheit seiner zwanzig Jahre zu kontrollieren, weil er so seine eigenen Triebe besser beherrschen konnte.

»Lass mich«, flehte sie weinerlich.

Er gehorchte. Eisig wandte sie sich ab und sagte mit ersterbender Stimme: »Ich weiß, was ich zu tun habe. Wenn mich niemand mehr will, bleibt mir nur noch ein Ausweg. Adieu!«

Raymond, der sich das Lachen verbeißen musste, wagte zu fragen: »Wohin gehst du?«

»In den Tod, Messire«, schleuderte sie ihm im Hinausgehen würdevoll entgegen.

Ein Gefühl der Rührung durchflutete ihn, und er musste lächeln. Sie war so dickköpfig, so sehr Frau. Einen Augenblick lang überlegte er, ob ihre Sturheit so weit ging, dass sie sich tatsächlich in den Fluss stürzte, nur um ihn zu ärgern. Er ging zum Fenster des Bergfrieds, von dem aus man die Ställe sehen konnte. Ein Stallknecht war gerade dabei, Eleonores Zelter zu striegeln. Wütend gestikulierend gab das junge Mädchen Anweisungen. Nach ein paar Minuten nahm der Mann einen Sattel mit hohem Knauf, legte ihn auf den Rücken des Pferdes und half ihr beim Aufsteigen. Ein kurzer Tritt mit dem Absatz, und das Tier trabte Richtung Zugbrücke, deren Fallgatter geschlossen war.

Es war Markttag in Bordeaux und das Schloss von Ombrière war von Menschenmassen und Ständen umlagert, von denen die unterschiedlichsten Wohlgerüche ausgingen. Die Handwerker riefen lautstark nach Kundschaft und Raymond konnte durch das offene Fenster aus dem Stimmengewirr nur bruchstückhafte Sätze filtern. Eleonore durchquerte die Menge in flottem Trab, achtete aber darauf, niemanden umzustoßen, und erwiderte hier und da einen Gruß.

Nachdem sie das Dorf hinter sich gelassen hatte, nahm sie den Weg Richtung Belin, das rund zwanzig Meilen von Bordeaux entfernt lag. Dort befand sich ein Kloster, welches unter dem Schutz ihres Vaters stand und sich bestens in ihren Plan fügte.

»Jetzt oder nie«, dachte sie.

Raymond überlegte eine Weile stirnrunzelnd, wie er vorgehen sollte. »Wenn doch nur Isabeau da wäre«, dachte er, »sie würde mir helfen, dieses kleine Luder zu vergessen.«

Doch Isabeau fürchtete den Grimm ihrer jungen Herrin und hatte sich möglichst weit von den Gemächern der Herzogin entfernt eine Beschäftigung gesucht. Raymond war allein – und wie besessen von dem Verlangen, Eleonore zu folgen. Voller Zorn auf sich selbst, aber dennoch unfähig, dem Drang länger zu widerstehen, stürmte er keuchend wie ein junger Hirsch die Treppen hinunter und eilte entschlossenen Schrittes auf die Ställe zu.

Er war sicher, dass alles nur ein Spiel war; doch die Vorstellung, dass seiner Nichte durch sein Verschulden etwas zustieß, konnte er nicht ertragen. Zumindest erschien ihm dieses Argument vor sich selbst ein guter Vorwand.

Die Straßen waren wenig sicher zu jener Zeit. Seit einigen Monaten trieb eine Bande von Strauchdieben ihr Unwesen. Sie beraubten und massakrierten Reisende und vergingen sich an Burgfräulein und deren Anstandsdamen. Wilhelm, der Herzog von Aquitanien und Eleonores Vater, hatte Soldaten losgeschickt, die unter Raymonds Führung diesen Gaunern das Handwerk legen sollten, doch vergeblich. Sie blieben unauffindbar und schienen nur ans Licht zu kommen, um auf Raubzug zu gehen. Es gab auch niemanden, der sie verraten hätte. Der Herzog war außer sich vor Wut. Sein Herzogtum, das Poitou, Guyenne und Gascogne umfasste, war größer und reicher als jedes andere im Lande und stellte sogar die Ländereien der Krone in den Schatten. Er konnte doch nicht zulassen, dass seine Garde, die besser bewaffnet und organisiert war als die des Königs von Frankreich, es nicht schaffte, eine Hand voll Diebe unschädlich zu machen! Nichtsdestotrotz war Raymond mit leeren Händen zurückgekehrt.

Als er jetzt im Stall ankam, fand er zu seiner Überraschung seinen lebhaften Braunen, den er so liebte, gesattelt und aufgezäumt vor. Mit einem verschwörerischen Blick bedeutete ihm der Stallknecht, woher der Befehl gekommen war. Sie hatte es also von langer Hand geplant! Doch auch das sollte ihn jetzt nicht mehr abhalten. Er saß auf und verließ das Schloss. Ein paar Händler wiesen ihm den Weg, den Eleonore genommen hatte. Ohne sich weiter aufzuhalten, heftete er sich im gestreckten Galopp an ihre Fersen.

Die Sonne sank eben über der Flussmündung, als Raymond seine Nichte rund zehn Meilen hinter Bordeaux einholte. Er beschränkte sich darauf, ihr in sicherem Abstand zu folgen, denn er wollte ihr den Triumph darüber nicht gönnen, dass sie wieder einmal ihre Macht über ihn erfolgreich ausgespielt hatte. Er liebte sie so, dass es ihm den Verstand raubte. Sie hatte ihn verzaubert, brach ihm das Herz. Er sah zu, wie sie jeden Tag mehr zur Frau wurde, und seine männliche Begierde wurde nur durch die Tatsache gehemmt, dass sie miteinander verwandt waren. Seinen fleischlichen Hunger stillte er in bedeutungslosen Tändeleien mit Dienerinnen. Doch selbst dabei ließ Eleonore ihm keine Ruhe. Nach Kräften versuchte sie, sein ohnehin eingeschränktes Liebesleben zu stören. Wenn er nicht bald einen Ausweg fand, würde er eines Tages verrückt werden.

Im Hof des Klosters überließ er sein Pferd der Obhut von Bruder Alburge, der ihn begrüßte. Dann lenkte er seine Schritte in Richtung der Gärten, wo er nach Auskunft des Mönches finden würde, was er suchte. Engelsgleich lustwandelte Eleonore einher und tauschte Banalitäten mit einem Mönch aus. Als sie ihn entdeckte, zeigte ihr Gesicht keinerlei Ausdruck von Überraschung. Ganz im Gegenteil blitzte der Schalk in ihren Augen auf. Mit brennenden Fingern fragte Raymond sich, ob es Gott war oder der Teufel, der in diesen Gemäuern herrschte. Der Mönch hieß ihn willkommen, machte ein paar belanglose Bemerkungen über die Vergänglichkeit der Rosen, die den Park mit ihrem Duft erfüllten, und ließ die beiden allein.

Eleonore ging zu einer kleinen Steinbank unter einem Baum, die von Clematis umrankt war. Mit einem Ausdruck heiliger Unschuld, der indes niemand in die Irre führen konnte, sagte sie melancholisch: »Hier werde ich mich wohl fühlen …«

Raymond trat zu ihr und setzte sich neben sie. »Was hast du dir nun wieder ausgedacht? Ist das Wasser der Garonne doch so kalt, dass du den Weihwasserkessel vorziehst?«

»Nimm mich nicht auf den Arm, Raymond! Ich habe etwas Nützlicheres gefunden als den Tod. Außerdem würde dein schlechtes Gewissen mit den Jahren nachlassen. Du würdest mich am Ende vergessen, und das will ich nicht. Also habe ich beschlossen, den Schleier zu nehmen.«

Raymond verspürte den unbändigen Drang, laut loszulachen, doch er beschloss, sich zu beherrschen. »Das ist eine hervorragende Idee.«

Das junge Mädchen zuckte zusammen. Die Dinge entwickelten sich nicht so, wie sie es geplant hatte. »Meinst du?«, stammelte sie.

»Ja, das ist eine weise Entscheidung, die alle zufrieden stellen wird.«

»Was willst du damit sagen?« Angesichts der Ruhe, die Raymond zur Schau trug, geriet ihre Gelassenheit ins Wanken.

Getroffen, dachte er. Er antwortete nicht. Die langen Beine von sich streckend, verschränkte er die Hände im Nacken und lehnte sich an den Baumstamm. Er hielt jetzt die Fäden in der Hand, das erkannte er an Eleonores zitternden Fingern, die ein Spitzentaschentuch umklammerten. Gerne hätte er sie noch ein bisschen länger auf die Folter gespannt, doch dann stieß er einen zufriedenen Seufzer aus und beschloss, sie zu erlösen.

»Ich könnte durch die Flure des Schlosses spazieren, wie es mir beliebt, Kammerzofen küssen und liebkosen, ohne ständig deine leisen Schritte hinter der Tür zu hören, ohne deinen Zorn fürchten zu müssen ... Könnte hierher kommen und dir wie unter Geschwistern meine amourösen Eroberungen und Enttäuschungen anvertrauen ...«

Das war mehr, als sie ertragen konnte. Zornesröte färbte ihre Wangen, und sie holte aus, um ihm ins Gesicht zu schlagen, doch er wich zur Seite.

»Was ist los, liebe Nichte? Könnte es sein, dass du dem gefährlichen Dämon Eifersucht anheim gefallen bist?«

»Du machst dich schon wieder über mich lustig. Du weißt, dass ich ohne dich nicht leben kann ...«

»Aber nicht doch! Du wärst hier sehr gut aufgehoben. Die nüchternen Gemäuer werden deine Schönheit verbergen und so all jenen großes Leid ersparen, die nicht wie ich das Glück haben, von dir geliebt zu werden.«

»Genug!«

Brüsk erhob sie sich und flüchtete sich unter einen Baum, um ihre Tränen zu verstecken. Raymond durchschaute sie, ging aber dennoch zu ihr, nahm sie sanft an den Schultern und zog sie an sich. Widerstandslos schmiegte sie sich an seine breite Brust und brach in heftiges Schluchzen aus.

»Beruhige dich. Ich halte nichts davon, das weißt du genau. Um nichts in der Welt würde ich wollen, dass man dich hinter Klostermauern einschließt. Du brauchst die Freiheit. Trockne deine Tränen. Die Nacht bricht herein, wir müssen zurück.«

»Nein!«

»Komm schon, sei vernünftig.«

Raymond hob das zitternde Kinn und zwang seine Nichte, ihm ihr tränenüberströmtes Gesicht zu zeigen. Er küsste ihre heiße Stirn und verspürte die Lust, ihre flehenden Lippen zu liebkosen.

»Bleiben wir doch hier«, murmelte sie kaum hörbar mit zitternder Stimme. »Zusammen! Ich verspreche dir, dass ich dir nie wieder Ärger bereiten und nie wieder eine Szene machen werde. Ich flehe dich an …«

»Du bist verrückt! Was werden die Mönche denken? Dass sich ihre neue Novizin mit dem Teufel eingelassen hat?«

»Das ist mir einerlei, ich kaufe ihr Schweigen! Ich möchte an deiner Brust schlafen. In deiner Wärme aufwachen. Nur einmal. Ein einziges Mal. Bitte!«

Raymond schüttelte den Kopf, wenn auch ohne Überzeugung. Ihre großen smaragdgrünen Augen strahlten so viel Licht, so viel Hoffnung aus, dass jeder Widerstand dahinschmolz.

Und das wusste Eleonore. Er war verwundbar, also konnte er ihr nicht mehr entkommen. Sie nahm seine Hand, die sich weich anfühlte, und zog ihn zum Kabinett des Ehrwürdigen Vaters. Im Rausch seiner Unvernunft vernahm Raymond nur ein wirres Murmeln. Da war die Rede von Müdigkeit, Fieber und dem Wunsch seiner Nichte nach nächtlichem Schutz, so sehr rufe sie der Teufel in ihren Albträumen. Erklärungen, die sie mit einer solchen Ernsthaftigkeit vorbrachte, dass man sie unmöglich in Zweifel ziehen konnte. Der heilige Mann fand nicht das geringste Argument dafür, die beiden getrennt unterzubringen. Also führte er sie in die abgelegene Zelle, die für vornehme Gäste reserviert war. Zwei Matratzen mit Decken lagen darin. Darüber an der Wand hing ein

Holzkreuz. Bruder Alburge wünschte ihnen eine Nacht voller Meditation und ließ sie dann allein. Raymond kam sich vor wie ein Hampelmann aus Stoff und Federn, von seiner Nichte verzaubert und in der Falle seiner Liebe zu ihr gefangen.

Wie durch einen Nebel sah er ihr zu, während sie sich auszog und ihn auf eine der bescheidenen Schlafunterlagen zog. Ein letztes Mal zögerte er, wehrte sich gegen das Unabwendbare, doch als sich Eleonores heißer Körper an seinen schmiegte und sie seine Hand schaudernd auf ihre Brust legte, stieß er ein wildes Stöhnen aus und nahm sie.

Eine Weile später wachte er erschrocken auf. Draußen heulte ein hungriger Wolf in die klare Nacht. Eleonore schlief an seiner Schulter, ein entrücktes Lächeln auf den Lippen. Ein Schauer überlief ihn. Wieder einmal hatte sie bekommen, was sie wollte. Den Grafen von Poitou aber mied der Schlaf für den Rest der Nacht. Der Stachel der Reue steckte tief in seinem gierigen Fleisch. Zum ersten Mal seit langer Zeit weinte er.

Ich erschrak, als sich eine dicke Hand auf meine Schulter legte. Nachdem ich jedoch erkannte, wer der Mann mit der Pranke war, lächelte ich ihn an.

»Was braust du denn diesmal zusammen?«, fragte Gottfried der Schöne mich mit einem Blick auf den Brei in meinem Tiegel.

Viel zu beschäftigt mit der Zubereitung meiner Salben, hatte ich ihn nicht kommen hören.

»Eine Taube hat sich die Kralle verletzt. Seht her.«

Ich griff in den Taubenschlag, aus dem mich mit traurigen Augen der Vogel anblickte. Über seinen Schenkel zog sich eine Schnittwunde, die Federn waren an der Stelle ausgerissen, und geronnenes Blut verklebte die verbliebenen. Vor Schmerzen hatte er sich auf die Seite gekauert.

Unter Gottfrieds Augen reinigte ich behutsam die Wunde mit Lilienwasser. Anschließend bestrich ich sie so sanft wie möglich mit meiner Pomade. Der Vogel rührte sich nicht. Er war voller Vertrauen, eingelullt von der süßen Melodie, die ich summte. Es war eine Sprache, die er verstand.

»Du wirst eines Tages ebenso weise sein wie deine Mutter, meine Kleine«, sagte Gottfried voller Bewunderung.

Niemand wusste, wer mein Vater war. Ginevra hatte es nie für nötig befunden, es zu sagen. Die Folge war, dass ich Gottfried als Vater betrachtete. Er wusste das und verhielt sich entsprechend. Ich vollendete meine Behandlung mit einem Verband. Dann legte ich den Vogel wieder in seinen Käfig und stellte mich auf das Gespräch ein, das der Graf offensichtlich mit mir führen wollte.

»Ihr wünscht mit mir zu sprechen, nicht wahr?«

Lächelnd nickte er. Er amüsierte sich immer darüber, dass ich seine Absichten erraten konnte. Jetzt ließ er sich neben mir auf der kleinen Steinbank nieder. Von dieser Stelle der Burg aus konnte man die Zugbrücke sehen. Jenseits der Zinnen der Befestigungsmauer hinter uns erstreckte sich friedlich die Landschaft. Der hoch gelegene Innenhof hinter einem der Wachtürme war mein Reich, hier hatte ich meine Tauben untergebracht. Mit viel Geduld und Liebe lehrte ich sie, Botschaften zu überbringen. Nur Mutter und Gottfried kamen mich hier oben besuchen und nie kamen sie ohne Grund.

Ich wartete. Gottfried schien sich unwohl zu fühlen – es war also wichtig. Er hob eine kleine Holzflöte vom Boden auf, die ich einige Tage zuvor geschnitzt hatte, blies ein paar Töne in mein geduldiges Schweigen, räusperte sich und sagte schließlich: »Dir entgeht nichts von dem, was hier geredet und gedacht wird, das weiß ich. Heinrich wird erwachsen werden und vielleicht wird er eines Tages, so Gott will, König von England. Er wird eine starke Persönlichkeit an seiner Seite brauchen, die ihm hilft, Irrtümer zu vermeiden. Möglicherweise wird das diese Damoiselle von Aquitanien sein. Deine Mutter scheint das zu glauben …« Er machte eine Pause und fuhr dann in feierlichem Ton fort.

»Heinrich braucht dich, Loanna, mehr als jeden anderen Menschen auf der Welt. Im Blut dieser Eleonore steckt Gewalt und vielleicht auch die Lasterhaftigkeit ihres Großvaters, des Troubadours. Er und ich gleichen uns in unserem unbeugsamen Wesen, das falschen Ehrbezeugungen misstraut. Dennoch hätte ich niemals sein Freund sein können. Wenn Heinrich nach mir kommt, was ich hoffe, könnte eine Verbindung mit Wilhelms Enkelin verheerend sein, verstehst du?«

»Macht euch keine Sorgen, Vater. Ich werde Heinrich beschützen. Ich gehe nach Aquitanien und werde Eleonores Freundin. Ich werde tun, wofür ich geboren wurde: meinem Land und meinem König zu dienen.«

Er sah mich voller Respekt an und strich mir zärtlich die ungebändigten Locken aus der Stirn. Schon bevor er gesprochen hatte, war mir klar gewesen, was er von mir wollte, und das war das Wichtigste.

Ich war bereit. Bereit, der Zukunft entgegenzutreten.

3

Am Morgen des 25. Februar 1137 herrschte wie an jedem Tagesbeginn seit einer Woche Nebel, der über den Boden kroch wie eine Schlange aus luftigem Musselin. Er verwischte alle Konturen und schuf eine Farbharmonie aus Perlgrau und Bronze. Eingefasst von Moos und Heidekraut, plätscherte der Fluss zu meinen Füßen sanft dahin. Wie nirgendwo sonst schien hier, in Brocéliande, im Herzen der Bretagne, die Zeit stillzustehen. Hier waren meine Wurzeln, hier befand sich das erste Glied in der Kette meines Lebens.

Vier Jahre waren seit Heinrichs Geburt vergangen. Der König von England, Heinrich I. Beauclerc, war 1135 gestorben und seine Befürchtungen hatten sich bewahrheitet. Mit der Unterstützung des Königs von Frankreich hatte sich Stephan von Blois durch zahlreiche Zugeständnisse an Barone und Prälaten den Thron erobert. Seit jenem Tag herrschte zwischen Mathilde und ihm offener Krieg, der leider den Lauf der Dinge auch nicht änderte. Es brauchte schon mehr als legitime Ansprüche, um diesem Emporkömmling das begehrte Land zu entreißen. Mutters Vorschlag, Heinrich mit der jungen Herzogin Eleonore von Aquitanien zu verheiraten, ergab in der Tat einen Sinn.

Mutter hatte mich nach und nach darauf vorbereitet, das Opfer der Erde zu empfangen, die letzte Segnung meiner Ahnen, bevor ich mich meinem Schicksal stellte. Sie hatte mich die magischen Rituale gelehrt, die von Druidenmund zu Druidenohr weitergegeben wurden. Ich wusste jetzt, wer ich wirklich war. Nicht irgendein Mädchen, weder Herzogin noch Bäuerin, weder Hexe noch Fee – und doch all das in einem.

Vor langer Zeit hatte Merlin der Zauberer, damals im Dienste König Arthurs, Viviane geliebt, die Hohepriesterin von Avalon, jener Insel, auf der die Geheimnisse der Druiden bewahrt wurden. Aus ihrer Verbindung war eine Tochter entstanden, die wiederum eine Tochter bekam, als sie im gebärfähigen Alter war. Alle verband sie das gleiche Vermächtnis, geboren aus der Paarung mit dem Gehörnten Gott beim rituellen Fest von Beltaine – alle besaßen das Wissen. Meine Mutter war die Sechzehnte in dieser Linie. Auch sie hatte die geschärfte Intuition und die Gabe ihrer Vorfahrinnen, Unsichtbares zu sehen, kannte die Geheimnisse der Magie und die Mysterien, die den Menschlichen verborgen blieben. Die Insel Avalon war seit langem den Ufern der sichtbaren Welt entrückt und durch einen magischen Schleier vor den Menschen geschützt. Niemand gelangte mehr dorthin. Nicht einmal Mutter. Freilich erhielt sie hin und wieder durch verwirrende Bilder Botschaften, die ihre Entscheidungen lenkten. Das echte Avalon war mit seiner eigenen Legende verschmolzen.

Ginevra von Grimwald war wie alle anderen vor ihr geboren worden, um England zu dienen. Seit Arthurs Zeiten hatte es keine Regentschaft gegeben, in der nicht eine von uns zugegen gewesen war. Als unersetzliche Vertraute waren wir stets bereit zu trösten, zu verstehen, zu unterstützen und zu heilen. Trotz des Verbotes, das auf dem alten Glauben lastete, trotz der Priester, die uns verflucht hatten, standen wir insgeheim den Königen als Beraterinnen zur Seite. Indem er den englischen Thron an sich riss, brach Stephan von Blois mit dieser Tradition. Der Gott der Christen, der Einzige, Einzigartige, sollte die Menschen zu Barmherzigkeit und Reue führen, der Weisheit der Vorfahren zum Trotz. Eine Welt des Gebets und der Enthaltsamkeit, eine Welt des Gehorsams und der Scheinheiligkeit, der Schurkerei und der Lüge – das wollte er aus Arthurs Reich machen. Und das war unannehmbar! Noch unannehmbarer als die Tatsache, dass Mathilde ihres Eigentums beraubt worden war. Eine lebendige Tradition wurde hier ausgelöscht, wie man die Flamme einer Kerze ausblies. Wie weit lag die Suche nach dem Heiligen Gral zurück, wie weit all das, was dieser mystische Gegenstand verkörperte – die Worte und Taten aus dem

Geist von Gleichheit, Brüderlichkeit und Gerechtigkeit jener von Liebe durchdrungenen Männer, die das Symbol einst getragen hatten. Wie weit lagen die frühen Tage der Christenheit zurück, in denen es als höchste Weisheit gegolten hatte, das Wissen der Alten zu bewahren.

Manchmal erschienen mir wie Mutter Bilder von menschlichen Gestalten, umgeben von einer Aura aus kräftigem Blau und Malve, die mit Sternen gesprenkelt war. Mutter hatte mir damals erklärt, dass es Wesen vom Ende des Universums waren. Sie hätten sich überall auf dem Planeten niedergelassen, als er noch am Urbeginn seines Lebens stand. Von ihnen stamme das Wissen, das wir weitergeben sollten. All das faszinierte mich. Wie konnte das möglich sein? Die Sterne waren so weit weg. Allein der geringste Ortswechsel auf der Erde erforderte oft mehrere Tagesreisen. Wie sollte man dann durch den Raum reisen? Und doch wusste ich, dass sie die Wahrheit sagte. Tief in meinem Herzen trug ich diese Gewissheit.

Auf Grund dieser Regel durfte ich wie Mutter und Großmutter vor mir nur eine einzige Liebe haben: England.

Mein Schicksal war mit dem von Heinrich verknüpft. Wenn er König würde, stünde ich an seiner Seite wie Großmutter an der Seite von Heinrich I. und Mutter an der Seite von Mathilde.

Doch ich würde die Letzte sein – Mutter hatte das verkündet wie ein Verdikt. Und im Übrigen war es keine leichte Aufgabe. Ich war erst sechzehn, doch auf mich richtete sich die ganze Hoffnung einer im Sterben liegenden Welt, die verzweifelt versuchte, ihr Vermächtnis zu retten, ein Vermächtnis, das dazu bestimmt war, Frieden, Liebe, Fortschritt und Licht im Lande zu bewahren. All die Dinge, die noch einen Sinn gehabt hatten, bevor die Kirche ihre obskure Macht auszuüben begann.

Ich wusste nicht, ob ich bereit dazu war. Vielleicht war ich es schon immer gewesen. Mehr als jede andere vor mir hatte ich diese heiligste aller Missionen zu erfüllen. Eines jedenfalls stand für mich fest: Ich hatte keine Wahl. Es hatte für mich nie eine andere Möglichkeit gegeben, und es würde nie eine andere geben, als mein Schicksal anzunehmen.

Seit zwei Monaten lebte ich als Einsiedlerin auf unseren Ländereien in Brocéliande. An diesem Ort, an dem sonderbarerweise ewiger Frühling zu herrschen schien, stand, ein paar Schritte von einer Quelle entfernt, ein kleines Haus, das nur die kannten, die von meinem Blut waren.

Vor meiner Abreise hatte mir Gottfried der Schöne eine wunderbare junge Schimmelstute geschenkt, die ich Granoë nannte. Sie hatte mich hierher begleitet, wo ich in aller Abgeschiedenheit meine Lehrzeit beenden würde. Im Laufe der Jahre hatte mein zarter Mädchenkörper geschmeidige Rundungen ausgebildet und war biegsam wie ein Weidenstock geworden. Wenn ich im Morgengrauen wie eine Sylphe auf Granoës Rücken dahinpreschte, zuckten die Holzfäller angstvoll zusammen. Ich musste ihnen wie ein Geist erscheinen. Merlins Wald umrankten Legenden. Niemand wagte sich mehr hinein aus Angst, dem Wesen mit dem Lichthaar zu begegnen, und so konnte ich in aller Ruhe tun und lassen, was ich wollte.

Bevor ich Mutter und mein beschauliches Leben in Angers verlassen hatte, war mir an Gottfrieds Verhalten mir gegenüber eine Veränderung aufgefallen. Er suchte mehr körperlichen Kontakt und oft musste ich mich ihm mit einem Scherz entwinden. Sein Interesse wuchs von Tag zu Tag und ich spürte häufig seinen sengenden Blick auf meinem Körper. Er war indes nicht der Einzige, der sich so verhielt. Der Sohn von Benoît, dem Müller, kaum älter als ich, verfolgte mich mit seiner Aufdringlichkeit. Als Mutter mir ankündigte, dass es nun Zeit für mich sei, mich nach Brocéliande zurückzuziehen, stieß ich einen Seufzer der Erleichterung aus, denn ich wusste, dass niemand von der Burg es wagen würde, diesen legendären Ort zu entweihen.

Das Wetter war mild, so mild, dass man glauben konnte, der Sommer stehe vor der Tür. Ich löste sorgfältig die Haube, die meine lange Mähne im Zaum hielt. Das Haar fiel mir sanft wie Seide bis zur Taille hinunter. Jeden Morgen ließ ich mich nackt in das wohltuende Wasser der Quelle von Baranton gleiten, wo Merlin einst seine Beschwörungsrituale vollzogen hatte. Die Frische des Quellwassers war belebend und einzigartig sein Reichtum an Mineralien, die seinen Weg durch den Felsen nachzeichneten. Ich gab mich meinem Bad hin und ließ meine Gedanken schweifen. Das runde und pausbäckige Gesicht des kleinen Heinrich fiel mir ein. Er fehlte mir ein wenig.

Dann fragte ich mich, wie wohl Bernaude zurechtkam, seit ich nicht mehr da war, um das launenhafte, kleine Monster zu besänftigen. Er war außerordentlich schwierig, ungestüm und dickköpfig. Ich war die Einzige gewesen, die ihn beruhigen konnte, die Einzige, auf die er hörte und zu der er aufmerksam und rücksichtsvoll war. Weder seine Amme noch seine Mutter wurden mit ihm fertig. Ich erzählte ihm Geschichten von Zauberern und Drachen, Rittern und Prinzessinnen, Kobolden und Elfen, offenbarte ihm Geheimnisse über Himmel und Erde und lehrte ihn Respekt vor allem Lebendigen – also all die elementaren Dinge, die ihm Bruder Briscaut niemals beibringen konnte. In seinen Augen war ich ein großer Segen und die Bewunderung, die er mir entgegenbrachte, erhöhte meinen Einfluss auf sein launenhaftes Wesen.

Nach und nach hob sich um mich herum der Nebelschleier und nahm dem Wald die geheimnisvolle Aura. Dieser Tag war anders als die anderen. Die Quelle säuselte anders als sonst, als wollte sie mit ihrer Melodie die Gelassenheit begleiten, die mein Herz und meine Seele erfasst hatte. Ich wusste, dass Mathilde und Gottfried an diesem Morgen nach Aquitanien aufgebrochen waren, um Eleonores Vater zu treffen. Der erste Schritt in die Zukunft hing vom Willen des Herzogs Wilhelm ab.

Ich erhob mich, um das Wasser über meine Schenkel rinnen zu lassen. Es war Zeit, Verbindung zu den schöpferischen Kräften aufzunehmen. Ich legte mich auf das Hünengrab gegenüber dem Becken und ließ meine erste Beschwörung in mir aufwallen.

In der bedrückenden Stille schienen die hohen, überwölbten Mauern des Korridors zu vibrieren. Es kam nur selten vor, dass sich ein so imposanter Mann dem Quartier der Äbtissin des Klosters von Fontevrault näherte.

Gesicht und Hals von der großen Kapuze seines Samtmantels verhüllt, folgte der Herzog von Aquitanien gedankenverloren der flackernden Kerze, die Bruder Thibault in seinen zitternden Fingern hielt.

»Hier ist es, gnädiger Herr. Ihr werdet erwartet«, sagte er und blieb vor einer schweren Holztür stehen.

Wilhelm fragte sich, was wohl die Äbtissin an diesem späten Februartag 1137 von ihm wollte. Er hatte es abgelehnt, seine Tochter Eleonore unter ihren Schutz zu stellen. Seit dem Tod seiner Frau war er von einer Trauer erfüllt, die ihm jegliche Freude am Leben und der Gesellschaft anderer genommen hatte. Im Augenblick dachte er daran, auf Pilgerfahrt nach Santiago de Compostela zu gehen. Gebet und Buße würden seinem Leben vielleicht wieder einen Sinn verleihen.

Die Tür öffnete sich mit einem Knarren, das von den dicken Steinmauern widerhallte. Beim Eintreten erkannte er vor dem knisternden Kamin zwei vertraute Silhouetten. Einige Schritte entfernt stand stocksteif die Äbtissin, deren Gesichtszüge ebenso gestärkt schienen wie die Falten ihres Gewandes. Er senkte den Kopf und ging auf sie zu, um sich demütig vor ihr auf ein Knie zu beugen.

»Erhebt Euch, mein Sohn. Ihr kennt den Grafen von Anjou und seine Gattin, Mathilde.« Wilhelm grüßte die Genannten höflich mit einem Kopfnicken. Mit zittriger Stimme fuhr die Äbtissin fort: »Sie haben diese verschwiegenen Mauern aufgesucht, um Euch eine Angelegenheit zu unterbreiten, die von höchster Wichtigkeit ist und zur Stunde absolute Geheimhaltung verlangt. Ich habe mir ihre Bitte mit Interesse angehört und meinen Segen gegeben. Nun fehlt ihnen nur noch der Eure, mein Sohn. Aber urteilt selbst über die Weisheit und Ehrenhaftigkeit ihrer Worte.«

Die Äbtissin ließ sich mühsam auf einem Stuhl nieder und verschmolz mit über der Brust gefalteten Händen mit dem Schatten, der über dem Winkel des kargen Raumes lag, um so ihre Zurückhaltung zu demonstrieren.

Nach dem Austausch der üblichen Floskeln kam Gottfried der Schöne zum Kern der Sache: »Die Differenzen, die wir mit dem Hause Blois haben, sind euch nicht unbekannt. Nun veranlasst uns eine günstige Wendung der Ereignisse zu glauben, dass Mathilde alsbald zur Königin von England gekrönt werden wird. Wenn alles mit rechten Dingen zugeht, wird unser kleiner Heinrich, so Gott will, zu ihrem Nachfolger ausgerufen. Aus diesem Grund ist es unser Wunsch, dass ihm, trotz seines geringen Alters, Eure älteste Tochter Eleonore versprochen wird. Eine Verbindung zwischen dem Anjou und Aquitanien wäre für beide Familien und ihre Nachkommen von Vorteil.«

Mit einem Ausdruck der Zufriedenheit nickte Wilhelm. Nach einem tiefen Atemzug antwortete er: »Ich schätze Euch, Gottfried, und ich halte Eure Bitte für angemessen. Meine Gedanken kreisen zurzeit ebenfalls um die Zukunft meiner Ältesten. Eleonore ist jetzt ein junges Mädchen. Sie genießt das Leben und schart Troubadoure um sich. Ich glaube indessen, Ruhe und Einsamkeit würden ihrem ungezügelten Wesen gut tun. Euer Heinrich ist noch sehr jung, nichtsdestotrotz gefällt mir Eure Idee. Tatsache jedoch ist, dass wir unsere Kinder noch nicht zu früh zusammenbringen dürfen. Was schlagt Ihr also vor?«

»Lasst Eleonore für zehn Jahre an diesem Ort. Als Heinrichs Braut wird sie den Konvent dereinst verlassen, um Hochzeit zu feiern und den Thron von England zu besteigen. Wir wollen sie jedoch nicht von der Welt abschneiden. Daher beabsichtigen wir, ihr eine Freundin zur Seite zu stellen, die Tochter der Baronin Ginevra von Grimwald, einer Vertrauten von Mathilde. Sie sind im gleichen Alter. Das wird ihr helfen, die Abgeschiedenheit leichter zu ertragen und den Wesenszug abzulegen, den Ihr gerade beschrieben habt«, fügte er in stillem Einverständnis hinzu. »Ihre Freundschaft wird unsere Vereinbarung faktisch besiegeln.«

»Das erscheint mir gut durchdacht und angemessen.«

»Es versteht sich von selbst, dass im ureigensten Interesse unserer Kinder dieses Treffen vorerst geheim bleiben muss«, merkte Mathilde an.

»Ich werde mich in einigen Wochen auf die Reise nach Compostela begeben. Nach meiner Rückkehr werden wir alles schriftlich festlegen und die Einzelheiten der Mitgift regeln. Bis dahin seid meiner umfassenden Diskretion und meines Einverständnisses versichert«, schloss Wilhelm und schüttelte brüderlich die Hand, die ihm Gottfried hinstreckte.

Als sich die Tür öffnete, um den Herzog von Aquitanien auf den Flur zu entlassen, erstarb mit dem Schein einer Kerze das Geräusch davoneilender Schritte. Wilhelm versuchte, das unangenehme Gefühl abzuschütteln, das dieses Rascheln in ihm ausgelöst hatte. Doch wer sollte es an diesem Ort der Andacht wohl nötig haben, so rasch in der Dunkelheit zu verschwinden?

Als er am Fluss hinter dem Waldsaum wieder zu seinem Gefolge stieß, hatte er seine Ruhe wieder gefunden.

So ist nun Eleonores Schicksal besiegelt, dachte er, und das zu Aquitaniens Bestem.

Zum ersten Mal seit langem spielte ein leichtes Lächeln um seine trockenen Lippen.

»Verflucht sei meine Cousine!«

Stephan von Blois kochte vor Wut. Im Zimmer auf und ab gehend, fegte er voller Zorn mit dem Handrücken eine kleine Schmuckfigur nach der anderen zu Boden. Bruder Thibault wagte weder zu sprechen noch den Kopf zu heben aus Angst, selbst Opfer dieser Wut zu werden.

Stephan hatte von der Äbtissin eine Ausnahmeerlaubnis für einen Besuch bei seiner angeblich schwer kranken Mutter erwirkt, weil er unverzüglich das Haus von Bois davon in Kenntnis setzen wollte, was sich anbahnte.

»Weiß unser Großmeister Bertrand von Blanquefort schon davon?«

»Noch nicht, gnädiger Herr.«

»Wenn diese Verbindung zu Stande kommt, sind sämtliche Pläne der Templer vereitelt. Wir müssen England retten und Ludwig von Frankreich, der auf unserer Seite steht, soll sich mit Aquitanien verbünden. Beim Blute des Herrn! Ansprüche und Macht der Kirche gehen weit über diese Vasallenstreitigkeiten hinaus. Geh jetzt! Der Orden wird dir deine Hilfe vergelten.«

Bruder Thibault nickte zum Dank schüchtern und verschwand mit ängstlichen kleinen Schritten.

Hinter einem Vorhang trat ein dürrer Mann mit stählernen Augen hervor. Die weiße Chlamys, die er trug, wies ihn als Mitglied des Tempelritterordens aus. Der Graf von Blois, König von England, konnte sich gar nicht beruhigen und goss sich ein Glas seines bevorzugten Pflaumenschnapses ein.

Abt Suger, ein treuer Berater des französischen Königs, Ludwigs VI., des Dicken, ließ sich in einen schweren, kunstvoll gearbeiteten Sessel fallen, der in einer Ecke des Zimmers stand. Die Wand dahinter war reichlich mit Wandteppichen und Bronzestatuetten ausgeschmückt.

Obwohl er diesen verderblichen Hang zum Glas nicht guthieß, den der Graf seit einiger Zeit an den Tag legte, enthielt er sich jedes Kommentars. Seine Sorge galt im Augenblick etwas anderem. Seine Überlegungen in Worte fassend, sagte er: »Mathilde von Anjou ist eine gute Strategin. Den Namen Ginevra von Grimwald habe ich schon einmal gehört. Wer ist sie?«

»Eine Hexe, Vater! Ihre Familie ist seit vielen Generationen im Besitz der Ländereien von Brocéliande. Gerüchten zufolge stammt sie direkt von Merlin dem Zauberer ab. Die Trouvères nennen sie unter vorgehaltener Hand ›die Wissende‹. Wer immer sie auch in Wirklichkeit ist, sie ist gefährlich. Von jeher steht ihre Familie dem Thron nahe. Indem sie Mathilde unterstützt, verleugnet sie mich. Stellt euch vor, es gab sogar ein paar schwachköpfige Barone, die sich darüber ereiferten, dass ich keine von ihrer Sorte an meiner Seite habe, die mir die Zukunft voraussagt! Als ob ich erst durch sie legitimiert wäre! Wenn ich nicht genügend Gold und die Unterstützung der Priester gehabt hätte, die ihnen mit der Strafe Gottes drohten, wären die Narren vor diesen Brunftgöttern in die Knie gegangen! *Miserere!*«

»Überlasst doch den Klatschweibern die Niedertracht, mein Sohn. Ihr, der Ihr an der Tafelrunde sitzt und aus dem Kelch der Ritter Jesu Christi trinkt, könnt unmöglich etwas auf den Tratsch der Leibeigenen geben. Häufig wird der Glaube mehr von Angst als von Vernunft gelenkt. Glaubt mir, Mathilde von Anjou braucht niemanden, um gegen Euch zu intrigieren.«

Stephan von Blois verzog das Gesicht. »Unterschätzt Ginevra von Grimwald nicht, Vater. Ihr Einfluss auf Mathilde ist groß. Wenn Ihr nur einmal ihren Blick gekreuzt hättet, würdet Ihr verstehen. Auch wenn ich unter Gottes Schutz stehe, fürchte ich manchmal den Hauch des Bösen im Treiben dieser Weiber.«

Suger unterdrückte ein Lächeln angesichts des Entsetzens, das er in den Augen des Grafen von Blois las. Der schenkte sich ein neues Glas Schnaps ein, rülpste geräuschvoll und fuhr dann fort: »Wie benimmt sich unsere Majestät, Ludwig von Frankreich?«

Jetzt schnitt Suger eine Grimasse. Es wäre ihm lieber gewesen, wenn er nicht hätte antworten müssen, doch er konnte auch nicht lügen. »Schlecht«, erwiderte er seufzend. »Sein Durchfall hört fast gar nicht mehr auf. Ich fürchte, er wird ihn früher dahinraffen, als es günstig wäre.«

Stephan schnappte nach Luft. »Ein Grund mehr, diese Verbindung zu verhindern, Vater! Die englischen Barone werden mir nicht mehr lange folgen, wenn ihnen Mathilde die Mitgift der jungen Eleonore in Aussicht stellt. Ich habe dem Orden meine Unterstützung angeboten, wenn er mir hilft. Jetzt erwarte ich, dass ich für meine Großzügigkeit entlohnt werde.«

Voller Wucht ließ er seine Faust auf den Tisch donnern. Suger unterdrückte sein Erschrecken. Dieser Mensch ging ihm mit seinen lächerlichen Stimmungsumschwüngen entschieden auf die Nerven. Er verabscheute die Niedertracht dieses Mannes, der immer mehr forderte, als ihm zustand.

Doch der Templerorden brauchte ihn. Die Armee Christi, die erst kürzlich ins Leben gerufen worden war, hatte seit dem Tod ihres Gründers, Hugues von Payen, vor knapp einem Jahr einen neuen Aufschwung erfahren.

Es war eine schwierige Zeit gewesen. Der Papst hatte darauf bestanden, dass Bernhard von Clairvaux, Abt des Benediktinerordens, die Nachfolge antrat. Seine Weisheit, seine Strenge und sein Glaube waren beispielhaft. Niemand wäre besser geeignet gewesen als er, um die Regeln für den jungen Orden aufzustellen. Er hätte dieser großartigen und göttlichen Unternehmung heiligen Odem eingehaucht. Doch obwohl er sich damit einen Wunschtraum erfüllt hätte und zu großer Erhabenheit gelangt wäre, lehnte Bernhard es ab, Großmeister zu werden. Bertrand von Blanquefort hatte sich daraufhin selbst vorgeschlagen und sich durch großzügige Spenden an den Orden Unterstützung erkauft. Er wollte die Macht, die absolute Macht über Könige, aber auch über Seelen und Gemüter – eine Macht, die nur der Glaube verlieh. Wenn Hugues von Payen, Godefroy von Saint-Omer oder Bernhard von Clairvaux von Spiritualität sprachen, redete er von Gold, Ländereien, Besitztümern, Treuepflicht, Gütern aller Art, überlassen von denen, die sich auf diese Weise die Unterstützung des Ordens erkauften. Wenn Bernhard von Clairvaux davon geträumt hatte, wie weit er mit dieser Gottesarmee im letzten Kreuzzug hätte gelangen können, so war sie für Bertrand ein Instrument, mit dem er im Spiel der Allianzen die Fäden zu einem gigantischen Spinnennetz verknüpfen konnte, bis er schließlich Großmeister des gesamten christlichen Abendlandes sein würde. Abt Suger, aus einfachsten Verhältnissen stammend, gierte nach Macht und war vom Ehrgeiz zerfressen. Er hatte früh erkannt, dass es ihn weit bringen konnte, wenn er dem Templerorden beitrat – und damit eine kluge Wahl getroffen. Sein kümmerlicher, dürrer Schatten lag unverrückbar über dem ganzen Königreich Frankreich.

Beschwichtigend sagte er nun: »Kommt, mein Freund, beruhigt Euch … Was auch immer Ihr beschließt, vergesst nie, dass Ihr alles, was Ihr besitzt, Gott zu verdanken habt. Unser Heiliger Vater überlässt das Wohl seiner Kirche nicht Menschen, die ihm zuwiderhandeln. Deshalb nimmt unsere Bruderschaft jetzt auch Schurken aller Art auf. Sie treten in Massen dem Orden bei, um ihre Sünden zu sühnen. Ob Diebe, Frevler, Ehebrecher, Meineidige oder gar Mörder – ihr Glaube und ihre Reue sind grenzenlos. Wir können nicht daran zweifeln, dass Gott selbst sie als die Seinen annimmt. Sie handeln mithin nicht mehr aus Wut, Ehrgeiz, Ruhmsucht oder Geiz, sondern kämpfen für Christus unsern Herrn. Nach dem Gesetz Gottes, mein Freund, sind sie keines Verbrechens mehr schuldig, wenn sie der Sache der Kirche dienen. Wenn sie töten, tun sie es zum Ruhme Jesu Christi, und wenn sie getötet werden, ist ihnen ihr Seelenheil sicher. Wie Ihr seht, gibt es nichts, das uns im Wege steht.«

»Darf ich das so verstehen, dass wir alles unternehmen müssen, um diese Verlobung zu verhindern?«, fragte Stephan von Blois vorsichtig.

Suger erhob sich langsam. Für ihn war die Unterredung beendet. Dennoch fügte er in einem Ton hinzu, der keinen Zweifel offen ließ: »Versteht, was Gott euch verstehen heißt, mein Sohn. In meinen Diensten steht ein ergebener Ritter, der auf Grund seiner dunklen Vergangenheit eifrig Buße tut. Vielleicht wäre es nicht schlecht, ihm das Büßergewand wieder abzunehmen …«

Mein Geist war mit Erde, Fels und Wasser verschmolzen und zu einem Teil des großen Ganzen geworden. Jede Regung der unsichtbaren Kräfte konnte ich erahnen. Ich richtete mich auf und blieb auf dem Hünengrab sitzen, das durch den Kontakt mit meinem Körper ganz warm geworden war. Mit geschlossenen Augen stellte ich mir jedes Element nach der Art der ausgestrahlten Energie vor. Auf diese Weise konnte ich genau sagen, wo sich jener Baum oder Stein befand. Die Aura, die sie umgab, bestand aus einem ebenso kräftigen wie zarten Spiel von Farben.

Ich atmete die Kraft ein, die mit einem betäubenden Erdgeruch vom Boden aufstieg. Sie nährte mich. Dies war der Augenblick. Ich spürte es. Ich hätte ungeduldig sein müssen, doch der Frieden in mir war bewegt wie das Wasser eines winterlichen Sees unter der Eisplatte. Ich wartete. Und es war herrlich zu warten.

Plötzlich fing es an. In dem Zauberkreis, den ich aus polierten Opalsteinen gelegt hatte, zeigte sich ein Lichtpunkt, der immer größer wurde. Das Leuchten nahm beständig zu, und als ich die Augen öffnete, sah ich, wie es um sich selbst kreiste. Es schien vom Boden aufzusteigen, direkt vom Fuß der Quelle von Baranton. Langsam begann es Form anzunehmen und türmte sich zu einer großen Lichtgestalt auf.

Das lange Gewand Merlins überflutete den Boden, der von fein verzweigtem Wurzelwerk bedeckt war, gleich zahllosen Bächen reinen Wassers. Mit unendlicher Zärtlichkeit bewunderte ich diese glitzernde Kaskade, deren einzige Quelle der liebende Blick des Wesens ohne Alter zu sein schien.

Er streckte mir seine langen Arme entgegen. »Hier bin ich, mein Kind, so wie du es gewünscht hast«, murmelte die melodische Stimme des Zauberers in meinen Ohren. »Komm näher …«

In meine Nacktheit gehüllt wie in ein Taufkleid, stieg ich von meinem Hochsitz und ging auf meinen Urahnen zu. Ich stellte mich ihm gegenüber in den Opalkreis und das Licht legte sich wie ein Mantel aus Diamanten und Sonne um mich. Merlin nahm meine linke Hand und legte sie sich aufs Herz. Sogleich brachen die wohltuenden Kräfte seiner Magie in mir aus.

»Das ist alles, was du noch wissen musst«, sagte er schlicht. »Jetzt bist du bereit, dich dem Morgen zu stellen. Unterschätze niemals die Habgier der Kirche und ihr Bestreben, die Menschen in Unwissenheit zu lassen. Sie hat die Kräfte der Druiden verheerend und teuflisch genannt, als sie für ihre Anerkennung und Verbreitung hätte sorgen müssen. Die schöpferische Kraft des Lebens reicht aus, um die Liebe zu erklären, die in jedem Lebewesen und jedem Ding steckt. Die Verknechtung der Völker durch diesen blinden Glauben, dessen sich die Kirchenoberen bedienen, kann nicht mit den Bewegungen von Erde, Luft, Wasser und himmlischem Feuer in Einklang stehen. Wenn du auf die kosmische Kraft achtest, bist du den Menschen und dem Leben am nächsten. Das ist wahrhaftige Magie: Lerne, die Kräfte zu nutzen, die dich umgeben und die jedes Lebewesen durch seine schiere Existenz ausstrahlt. Erinnere dich daran, mein Kind, wenn die Stunde kommt, in der du dich gegen die kirchlichen Lehren und für das intuitiv einleuchtende Gemeinwohl entscheidest. Geh jetzt. Durch diesen Mondstein, von dem du dich niemals trennen darfst, verknüpfe ich die Geschicke Englands mit deinem Schicksal. Ich weiß, dass du dieser Aufgabe würdig bist. Geh.«

Ich hob Merlins Hand an meine Lippen, die vor Bewegung zitterten. Der Zauber würde bald gebrochen sein, das wusste ich, und so legte ich mich wieder auf mein Hünengrab, erschöpft von dem Wissen, das mich durchdrungen hatte. Ich fiel in einen Schlaf voller kristallener Träume, den Mondstein wie einen Kettenanhänger gegen mein Herz gedrückt.

Man schrieb den 8. März 1137. Eleonore, die junge Herzogin von Aquitanien, befand sich in höchster Aufregung. Tags zuvor hatte ihr Vater ihr mitgeteilt, dass die junge Patentochter der Mathilde von Anjou nach Bordeaux zu Besuch kommen werde, und das versetzte sie in Hochstimmung. Wie hätte es auch anders sein können? Das gezierte Getue ihrer Freundinnen langweilte sie zu Tode. Überdies war Raymond nach Antiochia abgereist, wo er die Tochter des kürzlich verstorbenen Königs Bohemund heiraten würde. Seither erschienen sie ihr noch fader. Es war nicht zu verhehlen – Raymond fehlte ihr schrecklich, mehr noch als er aber fehlte ihr dieses neue Gefühl, das er tief in ihrem Leib ausgelöst hatte, ein einziges Mal in jener Nacht im Kloster von Belin.

Schon am Tag danach hatte Raymond begonnen ihr aus dem Weg zu gehen. So oft er konnte, verließ er das Schloss, um nicht ständig Gefahr zu laufen, hinter einer Mauerbiegung unvermittelt auf ihren aufreizenden Körper zu treffen. Er konnte nicht mehr in ihrer Nähe leben, ihr Parfum aus Rosen und Iris atmend, von ihrem festen Fleisch und verbotenen Dingen träumend. Einige Monate später brach er eilends nach Antiochia auf, einem neuen Schicksal und einer neuen Frau entgegen in der Hoffnung, seine verwundete Seele heilen zu können.

Eleonore war ihm deswegen nicht böse. Sie wusste, wie verrückt ihre Liebe war, und zweifellos war es das, was sie am meisten liebte, mehr noch als Raymond. Zuweilen fragte sie sich, was ihr Körper mehr vermisste: den Mann oder seine Liebkosungen. Manchmal erforschte sie ganz unkeusch ihre üppiger gewordenen Formen vor dem Spiegel. Raymond hätten sie so auch gefallen, überlegte sie. Spielerisch fuhr sie sich mit einem Finger über die festen Brüste und sagte laut, wie eine Herausforderung an ihren nackten Körper im Spiegel: »Andere als er werden ihn lieben!«

»Es ist mir eine Ehre, Herzogin!«

Respektvoll verbeugte ich mich vor Eleonores lächelndem Kindergesicht. Ihre hochmütig glitzernden Augen konnten zweifellos alle Welt auf Trab bringen. Sie war schön und aus ihrem Blick, den sie mit unverhohlener Freude auf mich richtete, sprach mehr Anerkennung, als ich zu hoffen gewagt hätte. Ich gefiel ihr. Den Kopf hebend, schenkte ich ihr ein komplizenhaftes Lächeln. Sogleich teilte ein Raubtierlachen ihre Lippen, und sie streckte mir freimütig und freundschaftlich die Hand hin. Fröhlich verkündete sie: »Ich spüre, dass wir beide, Ihr und ich, die besten Freundinnen der Welt sein werden!« Dann fügte sie an ihr Gefolge gewandt hinzu: »Nun denn, meine Damen, zeigt euch unserem Gast gegenüber von eurer besten Seite.«

Ich begrüßte die jungen Mädchen um sie herum, die von meinem Eindringen augenscheinlich viel weniger begeistert waren als die Herzogin. Nichtsdestotrotz empfingen sie mich in aller Wohlanständigkeit. Ohne sich weiter um sie zu kümmern, nahm Eleonore mich dann am Arm und führte mich durch einen prächtig ausgeschmückten Korridor. Ihre Autorität ließ keinen Zweifel daran, dass jetzt genug gespielt worden war.

»Ich werde Euch persönlich in Eure Gemächer bringen«, meinte sie. »Ihr werdet sehen, Bordeaux ist eine wunderbare Stadt, hier geht es locker und fröhlich zu. Macht euch keine Sorgen wegen dieser Klatschbasen, die Troubadoure hier singen von Freude, während die nur eine Last sind. Ihr werdet mich fröhlich stimmen, meine Liebe. Aber ich rede und rede, obwohl ich doch alles über Euch wissen möchte. Vater sagte, dass Ihr englischer Herkunft seid, stimmt das? Die roten Flecken auf euren Wangen sind typisch …«

Ich unterbrach sie in spöttischem Ton: »Geht Euch nicht langsam die Luft aus?«

Sie blieb stehen und sah mich fassungslos an: »Ihr wagt es …«

»… Euch darauf hinzuweisen, dass ich Zeit zum Reden brauche, wenn ich Euch antworten soll? In der Tat, ich gestehe«, beendete ich scherzhaft ihren Satz.

Einen Augenblick lang überlegte sie, ob sie lachen oder sich ereifern sollte, dann überwog ihr fröhliches Naturell und sie erwiderte: »Ich habe das untrügliche Gefühl, dass mir Eure Gesellschaft ein echter Genuss sein wird …«

»Ist es mein unfreiwilliges Schweigen, das Euch so gefällt?«

»Vielmehr Eure Impertinenz. Keine von diesen dummen Kühen hätte sich je getraut, so mit mir zu reden. Außerdem ist ihr Gegacker entsetzlich langweilig, sodass ich ohnehin gar keine Lust mehr habe, mich mit ihnen zu unterhalten.«

»Und deshalb monologisiert Ihr in meiner Gegenwart.«

»Oh, Verzeihung! Verzeihung! Ich bin so überrascht und glücklich darüber, dass wir uns gut verstehen. Schaut.«

Durch ein Fenster zeigte sie mir die Stadt. Das Schloss von Ombrière, über den Ufern der Garonne gelegen, war ein riesiges, quadratisches Bauwerk, flankiert von einem rechteckigen Bergfried, der »Armbrustturm« genannt wurde, und zwei weiteren Türmen, die durch einen engen Gang verbunden waren. Darum herum erstreckte sich voller Liebreiz die Stadt Bordeaux beiderseits des Flusses, der durch das Land mäanderte. Von hier oben aus konnte ich sehen, wie es unten vor Menschen, Ständen, Händlern, Bettlern und Gauklern wimmelte. In dieser Stadt herrschte ein Treiben, wie ich es nie zuvor gesehen hatte.

»Vom Armbrustturm aus, in dem sich Eure Kammer befindet«, erklärte Eleonore, »kann man weit flussabwärts sehen bis Blaye und gegenüber auf das Médoc. Ich habe sie selbst ausgesucht. Jetzt bin ich sicher, dass sie Euch gefallen wird.«

Ohne eine Erwiderung abzuwarten – doch das schien mir inzwischen normal –, zog mich Eleonore in ein weiteres Labyrinth aus Korridoren und Treppen, die ebenso prächtig ausgeschmückt waren wie die vorherigen. Dann blieb sie mit einer feierlichen Geste vor einer Tür stehen und stieß ehrerbietig den schweren Holzflügel auf. Wie eine Dienerin verbeugte sie sich vor mir und ließ mich eintreten. Mit offenem Mund blickte ich auf das riesige Zimmer, das nichts gemein hatte mit meiner alten Kammer im Bergfried meiner Kindheit. Es war ein Hort des guten Geschmacks und der Behaglichkeit. Mitten im Raum prangte ein enormes, hohes Bett, dessen mit Adler- und Schlangenmotiven geschnitzte Pfosten sich über den Querbalken zu einem hölzernen Blumenstrauß verbanden. Wandteppiche mit höfischen Szenen in warmen Farben schmückten die Wände.

Auf dem Boden war sorgfältig ein Karoteppich aus Minze und Salbei ausgelegt. Er spiegelte sich in einer Silbervase, die auf einem Frisiertisch mit Spiegel stand. Eine Silberschüssel mit Melissenwasser war für meine Toilette bereit und aus einer Truhe mit offenem Deckel quollen Kleider und Hauben aus Samt und Spitze, Voile und Edelsteinen. Nie zuvor hatte ich solche Pracht gesehen.

Das ist das Zimmer einer Königin, dachte ich.

Ich hatte vage Gerüchte vernommen über den Reichtum des Herzogtums Aquitanten, doch all das übertraf meine kühnsten Fantasien. Eleonore schien im siebten Himmel zu schweben. Ihre Geschenke hatten genau die Wirkung auf mich, die sie erwartet hatte.

»Gefällt es Euch?«, wollte sie ungeduldig wissen, ohne indes daran zu zweifeln.

»Es ist... herrlich!« Selbst dieser Ausdruck schien mir unzureichend, um diese Pracht zu beschreiben.

Leichtfüßig drehte sie sich um sich selbst und klatschte wie ein Kind in die Hände. Zu meiner Überraschung überlegte ich, welche Seite mir an ihr besser gefiel – die Frau, die sie zu sein vorgab, oder das Kind, das sie war. Ich entschied mich für den Schelm in ihr und küsste sie dankbar auf die Wange. Ihr Blick schien Funken zu sprühen. Einen Augenblick lang sahen wir uns schweigend an, dann ging sie mit katzenhaften Schritten auf das Bett zu und sagte mit einem schelmischen Augenzwinkern: »Ich habe es vom Zimmerer des Schlosses machen lassen. Wie findest du es?«

Das vertraute Du war unvermittelt gekommen, zweifellos veranlasst durch meinen Kuss.

»Es ist schön. All das ist neu für mich, aber ich spüre, dass ich mich hier wohl fühlen werde.«

Sie nickte; ich verstand nicht genau, warum. Ihr Verhalten war plötzlich ganz und gar nicht mehr kindlich, vielmehr erschien sie verstört, ihr Überschwang gedämpft.

Ich hätte sie nicht küssen dürfen, dachte ich.

Aber es war mir so natürlich vorgekommen.

Als hätte sie angesichts meiner nachdenklichen Miene ihre Beredsamkeit wieder gefunden, fuhr Eleonore lächelnd fort: »Vater hat mir versichert, dass du Vögel liebst. In den Pyrenäen ganz in der Nähe kann man Adler beobachten, wie sie sich am Flug über den Gipfeln berauschen. Sie sind so frei... Deshalb liebe ich sie. Magst du sie auch, Loanna von Grimwald?«

»Ich habe noch nie welche gesehen, aber ich glaube, ich würde sie auch mögen.«

»Eines Tages werden wir dorthin gehen. Ich werde Vater bitten, uns eine Eskorte zu geben, dann fahren wir in die Berge. Im Augenblick bleibt dir nichts weiter zu tun, als zu ergründen, was die Harmonie dieses Ortes ausmacht. Meine Troubadoure sind unten im Musiksaal, sie lobpreisen deine Augen und dein Haar. Zweifellos werden sie dir bald ein Lied widmen.«

»Meinst du?«

Sie nickte, ein verschmitztes Lächeln auf den Lippen. Dann klatschte sie in die Hände und rief in die Stille, die sich über den Raum gesenkt hatte: »Camille!«

Sogleich hob sich ein Vorhang vor einer verborgenen Öffnung in der Wand und ein junges Mädchen, das kaum älter war als wir, trat heraus und verbeugte sich vor mir.

»Alle meine Gesellschafterinnen haben eine Kammerzofe. Camille steht zu deinen Diensten. Sie wohnt in der Kammer, die an dieses Zimmer angrenzt. Sag ihr deine Befehle und Wünsche und sie wird gehorchen.«

»Möge Gott Euren Aufenthalt in unseren Mauern segnen, Baronin«, sagte Camille.

Ihr offenes, heiteres Lächeln, das zwei Grübchen auf ihre Wangen modellierte, ihre Katzenaugen und ihre Körperfülle gefielen mir auf Anhieb.

»Erhebt Euch«, sagte ich schlicht. Ich war es nicht gewohnt, eigene Diener zu haben.

Camille gehorchte, blieb aber in Erwartung einer Anweisung reglos stehen. Ich wusste nicht, was ich sagen sollte. Es wäre mir tausendmal lieber gewesen, wie in Brocéliande meine volle Bewegungsfreiheit zu genießen, doch mit diesem Wunsch hätte ich meine Gastgeberin gekränkt. In Wahrheit fühlte ich mich unbeholfen angesichts dieser Konventionen, die ich im Grunde verabscheute.

Eleonore bemerkte es nicht. Mit beunruhigender Herablassung ordnete sie an: »Du kannst gehen, Camille. Die Damoiselle von Grimwald braucht dich nicht mehr. Und jetzt müssen wir uns beeilen«, fuhr sie an mich gewandt fort, »denn wenn es eines in diesem Schloss gibt, das man niemals warten lassen darf, dann ist das die Musik.«

Eleonore ging vor. Hinter mir schloss sich die Tür zu meinem neuen Reich, von Camille verriegelt, nachdem wir draußen waren.

Auch Freundschaft war für mich etwas Ungewohntes. Aquitanien und seine Herzogin strahlten einen gewissen Zauber auf mich aus, den ich unter Kontrolle bekommen musste, wenn ich nicht erliegen und meine Mission vergessen wollte.

Wieder ein Gewirr aus Korridoren. Sicherlich würde ich mich hier mehr als einmal verirren. Die Gesichter, die uns auf dem Weg begegneten, senkten sich alle vor Eleonore, ein wenig zu tief für meinen Geschmack, doch das schien hier offenbar Sitte zu sein.

Ohne ein weiteres Wort setzte Eleonore ihren Weg fort, bis sie schließlich zwei Flügel einer schweren, geschnitzten Tür aufstieß. Musik, die bis dahin nur ein sanftes Säuseln gewesen war, barst in meinen Ohren. Zittern, Lauten, Flöten, Tamburine und Violen ertönten noch einen Augenblick lang, um dann abrupt abzubrechen und den Troubadouren und ihrem Minnesang das Feld zu überlassen.

Auf mich deutend, forderte Eleonore sie auf »Messires, hier ist sie. Singt Eure Hymnen auf sie, aber vergesst mich darüber nicht.«

Sogleich umringte mich gleich einem Bienenschwarm fast ein Dutzend Musikanten, die sich mir zu Füßen knieten und den Saum meines Kleides küssten. Dann traten sie ein paar Schritte zurück, um mich besser betrachten zu können, schlugen ein paar Akkorde an und begannen in einer ohrenbetäubenden Kakophonie mit einem Loblied. Belustigt nahm Eleonore auf einem erhöht stehenden Sessel Platz, der mit granatrotem Samt bezogen war. Den Edelfräulein, die sich auf Kissen darum herum ausgestreckt hatten, widmete sie keine Silbe. Ich wollte schon um Gnade betteln, als durch ein Händeklatschen Stille eintrat.

»Ich habe Euch gebeten, sie zu besingen, nicht sie zu betäuben«, rief die Herzogin mit strenger Stimme. »Nun denn, Loanna von Grimwald, kommt an meine Seite, die Damoiselles werden euch Platz machen. Und Ihr, meine Herren, spielt auf, zerstreut uns.«

Ich ließ mich auf einer Bank nieder, die mir eine fade Brünette mit einem Gesichtsausdruck wie ein geprügelter Hund widerstrebend überlassen hatte. Während ich noch darüber nachdachte, wie lieblich dieses Land doch war, ließ ich mich von den weichen Klängen der Musik davontragen.

4

Vielleicht wäre es klug, wenn du dem Herzog Wilhelm deine Aufwartung machen würdest. Deine Burggrafschaft ist dir zurückgegeben worden und deine Ländereien sind wohlhabend.«

Jaufré lächelte vage: »Zweifellos, Uc, aber ich werde mich nicht vor ihm beugen.«

»Vergiss doch endlich diese alten Geschichten. Deine Isolation hat lange genug gedauert«, ereiferte sich liebevoll der alte Mann. »Außerdem empfängt der Hof von Aquitanien die größten Troubadoure unserer Zeit. Hast du denn keine Lust, diese Mauern zu verlassen und der schönsten Jungfrau des Landes deine Verse zu singen?«

Von ununterdrückbarem Abscheu erfasst, stand Jaufré auf. Zwischen zusammengebissenen Zähnen brachte er hervor: »Die schönste ist sie sicherlich, aber auch die grausamste. Stolz und hintertrieben wie ihr Großvater. Sie wird lachen über meinen Gesang, meine Träume, um mich zu demütigen, so wie er es mit meinem Vater getan hat.«

Wie ein Löwe im Käfig drehte Jaufré der Troubadour, Graf von Blaye, Kreise im hohen Turm seiner Burg im Norden von Bordeaux, die über die Flussmarsch hinausragte. Durch das weit geöffnete Fenster sah er die nahe gelegenen Inseln, die sich der Brandung der steigenden Flut entgegenstemmten, und die Fährmänner am Fuße der Befestigungsmauer, die mit lauter Stimme Passagiere anzulocken versuchten. Die Meeresbrise trug einen Duft von Weite und Freiheit herein, der die Sinne des jungen Troubadours weckte.

Uc le Brun, der Graf von Lusignan, stieß einen traurigen Seufzer aus. *Was für eine Vergeudung von Kraft,* dachte er. *Was für ein*

Talent, das in seinem Schlummer nichts als die Düfte der Nacht hervorbringt.

Das Glas mit dem Saft unreifer Trauben leerend, stand er ebenfalls auf und trat hinter die reglose Silhouette vor dem Fensterkreuz. Väterlich legte er Jaufré die Hand auf die Schulter und spürte, wie sie unter seinem Griff nachgab. »Jaufré«, murmelte er mit rauer Stimme, »ich war deinem verblichenen Vater so zugetan, dass ich dich heute wie einen Sohn betrachte, das weißt du. Ich werde nicht abreisen, solange ich dich in solch verbitterter Stimmung weiß. Du musst die alten Streitigkeiten vergessen und dich der Zukunft zuwenden. Du bist nicht für den Kampf geboren, sondern um das Leben und die Liebe zu besingen und die Menschen mit deinen Einfällen zum Lachen zu bringen. Seit deiner Rückkehr vor drei Jahren hast du wahre Wunder auf diesem deinem Land vollbracht. Nicht einem deiner Vasallen fehlt es an etwas und dasselbe kann ich von meinen Ländereien sagen. Du wirst überall bejubelt, nicht wie ein Herr, sondern wie ein Freund, weil du ungerechte Sitten aufgehoben hast, die schwer auf deinen Leuten lasteten und sie ins Elend trieben. Ich wünsche mir deine Aufrichtigkeit und deinen Gerechtigkeitssinn, wenn mich mein Kriegseifer wieder einmal dazu antreibt, mehr zu wollen, als ich habe. Darum beneide ich dich. Doch dein Blick, der immer mehr erlischt, wie ich bei meinen Besuchen feststelle, macht mich traurig, und ich fühle mich reich an den Dingen, die dir fehlen. Du brauchst Liebe, Jaufré. Du musst aus ganzer Seele lieben, so wie ich Sarrazina, meine Frau, liebe, und nicht nur mit dem Körper, so wie du es tust, wenn du Vergessen in kalten Umschlingungen suchst. Glaub mir, mein Freund. Mach deinen Traum wahr. Dann werden deine Verse besser und tiefer klingen.«

»Du meinst, ich soll Eleonore lieben? Du bist verrückt, alter Freund!«

»Wenn nicht sie, dann eine andere. Keine hier hat die Leere deines Herzens ausgefüllt oder sich in deinen Liedern wieder erkannt.«

»Du hast sicher Recht, Uc, aber wer bin ich denn für die Herzogin? Nichts als ein Vasall, der Eroberung unwürdig.«

»Würdig bist du für das, was du besitzt. Hab Vertrauen in dich selbst. Sie schätzt die Gesellschaft der Troubadoure, sie schmückt sich mit ihren Gesängen, ihren Avancen, warum sollte sie deine Liebe nicht respektieren?«

Jaufré stieß einen langen Seufzer aus, denn er wagte es nicht, dem alten Mann gegenüber offen seine Zweifel zum Ausdruck zu bringen. Schließlich ging Uc bereits auf die vierzig zu. Stattdessen griff er nach der Hand, die schwer auf seiner Schulter lag. Er fühlte sich so einsam, so müde. »Ich werde darüber nachdenken. Reise unbesorgt ab, Uc, deine Worte haben mich berührt. Wir werden uns bald wieder sehen, das verspreche ich dir.«

Lange nach Ucs Aufbruch lag Jaufré neben seiner Leier auf dem Boden, auf dem er seinen Reisemantel ausgebreitet hatte, die Augen zu den Sternen gerichtet, die die Nacht entzündet hatte.

»Hier entlang, Loanna!«

Aus einem Durcheinander aus Lachen und Geschrei im riesigen Garten des Schlosses von Ombrière drang leise eine Stimme an mein Ohr. Wie ich in den letzten zehn Tagen seit meiner Ankunft in Bordeaux feststellen konnte, verbrachten die Damoiselles ihre Zeit mit allerlei Spielen. Für sie gab es keine alltäglichen Sorgen um Haus oder Stall – die Falken wurden vom Falkner versorgt und der Herd von den Bediensteten. Ihre Welt voller Belanglosigkeiten überschnitt sich selten mit der Wirklichkeit. Sie beschäftigten sich mit Toiletten und Parfums und tratschten im Übrigen den ganzen Tag, eine Beschäftigung, die nur unterbrochen wurde von ihrem eigenen Gekicher oder der Musik, um nicht vom Schäkern zu reden – denn, so gab mir Eleonore verschiedentlich zu verstehen, die Spiele der Liebe seien die beste Garantie für Jugend und ewige Schönheit. Ich fügte mich also dem verzückten Jungmädchengurren und genoss mein Leben in Samt und Seide. Sobald sich jemand über meinen abwesenden Gesichtsausdruck sorgte, beteuerte ich, dass ich mich sehr wohl fühle, und brachte die nahe liegende diplomatische Lüge vor, ich hätte Heimweh.

Bordeaux war zweifellos die schönste Stadt, die ich je gesehen hatte, und es erschien mir tausendmal aufregender, die Vielfalt von Menschen, Ständen und Geschäften zu erkunden, die unterhalb der Palastfenster herrschte, als meine Zeit mit den Klatschbasen zu verbringen. Zum Glück gab es Eleonore. Sie war lebhaft, verschwiegen, verwirrend, verführerisch, zynisch, geistvoll und besessen von einer Gier nach dem geschriebenen Wort, die mir eine Freude war. Sie hatte eine Erziehung genossen, die der meinen sehr ähnlich war. Neben den »Pflichttexten« wie Cicero oder Plato konnte sie auch trefflich über Plautus, Ovid und Juvenal diskutieren, nicht zu reden von Abaelard und dessen Lehren, die von der Kirche verdammt worden waren. Umgekehrt fand sie großen Gefallen daran, wie gut ich das Provenzalische beherrschte. Ich erzählte ihr mit großer Freude von den wunderbaren Abenteuern König Arthurs, die der gallische Geschichtenerzähler Breri als »Britannische Geschichten« nach Frankreich gebracht hatte. Die Legende hatte die Wirklichkeit längst überflügelt, doch das spielte keine Rolle. Alles was England betraf und mir die Chance gab, über seine Größe und die Würde meines Geschlechts zu sprechen, war ein Segen für mich. Aus Eleonore eine gute Königin zu machen und ihr beizubringen, dass die Pflicht vor den Launen eines verwöhnten Kindes stand, das würde später kommen.

Zunächst musste ich ihre Zuneigung gewinnen – ein Vorhaben, bei dem ich bereits recht weit gediehen war – und ihr Vertrauen. Sie wusste nichts von den Plänen ihres Vaters, abgesehen von ihrem Klosteraufenthalt, auch nicht, dass ich sie dorthin begleiten würde. Ich musste geschickt vorgehen, damit sie meine Gegenwart als erleichternd und erholsam empfand. Ihr Vater würde auf gar keinen Fall wollen, dass sie sich überwacht und zu ihrem Schicksal gezwungen fühlte.

»Vor allen Dingen muss Eleonore ruhiger werden und sich der Werte bewusst werden, für die ihr Rang steht. Ihr müsst sie begleiten wie eine Freundin, die Ihr schon zu sein scheint, und nicht wie eine Spionin«, hatte mir der Herzog in aller Verschwiegenheit anvertraut. »Nach meiner Rückkehr werde ich ihr die Gründe für meine Entscheidung nennen. Wenn sie Euch liebt, wird ihr das Schicksal weniger grausam erscheinen, dessen bin ich mir sicher. Königin zu werden erfordert gewisse Opfer, aber sie wird gestärkt daraus hervorgehen.«

»Hier entlang, Loanna!«

Die Stimme war hartnäckig, also steuerte ich auf das Wäldchen zu, aus dem sie drang. Als ich an einer Trauerweide vorbeikam, deren Äste bis zum Boden reichten, sah ich plötzlich eine Hand vor mir, die mich packte und in das dichte Gestrüpp zog. Hinter dem Geäst verborgen stand eine kleine Holzbank, die im Halbschatten kaum zu erkennen war. Lachend rief Eleonore aus: »Überraschung!«

Bevor ich etwas antworten konnte, legte sie mir einen Finger auf den Mund und untermalte die Geste mit einem »Sch«. Stimmen näherten sich unserem Versteck. »Hier, nein, da entlang, ich bin sicher, ich habe sie sprechen hören...« Nach ein paar Minuten entfernten sich die Närrinnen wieder, weil sie nicht auf die Idee kamen, die Zweige zu teilen. Eleonore nahm mich an der Hand und führte mich zu der Bank, die aus einer grob behauenen Planke bestand, welche auf zwei Steinen ruhte. Mein Erstaunen quittierte sie mit einem kleinen Lachen, welches bei dem Gedanken, dass wir in unserem Versteck nicht entdeckt worden waren, fröhlicher wurde.

»Ich habe sie selbst gebaut, als Raymond noch hier war. Einmal habe ich mich hier versteckt, um ihn zu überraschen. Ich fand den Ort strategisch so günstig, dass ich nach und nach alle Äste abschnitt, die mich störten. Auf diese Weise entstand der Schlupfwinkel. Von hier aus kann ich fast alles hören, was im Garten geredet wird. Ich versichere dir, hier passieren manchmal ziemlich aufregende Dinge!«

»Der arme Raymond! Er muss sehr gelitten haben, als er keine Antwort bekam.«

»Nun ja, Pech für ihn. Er hätte nur die Früchte nehmen müssen, die ich ihm angeboten habe, statt sich aus anderen Körben zu bedienen. Hier hätte uns nichts und niemand gestört. Niemand hätte etwas erfahren.«

»Das wäre aber nicht schicklich gewesen«, sagte ich scheinheilig und dachte dabei an die wüsten Geschichten, die mir Mutter über heidnische Feste erzählt hatte.

»Zum Teufel mit der Schicklichkeit! Lieber sterben als in Langeweile leben! Wie findest du meinen Schlupfwinkel? Du bist die Einzige außer mir, die ihn je betreten hat, weißt du das?«

»Das bedeutet also, dass du mir dein Vertrauen schenkst. Ich fühle mich geschmeichelt, Herzogin …«

»Mach dich nicht über mich lustig, Loanna von Grimwald! Also! Gefällt es dir hier?«

»Ja, und ob! Du weißt, wie sehr ich geheime Orte schätze, an denen man die Einsamkeit genießen kann.«

»Du kannst so oft herkommen, wie du willst, ich erlaube es dir.«

Mit schelmischem Blitzen in den Augen drückte sie mir einen Kuss auf die Wange. In diesem Augenblick begriff ich, dass ich mehr als ihr Vertrauen gewonnen hatte. Es war Zeit, ein Loch in die Mauer meines Schweigens zu schlagen.

Sie half mir dabei. »Diese Närrinnen werden uns noch lange suchen, das kann ich dir versichern. Sie gehen mir mit ihren dummen Spielen auf die Nerven. Wenn ich daran denke, dass keine von ihnen jemals geküsst worden ist!«

»Ich auch nicht. Das heißt aber trotzdem nicht, dass ich dumm bin.«

»Bei dir ist das etwas anderes. Im Anjou sind die Sitten nicht so locker wie hier. Dir haben eben die Gelegenheiten gefehlt.«

Ich atmete tief durch und sagte dann voller Unschuld: »Träumst du eigentlich von der großen Liebe, Eleonore?«

Sie zuckte die Schultern. »Wozu soll das gut sein? Ich werde sowieso verheiratet, ohne gefragt zu werden.«

»Ich rede nicht von Heirat. Ich rede von Gefühlen.«

»Bah, die Liebe lässt einen den Kopf verlieren und den Sinn für Vernunft. Sieh nur, wohin sie Raymond geführt hat! Bis nach Antiochia ist er vor mir geflohen, dabei wollte ich gar nichts anderes von ihm … Nein, es macht mir viel zu viel Spaß, das zu bekommen, was ich will, als dass ich mich eines Tages in einen Mann vernarren würde.«

»Aber die Macht fasziniert dich schon, nicht wahr?«

Mit einer leichten Handbewegung glättete sie die Falten ihres Kleides, als würde sie einen Augenblick zum Nachdenken brauchen. »Ich glaube schon.«

Ich ließ nicht locker. »Und wenn du einen schönen Mann treffen würdest, der die Macht ebenso benutzt und liebt wie du?«

»Wenn er kein Feind ist, dann denke ich schon, dass ich mich mit ihm verstehen könnte, vorausgesetzt natürlich, dass er mein Bett nicht verlässt, um in den Krieg zu ziehen. Du siehst, Loanna, so ein Kleinod gibt es nicht.«

»Hier bestimmt nicht«, bemerkte ich geheimnisvoll.

»Im Konvent werde ich ihn sicher auch nicht finden!« Eleonores Stimme klang wütend. Sie hieb mit der Faust auf die Planke, die uns als Sitzgelegenheit diente, und explodierte: »Überhaupt, was für eine absurde Idee! Ich weigere mich, den Schleier zu nehmen! Aber Vater besteht darauf! Ich verstehe das nicht.«

»Du blutest.«

Ein Spreißel hatte ihre Haut aufgeritzt, dort wo die Faust das Holz berührt hatte. Zärtlich nahm ich ihre Hand, führte die verletzte Stelle an meine Lippen und fragte mit schmeichelnder Stimme, ohne sie aus den Augen zu lassen: »Selbst wenn ich dich begleite?«

Ihr Blick verschleierte sich. Mit einem Ausdruck freudigen Erstaunens sah sie zu, als ich ihre Verletzung küsste. Ich spürte, wie einfach es werden würde, sie an mich zu binden.

»Warum solltest du das tun?«, wollte sie vorsichtig wissen.

Ich zog meinen Mund zurück und lächelte sie spitzbübisch an. »Damit du die Liebe zur Macht nicht zu Gunsten der Liebe zu Gott aufgibst!«

Ihr Lachen perlte erneut zu unserem grünen Gewölbedach auf. Sie entzog mir ihre Hand und warf mir einen verschwörerischen Blick zu. Mein Spiel gefiel ihr.

»Glaubst du, ich bin ein Dämon, wie Raymond immer gesagt hat?«

»Ganz ohne Zweifel. Allerdings erkenne ich auch Züge von einem Vogel, vielleicht einem dieser Adler in dir, von denen du mir erzählt hast, die sich an freiem Raum und hohen Gipfeln berauschen und die Sterne vom Himmel holen wollen.«

»Ein Adler! Das gefällt mir besser.«

Sie streckte sich wie eine Katze und fuhr dann fort: »Du findest so schöne Bilder, wenn du von Dingen und Wesen sprichst. Es fehlt nur noch die Musik dazu, dann könntest du sie singen.«

Jetzt musste ich lachen. »Ein weiblicher Troubadour? Das wäre doch nichts Gescheites, wirklich!«

»Warum denn nicht? Mein Großvater wäre stolz, glaube ich, wenn ich Verse und Melodien vortragen könnte wie er seinerzeit.«

»Eine solche Einstellung hätte er sicherlich verurteilt. Eine Frau darf ein wenig trällern und sich mit Poesie beschäftigen, zuweilen am Kamin vielleicht etwas Harfe spielen, aber sicher nicht von Stadt zu Stadt reisen und die Liebe besingen!«

Eleonore zuckte die Schultern. »Wer spricht denn von Liebe? Ich spreche von Macht und Freiheit.«

»Kein Troubadour singt von so etwas«, gab ich zurück.

»Das ist ziemlich schade! ... Nun denn!« Sie atmete tief ein. »Sie werden mir fehlen in diesem kargen Gefängnis. Selbst wenn du mit mir kommst.«

Ich löste meinen Zopf, und sie beobachtete mich aufmerksam dabei, als fürchtete sie, dass ich es mir anders überlegen könnte.

»Wirst du das wirklich tun?«

Ich beruhigte sie mit einem entschlossenen »Ja«. Bedächtig breitete sie meine befreiten Locken über meine Schultern. Es war dunkler geworden unter dem Gewölbe, wahrscheinlich weil der Tag langsam zur Neige ging. Ich konnte kaum ihre Augen sehen, spürte aber ihren Atem, der unregelmäßig ging.

»Liebst du mich ein wenig, Loanna?«

Die Frage war keineswegs unschuldig. Ich spürte, wie sich tief in meinem Innern eine ungewohnte Wärme ausbreitete, die ich sofort auf ihre Hand zurückführte, welche mir über das Haar in meinem Nacken strich. Einen Augenblick lang dachte ich, ich bin selbst verantwortlich für dieses Spiel, denn ich habe es provoziert. Ich hätte mir denken können, dass meine Begleiterin einen Weg finden würde, es zu ihren Gunsten zu wenden. Ich antwortete ausweichend und versuchte, diese ungewohnten Gefühle so gut wie möglich zu beherrschen. »Ja, natürlich.«

»Das ist nicht der einzige Grund, nicht wahr? Warum solltest du deine Jugend und deine Schönheit diesem Kloster opfern, obwohl dich niemand dazu zwingt?«

»Rate!«, entgegnete ich herausfordernd und versuchte im Dunkel, das Blitzen ihrer Augen auszumachen.

Sie strich mir zärtlich mit einem Finger über die Lippen. »Sag du es mir«, hauchte sie.

Ich antwortete nicht, hatte ich doch versprochen, bis zur Rückkehr des Herzogs Stillschweigen über die Verlobung zu bewahren. Er würde in einigen Tagen aufbrechen. Eleonore bekam gewöhnlich alles von ihm, was sie wollte, insbesondere seit dem Tod ihrer Mutter. Doch hinsichtlich seines Beschlusses, sie nach Fontevrault zu bringen, ließ er nicht mit sich reden. Die junge Wölfin spürte, dass es hier um mehr ging als um die Sturheit eines alten Mannes, der von der Einsamkeit erdrückt wurde.

»Sag es mir«, wiederholte sie und legte ihre Wange an meine.

Trotz der Zartheit ihrer Berührung wandte ich den Kopf ab. »Ich habe dir nichts weiter zu sagen, Eleonore. Du musst nicht dieses lächerliche Spiel mit mir treiben. Ich bin nicht Raymond.« Meine Stimme sollte fest klingen und doch bestärkte ihr Klang in meinen Ohren nur mein Verlangen, ihre Lippen auf meinen zu spüren.

Eleonore spürte das und ging noch einen Schritt weiter. »Was kümmert mich Raymond! Die Spiele der Liebe haben so viele Fassetten. Möchtest du nicht, dass ich dich unterweise?«

Das Blut pochte mir in den Schläfen. Wie konnte es sein, dass ich mich so verwundbar fühlte, obwohl mich Merlins Lehren den Elementen so nahe gebracht und den irdischen Launen so entrückt hatten? Vielleicht waren es die sinnliche Atmosphäre im Schloss und der Wind der Lasterhaftigkeit, der hier bis in den hintersten Winkel drang. Vielleicht war es nur die schiere Gegenwart dieser Frau, die sich so von allen anderen unterschied. Mit festem Griff zog sie mein Kinn zu ihrem Gesicht, das vom Halbdunkel verschleiert war. Ich musste mich beherrschen, um jeden Preis, im Interesse meiner Mission. Schon strich ihr Atem über meine Lippen …

Auf dem Rasen waren plötzlich Schritte zu hören und die Zweige teilten sich. Eleonore hielt in der Bewegung inne und ließ mich zwischen Erleichterung und Enttäuschung verharren.

»Ich war sicher, dass ich dich hier finde. Guten Abend, Damoiselle Loanna.«

Eleonores kleine Schwester machte einen anmutigen Knicks.

»Guten Abend, Pernelle«, erwiderte ich und hatte Mühe, meine Stimme unbeschwert klingen zu lassen.

Zum Glück war das Kind noch nicht in dem Alter, in dem ihm sinnliche Schwingungen in der Luft aufgefallen wären. Eleonore kochte vor Wut. Ich spürte, dass sie ihrer Schwester am liebsten eine Ohrfeige verpasst hätte. Doch sie hielt sich zurück und schenkte ihr ein verärgertes Lächeln.

»Ein Troubadour wünscht, empfangen zu werden. Vom Äußeren her ist er recht unansehnlich, nicht wie der, der gestern kam«, verkündete Pernelle, offenbar hoch zufrieden mit sich, eine so bedeutsame Mitteilung überbracht zu haben.

Eleonore erhob sich mit raschelnden Seidenröcken. »Nun gut, dann wollen wir ihn nicht warten lassen. Wir reden später weiter, Loanna.«

»Wie Ihr wünscht, Herzogin.«

»Begleitet mich und gebt mir Eure Einschätzung. Los, Pernelle! Und nun verratet mir, freches, kleines Ding, woher Ihr meinen Schlupfwinkel kennt.«

Pernelle entschwand mit einem frischen Lachen, das endgültig die Wellen des Verlangens aus meinem Körper vertrieb.

Jaufré von Blaye fühlte sich nicht wohl in seiner Haut. Er wusste plötzlich nicht mehr, was er mit seinen langen Armen anfangen sollte, mit seinen Händen, die linkisch die Mandore hielten, oder mit seinen Füßen, die er irgendwie nicht mehr recht zuordnen konnte. Plötzlich hatte er den Drang zu fliehen, sich in seinen nüchternen und tristen Bergfried zurückzuziehen, der ihm so vertraut war und ein Gefühl der Sicherheit bot. Die Steine lachten niemals über seine Lieder. Aber sie! Sie! Jemand war losgegangen, sie zu suchen, und hatte ihn in diesem Boudoir mit den warmen Farben allein gelassen, allein mit einer zweifachen Angst – der des Vasallen und der des Poeten.

Ich war verrückt, auf das Gerede des alten Mannes zu hören, dachte er. *Was werde ich ihr sagen, was werde ich singen, was werde ich erdichten, um ihr zu gefallen? Muss ich ihr überhaupt gefallen? Herr im Himmel, wie soll ich ihr gefallen, ich bin ein Laffe und bleich wie der Mond. Weggehen. Ja, das ist es, gehen, bevor sie mich sieht. Einfach gehen.*

In einem letzten Anfall von Panik stürzte er zur Tür, doch da öffnete sie sich bereits.

Eleonore betrachtete den jungen Mann von oben herab. Er war fünfundzwanzig Jahre alt, weder schön noch hässlich, weder groß noch klein und zierlich wie eine Frau. Seine Gesichtszüge waren so fein, dass sie fast wächsern wirkten. Sie erkannte ihn sofort wieder. In Poitiers hatte sie ihn vor drei oder vier Jahren einmal gesehen. Er hatte sich nicht verändert seit damals, noch immer war sein Blick auf die Stiefel gerichtet und noch immer war er linkisch und ungeschickt. Sie lächelte erfreut. Es wäre einfach, ihn zu demütigen; erstaunlicherweise tat sie es nicht, wahrscheinlich meinetwegen.

Sie ging auf ihn zu und Jaufré, der nur den Saum ihres Kleides sehen konnte, machte eine Verbeugung, die ihn noch lächerlicher erscheinen ließ. Er flößte mir Mitleid ein, wirkte er doch wie ein verletztes Tier, das von allen Seiten umstellt ist. Ich konnte es nicht länger ertragen.

»Erhebt Euch, mein Freund«, sagte ich leise.

Meine beruhigende Stimme war nicht die, die er in Erinnerung gehabt hatte. Überrascht hob er den Kopf und schien irritiert von meinem ermutigenden Lächeln.

»Jaufré, Graf von Blaye, zu Euren Diensten, Damoiselle.«

»Wir wissen, wer Ihr seid!«

Diese trockene, raue Stimme. Er ließ seine Augen wandern und kreuzte den belustigten Blick von Eleonore. Röte stieg in seine Wangen, hatte er doch das Protokoll verletzt. Er stammelte unverständliche Entschuldigungen und Eleonore brach in ein grausames Gelächter aus.

»Nun, gnädiger Herr«, begann sie, »gibt es auf Euren Ländereien nicht genügend schöne Damen, dass bereits ein einziges hübsches Mädchengesicht ausreicht, um Euch aus der Fassung zu bringen? Man sagt, Ihr seid Troubadour. Werdet Ihr Euch dieses Titels als würdig erweisen können? Hanswurste sind hier nicht willkommen!«

Sie streifte ihn majestätisch mit ihrem Rock, als sie dicht an ihm vorbei auf die granatroten Samtkissen zuging, um sich niederzulassen. Pernelle saß zu ihren Füßen wie ein junger Hund. Ich war wie versteinert. Diese klaren Augen, nur ein paar Meter von meinen entfernt, waren so stolz und zugleich so zerbrechlich. Mein Herz krampfte sich zusammen. Jaufré wagte nicht, sich zu rühren, und starrte auf die goldgesprenkelte Lockenpracht, die über meine Schultern fiel. Mir wurde bewusst, dass ich mir nicht die Zeit genommen hatte, meine Zöpfe neu zu flechten. Doch angesichts seiner Bestürzung hatte das ohnehin keine Bedeutung. Ohne recht zu wissen, warum, hatte ich plötzlich Vertrauen in sein Talent. An ihm vorbeigehend, murmelte ich: »Singt für mich.« Dann nahm ich rechts von Eleonore Platz und flehte sie mit den Augen an, nachsichtig zu sein.

Sie streifte meinen Arm verheißungsvoll mit dem Finger, doch ihre Berührung jagte mir diesmal ein Gefühl des Abscheus ein. Ich empfand Hass gegenüber dieser Frau, die ihren Vasallen nun in hochmütigem Ton aufforderte: »Nun denn, Messire, tragt uns Euren Gesang vor oder geht!«

Ich verspürte Lust, sie zu ohrfeigen. Der Graf von Blaye stand uns gegenüber, ein verächtliches Lächeln spielte um seine Lippen. Sein Blick haftete auf mir und ich las in seinen Augen, wie gut ihm meine einfachen Worte der Ermunterung getan hatten. Das gehetzte Tier schien wie verwandelt.

»Euer Vertrauen ehrt mich, meine Dame«, sagte er an Eleonore gewandt, doch mir war klar, dass er mich meinte, nur mich, und das erfüllte mich mit einem unbeschreiblichen Glücksgefühl.

Ich wartete auf seine Musik wie auf einen Regenbogen. Als sie kam, erstand sie als schmachtende Klage aus seinen knöchernen Fingern, stieg auf bis zur Decke des Raumes, durchdrang Kissen und Wandteppiche, selbst das Mauerwerk schmolz vor Freude dahin. Dann erklang seine Stimme, ebenso rein wie seine Augen, ebenso zart und fein wie sein Gesicht, und riss seine Gastgeberin aus ihrer herrischen Noblesse in einen Taumel der Sinne.

Als seine Melodie zu Ende war, bebte der junge Mann noch immer. Die tanzenden Flammen der Kerzen im Raum verliehen ihm eine gleichsam übernatürliche Aura. Eleonore hatte ihren ersten verheerenden Eindruck vergessen und Pernelle klatschte begeistert in die Hände. Und ich … ich wagte nichts mehr zu sagen, atmete kaum, um den Zauber dieses Augenblicks nicht zu brechen.

Der Troubadour blickte uns drei mit der unauslöschlichen Sanftheit derer an, die in ihrer Leidenschaft leben. Dann verbeugte er sich und sagte voller Zärtlichkeit: »Eure Schönheit, Damoiselles, übersteigt meine Kunst. Meine Verse klingen geziert, weil sie nur ein schwacher Abglanz sind, statt die Quelle ihrer Inspiration zu verherrlichen. Darf ich zu hoffen wagen, dass Ihr ihnen ihre Unzulänglichkeit vergebt, sind sie doch entstanden, bevor sie Eurer ansichtig wurden?«

»Erhebt Euch.«

Eleonores Stimme war rau vor Erregung. Ohne ihrer Verzauberung gewahr zu werden, folgte er ihrer Aufforderung. Zärtlich nahm er die Hand, die sie ihm zum Kuss hinstreckte. Er überflog sie mit seinen Lippen, erfüllt von der Freude der Genugtuung, und kostete den Moment aus, um genau zu spüren, wie sie erschauderte. Lange hatte er davon geträumt, sie für ihre Geringschätzigkeit bezahlen zu lassen. Ihre Liebe zu erwecken wäre ein gutes Mittel; doch kaum war ihm diese Idee gekommen, erschreckte sie ihn bereits. Nicht wegen des Leids, das er ihr zufügen könnte, wenn sie sich nach ihm verzehrte, sondern weil er in meinen Augen all meine Zärtlichkeit für ihn las.

Plötzlich kamen mir die Bilder in Erinnerung, die ich damals als Kind gesehen hatte, als ich mit Mutters Zauberformeln herumgespielt hatte. Diese Visionen und dieser verheißungsvolle Blick! Er ließ Eleonores Hand los. Mein Herz klopfte bis zum Hals, sodass ich nicht wagte, mich zu rühren.

»Ihr habt uns in Bann geschlagen, Graf von Blaye. Ein solches Vergnügen verlangt eine Belohnung.« Eleonores Stimme holte mich in die Wirklichkeit zurück, zumal sie sich nun an mich richtete: »Damoiselle Loanna, führt unseren Besucher doch in die Gemächer, die für besondere Gäste reserviert sind.«

Sie machte eine Pause, um zu sehen, welche Wirkung ihre Anordnung erzielte. Zufrieden mit meiner Verwirrung, fuhr sie dann in anderem Ton fort: »Der Anstand verbietet es mir, diese Aufgabe einem einfachen Pagen zu überlassen.«

»Ich würde ihn auch gerne begleiten.« Pernelles dünnes Stimmchen ließ sich in dem Geplänkel vernehmen, dessen Zweck ich noch nicht erkannt hatte.

Eleonores trockene Erwiderung ließ ihre Schwester einen Schmollmund ziehen: »Ihr seid noch zu klein, um an Entscheidungen teilzunehmen, Pernelle. Es reicht schon, dass Ihr bei den Minnezirkeln dabei seid. Kein Wort mehr, ist das klar?«

Dann wandte sie sich an mich, während ich immer noch zitterte unter meiner Maske. »Ich erwarte Eure Antwort. Soll ich nach jemandem schicken?«

»Nicht doch, Herzogin. Ich bin sicher, unser Besucher ist ein Mann des Hofes, ebenso wie seine Lieder höfisch sind«, hörte ich mich antworten.

»Seid dessen versichert, Damoiselle …?«

»Loanna von Grimwald.«

Er verbeugte sich erneut. Eleonore setzte ein belustigtes Lächeln auf. Das Interesse, das ich an diesem Mann zeigte, erregte sie ohne Zweifel, auch wenn ich nach Kräften versuchte, nichts davon durchscheinen zu lassen. Sie fügte hinzu: »Nun gut, dann geht, bevor ich es mir anders überlege!«

Schweigend schritt ich den Gang entlang, Jaufré dicht hinter mir, und spürte mit unbändiger Freude seinen brennenden Blick auf meinem nachtblauen Samtkleid. Ich gestattete es mir, für einen Moment seine Gedanken zu entschlüsseln, und was ich las, ließ bis unter die Haarwurzeln mich erröten. Zum Glück wusste er nichts von meinen Kräften! Aufgewühlt bis ins Innerste, erreichte ich schließlich die schwere Tür zu seinem Zimmer im sechseckigen Turm. Langsam drehte ich mich um und bot ihm die Zartheit meines Gesichtes dar. Er kniete sich vor mich und nahm voller Leidenschaft meine Hände.

»Dieser Blick macht mich zu Eurem Sklaven, edle Dame. Ich verdanke Euch alles durch das Vertrauen, das Ihr mir so spontan geschenkt habt, und doch bin ich jetzt verletzlicher als jemals zuvor. Verlangt mein Leben und Ihr werdet es bekommen.«

»Ich wünsche nichts als Eure Freundschaft. Erhebt Euch. Eure Lieder gefallen mir, also singt. Singt, wann immer Ihr wollt.«

»Sofort, wenn Ihr wollt.«

»Nein, später.«

»Wann?«

»Heute Abend, morgen, wir haben alle Zeit der Welt.«

Seine Ungeduld amüsierte und reizte mich.

»Ich erfülle Euch jeden auch noch so geringen Wunsch.«

Die Berührung seiner Haut, sein flehender Hundeblick – ich war nicht mehr ich selbst. Zitternd flüsterte ich: »Erhebt Euch, ich bitte Euch.«

Widerwillig gehorchte er, behielt aber meine feuchten Hände in seinen. Zärtlich führte er sie an seine Lippen, doch anders, als er es bei Eleonore getan hatte. Sein Kuss war von einer verheißungsvollen Zartheit, die mich dahinschmelzen ließ. Ich hatte in meinem Leben bislang nur Mutters beruhigende und besänftigende Berührungen gekannt, und jetzt tauchte ich in ein Meer der Gefühle und Empfindungen, die jede Pore meiner Haut durchdrangen. All mein Wissen schien zu einem Nichts zusammenzuschrumpfen, und mir wurde mit Schrecken bewusst, wie unerfahren ich in der Liebe war. Was passierte in meinem Körper, dass ich immer wieder solches Verlangen spürte?

Ganz in meine Gedanken versunken, wies ich meinen Verehrer schließlich zurück, indem ich ein wenig zu hastig stammelte: »Ich muss jetzt gehen, die Herzogin erwartet mich.«

Er quittierte meine Entscheidung mit einer Verbeugung und ich spürte seinen Blick in meinem Rücken, bis ich hinter einer Mauerbiegung verschwunden war. Nun, da ich den Gefühlen in mir freien Lauf lassen konnte, wurde ich von einem Schluchzen erfasst. Ich verstand nicht, was diese Tränen ausgelöst hatte. In der Stille – ich hatte jeden Laut unterdrückt – hörte ich, wie sich seine Tür schloss. Nach ein paar Sekunden ertönte Gesang, der mir noch schöner erschien als zuvor und meine Verzweiflung steigerte. Jaufré von Blaye, das wusste ich, sang für mich.

In dieser Nacht fand ich keinen Schlaf. Jemand kratzte hartnäckig an meiner Tür. Ich wusste nicht, wer sich dahinter nach mir verzehrte und wen ich lieber eingelassen hätte, Eleonore oder Jaufré. Ich war verloren. Für mich durfte es nur eine Liebe geben: England. Aber war Verlangen dasselbe wie Liebe? Ich wusste nichts mehr. Der Blick, der mich seit meiner Kindheit verfolgte, ließ mir keine Ruhe. Wenn er Teil meiner Bestimmung war, würde er mich dann stützen oder zerstören? Was hatte die Vision meiner Kindheit für eine Bedeutung? War sie Warnung oder Verheißung gewesen? Was würde aus mir werden, wenn ich nicht lernte, diese Gefühle zu beherrschen, die mir Leib und Seele verbrannten? Ich war so hilflos, so allein. Die Morgendämmerung fand mich erschöpft nach einer Nacht, in der ich mich unablässig im Bett herumgewälzt hatte.

Die folgende Woche war bedrückend. Wilhelm, der sich weiterhin nicht vom Flehen seiner Tochter erweichen ließ, bereitete sich durch Andacht und Gebet auf seine Pilgerreise vor. Sein einziger Wunsch war es, sein Gewissen zu beruhigen und das Gemütsleid zu lindern, das ihm die Einsamkeit verursacht hatte. Nichts und niemand mehr konnte seine Aufmerksamkeit erlangen, weder Eleonores falsche Tränen noch Pernelles zärtliche Aufmerksamkeit.

Aus Wut darüber, dass sie jegliche Macht über ihren Vater verloren hatte, überschüttete Eleonore nun mich mit ihrem Charme, aus Verlangen wohl ebenso wie als Provokation, wie ich vermutete.

Jaufré wich uns nicht von der Seite und verfolgte mich mit seinem sehnsuchtsvollen Blick, den er zum Glück vor Eleonore verbergen konnte. Er umwarb mich mit Lobgesängen und Gedichten und nannte mich »meine Ferne«, um die Herzogin nicht zu brüskieren, denn es war so Brauch, dass er ihr den Vorzug geben musste.

Außerhalb der Zeiten, in denen Eleonore ihre Troubadoure und ihren Hof im großen Hauptsaal zu den Minnezirkeln um sich scharte, ging ich ihm möglichst aus dem Weg. Ich hatte Angst davor, allein mit ihm zu sein. Schon ein Atemzug von ihm beschleunigte den Schlag meines Herzens. Ich war Sklavin seiner Gegenwart, seiner Stimme, seines Gesichtes, seines Lächelns und versuchte doch gleichzeitig, mich zu befreien.

Ich war so verstört, dass meine Wachsamkeit erlahmte, und Eleonore bemerkte es. Sicherlich nahm sie an, sie wäre die Ursache dafür. Jedenfalls war ich zwei Tage vor der Abreise des Grafen so unvorsichtig, meine Tür nicht zu verriegeln. Das Knarren der Angeln riss mich aus der Betäubung, die mich nicht mehr verließ. Meine Kerzen hatte ich schon vor einer Weile gelöscht. Ich überlegte, ob ich um Hilfe rufen sollte, doch ich wagte nicht, mich zu rühren. Ich war wie versteinert. Dieser Augenblick, den ich insgeheim ebenso erhofft wie gefürchtet hatte, fand mich wehrlos. Als ich im flackernden Licht Eleonores Gesicht erkannte, begann ich zu zittern. Das Haar fiel ihr über die festen, runden Brüste, ansonsten war sie nackt. Sie stellte ihren Kerzenleuchter auf meinen Nachttisch. Mit nichts am Leib als einem sanften Lächeln glitt sie unter mein Laken und umarmte mich zärtlich. Ihre warmen, zarten Hände glitten unter mein Nachthemd und ihre Lippen eroberten meinen Mund, ohne dass ich die Kraft gefunden hätte, sie zurückzuweisen. Ich war aufgewühlter, als ich es je für möglich gehalten hätte. Ihre Hände und ihr Mund schenkten mir ungeahnte Genüsse, sodass ich mir ein Herz fasste und mit der gleichen Sinnlichkeit ihre Liebkosungen erwiderte. Sie erbebte unter meinen Händen und nach und nach wurde mir bewusst, welche Macht ich über sie hatte. Auch wenn ich in Liebesdingen unerfahren war, so hatte ich doch eine Erziehung genossen, die meine Wahrnehmung geschärft hatte. Und dies nutzte ich nun in der Liebe. Als Eleonore mich aufgewühlt und glücklich verließ, hatte ich die Gewissheit, dass ich nun die Fäden des Spiels in der Hand hielt.

Blieb noch Jaufré und mit ihm war es wesentlich schwieriger. Er überraschte mich im Garten, während Eleonore und Pernelle bei ihrem Vater waren; Wilhelm wollte sie der Obhut von Gottfried von Lauroux anvertrauen, dem Erzbischof von Bordeaux, der während seiner Abwesenheit seine Ländereien verwalten sollte, und erteilte ihnen dazu letzte Anweisungen.

Eleonores Gesellschaftsdamen lauschten in der Gartenlaube

einigen Morgenständchen. Entnervt von ihrem gezierten Getue, hatte ich mich in den Obstgarten zurückgezogen.

Ich hörte ihn nicht kommen. Seine Schritte auf dem weichen Gras waren so leicht wie der Flügelschlag eines Schmetterlings.

»Diese Birnen sehen köstlich aus«, sagte er hinter mir.

Beinahe wäre ich vor Schreck erstickt, denn ich biss gerade in eine Frucht, die ich von einem Ast direkt über mir gepflückt hatte.

»Messire von Blaye, Ihr hättet mich beinahe umgebracht!«, empörte ich mich, nachdem ich den Bissen ausgespuckt hatte, der mir im Hals stecken geblieben war.

»Ich bitte tausendfach um Verzeihung! Um nichts in der Welt wollte ich, dass Euch so etwas zustößt, glaubt mir.«

Er reichte mir sein Spitzentaschentuch, und ich tupfte mir behutsam die Mundwinkel, wo die saftige Frucht süße Spuren hinterlassen hatte.

»Reden wir nicht mehr davon. Aber Ihr habt mir einen gehörigen Schrecken eingejagt. Das ist nicht die feine Art, sich so unangekündigt von hinten an eine Dame heranzuschleichen.«

»Hätte ich mich bemerkbar gemacht, wäret Ihr entflohen. Denn Ihr weicht mir aus, Loanna von Grimwald. Da, schon wieder wendet Ihr Euren Blick ab. Bin ich denn so hässlich?«

Seine Frage erschütterte mich, und ich hob die Augen. Er sah verletzt aus. »Ihr seid nicht hässlich.«

»Kommt schon! Glaubt Ihr, ich kenne nicht das Gerede über mein weißes, mageres Gesicht, meine zierliche, verweiblichte Statur? Die Blicke der anderen sind mir einerlei. Nur Eurer tötet mich.«

Ich war wie zu Eis erstarrt – und brannte gleichzeitig lichterloh. Ich fing an zu zittern und die Birne fiel ins Gras, weil meine Hand sie nicht mehr halten konnte.

»Ihr bebt ja«, sagte er mit einem fahlen Lächeln. »Verzeiht, wenn ich Euch erschreckt habe. Dichter sind ein wenig verrückt. Ich mache da keine Ausnahme.«

Ich wollte reden, doch meine Kehle war wie zugeschnürt. Mühsam schluckte ich, während er fortfuhr: »Ich wollte mich nur verabschieden, bevor ich abreise. An Eurer Seite zu verweilen fällt mir schwerer, als die Einsamkeit meines Bergfrieds zu ertragen. Ich liebe Euch, Loanna von Grimwald. Auch wenn Ihr mich niemals lieben werdet.«

Als ich weiterhin nichts sagte, machte er auf dem Absatz kehrt. In diesem Moment hatte ich das Gefühl, ich würde vom Blitz getroffen. Die Worte brachen aus mir heraus wie Regen aus einer Gewitterwolke.

»Geht nicht. Ich liebe Euch.«

Er drehte sich um. Mein Herz schlug zum Zerspringen, aber ich zitterte nicht mehr. Plötzlich hatte ich das Gefühl, ich müsste ihn beruhigen. Seinem Blick standhaltend, sagte ich: »Ich habe nie ein edleres und schöneres Gesicht gesehen als Eures, Graf, wenn die Musik es streichelt und verzückt. Eure Stimme ist wie Vogelgesang in der Morgendämmerung, wenn sich der Horizont zu seinen Ehren glutrot färbt. Wenn Ihr jetzt geht, verurteilt Ihr diesen Frühling zum Tode, bevor er je geboren wurde. Wenn ich Euch gemieden habe, dann nicht aus Abscheu vor Euch, sondern aus Angst vor mir selbst.«

Langsam kam er auf mich zu, kniete sich vor mich hin und nahm meine Hand für einen langen Kuss. Dann legte er sein Ohr auf den Samtstoff meines Kleides und flüsterte in vertraulichem Ton: »Ich habe heute Nacht die Herzogin in eurem Zimmer verschwinden sehen. Sie hat die Tür nicht richtig hinter sich geschlossen. Ich war so indiskret, einen Blick durch den Spalt zu werfen. Verzeiht mir.«

Sein Geständnis ließ mich rot anlaufen. Jetzt war mir klar, warum er sich abgewiesen fühlte.

Ich hatte gelernt, für meine Taten geradezustehen; so verlangten es die Gesetze. Eine einzige Liebe, hatte Mutter mir gesagt: England. Ich biss die Zähne zusammen. Zweimal innerhalb eines Mondes war ich schwach geworden, hatte ich vergessen, wer ich war. Ich wollte ihn nicht verletzen, aber ich musste die Kontrolle über mich selbst wiedererlangen. Ich legte ihm meine Hand auf die Wange, die zart war wie ein Seidenband.

»Was heute Nacht geschehen ist, hat keine Bedeutung. Ihr wisst, dass die Spiele der Liebe hier ohne Folgen bleiben. Ich war eine Novizin. Sie hat mich eingeführt. Mein Schicksal ist mit ihrem verknüpft, aus Gründen, die ich nicht nennen kann. Sobald der Herzog von Aquitanien aus Compostela zurück ist, werde ich mit ihr ins Kloster eintreten. Mein Herz und meine Seele gehören Euch, Jaufré von Blaye. Aber ich darf Euch nicht lieben.«

»Ich mache Euch keine Vorwürfe. Ich gehöre Euch.«

»Nein, Jaufré. Ihr gehört Eurem Talent.«

»Es würde nicht existieren, wenn Ihr es nicht mit Eurem Vertrauen geehrt hättet.«

»Es existiert aus sich selbst heraus. Glaubt mir. Zweifelt nicht an Euch. Zweifelt nicht an mir. Vielleicht kann ich eines Tages Euch gehören, doch ich flehe Euch an, wartet nicht auf mich. Diese Bürde wäre zu schwer für mich.«

»Ein Dichter kennt nur eine Liebe. Was immer Ihr von mir verlangt, ich werde es tun, und wenn ich für Euch sterben müsste. Auf nichts zu warten wäre ein Unglück für mich. Auf Euch zu warten wird das schönste Lied für mich sein. Selbst wenn ich es aus meinen Träumen erdichten muss.«

»Ihr seid verrückt.«

»Das habe ich Euch bereits gesagt.«

»Bleibt bis zur Rückkehr des Herzogs.«

»So lange, bis Ihr mich verjagt, meine süße Geliebte.«

Gelächter und Geplapper ganz in der Nähe beendeten unser unvermutetes Stelldichein. Aufgebracht darüber, dass sie ihren Vater nicht hatte umstimmen können, war Eleonore auf der Suche nach mir. Jaufré entfernte sich, nicht ohne mir zuvor einen keuschen, süßen Kuss zu rauben, der mich glückstrahlend zurückließ.

Tags darauf ging Wilhelm zu Fuß in Pilgermantel und dünnen Sandalen auf die Reise, zusammen mit einigen Baronen und Freunden, die sich entschieden hatten, ihm zu folgen. Gedankenverloren küsste er seine Töchter, um seinem Schicksal entgegenzutreten.

Als ich seiner Silhouette nachblickte, die sich müde auf den Pilgerstab stützte, überfiel mich ein Gefühl eisiger Kälte. Ich konnte nicht sagen, warum, aber ich wusste, dass ihn der Tod auf seinem Weg begleitete.

5

Endlich, die Pyrenäen!«

Die Stimme riss die Gruppe aus ihrem Schweigen. Vor den Pilgern ragten majestätisch und stolz die verschneiten Gipfel auf, wie eine Verspottung der sanften Hügel, die sie in den letzten drei Wochen überwunden hatten. Sie sahen einander an und tauschten ein zuversichtliches Lächeln aus. Der Col de Roncevaux hatte den Beinamen »Pass der Erkenntnis«. Einige würden trotz ihres Glaubens dort nicht weiterziehen, weil sie von der Anstrengung und dem Fasten zu erschöpft waren. Für die anderen, die den Pass überschreiten würden, um nach Spanien weiterzugehen, würde der Weg jedoch leichter werden, das Leiden erträglicher. Die Hornhaut unter den Füßen, die von den dünnen Schuhsohlen kaum geschützt wurden, ließ den Boden weniger steinig, weniger scharfkantig erscheinen. Glückseligkeit bemächtigte sich der Seelen und aus einem Gefühl unendlicher Demut heraus dankten sie dem Herrn für diese unvermeidlichen Leiden.

Wilhelm betrachtete die Grenze an diesem 9. April 1137 voller Beunruhigung. In letzter Zeit hatte ihn seine berühmte Konstitution im Stich gelassen. Er litt an schweren Kopfschmerzen und Magenkrämpfen, die zuweilen dazu führten, dass er Blut spuckte. Vermutlich vertrug er die gesunde, aber ungewohnte Nahrung nicht. Das Roggenbrot und die Grütze, von denen sie sich ernährten, hinterließen in seinem Rachen einen bitteren Nachgeschmack. Er war während der Reise abgemagert und fühlte sich schwach.

Wahrscheinlich, dachte er, *habe ich mir irgendeine Krankheit zugezogen, die alle bösen Launen und Unreinheiten aus meinem Körper brennen soll.*

Trotz der Qualen, die bläuliche Ringe unter seine Augen malten, empfand er eine gewisse Freude bei dem Gedanken, dass seine Reise nicht umsonst war und er in den Stand der Gnade treten würde. Seine Begleiter indessen zeigten sich weniger zuversichtlich. Wilhelm war immer ein robuster Kerl gewesen, stark wie ein Ochse, der eine halbe Schafshälfte allein vertilgen konnte. Seine wächsernen Züge verhießen nichts Gutes.

Obwohl sie ihm rieten, hier umzukehren, setzte er seinen Weg voller Vertrauen fort. Der junge Baron Tourangeau, mit dem er sich angefreundet hatte und der brüderlich Wasser und Grütze an alle austeilte, hatte ihn hinsichtlich seiner Müdigkeit beruhigt. Er selbst habe bereits einmal an der Schwelle zum Tod gestanden, erzählte er, doch er sei wie verwandelt daraus hervorgegangen und habe mit neuem Schwung sein Leben wieder aufgenommen. War das nicht ein Wink des Schicksals?

»Eure Grütze, Messire.«

Mit einem verführerischen Lächeln hielt Anselme von Corcheville Wilhelm die Steingutschüssel hin. *Die letzte,* dachte er und hörte förmlich die versprochenen Goldmünzen in seinen Taschen klimpern.

Wilhelm nahm sie ungeschickt entgegen. Einen Augenblick lang überlegte er, ob er die abscheuliche Nahrung wegschütten sollte, doch die Stimme säuselte: »Ihr müsst etwas essen, Gevatter, sonst könnt Ihr den Pass der Erkenntnis nicht überwinden. Morgen wird Euch diese Verstimmung sicherlich schon wieder verlassen haben. Nur Mut!«

»Ich fühle mich so schwach, Anselme, dass ich mich frage, ob ich nicht an der nächsten Etappe einhalten soll«, murmelte Wilhelm. Voller Ekel blickte er auf den Brei in seinen bläulichen Fingern und konnte sich nicht entschließen, ihn zum Mund zu führen.

»Schließt Euch uns an, Wilhelm, Ihr seid schon weit genug gekommen«, ließ sich der Baron von Angoulême vernehmen, den eine böse Vorahnung beschlich. Er hatte den jungen Baron von Corcheville von Anfang an nicht gemocht. Abgesehen davon, dass sein Mardergesicht ein hässliches Mal entstellte, das von der linken Augenbraue bis zum rechten Winkel seines dünnen Mundes reichte, war etwas faul an seiner honigsüßen Art. Angeblich hatte er diese Narbe von einem Treuebrüchigen erhalten, der versucht hatte, sich seine Ländereien unter den Nagel zu reißen, doch der Baron von Angoulême hatte den Verdacht, dass genau das Gegenteil der Fall und der Mann ein gerissener Schurke war. Seine Bewunderung für den Grafen war allzu plötzlich aufgeflammt. Andererseits konnte er ohne Beweise keine Anschuldigung vorbringen, zumal Wilhelm von seinem neuen Freund begeistert schien.

Anselme sah Wilhelm mitfühlend an, machte ein ebenso entschlossenes wie betrübtes Gesicht und sagte seufzend: »Ich glaube, wir müssen uns den Umständen beugen. Eure Freunde haben Recht, und ich habe sicherlich Unrecht. Mein Kreuzweg kann nicht sein wie der Eure, denn unsere Sünden und unsere Beweggründe sind ganz unterschiedlicher Art. Heute Abend werden wir das Hospiz erreichen. Dort lasst Ihr Euch von einem Mönch untersuchen und ruht Euch aus.«

»Meint Ihr wirklich?«

»Das meinen wir alle, Wilhelm. Es wäre Wahnsinn weiterzugehen«, stimmte der Baron von Angoulême zu, überrascht von diesem Meinungsumschwung, der seine Intuition Lügen zu strafen schien.

Missmutig schüttelte Wilhelm den Kopf. Er dachte an seine Tochter Eleonore. Er hatte sich verpflichtet, sie nach seiner Rückkehr zu verloben. *Auf diese Weise,* dachte er, *kann ich, aller Verpflichtung enthoben, Gottes Gesetz erfüllen. Zur Stunde muss die Vernunft obsiegen.* »Vielleicht ist es besser so«, hauchte er.

Resigniert führte er, dem Beispiel seiner Gefährten folgend, die Grütze zum Mund und aß sie ohne Appetit. Seine entrückten Augen waren auf ein Traumbild seiner Tochter gerichtet, auf deren Haupt die englische Krone strahlte.

Plötzlich trübten sich die Bilder, ein Krampf von unerträglicher Heftigkeit riss ihm die Schüssel aus den Händen und ließ sein Gesicht blaurot anlaufen. Er rang nach Luft. Mit einem stumpfen Blick auf seine Gefährten, die geschirrklappernd herbeigeeilt kamen, kippte er, von Krämpfen geschüttelt, nach hinten. In einem letzten lichten Moment packte er Anselmes Hand, die seinen Nacken stützte, schüttelte sie heftig und hauchte in die schweigenden Gesichter, die über ihm schwebten: »Eleonore verloben ... mit dem künftigen König ... Versprochen ...«

Ein Blutstrahl, der mit einem gewaltigen Husten aus seiner Kehle stieg, beendete den Satz. Mit verdrehten Augen tat er seinen letzten Atemzug.

Befriedigt schloss ihm Anselme die Lider, während sein Mardergesicht angemessene Trauer über den Tod eines teuren Freundes zeigte.

Geistesgegenwärtig murmelte er, sodass es alle hören konnten: »Wir werden dein Versprechen respektieren, Wilhelm. Wir werden deinen letzten Willen dem König von Frankreich überbringen. Dein Versprechen soll von nun an unseres sein.«

Vom Schmerz übermannt, konnten die Barone nur kopfnickend zustimmen, bevor sie sich zum Gebet zurückzogen. Trotz seiner Antipathie gegen den Baron von Corcheville kam dem Baron von Angoulême – ebenso wenig wie den anderen – nicht einen Augenblick lang in den Sinn, dass Gift an diesem Tod schuld sein könnte.

Mit einem metallischen Glitzern in den Augen empfing Abt Suger die Abordnung aus Aquitanien in Béthisy, der Residenz der französischen Könige. In ihren Reihen erkannte er den Mann, den die Tempelritter auf ihre Seite gezogen hatten, sagte jedoch nichts. Kluft und Geist der Templer schützten ihn vor unnötigen Gewissensbissen.

Suger ließ Ludwig VI., genannt der Dicke, über die Bedeutsamkeit dieses Treffens in Kenntnis setzen und gab dann Anweisungen, damit die erschöpften Männer etwas zu essen bekamen und sich ausruhen konnten.

Einige Stunden später betrat Ludwig der Dicke den großen Gewölbesaal. Der König von Frankreich hatte die wächserne Haut eines Kranken und der Durchfall schwächte ihn von Tag zu Tag mehr. Sein Bauch war geschwollen wie ein Weinschlauch, sein aufgedunsenes Gesicht von eiternden Furunkeln übersät. Er nahm auf dem Thron Platz, während sich seine Vasallen am Fuße der zwei

Treppenstufen niederknieten, die mit einem dicken Samtteppich belegt waren.

Mit einer müden Handbewegung bedeutete er ihnen aufzustehen. Allein der Baron von Angoulême verharrte verzagt und vom Kummer niedergedrückt mit einem Knie auf dem Boden. Mit niedergeschlagener Miene erklärte er im Namen seiner Gefährten, die sich hinter ihm im Halbkreis aufgestellt hatten. »Euer Majestät, wir haben eine sehr traurige Nachricht zu überbringen. Wilhelm Herzog von Aquitanien ist nicht mehr. Sein Leichnam wurde vor einigen Wochen nahe dem Ort beigesetzt, wo er sein Leben aushauchte. Mehrere von uns waren Zeugen seines letzten Willens. Wir sind hierher gekommen, ohne seinen Hof in Kenntnis zu setzen, weil wir nicht die Gier der Barone wecken wollten, die ihm feindlich gesonnen sind. In seinem Namen bitten wir Euch um Protektion für seine älteste Tochter Eleonore und stellen es Eurer Macht und Güte anheim, ihre Vormundschaft zu übernehmen.«

»Diese Neuigkeit macht mich traurig«, erwiderte der König, seine kranken Eingeweide auf dem Thronstuhl hin und her wälzend. »Ich werde eurer Bitte entsprechen. Herzogin Eleonore genießt von Stund an meine volle Protektion, ebenso wie ihre Güter und ihre Leute.«

»Euer Majestät sei Dank dafür. Der edle Herzog wünschte sich in seinem Todeskampf jedoch noch mehr. Er hegte die Hoffnung auf eine Verbindung zwischen dem Königreich Frankreich und Aquitanien, eine Gnade, die es seiner Seele erlauben würde, Gott in Frieden gegenüberzutreten.«

»Gut, gut. Was meint mein treuer Berater dazu?« Der König wandte sich an Suger, wie er es schon immer getan hatte. Mehr denn je verspürte er das Bedürfnis nach Bestätigung seiner Ansichten, denn er fürchtete, die Krankheit schwächte seinen Verstand.

Gerade wie eine Eibe stand Suger zu seiner Linken, die Hände als Zeichen der inneren Andacht über dem Gewand gefaltet. Er ließ einen angemessenen Moment verstreichen, bevor er sprach. »Unser allmächtiger Herr kann eine solche Verbindung nur segnen. Eleonore von Aquitanien wird eine Gattin sein, die die Last von Staatsgeschäften tragen und ihrem Mann zu jeder Zeit an jedem Ort zur Seite stehen kann, dessen bin ich mir sicher. Die Kirche ist einverstanden.«

Ludwig stieß einen Seufzer der Erleichterung aus. Wenn Suger zustimmte, sollte er sich dieser Chance lieber nicht verweigern, seinen tölpelhaften Sohn mit einem so klugen und gut bestallten Edelfräulein zu verheiraten. Er stand behäbig auf, weil er seine Darmsäfte nicht länger halten konnte. »Nehmt Euch die Ruhe, die Ihr braucht, Messires, aber brecht anschließend sofort nach Aquitanien auf, um unsere Beileidsbekundungen und unsere Entscheidung zu überbringen. Abt Suger wird Euch dorthin begleiten, um das Ableben unseres teuren Freundes und Untertanen feierlich zu begehen. Die Verlobung findet öffentlich statt, sobald unser Sohn davon in Kenntnis gesetzt ist. Geht jetzt, Euer König ist sehr schwach und von Schmerzen geplagt.«

Befriedigt zogen sich die Barone mit einem respektvollen Gruß an ihren Souverän zurück und begaben sich geschlossen in die Kapelle, um eine Weile in stillem Gedenken zu verharren.

Der hinterlistige Anselme verschwand unauffällig und ließ sich in das geheime Kabinett von Suger führen. Dort übergab ihm der Ordensmann die versprochene Belohnung und erteilte ihm Absolution, denn schließlich handelte es sich trotz allem um eine göttliche Mission.

Kurze Zeit später – nachdem er sich, um jeden Verdacht zu unterdrücken, von Wilhelms Gefährten verabschiedet hatte – verließ er Béthisy, um Stephan von Blois Bericht zu erstatten.

»Ich weigere mich, diese Frau zu heiraten!«

Ludwig der Jüngere war außer sich. Dämonische Bilder vor seinem geistigen Auge, drehte er sich im Kreise. In seiner langen Leinenkutte zitterte er wie Espenlaub.

»Beruhigt Euch, mein Sohn, es geht um die Zukunft des Königreichs. Gott selbst fordert dieses Opfer von Euch.«

»Aber Vater, es widerspricht meinen Neigungen! Man kann nicht gleichzeitig Priester und Ehemann sein.«

Der König von Frankreich spürte Wut – und eine Kolik – in sich aufsteigen. Es widerstrebte ihm, das Reich in diese weibischen

Hände zu legen. Es hätte von der starken Faust und dem standhaften Geist seines Ältesten geführt werden sollen, der jedoch einige Jahre zuvor bei einem Unfall auf tragische Weise ums Leben gekommen war.

Ludwig wird kein guter König sein, überlegte er. *Aber habe ich eine Wahl? Kann Eleonore einen Souverän aus diesem Priester machen? Ich erinnere mich, dass sie schön und begehrenswert ist und der Krone Erben schenken kann – aber wird das ausreichen?*

Nach einem langen Seufzer dröhnte er mit fester Stimme, die keine Widerrede duldete und im Gewölbe der Kapelle widerhallte: »Ich befehle dir, die Herzogin Eleonore von Aquitanien zu heiraten, mein Sohn, und sie zur Königin von Frankreich zu machen. Ich befehle dir, diese Frau zu lieben, ihr zu gefallen und ihre Wünsche und Forderungen zu erfüllen, damit sie Söhne für dieses Land zur Welt bringt. Dein Vater bittet dich darum, dein König befiehlt es dir, verstehst du?«

Ludwig der Jüngere spürte, wie ihm ein Schluchzer der Empörung die Kehle zuschnürte; dennoch kniete er sich vor seinen König und legte als Zeichen der Unterwerfung seine zitternden Lippen auf den von Diamanten gefassten Smaragd, den Ludwig der Dicke am linken Ringfinger trug. Unfähig, sich zu rühren oder einen Laut von sich zu geben, verharrte er, die Augen auf den Boden gerichtet. Der König trat einen Schritt zurück. Er empfand Enttäuschung und Mitleid angesichts dieser gebeugten, unterwürfigen Gestalt, die trotz allem Fleisch von seinem Fleisch war. Da seine kranken Eingeweide erneut von treibenden Schmerzen geplagt wurden, drehte er sich auf dem Absatz um und ging wortlos davon, nachdem er sorgfältig die Tür hinter sich geschlossen hatte.

Als seine Schritte im Gotteshaus verhallt waren, spie Ludwig der Jüngere, von Abscheu und Angst erfasst, die saure grüne Galle seiner inneren Dämonen unter das Kreuz. In Trance klammerte er sich an das Symbol Gottes wie einst der Gekreuzigte, der wenige Stunden später seine Seele ausgehaucht hatte. Erschöpft schlief er schließlich darunter ein, zusammengekauert wie ein Fötus.

Gleich nach meinem Einzug in den Palast hatte ich von Eleonore die Erlaubnis erhalten, meine Tauben in einem ausrangierten Schlag unterhalb meines Fensters zu halten. Die fliegenden Boten ernährten sich von Körnern und Krümeln, die ich für sie auf das Sims streute. Regelmäßig überbrachten sie mir Neuigkeiten von Heinrich und Mutter, mit der ich auf diese Weise Eindrücke austauschen konnte. So wie sie es mir beim Abschied geraten hatte, verzichtete ich darauf, in Bordeaux meine Zauberkräfte zu benutzen, denn sollte mich jemand im Zustand der Trance überraschen, wäre meine Mission gefährdet.

Das eisige Gefühl, das ich bei Wilhelms Abreise empfunden hatte, ließ mich nicht zur Ruhe kommen. Zwar war mir bewusst, wie gefährlich der Tod des Herzogs für Mathilde sein würde, doch welche Folgen er außerdem nach sich ziehen konnte, wagte ich mir gar nicht auszumalen. Ich beschloss, Mutter zu benachrichtigen, doch meine Taube kehrte nicht zurück.

Seit einigen Tagen kreiste ein Sperber über dem Schloss, und es gelang den Falknern nicht, ihn zu fangen und zu zähmen. Ich hatte gesehen, wie er sich auf Spatzen stürzte, und hoffte, dass er sich an größere Vögel nicht wagen würde. Trotzdem blieb der Zweifel. Ich wusste nicht, was ich tun sollte.

Eine neue Taube brauchte ich indessen nicht zu schicken, denn die Neuigkeit erreichte uns durch einen Boten des Königs von Frankreich. Noch vor den Reisegefährten des Herzogs traf Suger ein und verlangte, mit Eleonore und Gottfried von Lauroux zu sprechen.

Sie empfingen den Abt seinem Wunsch gemäß in der Kapelle. In der Annahme, dass es sich um eine wichtige Neuigkeit handeln musste, drängten sich meine Gesellschafterinnen wispernd auf dem Gewölbegang, der rund um das Gebäude reichte und zum inneren Garten hin durch Arkaden offen war.

Ich hielt mich abseits. Dieser dürre, kalte Mann gefiel mir nicht. Schon als er seinen Fuß auf diesen Boden gesetzt hatte, hatte ich gespürt, dass er mein Feind werden würde. Vielleicht lag es an dem prächtigen Rubinkreuz, das an einer schweren Goldkette über seiner Kutte hing. Ich hatte diese schwerreichen Prälaten immer verabscheut, die zwischen zwei Bissen eines üppigen Mahls, von denen einer eine ganze Familie satt gemacht hätte, für die Erlösung des Hunger leidenden Volkes beteten.

Eine ganze Weile später öffnete Eleonore die Tür der Kapelle. Es herrschte Schweigen. Ihr Lächeln war erstorben und ihre Augen hatten den metallischen Glanz stummer Wut, der entsteht, wenn man sich die Tränen verbietet. So war sie; wenn sie Mitleid wecken wollte, weinte sie, doch der Stolz verbot es ihr, sich gehen zu lassen, wenn ihre Schwäche ausgenutzt werden konnte. Sie war kein Opfer.

Im Moment schien sie niemanden wahrzunehmen. Mit monotoner Stimme, die kaum wieder zu erkennen war, verkündete sie: »Der Herzog von Aquitanien, mein Vater, ist nicht mehr.«

Marionettenhaft schritt sie an uns vorbei, während wir in andächtigen Knicksen verharrten, und eilte zu Pernelle, um ihr die bittere Nachricht zu überbringen.

Als ich mich erhob, kreuzte mich der kalte Blick Sugers und ein Schauer überlief mich. Der Herzog war keines natürlichen Todes gestorben, dessen war ich mir in diesem Moment gewiss. Ich senkte die Augen und eilte zum Taubenschlag. Sperber oder nicht, Mathilde musste es erfahren.

Eleonore nahm alle Formalitäten selbst in die Hand. Ohne Rücksicht auf Zeit und Mühen nahm sie die Beileidsbekundungen von Vasallen und Freunden entgegen, verzichtete auf die Hilfe ihrer Gesellschaftsdamen und winkte müde die ermutigenden Worte der Troubadoure ab, die in die Lande hinausschwärmten, um die Neuigkeit in ihren Liedern weiterzuverbreiten. Jaufré war bereits kurz nach der Abreise des Herzogs nach Blaye zurückgekehrt, um sich um die Angelegenheiten seiner Grafschaft zu kümmern. Da er sich jedoch nach meiner Gesellschaft sehnte, besuchte er uns häufig und wohnte dann zwei oder drei Tage die Woche im Palast von Ombrière.

In diesen schweren Stunden fehlte mir nun seine Wärme. Ich fühlte mich einsamer als je zuvor, lastete doch Eleonores ganzer Kummer auf mir. Ich war die Einzige, mit der sie ihn teilen konnte, weil sie ihre Tränen vor den Blicken der anderen verbarg. Dann wiegte ich sie an meiner Schulter, immer wieder von neuem überrascht über den Mut, den sie bewies.

Mündel des Königs von Frankreich, hatte Suger gesagt. Zwei Dinge, die unser Vorhaben mit Heinrich vereiteln würden. Heinrich war noch viel zu jung, um zu regieren, und als Spielball seiner Mutter im Kampf um den englischen Thron konnte er unmöglich selbst die Einlösung des Versprechens einfordern. Was der König von Frankreich mit der Herzogin von Aquitanien anfangen würde, konnte ich mir nur allzu gut vorstellen, obwohl ich von Staatsräson nicht viel verstand. Was sollte ich unternehmen? Es war mir nicht möglich, Hexerei und Gifte zu Hilfe zu nehmen. Doch mein Gewissen verurteilte das tödliche Spiel, das sie trieben. Mehr denn je hoffte ich auf Nachrichten von Mutter.

In der Nacht nach der Trauermesse für den verblichenen Herzog fand ich keinen Schlaf. Pernelle an der Hand, war Eleonore in der Kathedrale von Saint-André erschienen, wo Gottfried von Lauroux, Abt Suger und eine schweigende Menge in Schwarz warteten. Ihr Gesicht zeigte Stolz und Würde und durch den beruhigenden Druck ihrer Hand schien auch die kleine Schwester trotz geröteter Augen gestärkt. Suger hielt vor den versammelten Vasallen die Grabrede, in der er das beispielhafte und leidvolle Leben Wilhelms als geradezu mönchisch darstellte. Dann folgte, was ich befürchtet hatte. Er rief die Barone auf, die auf der Pilgerfahrt dabei gewesen waren. Sie stellten sich vor der Herzogin auf und wiederholten einstimmig die letzten Wünsche ihres Freundes und ihren Schwur vor seiner sterblichen Hülle.

Ein Raunen ging durch die Versammlung. Ich sah, wie Eleonores Schultern sanken, als Suger auf sie zutrat, vor ihr ein Knie beugte und für alle hörbar erklärte: »Euer Vater sei gesegnet, mein Kind, dass er Euch den Thron von Frankreich als Erbe vermacht, indem er auf Eure Vermählung mit Ludwig dem Jüngeren hofft, zu der der König bereits seinen Segen gegeben hat.«

Im Aufstehen breitete er feierlich die Arme aus und fuhr fort: »Verharren wir in Andacht, meine Brüder, vor der Liebe dieses Mannes zu seinem Land und seinen Kindern.«

Alles war gesagt, in einer meisterlichen Inszenierung. Legitimiert durch den Augenzeugenbericht, gebilligt von Volk und Vasallen, die beruhigt in die Zukunft blicken konnten. Gab es letztlich eine größere Ehre für meine Freundin?

Ein Schauer der Wut überlief mich. Vorbei war die unbeschwerte Zeit, in der ich dem Schicksal seinen Lauf lassen konnte. Suger war ein gefährlicher Mann. Er hielt die Fäden der Macht in der Hand und verfolgte Interessen, die denen von Mathilde und Heinrich entgegenstanden. Man hätte schon sehr dumm sein müssen, um das nicht zu bemerken. Ich würde in Zukunft List und Intuition gleichermaßen anwenden müssen, um am Hof von Frankreich Ränke zu schmieden.

Eleonore hatte sich nach dem Gottesdienst in ihr Zimmer zurückgezogen, um zu beten. Seither hatte ich sie nicht mehr gesehen.

Ich schauderte. Da ich meine Wut nicht abschütteln konnte und einen zunehmend beängstigenden Druck auf mir spürte, schlich ich in die mondlose Nacht hinaus. Die Dunkelheit war von Gewitterstimmung erfüllt und der Duft des Pfeifenstrauchs verband sich mit dem der Rosen und des Flieders zu einer betäubenden Mischung.

Ich ging zu dem Taubenschlag unter meinem Fenster. Ein schmaler Weg schlängelte sich durch das Gebüsch bis zu diesem Winkel, der niemanden mehr interessierte, weil er abseits der üppig grünen Gärten lag. Meine Taube war noch immer nicht zurückgekehrt. Zweifellos würden Mutter und Mathilde auf Grund der Ereignisse ihren Plan überdenken. Ich setzte mich einen Augenblick lang auf eine vergessene Steinbank. Am Fuße der Außengalerie plätscherte leise das Wasser. Eine angespannte Atmosphäre lag über dem Palast von Ombrière. Ich spürte die Bedrohung um mich herum wie einen unsichtbaren Nebel, der unmerklich Ort, Dinge und Menschen umhüllte. Lag es vielleicht am Gewitter? Oder war es meine Angst vor dem Unbekannten?

Ein Geräusch im Buschwerk ließ mich zusammenzucken. Ich wollte an ein Tier glauben, doch so wie sich mein Herzschlag beschleunigte, musste es sich um einen Menschen handeln. In der

Tat näherte sich ein Schatten, der mir jede Fluchtmöglichkeit verstellte. Ich wagte nicht, mich zu rühren, und war bereit, mich gegen das Unvorhersehbare zu verteidigen, als mir Lilienduft in die Nase stieg und meine Befürchtungen zerschlug. Im gleichen Augenblick kam mir der Mond zu Hilfe, indem er durch ein Loch in der Wolkendecke schien. In seinem blassen Schein zeichnete sich das Gesicht des Troubadours ab.

»Jaufré, ist Euch bewusst, dass Ihr mich gerade zum zweiten Mal fast zu Tode erschreckt hättet?«

Er trat zu mir und nahm meine Hand, um sie an die Lippen zu führen. »Verzeiht mir. Ich habe nicht damit gerechnet, Euch hier zu begegnen.«

»Wen habt Ihr denn erwartet?«

»Eine Muse vielleicht, die eilends entfloh, oder einfach einen Lichtstrahl aus eurem Fenster, damit ich Euch mit einem Lied erreichen kann. Ich habe Euch in der Kathedrale gesehen, aber Ihr wart so gedankenverloren und abwesend, dass Ihr mich nicht bemerkt habt. Hier wollte ich mich Euch nahe fühlen. Ich hätte nie zu hoffen gewagt, dass ich es einmal wirklich sein würde.«

Er stand so dicht vor mir, dass ich spürte, wie sein Mantel über meinen Leib streifte. Wie bedrückend mir das Alleinsein mit einem Mal erschien ... Ich hatte niemanden, dem ich meine Ängste hätte offenbaren können. Sein Duft verwirrte mir die Sinne. Ich wollte seine Lippen auf meinen spüren, seine Hände auf meinem Körper. Wie sehr wünschte ich, meinen Kopf an seine Schulter zu lehnen und für einen Augenblick zu vergessen, wer ich war!

Er vergrößerte meine Qual noch, indem er seinen Atem über mein Gesicht streicheln ließ; bebend sog ich ihn ein. Zweifellos wusste er auf Grund seiner Erfahrung als Mann darum, wie sehr meine Sehnsucht, in seinen Armen zu liegen, die süße Erregung in meinen Lenden steigerte.

Er legte mir seine zarte und warme Hand auf die Wange, und ich rieb mich daran wie ein Kätzchen.

»Gehen wir ein Stück, ja?«, flüsterte er. »Die Nacht ist schön über der Garonne. Das Gewitter, das über der Guyenne grollt, scheint sie gänzlich in seinen Bronzewirbel gesaugt zu haben. Kommt!«

Ich nickte zustimmend, die Kehle von Tränen und Verlangen wie zugeschnürt.

Wir gingen zur Befestigungsmauer. An ihrem Fuß plätscherte der Fluss dahin. Es war Flut. Ein paar Leichter und spanische Segler lagen im Hafen vor Anker, im leichten Wind schwankende Schatten. In der Ferne zuckten Blitze über den Himmel.

Jaufré zeigte mit dem Finger in Richtung des Gewitters und vertraute mir mit gedämpfter Stimme an: »Dort liegt mein Land. Meine Grafschaft. Ich möchte Euch dorthin mitnehmen, Loanna, und Euch die Inseln und Sümpfe zeigen. Sie haben eine andere Farbe als die hier. Die Erde ist roter und schwärzer, das Wasser lebendiger. In Blaye öffnet der Fluss seine Arme dem Meer. Kommt mit mir, und ich werde Euch beibringen, seine Menschen, seine Weinberge und seine Felder zu lieben, wie ich sie liebe. Wie ich Euch liebe.«

Er sah mich an, nahm mein Gesicht in beide Hände, sodass ich seinem Blick nicht ausweichen konnte, und erkundete es voller Zärtlichkeit. Wie gern wäre ich in diesem Moment eine jener leichtfertigen Gesellschaftsdamen gewesen. Wie gern hätte ich ihn mit all meiner Kraft und aus ganzem Herzen geliebt. Doch meine Bestimmung lag anderswo. Traurig schüttelte ich den Kopf. Wenn ich es ihm nur sagen könnte … Sein Mund eroberte den meinen und brachte meine Zurückhaltung mit seiner feuchten Wärme zum Schmelzen.

Plötzlich erschienen mir Eleonores Küsse fade angesichts dieser Zunge, die über die Worte streichelte, welche ich ihm nie würde sagen können, und meinen ermatteten Körper in einem unbekannten Feuer verzehrte. In einem Sog verschlang sein gieriger Mund meine Lippen, mein Kinn, meinen Hals. Mein Atem geriet zu einem Stöhnen und mein Wille erstickte in einem Verlangen, das mich zur Frau werden ließ.

Unfähig, noch weiter zu widerstehen, lehnte ich mich rücklings über die Mauer. Ich spürte den Sog der Tiefe in meinem Nacken; hinunterzustürzen wäre ein Leichtes. Einmal jemandem vertrauen, nur ein einziges Mal … Er löste mein Haar, verweilte kurz in seiner seidigen Fülle, um mir dann mit seinem Finger spielerisch über Schultern und Hals zu fahren bis hinauf hinter das Ohr. Er lächelte glücklich wie ein Kind. Es fühlte sich so gut an, seinen Körper an meinem zu spüren. Ich umschlang seinen Nacken, um ihn näher an mich zu ziehen, und suchte zärtlich seinen Mund. Zum Teufel mit den Vorsätzen! Morgen würde ich aufbrechen, um einer Staatsraison zu dienen, die keinerlei Schwäche duldete. Doch heute Nacht hatte all das keine Bedeutung. Ich brauchte ihn, seine mächtige Sinnenlust, die meinen Leib erweckte. Also führte ich seine Hand zu den Seidenbändern, die mein Mieder zusammenhielten. Unter dem Stoff war ich nackt. Jaufré ließ seine Finger über den weit geöffneten Ausschnitt wandern. Seine Berührungen waren wie der Flügelschlag eines Schmetterlings. Selbst Eleonore mit ihren von Salben zarten Händen hatte nicht diese Leichtigkeit von Blütenblättern, die mich erschaudern ließ. Er nahm eine Brust und legte voller Leidenschaft seine Lippen darauf. Ich genoss voll ungeduldiger Erregung, wie er mich zappeln ließ, an meinem zitternden Busen verweilend.

Die Nacht über uns nahm einen zunehmend metallischen Glanz an. Ich schloss die Augen, als ich spürte, wie sein Mund über meinen Nabel nach unten wanderte. Langsam schob er den Stoff meines Nachtgewandes hoch, die entblößte Haut mit Küssen bedeckend.

Er hatte sich hingekniet und seine Lippen hielten sich an der Innenseite meiner Schenkel auf, was meine Ungeduld verstärkte. Noch nahm ich wahr, dass ich seine Schläfen fest in meine Hände eingespannt hatte, auch die Feuchte zwischen meinen Beinen, die Antwort auf seine Liebkosungen war, doch schon hatte ich keine Kontrolle mehr. Ein Schluchzen der Verlassenheit und des Begehrens entrang sich meiner Kehle. Meine Lenden glühten. Dann zerbarst ich in einem Schrei, der mit seiner Wucht in meinen Augen und in meinem Bauch einen Strom von Tränen auslöste.

Jaufré zog sich zurück und schmiegte sich dann an mich. Ich lehnte an der Mauer und die Kühle der Steine durchdrang den Stoff an meinem Rücken. Er leckte mir die Tränen ab, streichelte mein Haar, aber ich konnte mich nicht mehr nur mit seinen Zärtlichkeiten zufrieden geben. Er sollte mich besitzen, mir die Jungfräulichkeit und den letzten Rest meiner Kindheit nehmen.

Mit einer Stimme, die ich selbst kaum wieder erkannte, flehte ich ihn an: »Liebe mich!«

Er schüttelte den Kopf mit einem zärtlichen und bewegenden Lächeln, das mich erstarren ließ. »Nein, meine Geliebte, nein.«

Ich verstand nicht. Erneut flossen mir Tränen über die Wangen, und Sie stellten ihm die Frage, die ich nicht auszusprechen wagte. Warum? Sein Nein wühlte mich ebenso auf wie sein Glied unter seinem Wams. Es drückte sich gegen meinen bereitwilligen Leib, den zu nehmen er sich versagte.

»Weint nicht, ich bitte Euch«, murmelte er. »Ich liebe Euch mehr als alles andere auf der Welt, Loanna, doch Ihr gehört mir nicht, versteht Ihr? Ich will mehr als Euer Begehren, ich will Euch ganz und gar. Ich weiß, dass Ihr noch nie mit einem Mann zusammen wart, doch ich kann Euch meinen Körper nur in meinem eigenen Haus schenken und auch dann nur, wenn mir Euer Herz und Eure Seele gehören. Wenn mich das Verlangen verbrennt, soll es noch viel stärker sein; es soll mir das Glück versprechen, Euer Vasall sein zu dürfen. Denn ich habe mehr Achtung vor Euch, als ich je für eine Frau empfunden habe.«

Ich wollte schreien, ihn ohrfeigen und verwünschen, doch meine Kräfte hatten mich verlassen. Nur meine Tränen flossen weiter, sich auf meinen Wangen mit dem Regen vermischend, der aus den Wolken über unseren Köpfen stürzte. Er wiegte mich sanft und ich spürte, wie sein Verlangen zurückging, gedämpft von seinen Bekenntnissen. »Wir müssen jetzt zurück«, entschied er. »Das Gewitter kommt näher und ich möchte nicht, dass der heftige Regen Euch das Salz von der Haut spült, deren Duft und Geschmack ich liebe. Ich werde so lange auf Euch warten, wie es sein muss.«

Loanna von Grimwald existierte nicht mehr. Ich war in diesem Moment nicht mehr als ein kleines Mädchen, das noch nicht wusste, dass es eine Nachfahrin von Merlin dem Zauberer war. Er zog mir mein Cape über die Schultern. Ein paar Schritte vorausgehend, bedeutete er mir, ihm auf den Weg zu folgen. Schwankend gehorchte ich. Ich weiß nicht mehr, wie ich in mein Zimmer zurückgelangte. Meine Gedanken kreisten um die Sintflut, die Aquitanien bevorstand. Der Weg führte unaufhaltsam in die Katastrophe.

6

Mutters Antwort erreichte mich am Morgen derselben Nacht, allerdings nicht in Gestalt eines meiner fliegenden Boten. Ein leichter Kuss wie ein Lufthauch weckte mich aus einem traumlosen Schlaf. Im Licht des anbrechenden Tages schwebte sie über meinem Bett. Sie lächelte mich voller Zuneigung an, und wenn es sich nicht nur um ihr Bildnis gehandelt hätte, das ein magischer Wind zu mir geweht hatte, so hätte ich mich ihr am liebsten in die Arme geworfen, wie ich es als Kind immer getan hatte. Glücklich strahlte ich sie an.

»Mutter, ich bin so froh, Euch zu sehen!«

»Du hast mir auch gefehlt, Canillette, auch wenn ich dir auf Schritt und Tritt folge, seit du mich verlassen hast.«

Sie legte ihre Lichthand auf meine und ihre Wärme durchdrang mich zusammen mit einer Welle tiefer Traurigkeit: »O Mutter, ich fühle mich manchmal so verloren. Ich habe das Gefühl, alles Wissen der Welt zu besitzen, und bin doch unfähig, es einzusetzen.«

»Nun, die Dinge brauchen ihre Zeit, meine Kleine. Du wolltest immer schneller sein als die Strömungen, auf denen wir reiten. Gewisse Kräfte verlassen uns zuweilen und bremsen den Lauf unserer Vorhersagen und genau darin finden wir unseren Daseinszweck. Heinrich wird älter und stärker. Er wird ein schöner Mann werden und dereinst deiner hitzigen Freundin gefallen. Zur Stunde setzen die Templer alles daran, dass Aquitanien französisch wird. Stephan von Blois ist auf ihrer Seite. Er hatte ihnen für ihre Unterstützung einen Teil seines Vermögens übereignet. Gleichwohl macht er sich mit seiner Feigheit und seiner Hinterlist unbeliebt.

Bald wird Mathilde den englischen Thron zurückgewinnen und dann, sei versichert, werden ihre Pläne in Gefahr geraten.«

»Wie sehen ihre Pläne denn aus, Mutter?«

»Sie wollen alles besitzen, meine Tochter. Die Kirche will die absolute Macht. Sie lenkt Könige nach ihrem Willen, lässt Köpfe rollen, unterjocht das Volk, opfert es im Feuer eines Kreuzzuges und reibt sich die Hände über seine Reichtümer, die sie spirituell nennt. England wurde bis zum heutigen Tag von den Druiden beschützt. Wir verteidigen ein Wissen und Recht, das diesen Gott in den Schatten stellt, den Gott der Kirche, den sie braucht, um ihre Interessen zu verfolgen.«

»Man kann sich doch nicht zum Herrn der Welt aufschwingen!«

»Der Geist ist schwach. Wenn das Volk Hunger hat, fällt ihm das Glauben leicht. Eleonore wird Ludwig heiraten. Daran können wir nichts ändern. Und es nützt uns sogar in gewisser Hinsicht. Sie wird auf dem Thron Frankreichs besser lernen, eine Königin zu sein, als im Schatten eines Klosters. Diese Ehe wird nicht lange halten.«

»Wie könnt Ihr Euch da so sicher sein?«

»Ach, Canillette! Hat dir Merlin in Brocéliande gar nichts beigebracht? Du wirst Eleonore folgen und geschickt ihre Launen und Intrigen lenken. Lassen wir sie erwachsen werden. Nimm dich nur vor Suger in Acht. Dieser Mann ist zum größten Übel wie zum äußersten Guten fähig. Er ist der Freund von Bertrand von Blanquefort, dem Großmeister des Templerordens, der auf eine Angliederung Aquitaniens an Frankreich hingewirkt hat. Suger könnte Eleonore raten, für ihr Seelenheil einen Großteil ihrer Güter den Templern zu überlassen. Das musst du verhindern. Diese Armee Christi ist gefährlich. Sie hat nichts mehr gemein mit der vorbildlichen Reinheit und Armut des Gottessohnes. Sie wird ihre Ritter zu schrecklichen Verbrechen anstiften. Wilhelms Tod geht auf ihr Kerbholz. Angeordnet hat ihn Stephan von Blois, der sie großzügig entlohnt hat. Pass auf dich auf! Noch wissen sie nicht, dass du meine Tochter bist. Du musst geschickt vorgehen, um nicht enttarnt zu werden. Und wenn es doch geschieht, schütze dich.«

»Und Jaufré, Mutter?«

»Folge deinem Herzen, solange es nicht deine Mission behindert. Wir sind nicht wie die anderen, Loanna. Wenn Eleonore Heinrichs Frau ist, wirst du dein Leben als Frau aufnehmen, sofern er bereit ist, dein Schicksal zu teilen. Aber du musst dir immer sagen, dass es nicht leicht sein wird und dass er vielleicht Angst vor dem hat, was du wirklich bist. Dein Vater fehlt mir oft; doch ich habe seine Wahl ebenso respektiert wie seine Liebe.«

»Wie war er, Mutter? Ihr habt mir nie von ihm erzählt.«

»Die Zeit war noch nicht reif. Du hättest dann sicherlich nicht so gehandelt, wie du es getan hast.«

Sie lächelte, doch in ihren Augen stand Trauer über all das, was sie nie hatte erleben dürfen. Mein Herz zog sich zusammen.

»Wilhelm von Poitiers, genannt der Troubadour, war dein Vater«, erklärte sie, »und der Großvater väterlicherseits von Eleonore. Das heißt, dass ihr beide vom gleichen Blut seid. Deshalb weiß ich, dass nichts, hörst du, nichts den Gang eures Schicksals aufhalten kann.«

»Mathilde wusste es, nicht wahr?«

»Ja. Dein Vater war ein schöner Mann, vielleicht ein wenig zu stolz. Er liebte die Frauen, und ich gewann trotz seiner ergrauenden Haare Zuneigung zu ihm. Ich war damals ein junges Mädchen, aber ich habe nichts bereut. Es war eines dieser leidenschaftlichen Feuer, die verheerend wirken und nur Asche hinterlassen. Er hat nie erfahren, dass ich sein Kind unter dem Herzen trage; es hätte auch nichts geändert. Der Herzog war kein Mann für eine einzige Frau. Nachdem ich aus seinem Leben getreten war, sperrte er seine Ehefrau in die Abtei von Fontevrault, um die Maubergeonne, eine seiner weiteren Geliebten, an seine Seite zu holen.«

»Aber er hat Euch geliebt?«

»Auf seine Weise... Doch all das liegt so weit zurück! Man darf sich nicht damit aufhalten. Erinnerungen müssen das bleiben, was sie sind. Sei nur versichert, dass ich an deiner Seite bin, dich verstehe und deine Entscheidungen billige. Nachfahrin von Merlin zu sein heißt nicht, dass du keine Frau werden darfst. Ganz im Gegenteil, wir müssen sogar Erben in die Welt setzen. Selbst wenn du die Letzte bist, die diese Aufgabe zu erfüllen hat, wird unser Geschlecht nicht aussterben.«

Ich errötete. Nie zuvor hatte ich mit ihr über solche Dinge gesprochen. Ihre Worte beruhigten mich, doch gleichzeitig erfasste mich Angst. Ich zögerte einen Augenblick, denn ich wusste, dass sie meine Gedanken lesen konnte. Als sie schwieg, begann ich vorsichtig: »Und Eleonore, Mutter? Dieses widernatürliche Gefühl, das mich in ihr Bett zieht… unsere enge Verwandtschaftsbeziehung… Ist das etwas Schlechtes?«

»Gut und schlecht sind Begriffe, die je nach Auslegung variieren. Es ist ganz normal, dass du Zärtlichkeit und Liebe für sie empfindest, auch dass dein Körper Liebkosung sucht. Lass dich von deinem Instinkt leiten, aber lass dich nie von ihm beherrschen. Sei dir stets bewusst, wo dein Herz schlägt und warum du etwas tust. Du hast das Bedürfnis deiner Freundin nach dieser verschworenen Nähe erkannt. Es ist ein echtes Band zwischen euch, das ihre Entscheidungen lenken und ihr zweifellos in schwierigen Momenten helfen wird. Was du auch tust, du gehörst dir selbst und bist selbst verantwortlich für deine Taten, so lange jedenfalls, wie sie sich nicht mit dem Zweck deines Daseins überschneiden.«

»Danke, Mutter. Wenn Ihr wüsstet, wie sehr mir Eure Weisheit gefehlt hat.«

»Ich werde nicht immer da sein, Canillette. Du musst lernen, auf dich selbst zu vertrauen.«

Sanft legte sie mir die Hand auf die Wange, und ich spürte die ganze Zärtlichkeit, die sie für mich empfand. Ich wünschte mir, dass dieser Moment ewig dauerte, ebenso wie sie sicherlich auch, doch schon begann ihr Bild zu verschwimmen.

Ich hauchte: »Werdet Ihr wiederkommen?«

»Jedes Mal, wenn es nötig ist, werde ich da sein, doch meine Gedanken sind unablässig bei dir.«

»Mutter…«

»Ich weiß, Canillette, ich liebe dich auch.«

Ich schloss die Augen, um die Tränen zurückzuhalten. Als ich sie wieder öffnete, war ich allein. Ich schüttelte die Traurigkeit ab, wie ein Vogel den Tau aus den Federn schüttelt. Gestärkt durch Mutters Worte, machte ich mich auf den Weg zu Eleonore.

Ich fand sie außer sich vor Wut in dem kleinen Boudoir, das an ihr Zimmer grenzte. Im Nachthemd wanderte sie auf und ab und kam schließlich so zornentbrannt auf mich zu, dass ich zunächst glaubte, Gegenstand ihres Grolls zu sein. Doch lange ließ sie mich nicht in dieser Befürchtung. Ein paar Meter vor mir explodierte sie: »Ein jungfräulicher Pope! Verstehst du! Ein jungfräulicher Pope! So etwas soll ich heiraten! Mir das anzutun! *Mir!*«

Sogleich wurde sie von einem Sturzbach von Tränen erschüttert, der sie an meine Schulter trieb. Das war es also! Gefangen von den Ereignissen der letzten Tage, hatte Eleonore bislang noch gar nicht richtig begriffen, was sie erwartete. Die Nacht, in der sie sich zu Gebet und Sammlung zurückgezogen hatte, schien ihr Härte und Scharfblick wiedergegeben zu haben. Ich führte sie zu dem tiefen Sessel, der in dem Mauerwinkel am Fenster stand.

»Glaub mir, es lohnt sich nicht, dass du dich derartig aufregst.«

»Lieber sterben, als diesen Blässling zu heiraten!«

»Beruhige dich, du wirst Königin von Frankreich, das ist nicht das Schlechteste.«

»Königin von nichts! Mein zukünftiger Gatte verbringt seine Zeit zwischen Bibelversen und Kruzifix an einem traurigen Ort ohne Sonne und ohne Musik. Im Kloster wäre es netter gewesen.«

»Schau mich an.« Ich hob ihr wutentbranntes Gesicht und gab ihr zärtlich einen Kuss auf den Mund. Dann sagte ich liebevoll: »Wenn er seine Zeit in der Kirche verbringt, regierst du an seiner Stelle. Wenn er nur seinen Gott lieben kann, nimmst du dir einen Geliebten. Die Liebe hat keinen Herrn, das weißt du nur zu gut.«

Ich unterstrich meine Predigt mit Küssen auf ihre Wangen und leckte ihr die Tränen von den Augen. Sie schnurrte wie ein Kätzchen. Ungeduldig ließ ich eine Hand über ihre Brüste gleiten, die sich unter meiner Berührung versteiften, und stieß sie auf den samtenen Bettüberwurf. Zum ersten Mal stellte ich mir keinerlei Fragen.

Mutter hatte alle beantwortet und dadurch meinen Leib und meine Seele von den Zweifeln befreit. Außerdem hatte mein ungestilltes Verlangen vom Vortag meine Sinne angefacht und so fand ich viel Freude daran, Eleonores Leib mit gierigen Fingern zu erkunden und zu sehen, wie sie sich in Dankbarkeit und Glück wand.

Als ich sie eine ganze Weile später verließ, schlief sie friedlich auf ihrem Bett aus Samt, Leinen und Seide, ein leichtes Lächeln auf den Lippen.

Eleonore sprang und tanzte vor ihrem Spiegel und verbog hingebungsvoll ihren Gazellenkörper, um Sitz und Fall ihres Brautkleides besser sehen zu können.

»Hast du bemerkt, wie er mich angesehen hat? Er ist jetzt schon unsterblich vernarrt in mich, da bin ich sicher!«

Der Kummer, der sie vor knapp drei Monaten noch erfüllt hatte, war einer wachsenden Euphorie gewichen. An diesem Sonntag, dem 25. Juli 1137, schwelgte sie regelrecht in den Vorbereitungen zu ihrer Hochzeit. In der Tat war Ludwig vom ersten Moment an hingerissen von ihr gewesen. Angesichts ihrer Schönheit hatte er sämtliche priesterlichen Vorsätze vergessen. Mit ihrem Gespür für menschliche Verhaltensweisen hatte sie ein paar geistreiche Sätze mit ihm gewechselt, die ihn überrascht hatten. Schwächlich, blass und mürrisch, war Ludwig doch kein Dummkopf. Und er war so gebildet, wie sie sich das nur wünschen konnte. Auch wenn sein Wissen nach Weihrauch duftete, konnte man nichtsdestoweniger davon ausgehen, dass sich die beiden zumindest auf diesem Gebiet verstehen würden. Im Übrigen genügte es mir zu sehen, wie seine Hände zitterten, um zu wissen, dass dieser zukünftige König mit Leib und Seele den Launen seiner Gattin ausgeliefert war. Und das waren gute Vorzeichen!

Eleonore hatte Kammerzofen, Haarputzerinnen und die anderen Damen hinausgeschickt, um mit mir allein zu sein. In weniger als zwei Stunden würden die Glocken der Kathedrale von Saint-André anfangen zu läuten. Schon jetzt hörte man das Raunen der Menge, die sich um das Schloss von Ombrière versammelt hatte. Die Leute waren zu hunderten aus allen Himmelsrichtungen gekommen – aus Aquitanien, der Gascogne, der Saintonge und dem Poitou, um nur die Vasallen der Herzogin zu nennen. Ihre Jubelrufe wurden von einem bunten Gemisch aus Düften von Fleisch, Fisch, Brot, Karamell, Saucen und Blumen getragen.

»Hör auf zu dösen, Loanna von Grimwald! Sag mir, was du denkst, los!«, rief Eleonore mit glücklich glitzernden Augen.

Zärtlich lächelte ich sie an. »Du bist unwiderstehlich schön«, antwortete ich aufrichtig.

Sie klatschte wie ein Kind in die Hände. »Ich wusste es! Schnell! Es muss endlich losgehen, ich kann nicht länger warten!«

»Wenn du weiter so aufstampfst, werden deine Waden anschwellen. Was wird wohl dein Zukünftiger sagen, wenn er solche Schinken an dir entdeckt?«

»Bah! Dein Melissenwasser wird sie wieder ganz schlank machen. Schau dir lieber einmal diese Menschenmenge an! Die Vicomtes von Thouars, die Lehnsherren von Lusignan und Châtellerault, selbst die, die Vater immer besonders wichtig waren, haben mir ihre Aufwartung gemacht. Ich habe die Barone von Mauléon und Parthenay gesehen, die von Châteauroux und Issoudun, von Fezensac, und der von Armagnac kam sogar aus den Pyrenäen, stell dir das vor!« Sie zählte sie an den Fingern ab, selbst erstaunt darüber, dass ihr alle einfielen.

»Du vergisst die Abordnung des Königs von Frankreich mit Suger an der Spitze«, fügte ich belustigt hinzu.

»Ja, ja, aber ihr Gefolge hält sich von meinen Vasallen fern. Wir haben in der Tat einen wesentlich prunkvolleren Lebensstil als der König! Umso besser, das wird Ludwigs Kräfte wecken. Der Gute ist ja nicht der Schönste, aber er hat einen gewissen Charme.«

»Ja, vor allem weil er nach dir verrückt und somit verwundbar ist«, erwiderte ich spöttisch.

»Wie gut du mich doch kennst! Oh, wie ich dich liebe!«

Sie stürzte sich auf mich und verwickelte mich in einen wilden Tanz, der darin mündete, dass sie mich zärtlich in die Arme schloss. Ich hauchte einen feuchten Kuss auf ihre Schulter.

»Es ist so weit, wir müssen gehen. Nimm Haltung an, das Volk will eine Königin feiern.«

Eleonore trat zurück und stimmte mit einem Kopfnicken zu, ihre Aufregung nur mühsam unterdrückend. Von einem plötzlichen Zweifel übermannt, fragte sie beunruhigt: »Du wirst an meiner Seite sein, nicht wahr?«

»Bei jedem deiner Schritte.«

»Nicht, dass ich Angst hätte, es ist nur …«

»... dass du meinen Geruch immer in der Nase haben möchtest, ich weiß. Selbst wenn du mich nicht siehst, ich werde nur Augen für dich haben.«

Ich nahm sie an der Hand und führte sie zur Tür. Sie atmete tief durch.

Hinter der schweren Eichentür begann ein neues Leben.

Ludwig hatte sich mit einem Rosenkranz in der Hand zurückgezogen. Von Fragen und Zweifeln gequält, fand er nur noch im Gebet Erholung. Die Ermahnungen, die ihm sein Vater schnaufend, mit Schweiß auf der Stirn und geschwollenem Bauch erteilt hatte, kamen ihm wieder in Erinnerung: »Schütze Priester, Arme und Waisen, indem du jedem sein Recht lässt.«

Daraufhin hatte er sich demutsvoll vor ihn gekniet, um seine Abschiedsworte zu hören: »Gott möge dich vor Dieben und Räubern beschützen, mein liebes Kind. Möge er dich auf deiner Reise begleiten und dir die nötige Kraft schenken, um deine Bestimmung zu erfüllen. Dieser Gedanke allein verbindet mich noch mit dem Königreich und dem Leben, das mich langsam verlässt. Erweise dich meines Vertrauens als würdig. Erweise dich deiner Vorfahren als würdig. Und erweise dich deines allmächtigen Gottes als würdig, durch den alle Könige regieren.«

Diese Worte ließen ihm keine Ruhe, überlagerten sie sich doch mit den Augensternen seiner Zukunft. Er wusste nicht, ob er sich über die Liebe freuen sollte, die er Eleonore entgegenbrachte, während er bereits spürte, dass er seinen Vater nie wieder sehen würde.

Am Tag vor ihrer Abreise hatte er gehört, wie Suger mit Prior Hervé sprach, der in seiner Abwesenheit die Abtei Saint-Denis leiten sollte. Suger hatte ihm gesagt, wo in der Krypta der Basilika das Grab für den König angelegt werden solle, falls es vor ihrer Rückkehr zum Unvermeidlichen komme. Ludwig fühlte sich nicht bereit, viel zu jung und zu unerfahren. Suger hatte versucht, ihn zu beruhigen: »Habt keine Angst. Staatsgeschäfte sind eine Frage der Gerechtigkeit und des gesunden Menschenverstandes. Mit Gottes Hilfe und dem Rat der Älteren werdet Ihr rechtschaffen regieren.«

Suger... Zum Glück schützte er mit seinen treuen Diensten das

Königreich. Ludwig der Dicke hatte ihm sein Vertrauen geschenkt und niemals Grund zur Klage gehabt.

Er seufzte. Diese Menschen unter seinen Fenstern waren so anders als das Volk von Paris. Sie wirkten so unbändig. Würde seine Frau Gefallen daran finden, sein zurückgezogenes und tugendhaftes Leben zu teilen? Sie war so frisch, so zungenfertig, so köstlich weiblich, und doch wusste er nichts von ihr.

Im Grunde, dachte er, *bringt sie ein wenig Licht in unser graues Gemäuer. Das Schicksal hätte sie auch hässlich und glanzlos sein lassen und mir viel Schlimmeres antun können!*

Die Hochzeit war nüchtern, trotz der beeindruckenden Menschenmenge, die sich vor der Kathedrale eingefunden hatte. Getreu meinem Versprechen, hatte ich nur Augen für Eleonore. Sie war schön und königlich und überstrahlte ihren traurigen Gatten, der in seinem Gewand aus Brokat und Gold eher an einen verkleideten Mönch als an einen zukünftigen König denken ließ.

Nach der Zeremonie zog das Paar unter Jubelrufen und Wünschen für Glück, Gedeihen und ein langes Leben im Gleichschritt zum Schloss von Ombrière. Die Stadt bog sich schier unter all den Blumengirlanden und die Rosenblätter, die auf den Weg gestreut waren und unter den Füßen der Festtagsprozession zerfleddert wurden, strömten in der erstickenden Julihitze ihren schweren Duft aus. Einen Augenblick lang stellte ich mir vor, wie ich mitten im Unterholz von Brocéliande auf den Steinaltar zuging, eine Hand in meiner haltend, gebadet in der kristallklaren Musik von Merlins Gewandfalten. Jaufrés grauer Blick traf mich mitten ins Herz und ein Gefühl großer Leere erfasste mich.

Ich sah ihn später bei dem gigantischen Festbankett, das nach der Zeremonie stattfand. Es waren über tausend geladene Gäste da, nicht mitgerechnet die Leute aus dem Volk, die im Hühnerhof und außerhalb des Schlosses Tische aufgestellt und Decken ausgelegt hatten, um auch etwas von dem reichhaltigen Essen abzubekommen, das umsonst an alle verteilt wurde.

In der riesigen Empfangshalle, in der Musik gespielt wurde, herrschte Feierstimmung. Pagen und Truchsesse waren damit beschäftigt, Fleisch aufzuschneiden und Wein auszuschenken – die guten Tropfen aus Bourg und Blaye, die Weine des Médoc mit ihrem Aroma von Eichen und Blaubeeren. Eleonore hatte nicht vergessen, Jongleure, Tänzer, Akrobaten, Feuerschlucker, Dompteure mit Bären, Pferden und Hunden und natürlich ihre Troubadoure einzuladen. Unter ihnen befand sich auch Jaufré, in Begleitung seines Gehilfen Marcabru, der den Spitznamen Panperd'hu trug und der Herzogin eine Leidenschaft ohnegleichen entgegenbrachte.

Zwischen berühmten Heldenepen wie dem »Lied von Gerard von Roussillon« oder dem »Schönen Abenteuer von Tristan und Isolde« brachten sie ihre eigenen Lieder zu Gehör, in denen sie die Schönheit ihrer Muse und ihre prachtvolle Hochzeit rühmten. Jaufré erwies Wilhelm dem Troubadour die Ehre, indem er einige von dessen Gedichten vortrug. Mein Herz verkrampfte sich beim Zuhören und meine Augen überzogen sich mit Tränenglanz.

Mein Nachbar zur Rechten, ein kleiner, dicker Baron mit erstaunlichem Selbstbewusstsein, schickte sich an, sie mit seiner lautstarken Begleitung zu beglücken. Mit schneidender Stimme bemerkte ich daraufhin, dass einigen das Talent gegeben sei, die Gunst der Massen zu erwerben, während andere sich eher in Zurückhaltung üben sollten. Ich weiß nicht, ob er mich verstehen wollte, immerhin zeigte er sich im weiteren Verlauf des Essens weniger von sich eingenommen und schaffte es sogar mehrere Male, mich zum Lachen zu bringen.

Ein paar Stunden später hatte der Wein seine Wirkung auf die Gäste entfaltet und die Unterschiede zwischen Nord und Süd verringert. Selbst Ludwig schien weniger gefangen in seinen Verhaltensmaßregeln und führte angeregt leichte Unterhaltungen.

Aquitaniens Zauber hatte die Herzen der Gäste ebenso in Bann geschlagen wie einst das meine. Es war ein strahlender Tag. Eleonore lachte aus vollem Hals, während ich mit den Augen jenen Mann suchte, der nach ein paar feurigen Blicken aus meiner Umgebung verschwunden war und mich mit meiner Sehnsucht allein gelassen hatte.

Gegen Ende des Tages hatte ich das Bedürfnis, mich abzusondern. Die Dämpfe der alkoholischen Getränke drückten auf meine

Schläfen, obwohl ich selbst nur sehr zurückhaltend davon gekostet hatte. Unter dem Vorwand einer Unpässlichkeit zog ich mich in meine Gemächer zurück. Auf dem Weg stieg ich über Hunde, die sich um Knochen und Fleischbrocken balgten, und ein paar erschöpfte Gäste, die in einem Mauerwinkel oder auf Treppenstufen eingeschlafen waren.

Ich ging gerade durch die Außengalerie, als mich der Klang einer Zither zusammenzucken ließ. Abrupt blieb ich stehen, doch die Musik stockte mit meinem Schritt. Sicher bildete ich sie mir nur ein. Ich ging weiter – und wieder hefteten sich Töne an meine Fersen. Sie schienen mich zu rufen, zu führen. In einer der Maueröffnungen des Armbrustturms, nicht weit von meinem Fenster entfernt, brannte eine Kerze.

Ich ging auf sie zu, erklomm die Treppe und fand mich vor einer halb offen stehenden Tür wieder. Die Musik erwartete mich aus Jaufrés Händen. Das Zimmer war in Wirklichkeit nur eine kleine Kammer voller Regale mit Wachskerzen, Krügen und Schüsseln für die Toilette und tausend anderen Utensilien.

Beim Anblick dieses verschwiegenen Ortes und Jaufrés lächelndem Gesicht, in das die Freude über meinen Besuch geschrieben stand, erschauerte ich vor Glück.

»Die Zeit zählte nicht ohne Euch«, murmelte er und legte sein Instrument beiseite, um mich auf seine Knie zu ziehen wie eine einfache Dienerin.

Gefangen von der Begierde seiner Lippen auf meinem Mund, ließ ich es geschehen. Ich hatte ihn seit unserer Begegnung am Taubenschlag nicht mehr berührt. Er hatte viel zu tun gehabt in seiner Grafschaft, weil ein benachbarter Lehnsherr Ansprüche auf einen Teil seines Landes erhoben hatte. Drei Monate, drei lange Monate ohne ihn – und jetzt endlich!

Wir küssten uns leidenschaftlich. Zärtlich meinen Nacken streichelnd, sagte er. »Die Jungvermählten werden eine Nacht in Blaye verbringen, bevor sie nach Poitiers weiterreisen. Die Herzogin hat meine Einladung angenommen. Euer Zimmer steht bereit und ich würde mich glücklich schätzen, wenn ich es ein paar Tage länger für Euch reservieren könnte.«

»Ich muss Eleonore nach Paris begleiten.«

»Sicherlich. Aber ist Eure Anwesenheit unbedingt erforderlich, bevor sie dort eintrifft? Im Trubel der Feierlichkeiten und von ihrem anhänglichen Gatten in Anspruch genommen, wird die Herzogin ohnehin keine Zeit für Euch haben. Ich bitte Euch, Loanna, nehmt meine Einladung an, nur um mein Land und seine Leute kennen zu lernen... und mein Verlangen nach Euch.«

Unter seinen Liebkosungen erzitternd, dachte ich, wie Recht er doch hatte. Während seiner Abwesenheit war es mir erschienen, als könnte ich ohne ihn nicht mehr atmen. Es war Zeit für mich, zur Frau zu werden. »Ich werde bleiben«, hauchte ich an seine Lippen.

Wie verrückt vor Freude drückte er mich, bis mir fast die Luft ausging.

»Nein, nein und nochmals nein! Ich weigere mich, hörst du?«

Das ließ sich schwerlich leugnen, platzten mir doch schier die Trommelfelle. Eleonore schrie mir seit rund zehn Minuten in die Ohren, ohne mir die geringste Möglichkeit zu einer Antwort zu geben.

Zum ersten Mal seit meiner Ankunft in Bordeaux war ich Ursache eines ihrer Wutanfälle. Schlimmer noch, ein Opfer ihrer besitzergreifenden Eifersucht. Sie ging wie selbstverständlich davon aus, dass ich ihr gehörte wie alles, das sie begehrte, und so kam es nicht in Frage, dass ich mich aus ihrer Reichweite entfernte. Zumal in die Arme eines ihrer Vasallen.

Ihre größte Angst war, dass ich ihr entgleiten könnte. Als ich mich über diese grobe Fehleinschätzung amüsierte, schürte ich noch ihre Wut, bis sie rot anlief und Blitze aus ihren Augen zuckten. Um nichts in der Welt hätte ich Jaufrés Vorschlag abgelehnt. Und meine Gewissheit darüber verfestigte sich in dem Maße, wie ihre Wut zunahm. Nach meiner Rückkehr würde mein Einfluss auf sie noch umso größer sein.

Sie tobte herum wie ein Tier im Käfig. Ich hatte mich auf das niedere Canapé in ihrem Boudoir gelegt und hüllte mich in ein Schweigen, das meiner Sache in keiner Weise dienlich war.

Gleichwohl musste ich dem Ganzen ein Ende machen. Ihr Ausbruch würde nicht mehr lange dauern. Wie gewöhnlich fing sie jetzt an, die Ungerechtigkeit ihres Schicksals zu beklagen: »Du liebst mich nicht!«

Ich seufzte voller Zärtlichkeit. »Würdest du wohl aufhören?«

Sie brach in ein theatralisches Schluchzen aus. Auf ihren tumben Ehemann mochte diese Strategie wirken, doch ich kannte sie nun schon lange genug, um mit all ihren Raffinessen vertraut zu sein.

»Du hast versprochen, mich zu begleiten!«

»Dir bald zu folgen. Und das werde ich auch tun. Komm schon, Eleonore, hör auf, dich wie ein verzogenes Kind zu benehmen. Nur ein paar Wochen, in denen deine Liegestatt wohl gehütet ist von deinem Mann und der Kirche. Was hätte ich in dieser Zeit anderes zu tun, als mich zu grämen, dass ich mich dir nicht nähern darf? Du wirst an der Seite der Würdenträger reisen. Ich bin offiziell nichts weiter als eine Gesellschafterin, hast du das vergessen? Meine Anwesenheit würde das bisschen Privatsphäre stören, das man dir lässt.«

»Du wirst mich vergessen!«

»Sei doch nicht dumm! Du hast den schlechtesten Charakter ganz Aquitaniens, aber ich kenne niemanden, der deine Intelligenz besitzt.«

Ins Mark getroffen, krümmte sie sich unter der Beleidigung. »Ich könnte dich auspeitschen lassen für deine Impertinenz!«

»Und was würdest du als Motiv angeben? Einen Grund, den alle nachprüfen könnten? Pax, meine Herzogin. Nur ein paar Wochen, dann komme ich zu dir zurück.«

»Er wird dich lieben!«

»Das hoffe ich doch!«

»Dann begehrst du ihn! Warum ihn? Er ist hässlich, mittelmäßig, ohne …«

»… ohne Reich außer dem der Worte, deren Farben er besingt. Ich liebe seine Palette. Und das, was er ist … Manche Gefühle entziehen sich dem Verstand.«

»Du gibst also zu, dass du ihn liebst!«

»Dass ich seine Gegenwart eine Zeit lang genießen möchte. Und das Land kennen lernen, auf das er so stolz ist und das du mir wie ein Zauberland beschrieben hast. Das genügt für den Augenblick. Weiteren Streit zu dieser Sache werde ich nicht zulassen.«

»Ich hasse dich, Loanna von Grimwald!«

»So wie du mich liebst.«

»Ich werde mich Ludwig hingeben!«

»Das ist deine Pflicht als Ehefrau.«

»Hast du denn gar keinen Stolz?«

»Nicht sehr viel, Damoiselle.«

Beleidigt machte sie auf dem Absatz kehrt und verließ türenschlagend den Raum, was angesichts der Dicke der Tür und ihrer Zierlichkeit eine echte Glanzleistung war.

Ich musste geschickt vorgehen. Gewöhnlich dauerten Eleonores Rasereien nie länger als einige Stunden. Diese jedoch setzte sich bis zu unserer Abreise aus Bordeaux fort.

Suger machte sich Sorgen um den König von Frankreich, dessen nahes Ende er ahnte, und so bat er Eleonore um die Erlaubnis, die Feierlichkeiten so kurz wie möglich zu halten. Es war keine leichte Aufgabe. Das Volk und die angereisten Lehnsherren erwarteten vom Herzogtum Aquitanien ein prachtvolles Fest. Alle erinnerten sich noch an die Hochzeitsfeierlichkeiten von Eleonores Vater, die mehrere Monate gedauert hatten. Was sollte man von so einer bescheidenen Vermählung halten?

Entgegen allen Erwartungen stimmte Eleonore zu. Wir blieben nur noch rund zwei Wochen in Bordeaux.

In dieser Zeit war die ganze Stadt eine einzige Augenweide. Vom Abend bis zum Morgengrauen war alles von tausenden von Kerzen erleuchtet, die wie Sterne am Firmament flimmerten. Zu beiden Seiten der Garonne wimmelte es von Menschen. Barken, Schuten und Boote setzten unablässig ausgelassene Festgänger und Notabeln über, aber auch Esswaren, Stoffe, Weine und Spirituosen.

Eleonore ging mir geflissentlich aus dem Weg, was allerdings nicht hieß, dass sie nicht versuchte, mich zu provozieren. Ganz im Gegenteil. Jede ihrer Gesten gegenüber Ludwig war dazu gedacht, meine Eifersucht anzustacheln. Ich vermute, sie zog daraus eine Genugtuung, die ihr gut tat. Im Grunde war das alles, was zählte.

Wenn dieser kalte Krieg auch nur bedingt eine Rolle bei den künftigen Ereignissen spielen würde, so stellte er für mich dennoch ein gewisses Problem dar. In meiner Abwesenheit, so viel stand fest, würde Eleonore Ludwigs Geliebte werden. Auch wenn seine Seele die eines Mönches war, so war dieses Bürschchen nichtsdestoweniger ein Mann, und ich wusste inzwischen nur zu gut, wie schwer es war, dieser Versuchung zu widerstehen. Nun war es aber wichtig, dass Eleonore nicht schwanger wurde. Wenn sie Ludwig einen Sohn schenkte, würde sie für immer Mutter des zukünftigen Königs von Frankreich bleiben. Und das wäre eine Katastrophe. Ihr ohne ihr Wissen einen Trank zu verabreichen ging nur, wenn ich an ihrer Seite blieb. Völlig ausgeschlossen, dass ich eine Dienerin oder jemanden aus ihrer Entourage um diesen heimlichen Dienst bat. Unsere Freundschaft hatte so viel Missgunst um uns herum gesät, dass man meine Pläne durchkreuzen würde oder gar Schlimmeres unternähme.

Es sei denn …

»Was willst du?«

Die Frage klang wie ein Vorwurf. Es war nicht schwer gewesen, eine Unterredung mit meiner »Feindin« zu bekommen.

Feierlich war ich ihr gegenübergetreten und hatte wie jeder andere ihrer Vasallen um eine Privataudienz gebeten. Überrascht von meiner ungewöhnlichen Bitte hatte sie zugestimmt. Wahrscheinlich nahm sie an, dass eine wichtige Angelegenheit diesen Kunstgriff erforderlich gemacht hatte.

Hinter ihrer hochmütigen Fassade zitterte sie. Sie trieb ein Spiel mit mir, das sie nicht im Geringsten befriedigte. Ich fehlte ihr. Und das machte ich mir zu Nutze.

Mich hinter unseren neuartigen Umgangsformen verschanzend, beugte ich ein Knie vor ihr. Dann erläuterte ich ihr in aller Ernsthaftigkeit den Grund meiner »Sorge«.

»Ihr habt mir einst die Ehre erwiesen, mir eine gewisse nächtliche Flucht zum Kloster von Belin anzuvertrauen, bei der Ihr, wenn ich mich recht erinnere, von Eurem Onkel begleitet wart, sowie deren Folgen …«

»Worauf willst du hinaus?«

Ihr Tonfall war gereizt, sowohl vom Inhalt meiner Worte als auch von ihrer Förmlichkeit.

»Ich will auf die Tatsache hinaus, dass Ihr euch seinerzeit in die Hände einer Hexe gegeben habt, welche die Frucht dieser unstatthaften Liebe aus eurem Bauch entfernte. Aus diesem Grund seid Ihr wahrscheinlich heute nicht mehr in der Lage, erneut ein Kind zu empfangen.«

Sie erbleichte, einer Ohnmacht nahe. Ich erhob mich und führte sie zu einem Sessel. Zitternd blickte sie mich wie eine Ertrinkende an. Ich ließ nicht locker. »Eine zukünftige Königin muss dem Thron Erben schenken. Was wird Ludwig eurer Meinung nach tun, wenn er nach langen Monaten feststellt, dass seine Gattin seinen Nachkommen immer noch nicht unter dem Herzen trägt?«

»O Loanna, was soll ich nur tun? An so etwas habe ich überhaupt nicht gedacht, ich …«

Sie brach in Schluchzen aus, das diesmal wirklich echt war. Die Spannung, die sie zwischen uns aufrechterhalten hatte, hatte sie geschwächt. Zärtlich wiegte ich ihren vom Kummer gebeugten Körper.

»Aber komm, meine Herzogin, weine nicht. Glaub mir, ich hätte dich nicht in diese Qual gestürzt, wenn ich nicht eine Lösung für diese Frage hätte.«

Sie hob ihr verweintes Gesicht, einen Schimmer Vertrauen im Blick: »Du …?«

Ich zog eine Phiole aus meinem Mieder, die an einer Schnur um meinen Hals hing. »Drei Tropfen davon nach jeder Vereinigung mit Ludwig. Nicht mehr.«

»Bist du sicher, dass …«

»Das hat mir die Hexe versichert, die ich besucht habe und der ich das Geheimnis einer gewissen Dame anvertraut habe, von deren Missgeschick sie einst erfuhr.«

»Wie hast du sie gefunden?«

»Wo ein Wille ist, da ist auch ein Weg. Was würde ich nicht alles für dich tun?«

»Du liebst mich also immer noch?«

»Hast du daran wirklich je gezweifelt?«

Ich beruhigte sie mit einem Kuss auf den Mund. »Ich werde jeden Augenblick an deiner Seite sein, vergiss das niemals.«

Eleonore nickte. Ich legte ihr die Kordel um den Hals und schob die Phiole mit einer sinnlichen Handbewegung zwischen ihre bebenden Brüste. »Heute Abend… Ich werde kommen.«

7

Jaufré hatte nicht gelogen.

Natürlich hatte ich zuvor schon Gelegenheit gehabt, durch die Trichtermündung des Flusses Richtung Bordeaux zu fahren, doch diesmal sah ich sie mit völlig anderen Augen. Vielleicht lag es an all dem, was mir mein Troubadour darüber verraten hatte, vielleicht war ich auch inzwischen so mit dem Land verbunden, dass ich seine geheimen Winkel und Ecken besser kannte. Im Grunde war es einerlei. Wir erreichten Blaye bei Sonnenuntergang. Wo das von den Gezeiten aufgewühlte Wasser auf den Himmel traf, war es in blutrote Farbe getaucht. Die Inseln gegenüber zeichneten sich als Schattenberge ab und hinter einem Meer aus Amber und Klatschmohn war der Horizont des Médoc zu erkennen.

Von seiner Anhöhe aus schien uns Blaye zu rufen, mit seinen Blumengirlanden an den Balustern und den zahllosen Händen, die uns begeistert zuwinkten. Auch hier freuten sich alle über das Erscheinen der zukünftigen Königin. Auf der Klippe linker Hand der Stadt ließ sich das Schloss erahnen, doch um es wirklich sehen zu können, musste man die Flussmarsch weiter stromaufwärts fahren.

Unser Boot ankerte im Strom gegenüber der Flussmündung, die im Volksmund »Saugeron« genannt wurde. Jaufré erwartete uns am Anlegesteg. Bekleidet war er nicht wie ein einfacher Troubadour, sondern wie ein Lehnsherr, mit einem Gewand und Schuhen aus Samt sowie einem Mantel mit Goldstickerei, in dem er die geschmeidige Gestalt einer Eibe hatte. Sein langes Haar war von einem Seidenband zusammengehalten, doch einige rebellische Locken wehten ihm über die Wangen. Der Anblick schlug mich in seinen Bann. Jaufré war so würdevoll in seiner Bescheidenheit, während hinter ihm das felsige Vorgebirge in ein prächtiges Flammenmeer getaucht schien.

Er war von Notabeln, Äbten und Kindern mit Obstkörben umringt; alle fühlten sich zutiefst geehrt, dass wir eine Nacht auf ihrem Lehen verbringen würden.

Eleonore war tief bewegt, zweifellos aufgewühlt von der Schönheit dieses Spektakels. Gegen Sugers Widerstand – er wollte die Reise möglichst rasch beenden – hatte sich der Zug in zwei Gruppen aufgeteilt. Die Armee des Königs aus über dreitausend Soldaten war mit den Fuhrwerken über Land gekommen, Eleonore und Ludwig samt Gefolge über das Wasser. Am folgenden Tag sollten sich alle an der Stelle treffen, die »Die vier Gabeln« genannt wurde, einer der Sammelpunkte an der alten Römerstraße.

Geschlossen bewegte sich die Abordnung auf die Burg zu, Jaufré, Eleonore und Ludwig an der Spitze, dann Suger und die Äbte von Saint-Sauveur und Saint-Romain und schließlich alle anderen in der Reihenfolge ihres Titels und Ranges. Die Burg war so, wie ich sie mir vorgestellt hatte – viel weniger gewaltig als der Palast von Ombrière, selbst als die Stätte meiner Kindheit, doch wohlproportioniert. Sie thronte strategisch günstig auf dem Plateau oberhalb der Flussmarsch; ein großer, freier Platz erstreckte sich bis zur Befestigungsmauer, welche die Kuppe der Anhöhe umfasste. Auf diese Weise konnte man das Wasser nur von den gegenüberliegenden Türmen aus sehen.

Die Zugbrücke war heruntergelassen. Erstaunt bemerkte ich einen Burggraben um das Bauwerk. Ein weiterer umzog den Hügel, von der Abtei Saint-Romain bis zur Flussmarsch in östlicher Richtung. Jaufré erklärte uns, dass sie einen Arm des Saugeron umgeleitet hätten. Er habe keine wirkliche Verteidigungsfunktion, bringe aber Frische in die Burg und bereite den Kindern Freude, die bisweilen die absonderlichsten Fänge darin machten.

Bewirtet wurden wir in einem Saal, der nicht groß war, aber dennoch unsere hundertköpfige Gästeschar aufnehmen konnte. Zum Essen gab es Wein aus den Abteien, und ich hatte das Gefühl, nie etwas Köstlicheres getrunken zu haben. Als wir uns auf unsere

Zimmer zurückzogen, standen wir noch unter dem Eindruck der Gastfreundschaft des Hausherrn.

Auf seine Anordnung führte man mich in einen der Türme gegenüber der Flussmarsch. Meine Gemächer befanden sich ganz oben und waren über eine Wendeltreppe erreichbar, die sich in jedes Stockwerk öffnete.

Mit seinen Wänden aus behauenem Stein und Bruchstein, die mit Wandteppichen überzogen waren, und Behängen an den Fenstern erinnerte mich der Raum an meine Kammer in Angers. Auf dem Bett lag ein Tierfell ebenso wie vor dem Kamin gegenüber. Ein deckenhoher Schrank verströmte den Duft von Orangen. Diese Früchte waren mit dem ersten Kreuzzug ins Land gekommen und gediehen, wie Eleonore mir erzählt hatte, an einigen besonders sonnigen Plätzen auch hier. Ich hatte den Geschmack dieser runden und saftigen Früchte ebenso genossen wie ihren Duft. Jaufré hatte sich offenbar daran erinnert.

Auf einem Frisiertisch aus Erlenholz mit Spiegel standen kostbare Salben und Parfums, daneben lagen Bürsten aus Otterfell. In einer Schüssel stand Melissen- und Rosenwasser bereit.

Im Licht der Kerzen hatte ich das Gefühl, zu Hause zu sein.

Jaufré kam erst eine Weile später zu mir. Die Koffer mit meinen Sachen waren gebracht worden, und Camille reichte mir gerade mein Nachthemd, als er an der Tür klopfte.

Mein Herz ballte sich zusammen, so sehr hatte ich die ganze Zeit gehofft, Schritte auf der Treppe zu hören und seinen Atem auf meiner Haut zu spüren. Camille ließ ihn herein und zog sich ins Hinterzimmer zurück.

Ich setzte mich vor den Spiegel und begann, mein Haar zu bürsten, um Haltung zu bewahren. Jaufré trat hinter mich, hob es an und gab mir einen zarten Kuss auf den Nacken. Ein Schauer jagte mir über den Rücken. Schließlich hielt ich es nicht länger aus und warf mich in seine Arme.

Ich hätte mir gewünscht, dass er bliebe, doch er konnte nicht. Er sagte mir, wie sehr ihn meine Gegenwart durcheinander bringe, doch Eleonores Anwesenheit mahne ihn zur Geduld. Mich auf den morgigen Tag vertröstend, eilte er davon, während ich schwer atmend und schlaflos zurückblieb. Was sollte ich nur tun? Eleonore zu besuchen wäre ein hoffnungsloses Unterfangen, da ich mich im Labyrinth der Flure sicherlich verlaufen hätte.

Zum ersten Mal seit langem zählte ich die Stunden bis Tagesanbruch.

Kurz nach der Morgenhore brachen Eleonore und ihr Gefolge auf. Über die alte Römerstraße wollten sie am Abend bis Taillebourg kommen und anschließend nach Poitiers weiterreisen. Kurz vor der Abfahrt nahm mich Eleonore beiseite und beschwor mich, nicht zu lange zu bleiben. Gleichwohl schien sie zu spüren, wie glücklich ich an diesem Ort war, denn sie entfernte sich, mir verstohlene Blicke zuwerfend, aus denen Besorgnis sprach.

Jaufré erschien nicht vor der ersten Stunde. In der Zwischenzeit jedoch wurde ich fürstlich umsorgt und eine Kammerzofe bot ihre Dienste an, um Camille zu erklären, wie man ein Bad aus Orangenblüten bereitete. Die Wirkung dieser Pflanze schien vielfältig. Eleonore hatte erzählt, dass die Araber sie auf tausend verschiedene Arten als Arzneien verwendeten. Ich stieg so erfrischt und entspannt aus diesem Bad, dass ich mir vornahm, sie zu untersuchen, sobald man mir ein wenig Zeit lassen würde.

Von meinem Fenster aus konnte ich auf den freien Platz der Burg und ihren Garten sehen, ein harmonisches Bild aus kunstvoll angelegten Beeten mit Blumen und Steinen. Den Burggraben, der sich darum herumzog, säumten Erlen. Es erstaunte mich, dass sich Blaye, die Stadt mit ihrer beispielhaften Wehrhaftigkeit, die im Laufe der Jahrhunderte unzählige Male belagert worden war, im Innern so viel Schmuck und Zierde gönnte. Ich bezweifelte nicht, dass der sichere Geschmack des Hausherrn im Hinblick auf Kunst und Zierrat einer der Hauptgründe dafür war.

Am Horizont sah ich den Fluss langsam dahinfließen, die Sprungwelle der Mündung, das beständige Hin und Her zwischen Inseln und Festland und den unablässigen und vielfältigen Bootsverkehr. Alles stand im Zeichen der Freude. Bordeaux strahlte ebenso üppigen wie ursprünglichen Charme aus, doch hier hatte man das Gefühl, von der Welt abgeschnitten zu sein, in einem Frieden zu leben, dem die Harmonie des Ortes einen ganz eigenen Charakter verlieh.

Wir nahmen unser Morgenmahl allein ein. Nicht im Speisesaal, in dem wir tags zuvor bewirtet worden waren, sondern in einer Art Nebenküche, ausgestattet mit einem massiven Tisch von mindestens sechs Fuß Länge, zwei Bänken, vier kleinen Anrichten aus Eichenholz, das mit Bienenwachs eingerieben war, und einer Feuerstelle. Über dem Feuer hing ein Kessel, aus dem der Duft eines Eintopfes strömte. Zwei Gedecke waren aufgelegt, allerdings kein Gold. Ein Strauß strahlend weißer Rosen stand in der Mitte des Tisches, direkt daneben lag ein runder Laib Brot, der gerade aus dem Ofen gekommen war.

Jaufré stand in Stiefeln da, einen Fuß nachlässig auf eine Stufe der Feuerstelle gestellt, und probierte hingebungsvoll mit dem Schöpflöffel die Gemüsesuppe. Mit seinem groben Leinenhemd, das er mit einer Tresse aus Leder und Kordel über der Hose zusammengebunden hatte, sah er aus wie einer der Bauern, die seine Felder bestellten. Nichts wies darauf hin, dass er selbst der Lehnsherr war.

Die Dienerin, die mich hergebracht hatte, schloss hinter mir die Tür. Der Anblick des gedeckten Tischs verschlug mir fast den Atem. Ich, das Naturkind, zu Hause zwischen Erde, Himmel und Stein, erkannte in diesem Ort die heimelige Hütte in Brocéliande wieder, die ich verlassen hatte, um mich mit ganzem Herzen der Pracht des Schlosses von Ombrière hinzugeben. Tränen des Glücks schnürten mir die Kehle zu. Konnte es sein, dass er wusste, wer ich war und wo meine geheimen Wurzeln lagen?

Ich wagte mich nicht zu rühren, von diesem Anblick wie gelähmt, von dieser Wärme, die Bescheidenheit und Ruhe ausstrahlte. Jaufré lächelte erfreut. Er kam auf mich zu und nahm mich an der Hand, um mich zum Tisch zu führen. Ohne ein Wort zu sagen, ließ er mich Platz nehmen, nahm meinen Teller und füllte ihn mit einer Schöpfkelle voll Eintopf, als wäre er ein Page. Dasselbe tat er mit seinem Teller. Anschließend goss er unsere Becher voll mit seinem eigenen leicht säuerlichen, aber köstlichen Wein.

Ich wusste nicht recht, was ich sagen sollte. Alles war so…

»Iss«, sagte er zärtlich, abrupt zum ungewohnten Du übergehend, während er selbst Platz nahm.

Mit geschmeidiger Klinge schnitt er das Brot auf und zerbröckelte es auf seinem Teller, dann gab er mir ein Stück, damit ich es ihm nachtun konnte. Ich nickte, doch gleichzeitig spürte ich, wie mir Tränen über die Wangen liefen. Schon lange hatte ich nicht mehr solches Glück erlebt.

»Ich liebe deine Tränen. Sie tränken meine Erde, die unfruchtbar ist. Hier existiert nichts ohne dieses Wasser. Weder Wein noch Brot, auch nicht diese Rosen. Ich liebe dich, Loanna.«

»Woher wusstest du?«, stammelte ich, von Zärtlichkeit und Dankbarkeit übermannt.

»Ich habe keine Ahnung. Ich gehöre dir. Als Kind hielt ich mich oft in diesem Raum auf, zwischen den Dienerinnen, wenn sie Kuchen und Pasteten, Suppen und Süßspeisen zubereiteten. Oft steckte ich meine Finger in die Sahnetöpfe und sog all die Düfte ein; manchmal setzte ich mich auf den Stein dort am Herd, wo mir das Feuer vorhin an die Stiefelspitze züngelte, und hörte zu, wie sie über ihre alltäglichen Sorgen redeten. Sie achteten kaum auf mich, so gefangen waren sie von ihrer Arbeit, die sie indes ohne Murren erledigten, sondern mit Treu und Redlichkeit. Im Dienste meines Vaters mangelte es ihnen weder an Essen noch an guter Unterkunft. Aber sie sprachen über ihre Sorgen und über das, was man sich im Dorf über das Leben der Leibeigenen und Bauern erzählte. Es war unterhaltsam für mich, manchmal auch bedrückend. Zuweilen entdeckte mich eine von ihnen, dann fielen alle in Schweigen, ich bekam ein Stück Kuchen und wurde auf die allerfreundlichste Weise vor die Tür gesetzt. Es schickte sich nicht, sich vor dem Sohn des Herrn zu beklagen. Als die Herzöge von Aquitanien Blaye einnahmen, zerstörten sie mit der Burg einen Teil meiner frühen Kindheit. Ich habe sehr darunter gelitten, nicht mehr hier sein zu können. In langen Jahren des Exils versuchte ich mühevoll, mein Eigentum wiederzuerlangen, und als ich schließlich zurückkehren konnte, fand ich allein diesen Raum unversehrt vor. Heute kann auf meinem Land jeder seinen Acker bestellen, um seine

Familie zu ernähren. Die Bauern haben keine Angst mehr, mich anzusprechen, wenn ich zu ihnen komme. Ich bin stolz darauf, dass sie ihre Bitten an mich richten, und traurig, wenn ich sie nicht erfüllen kann, aber immer bestrebt, ihnen trotz allem zu Hilfe zu kommen. Hier in diesem Raum fühle ich mich am wohlsten. Herren sind nur wahre Herren in ihrer Vogtei, anderswo sind sie nichts. Ich wollte hier nur ein Troubadour sein, der zwar in der Lage ist, seine Ländereien zu führen, aber im Grunde seines Herzens ebenso bescheiden ist wie sein Volk. Dieses Land ist mein einziges Vermögen, doch es gehört bereits dir, so sehr gleichst du ihm.«

»Was soll ich darauf sagen, Jaufré? All dies hier spricht in einer Sprache zu mir, deren Wärme und Stärke ich spüre. Und doch trennt uns so vieles, von dem du nichts weißt und das mich an eine andere Bestimmung bindet.«

Er zuckte vage die Achseln, ohne jedoch sein Lächeln zu verlieren. »Die Zeit ist nur noch nicht gekommen. Ich vertraue auf das Morgen. Essen wir und dann zeige ich dir meine Ländereien.«

Seine Ländereien!

Er sagte das, als wäre es das Natürlichste der Welt, während ich bereits restlos verzaubert war von diesem Ort. Wir wanderten durch reizende, kleine Dörfer namens Sainte-Luce, Plassac und Gauriac bis an die Grenzen der Vogtei Bourg. Alle lagen an der Flussmarsch, mit der sie über einen Pier verbunden waren. Im Schlamm lagen Barken, die auf die Flut warteten. Getreidefelder erstreckten sich bis ans Ufer und auf den sonnigsten Hängen wuchsen granatrote Weintrauben, die von Bienenwolken umschwirrt waren. Jaufré erklärte mir, dass die Lese dieses Jahr früh stattfinden werde, wahrscheinlich schon Anfang September, weil die Hitze so drückend war, ohne gewittrig zu sein. Er zeigte mir die Fässer, in denen der Wein darauf wartete, getrunken zu werden, die Hebel- und Schraubpressen, mit denen der Most aus den Trauben gedrückt wurde. Voller Begeisterung erklärte er mir die verschiedenen Phasen der Weinherstellung.

Die einfachen Leute empfingen uns mit strahlenden Gesichtern, knicksten und verbeugten sich, waren aber nicht unterwürfig, denn sie wussten, dass ihr Herr freundlich war. Ich konnte überall sehen, wie beliebt er war.

Als die Sonne dem Fluss ihre letzten Huldigungen sandte, waren wir wieder in Blaye.

Jaufré begleitete mich feierlich bis zu meiner Tür, gab mir einen leichten Kuss und verließ mich ohne ein weiteres Wort.

Seine Berührung lehrte mich, das Warten zu respektieren, und dieses Mal verlangte ich nicht mehr.

Ich nahm mir Zeit für meine Toilette und ließ genussvoll das Rosenwasser aus der Schüssel über meine Haut fließen, das inzwischen erneuert worden war. Dann rieb mich Camille von Kopf bis Fuß mit den zart duftenden Salben ein, die eigens für mich hergestellt worden waren. Sie löste mein Haar und bürstete es, dann entließ ich sie. Camille war geschickt, großmütig und verschwiegen. Ich spürte, dass sie mich aufrichtig mochte, ebenso wie ich sie, und dieses geheime Einverständnis empfand ich als sehr angenehm. Als ich allein war, schob ich mein Nachtgewand beiseite, das auf dem Bett lag. Es war viel zu heiß, um es anzuziehen. Die Fensterbespannung aus Ölpapier war beiseite geschoben, um die Meerluft hereinzulassen. Nachdem ich die Kerzen gelöscht hatte, deren Licht mir unnötig erschien, stützte ich mich mit den Ellbogen auf das Fenstersims, um hinauszublicken. Die Nacht war herrlich, von tausend Düften durchzogen, und sie beschwor die Erinnerung an eine andere Nacht in mir herauf. Voller Zärtlichkeit dachte ich an das schreiende Köpfchen in den Armen von Mathilde.

Von den Geräuschen der Nacht eingelullt, nahm ich nicht recht wahr, dass sich die Tür öffnete. Doch ich ahnte seine Gegenwart im Dunkeln und seinen Lilienduft einige Schritte hinter mir. Ich wagte kaum, mich zu bewegen, auf köstliche Weise erregt von der schamlosen Nacktheit, die ich ihm darbot. Mein Körper zeichnete sich gegen das Licht des Mondes ab und Jaufrés Blick entflammte mich wie eine Umarmung. Hier war er der Herr, und ich wünschte mir nichts sehnlicher, als eine Dienerin zu sein, seinen Launen unterworfen.

Als sich mein Körper instinktiv straffte, trat er hinter mich und schmiegte sich in die Beuge meines Rückens. Langsam zog er mich an seinen Körper, meine angeschwollenen Brüste in seinen Händen haltend. Ich erschauerte vor Lust. Er streichelte mich lange, mein Fleisch bis zur äußersten Reizbarkeit treibend, und ließ mir kaum Zeit, zu Atem zu kommen, den ich ohnehin nicht mehr beherrschte. Dann teilten sich meine dargebotenen Schenkel unter dem Stoß seines harten Geschlechts, und ich spürte einen überwältigenden Schmerz in meinen Lenden. Er dauerte jedoch nicht an, sondern verlor sich in einem Schrei. Gefangene seines unablässigen Kommens und Gehens, opferte ich mich gänzlich seiner Lust, während der in Licht gefasste Mondstein auf meinem wie verrückt schlagenden Herzen hin und her hüpfte.

Durch seinen Körper lernte ich alle Kühnheiten der Lust, und als der Hahn unter meinem Fenster krähte, war ich erschöpft vor Glück und Liebe. Trunken vor Seligkeit, schliefen wir Arm in Arm bis zur ersten Stunde.

Der Duft einer Rose, die auf meinem Daunenkissen lag, weckte mich. Ich war allein. Die Erinnerung an seine Hände auf meiner Haut benebelte mir die Sinne und machte mir mit einem Mal seine Abwesenheit bewusst. Ich stand auf und rief Camille. Mit einem spitzbübischen Lächeln auf den Lippen, jedoch ohne die geringste Anspielung, zog sie mich an. Ich war mir ziemlich sicher, dass die Geräusche meiner bewegten Nacht bis zu ihrem Bett gedrungen waren, doch ich beschränkte mich auf ein verschwörerisches Zwinkern in den Spiegel.

»Ruh dich ein wenig aus, solange ich weg bin«, schlug ich vor, als sie mit meiner Toilette fertig war.

Damit ging ich die Holztreppe hinunter in die Küche, wo mir der Duft von gebratenem Hühnchen das Wasser im Mund zusammenlaufen ließ.

Jaufré, so sagte man mir, sei im Begriff, eine heikle Angelegenheit zwischen zwei Bauern zu schlichten. Ich überlegte einen Augenblick, ob ich seine Urteilsfähigkeit ins Wanken bringen sollte, entschied dann aber, die Gärten der Burg aufzusuchen, die sich bis zum Rand der Klippe erstreckten. Eingelullt vom Rauschen des sich zurückziehenden bräunlichen Wassers, wartete ich auf ihn, schaudernd beim Gedanken an die vergangene Nacht. Als sich seine Schritte auf dem Kiesweg näherten, wusste ich, was immer auch geschehen würde, ich gehörte mit Haut und Haaren ihm.

Er küsste mich aufs Haar und sagte nur: »Komm.«

Ein paar Augenblicke später saß ich auf Granoës Rücken und folgte seiner grazilen Silhouette. In ruhigem Schritt, den sein Zelter vorgab, ritten wir in die Paluden, jenes trockene Küstensumpfland nahe Bordeaux. Wieder einmal war ich fasziniert von der Vielfalt dieser Landschaft, die seine Ländereien prägte. Dieser Ort war ganz anders als alles, was ich am Vortag gesehen hatte. Hier gab es keine Weinberge oder Getreideanbau, nur Heidekraut. Hunderte von Vogelarten, von denen ich keine kannte, Ratten und wilde Katzen bevölkerten die Gegend. Dazu Wasservögel und Reiher, nicht zu reden von den Aalen im Schlamm, die, wie Jaufré mir versicherte, ausgezeichnet schmeckten. Niemals zuvor hatte ich so viele verschiedene Tiere auf einmal gesehen. Sie tauchten vor den Hufen der Pferde auf oder suchten Schutz hinter hohem Gras, Binsen und Narzissen.

Auf dem Weg sahen wir Leute, die Holz sammelten oder Fangschlingen für die Wilderei auslegten. Jaufré tat so, als würde er es nicht bemerken. Den einen oder anderen erwischten wir auf frischer Tat mit Drossel oder Ringeltauben in der Hand. Der Ertappte bat um Milde und Jaufré spielte die Rolle des empörten Lehnsherrn. Mit gerunzelter Stirn schimpfte er und drohte im Wiederholungsfalle mit Stockschlägen, nahm jedoch das Corpus Delicti nicht an sich.

Zum Abschied sagte er: »Diesmal lass ich es noch durchgehen, aber dass ich dich nicht noch einmal erwische!«

Wir wussten beide, dass es nichts ändern würde. Jaufré hatte nicht alle schlechten Sitten abschaffen können. Überdies lag ihm daran, dass jeder seinen Hunger stillen konnte, und er wusste, dass viele Vagabunden von der Jagd oder dem Fischen lebten, ohne dafür Abgaben zu entrichten. Er konnte es nicht jedem recht machen und fand es ungerecht, dass einige nichts hatten, während er alles besaß.

Folglich verschloss er die Augen vor diesen überlieferten Gepflogenheiten. Und die Paluden ließen es zu, ohne dass dabei jemand zu Schaden kam. Die Äbte – obwohl geschickte Händler – sicherten sich die Treue der Armen, indem sie ihnen den Weg wiesen zu den, wie sie sagten, »Kreaturen, die der allmächtige Herr in Hülle und Fülle bereithält«.

Die Kirche!

Ich musste jede Messe in den Abteien von Saint-Sauveur und Saint-Romain besuchen und langweilte mich zu Tode bei dem frommen Gehabe um einen Gott, der mich nach wie vor verwirrte. Zwar war ich den Kirchgang gewohnt, weil ich mit Eleonore die verschiedenen Gottesdienste besucht hatte, doch hier empfand ich ihn als echte Qual, so viel hatte ich an der Seite meines Geliebten zu entdecken. Ich musste mich jedes Mal zwingen, den Kopf zu beugen, obwohl ich viel mehr Lust gehabt hätte, meinen Blick fröhlich wandern zu lassen und vielleicht ein Vogelnest auf einer Säule oder auf der Schulter eines steinernen Heiligen zu entdecken. Jaufré dagegen betrieb die Andacht mit großer Ernsthaftigkeit. Im tiefsten Inneren meines Seins berührt, strich ich ihm zart über den Ellbogen, wenn er neben mir im Betstuhl saß, um ihm mit dieser einfachen Geste meine Kraft und mein Wissen zu vermitteln.

Im Hinausgehen aus der Abtei sagte er oft, dass er seine Musik aus diesen Momenten der Sammlung schöpfe, doch ich wusste, dass es nicht so war. Jaufré war sehr empfindsam. Jedes Ereignis, und wenn es noch so harmlos war, erfüllte sein Herz und seinen Geist, und das Gefühl oder der Eindruck fanden sich in seinen Liedern wieder. Gott war für ihn nur ein Vorwand für sein Talent, doch ich liebte ihn für diese kleine Schwäche.

Er weinte wie ein Kind, wenn die Töne von den Saiten seiner Mandore perlten. Dann erhob sich seine Stimme. Bis zu den Wolken hinauf trug sie ein Liebeslied, das aus ihm heraussprudelte, während ich seine Worte aufschrieb, damit er sich an sie erinnerte, sobald der Gesang endete. Am Ende lernte er jedes vergessene Wort, jede Melodie, die ich trällerte, neu. So komponierte Jaufré. Ohne Vorsatz, ohne Entwurf.

Ich trank seinen Atem, seine brennenden Tränen, die sich mit meinen vermischten und sich in unseren Küssen verloren und unsere Körper und Seelen mit einem tiefen Verständnis entflammten, in dem wir gleichsam zu einem Wesen verschmolzen.

Niemals zuvor hatte ich solchen Überfluss erlebt. Die Tage erfüllten mich mit Glück und Vertrauen, und ich wünschte, sie würden nie zu Ende gehen.

»Der König ist tot.«

Die Nachricht traf mich ins Mark. Mit den Schuhen im Schlick steckend, saß Jaufré am Fuß des Steilhangs am Flussufer, wo Kinder beim Sandgarnelenfischen waren. Mit einem knorrigen Stock piesackte er die Tierchen in einem halb mit Schlamm gefüllten Weidenkorb.

Ich hatte ihn dort gefunden, nachdem ich ihn überall in der Burg gesucht hatte. Ein Kind hatte mir den Weg hierher gewiesen. Seit drei Wochen war ich jetzt in Blaye, ohne darauf zu achten, wie die Zeit verging.

Er hatte sich nicht gerührt, als ich kam, nicht einmal den Kopf gehoben, sondern weiterhin auf seine Opfer gestarrt, ohne sie wirklich zu sehen. Seine Worte trafen mich wie ein Verdikt. Ich ließ mich neben ihn in das von Schlamm und Schlick verschmutzte Gras fallen.

Die Ebbe hatte die Inseln gegenüber aus dem Wasser gehoben und die Boote steckten mit dem Bauch tief im klebrigen Morast. Eine warme Nebelschicht schwebte dicht über dem Boden.

Ich nahm seine Hand, mit der er den Stock zerbrochen hatte. Bei meiner Berührung ließ er ihn los und packte mit aller Kraft meine Finger wie ein Ertrinkender. Er tat mir weh, doch je fester er sich an mich klammerte, umso mehr ließ der tiefe Schmerz in meiner Brust nach. Reglos blieben wir so sitzen, den Blick starr auf den Horizont gerichtet.

»Heirate mich, Loanna. Ich habe dich durch zu viel Liebe entehrt. Du allein bist dieser Erde würdig. Heirate mich«, flüsterte er plötzlich verzweifelt.

Seine Stimme wühlte mich auf. Meine Kehle schnürte sich in

einem Tränenstrom zusammen, der aus meinem Inneren aufstieg, doch meine Augen nie erreichte. Es war, als ob wir, indem wir uns nicht bewegten, die Zeit anhalten, den gegenwärtigen Moment bis ins Unendliche ausdehnen könnten.

»Ich muss gehen«, murmelte ich widerstrebend. »Aber ich schwöre dir, dass mich kein anderer jemals besitzen wird. Ich liebe dich, Jaufré von Blaye.«

»Ich werde auf dich warten... Ich werde auf dich warten«, wiederholte er mit vom Kummer belegter Stimme.

Zwei Tage später ließ ich die Bergstadt und ihre Festung hinter mir, ihre Gärten und ihre Menschen, ihre Musik und ihr Leid. Als ich die Römerstraße Richtung Poitiers erreichte, läuteten die Glocken der Kirche von Saint-Martin. Ich würde ihren Klang nie vergessen. Jetzt brach sie los, die Flut meiner Tränen. Wir schrieben den 20. August 1137.

Eleonore war Königin von Frankreich.

8

Der Vicomte von Châtellerault war ein höflicher und liebenswürdiger Mann. Er hatte mich mit der überschwänglichen Herzlichkeit begrüßt, zu der nur die Leute aus dem Süden Frankreichs in der Lage sind, die mir mehr und mehr ans Herz wuchsen. Sein Akzent versetzte seinen tiefen Bass in melodiöse Schwingungen. Mit Freuden hörte ich ihm zu, wenn er mir Anekdoten aus seinen Ländereien erzählte oder von seiner engen Freundschaft zu den Grafen von Poitiers. Jaufré hatte mir ausdrücklich empfohlen, bei ihm Rast zu machen, und ich beglückwünschte mich, seinem Rat gefolgt zu sein, denn dieser Mann war wirklich außerordentlich angenehm. Er war um die vierzig; seine grau melierten Haare fielen ihm, von einem Lederband zusammengehalten, bis auf die Schultern, in seinem dichten Bart sprossen ein paar widerspenstige Silberfäden und aus Mangel an Bewegung war seine Leibesfülle beträchtlich. Er strömte eine allumfassende Jovialität aus, die in seinem spitzbübischen Blick und nicht zuletzt in seinem Lachen Ausdruck fand, das klangvoll und heftig losbrach wie ein Donnerschlag. Mit einem Wort, nach dem langen Reisetag, in dessen Verlauf meine Gedanken unablässig um Jaufré gekreist waren, war das Essen mit ihm und seinen Leuten ein Geschenk.

Unser Gespräch wanderte von seinen zwei Söhnen, die Eleonore nach Paris gefolgt waren und bei der nächsten feierlichen Gelegenheit zu Rittern geschlagen werden würden, bis zu der Heirat, die er glücklich nannte. Allerdings meldete er gewisse Bedenken an, was die Verbindung zwischen Nord und Süd anging – zu verschieden seien die Sitten und Gebräuche. Mehrmals ereiferte er sich beim Erzählen einer Geschichte so, dass er bis zu den Schläfen rot anlief und kurz vor dem Bersten zu stehen schien, dann nahm er sein Glas voll trockenem Wein und trank in großen Zügen, das glucksende Schluckgeräusch seines jüngsten Sprösslings Thierrey perfekt nachahmend.

Nachdem der letzte Anflug von Appetit mit dem Dessert befriedigt war, erhob sich der Vicomte von dem langen Tisch und ließ sich umständlich in einem kunstvoll gearbeiteten Sessel am Kamin nieder, in dem ein großes Eichenholzscheit glomm. Er forderte mich auf, vor ihm auf einer Bank Platz zu nehmen. Der Rest der fröhlichen Gesellschaft setzte sich direkt auf den dicken Teppich, der die Terrakottafliesen bedeckte, und der kleine Thierrey schmiegte sich in den Schoß von Loriane, der Gattin des Vicomte. Dann holte mein Gastgeber eine Harfe hervor, die ich bis dahin nicht bemerkt hatte. Er nahm sie geschickt zwischen seine Knie und ließ die Wurstfinger über die Saiten huschen. Warm und harmonisch erhob sich seine Stimme, und alle lauschten gebannt diesen Tönen, die aufstiegen wie die Funken im rußgeschwärzten Kamin. Er sang ein altes Lied von einem Drachen und einem Ritter mit einem Zauberschwert, der tausend Todesgefahren trotzte und der Bestie das Herz entriss, um seine Schöne zu erobern. Dann wurde seine Stimme sehnsuchtsvoll, und er stimmte ein Lied an über die unglückliche Liebe eines jungen Mannes und seiner Angebeteten, die einem anderen versprochen war. Aus meinem Innersten drangen Erinnerungen, die so frisch waren, dass ich sie förmlich auf meinen Händen und Lippen spürte – Jaufrés Atem auf meiner Haut, seine leisen Schwüre und der Moschusduft von Erde und Gezeiten, der in Blaye so intensiv war wie sonst nirgends.

Plötzlich hatte ich das verzweifelte Gefühl, allein auf der Welt zu sein.

Als die letzten Akkorde verklungen waren, durchbrach eine Stimme die Stille, sodass wir alle gleichzeitig die Köpfe wandten. »Guten Abend, Vater.«

Der junge Mann, der hinter uns stand und den wir im Bann der Melodie nicht hatten eintreten hören, sah schneidig aus mit seinem Lederwams und dem blond gelockten Zopf. Er hatte die gleiche Stirn und die gleichen lachenden Augen wie der Vicomte. Warum war er hier? Mein Gastgeber hatte mir doch versichert, dass seine beiden Söhne im Gefolge von Eleonore seien. Der Vicomte erhob sich, als der Jüngling näher trat, um die Runde zu begrüßen. Er ging auf ihn zu und schloss ihn fest in die Arme.

»Denys!«, rief er beglückt aus. »Welche Freude, mein Sohn!«

Erneut hatte ich Grund, mich zu wundern. In der Lobrede, die der Vicomte über seine Söhne gehalten hatte, war dieser Name nicht vorgekommen. Warum hatte er mir von diesem hier nichts erzählt und was bedeutete der schmerzliche Blick Lorianes, die sich einer Umarmung enthielt? Welches Geheimnis barg dieser Unbekannte, dessen Schönheit alles übertraf, was ich bis dahin an einem Mann gesehen hatte? Trotz all dieser Fragen konnte ich den Blick nicht von seinem feinen, ebenmäßigen Gesicht und den vollen, sinnlichen Lippen abwenden. Schon wandte sich der Vicomte mir zu, nahm seinen Sohn an den Schultern und schob ihn zu mir, um ihn mir vorzustellen. Es schien sich auf meinem Gesicht abzuzeichnen, wie sehr ich von ihm beeindruckt war, denn er setzte ein umwerfendes Lächeln auf.

»Damoiselle von Grimwald, darf ich euch meinen Sohn Denys vorstellen?«

»Wenn ich gewusst hätte, dass ich zu Hause eine solch bezaubernde Erscheinung vorfinden würde, hätte ich mich noch mehr beeilt«, sagte Denys mit schmeichelnder Stimme und hauchte einen zarten Kuss auf meine Hand.

Ich spürte, dass ich rot wurde. Sein Blick verhakte sich in den Bändern meiner Korsage, während er auf Loriane zuging. »Guten Abend, Mutter«, begrüßte er sie respektvoll.

Wie schon vorhin drehte Loriane den Kopf weg, und ich glaubte in den Augen des Vicomte einen Anflug von Traurigkeit zu entdecken. Denys schien nichts zu bemerken und küsste behutsam die Wange der Großmutter, die, an die Mauer gelehnt, mit offenem Mund eingenickt war.

Der Vicomte ließ sich wieder in seinem Sessel nieder und polterte freudestrahlend: »Nun denn, mein Junge, setz dich und erzähl uns, woher du kommst!«

Geschmeidig und katzenhaft nahm Denys Platz. Thierrey, der

ihn mit großen Augen anstaunte, löste sich von den Beinen seiner Mutter, um sich an denen des Neuankömmlings zu reiben. Mechanisch zauste Denys seinen braunen Haarschopf. Der kleine Junge seufzte vor Zufriedenheit und schmiegte sich noch enger an ihn. Loriane hatte offenbar ihr Lächeln wieder gefunden, doch ihre schlanken weißen Hände, die sie aneinander gelegt hatte, zitterten.

Denys' warme Stimme zog bereits alle Aufmerksamkeit auf sich: »Unser junger König ist ein gerechter Mann, Vater. Als er erfuhr, dass Orléans die Kommune ausgerufen hat, hätte er ein Blutbad unter den Abtrünnigen anrichten können. Zumal er wirklich sehr erzürnt darüber war, dass sie einige Wochen nach seiner Hochzeit und nur ein paar Tage nach dem Ableben unseres Königs Ludwig einen solchen Aufstand anzettelten. Dennoch bezwang er die Rebellen kraft seiner Worte und hörte sich sogar ihre Forderungen an. Er versprach, sie zu prüfen und dafür zu sorgen, dass in seinem Reich Gerechtigkeit herrsche. Er fügte hinzu, dass er der König sei und als solcher seine Getreuen um ein Ideal scharen wolle: den Frieden Gottes. ›Denn‹, so versicherte er, ›durch ihn herrsche ich und dank ihm höre ich euch. So soll sein Recht das meine sein, und wer immer es bricht, wird von ihm wie von mir bestraft werden.‹«

»Hast du deine Brüder gesehen?«, fragte der Vicomte mit einem Ausdruck der Zufriedenheit.

»Leider nicht, nein. Unser guter König hielt es für klüger, seine junge Gattin vorauszuschicken, damit sie nicht die Unannehmlichkeiten einer ebenso brutalen wie ungerechtfertigten Revolte ertragen musste. Lionel und Benoît dienen ihr zusammen mit den Leuten aus dem Süden als Eskorte bis zur Île de la Cité, wo die Königinmutter Adelaide sie empfangen dürfte. Ich habe sie knapp verfehlt und wollte mich auch nicht aufhalten, da ich wusste, dass Ihr auf die Farbtinkturen wartet, die ich besorgen sollte. Außerdem hätte mein Gepäck vielleicht die Aufmerksamkeit von Räubern auf mich gelenkt. Der Färberwaid ist selten geworden, seit der verblichene König Ludwig den Handel mit Großbritannien untersagt hat, und die Preise sind gestiegen. Ich wäre ohne Zweifel überfallen und ausgeplündert worden, wenn jemand erfahren hätte, was ich mit mir führe.«

»Aber dich kann kein Räuber ausrauben, weil du der Stärkste bist!«, rief Thierrey und reckte sich stolz.

An mich gewandt, sagte er mit großem Ernst in der Stimme: »Wenn Ihr ihn neulich in Ernestine gesehen hättet, Loanna, gegen diese streitlustigen Schurken! Mit den bloßen Fäusten hat er gekämpft! So.«

Mit einem Satz stand er auf den Füßen und traktierte imaginäre Ziele mit Faustschlägen. Denys ließ ein klangvolles Lachen hören, in dem ich die Kraft seines Vaters wieder erkannte. Der Vicomte verhehlte wie alle anderen auch seine Belustigung nicht, und als der junge Kämpfer sah, dass er alle Blicke auf sich gezogen hatte, setzte er noch einen drauf. Dann aber befand der Vicomte, dass er nun genug gezappelt habe, packte ihn am Hemdkragen und lupfte ihn vom Boden.

Mit den Füßen ins Leere strampelnd, wand er sich mit einem Ausdruck höchster Verblüffung auf dem Gesicht. Die ganze Versammlung brach in fröhliches Gelächter aus, in das er ungeniert mit einstimmte. Als er jedoch wieder auf den Füßen gelandet war, warf er seinem Vater, der ihn so von hinten aufgefischt hatte, einen ehrfürchtigen Blick zu.

»Nun denn«, meinte dieser, »es ist Zeit, schlafen zu gehen, kleiner Wildfang. Morgen darfst du Loanna mit deiner Gesellschaft amüsieren, denn sie erweist uns die Freude, einige Tage zu bleiben.«

Geistesgegenwärtig – in Anbetracht meiner Müdigkeit – sagte ich im Aufstehen: »Ich werde mich auch zurückziehen, wenn Ihr erlaubt.«

»Gewiss, Damoiselle. Ich werde euch zu eurem Zimmer begleiten«, erwiderte Loriane und erhob sich ebenfalls.

Nachdem ich mich von der Runde verabschiedet hatte, erklommen wir drei die große Treppe, die in die oberen Stockwerke führte.

Die Ländereien des Vicomte waren prachtvoll, und ich bereute meine Entscheidung nicht, einige Tage mit meinen neuen Freunden zu verbringen. Obwohl ich es eilig hatte, Eleonore wieder zu sehen, konnte ich doch meine Gedanken nicht von Jaufré lösen, als ob sein Atem mir immer noch Leben einhauchte. Der Fluss speiste den Graben um die Burg, deren Zugbrücke erst abends gehoben wurde, und an seine Ufer schmiegte sich das kleine Städtchen, dessen Mauer schon seit langem keinen Angreifer mehr gesehen hatte. Der Vicomte war ein friedfertiger Mensch. Vor einigen Jahren hatte er aufgehört, Kriege zu führen und jungen Damen den Hof zu machen, nachdem er durch den Biss eines Wolfes ein Stück seines Schenkels und einen Teil seiner Männlichkeit verloren hatte. Man erzählte sich, dass er sein Leben einer Hexe verdanke, welche die Bestie in die Flucht geschlagen und ihn gesund gepflegt habe. Seither stand sie unter seinem Schutz und einmal in der Woche brachte eine Dienerin der Burg einen Korb mit Esswaren zu einem bestimmten Platz im Wald. Wahrscheinlich fühlte ich mich deshalb so von diesem Wald angezogen, abgesehen von dem Bedürfnis nach Einsamkeit, das mich bewogen hatte, die Gastfreundschaft des Vicomte anzunehmen. Jaufré war allzu gegenwärtig. Der Vicomte hatte mich gebeten, meine Eskorte nach Blaye zurückschicken zu dürfen, und mir versichert, dass er mir zuverlässige Männer zuteilen werde, sobald ich weiterreisen wolle. Ich vertraute ihm. Seine Treue zu den Herzögen von Aquitanien war nicht nur eine Legende, und er hegte große Zuneigung zu seinem Cousin, Eleonores Vater. Hier fühlte ich mich sicher. Sicher genug, um Abstand zu gewinnen und mich meinem Schicksal zu stellen.

Drei Tage lang streifte ich nun schon mit Loriane durch die Gärten. Sie war eine angenehme Gesellschafterin, und ich half ihr gerne bei ihren alltäglichen Arbeiten, die ich aus meiner Kindheit kannte. Denys hatte ich nicht wieder gesehen; er war bereits am Tag nach seiner Ankunft eilends auf eine Treibjagd nach einem Wolf aufgebrochen, zusammen mit einigen Jägern und ein paar tapferen Burschen. An diesem Morgen hatte ich beim Aufwachen nur einen Gedanken: Ich wollte tief in den Wald hinein, um Wurzeln und Heilkräuter zu sammeln, die ich in Paris nicht bekommen würde. Im Hinblick auf den Winter und die Krankheiten, die er mit sich bringen würde, musste ich meine Arzneivorräte auffüllen. Mit einem ledernen Quersack und meiner Gartenhippe ausgestattet, überquerte ich die Zugbrücke und nahm den schmalen Weg Richtung Wald. Es war frisch und das war angenehm, denn obwohl es schon auf September zuging, waren die Tage noch drückend heiß.

Ich verbrachte eine ganze Weile gebückt in Unterholz und Gebüschen. Mein Stöbern schreckte Waldmäuse und Hasen auf, die Reißaus nahmen und in den Brombeersträuchern verschwanden. Auf ihrer Flucht rissen sie mit ihren Pfoten von alten Eichen Pilze ab, die das zweite Gesicht verliehen. Als mein Sack voll war, schritt ich zufrieden auf eine Beuge des Flusses zu. Die Stelle war schön, und zwischen Nussbäumen und Erlen schimmerten die zinnenbewehrten Türme der Burg durch. Ich entdeckte einen flachen Stein und setzte mich glücklich darauf, nicht ohne einen Gedanken an Jaufré zu senden, dem dieser Ort sicherlich gefallen hätte. Meine Beine schienen mir plötzlich bleischwer. Ich streckte sie lang aus, bis ich durch meine vom Tau nassen Stiefel stechend das kalte Wasser spürte. Die Hände hinter dem Nacken gefaltet, lehnte ich mich an den Baum, der sein üppiges Geäst über mir entfaltete. Von der Süße des Ortes ebenso wie von der Sonne eingelullt, schloss ich die Augen und ließ mich treiben.

Es war eher ein Gefühl als ein Geräusch, das mich aus meinen Träumereien schreckte. Ein seltsames und plötzliches Gefühl der Gefahr. Mein Herz klopfte zum Zerspringen, und ich verharrte reglos, alle Sinne in Alarmbereitschaft. Was war geschehen, dass ich so eine Panik verspürte? Um mich herum war alles friedlich. Ich zwang mich zur Ruhe und tat so, als würde ich mich recken und strecken, auf die natürlichste Art und Weise, um einen Blick auf die Umgebung zu werfen. Nichts. Und doch hatte ich das unangenehme Gefühl, belauert zu werden. Von wem oder was? War es die Hexe, von der mir der Vicomte erzählt hatte? Nein, diese Frau konnte es nicht sein. Jemand oder etwas kauerte da im Unterholz und wollte mir Böses. Unauffällig zog ich mein Messer aus der Lederscheide an meinem Gürtel und stand auf, als ob nichts wäre. Da hörte ich ein Zischen und dann durchdrang ein stechender Schmerz meinen Arm. Ich stieß einen Schrei der Überraschung und der Hilflosigkeit aus. Ein Pfeil nagelte mich an den Baumstamm und ein scharlachrotes Rinnsal lief über den Ärmel meines Hemdes. Ich wollte mich losreißen, als ich ein gemeines Lachen hörte und innehielt. Ich wandte den Kopf. Obwohl ich niemanden hatte kommen hören, war jemand da. Bekleidet mit einer schwarzen Kutte, die sein Gesicht verbarg, einen Köcher über dem Rücken, hob er sich kaum ab vom Halbdunkel des Unterholzes.

Mit einem Satz war der Mann bei mir. Mir hart in die Augen blickend, sagte er grinsend: »Ganz ruhig, meine Schöne! Lass mir das Vergnügen.«

Mit einem Ruck zog er den Pfeil heraus. Mein Messer schnellte auf sein Gesicht zu, doch er war zu flink. Geschickt wich er meiner Attacke aus und schlug mich ins Gesicht. Benommen fiel ich nach hinten um. Dann spürte ich einen heftigen Schmerz im Nacken und es schien mir, als würde sich die Nacht über mich senken. Eine kalte Nacht mit dem bitteren Geschmack von Blut.

Als ich die Augen wieder öffnete, nahm ich nur den harten Boden in meinem Rücken war. Ich konnte mich nicht bewegen. Es war, als ob mein ganzer Körper an dem Moos klebte, das ich mit meinem Gewicht niederdrückte. Metallisches Klirren hallte in meinem Kopf und ich zwang mich, in die Richtung zu sehen, aus der es kam, obwohl ich mir nicht sicher war, ob sein Ursprung nicht in meinem Schädel selbst lag. Ein Nebelschleier hing vor meinen Augen und alles schien mir irgendwie verzerrt. Gleichwohl erkannte ich zwei menschliche Gestalten und Schwerter, die gekreuzt wurden. Dann ertönte ein lauter Schrei und eine der Gestalten fiel auf die Knie. Die andere kam mit einer bluttriefenden Klinge in der Hand auf mich zu. Dann schloss ich die Augen und entglitt erneut in die Nacht, mit dem Gefühl, ein Nichts in den Händen meines Schicksals zu sein.

Nachdem ich in dem hübschen Zimmer mit den schillernden Gobelins in der Burg von Châtellerault wieder zu mir gekommen war, erfuhr ich, dass ich mein Leben allein der großen Geschicklichkeit von Denys verdankte. Der Schatten, der sich über mich gebeugt hatte, die eiligen Schritte, die auf den Boden gestampft und in meinem Kopf widergehallt hatten, das war er gewesen. Als er zur Burg zurückgekehrt war und erfahren hatte, dass ich allein in den Wald gegangen war, hatte er sich Sorgen gemacht, alarmiert von einem unbestimmten Gefühl, das er sich an jenem Tag noch nicht erklären konnte. Er hatte meinen Angreifer überrascht, als dieser mich nach meinem Sturz in bewusstlosem Zustand auf die Uferböschung gelegt hatte. Von einer schmeichelnden Stimme geführt, war er gerade noch zur rechten Zeit gekommen. Als er das seinem Vater erzählte, mutmaßte dieser, das sei sicherlich die Hexe gewesen, die ihnen auf diese Weise für ihre Geschenke danke. Angesichts meiner Schwäche beschied ich mich mit dieser Erklärung, obwohl ich einen Augenblick lang geglaubt hatte, Mutters Stimme in meinen Ohren klingen zu hören. Im Grunde spielte es keine Rolle. Wichtig war nur Denys. Seit er mich zwei Tage zuvor zurückgebracht hatte, umstrich er mich wie ein Wachhund.

Die Wunde an meinem Arm war nicht wirklich gefährlich, wenn ich auch viel Blut verloren hatte. Der eigentliche Grund für meine lange Ohnmacht war der Sturz auf den scharfen Stein gewesen, an dem ich mir den Kopf aufgeschlagen hatte. Ich hatte lange Zeit deliriert, in einer Sprache, die niemand kannte und deren Quelle ich mir selbst kaum erklären konnte. Manchmal, so erzählte man mir, hätte ich von schrecklichen Dingen geredet, von monströsen Bestien, die Feuer und Blut spuckten, von Land, das von gigantischen Wellen überflutet werde. Im nächsten Augenblick sprudelten unzusammenhängende Sätze aus mir heraus.

Über welche unergründlichen Wege der Zeit ich auf diesem Wettlauf gegen den Tod geirrt war, weiß ich nicht. Als man mir all das erzählte, fürchtete ich, womöglich meine wahre Identität verraten zu haben. Doch Denys erwähnte in keinem unserer Gespräche etwas dergleichen. Aus begründeter Verzweiflung und von meiner wächsernen Haut beunruhigt, hatte er einen Korb mit Esswaren an der Stelle abgestellt, wo sich die Hexe gewöhnlich zeigte, und sie angefleht, zu Hilfe zu kommen, wie sie einstmals seinen Vater gerettet hatte. Anderntags stand an der Stelle des Korbes eine Feldflasche mit einer schwärzlichen Flüssigkeit und der Anweisung. *Gebt ihr davon zweimal am Tag zu trinken, einmal, wenn der Mond aufgeht, und einmal, wenn er untergeht.*

So geschah es. Am anderen Morgen öffnete ich die Augen und

blickte erstaunt in lauter besorgte Gesichter. Doch ich brachte kein Wort heraus und jede Faser meines Körpers schmerzte. So ließ ich mich erst einmal von meiner eigenen abenteuerlichen Geschichte zerstreuen. Auf diese Weise erfuhr ich bei einer Schüssel Suppe, dass mein Angreifer sich aus dem Staub gemacht hatte, als Denys zu mir eilte. Aufgeschreckt durch das Blut, das von meinem Kopf tropfte, hatte er sich nicht damit aufgehalten, ihm nachzustellen, sondern mich auf schnellstem Wege zurück zur Burg gebracht. Anschließend hatte man vergeblich nach dem Angreifer gesucht. Fußspuren auf einer kleinen Lichtung unweit der Stelle deuteten darauf hin, dass es ihm gelungen war, sein Reittier zu holen und zu fliehen. Ich selbst konnte nicht viel zur Erhellung des Falles beitragen, denn weder wusste ich, was der Mann gewollt hatte, noch hatte ich Feinde. Vielleicht, überlegte ich laut, war es nur ein Räuber gewesen, der die Gelegenheit nutzen wollte, doch Denys versicherte mir, dass die Umgebung der Burg sicher sei und nur zuweilen ein paar Wilderer umherstrichen. All das verunsicherte mich sehr. Der Vicomte erklärte mir, dass er entschieden habe, Jaufré nicht sofort zu benachrichtigen, weil er auf die Künste der Hexe vertraue. Es war besser, wenn er nichts erfuhr. Die Trennung war schlimm genug gewesen, und es war nicht nötig, dass mein Troubadour sich schuldig fühlte, weil er mich nicht begleitet hatte.

Es dauerte eine Woche, bis ich das Bett verlassen konnte. Mein Arm tat schrecklich weh, und bei der geringsten Bewegung hatte ich das Gefühl, mein Kopf würde platzen. Denys kam mich jeden Tag besuchen, und wir wurden Freunde. Er war ein gebildeter und angenehmer junger Mann, der sich Mühe gab, mich zum Lachen zu bringen, und sofort ging, sobald er das mindeste Anzeichen von Müdigkeit auf meinem Gesicht las. Der Vicomte kam ebenfalls regelmäßig zu mir und nahm immer meine Hände in seine großen Pranken, in denen sie vollständig verschwanden. Er wurde nicht müde, sich Vorwürfe zu machen. Wie oft ich ihm auch versicherte, dass er nicht verantwortlich sei, dass ich, ganz im Gegenteil, in seinem Haus eine zweite Heimat gefunden hätte – er ließ sich nicht beruhigen. Der arme Mann konnte sich meinen Unfall nicht verzeihen. Dann bat ich ihn, Harfe zu spielen. Stimmen wurden mir nach einer Weile noch immer zur Qual, seine jedoch war wie Balsam, der meinen Schmerz linderte, bis ich einschlafen konnte. Loriane als Hausherrin bemühte sich besonders um mich, zog sich aber sofort zurück, sobald sich Denys ankündigte.

Eines Tages führten er und ich ein langes Gespräch über die Neuigkeiten, die vom Hofe Frankreichs zu uns drangen, da hielt ich es nicht mehr aus und fragte ihn geradeheraus: »Denys, was für ein Geheimnis lastet auf eurer Familie? Ich weiß, dass es mich nichts angeht, doch es schmerzt mich, so viel Kummer in euren Augen zu lesen, wenn Ihr mit Loriane in einem Raum seid.«

Mit einem Seufzer sank er tiefer in seinen Sessel. »Ihr habt es also bemerkt …«

Ich nickte, wagte aber nicht mehr zu sagen. Er setzte ein aufrichtiges Lächeln auf, das er mit einer desillusionierten Handbewegung unterstrich. »Im Grunde ist es kein Geheimnis. Loriane ist nicht meine Mutter. Ich bin die Frucht einer Treulosigkeit meines Vaters mit einer Dienerin, in die er unsterblich verliebt war. Ich wäre wie ein Bastard aufgewachsen, wenn sie nicht bei meiner Geburt gestorben wäre. Trotz der Bitten seiner Frau weigerte sich Vater, mich einer anderen Dienerin anzuvertrauen. Loriane stillte gerade Lionel und hatte genug Milch für zwei. Vater zwang mich ihr auf und verlangte, dass ich dieselbe Erziehung bekomme wie seine anderen Söhne, wenn er mir auch nie Titel und Rang zugestanden hat. Damit, Damoiselle, wisst Ihr alles. Ich empfinde echte Zuneigung für Loriane, doch sie hat mir nie die Liebe meines Vaters zu meiner Mutter verziehen. Sie ist keine böse Frau und hat mir niemals wehgetan. Aber mein Anblick beschwört schlimme Erinnerungen in ihr herauf und dieser Kummer ist zu viel für ihr empfindsames Wesen. Zumal ich von allen Söhnen dem Vicomte am meisten ähnlich sehe.

Deshalb entferne ich mich, so oft ich kann, bis an die Grenzen des Landes, damit sie mich so wenig wie möglich sehen muss. Ich habe auch darüber nachgedacht, mich wie meine beiden Brüder dem Gefolge unserer Königin anzuschließen, doch wer bin ich, dass ich Ansprüche auf einen bestimmten Platz anmelden könnte?

Sie mögen mich nicht. Für sie bin ich ein Bastard, und ich zweifle nicht daran, dass ich nach Vaters Tod wie ein räudiger Hund vom Hof gejagt werde. Einstweilen diene ich ihm aus Liebe und nach bestem Gewissen, denn er hat aus mir das gemacht, was ich bin.«

Sein Blick war von unendlicher Traurigkeit getrübt, als ob er plötzlich die ganze Last der Liebe auf seinen Schultern tragen müsste, die in ihm war und die ungeduldig darauf wartete, sich zu verströmen. Tiefe Zärtlichkeit erfasste mich.

»Niemand soll einmal sagen, Denys von Châtellerault, dass ich mich nicht dankbar gezeigt hätte für das, was Ihr für mich getan habt«, entgegnete ich voller Bestimmtheit. »Begleitet mich nach Paris, und ich verspreche Euch, Ihr werdet weder Knappe noch exotisches Tier sein. Die Königin ist meine Freundin. Meine Dankbarkeit wird die ihre sein, und ich versichere Euch, Eure Verdienste werden Euch den Titel einbringen, der Euch bislang fehlt.«

Er blickte mit großen, runden Augen zu mir auf, als er begriff, dass ich es ernst meinte, nahm er meine schwache Hand und führte sie spontan an seine Lippen. »In diesem Fall, meine Dame, seid versichert, dass Ihr keinen treueren Diener haben werdet.«

Ich brach in ein fröhliches Lachen aus, das meine Genesung vollendete. »Ich verdanke Euch weit mehr, als ich jemals begleichen könnte, doch Eure Freundschaft ist für mich ein kostbares Geschenk, Denys.«

»Möge sie Euch sagen«, murmelte er im Aufstehen, »wie sehr ich euch liebe.«

Damit verließ er den Raum und ließ mich mit der Verblüffung über dieses Geständnis allein.

Am Tag nach diesem Gespräch wagte ich die ersten Schritte in den Garten hinaus. Denys traf ich nicht, da er wieder auf Wolfsjagd gegangen war. Ich nahm an, dass es ihm nach seinem Bekenntnis schwer fallen würde, mir wieder unter die Augen zu treten. Hatte er Angst, dass ich meine Meinung über ihn ändern könnte? Dergleichen war nicht meine Art, zumal ich echte Zuneigung für ihn hegte. Und das lag weder daran, dass er mir das Leben gerettet hatte, noch an seiner Schönheit. Es war vielmehr, als würde ich ihn schon von jeher kennen. Wie Jaufré. Befremdlicherweise spürte ich jedoch nicht den geringsten Zwiespalt in mir. Dieses Gefühl war ganz anders als das, das mich mit Jaufré verband. Es war etwas vollkommen anderes. Mein Troubadour fehlte mir schrecklich. Aber ich konnte nicht leugnen, dass ich seinetwegen verwundbar geworden war. Ich hatte unablässig an ihn gedacht und auf diese Weise die drohende Gefahr nicht bemerkt. Ich verzehrte mich so sehr nach seiner Liebe, dass ich nicht mehr ich selbst war. Doch dazu hatte ich kein Recht. Ich war nur aus einem einzigen Grund nach Aquitanien gekommen, und selbst wenn mich die Ereignisse dazu zwangen, mich in Geduld zu üben, überwog dieser Grund doch alles andere.

Für die Dauer eines Traumes hatte ich geglaubt, ich wäre eine Frau wie jede andere. Die Wirklichkeit führte mir meine Wahrheit wieder vor Augen. Ich musste meine Bestimmung erfüllen. Und ich durfte mich nicht mehr ablenken lassen, weder von Jaufré noch von sonst irgendjemandem. Wie hoch der Preis auch für mich sein mochte. Nur dann konnte ich England retten.

Als Denys drei Tage später zurückkehrte, kündigte ich an, dass ich bereit sei, meine Reise fortzusetzen, und dass es ihm freistehe, mich zu begleiten. Der Vicomte war glücklich, als er erfuhr, dass ich seinen Sohn der Königin vorstellen wollte, und Loriane warf mir einen dankbaren Blick zu. Obwohl ich nie mit ihr über die Sache gesprochen hatte, war ihr sicherlich klar, dass ich es wusste, und ich nahm ihr damit eine große Last von den Schultern. Denys hatte Recht, sie war keine schlechte Frau. Konnte man ihr vorwerfen, dass sie ihren Mann liebte? Dass es sie geschmerzt hatte zu sehen, wie er sich mit einer anderen einließ und sogar ihren Sohn seinen anderen Kindern vorzog?

Rund drei Wochen nach meiner Ankunft verließ ich Châtellerault mit leichten Schmerzen in Kopf und Arm an der Spitze einer bewaffneten Eskorte, Denys im Schlepptau.

9

Erschöpft von der schier endlos langen Reise, kam Eleonore Mitte September 1137 in Paris an. Die Hitze hatte ihrer Eskorte schwer zu schaffen gemacht. Immer länger hatten sich die Etappen hingezogen, nachdem Ludwig in Orleans zurückgeblieben war, um den Aufstand niederzuzwingen. Ihre Gesellschafterinnen jammerten ohne Unterbrechung. Ungeduldig warteten sie darauf, endlich die Île de la Cité zu erreichen, wo sie Festtagsstimmung erwarteten, ähnlich der in Bordeaux. Eleonore hielt stolz den Kopf hoch, damit niemand auf die Idee käme, sie hegte denselben Wunsch. Den ersten Teil der Reise hatte sie amüsant gefunden, dank der Gesellschaft ihres Mannes, der sie eifrig umschmeichelte und gleichzeitig rot wurde ob seiner eigenen Kühnheit. Er war rücksichtsvoll und ein großer Kenner lateinischer Texte. Doch seit sie ohne ihn unterwegs war, zählte sie die Tage. Was hätte sie dafür gegeben, wenn sie im gestreckten Galopp auf ihr neues Universum hätte zufliegen können, ein Pferd nach dem anderen dabei verschleißend, statt sich darauf zu beschränken, dreißig magere Meilen am Tag zurückzulegen und sich gegenüber Ludwigs Vasallen nichts anmerken zu lassen.

Als sie nun endlich die Biegung der Seine entdeckte, die ihre Arme um die Île de la Cité schlang, wurde sie von einer kindlichen Freude erfasst. Endlich! Endlich würde sie ihrem Temperament freien Lauf lassen können. Endlich würde sie dieses Land zu ihrem Land machen.

Doch da hatte sie nicht mit Ludwigs Mutter Adelaide gerechnet. Diese empfing sie mit der eisigsten Miene, die ihr hartes, wie aus Granit gehauenes Gesicht zuließ. Eleonore spürte, wie sich ihr ganzer Enthusiasmus auflöste. Ihren farbenfrohen Putz musternd, sagte die Königinmutter spitz: »Diese Aufmachung schickt sich nicht für den Hof von Frankreich, Schwiegertochter. Ihr müsst diesen übertriebenen und geschmacklosen Luxus sofort vergessen. Von morgen an werdet Ihr, ebenso wie Eure Gesellschafterinnen, Gott behüte sie, andere Kleidung tragen. Wir sind nicht hier, um Theater zu spielen!«

»Ja, Mutter«, erwiderte Eleonore, gute Miene zum bösen Spiel machend. Sie wusste nichts über die Sitten bei Hofe. Zwar hatte sie gehört, dass sie sehr streng sein sollten, aber insgeheim gehofft, sie lockern zu können. Ludwig war immer noch in Orléans und sie war eine Fremde hier. Trotz allem Groll und Hass, den die Schwiegermutter vom ersten Augenblick an in ihr weckte, gab es für Eleonore in diesem Moment nur eine Lösung und die hieß Unterwerfung. Sie fügte sich mit dem Gedanken daran, dass sie immerhin dem klösterlichen Schleier entgangen war und nun durchaus ein wenig Geduld üben konnte.

Am Tag nach ihrer Ankunft tauschte sie also ihre mit Gold und Silber, Spitzen und Edelsteinen geschmückten Roben gegen unscheinbare Kleider in Beige, Weiß und Hellblau ein.

Bedauerlicherweise war das Leben im alten Lutetia sterbenslangweilig und das Jammern ihrer Gesellschafterinnen trug nicht dazu bei, ihre Verzweiflung zu lindern. Von abends bis morgens, von morgens bis abends war ihr Adelaide von Savoyen auf den Fersen. Sie musste spinnen, weben, Kanevas besticken und Hospize besuchen, um den Armen die Füße zu waschen. Einmal brachte sie sogar Körbe mit frischem Obst zum Tor des Lepraheims auf einer der Inseln in der Seine. Das zerfallende Fleisch an Gliedmaßen und Gesichtern hinter den vergitterten Fenstern verfolgte sie in der anschließenden Nacht bis in ihre Träume.

Von Abt Suger hatte sie eigentlich angenommen, dass er sie ins Herz geschlossen hätte. Doch nun musste sie verbittert feststellen, dass er nur an sich selbst dachte. Auch er sprach Verbote aus. Man erlaubte ihr zwar, neben den Werken der Kirchenväter Cicero und Plato zu lesen, doch Plautus, Ovid, Juvenalis und Statius, die sie in Aquitanien verschlungen hatte, galten in Paris als Teufelswerk.

Suger verdammte auch die Minne der Troubadoure und ihr Lachen und Schäkern. Daran war nicht mehr im Traum zu denken. Zu den liturgischen Festen und großen Feierlichkeiten wurden nur wenige Trouvères und Akrobaten eingeladen. Wenn sich sonst einmal einer an den Hof verirrte, dann nur, um düstere Heldenlieder zum Besten zu geben oder Epen, die sie schon hundertmal gehört hatte. Ganz zu schweigen von der Sprache, die hier gesprochen wurde und die sie kaum verstand.

Aber eines setzte dem Ganzen die Krone auf. Paris stank! Sobald man die mit Ölpapier bespannten Fenster öffnete, stieg einem ein Mief aus Kot, Urin, Fett und Fisch in die Nase. Und das beschränkte sich nicht nur auf das Draußen. Auch der karge und kalte, alte Palast war bis in die hintersten Winkel schmutzig, staubig und voller Kot.

So oft sie konnte, versuchte sie, dieser Umgebung zu entfliehen, doch die Stadt war kaum besser. Rue Boueuse, Rue Merdeuse und Rue des Rats – das waren die Namen, die an den vor Schmutz düsteren Häusern prangten, deren Fassaden schon ganz abgeschliffen waren wegen der drängenden Enge und die den Namen alle Ehre machten: Schmutz, Mist und Ratten … Wenn sie hier unterwegs war, dachte sie traurig an die blumengeschmückten Fenster von Bordeaux und Poitiers, an die Holzbaluster, die Geißblatt, Pfeifenstrauch und bunte Banner schmückten, und an die heiteren Namen der Straßen.

Wie weit ihr doch plötzlich ihre Heimat schien!

Ihr einziger Trost war es, dass es in Paris die Universität des berühmten Abaelard gab, die beste der damaligen Zeit. Schon als Kind hatte sie immer wieder die traurige Geschichte dieses Gelehrten mit seinen neuartigen Ideen gehört, der sich mit Bernhard von Clairvaux und sogar mit dem Papst angelegt hatte. Seine Schriften waren verbrannt worden, doch seine Lehren zogen auch nach seinem Tod eine immer größer werdende Schar von Schülern in ihren Bann.

Heloise, seine Schülerin und Geliebte, derentwegen er sogar entmannt worden war, lebte noch. Sie war bereits in hohem Alter und wohnte zurückgezogen im Kloster von Paraclet, das Abaelard eingerichtet hatte. Lag es an dieser von der Religion verbotenen Liebe, dass Abaelard immer noch so beliebt war? Eleonore weigerte sich, das zu glauben. Sie hatte sich vorgenommen, seine Schüler kennen zu lernen, und jedes Mal, wenn sie an der Kirche Sainte-Geneviève vorbeikam, wo deren Unterricht stattfand, versuchte sie, ein paar Gesprächsfetzen aufzuschnappen. Adelaide von Savoyen hätte es nie geduldet, dass sie daran teilnahm.

Eleonore verbiss sich ihren Ärger bis zu Ludwigs Ankunft zwei Wochen später. Es dauerte ein paar Tage, bis sie begriffen hatte, dass ihr Gatte nur dem Titel nach König war. Suger und Adelaide von Savoyen teilten sich die Macht, unterstützt von Raoul von Crécy Graf von Vermandois und ehemals Berater des verblichenen Königs. Zwischen Mutter und Beichtvater hin- und hergerissen, war Ludwig, jung, unerfahren und verletzlich, wie er war, kaum mehr als eine Marionette. Doch Eleonore hatte nicht das fröhliche Aquitanien und alles, was sie liebte, verlassen, um hier Zaungast zu spielen. Sie würde nicht erlauben, dass ihr Adelaide von Savoyen ihre Regeln aufzwang, und Abt Suger sollte bleiben, was er war: der Abt von Saint-Denis.

Verärgert, weil sie außen vor gehalten wurde, weil ihr Gatte schon wieder mehr Zeit mit Beten als in ihrer Gesellschaft verbrachte, weil ich mich seit einer Ewigkeit nicht gemeldet hatte und weil ihre Gesellschafterinnen nicht aufhörten zu jammern, platzte ihr schließlich der Kragen.

Aus reiner Provokation stürmte sie eines Morgens in einer prächtigen, mit Silberfäden durchwirkten bordeauxroten Robe, das Haar zu einem mit Perlen überzogenen Knoten hochgesteckt, mitten in eine Kabinettsitzung der Minister. Der Skandal hatte sich bereits vor der zweiflügligen Tür angekündigt, die zum Kabinettsaal führte. Ludwig hatte die Sitzung zusammen mit Suger einberufen, um politische Fragen mit Eleonores Vasallen zu besprechen. Diese befürchteten, dass Aquitanien einen Großteil seiner Unabhängigkeit einbüßte, wenn es dem Königreich Frankreich zugeschlagen würde.

Die beiden Wachen rechts und links der Tür hatten der jungen Gattin den Zutritt verwehrt, indem sie ihre Hellebarden vor den mit französischen Lilien ausgeschnitzten Flügeln kreuzten. Eleonore hatte sie mit Gewalt auseinander gedrückt, nachdem sie diese unerschütterlichen Figuren angebrüllt hatte, die es wagten, sich ihrer Königin zu widersetzen. Von dem Gezeter aufgeschreckt, fiel die Versammlung, die sich gerade über eine Karte gebeugt hatte, in Schweigen. Suger eilte zum Eingang. Um ein Haar wäre er gegen die schweren Flügel gerannt, die Eleonore mit der ganzen Kraft ihrer Wut aufgestoßen hatte. Unerwartet fand sie sich dem Abt gegenüber, der mit Kopfschütteln und gestrengem Blick seine Missbilligung zum Ausdruck brachte.

Doch die junge Frau beachtete ihn gar nicht und ging ohne Gruß an ihm vorbei. Mit einem huldvollen Schwung ihres Rocks trat sie zwischen die Minister und verneigte sich reumütig. Ludwig war aschfahl. Seine Augen suchten verwirrt Rückhalt bei Suger, doch vergeblich. Eleonore trat ihm mit herausforderndem Blick gegenüber und wandte sich dann an seine Untertanen: »Erhebt Euch, Messires, und fahrt fort. Ich lasse mich nicht mit euren Grimassen abspeisen, Abt …«

Ihr Ton ließ keine Widerrede zu. Ludwig beugte sich und Suger musste vier Stunden später, als die Versammlung zu Ende war, eingestehen, dass es dieser Kleinen weder an Kühnheit noch an Geistesgegenwart fehlte und noch weniger an Köpfchen. Sie hatte ein paar treffende Bemerkungen zu einer Sache gemacht, die ihm am Herzen lag, und einige ihrer Ratschläge hatten ihn angenehm überrascht. Er selbst hätte es nicht besser sagen können. Eleonore lernte schnell. Er sollte sie, dachte er, zu seiner Verbündeten machen. Doch das würde nicht einfach sein. Zunächst musste dafür gesorgt werden, dass sie Vernunft annahm. Man konnte die Königinmutter nicht vor den Kopf stoßen, die bei bestimmten Gelegenheiten Ratssitzungen führen durfte. Als sie vom Vorstoß ihrer Schwiegertochter erfuhr, bekam sie einen Wutanfall. Eleonore musste lernen, ihr Ungestüm zu beherrschen, und warten, bis sie eingeladen wurde. Und dass sie an Debatten teilnahm, verstieß ohnehin gegen die guten Sitten der Île de France.

Eleonore blieb störrisch. In Aquitanien waren die Frauen niemals von der Politik ausgeschlossen worden. Weil das hier der Fall war, behielt sie sich vor, wenigstens ihre eigene Provinz selbst zu regieren und Streitigkeiten mit ihren Vasallen zu klären. Auch wenn sie Königin von Frankreich war, blieb sie nichtsdestotrotz Herzogin von Aquitanien. Was den Palast anging, so weigerte sie sich, sich damit abzufinden, und wenn er tausendmal königlich genannt wurde. Er würde vom Keller bis zum Dach gereinigt, renoviert und jeden Tag neu mit Blumen ausgestreut werden. Troubadoure, Jongleure, Tänzer und sonstige Unterhalter würden ihre Gastfreundschaft genießen. Eleonore war das Leben. Und sie wollte leben.

Von der Angriffslust seiner Gattin bestürzt, zog sich Ludwig mehrere Tage nach Saint-Denis zurück, um auf dem Grab seines Vaters kniend zu meditieren. Er wusste nicht recht, was er tun sollte, und erkannte verstört, dass er seine Frau nicht verstand, dass ihm ihr unbeständiges und kapriziöses Wesen Angst einflößte und dass er wahre Erfüllung nur im Gebet fand. Um seine Seele zu schützen, entschied er, dass es besser sei, sich Eleonore nur zu nähern, wenn das Verlangen seines Körpers seine Andacht zu vereiteln drohte. Doch das trug natürlich nicht dazu bei, den Hunger einer jungen frustrierten Königin nach Macht und Gerechtigkeit zu besänftigen, ganz im Gegenteil.

Verärgert überflog Suger das Pergament in seiner Hand. Stephan von Blois wollte mehr: die uneingeschränkte Unterstützung des Königs von Frankreich für seinen Aufstand gegen das Anjou. Einige Wochen zuvor hatten Spione des englischen Königs einen Brief aus Angers abgefangen, der an Loanna von Grimwald gerichtet war. Die Botschaft war eindeutig: Man erwartete von ihr, dass sie am französischen Hofe ihre Aufmerksamkeit Eleonore gegenüber verdoppelte. Stephan von Blois hatte Angst bekommen. Eine Spionin an Eleonores Seite! Suger hatte ihn beschwichtigt, doch im Laufe der Zeit war ihm dieser Mann immer verdächtiger geworden. Als ob eine Frau in der Lage wäre, ihre Pläne zu vereiteln! Nichtsdestotrotz war er klug genug, nicht alle Vorsicht fahren zu lassen. Es war besser, wenn diese Damoiselle erst gar nicht in Paris ankäme. Es gab genügend Klöster, in denen sie gut aufgehoben wäre, und wenn eine solche Lösung dazu beitrug, diesen Menschen mit seinem simplen Gemüt zu beruhigen, hatte schließlich auch er selbst seinen Frieden.

Als er von seinen Spitzeln erfahren hatte, dass sie sich in Châtellerault aufhielt, hatte er den hinterhältigen Anselme damit beauftragt, sie zu entführen. Seit er den Tod des Herzogs von Aquitanien so geschickt in die Wege geleitet hatte, bedienten sich sowohl Stephan von Blois als auch der Abt von Saint-Denis seiner Talente. Diesmal jedoch war der Mann unverrichteter Dinge zurückgekehrt, den Arm verletzt von einer Klinge, deren Besitzer er nicht kannte. Schlimmer noch: Er verdankte sein Leben nur dem Umstand, dass sein Angreifer sich um die junge Frau gekümmert hatte. Einen solchen Überfall konnte Suger nicht noch einmal inszenieren. Er musste sich etwas anderes einfallen lassen. Gottes Wille würde ihm dabei helfen.

Ein Husten riss ihn aus seinen Überlegungen. Er wandte sich um. Eine junge Frau in einem fließenden apfelgrünen Kleid, schön wie eine Rosenknospe, strahlte ihn an. In einem anmutigen Knicks verharrend, musterte sie den alten Abt aus blau-grauen Augen voller Charme unverwandt und offen.

»Erhebt Euch, mein Kind. Ich bin entzückt, Euch hier zu haben. Ihr habt Euch sehr verändert, seit ich Euch zum letzten Mal gesehen habe. Stellt Euer Oheim immer noch diesen köstlichen Schnaps aus Steinfruchtkernen her, mit dessen Rezept er nicht herausrücken will?«

»Er hat mir aufgetragen, Euch ein Fläschchen davon zu überbringen, Vater, ebenso wie seine Freundschaft und Dankbarkeit für Eure Güte.«

»Der gute Mann! In meinem ganzen Leben habe ich kein solches Gebräu genossen. Nun denn, setzt Euch und reicht mir diese Kostbarkeit, damit wir die Freude über dieses Wiedersehen teilen können.«

Béatrice von Campan zog eine Glasflasche aus einem kleinen Seidenbeutel und ging zu einer niedrigen Anrichte. Anmutig nahm sie zwei Silberbecher und goss ein. Dann trat sie zu Suger und reichte ihm einen davon mit einem schlichten Lächeln.

»Ich sehe«, rief er aus, »Ihr habt unsere letzte Begegnung nicht vergessen! Möge Gott euch beschützen, mein Kind.«

Sich in die Augen blickend, tranken sie gleichzeitig das Elixier des alten Onkels, ohne einmal zu schlucken. Es war schon lange her, dass der Baron von Campan seiner Nichte beigebracht hatte, wie man ein Glas in einem Zug leerte. Der starke Alkohol rötete die Wangen des Mädchens aus den Bergen und stärkte ihren jungen Körper. Suger brach in ein erfrischtes Lachen aus. Béatrice strich sich mit dem Handrücken über ihre vollen Lippen.

»Ihr erweist Euch den Größten Eures Tales als ebenbürtig, Damoiselle! Und jetzt müsst Ihr mir alles erzählen.«

Er deutete auf einen kunstvoll gearbeiteten Sessel, der seinem gegenüberstand.

»Was soll ich sagen, mein Vater, es ist mein größtes Glück, hier in Paris zu sein. Ich habe geweint vor Freude, als ich erfuhr, dass Ihr mich zu Euch holen wollt, um für meine Erziehung zu sorgen. Ihr habt schon so viel für mich getan, als Ihr nach dem Tod meiner Familie meine Vormundschaft übernahmt.«

»Nun denn, Ihr wisst, wie eng Eure Mutter und ich verbunden waren. Meine Eltern standen im Dienst der ihren, und wir wuchsen zusammen auf, vergesst das nicht! Wie könnte ich Euch nach dieser Tragödie allein lassen, die Euch zur mittellosen Waisen gemacht hat, während ich am Hofe lebe? Euer Onkel mit seinen bescheidenen Mitteln kann Euch nicht die Erziehung angedeihen lassen, die Euch gebührt und die Eure Mutter gewünscht hätte.«

»Gewiss. Gleichwohl hat er die Leere, die ihr Tod in meinem Leben hinterlassen hat, mit Liebe gefüllt. Und ich glaube nicht, dass ich in einem anderen Hause eine glücklichere Kindheit gehabt hätte. Dank Euch, Vater.«

Suger lehnte sich schwer gegen die Rückenlehne seines Sessels. Das leere Glas in seiner schlaffen Hand schien immer schwerer zu werden. Er konnte die Augen nicht von seinem jungen Schützling wenden.

Sie war erst sechs Jahre alt gewesen, als die Burg ihrer Eltern in Sainte-Marie, ihrem Lehen, abbrannte. Beide waren, vom Rauch bewusstlos, Opfer der Flammen geworden, die sich in kürzester

Zeit durch den Holzbau fraßen. Béatrice war dem Unglück entkommen, weil sie wie so oft zu Besuch bei ihrem Onkel in Campan war. Der gebildete kleine Baron brachte ihr Latein bei und besaß ein zahmes Frettchen, mit dem sie gerne spielte. Bei ihm war sie geblieben.

In Erinnerung an seine eigene Kindheit, die bescheiden, aber glücklich gewesen war, hatte Suger eine beträchtliche Mitgift für sie bereitgestellt und verlangt, dass sie die beste Erziehung bekam. Er hätte sich nicht träumen lassen, dass die Kleine eines Tages ebenso schön wie intrigant sein würde. Geschickt und durchtrieben erreichte sie schamlos alles, was sie wollte, nutzte skrupellos jede Situation aus und schreckte auch vor Erpressung nicht zurück, wenn es ihren Interessen diente.

Mit einem halb belustigten, halb fragenden Blick riss ihn Béatrice aus seinen Erinnerungen. Mit den Fingern auf die Armlehne trommelnd, sagte er: »Möchtet Ihr gerne am Hof bleiben, Béatrice?«

Ihr glänzender Blick ließ keinen Zweifel.

»Das dachte ich mir«, fuhr Suger milde fort. »Ich habe mit der Königin über Euch gesprochen. Ihr seid nur zwei Jahre älter als sie, und sie langweilt sich schrecklich, weil sie niemanden hat, der ihr geistig ebenbürtig ist. Ich denke, Ihr könntet diese Lücke füllen.«

Auf Béatrice' Gesicht zeichnete sich ein Ausdruck der Zufriedenheit ab, der hinreichend offenbarte, wie sehr ihr diese Rolle zusagte. In die Pause, die ihr Vormund nach seinem letzten Satz eingelegt hatte, sagte sie mit Verschwörermiene: »Es versteht sich von selbst, mein Vater, dass ich Euch in diesem Fall von all den kleinen Klatschgeschichten am Hofe berichten kann, die für die Großen des Reiches doch immer interessant sind ...«

»Ich habe nicht einen Augenblick daran gezweifelt, mein liebes Kind, dass Ihr die Bedeutung dieser Aufgabe richtig einschätzt«, lobte Suger sie mit einem komplizenhaften Kopfnicken.

Dann hielt er ihr sein Glas hin und sagte: »Nehmt Euch doch noch einen Schluck, bevor ich Euch die Regeln Eures neuen Lebens erkläre.«

Alsbald wurde Béatrice von Campan Eleonore vorgestellt, mit der Empfehlung eines kleinen Barons aus Aquitanien. Die junge Königin machte Luftsprünge vor Freude. Seit langem würde sie wieder etwas über die Pyrenäen vom anderen Ende ihres Herzogtums hören! Außerdem hatte diese Damoiselle eine von der Sonne vergoldete Haut und ein atemberaubend hübsches Gesicht. Wenn ich sie vergessen hatte, schickte sie mich eben zum Teufel! Suger schenkte ihr einen Engel.

Der Engel fügte sich rasch in das Treiben am Hof ein. Es gelang Béatrice sogar, die Sympathie der Gräfin von Angoulême zu gewinnen. Sie war Eleonore in den Pariser Palast gefolgt und hasste mich, wie sie überhaupt jeden hasste. Diese kleine, reizlose Pestbeule liebte nur Eleonore und war auf alle Welt eifersüchtig. Béatrice beschloss, sie um den Finger zu wickeln, um sie besser benutzen zu können, und, geschickt wie sie war, gelang ihr das auch. Ihre treuherzige Art weckte keinerlei Misstrauen, sondern im Gegenteil Beschützerinstinkte. Eleonore fand sie ganz nach ihrem Geschmack, wenn auch etwas zu fromm und prüde. Seit meiner Abreise fehlten ihr meine Liebkosungen, und von Ludwig hatte sie nur brutale, wilde, schuldbeladene Umarmungen zu erwarten, die ihren Hunger nicht im Mindesten stillten. Es hätte ihr durchaus gefallen, ihre neue Freundin in zärtlichere Spiele einzuweisen. Doch das war nicht so einfach. Béatrice hatte zwar viel Geist und bemerkenswerte Bildung, doch zeigte sie keinerlei Hang zum weiblichen Geschlecht. Darüber hinaus fing sie an zu zittern und zu stammeln, sobald Ludwig zugegen war, ein Zeichen dafür, dass er ihr nicht gerade gleichgültig war.

Letzterer war dafür durchaus empfänglich. Béatrice hatte die sanfte Schönheit von Ikonen. Ihr goldblondes Haar umstrahlte ihr Gesicht im Gegenlicht wie eine Aura. Ludwig ließ sich von so viel Reinheit gefangen nehmen, zumal ihm Suger – aus gutem Grund – versichert hatte, dass diese Kleine eine ähnliche Erziehung genossen habe wie er.

Eleonore beeindruckte das nicht. Sie liebte Ludwig, wie man eben seinen Ehemann zu lieben hatte. Allerdings... Ihre Leidenschaft hatte bis zu ihrem Eindringen in das Ministerkabinett angehalten. Sie bekam immer noch von ihm, was sie wollte. Ludwig liebte sie, begehrte sie und konnte sich ihren Liebkosungen nicht entziehen, doch anschließend verließ er sie sofort, um in die Kapelle zu gehen. Eleonore hatte ihn darauf angesprochen. Ihre Umarmungen hätten viel zärtlicher sein können, so wie die erste nach ihrer Vermählung. Ludwig hatte ausweichend geantwortet, dass ihm die Staatsgeschäfte den Schlaf raubten und er Einsamkeit und Andacht brauche. Sie hörte ihn nie zurückkommen und anderntags zeugte nur das warme Bett neben ihr davon, dass er da gewesen war. Schlimmer noch, sie hatte mehrmals Striemen auf seinen Schultern und seinem Rücken gesehen. Gerüchten zufolge geißelte sich Ludwig, um sich dafür zu bestrafen, dass er fleischliche Lust verspürt hatte. Eleonore wusste nicht, was sie davon halten sollte.

Es war jetzt drei Wochen her, dass Béatrice sich in den Kreis der Vertrauten um Eleonore eingereiht hatte. Die junge Königin hatte inzwischen genug von der Politik. Für ihren Stolz hatte es gereicht, Adelaide von Savoyen, die in ihrem Revier wilderte, zum Schweigen zu bringen. Sie war viel zu beschäftigt damit, ihre Gemächer neu einzurichten, Teppiche zu sticken und ihrer neuen Freundin die Stadt zu zeigen, die sie bis dahin selbst noch gar nicht richtig erkundet hatte.

Man schrieb Oktober 1137, und der erste Frost machte sich bemerkbar. Die Straßen der Hauptstadt waren voller tiefer Risse, die der Regen ausgewaschen hatte. Die Seine hatte einen metallischen Farbton angenommen. Auf Grund der Kälte sonderte sie nicht mehr den widerlichen Gestank ab, der Eleonore die Kehle zugeschnürt hatte, als sie zum ersten Mal den Grand Châtelet überquert hatte, die Brücke, die ihren Namen der Festung verdankte, welche sie an einer Seite begrenzte.

Seit Béatrice bei ihr war, gehörte es zu ihren Lieblingsbeschäftigungen, auf den Hügel des Montmartre zu steigen. Inmitten von Eschen und Kastanienbäumen mit vereisten Kronen wurde dort gerade der Bau einer Kapelle beendet. Warm eingepackt und von ihrem Gefolge begleitet, bestaunten die beiden jungen Frauen das grandiose Spektakel. Von oben konnte man den Hügel von Chaillot und die von Weinbergen überzogene Landschaft sehen, die

Windungen des Flusses mit seinen grünen Inseln und die Kirchtürme der Dörfer an seinen Ufern. Béatrice bemerkte scherzend, man komme sich vor wie in den Bergen.

In der Zwischenzeit rieb Abt Suger sich zufrieden die Hände. Sein Plan, die Königin von der Politik fern zu halten, funktionierte besser, als er erhofft hatte. Es verging kein Tag, an dem ihm Béatrice von Campan nicht von Worten und Taten der Königin berichtete. Adelaide von Savoyen ihrerseits sann auf Rache, mithilfe von Raoul von Crécy, dem Grafen von Vermandois. Raoul, ein stattlicher Mann mit guten Umgangsformen, hatte eine rotgesichtige Bohnenstange mit Glupschaugen zur Frau, die er nur bei gelöschten Kerzen befriedigen konnte. Und so gaukelte er zum Trost durch die Betten von Eleonores Gesellschafterinnen, die ihn, zumeist auf Grund langweiliger Ehemänner, mit offenen Armen empfingen.

Dieser Reigen war dem Onkel der betrogenen Gattin ein Dorn im Auge. Thibault von Blois, Graf der Champagne und Mitglied des Tempelritterordens, verfolgte überdies die Absicht, Raoul von Crécy als Berater des Königs abzulösen.

Suger fand die Situation delikat, griff aber nicht ein. Solange alle mit sich selbst beschäftigt waren, war Ludwig leicht zu manipulieren und folgte widerspruchslos seinen Ratschlägen. Die Sache Gottes war das Einzige, was dem jungen König am Herzen lag. Außerdem überließ er den Templern großzügig mehrere Grundstücke und Gebäude in Paris und umliegenden Orten. Je größer die Bedeutung der Armee Christi wurde, desto mächtiger wurde er selbst. Und was konnte er mehr verlangen als die Mehrung seines eigenen Ruhmes?

Diese bizarre Atmosphäre herrschte auf der Île de la Cité, als ich mit Denys und meiner Eskorte eintraf.

Am Fuße des Hügels Sainte-Geneviève, der sich in die Beuge der Seine schmiegte, hallten die Gassen vom Knarren der Ketten wider, mit denen die Schilder von Tavernen und Läden befestigt waren. Es regnete in Strömen und die Beine der Pferde waren schlammverspritzt. Das schlechte Wetter, das uns seit über zehn Tagen zu verkürzten Etappen zwang, schien hier seinen Höhepunkt zu erreichen.

Denys und ich hatten seit Chartres kein Wort mehr geredet, weil der Sturm jegliches Gespräch unterband. Die Lederbehänge der Kutsche hoben sich unter den heftigen Windstößen und auf die breiten Krempen unserer Hüte klatschten große, kalte Tropfen. Vom Regen blind und durch die Wagenspuren behindert, konnten die Pferde nur Schritt gehen, trotz der schlagkräftigen Ermunterungen des Kutschers, der bis auf die Knochen durchnässt war. Denys hatte unsere letzte Etappe unbedingt verschieben wollen, doch ich wurde zunehmend unruhiger. Seit dem Überfall in Châtellerault konnte ich mich des Gedankens nicht mehr erwehren, dass man mich beseitigen wollte, um mich von Eleonore fern zu halten. Ich hatte mich schon viel zu lange aufgehalten. Aber was für ein Wetter! Mir war eiskalt. Denys sah mich immer wieder voller Mitleid an, das ich mit einem Lächeln quittierte. Er verstand meine Hartnäckigkeit nicht, zumal er eher die Sorte Mädchen kannte, die sich beim leisesten Donnerschlag in ihr Zimmer einschlossen. Wir waren darüber in Streit geraten, doch ich hatte nicht nachgegeben.

»Ihr seid, bei allem Respekt, die dickköpfigste und unvernünftigste kleine Person, die ich kenne«, hatte er mir zum Schluss an den Kopf geworfen.

Doch statt beleidigt zu sein, war ich in Gelächter ausgebrochen. »Das könnt Ihr nur sagen, weil Ihr die Königin von Frankreich noch nicht kennt, mein junger Freund!«

Mit dem Versprechen, ihm zu gegebener Zeit den Grund für meine Eile zu nennen, bestieg ich die Kutsche, den Saum meiner Röcke durch den Schlamm ziehend.

»Eine Dame wünscht empfangen zu werden. Sie ist sehr … schmutzig, Majestät.«

Eleonore würfelte mit Béatrice, die unverschämtes Glück hatte, und war im Begriff, zum wiederholten Male zu verlieren. In dem Raum, in dem die junge Königin im Kreise ihrer Freundinnen ihre trostlosen Tage verbrachte, waren Fackeln angezündet worden, weil der Sturm draußen den Tag verdunkelt hatte. Im Kamin brannte ein Feuer. Man würfelte oder spielte Geschicklichkeitsspiele. Der König war krank. Er hatte sich ein Fieber eingefangen und hustete seit zwei Tagen. Sein Zustand war nicht beunruhigend, doch er war ans Bett gefesselt und der Arzt des Schlosses untersagte jeglichen Besuch. Der geplagte König war ein schlechter Patient und hatte eine scheußliche Laune.

Eleonore sah den Pagen an und überlegte, ob er sich wohl über sie lustig mache. Was wollte eine Dirne im Schloss? Warum hatte man sie eingelassen? Verärgert raunzte sie ihn an: »Was will die Schmutzliese?«

»Dieser flammenden Begrüßung Ehre erweisen!«

Ich erwartete nicht, willkommen zu sein, und wollte vom ersten Moment an mein Territorium abstecken. Denys war mir schüchtern gefolgt. Unser Aufzug war zugegebenermaßen nicht gerade dazu angetan, uns zum Nähertreten aufzufordern. An den Tischen erhob sich ein Raunen; einige hatten geglaubt oder gehofft, ich wäre auf Nimmerwiedersehen verschwunden, andere fragten sich, wer es wohl wagte, so zu reden.

Von Kopf bis Fuß zitternd, entfernte sich der Page, einen Skandal fürchtend. Doch Eleonore hatte meine Stimme an Klang und Beherztheit erkannt. Sie sprang auf, wobei sie an den Tisch stieß und um ein Haar Béatrice das Spielbrett auf die Knie gestoßen hätte. Meinen Namen rufend, lief sie auf mich zu und ohne Rücksicht auf mein Aussehen zog sie mich vor die versteinerte Versammlung. Es tat mir gut, dass sie so glücklich war. Sie hatte mich also noch nicht vergessen.

Ich lachte und wagte nicht, mit meinen Händen ihren Putz zu berühren: »Euer Majestät müssen aufpassen, ich tropfe ...«

»Was kümmert mich dein Aufzug, meine Freundin, wenn du mir die Freude machst, hier zu sein!«

Sie trat zurück, um mich besser betrachten zu können, behielt aber ihre Hände an meinen nassen Ellbogen. Besorgt angesichts der starren Blicke, die auf uns gerichtet waren, versank ich in einen tiefen Knicks und blickte von unten in ihre vor Glück strahlenden Augen. Sie zog mich hoch.

»Nicht, Loanna von Grimwald.« Sie klatschte in die Hände, und der Page, der mich hereinbegleitet hatte, trat, inzwischen beruhigt, heran. »Lass die Damoiselle von Grimwald zum Zimmer des Sonnenuntergangs begleiten und ihre Koffer hinauftragen, damit sie sich umziehen kann. Ein Feuer soll angezündet werden und meine Kammerfrau Bernice soll kommen. Ja, bist du immer noch da? Los, los!«

»Nur einen Augenblick, Majestät. Eure Güte berührt mich, doch ich bin nicht allein gekommen. Denys von Châtellerault hat mir durch das Geschick seiner Klinge auf dem Weg das Leben gerettet. Ich stehe also vor Gott in seiner Schuld. Ich hatte die Kühnheit zu hoffen, dass Ihr hier Mittel und Wege findet, um sein Talent zu nutzen.«

Eleonore musterte Denys. Sie hatte eine abweisende Miene aufgesetzt, als ich anfing, meinen Protegé ins Licht zu rücken, ließ sich jedoch nicht aus der Ruhe bringen. Das Wichtigste war, dass sie mich wiederhatte.

Denys beugte ein Knie. In einer Hand hielt er seinen Hut, die andere hatte er – den Mantel elegant beiseite schwingend – ehrerbietig auf den kunstvoll gearbeiteten Knauf seines Schwertes gelegt, das er am Gürtel trug.

»Erhebt euch, Messire von Châtellerault. Seid meiner Dankbarkeit für Eure Tat versichert. Man wird Euch zu Messire von Crécy bringen, der Euch auf meine Empfehlung hin in seine Dienste nehmen wird. Geht jetzt, alle beide. Das ist nicht die richtige Kleidung, um bei Hofe zu erscheinen. Die jungen Damen können ihre Gefühle kaum verbergen«, fügte sie hinzu, belustigt durch die angewiderten Mienen ihrer Freundinnen.

Wir tauschten ein verschwörerisches Lächeln aus, dann folgte ich würdevoll dem Pagen, begleitet von Denys, den die stolze Schönheit der Königin völlig verwirrt hatte.

Ich brachte es nicht übers Herz, Camille zu bemühen, die ebenso schmutzverkrustet war wie wir. Stattdessen schickte ich sie ins Nebenzimmer, damit sie sich ausruhen konnte, und ließ mir von Bernice helfen. Das Mädchen aus Bordeaux war kaum älter als ich und hatte ein fröhliches, wenn auch reizloses Gesicht. Ich erzählte ihr von meinem Aufenthalt in Blaye, da ich wusste, dass ihre Familie von dort stammte. Sie war den Tränen nahe, so bewegt war sie. Sie mochte die Île de la Cité nicht und konnte sich nicht an die Tristesse der alten Stadt gewöhnen. Durch meine offenen Worten zutraulich geworden, erzählte sie mit großem Vergnügen alles, was ihre Herrin in der Zeit meiner Abwesenheit erlebt hatte. Was ich hörte, beruhigte mich, zumindest bis der Name Béatrice von Campan fiel. Bernice fand sie wundervoll, die Königin auch, sogar die Damoiselle von Angoulême gluckste bei ihren Witzen und…

Das machte mich nervös. Es war gut, dass ich mich beeilt hatte. Mein Blick hatte den von Béatrice gekreuzt, als mich Eleonore umarmt hatte, und ich hatte die Bedrohung gespürt, die von ihr ausging. Jetzt musste ich nur noch in Erfahrung bringen, ob mich diese ein wenig zu hübsche junge Dame in allen Bereichen ersetzt hatte.

Kurze Zeit darauf erhielt ich die Antwort. Die Tür zu meinem Zimmer öffnete sich in dem Moment, als ich mich anschickte, wieder hinunterzugehen. Eleonore schickte Bernice fort.

Sie ließ mir nicht die Zeit, ein Gespräch zu beginnen. Mit der Gier eines hungrigen Raubtiers stürzte sie sich auf mich, mir fast den Atem raubend, und beruhigte sich erst Stunden später wieder, als es zur None schlug. Eleonore hatte es an Liebe gefehlt. Und sie hatte mir gefehlt.

Erst dann kamen die Vorwürfe. Ich hätte sie ohne Nachrichten allein gelassen und mich amüsiert, während sie hier alles geben musste, um sich einen Platz zu erobern. Zum Glück war da Béatrice, so großmütig und aufmerksam, so gebildet, so charmant, so hübsch…

Ich unterbrach ihre Lobeshymne. Eleonore lag neben mir, an meine Schulter geschmiegt, ihr rechtes Bein nachlässig über meinen Bauch gelegt. »Das reicht. Wie kommt es, dass du so eine Perle sofort sitzen lässt, um dich an meine Lenden zu werfen? Du erlaubst, dass ich das nicht ganz verstehe, meine Königin.«

Eleonore bog sich zurück und musterte mein gereiztes Gesicht. Dann stieß sie einen freudigen Seufzer aus und schmiegte sich erneut an mich. »Eifersucht. Du bist eifersüchtig auf Béatrice. Umso besser!«

Ich musste lächeln. Statt einer Antwort streichelte ich ihre widerspenstigen Locken. Ein paar Sekunden später schlief sie, schnurrend wie eine junge Katze.

In den folgenden Tagen konnte ich mir eine eigene Meinung bilden. Béatrice war, zumindest nach außen hin, fröhlich, liebenswürdig und so umgänglich wie nur möglich, doch all das war nur Schein. Ihre Ohren waren überall. Sie war sehr intelligent und vollendete häufig Sätze, auch wenn sie sie nur nebenbei aufgeschnappt hatte. Mit Leichtigkeit erkannte sie die Schwächen der anderen, die sie sofort ausnutzte; denen, die ihr feindlich gesinnt waren, schmierte sie Honig um den Bart.

Ich hatte sie mehr als einmal überrascht, wie sie auf dem Weg zu Sugers Zimmer war oder mit unverhohlener Freude den Arm des alten Mannes nahm und abseits ein paar Sätze mit ihm tauschte. Das genügte mir, um zu verstehen, was vorging. Sie bezirzte die Frauen, denen sie auf Wunsch die traurige Geschichte von Abaelard und Heloise erzählte, und verweigerte sich den Männern, um sich interessanter zu machen.

Der König erholte sich nach einer Woche Bettruhe von seiner Krankheit, seine Haut aber blieb milchig weiß, sodass er auf Geheiß seines Arztes weiterhin auf seinem Zimmer blieb. Suger übernahm inzwischen die Führung der politischen und kirchlichen Angelegenheiten des Landes.

Meine Rückkehr interessierte den König nicht im Geringsten. Ob er mich in Bordeaux überhaupt wahrgenommen hatte, wo er nur Augen für Eleonore gehabt hatte? Suger dagegen empfing mich für meinen Geschmack etwas zu liebenswürdig. Ich fühlte mich bestätigt in meiner Vermutung, dass ihm wohl sehr viel daran lag, mich aus dem Weg zu räumen, wenn er so freundschaftlich auftrat.

Und Béatrice? Sie schien sich großmütig mit unserer Menage à trois abzufinden, doch ich war auf der Hut. Zumal ich entgegen Eleonores Annahme nicht im Mindesten eifersüchtig war.

Raoul von Crécy hatte sich widerwillig Eleonores Anordnung gefügt und Denys als Konnetabel der Königin eingestellt. Er hatte vorgebracht, dass es nur einen Konnetabel am Hofe gebe und das sei der des Königs, doch dieser Posten sei bereits besetzt. Eleonore echauffierte sich. Mit welchem Recht sprach er ihr das Privileg ab, sich von einer persönlichen Garde beschützen zu lassen? Es kümmerte sie nicht, was vor ihrer Ankunft in Paris gegolten hatte. Sie hatte vieles geändert und würde nicht auf halbem Wege aufhören. Denys hatte keinen Titel? Unerheblich, denn er würde beim nächsten großen Turnier einen erwerben. Und wehe dem, der ihrem Beschluss widersprach! Ludwig hütete sich geflissentlich. Wenn es der Königin Freude machte... Im Grunde gab es keine Veranlassung, sich wegen einer solchen Nichtigkeit mit ihr zu streiten.

Also wurde Denys in Eleonores Dienste genommen. Er war überglücklich darüber, zum Gefolge einer so hübschen Königin zu gehören, die außerdem noch Herzogin von Aquitanien war und für die sein Vater auf der Stelle das Leben gegeben hätte. Für ihn, der kaum eine andere Hoffnung gehabt hatte, als im Schatten eines Namens aufzuwachsen, der nie der seine werden würde, war das viel. Fast zu viel im Vergleich zu seinen beiden Halbbrüdern, die der König an Weihnachten anlässlich der Krönungsfeier in Bourges zu Rittern schlagen würde. Denys rechnete mit ihrem Groll. Er beschränkte sich darauf, ihnen aus dem Weg zu gehen und sich einstweilen den Platz zu verdienen, den er durch meine Dankbarkeit erhalten hatte.

Von Jaufré hatte ich keine Nachrichten. Er fehlte mir schrecklich, wenn ich auch beschlossen hatte, das zu ignorieren. Ich brauchte Zeit, um mich mit der Vorstellung vertraut zu machen, dass ich ihn nicht lieben konnte, ohne mich selbst und meine Mission aufzugeben. Eleonore und Denys halfen mir, ohne es zu wissen. Und die Intrigen am Hofe schärften meine Wachsamkeit.

Im Anjou ebenso wie in England gab es nichts Neues. Heinrich wuchs auf, wurde dickköpfig und robust. Und das war das Wichtigste.

So verging der Winter, in Tristesse und ungewohnter Kälte. Unter den schneebedeckten Dächern schwelte und gedieh der Hass, der eines Tages ausbrechen musste. Mit dem Tauwetter war es schließlich so weit.

10

Schaut Euch den an!«

»Was für ein Schmuck! Das ist meiner, ganz sicher.«

»Nein, er ist zu schön! Oh, aber seht diesen dort…«

»Bitte! Contenance, meine Damen, man beobachtet euch.«

Mit erhobenem Finger schalt Eleonore ihre geschwätzigen Begleiterinnen, deren Aufregung in diesen Minuten auf den Höhepunkt zusteuerte. Sie saßen auf einer Tribüne zur Linken der Königin und bewunderten die Ritter in ihren schillernden Rüstungen.

Der Platz von Saint-Denis war bunt gescheckt von Pavillons und Bannern in den Farben der Kämpfer. Der März neigte sich dem Ende zu, und eine frühlingshafte Milde blies ihren Fliederduft unter die Stoffbehänge. Die Abtei linker Hand bot ihre steinernen Flanken einem wolkenlosen Himmel dar. Das Pfingstfest des Jahres 1138 begann unter den besten Vorzeichen.

Zwischen Eleonore und Béatrice sitzend, war ich ebenso aufgeregt wie diese Teufelinnen, ohne es jedoch so offen wie sie zu zeigen. Jede von ihnen hatte ihren Favoriten unter den aufgeputzten jungen Herren, die grüßend vor ihnen auf und ab ritten.

Ludwigs Miene war wie versteinert; er war besorgt. Die Barone von Aquitanien hatten seine Einladung, an den Spielen teilzunehmen, abgelehnt. Das Verhältnis zum Herzogtum war angespannt, doch Eleonore wollte nicht Vernunft annehmen. Er fürchtete die heißblütigen Südländer und hätte die rebellischen Geister am liebsten mithilfe der Armee zu Vasallen der Krone gemacht. Die junge Königin dagegen bestand darauf, dass Aquitanien weiterhin allein unter ihrer Gerichtsbarkeit stehen solle, und unterstützte ihre Sache. Dem König passte das ebenso wenig wie Suger, der seit einigen Wochen erfolglos versuchte, Eleonore dazu zu bringen, sich den Befehlen ihres Gatten zu fügen. Der Abt, der zur Rechten des Königs saß, stützte sich schwer auf die Lehne seines Sessels, die Augen von Müdigkeit überschattet.

Von einer Trompetensalve angekündigt, erklärte ein Herold die Spiele für eröffnet. Unter den Klängen der Musik defilierten die Ritter vorbei und grüßten einer nach dem anderen die Dame, für die sie kämpfen würden. Schließlich entfernten sie sich wieder, an der Lanze den Schal der Auserwählten.

Béatrice wurde vom Baron von Flandern beehrt, der ihr seit einiger Zeit den Hof machte, die Gräfin von Berry vom jungen und ungestümen Baron von Casteljaloux. Hinter einem geöffneten Helmvisier entdeckte ich mit Freuden das fröhliche Gesicht von Denys. Die Königin hatte beschieden, dass er für mich kämpfen sollte und nicht für sie, wie sie ursprünglich beabsichtigt hatte. Ihr Konnetabel hatte sehr schnell seinen Platz am Hofe gefunden und sich unersetzlich gemacht, sodass längst niemand mehr seine Dienste in Frage stellte.

Vor mir angekommen, zog Denys aus seiner Rüstung eine weiße Rose und warf sie mir als Pfand zu. Ich fing sie im Flug und setzte einen Kuss darauf. Leise sagte Eleonore zu mir: »Dieser Denys von Châtellerault tritt in der Tat schneidig auf. Wollen wir sehen, ob er auch so kämpfen kann!«

»Zweifelt nicht daran, meine Königin«, erwiderte ich und steckte mir die Rose ins Haar, »ich erinnere mich daran, wie er mich seinerzeit mit seinem Schwert aus jener äußerst misslichen Lage befreite; und kürzlich, so wird berichtet, hat er einen jungen Studenten, der über die Maßen getrunken hatte, gegen ein paar Schurken verteidigt.«

»Ihr könntet keinen besseren Freund haben«, säuselte Béatrice. Ohne mich anzusehen, fügte sie in mitfühlendem Ton hinzu: »Wie schade, dass er nur ein einfacher Naturbursche ist.«

Im selben Tonfall gab ich zurück: »Er ist einer der Fälle, in denen die Natur alles richtig gemacht hat.«

Sie hatte keine Gelegenheit, den Ball zurückzuspielen. Ein Ritter ohne Wappen kam auf Eleonore zu. Seine pechschwarze Rüstung, die mit einer roten Feder geschmückt war, hob sich scharf gegen den tiefblauen Himmel ab.

Ein Raunen ging durch die Menge, als er vor der Königin zum Stehen kam und zum Gruß mit dem Kopf nickte. Anders als die anderen hielt er sein Visier geschlossen, sodass sein Gesicht den Anwesenden verborgen blieb. Belustigt löste Eleonore ein weißes Seidenband von ihrem Ärmel und warf es ihm zu. Er ließ es im Wind heruntersegeln und zog dann sein Schwert. Anmutig wand sich die Seide um die Klinge. Mit einer geschmeidigen Handbewegung brachte er die Trophäe an sich und befestigte sie an seiner Lanze. Unter dem entzückten Blick der Königin wendete er sein Pferd lässig am langen Zügel und kehrte an seinen Platz zurück.

Ein paar Augenblicke später bereits trafen stumpfe Lanzen auf Brustpanzer, und viele Ritter stürzten in den Staub. Einige der kühnen Herren kamen nach jeder Tjost zur Tribüne, um sich zu verbeugen. Je nach ihrer Leistung ernteten sie damit Bewunderung oder Unwillen. Florine von Burgund fiel beim Anblick von Blut auf einer Lanzenspitze in Ohnmacht und man musste ihr Riechsalz verabreichen.

Ich selbst hatte nur Augen für den Unbekannten. Wer würde es wagen, den König von Frankreich so zu brüskieren, indem er seine Frau grüßte? Verärgert hatte Ludwig ein paar Worte mit Suger gewechselt, der daraufhin den Kopf schüttelte.

Schließlich waren nur noch vier Kavaliere auf dem Turnierplatz. Denys, der sich eine Schulterverletzung eingefangen hatte, der schwarze Ritter, der Graf von Beaufort und der Baron von Casteljaloux, der zuvor unter den finsteren Blicken von Béatrice und zu meinem größten Vergnügen den Baron von Flandern niedergestreckt hatte. Was ihren Stolz verletzte, befriedigte den meinen.

Denys fiel beim zweiten Angriff des schwarzen Ritters, als sein Arm ein weiteres Mal getroffen wurde, ebenso wie der Graf von Beaufort unter den Schlägen des Barons von Casteljaloux.

Mit den Hufen ihrer schweißtriefenden Pferde Staub aufwirbelnd, wandten sich die beiden Verbliebenen einander zu und griffen an. Der dumpfe Klang von aufeinander treffendem Metall dröhnte zwischen unseren Schläfen. Die Menge hielt den Atem an.

Von der Wucht des Aufschlags aus dem Gleichgewicht gebracht, stürzten beide Männer aus dem Sattel. Ihre staubigen Rüstungen schepperten, als sie sich wieder aufrappelten. Der schwarze Ritter riss sein Schwert aus der Scheide und stürmte auf den Baron zu, der seine Balance wieder gefunden hatte. Geschickt wich er dem Angriff aus und zog ebenfalls sein Schwert. Auge in Auge umkreisten sich die beiden Männer, ihre Schwerter wie Reiserbesen in den behandschuhten Händen haltend.

Eleonore hatte ihre Finger in die Armlehnen gekrallt und stand halb in ihrem Sessel, um nur keine Bewegung der beiden zu verpassen. Ihrem angespannten Gesicht war anzusehen, dass sie den Ausgang des Kampfes fürchtete. Es war jetzt kein Spiel mehr, sondern eine Frage von verletztem Stolz. Es musste einen Sieger geben, und wenn der Verlierer dabei sein Leben ließ.

Der Baron von Casteljaloux schlug sich wacker, doch die eindrucksvolle Statur seines Widersachers ließ dessen Schläge doppelt hart erscheinen. Casteljaloux ermüdete rasch und entging nur dank seiner Geschicklichkeit den tödlichen Attacken.

Als der Baron einen Augenblick lang taumelte, warf ihn der Ritter zu Boden, stellte ihm einen Fuß auf den zuckenden Bauch und setzte ihm die Klinge an die Kehle. Der König stand rasch auf. »Das genügt, Messire. Ihr habt uns euren Mut und Euer Talent bewiesen.«

Der Paladin verharrte einen Moment in seiner Position, den Oberkörper dem König zugewandt. Dann rammte er das Schwert ein paar Zentimeter vom Hals des Barons entfernt in den Boden. Die Damen schrien auf.

Eleonore rief den Unbekannten zu sich: »Tretet näher, Messire.«

Unbewaffnet kam der Mann näher. Eleonores weißes Seidenband war voller Blut und Staub. Er löste es schweigend von seiner Rüstung, den finsteren Blick unter dem schwarzen Helm auf den König gerichtet.

Eleonore räusperte sich und sagte: »Ihr seid der Sieger dieses Turniers. Erweist Ihr uns die Ehre und verratet, wer Ihr seid? Ein Ritter wie Ihr darf nicht vergessen werden.«

Er öffnete das Visier und – Eleonore erkannte seinen feurigen Blick. »Ihr!«, schluchzte sie.

Ludwig blickte sie fragend an, doch der Mann stellte sich selbst vor.

»Guy von Verdeuil, Vicomte von Thouars, zu euren Diensten, Herzogin.«

Ludwig zitterte. »Wenn ich mich recht erinnere, Messire, hattet Ihr unsere Einladung abgelehnt. Ich bin entzückt, dass Ihr Eure Meinung geändert habt. Wenn ich es auch vorgezogen hätte, Euer Banner früher zu entdecken.«

Arrogant hielt Guy von Verdeuil Ludwig das Band hin, ein hasserfülltes Grinsen auf dem harten Gesicht. »Hier ist es, Messire! Ich habe die Farben Aquitaniens im Namen der meinen verteidigt.« Ludwig blieb die Luft weg. Eleonore ließ sich aschfahl in die wohlige Zuflucht ihres Sessels sinken. Die Beleidigung war massiv. Gleichwohl zwang sich der König zu einem Lächeln. »Wohlan denn. Erweist Ihr uns die Ehre, bei uns zu verweilen?«

Als Antwort verbeugte sich der Vicomte vor Eleonore. Dann, den Blick stolz auf Ludwig gerichtet, spuckte er dem König ins Gesicht. Suger sprang auf. Es genügte ein kaum merkliches Zeichen und der Mann war von Soldaten umringt. Wild lachend ließ er sich abführen.

Der Vorfall blieb nicht ohne Folgen. Unter Eleonores Vasallen machte sich Groll breit, betrachteten sie doch die Verhaftung des Vicomte von Thouars als einen Angriff auf ihre Rechte. Zwischen Anhängern und Gegnern ihrer Haltung entspann sich ein Streit. Eleonore weigerte sich einzugreifen und beschränkte sich darauf, von Ludwig die Freilassung des Vicomte zu verlangen. Doch Ludwig blieb taub auf diesem Ohr.

Etwas musste geschehen. Und so nahm ich die Sache in die Hand. Der König musste für einige Zeit vom Hof entfernt, Aquitanien unter Kontrolle gebracht und Sugers tagtäglich zunehmende Bedeutung beschnitten werden.

Mit dem Tauwetter kamen Neuigkeiten aus Blaye. Auch dort war der Winter sehr hart gewesen. Große Eisschollen schwammen auf der Flussmarsch, und viele der Kanäle waren zugefroren. Die Armen, die vom Wohlwollen der Grafschaft lebten, hatten kaum genug zu essen. Viel mehr noch als in den vorangegangenen Wintern waren kleine Kinder und Alte verhungert und erfroren. Jaufré hatte sein Möglichstes getan, die Pforten der Burg geöffnet und Brot und Nahrungsmittel verteilt. Diese Aufgabe hatte ihn so in Anspruch genommen, dass er kaum Zeit fand, mir zu schreiben. Zudem waren viele Wege unbefahrbar gewesen. Schnee und Kälte waren regelrechte Sintfluten aus Hagel und Regen gefolgt. Beförderung war vollkommen unmöglich gewesen, weder für Mensch noch Tier noch Post.

Er hatte ebenso viel an mich gedacht wie ich an ihn, wahrscheinlich sogar noch mehr.

Als ich das nach Lilien duftende Stück Pergament in Händen hielt, spürte ich plötzlich den bohrenden Schmerz der Sehnsucht in meinem Innern. Was hätte ich in diesem Moment dafür gegeben, seine Hände auf meine Brüste und meine Hüften legen und ihn in mir spüren zu können. Ich musste mich an die Wand lehnen, um nicht von Lust und Schmerz gleichermaßen überwältigt zu werden. Plötzlich hatte ich das Gefühl, als könnte ich seine Abwesenheit nicht eine Sekunde länger ertragen.

Jaufré schrieb, dass er beabsichtige, mit seinem Freund Panperd'hu nach Paris zu kommen. Ich wusste, dass Eleonore dieses Wiedersehen nicht unbedingt mit Begeisterung aufnehmen würde.

Ich musste sie überzeugen, ohne sie zu kränken, und Denys würde mir dabei helfen. Ich hatte ihm meine Liaison mit Jaufré gestanden, um ihn davor zu bewahren, sich ernsthaft in mich zu verlieben. Erstaunlicherweise hatte uns dieses Bekenntnis einander noch näher gebracht. Zum Trost hatte sich Denys der Königin zugewandt, die ihm auf Grund seiner Schönheit und Kühnheit inzwischen verfallen war. Die Blicke, mit denen sie ihren Konnetabel bedachte, weckten in mir den Eindruck, dass sie ihm gegenüber Gefühle hegte. Wie gut ich sie verstand! Ludwig war ein Phantom von einem Liebhaber, der ihren Hunger nur verschärfte, wenn er sie keuchend vor enttäuschter Lust zurückließ. Ich befriedigte sie, soweit es mir möglich war, sobald wir ein wenig Ruhe fanden, doch das genügte ihrem Leib längst nicht mehr.

Eleonore brauchte das Geschlecht eines Mannes. Und eines Abends bekam sie es von mir.

Unserer neuen Gewohnheit gemäß war sie zu mir ins Zimmer gekommen, nachdem die Kerzen im Palast gelöscht waren. Nackt an meinen Körper geschmiegt, hatte sie sich sogleich meinen Liebkosungen auf Nacken und Schultern hingegeben, die sie ebenso beschwichtigten wie erregten. Manchmal setzte ich sie als Mittel ein, um ihre Ungeduld zu steigern. Doch nicht in dieser Nacht. Ich hatte etwas anderes vor. Es war leicht für mich, ihre Reaktionen vorherzusehen. Ich musste mich nur von ihrem Atem leiten lassen, der mir von schnurrender Zufriedenheit über Erregung bis hin zu Ungeduld genau den Moment verriet, auf den ich wartete. Als sie erkannte, dass ich mich mit diesen allzu braven Berührungen zufrieden geben würde, legte sie fordernd ihre Hand auf meine Scham. Ich reagierte nicht. An diesem Abend fiel es mir leicht, mich zu beherrschen. Eine kleine Weile fuhr sie noch fort und hielt den Atem an, um auf meinen zu lauschen. Ich gab einen resignierten Seufzer vor und ließ träge meine Finger über ihre Lenden wandern. Wie verbrannt durch meine Berührung, zog sie sich mit einem Satz zurück.

»Du liebst mich nicht mehr!« Ihre Stimme zitterte vor Empörung und Panik.

»Natürlich!«, erwiderte ich traurig.

»Und doch bist du so abwesend, dass du mein Verlangen nach dir kaum wahrnimmst. Welche Wehmut, wenn nicht Liebe, kann dich so schmerzen?«

»Würde ich es dir sagen, dann würde mich sofort dein Zorn treffen.«

»Hast du denn kein Vertrauen in mich? Was habe ich dir getan, dass du mich fürchtest und zurückweist?«

»Nichts, meine Königin. Nichts.«

Zum Beweis zog ich sie an mich. Sie schmiegte sich in die Beuge meiner Schulter. Ein Lächeln entrang sich mir, das ihr in der Dunkelheit entging. Sie war bereit. Dennoch wartete ich noch. Ich wollte, dass sie mir das Geheimnis entriss, dass es für sie ein Sieg würde, mit dem sie sich brüsten konnte. Im Kamin am Fußende des Bettes prasselte das Feuer und malte fantastische Schatten auf die weißen Wände.

»Sprich mit mir, ich bitte dich«, jammerte sie. »Ich kann es nicht ertragen, dich zu verlieren.«

»Die Gesellschaft eines gewissen Troubadours fehlt mir. Das ist alles.«

Wütend und verletzt entzog sie sich mir. »Das ist es also! Es hätte mich gewundert, wenn du ihn so leicht vergessen hättest.«

Sie drehte mir schmollend den Rücken zu, damit ich ihre tränenglänzenden Augen nicht sehen konnte. Um ihr Zeit zu lassen, mein Geständnis zu verdauen, stand ich auf und legte im Kamin ein Holzscheit nach.

Eine ganze Weile verstrich, erfüllt vom Prasseln der Funkenfontäne, die aus den züngelnden Flammen aufstieg, und dem Knarren der Dielen, die sich durch den Temperaturunterschied zwischen Tag und Nacht verzogen. In einer Ecke des Zimmers sah ich eine Maus vorbeihuschen. Eleonore rührte sich nicht. Dann kam ein Seufzer, dem ein zweiter, tieferer folgte. Beide bedeuteten nichts anderes als: warum?

Da erst hatte ich die Gewissheit, dass ihr Zorn abgeebbt war; sie wollte, dass ich sie beruhigte und ihr gleichzeitig Schmerz zufügte, den Schmerz der Angst, jemanden zu verlieren, den man liebt.

»Würdest du je den Körper eines Mannes vergessen«, begann ich, »der reine Zärtlichkeit verströmt, wenn er mit dir zusammenliegt?«

Es folgte eine Pause. Eleonore drehte sich langsam um und schmiegte sich an ein dickes Kissen voller Gänsedaunen. Ihr Gesichtsausdruck war seltsam ruhig. Wieder seufzte sie, diesmal aus Unverständnis, das sie mit einer ihrer Weisheiten zum Ausdruck brachte: »Ein Mann kann nicht reine Zärtlichkeit sein.«

»Er schon.«

»Ich verstehe wirklich nicht, was der Unterschied sein soll!«

Sie schien so verletzlich, so wunderbar allein, dass mich eine Woge des Mitleids überlief. Woher sollte sie es auch wissen? Wie sollte sie es verstehen? Ich hörte mich in bedauerndem Ton antworten: »Alles. Was weißt du denn schon von der Liebe? Ludwig spießt dich auf, er liebt dich nicht.«

Ihre Augen weiteten sich, während sie verträumt die Lippen

schürzte. Es dauerte nur einen Moment, dann war es, als hätte ein Sonnenstrahl das Ölpapier am Fenster durchbrochen. Sie brach in klangvolles Gelächter aus. In dem leichten Ton, den ich so an ihr liebte, fuhr sie fort: »Sehe ich aus wie ein Hühnchen, dass ich es verdiene, aufgespießt zu werden?« Jetzt musste ich lachen. Gott, wie ich sie liebte! Ich legte mich zu ihr aufs Bett und strich ihr über die zarten Lippen.

»Gib mir Jaufré! Du wirst es nicht bereuen. Ich verspreche es dir. Ich brauche seine Gegenwart.«

Ihre Augen verschleierten sich vor Traurigkeit. »Damit du deine Nächte in seinem Bett verbringst statt in meinem«, klagte sie.

»Einige vielleicht.«

»In denen ich vor Lust vergehe, euch mit dem Schwert zu durchbohren.«

Ich küsste sie auf die Stirn. Es war unbestritten, dass meine kleine Königin in meiner Abwesenheit reifer geworden war. Nicht genug jedoch, um mir volles Vertrauen zu schenken. Dazu musste ich zum zweiten Teil meines Plans übergehen. Langsam senkte ich meine Lippen auf ihren Mund und wanderte dann über ihr Kinn abwärts bis zur Beuge ihrer Kehle. Sie bog den Kopf zurück. In ihren kurzen Atemstößen verlor sich ein hoffnungsvolles »Ja ...«.

Auf dem Weg zurück zu ihrem Ohr flüsterte ich, um das Gespräch zu beenden: »Ich bin sicher, dass du nicht einmal im Traum daran denken wirst.«

Mit diesem Versprechen stand ich auf, um die Kerzen zu löschen, sodass der Raum in Dunkelheit versank. »Streck dich aus.«

Sie gehorchte ohne ein Wort, ihr Körper bebte bei dem Gedanken an ein neues Spiel. Ich schlang einen Schal um mich und schlich ins Hinterzimmer. Dort wartete Denys auf dem Bett, in dem sonst meine Kammerzofe Camille schlief, heute war sie ein Stockwerk darüber bei einer ihrer Freundinnen untergekommen. Der Konnetabel hatte sein Kettenhemd gegen ein Wollhemd vertauscht und plötzlich sah ich wieder den charmanten Jüngling vor mir, der mir in Châtellerault zum ersten Mal begegnet war. Mit fragendem Gesicht erhob er sich, als ich eintrat. Er war auf meinen Befehl hierher geführt worden, ohne zu wissen, warum. Sein Blick fiel auf mein Dekolleté, das von dem Stück Stoff nur unzureichend bedeckt war. Erst jetzt wurde mir bewusst, wie unpassend meine Kleidung und mein Auftreten waren. Damit er keine Zeit hatte, irgendwelche falschen Schlüsse daraus zu ziehen, zog ich die Enden meines Schals enger um mich und flüsterte: »Ich habe dir versprochen, dir eines Tages meine Dankbarkeit zu zeigen, aber nicht meinen Körper.«

Lächelnd erwiderte er: »Es wäre eine Beleidigung, nicht hinzusehen.«

»Halt dich für die zurück, die du liebst«, neckte ich heimlich tuerisch.

Denys wusste von der körperlichen Anziehung, die mich mit der Königin verband, trotzdem blickte er mich verständnislos an. »Was willst du damit sagen, Loanna von Grimwald?«

»Weißt du das nicht? Nun, richtig, beim Vicomte hat man dir nicht beigebracht, an Türen zu lauschen. Lass mich wieder zu ihr gehen. Danach folgst du mir. Ich lasse euch beide allein, sobald du bei ihr im Bett liegst.«

»Aber sie …«, stammelte er, überwältigt von einem heftigen Gefühl, das seine Wangen karminrot färbte.

»Mach dir keine Sorgen. Eleonore ist eine Katze. Sie liebt dich so, wie du sie liebst. Versprich mir nur, dass du deinem Ruf gerecht wirst. Man hat mir berichtet, dass du ein guter Liebhaber bist, und ich möchte nicht, dass meine Königin enttäuscht wird.«

Denys warf mir einen seltsamen Blick zu, in dem Bewunderung, Verlangen und Faszination gleichermaßen mitschwangen. Er wusste, dass ich nicht war wie die anderen. Im Laufe der Zeit waren wir enge Freunde geworden, so eng, wie man es sich zwischen Mann und Frau, die keine Liebenden sind, nie hätte träumen lassen. In dieser Nacht fragte er sich zweifellos, wohin das alles noch führen würde …

Er stotterte ein einfaches »Danke«, und ich tat so, als hätte ich es nicht gehört. Eleonore wurde langsam ungeduldig, das hörte ich am Rascheln der Bettlaken auf der anderen Seite. Erneut den Wandbehang hebend, ging ich zu ihr zurück. Die Dielen knarrten unter meinen Schritten und ein Seufzer entrang sich mir. Vorsichtig zog ich die Decke beiseite, kniete mich über sie und begann, ihren bebenden Oberkörper mit Küssen zu bedecken.

»Was tust du?«, flüsterte sie.

»Nichts, was dir nicht gefallen würde, meine Königin.«

Als mein Mund ihre Schenkel teilte, wurden all die Fragen, die sie sich vielleicht noch hätte stellen können, von einer Flut der Lust hinweggespült. Sie hörte nicht, wie Denys hinzutrat, und erschrak auch nicht, als sie fremde Hände auf ihrem Körper spürte.

Denys löste mich geschickt ab. Einmal streiften seine Finger meine Haut und versengten mich geradezu. Es war für mich das Zeichen zu gehen. Mein viel zu lange allein gelassener Leib verlangte nach seinem stolzen Geschlecht, das ich im Dunkeln erahnte. Ich löste mich von ihm, von ihr, und griff nach dem Schal, den mir Eleonore von den Schultern gezogen hatte. Mein Bauch brannte lichterloh. Doch hier war nicht mein Platz. Ich gehörte Jaufré. Ihn zu vergessen, und sei es auch nur für eine Stunde, wäre mein Verderben gewesen.

Ich liebte Denys und Eleonore viel zu sehr, um an ihren Spielen teilzunehmen. Von ihrer Vereinigung erwartete ich mir etwas anderes, etwas, mit dem ich selbst nichts zu tun haben durfte. Ich verschwand ins Hinterzimmer, wo ich mich vor dem brennenden Kamin auf den Boden legte und in eine Decke wickelte. Von Eleonores Stöhnen eingelullt, schlief ich ein. In meinem Kopf erklang eine Stimme, deren Klang mir nur allzu vertraut war.

Nie zuvor hatte ich Eleonore so vergnügt gesehen. Am Tag nach dieser denkwürdigen Nacht vertraute sie mir an, dass zwischen Denys und Ludwig Welten lägen und ich ihr ein wahrhaft königliches Geschenk gemacht hätte. Ich brauchte meine Bitte, Jaufré betreffend, nicht zu wiederholen. Das war nicht nötig. Ihre einfachen Worte genügten mir, um zu wissen, dass sie einverstanden war. Gleich in der folgenden Woche ritt ein Bote los. Jaufré fühlte sich geehrt durch die Einladung der Königin und kündigte sein Kommen an. Noch nie hatte mich eine Nachricht so aus der Fassung gebracht. Es war, als erblühte mein Körper bei jedem Windhauch, der uns einander näher brachte! Hinzu kam, dass Denys' Augen leuchteten, wie ich es noch nie an ihm gesehen hatte. Als wir uns ein paar Stunden nach seinem Rendezvous mit der Königin zum ersten Mal allein gesehen hatten, hatte er mir einen Kuss auf die Stirn gegeben. *Ich liebe dich, kleine Fee;* hatte er gesagt und war lachend wie ein Kind davongerannt. Mit schlenkernden Armen war ich stehen geblieben. Es gibt so viele Arten zu lieben, das hatten mir Merlin und Mutter beigebracht. So viele Arten, die so viel Freude bereiteten! Ich war glücklich.

Zwei Wochen später kam Jaufré im Palast der Cité an. Bei ihm waren Panperd'hu und ein junger Troubadour in unserem Alter. Dieser Bernhard von Ventadour hatte angeblich die Gräfin verführt, für die seine Eltern arbeiteten, und Eleonore fand das amüsant. Der gehörnte Ehemann war nicht böse darüber, dass sein Schützling andernorts singen ging. Und genau das wollte er nun hier tun.

Das Wiedersehen mit meinem Geliebten wurde noch viel zärtlicher, als ich gehofft hatte. Ich erzählte ihm alles, was seit meiner Abreise aus Blaye geschehen war, und er berichtete, wie schwer es ihm gefallen sei, ohne meinen Duft auf seinem Kissen zu leben. Er hatte neue Lieder geschrieben, wehmütige und sehnsüchtige. Jedes Mal, wenn er mit seinen langen, feingliedrigen Fingern die Saiten seiner Zither zum Singen brachte, musste ich an mich halten, um nicht zu zittern. Ja, ich war glücklich. Unglaublich und wahrhaftig glücklich.

Nach einiger Zeit kam ein Bote, der berichtete, dass Aquitanien befriedet sei. Suger, der während Ludwigs Abwesenheit die Intendantur übernommen hatte, besuchte häufig den Palast. Und jedes Mal zeigte er sich freundlich und liebenswürdig. Wohlgestimmt von der Aussicht auf Ludwigs baldige Rückkehr, hatte Béatrice ihr Temperament in Gegenwart von Eleonores Gesellschafterinnen wieder gefunden, die ihre langen Tage inzwischen in den Gärten verbrachten. Obwohl sie der Königin gegenüber an Bannkraft verloren hatte, blieb ihr immer noch genügend Charisma, um den Rest des Hofes zu betören, und viele der dummen Gänse und schönen Jünglinge fielen darauf herein.

Insgeheim freute ich mich darüber, dass der Baron von Flandern ein Auge auf Sibylle von Anjou, die Halbschwester von Gottfried dem Schönen, geworfen hatte, nachdem er von Béatrice außer Verachtung nichts zu erwarten hatte. Sie war eine tatkräftige Gefährtin mit einem hübschen Gesicht, wenn auch zurückhaltend und ein wenig ängstlich. Ich hatte sie im Anjou des Öfteren gesehen. Dass sie jetzt am Hofe war – sie war an Pfingsten zu uns gestoßen –, brachte mir meine Kindheit und Familie wieder ein wenig näher. Wir verstanden uns blendend. Und selbst wenn man sich über ihre kleinen, ängstlichen Schreie lustig machte, so betrachteten sie doch viele der Hofdamen und Höflinge als beste Freundin der Welt, denn sie gab sich alle Mühe, mit allen lieb und freundlich zu sein. Dass sie mit ihren Reizen Béatrice den ergebensten Diener abspenstig gemacht hatte, freute mich umso mehr, als diese deswegen grün vor Eifersucht war. Es war ein harter Schlag für diese eingebildete und durchtriebene kleine Person.

Mit der Rückkehr des Königs endete diese Zeit der Freude und Euphorie. Eleonore musste Acht geben, dass ihre Liaison nicht aufflog. Dem König versicherte sie, dass ihre glänzenden Augen und ihre rosigen Wangen daher kämen, dass er wieder da sei, so sehr habe sie darunter gelitten, von ihm getrennt zu sein. Ludwig schien sich damit zufrieden zu geben. Zur gleichen Zeit kündigte ein Bote von Mutter böse Neuigkeiten an: Die Ritter Christi erweiterten ihre Besitztümer in Aquitanien und Stephan von Blois machte sie zu treuen Verbündeten. Es fiel mir schwer zu begreifen, wie er das anstellte. Um seine Verbündeten zufrieden zu stellen, verriet dieser von Ehrgeiz und Gewinnsucht zerfressene Narr die englischen Prälaten und Barone, die seiner Sache dienten.

Mit der Beteuerung, sie würden damit der Armee Gottes dienen, luchste er ihnen ihre Ländereien ab und zögerte auch nicht, sie gegeneinander auszuspielen, um an ihr Land zu kommen. Mathilde verbuchte Etappensiege, verstärkte ihre Allianzen in der Normandie und versuchte, von Mutter angetrieben, dem Orden nach Kräften den Weg in ihre beiden Herzogtümer zu versperren. Mehrere ihrer Botschaften waren abgefangen worden; man kannte inzwischen meinen Namen, meinen Rang und, schlimmer noch, man wusste, dass mein Treiben den Interessen der Templer zuwiderlief. Ich musste meine Wachsamkeit verdoppeln.

Das indessen war nicht so einfach, denn Jaufré erfüllte mein Herz und machte mich weich.

Seit Ludwigs Rückkehr achtete ich darauf, dass sich Eleonore zunehmend kapriziös und autoritär zeigte. Angesichts ihrer natürlichen Talente in dieser Hinsicht war das ein Kinderspiel. Nachdem ihre fleischlichen Gelüste jetzt von Denys gestillt wurden, sobald Ludwig das Bett verlassen hatte, versuchte sie wieder, sich in die Beschlüsse des Königs einzumischen – und geriet darüber in Streit mit Suger. Außerdem forderte sie weiterhin die Freilassung des Vicomte von Thouars, den der König gefangen hielt, um seine Autorität in Aquitanien zu stärken. Sie konnte nicht zulassen, dass einer der Ihren von seinem Land fern gehalten wurde, zumal der alte Vicomte von Vertheuil ein Freund ihres Vater gewesen war. Überdies hatte sein Sohn eher aus Provokation und Angst gehandelt als aus Hass. Ludwig aber schätzte es nicht, provoziert zu werden, ebenso wenig wie er es schätzte, was Eleonore aus dem Palast der Hauptstadt gemacht hatte. Täglich waren die Straßen der alten Stadt voller Jongleure, Troubadoure und Gaukler aller Sorten und die Höfe und Säle des Palastes waren in warmen Farben neu ausgestaltet worden.

Béatrice beobachtete all das mit Misstrauen. Trotz ihrer offensichtlichen Versuche, sich zwischen uns zu drängen, interessierte sich Eleonore nicht mehr für sie. Je mehr sie mich hasste, desto mehr musste sie feststellen, dass viele mich mochten. Auf Grund meiner Kenntnisse über Heilkräuter und Farbpigmente für Schminktinkturen hatte ich mich bei den Damen unersetzlich gemacht. Ich hatte stets ein offenes Ohr für sie, wenn sie zu mir kamen, und sie erzählten mir viel, denn sie wussten, dass ich für mich behielt, was sie mir anvertrauten. Oft befolgten sie meinen Rat und berichteten mir hinterher, wie froh sie seien, dass sie es getan hätten. Béatrice hatte all dem nichts entgegenzusetzen als ihre Hinterlist und ihre alles überstrahlende Schönheit. Die Aufmerksamkeit, die mir Jaufré zuteil werden ließ, machte sie krank, das erriet ich an ihren flammenden Blicken und ihren verletzenden Bemerkungen, die sie mit honigsüßer Stimme vorbrachte. Diese Damoiselle war das reinste Gift. Doch eine Sache setzte ihrem Unglück die Krone auf. Der König, den sie liebte, beachtete sie kaum, und wenn er tatsächlich einmal ihr Madonnengesicht ansah, dann meist mit einem dieser leeren Blicke, deren Ursache niemand kannte. Um ihrer hohlen Existenz einen Sinn zu verleihen, beschloss sie, dass es Zeit sei, sich einen Platz in seinem Herzen zu erobern, so nahe bei Gott, dass sie ihm irgendwann als sein Abbild erscheinen würde.

Im weiteren Verlauf dieser schönen Tage begab sich die kleine Gesellschaft nach Saint-Germain, um große Picknicks auf dem zarten Rasen zu veranstalten. Die Damen sammelten kleine Sauerkirschen, die überall wuchsen, Akazienblüten, die in den Krapfen so wunderbar schmeckten, und duftende Pflanzen, die sie sich auf die Haut rieben.

Der junge König, der bislang nur das friedliche Plätschern der Seine und ein paar harmlose Zerstreuungen kannte, hielt sich fern von Lärmen, Lachen und Musik. Er betrachtete den ganzen Luxus, den die Königin verbreitete, als Provokation für seinen mönchischen Habitus. All das missfiel ihm. Auch die religiösen Feiern waren nie so prachtvoll gewesen und erinnerten trotz der Prozessionen eher an heidnische Feste als an christliche Zeremonien.

Ganz konnte er sich dem luxuriösen Aufwand indes nicht entziehen. Für die Treibjagd hatte er erst kürzlich Hunde geschenkt bekommen, die jetzt in Mode waren. Und neuerdings nahmen sogar die Damen an der Fuchsjagd teil und verliehen der Sache, die früher eine reine Männerdomäne gewesen war, eine fröhlich-chaotische Note.

Kurz, das Spektakel endete für ihn erst im gebrochenen Licht hinter den zinngeränderten Glasfenstern des Gotteshauses, in das er sich nach der Jagd stets flüchtete. Immer öfter traf er hier auf Béatrice von Campan, die er verstohlen beobachtete. In einer Marmornische einige Schritte von der jungen Frau entfernt erstrahlte das lächelnde Antlitz der Muttergottes in all seiner Heiligkeit, und Ludwig fand eine gewisse Ähnlichkeit in der Sanftheit ihres Ausdrucks.

Manchmal wandte Béatrice ihr charmantes Lächeln seinem bewundernden Blick zu, dann stellte er voller Verlegenheit fest, wie friedfertig und ruhig sie war. Er liebte ihre beruhigende Gegenwart.

Nach und nach begann er, sie zu vermissen, wenn sie nicht da war. Zumal er, als er einmal ein paar Worte mit ihr wechseln konnte, mit Erstaunen hörte, dass sie Eleonore ihren Hang zum Luxus und ihre hochmütige Haltung ihm gegenüber vorwarf. Auch wenn Béatrice selbst prächtige Toiletten trug, bewahrte sie immer eine gewisse Nüchternheit. Ihre Schönheit und natürliche Anmut genügten, um begehrliche Blicke auf sich zu ziehen.

Béatrice schwärzte Eleonore geschickt an, unter dem Vorwand, sie heiß und innig zu lieben, was Ludwig ebenso verunsicherte, wie es ihn beruhigte. Wie froh war er, jemanden gefunden zu haben, der ihn verstand! Was diesen merkwürdigen Widerspruch anging, so schrieb er ihn seiner eigenen mangelnden Erfahrung mit Frauen zu und unterstellte keinerlei böse Absicht. Eines wog alles andere auf: Dank Béatrice fühlte er sich weniger einsam.

Quan lo rius de la fontana
S'esclarzis, si com far sol
E par la flors aiglentina
E'l rossinholetz el ram
Volf e refranh et aplana
Son dous chantar et afina,
Dreitz es qu'ieu lo mieu refranha.

Wenn das Wasser der Quelle
Klarer wird, so wie es geschieht,
Wenn die Blüte des Rosenstrauches knospt
Und die Nachtigall auf dem Ast
Ihr süßes Lied singt,
Dann ist es die richtige Zeit, die Meine zu nehmen.

»Zugabe, Messire Rudel, Zugabe!«, flehte Sibylle von Anjou und klatschte in die Hände. Eleonore, die den Minnezirkel leitete, entschied jedoch anders.

Ein junger Troubadour namens Bertrand von Born beugte sich den Launen der Damen und bereitete sich darauf vor, die letzte Prüfung zu bestehen. Mit verbundenen Augen wurde er angestoßen, sodass er sich um die eigene Achse drehte. Schließlich musste er sich in der Mitte des Raumes auf den Boden knien. Es herrschte absolute Stille. Dann näherte sich eine Dame nach der anderen und strich mit dem Saum ihres Kleides über die ausgestreckten Hände des jungen Mannes. An dieser flüchtigen Berührung sollte er seine Angebetete erkennen. Wenn es ihm gelang, würde diese »seine« Dame werden, er würde sich in Liebe für sie verzehren und sie würde diese Liebe erwidern.

Alle hielten den Atem an, als Mélissinde von Burgund würdevoll, aber mit klopfendem Herzen näher trat. Ihr machte der Troubadour den Hof und trotz ihrer Ehe mit dem alten Herzog von Burgund war sie seinen Avancen mehr als zugänglich.

Würde ihre Erregung weit genug strahlen, um Bertrands empfindsame Seele zu erreichen? Als sie vorbeigegangen war, sagte er mit bewegter Stimme: »Ich möchte keine andere als diese, für mein Herz und für immerdar.«

Mélissinde von Burgund fiel um ein Haar in Ohnmacht vor Glück. Eleonore wartete, bis sich das Raunen gelegt hatte, und rief dann aus: »Man befreie den Messire Bertrand!«

Sogleich löste ein Page ihm die Augenbinde. Bertrand suchte die Dame seines Herzens mit den Augen und fand sie an Eleonores Seite, auf den Saum ihres Kleides blickend, die breiten Backenknochen hochrot überzogen.

»Tretet näher.«

Der junge Mann ging auf Eleonore zu. Ich ahnte, dass er unter seiner gelassenen Fassade zitterte.

»Streckt Eure linke Hand aus, mein Freund«, wisperte die Königin.

In die geöffnete Hand legte sie das zitternde Händchen von Mélissinde: »Hier ist diejenige, die Ihr auserwählt habt.«

Bertrand von Born baute sich vor seiner Schönen auf. Dann verkündete er mit bebender Stimme: »Ich schwöre bei Gott, euch treu zu sein bis zu meinem Tod oder dem traurigen Moment, in dem

Ihr Euer Versprechen löst. Keine andere soll je meine Muse sein. Von nun an soll Euer geringster Wunsch mir Befehl und Glückseligkeit sein.«

Wie ein Herbstblatt im Wind zitternd, erwiderte Mélissinde: »Und ich schwöre, Euch für Eure Verdienste zu lieben, bis dass der Tod uns scheidet.«

Gerührt wischten sich die Damen um sie herum mit einem Zipfel ihres Taschentuchs Tränen aus den Augenwinkeln. Eleonore legte sanft ihre Hand auf die der Liebenden. Dann wandte sie sich an Jaufré, der auf einem Samtkissen zu meinen Füßen saß.

»Und nun macht Ihr uns die Freude eines Liedes, Messire.«

Jaufré schlug ein paar Akkorde auf seiner Mandore an, räusperte sich und begann: »Hört, hört, Damoiselles und Messires, dieses Lied, das der Dame meines Herzens gewidmet ist…«

Er wollte gerade anstimmen, als ihn Eleonores Stimme unterbrach. »Einen Augenblick.«

Ein Page war hereingekommen und flüsterte der Königin etwas ins Ohr. In seiner Linken hielt er ein kleines Pergament. Eleonore bedeutete ihm mit dem Kinn, dass er den Brief Jaufré bringen solle. »Schlechte Nachrichten aus Blaye, mein Freund. Es scheint, als würden Eure Ländereien bedroht.«

Jaufré erbleichte. Er legte seine Mandore zu Boden und rollte das Pergament auf. Der Lehnsherr von Vitrezais wollte die Comtau in seinen Besitz bringen und belagerte die Bergstadt. Die Botschaft kam von seinem Verwalter, der auf seine prompte Rückkehr hoffte, um Verhandlungen einzuleiten. Jaufré ließ das Pergament in seiner Hand zusammenrollen. Dann erklärte er ebenso traurig wie wütend mit ersterbender Stimme: »Ich muss auf der Stelle abreisen, Euer Majestät.«

»Geht nur, mein Freund. Und kommt so bald als möglich wieder.«

Ich wagte nicht zu sprechen, meine Kehle war wie zugeschnürt. Was konnte ich tun, wenn er seine Pflicht erfüllen musste? Ich spürte die Last meiner eigenen schwer genug.

Einige Stunden später begleitete ich Jaufré zur Uferböschung am Grand Châtelet. Wir hatten bis dahin kein Wort gesprochen.

Am Ausgang des Musiksaales hatte er mich in einen Mauerwinkel gedrückt wie ein Tier, das sich auf seine Beute stürzte, um sie zu verschlingen. Danach jedoch überließ er es mir, meine Kleider selbst zu richten, sicherlich aus Scham und Furcht vor der eigenen Schwäche. Herz und Leib waren mir zwischen Tränen und Lust hin und her gerissen.

Er küsste mich gierig, mit den Gedanken schon längst bei sich zu Hause, wendete sein Pferd und galoppierte davon. Die Hände an den Mund gelegt wie ein Sprachrohr, alle Luft in meiner aufgewühlten Brust sammelnd, schrie ich ihm nach: »Ich liebe dich!«

Einen Monat später, am 20. Juni 1138, entband Mélissinde bei einer Wildschweintreibjagd Bertrand von seinem Schwur. Verängstigt von dem riesigen Tier, dem die Hunde nachjagten, scheute ihr Pferd und warf sie ab. Bis jemand eingreifen und die schweren Flanken des Tieres mit der Armbrust treffen konnte, lag Mélissinde leblos da, während ihr die wütende Bestie das Gesicht zerfetzte. Ich zitterte vom Scheitel bis zur Sohle, den Geschmack von Blut auf den Lippen wie ein böses Omen.

11

Liebt Ihr mich, Ludwig?«

»Wie ein Narr, wie ein Tor.«

Eleonore stieß einen Seufzer der Erleichterung aus. Die Hände hinter dem Nacken verschränkend, ließ sie ihren Blick über die blauen, mit Blattgold hervorgehobenen Lilien an der Zimmerdecke schweifen. Ludwig strich zärtlich mit seiner weißen Hand über die festen Brüste seiner Gattin und bewunderte ihr Gesicht im fahlen Licht des Tages, das durch das Ölpapier in den Fenstern drang.

Er war glücklich. Seit zwei Monaten war Eleonore gänzlich anders zu ihm – süß, liebenswürdig, strahlend. Sie schien seine Bedürfnisse viel besser zu verstehen. Nach und nach hatte sie ihn wieder in ihr Bett gelockt, wo er jetzt die Liebe entdeckte. Es war nicht mehr wie bei den ersten Umarmungen in ihrer Ehe, sondern eine sinnliche, mächtige Vereinigung.

Dass sie den König in ihr Bett holte, hatte einen Grund. Inzwischen schrieben wir Herbst 1138 und Eleonore trug noch immer kein Kind unter dem Herzen. Sie fürchtete trotz meines Tranks, unfruchtbar geworden zu sein. Und so hatte sie auch ein neues Spiel gefunden.

Es war mir schließlich gelungen, sie zur Vernunft zu bringen. Eleonore wollte immer mit dem Kopf durch die Wand, auch wenn es einen Weg durch die Tür gab. Die Erfahrung der letzten Jahre hatte ihr gezeigt, dass ihre Ausbrüche zu nichts Gutem führten. Stattdessen fand sie sich jedes Mal vor Suger wieder, hinter dem Ludwig sich versteckte.

Sie war zwar unglaublich dickköpfig, aber auch sehr intelligent und auf diese Intelligenz baute ich.

Als Erstes öffnete ich ihr die Augen über das Ränkespiel von Béatrice, indem ich es so einrichtete, dass wir ihr bei Spaziergängen oder Spielen immer dann begegneten, wenn sie in Begleitung von Suger oder Ludwig war. Zunächst stand Eleonore noch so im Bann der »Heiligen«, dass sie keinen Verdacht schöpfte. Nach einer Weile aber begann sie, sich Fragen zu stellen, die ich mit Andeutungen schürte. Wie kam es, dass der Abt immer ihre Absichten kannte? Durch Indiskretionen erfuhr ich von ihrer Verwandtschaftsbeziehung. Umgehend berichtete ich Eleonore davon. Ab diesem Zeitpunkt entzog sie Béatrice nach und nach ihre Gunst. Adelaide von Savoyen intrigierte beim König gegen ihre Schwiegertochter? Das sollte kein Problem sein. Ich fing einen Brief an ihren Berater Raoul von Crécy ab, in dem sie ihm ihre Anordnungen zu bestimmten Angelegenheiten mitteilte. Eleonore ließ sie in ihr Kabinett zitieren und empfahl ihr, sich auf ihre Ländereien zurückzuziehen und den kleinen Lehnsherrn von Montmorency zu heiraten. Andernfalls werde ein kleines Billett in die Hände des Königs gelangen, der sicherlich ungern erfahren würde, dass seine eigene Mutter ihm feindlich gesinnt war. Adelaide widersetzte sich nicht. Auch Raoul von Crécy wurde nahe gelegt, sich für eine Weile auf seine Ländereien zurückzuziehen.

Als Vorwand diente eine Nebensächlichkeit: Adelaide und Raoul hatten sich geweigert, ihren Anteil an den königlichen Ausgaben zu bezahlen. Auf Grund all der Veränderungen im Palast, die Eleonore vorgenommen hatte – von Umbauten der Kamine bis hin zur Vergrößerung der Fenster –, war die Rechnung diesmal sehr hoch ausgefallen, und es war Brauch, dass die Großen des Reiches einen Beitrag leisteten. Eleonore hätte außerdem gerne Fensterglas gehabt wie in Aquitanien, stieß damit jedoch bei Suger auf Ablehnung.

Sie hörte wieder auf mich. Suger war inzwischen der Einzige, der ihr noch in die Quere kam, also musste er zum Schweigen gebracht werden. Oder besser noch: ersetzt werden. Ludwig wollte im Grunde nichts anderes, als sich in der Liebe zu seiner Frau zu versenken, die er ihr seit ihrer ersten Begegnung entgegenbrachte. Eleonore liebte die Macht. Und sie würde sie bekommen.

Es dauerte kaum ein Jahr, bis der König unterwürfig und fügsam wie ein Lamm war. Eleonore nahm nicht mehr am Ministerrat teil, sondern schnitt die Fragen im Bett an, »um zu reden und Interesse zu zeigen«. Ludwig erzählte ihr alles und vertraute ihrem aufmerksam lauschenden Ohr seine Ängste und Zweifel an. Eleonore gab ihm Ratschläge – versteckt, mit einem »Ich sage das, aber ich habe sicherlich Unrecht«, doch Ludwig brachten sie zum Nachdenken. Am nächsten Morgen vertrat er ihre Meinung, als wäre er selbst darauf gekommen. Im Laufe der folgenden Monate wurde Suger immer seltener in den Palast gerufen, um seine kostbaren Ratschläge zu geben. Das missfiel dem Abt natürlich, doch er beging einen Denkfehler, indem er glaubte, dass Eleonore aus eigener Initiative handelte, mit dem Ziel, Ludwig an sich zu binden. Er wusste inzwischen – davon war ich überzeugt –, dass es meine Aufgabe war, das Königspaar auseinander zu bringen. So wie die Dinge lagen, konnte er nicht im Mindesten erahnen, wie groß mein Einfluss auf die Königin wirklich war. Auch ich hatte gelernt, im Verborgenen zu wirken.

Blieb nur noch Thierry Galeran. Er war bislang stets im Hintergrund geblieben, hatte sich aber in den letzten Monaten einen Platz an der Seite des Königs erobert. Ich hegte insgeheim den Verdacht, dass Suger Druck auf den alten Mann ausübte, damit er für ihn am Hof spionierte; Béatrice war ja im Grunde nicht mehr zu gebrauchen. Es lag auf der Hand, dass es ihnen am meisten einbrachte, wenn sie gemeinsam gegen die Königin vorgingen. Sich zusammenzuschließen, um andere zu entzweien – diese Sitte war so alt wie die Welt. Allerdings hatte auch Thierry eine Schwäche. Ich bemerkte Eleonore gegenüber, dass man zu einem Eunuchen eigentlich kein Vertrauen haben könne. Es war erbarmungslos, aber auch diesmal hatte ich keine Wahl. Nach ein paar Erkundigungen machte sich Eleonore einen Spaß daraus, sich mit dem alten Mann Rededuelle zu liefern. Ihre geistreichen Scherze offenbarten blitzschnell seine traurige körperliche Verfassung und brachten ihn bei vielen in Verruf. Wenn er sich Eleonores Vorschlägen widersetzte, dann konnte das nur an seiner Unbedarftheit Frauen gegenüber liegen! Oder es war Rüpelhaftigkeit und Eifersucht, wo sich Eleonore und Ludwig doch so liebten!

In Wahrheit liebte Eleonore vor allem Denys, der sie für die Defizite des Königs ein wenig entschädigte.

Alles in allem standen die Dinge bestens. Ich schickte Mutter eine Taube, und sie segnete mein Vorgehen ab. Mathilde gewann Stephan von Blois gegenüber wieder an Boden, und Suger waren zum Glück die Hände gebunden.

Jetzt blieb mir nur noch eines zu tun – ich musste mit Eleonores Empfindsamkeit spielen. Sie hatte die aquitanischen Barone nur unterstützt, um Suger und dem König die Stirn zu bieten, in einer Zeit, in der man ihr den Mund verbieten wollte. Erneut bat sie Ludwig um die Freilassung des Vicomte von Thouars und auf Grund ihres neuen Einverständnisses stimmte er diesmal zu. Dafür senkte Eleonore die Ausgaben des Reiches, indem sie die Festlichkeiten einschränkte. Gleichzeitig aber öffnete sie die Tore des Obstgartens für Schüler und Meister aus dem gelehrten Hause Abaelards, zum größten Vergnügen von Béatrice und einigen anderen Damen, vor allem aber zu unserem eigenen. Es war eine schöne Abwechslung zu den traurigen Psalmen.

»Wann macht Ihr mir die Freude eines Kindes?«

Die Frage war ganz natürlich gekommen, während Ludwig ihre Brustspitzen liebkoste, die unter seiner Berührung steif geworden waren. Eleonore erbleichte. Einen Augenblick lang hatte sie einen Kopf vor sich, so groß wie seine Hand, der an eben derselben Spitze nuckelte.

Dennoch entgegnete sie heiter: »Sicher bald. Unsere Liebe dürfte uns diese Freude nicht mehr lange vorenthalten.«

»Ich brauche einen Sohn, Eleonore.«

»Bittet Gott, uns einen zu schenken, Ludwig. Weihnachten rückt näher. Ich würde gerne meinen Bauch wie ein Geschenk tragen.«

»Ich werde dafür beten, doch zuvor …«

Er ließ seine Hand zwischen ihre Schenkel gleiten, um sie zu öffnen. Dann schwang er seinen feingliedrigen Körper auf ihren und nahm sie zum zweiten Mal in dieser Nacht.

»Was soll ich dir sagen? Man hat mir versichert, dass es wirkt. Vielleicht ist es schon zu spät.«

»Ich brauche ein Kind, Loanna!«

Sie schlug heftig mit der Faust auf den Tisch und brach dann in einen Wutanfall gegen sich selbst aus: »Was war ich für eine Närrin! Warum habe ich nur dieses Kind von Raymond nicht zur Welt gebracht, statt es in meinem Bauch zu töten? Ich hätte es nur irgendeiner Einrichtung anvertrauen müssen, und heute würde ich einen zukünftigen König unter dem Herzen tragen!«

»Beruhige dich!«

Voller Sorge rang Eleonore die Hände. Ich nahm sie und legte sie an meine Brust. Eine andere Lösung musste her. Nach achtzehn Monaten Ehe war Eleonore immer noch nicht schwanger, das begann verdächtig zu werden. Nun durfte sie zwar keinen Sohn zur Welt bringen, aber in gute Hoffnung konnte sie durchaus kommen. Die Schwangerschaft durfte eben nur nicht abgeschlossen werden. Ich nahm sie sanft an den Schultern. Ihre Augen waren ganz rot von Tränen.

»Hör zu. Vielleicht taugt dieses Elixier nichts. Es gibt am rechten Seine-Ufer im Wald eine alte Frau, die als Hexe gilt. Ich werde sie aufsuchen und um Rat bitten, einverstanden?«

»Ich komme mit.«

»Guter Gott, nein! Was, wenn du erkannt wirst? Du hast Feinde, Eleonore, und die bringen schnell in Erfahrung, was du bei dieser Frau wolltest. Lass mich nur machen. Habe ich dich je im Stich gelassen?«

»Nein, nein, du hast Recht. Aber dann geh jetzt sofort! Ich muss bis Weihnachten ein Kind im Bauch haben.«

»Das verspreche ich dir, meine Königin.«

Die Hexe gab mir einen Trank, der sicherlich irgendetwas bewirkte, aber bestimmt nicht das, was ich wollte. Es war indes gut, dass sie glaubte, einer Person von Rang einen Dienst erwiesen zu haben. Im Übrigen nutzte ich meinen Ausflug, um in den umliegenden Wäldern *artemis vulgaris* zu sammeln, das hier am Wegesrand wuchs, wie ich wusste.

In der Abgeschiedenheit meines Zimmers stellte ich ein Pulver her, das ich im geeigneten Augenblick der Mischung zufügte, um eine Fehlgeburt herbeizuführen. Bis dahin würde Eleonore Ludwigs Kind austragen…

Und so geschah es. Glücklich lächelnd erschien die junge Königin am Arm ihres strahlenden Gatten zur Christmette 1138 in Bourges, unter dem Kleid einen prallrunden Bauch.

Eleonore schäumte vor Wut. Ludwig war gerade in ihr Zimmer getreten, um ihr mitzuteilen, dass das Poitou dem Beispiel von Orléans gefolgt war, vor einigen Wochen die Kommune ausgerufen hatte und nun einige wichtige Orte um Poitiers herum angriff.

»Sie besetzen das Schloss, sagt Ihr?«

»In der Tat, Madame.«

»Welch eine Vermessenheit! Ich kann das nicht zulassen, Ludwig, hört Ihr!«

»Ein kleiner Streit, Liebste, den wir schnellstens beilegen werden.«

»Ihr versteht nicht, Ludwig, man rührt nicht ungestraft an die Residenz der Herzöge von Aquitanien! Außerdem schadet die Sache eurem Ansehen ebenso wie meinem.«

Ludwigs Augen blitzten auf. So hatte er das Ganze noch nicht betrachtet. Offensichtlich widersetzte man sich hier seiner Autorität. »Ich werde Truppen schicken.«

Eleonore hieb mit der Faust auf ihren Frisiertisch.

»Die Leute Thibaults von Blois sollen Euch begleiten!«

»Ist das notwendig?«, erkundigte sich der König vorsichtig, überrascht von diesem Wutausbruch.

»Ich will Euch an der Spitze einer Armee sehen, Ludwig, und ich will die Köpfe der Aufwiegler.«

Ludwig riss die Augen auf. Noch nie hatte Eleonore vor ihm so offen Hass auf ihre eigenen Leute gezeigt. Es war beschlossene Sache: Er würde ihr den Sieg schenken.

Thibault von Blois, dem er nach dem Weggang von Raoul von Crécy näher gekommen war, ließ sich nicht überzeugen. Doch Ludwig würde auch ohne seine Männer auskommen. Seiner Ansicht nach gab es überhaupt keinen Grund, große Unruhe zu stiften. Erst im April 1139 brach Ludwig mit einer Truppe aus zweihundert Reitern nach Poitiers auf. Eleonore, noch immer vom Zorn zerfressen, suchte sich inzwischen einen neuen Verbündeten in einem jungen Geistlichen aus Berry namens Cadurc. Der gebildete und feine Mann hatte insbesondere den Vorteil, dass er ihr verfallen war.

Angesichts von Ludwigs Furor leisteten die Aufständischen im Poitou keinen Widerstand und der Palast wurde befreit, ohne dass ein Tropfen Blut vergossen wurde. Doch das genügte der Königin noch nicht und Ludwig gab nach. Entgegen seiner Überzeugung nahm er Geiseln aus den wichtigsten Familien und schickte sie in die entferntesten Gegenden des Reiches ins Exil, womit er lautstarken Protest hervorrief.

In dieser Situation meldete sich ohne Vorankündigung Suger zu Wort. Er hatte es bislang abgelehnt, sich an der Debatte zu beteiligen. Als er von dieser Neuigkeit erfuhr, runzelte er die Stirn. Obwohl er mitten in den Vorbereitungen für das Osterfest steckte, reiste er auf der Stelle nach Poitiers.

Eleonore war gereizt. Suger musste nur eine Standpauke halten und mit der Strafe Gottes drohen, und schon fiel Ludwig, das Kind der Kirche, der Priesterkönig, vor seinem Beichtvater auf die Knie und winselte um Gnade. Bereits einen Tag nach Sugers Ankunft war das Urteil aufgehoben und die jungen Leute konnten zu ihren Familien zurückkehren. Ludwig hatte nicht nur die Revolte niedergeschlagen, er zog sogar plötzlich Sympathie auf sich, die von seiner Milde noch gekrönt wurde.

An Sugers Rockzipfel hängend wie ein kleiner Junge, kehrte er mit hängendem Kopf zu Eleonore zurück.

Diese erwartete ihn in einem Meer von Blut. Sie hatte ihr Kind verloren. Einen Sohn.

Sie war aschfahl und voller Vorwürfe. Ludwig hatte sie verärgert. Er hatte ihre Ehre nicht verteidigt. Er hatte gelogen. Und nicht zuletzt hatte er sich geirrt! Gott hatte seine Milde missfallen. Wie sollte man sonst die Fehlgeburt erklären? Der König war so bestürzt, dass er nicht wusste, was er antworten sollte. Der Zweifel war in ihm geboren. Er war nicht verantwortlich. Suger war das Werkzeug Gottes gewesen. Suger hatte sich geirrt, ihn hintergangen. Aber hatte er es nicht aus gutem Glauben getan? Gott ist Vergebung, sagt die Heilige Schrift. Wo lag die Wahrheit Gottes? Jedes Mal, wenn er zu dieser Frage kam, hatte er das Bild des blutigen Fötus vor Augen.

Er konnte nur am Bett seiner Königin weinen. Doch Eleonore würdigte ihn nicht eines mitleidigen Blickes. Zum ersten Mal in ihrem Leben spürte sie einen Hass in sich, der so stark war, dass er ganz Paris in einem Meer von Blut ertränken konnte. In dem Blut ihres eigenen Fleisches.

Einige Zeit später verbannte Ludwig Suger vom Hofe, wahrscheinlich in dem Versuch, das verschlossene Gesicht seiner Gattin aufzuheitern. Cadurc wurde mit hohen Titeln und Pfründen ausgestattet.

Bei theologischen Debatten im Obstgarten des Palastes freundete ich mich mit einem jungen Geistlichen aus England namens Thomas Becket an. Er war zum Studieren auf die Île de la Cité gekommen und versorgte mich regelmäßig mit Nachrichten von zu Hause. Mathilde gewann von Tag zu Tag an Boden. Seiner Ansicht nach würde es nicht mehr lange dauern, bis sie die Krone zurückerobert hätte. Er war ein Verbündeter des Hauses von Anjou und diente mir als Verbindungsmann zur Normandie, wo sich meine Patin niedergelassen hatte, um die Operationen besser leiten zu können. So erfuhr ich aus seinem Mund, dass Heinrich seinen schlechten Charakter immer noch nicht abgelegt hatte, ganz im Gegenteil. Inzwischen sechs Jahre alt, war er der Albtraum von Bruder Briscaut, der nach einem seiner Streiche fast einen Schlaganfall erlitten hätte. Um sich für eine verdiente Strafe zu rächen – er musste mehrere Stunden auf dem kalten Steinboden in der Kirche knien –, hatte das Engelchen die Kirchentür geöffnet und eine Herde Schweine eingelassen, die er mit einer Fackel erschreckt hatte. Von dem Tumult angezogen, fand der Priester seine Kirche verdreckt, verwüstet und voller lautstark quiekender Tiere vor. Heinrich hatte die folgende Tracht Prügel hingenommen, ohne mit der Wimper zu zucken, den finsteren Blick auf den Geistlichen gerichtet, der sich vor Schreck bekreuzigte.

Die Anekdote ließ mich in schallendes Gelächter ausbrechen, als ich mir vorstellte, wie der alte Bruder Briscaut, das Gesicht hochrot angelaufen, mit diesem kleinen Monster kämpfte. Thomas Becket mit seinem wundervollen Akzent schalt mich. Heinrich habe die Kirche herausgefordert! Eine Vorahnung überkam mich, und ich hatte gute Lust, ihm zu sagen, dass das sicherlich nicht das letzte Mal sein würde, doch ich hielt mich zurück. Eines Tages würden diese beiden Männer aneinander geraten, das spürte ich. Aber zur Stunde war Heinrich genau so, wie ich es mir gedacht hatte: ein kleiner Junge voller Leben und Fantasie. Und noch dickköpfiger als sein Vater, darin hatte der Graf von Anjou Recht gehabt. Ihn mit Eleonore zu verbinden würde mir zweifellos noch viel abverlangen.

Die Gesellschaft von Thomas Becket war sehr angenehm und tat mir gut. Über dieses Thema hinaus sprachen wir häufig über Philosophie und die meine, die aus meiner Erziehung durch Mutter und Merlin resultierte, ließ ihn aufhorchen. Zwar war Thomas Becket ein Priester, doch sein reiner und aufrichtiger Glaube verlieh ihm eine unumstrittene Würde. Mit einigen Sitten seiner Kirche war er nicht einverstanden; er lehnte zum Beispiel für sich jedweden Reichtum ab. Seine Sandalen waren vollkommen durchgelaufen und seine Kutte wies an Ärmeln und Saum mehrere Löcher auf.

Nachsichtig und ohne Hintergedanken nannte er mich »kleine Heidin«, woraufhin ich ihn immer darauf hinwies, dass ich ebenso katholisch sei wie er. Im Grunde hatte er auch keine Veranlassung, das anzuzweifeln, nur einige meiner Bemerkungen über meine Erziehung machten ihn wohl nachdenklich. Seit er Bruder Briscaut kannte, fiel es ihm schwer zu glauben, dass ich all mein Wissen von ihm haben sollte. Um den neugierigen Ohren von Béatrice zu entkommen, die sich ständig in unserer Nähe herumtrieb, wechselten wir häufig ins Gallische, das ich von Mutter gelernt hatte. So fand ich in diesen gemeinsamen Momenten einen Teil meiner Kindheit wieder.

Häufig bekam ich Nachrichten aus Blaye. Jaufré fehlte mir und doch war ich erleichtert, dass er nicht an meiner Seite war. Es war einer dieser Widersprüche, die in meinem Kopf herumschwirrten. Ich zehrte von seiner Abwesenheit, von der Gewissheit seiner Liebe. Das schärfte meine Sinne und meine Wachsamkeit. Wenn er bei mir war, lebte ich in einem Zustand der Glückseligkeit, der mich verwundbar machte. Das hatte ich bereits leidvoll erfahren müssen. Liebe und Pflicht passten nicht gut zusammen. Ich war viel zu beschäftigt damit, die ganzen Intrigen am Hofe zu durchkreuzen, um mich sorglos fallen zu lassen.

Ich beschied mich mit seinen Botschaften. Mit ihnen erreichte mich der Duft von Meer, Lilien und Orangenbäumen. Der Duft des Glücks. Es war nicht leicht für ihn gewesen, den Frieden auf seinen Ländereien wiederherzustellen. Die Comtau grenzte an das Vitrezais, dessen hitziger, junger Lehnsherr ein Auge auf die Nachbarprovinz geworfen hatte. Erst kürzlich hatte er die Nachfolge seines friedliebenden Vaters angetreten. Mit dem Alten hatte sich Jaufré gut verstanden und er hatte nichts dagegen gehabt, dass die Bewohner sich auf seinem Land bewegten. Die Comtau war reich genug, dass viele davon leben konnten, ohne dass jemandem Schaden dadurch entstehen würde. Der Sohn aber war nicht dieser Meinung. Er wollte alles. Und zwar für sich allein. Er war einer der jungen Wilden jener Zeit, die nur ans Brandschatzen, Plündern und Massakrieren dachten, Laster ebenso ausnutzten wie Tugenden und nur für den eigenen Ruhm wirkten. Bei seiner Ankunft hatte Jaufré die Bergstadt von rund hundert Mann belagert vorgefunden; die Abteien waren geplündert und die Menschen ins Innere der Festungsanlage geflüchtet. Er selbst verdankte seine Rettung nur einem unterirdischen Gang, der vom Pilgerhospiz in Saint-Martin bis zum Schloss führte.

Jaufré wollte keinen Krieg, aber auch nicht auf sein Eigentum verzichten. Die Belagerung dauerte acht Monate, in denen sich die Stadt über den Fluss versorgte: Ein weiterer unterirdischer Gang, der von oben aus nicht zu sehen war, öffnete sich bei Ebbe am Fuß des Steilhangs. Der Lehnsherr von Vitrezais konnte keinen Zugang dazu erlangen. Jaufré beglückwünschte sich jeden Tag dafür, dass sein Widersacher so ein Tölpel war! Nur dank dieser List hielt die

Stadt durch. Der Lehnsherr von Vitrezais drohte damit, die Vorstädte zu überrollen und das Viertel Saint-Sauveur einzunehmen, aus dem die Menschen geflohen waren, doch Jaufré war hart. Die Bergstadt blieb unbezwingbar.

Am Ende entschloss sich Jaufré, zum Angriff überzugehen. Er benachrichtigte seinen Lehnsherrn und Cousin Guilhem IV. von Angoulême, um von ihm volle Handlungsfreiheit zu bekommen. Jaufré hatte einen jüngeren Bruder, Gérard, mit dem er sich überworfen hatte und der seit einigen Jahren am Hof von Angoulême lebte. Mehrmals hatte ihn Jaufré gebeten, nach Blaye zurückzukehren und ihn zu vertreten, wenn er unterwegs war. Auch diesmal appellierte er an ihn, ihre Differenzen zu vergessen, um gemeinsam ihr Land zu verteidigen. Guilhem IV. erteilte Jaufré alle Vollmachten, um seine Angelegenheiten zu regeln, doch Gérard tauchte nicht auf. Jaufré beschloss, seinen besten Freund zu Hilfe zu rufen: Uc le Brun, den Lehnsherrn von Lusignan.

Kriegslustig und erbarmungslos, wie er war, bereitete sein Gefährte der Geschichte ein rasches Ende. Er trieb die Belagerer an ihre Grenzen zurück, allerdings nicht, ohne zuvor mit dem ungestümen Nachbarn die Klinge gekreuzt zu haben. Dessen jüngerer Bruder zeigte sich vernünftiger und fügte sich gleich den abgeschlossenen Übereinkünften, doch Jaufré wusste genau, dass die Bedrohung bleiben würde. Die Hitzköpfe träumten weiterhin von Eroberungszügen.

Nichts konnte angesichts von Schutt und Asche Jaufrés Traurigkeit vertreiben. Blaye war erneut zerstört, beschmutzt, besudelt. Er musste alles neu aufbauen.

Gemeinsam machten sich alle ans Werk. Jaufré sorgte dafür, dass die Ordnung wiederhergestellt wurde. Dabei war er ebenso verwundet wie sein Land. Das Schlimmste aber war, dass er nicht zu mir kommen konnte, weil Gérard ferngeblieben war und er seine Leute nicht allein lassen wollte. Trotz aller Geschäftigkeit verzehrte er sich nach mir.

Es waren die ersten heißen Tage des Juni 1139. Seit ihrer Fehlgeburt war Eleonore morgens fiebrig und hatte ihren Appetit verloren. Verbittert sann sie auf Rache an Suger, den sie für das

Unglück verantwortlich machte. Schlimmer noch, sie verweigerte sämtliche Liebkosungen. Sogar Denys hatte sie abgewiesen, der seinen Schmerz wie eine schwere Bürde mit sich herumschleppte und seine Tage damit verbrachte, sich im Umgang mit Schwert und Lanze zu üben, um auf Turnieren zu kämpfen. Seit Ostern hatten zwei stattgefunden und selbst hier war die Königin nicht erschienen.

Ludwig wusste nicht, was er tun sollte, und fürchtete, die Wertschätzung seiner Frau zusammen mit dem Sohn, den sie getragen hatte, verloren zu haben.

Ich verbrachte einen Großteil meiner Tage mit dem Versuch, sie zu zerstreuen, während Thomas Becket mit großem Interesse den Vorlesungen seiner Meister lauschte. Ich war so damit beschäftigt, Eleonore die Lust am Leben und vor allem an der Liebe, die sie so sehr brauchte, wiederzugeben, dass ich mir keine großen Sorgen machte, als keine Nachrichten mehr aus Blaye kamen.

Einige Monate zogen ins Land. Eleonores Wut verrauchte nicht. Nur Cadurc hatte die Erlaubnis, sie zu besuchen. Der Mönch empfahl ihr zu beten und las ihr einige Passagen aus der Bibel vor.

An jenem Morgen kündigte er sich nach der Messe an, an der sie auf Grund einer Unpässlichkeit nicht teilgenommen hatte. Ich hatte sie nach Ostern dem Arzt des Palastes anvertraut, doch als ihr Zustand sich nicht besserte, beschloss ich kurzerhand, die Sache selbst zu übernehmen und meine eigenen Arzneien einzusetzen. Sobald Cadurc bei ihr war, ging ich in die Ställe hinunter. Es gab unweit von Sainte-Geneviève einen Apotheker, der aus allen Winkeln des Königreiches, aber auch aus dem Morgenland Pulver und Pflanzen bezog. Bei ihm würde ich alle Zutaten bekommen, die ich brauchte, um meinen Schützling zu heilen. Ich wartete, während der Stallknecht Granoë sattelte, die lässig an einer der Säulen des Hofes lehnte. Da fiel mein Blick auf einen von Kopf bis Fuß verdreckten Mann, der einem Pagen von Béatrice ein Pergament reichte. Die beiden Männer hatten mich nicht gesehen.

»Bringt dies der Damoiselle von Grimwald. Werde ich diesmal eine Antwort bekommen?«

»Nein. Ihr könnt gehen.«

Um ein Haar wäre ich hinzugesprungen, aber ich hielt mich zurück. Stattdessen gab ich meinen ursprünglichen Plan auf und folgte dem Pagen in einiger Entfernung. Wie ich es mir gedacht hatte, steuerte er direkt auf die Gemächer von Béatrice zu. Hinter einer Ecke wartete ich, bis er wieder herauskam, dann stieß ich die Tür zum Zimmer der Schönen auf. Mein Eindringen ließ sie erbleichen. In der Hand hielt sie das Pergament. Ohne ihr Zeit zu lassen, sich zu sammeln, stürzte ich schnurstracks auf sie zu und griff mit bösem Blick nach dem Schriftstück. »Erlaubt Ihr?«

Mit einem Blick auf die Unterschrift wusste ich Bescheid. Jaufré! Mein Herz zersprang schier vor Wut. Béatrice hob herrisch das Kinn. »Wie könnt Ihr es wagen, hier einzudringen?«

»Wie könnt Ihr es wagen, Briefe abzufangen, die nicht für Euch bestimmt sind?«

»Das ist ein bedauerliches Missverständnis. Mir ist in diesem Moment erst aufgefallen, dass das Papier an Euch adressiert ist.«

Ich ließ ein zynisches Lachen hören. Dieses Biest hielt mich offenbar für ein rechtes Gänschen. Ich trat einen Schritt auf sie zu und sie wich zurück. Ich machte ihr Angst, das war offensichtlich. »Ich nehme an, Ihr hättet mich auf der Stelle benachrichtigt.«

»Selbstverständlich!«, stammelte sie und versuchte verzweifelt, ihre Haltung wieder zu finden.

Ich hatte genug von diesem Spielchen. »Wo sind die anderen?«, fragte ich in einem Ton, der keine Widerrede duldete.

Hochmütig hob sie das Kinn. »Ich weiß nicht, wovon Ihr sprecht!«

»Reizt mich nicht, Béatrice. Ich bin Eurer Intrigen müde und Euch ist anscheinend nicht im Mindesten klar, wozu ich in der Lage bin.« Sie rang sich ein kleines, stolzes Lachen ab. »Gewiss doch! Obwohl ich nicht versuche, die Königin zu vergiften!«

Ich stand mit offenem Mund da, doch in der Annahme, dass sie es mit einer Finte versuchte, fuhr ich fort: »Wenn Ihr meint, Euch mit solchen Anschuldigungen aus der Affäre ziehen zu können, liegt Ihr falsch. Ich weiß, dass Ihr noch andere Briefe habt. Ich will sie haben, Béatrice.«

»Ach, hört doch auf mit diesem Gerede um den heißen Brei! Was würde wohl der König denken, wenn er von Eurem Handel mit der Moorhexe wüsste? Ich bin sicher, er würde sich damit die schlechte Gesundheit seiner Gattin erklären. Und Eure Machenschaften mit Thomas Becket? Pikant, wenn man die Allianzen Seiner Majestät mit England kennt!«

Ich war fassungslos. Dieses kleine Miststück setzte alles daran, mir zu schaden. Doch diesmal reichte es mir. In zwei Schritten war ich bei ihr und meine Wut zwang sie rückwärts an die Wand, in den Winkel eines Möbels. Sie sah völlig aufgelöst aus. Ich baute mich vor ihr auf, während sie mit schwacher Stimme, die nicht durch die dicke Tür drang, nach der Wache rief. Sie war einen Kopf kleiner als ich. Ich hatte große Lust, sie mit voller Wucht zu ohrfeigen, und zischte zwischen den Zähnen: »Glaubt, was Ihr wollt, Närrin. Es ist mir einerlei! Ihr werdet nichts beweisen, niemals! Und jetzt sagt mir, wo sich das befindet, was ich suche, oder ich schwöre bei Gott, dass ich Euer kleines Madonnengesicht gegen diese Mauer schmettere.«

Sie sank in sich zusammen, stammelte ein paar Worte, die ich nicht verstand, sodass ich sie zwingen musste, sie zu wiederholen. Jetzt beschränkte sie sich darauf, mit einem Finger ängstlich auf eine Kommode mit einem Dutzend Schubladen zu deuten.

Ich ging darauf zu, während sie halb ohnmächtig gegen die Wand sank. Dann öffnete ich eine Schublade nach der anderen und wühlte rücksichtslos alles durch. In der vierten fand ich schließlich rund zehn Pergamente mit einem Siegel, das ich sofort wieder erkannte. Ich ergriff sie, wandte mich der erschlafften Béatrice zu, die den Tränen nahe war, und stieß drohend aus: »Dass ich Euch nie wieder bei dergleichen erwische! Und bei der geringsten Unterstellung werde ich Euch sofort zwingen, Eure Worte zurückzunehmen!«

Damit drehte ich mich auf dem Absatz um und ließ sie stehen.

In meinem Zimmer eingeschlossen, verschlang ich gierig Jaufrés Botschaften. Im Verlauf der einseitigen Korrespondenz flehte mich mein Geliebter immer wieder an zu antworten und erzählte mir von den Zwängen, die ihn daran hinderten, zu mir zu kommen.

Warum ich nicht schriebe, wollte er wissen, ob ich ihn durch einen anderen ersetzt hätte? Er verzehre sich vor Liebe. Ich war zutiefst bestürzt und schwor, dieses kleine Miststück für den Schmerz büßen zu lassen, den sie ihm zugefügt hatte. Sofort griff ich zur Feder und verfasste einen Antwortbrief, in dem ich ihm alles erklärte und ewige Treue schwor.

Einige Stunden später brach ein Bote, in den ich volles Vertrauen hatte, Richtung Blaye auf, während ich nach Sainte-Geneviève ging, um wie geplant meine Besorgungen zu machen. Ich nahm viel mehr Pflanzen, als ich gebraucht hätte, um in der großen Auswahl die zu verstecken, die mir nützlich sein würden. Nachdem ich mich vergewissert hatte, dass mich niemand hatte eintreten sehen, belegte ich den Apotheker mit einem Zauber, sodass er meinen Besuch sofort vergaß.

Zurück im Palast, bereitete ich mein Pulver zu. Es dauerte kaum acht Stunden, da hatte Eleonore Kraft und Lebenslust wieder gefunden. Cadurc schrieb es den Gebeten zu, der Apotheker seiner guten Pflege und Béatrice vermutete wahrscheinlich, dass es daran lag, dass sie mich überführt hatte. Wie auch immer, niemand, nicht einmal die Königin selbst, ahnte einen Zusammenhang zwischen ihrer Genesung und den Aufgüssen, die ich ihr zu trinken gab.

Béatrice erschien einige Tage nicht bei Hofe, und es ging das Gerücht um, sie sei krank. Ich freute mich, dass ich ihrer Ruchlosigkeit einen solchen Schlag versetzt hatte, beschloss aber, auf der Hut zu bleiben. Diese Teufelin war sehr wohl in der Lage, sich zu rächen.

Jaufrés Antwort war kurz und machte mich überglücklich: *Wie konnte ich an dir zweifeln, wo ich dich in jedem kleinsten Windhauch spüre? Ich liebe dich so!*

Als der Sommer des Jahres 1139 seine größte Hitze erreichte, zog der Hof in den Süden um. Eine Reiseunterbrechung in Châtellerault erlaubte Denys, seinen Vater zu sehen. Loriane war wie erloschen. Sie konnte den Tod ihres jüngsten Sohnes, Thierrey, nicht überwinden, der im Winter am Fieber gestorben war. Ich wünschte, ich hätte sie trösten können, doch ihr Blick war leer, gefangen in einem

Traum, zu dem niemand sonst Zutritt hatte. Denys küsste sie mit tief empfundener Zärtlichkeit auf die Wange. Sie zuckte nicht einmal mehr.

Bevor sie sich in dieses Schweigen gehüllt hatte, hatte sie ihrem Mann das ungerechte Schicksal zum Vorwurf gemacht, das ihr den eigenen Sohn nahm statt des Bastards, den sie gegen ihren Willen hatte aufziehen müssen. Zum ersten Mal hatte sie es gewagt, den Vicomte offen wegen seiner Untreue anzuklagen. Die Bürde, die sie siebzehn Jahre lang mit sich herumgeschleppt hatte, und dieser letzte Schicksalsschlag hatten sie ausgelaugt. Loriane würde sterben. Ich wusste es und konnte doch nichts dagegen tun. Der Vicomte hatte sich in das Unausweichliche gefügt, das auch er spürte. Zweifellos fühlte er sich schuldig, doch er zeigte es nicht. Als wir uns schweren Herzens verabschiedeten, bat er die Königin sogar, gut auf seinen »Bastard« aufzupassen, den er sehr liebe, und ihm einen Titel zu geben, damit er vor dem Hass seiner älteren Brüder geschützt sei. Eleonore versprach es.

In Poitiers änderte sich zum Glück der Ton. Die königliche Abordnung wurde mit Rufen begrüßt – »Weihnachten!« und »Montjoie!« –, zwischen denen wie eine Beleidigung immer wieder der Name des Königs zu hören war – statt dem der Herzogin von Aquitanien.

Eleonore wurde bleich und biss die Zähne zusammen. Dafür, dass Ludwig in ihrem Land so beliebt war, zeichnete Suger verantwortlich. Der Abt hatte die Strafe abgeschwächt, die sie gefordert hatte, als sich das Poitou zur Kommune ausgerufen hatte. Suger hatte ihr Gesetz gebrochen, er hatte sich zwischen sie und ihren Mann gestellt, zwischen sie und ihre Vasallen! Suger! Immer wieder Suger! Sie nahm sich vor, ihn bei der erstbesten Gelegenheit dafür bezahlen zu lassen.

Wir besuchten auch Bordeaux, wo Pernelle, die noch hübscher geworden war, glückliche Tage verlebte. Gottfried von Lauroux, der Erzbischof, den ihr Vater sehr geschätzt hatte, kümmerte sich um die Erziehung des jungen Mädchens und die Intendantur des Herzogtums. Eleonore hörte zufrieden seinen Bericht und ermutigte ihre Schwester, sich in den fröhlichen Tumult der höfischen

Gesellschaft zu mischen. Pernelle war entzückt und alsbald fanden sich ihre Kammerzofen samt Koffern in Poitiers ein, bereit, uns am Ende des Sommers nach Paris zu folgen.

Jaufré kam häufig zu Besuch vorbei. Jedes Mal brannte ich lichterloh und schwelgte in Liebe und Glückseligkeit. Ich gehörte ihm mit Leib und Seele. Was hätte ich dafür gegeben, vergessen zu dürfen, wer ich war, um ganz die Seine zu werden!

Bereits ein paar Tage nach unserer Ankunft im Poitou wollte Eleonore, aufgebracht durch das Verhalten der Bewohner der Provinz, unbedingt nach Talmont fahren, um sich ihren Vasallen Wilhelm von Lezai anzusehen. Kurz nach den Ereignissen im April hatte er aus Provokation die Gerfalken der Herzöge von Aquitanien gestohlen und war hart dafür bestraft worden. Ludwig hatte ihm bei seiner Rückkehr nach Poitiers eigenhändig die Füße abgehackt, um den Zorn seiner Gattin ein wenig zu besänftigen. Doch selbst das hatte ihr noch nicht gereicht. Sie wollte mit eigenen Augen sehen, dass ihr Genugtuung verschafft worden war, und zuckte nicht einmal mit der Wimper angesichts des eiternden Fleisches, das von seinen zerfetzten Stümpfen hing.

Wilhelm von Lezai würde mit Sicherheit an dieser Verstümmelung sterben, weil seine Glieder faulten, doch das kümmerte sie nicht. Eleonore hatte grausame Züge entwickelt. Es war, als hätte der Verlust des Kindes in ihr gleichsam urtümliche Raubtierinstinkte geweckt. Wenn es ihr verwehrt wurde, Mutter zu werden, würde sie eben allen zeigen, wer die Königin von Frankreich war!

Es fiel mir mithin nicht schwer, ihren Hass auf Alphonse Jourdain, den Grafen von Toulouse, zu schüren, den sie schon von ihrem Vater übernommen hatte. Sie hatte vor, ihre Rechte auf diese Grafschaft einzufordern, ein Erbe ihrer Großmutter Philippa, die von ihrem Gatten Wilhelm dem Troubadour einst in Fontevrault eingesperrt worden war, damit er sich seiner ehebrecherischen Lust hingeben konnte. Inzwischen wusste ich ja, dass er mein Vater war, und so reizte es mich durchaus, meine Mutter für die Kränkung zu rächen, die sie wegen einer Nebenbuhlerin hatte erdulden müssen. Wilhelm hatte Philippa, seine legitime Gattin, ebenso verstoßen wie Ginevra von Grimwald, seine heimliche Geliebte. Es war vollkommen natürlich, dass Eleonore – und ich durch sie – dieses Erbe antrat.

Diese neuerliche Grille seiner Frau passte Ludwig nicht im Mindesten. Den Grafen von Toulouse anzugreifen, einen mächtigen Vasallen, war kein Pappenstiel, zumal er ihm nicht viel vorzuwerfen hatte außer seinem Reichtum. Zudem galt Alphonse Jourdain als brutal, selbstbewusst und allzeit bereit, seine zahlreichen Ritter in den Kampf zu schicken. Ludwig wollte die Meinung von Raoul von Crécy hören, den er an seine Seite geholt hatte, nachdem er von der ablehnenden und passiven Haltung von Thibault von Champagne enttäuscht gewesen war. Raoul bestätigte ihm, dass die Sache sich nicht lohne. Eleonore musste ihn beiseite nehmen und ihm eine gewisse Geschichte ins Gedächtnis rufen, damit er doch noch seine Zustimmung gab. Mit einer gequälten Grimasse empfahl er dem König, dass man »mit einer guten Armee vielleicht doch ...«

Eleonore ließ nicht locker. Im Herbst 1139, mit unserer Rückkehr nach Paris, gab Ludwig schließlich nach. Er würde Toulouse angreifen. Allerdings war es nicht einfach, eine Armee zusammenzustellen, die diesem Gegner trotzen konnte. Ludwig zog die Rekrutierung der Männer so gut er konnte in die Länge, ebenso die Bündnisverträge mit den Großen des Reiches. Die Vorbereitung dauerte achtzehn Monate, in denen wir von Baronie zu Grafschaft reisten, einen immer größer werdenden Hof in unserem Gefolge. Die Zeit verstrich zäh wie Lava, die Eleonores Blut zum Kochen brachte, Ludwig betäubte, Béatrice zu einer gewöhnlichen Gesellschafterin degradierte und meinen Einfluss bis in den hintersten Winkel spülte.

12

Der Schmerz ließ mich aufschreien, während eine unbezwingbare Angst mir den Leib zerriss. Die Ruhe der Vollmondnacht wurde nur vom sanften Ruf einer Eule unterbrochen, die auf einem Baum in der Nähe saß.

In mir breitete sich eine Kälte aus, die mich die Wolldecke bis zu den Schultern hochziehen ließ. Ich lag in meinem Bett. Allein. Friedlich hatte ich geschlafen, bis dieses Bild vor mir aufgetaucht war. Mutter. Mit einer großen Wunde an der Schläfe. Ihre Augen leblos und ihre Stimme in meinem Kopf.

Meine Zeit ist zu Ende, Canillette. Bleib immer so, wie ich dich geliebt habe.

Große Tränen liefen mir über die Wangen. Obwohl ich mir immer wieder sagte, dass es nur ein Albtraum war, wusste ich doch, dass er etwas zu bedeuten hatte. Es war, als ob mir plötzlich ein Teil meiner selbst entrissen worden wäre.

»Oh, Mutter, ich habe Angst! Ich bitte Euch, Mutter, antwortet mir! Kommt zu mir! Lasst mich nicht allein! Mutter! Mutter!«

Doch meinem Rufen folgte nichts als eine lange, schmerzliche Stille.

Eleonore drückte mich zärtlich an sich. Ich weinte nicht, ich konnte nicht mehr weinen. Wie ein praller Weinschlauch hatte ich mich auf einmal geleert. Der Schmerz war gewandert und heftiger, aber auch dumpfer geworden. Wie Zorn war er über mich gekommen, als ich die Botschaft bekam.

Der Unfall war am Morgen nach meiner Vision passiert. Das Pferd hatte gescheut, verängstigt von der Leere neben dem Weg, der am Steilhang entlangführte. Unten prallten die Wellen des Ozeans gegen Felsen, die Ginevras Sturz abgefangen hatten. Wir schrieben den 11. April 1141.

Ich reiste in die Normandie und ließ Eleonore in Poitiers zurück, wo sie seit einigen Wochen Ludwigs triumphale Heimkehr vom Feldzug gegen den Grafen von Toulouse erwartete.

Mathilde empfing mich mit bleichem Gesicht. Sie fürchtete sich vor der Zeit, die bevorstand, ohne Mutters Trost und Rat. Herzlich zog sie mich an sich und nannte mich »liebe Kleine«. Gottfried hatte sich verändert. Seine roten Haare waren dünn und weiß geworden ebenso wie sein Bart, der sich wie eine Korolle um sein Kinn schmiegte. Er küsste mich und überhäufte mich mit Schmeicheleien, nur um etwas zu sagen. Dann führte mich meine Patin zu Ginevra, die ganz klein in ihrem langen schwarzen Kleid auf weißen Laken inmitten roter Rosen lag. Jemand hatte ihr ein Holzkruzifix in die schmalen Hände gelegt. Ich musste lächeln. Wie sehr hätte sie dieses Detail amüsiert, wo sie doch Gott nur geliebt hatte, um es Mathilde recht zu machen. Man hatte das Blut von ihren Schläfen abgewischt und die Wunde gereinigt. Das Loch war faustgroß und ihr Kopf sah aus wie eine jener Melonenfrüchte aus Spanien, nachdem sie jemand versehentlich fallen gelassen hatte.

Mathilde zog sich zurück, und ich blieb allein mit der Toten. Es war seltsam, ohne jedoch schmerzlich zu sein. Ich wusste, dass sie anderswo war, meine Mutter aus den Tagen der Zärtlichkeit, der Tränen und des Lachens. Sie schlief in der Welt der Lebenden, zu der ich gehörte, und ich hätte so gern ihre Arme um meinen Hals gespürt und ihr Lachen gehört, das dem Hauch des Frühlings glich. Und doch, in Erinnerung an Merlin und seine Macht spürte ich sie gleichzeitig stärker als je zuvor in meinem tiefsten Inneren. Einen Augenblick lang wollte ich mich auf ihr Zauberbuch stürzen und einen Spruch suchen, mit dem ich ihre Seele zurückholen und festhalten könnte, doch dazu hatte ich nicht das Recht.

Einmal hatten wir davon gesprochen. Ich hatte sie gefragt, warum man die Toten nicht zurückruft, wenn sie einem zu sehr fehlen. Ginevra hatte mit ihrer dunklen Stimme geantwortet: »Wenn ihre Aufgabe erfüllt ist, verwandelt sich ihre Seele in reine Energie, die

Energie, die alles Leben speist, Loanna. Diese Energie muss ständig aufgefrischt werden, damit sie weiter fließen kann. Wenn du aus Egoismus ein Glied aus dieser Kette reißt, schwächst du das allgemeine Gleichgewicht und raubst jemandem oder etwas seine Substanz. Und nichts ist schlimmer als ein Körper ohne Seele.«

»Aber man kann doch ohne Seele gar nicht leben, Mutter.«

»Doch, Canillette, alles ist nichts weiter als ein Haufen mehr oder weniger entwickelter Materie, je nachdem, ob du ein Sandkorn, ein Baum oder ein Mensch bist. Die Seele ist ein zusätzlicher Funke, der dich mit dem Universum verbindet.«

»Sonst ist man nichts als ein lebender Hampelmann?«

»So ungefähr, Canillette.«

»Aber Ihr, Mutter, Ihr werdet doch nicht sterben, oder?«

»Doch, natürlich, wenn meine Zeit zu Ende ist. Das ist der Lauf der Dinge, und selbst wir Druidinnen haben nicht das Recht, etwas daran zu ändern. Ganz im Gegenteil, wir müssen sogar das Gleichgewicht schützen, denn ohne es hätte unser Leben keinen Sinn.«

»Ich will nicht, dass Ihr sterbt.«

»Nur der Körper zersetzt sich, Canillette, doch ich werde in anderer Form immer da sein, anderswo. Wenn ich nicht mehr bin, werde ich mehr sein denn je: ein Funke deiner Energie tief in deinem Herzen.«

Ein Funke tief in meinem Herzen, der jeden meiner Augenblicke des Zweifels und der Einsamkeit erhellen würde. Das würde sie von nun an sein. Sie hatte mir so viel beigebracht, so viel gegeben. Ich war es mir schuldig, mich dessen würdig zu erweisen.

Also löste ich meine Augen von ihren geschlossenen Lidern und ihrem vom Unfall entstellten Gesicht. Das war nicht mehr Mutter, dieser Leichnam, der nur noch auf das Leichentuch wartete. Es war nichts als ein Haufen Materie, deren Funktion unterbrochen war. Man bewachte keinen seelenlosen Leichnam.

Die frühlingshafte Milde draußen tat mir gut. Meine Kräfte kehrten langsam zurück. Ich hatte keine Angst mehr. Wie um meine Genesung zu vervollständigen, warf sich ein dicker roter Haarschopf gegen meine Beine, mit der ganzen Wucht des kleinen Körpers, zu dem er gehörte. Beinahe wäre ich umgefallen.

»Heinrich!«

Seine Arme schlangen sich um meine Röcke und seine marmeladenverschmierte Schnute grinste schelmisch zu mir herauf. »Tag, Nillette!«

Mühsam löste ich seine Arme von meinen Beinen, um vor meinem kleinen König in die Hocke zu gehen. Er schlang seine Arme um meinen Hals, und ich drückte ihn ganz fest ans Herz.

»Wein nicht, Nillette! Ich mag dich!«

»Ich weine nicht, Heinrich. Ich weine nicht.«

»Doch, du weinst! Das ist ganz normal, du bist ein Mädchen!« Und tatsächlich flossen sie, diese vermaledeiten Tränen. Doch plötzlich wusste ich nicht mehr, ob aus Kummer oder aus Freude.

»Wenn ich König bin, werde ich den bösen Ludwig hauen und Eleonore heiraten... Sag, Nillette, muss ich Eleonore heiraten?«

Heinrich thronte mit der ganzen Würde seiner acht Jahre auf dem Thronsessel der normannischen Herzöge. Den Nachsatz hatte er mit besorgter Miene hinzugefügt, nachdem er mit der Faust auf die Armlehne geschlagen hatte, wie sein Vater, wenn er mit einem Vasallen stritt.

»Warum? Gefällt sie dir nicht? Sie ist schön, weißt du...«

»Genauso schön wie du, Nillette?«

Lächelnd streichelte ich ihm über den Haarschopf, der immer schwieriger zu zähmen war. »Viel schöner.«

»Ah!«

Er stieß einen langen Seufzer aus, stand von seinem Sessel auf und setzte sich auf meine Knie. Dann schmiegte er seinen Kopf in meine Halsbeuge. Wenn Gottfried das sah, würde er zornig werden. Schon seit langem durfte sich Heinrich nicht mehr bemuttern lassen, von wem auch immer. Doch im Augenblick dachte er an nichts anderes, und ich erinnerte mich voller Zärtlichkeit daran, wie er das als ganz kleines Kind schon getan hatte. Auch er hatte es nicht vergessen.

Ich spürte, dass ihn etwas bedrückte, und fragte: »Was bereitet dir denn Kummer?«

Heinrich zuckte die Schultern und erwiderte verlegen: »Ich würde lieber dich heiraten, Nillette.«

Ich musste lachen und zog ihn an mich. Er warf mir einen bösen Blick zu und schlug mit der Faust auf meine Schulter. »Du Böse! Du lachst über mich!«

»Hoppla, du brutaler Kerl! Man schlägt keine Frau, schon gar nicht, wenn man sie heiraten will!«, schimpfte ich, mir die Schulter reibend.

Dieser Junge hatte außergewöhnliche Kraft, allerdings mangelte es ihm deutlich an Selbstkontrolle, um nicht zu sagen an Erziehung. Ich nahm mir vor, Bruder Briscaut deswegen zur Rede zu stellen.

»Verzeih, Nillette, bitte verzeih!«

Er umfasste mein Gesicht mit beiden Händen und küsste mich überschwänglich auf die Wangen.

»Genug, edler Herr, genug!«

Er hielt inne.

»Schaut mich an, Messire Heinrich.«

Mit verliebten Augen schmachtete er mich an und wie früher ließ ich mich sofort erweichen. Doch er musste diese Lektion lernen. Also setzte ich wie Mutter einst bei mir eine ernste Miene auf und klärte ihn auf.

»Du kannst mich nicht heiraten, Heinrich. Du bist ein zukünftiger König, und ich besitze nichts außer einem kleinen Gut auf deinen Ländereien. Eleonore dagegen ist reich, schön und klug. Sie wird eine gute Königin sein, und ich weiß, dass du sie lieben wirst.«

»Das kann nicht sein! Ich liebe doch dich, Nillette!«

»Das kommt mit der Zeit, Heinrich. Das kommt mit der Zeit.«

»Wenn ich König bin, werde ich dir viel Land schenken, dann kannst du mich heiraten.«

»So einfach ist das nicht. Außerdem gehört mein Herz einem anderen.«

Seine Augen überzogen sich mit einem Schleier der Traurigkeit, der gleich darauf von einem wütenden Blitzen vertrieben wurde. »Wenn ich König bin, werde ich alle töten, die du liebst. So!«

»Das ist doch keine Art! Dann werde ich dich mir nichts, dir nichts in eine Made verwandeln und dich in den Graben zu den Hühnern werfen.«

»Das wirst du nicht!«

Ich hob die Hände über seinen Kopf und sagte diabolisch: »Wollen wir doch mal sehen. *Grundi fundi*...«

Heinrich entfloh mit schallendem Gelächter, und ich verbrachte den Rest des Vormittages damit, in dem halb verfallenen Teil der Burg, wohin er mich geschleppt hatte, Verstecken mit ihm zu spielen.

Vier Tage später warf ich eine Hand voll Erde auf den Sarg von Ginevra von Grimwald. Mathilde hatte nichts dagegen gehabt, dass ich mich bis zur Beerdigung um Heinrich kümmerte, wahrscheinlich in der Hoffnung, dass mich das ein wenig trösten würde. Ich hatte wiederum den Brauch respektiert, jede Nacht an der Seite des Leichnams zu wachen, damit die »bösen Geister«, wie Bruder Briscaut sagte, nicht seine Seele raubten, bevor er unter der Erde war. Ich hatte große Lust, ihm zu erwidern, dass sie sich ohnehin längst im Raum aufgelöst und in eine andere Substanz verwandelt hatte, aber nun denn... Er glaubte an sein göttliches Paradies, und es war weder der Ort noch die Zeit, eine Debatte anzufangen. Mutter lebte für immer in mir.

Das war die einzige Wahrheit. *Meine* Wahrheit.

Ich verbrachte noch eine gewisse Zeit bei meiner Familie. Heinrich wollte nicht, dass ich abreiste. Wie impulsiv und autoritär er war, konnte ich tagtäglich feststellen; seine Ohrfeigen verbuchte er mit kleinen weißen Kieseln, die er in einem Lederbeutel an seinem Gürtel aufbewahrte. Kein einziges Mal hatte ich ihn dabei weinen sehen. Es war, als würde er jedes Mal einen weiteren Sieg über sich selbst davontragen. Die Lederbörse füllte sich stetig. Weder Bruder Briscaut noch Bernaude, die inzwischen mit Benoît, dem Sohn des Aftervasallen von Angers, verheiratet war und sich weiterhin um ihn sowie um zwei eigene kleine Söhne kümmerte, wurden ihm Herr. Mathilde war zu beschäftigt, ihren Cousin Stephan im Zaum zu halten, und Gottfried der Schöne, der seinen Hochmut gegen ein paar Falten und eine massige Leibesfülle eingetauscht hatte, verbrachte die meiste Zeit damit, Kriege zu führen oder Bündnisse zu schließen, um seinem Ältesten ein würdiges Reich zu schneidern.

Heinrich hatte einen jüngeren Bruder, Gottfried, der mich in großes Erstaunen versetzte, weil er in allen Punkten dessen genaues Gegenteil war. Im gleichen Maße ruhig und gesetzt wie Heinrich streitlustig, hatte er von dem Burschen, der ihn um eine Kopflänge überragte, zahlreiche Ungerechtigkeiten zu erdulden. Heinrich würde sehr groß werden, größer als sein Vater, seine überdimensionalen Hände und Füße deuteten bereits darauf hin. So merkwürdig es auch klingen mochte, er beanspruchte für sich das alleinige Recht, seinen Bruder zu quälen. Sobald ein anderer ihn bedrohte, ging er dazwischen, um ihn zu verteidigen, oder nahm bereitwillig das Unrecht auf sich, das jenem vorgeworfen wurde.

Man musste sich direkt fragen, wie es möglich war, dass Mathilde zwei innerlich wie äußerlich so unterschiedliche Wesen zur Welt hatte bringen können.

Als ich erfuhr, dass Thomas Becket nach Beendigung seines Studiums Anfang März nach England zurückgekehrt war und nun dort sein Bestes für Mathildes Thronbesteigung tat, reiste ich nach Poitiers zurück.

Erst im Verlauf der langen Reise begann in mir eine unbezwingbare Angst zu wachsen. Jaufré… In den letzten achtzehn Monaten war er häufig auf seinen Ländereien beschäftigt gewesen, und ich hatte mich mit seinen gelegentlichen Besuchen zufrieden gegeben, die mich voll und ganz ausfüllten. Ein einziges Mal, im Dezember 1140, hatte er von Heirat gesprochen. Das war in Bourges gewesen, wo der Hof die Weihnachtszeit verbracht hatte. Ich war der Frage ausgewichen, und er hatte nicht insistiert. Doch seither war ich auf der Hut. Ich brauchte ihn und gleichzeitig durfte diese Liebe nicht sein. Es gab keine Lösung, schon gar nicht mehr seit Mutters Tod.

Eleonore war wütend. Sie hatte nicht nur nach vier Monaten Schwangerschaft erneut ein Kind verloren, sondern Ludwig war auch noch unverrichteter Dinge aus Toulouse zurückgekehrt.

Nicht ein Tropfen Blut war vergossen worden. Die Stadt war uneinnehmbar und besser bewacht als die sicherste seiner Festungen. Die Wachmannschaft allein war größer als seine gesamte Armee. Zudem hatte Thibault von Champagne wieder einmal nicht auf den Hilferuf reagiert und war dem Feldzug ferngeblieben.

Die ganze Situation war unerträglich, ebenso wie die Atmosphäre im gräflichen Palast. Eleonore war grässlicher Laune und parierte jede Bemerkung mit einer giftigen Replik, da sie sich in allem persönlich angegriffen fühlte.

Ich stand inmitten all dieser Interessenskämpfe, die mir bislang keinen wirklichen Sieg eingebracht hatten.

Jaufré wartete auf meine Rückkehr, um meine Ängste zu zerstreuen; er glaubte, durch seine Anwesenheit mein Leid zu mindern. Wie hätte ich ihm erklären können, dass die Leere, die Ginevra hinterlassen hatte, durch das aufgefüllt werden musste, wofür sie mich in die Welt gesetzt hatte? Ich wusste, dass er es nicht verstehen konnte. Er hätte meine Herkunft kennen müssen, all das Wissen, das nur von Druide zu Druide weitergegeben wird. Doch ich hatte nicht das Recht, ihn einzuweihen. Noch nicht.

Ich fühlte mich als Gefangene meines Schicksals. Bis Heinrich und Eleonore nicht vereint waren, durfte ich nicht rasten und musste ohne Rücksicht auf mich selbst alles tun, um dieses Ziel zu erreichen.

Ich wies Jaufré zurück, trotz meiner Leidenschaft und trotz des Schmerzes, den ich ihm damit zufügte. Ich konnte ihn nicht lieben, ohne selbst daran zu Grunde zu gehen. Das Schlimmste daran war, dass ich ihm keinen vernünftigen Grund nennen konnte. Mein ganzes Sein verriet meine Liebe, während mein Verstand nach dem Gegenteil schrie. Er setzte auf Geduld und schrieb meine Unbeständigkeit dem Schmerz zu, den ich tatsächlich litt. Allerdings nicht wegen Mutters Tod, sondern aus zu viel Liebe zu ihm. Verzweifelt stürzte ich mich mit Haut und Haar ins Ränkeschmieden.

Mit hängenden Armen und dem Blick eines geprügelten Hundes stand Ludwig da. Ich hatte es geschafft, Eleonore zu besänftigen. Das Wichtigste war, dass der König jetzt nicht nachließ. Es blieben noch andere Mittel, um unsere Widersacher zu bezwingen, angefangen mit diesem Thibault von Champagne, der uns beiden, ihr wie mir, immer wieder auf den Nerven herumtrampelte. Wäre er im Kampf dabei gewesen, hätte sich der Graf von Toulouse beugen müssen. Für diese Verweigerung würde er bezahlen, dafür würde ich alsbald sorgen.

Meine Königin öffnete die herzögliche Schatztruhe und schenkte Ludwig eine aus Beryll gehauene Vase, angeblich als Liebespfand und Zeichen dafür, dass sie ihm nicht böse war. In Wirklichkeit hoffte sie, dass er ihr die zweite Fehlgeburt verzieh, wenn sie sich nachsichtig zeigte.

Man beschloss, den Aufenthalt in Aquitanien bis zum Beginn der schönen Tage zu verlängern. Und so kam es zu einem Ereignis, mit dem ich nicht gerechnet hatte. Pernelle, Eleonores jüngere Schwester, war eine verführerische junge Frau geworden und warf schmachtende Blicke auf Raoul von Crécy, der ihr Vater hätte sein können. Der Graf von Vermandois scherte sich kaum um das kleine Mädchen, er war viel zu beschäftigt damit, die Ausschnitte der Damen abzugrasen, die in Liebesdingen weit mehr Erfahrung aufzuweisen hatten als sie. Pernelle war zwar noch nicht im heiratsfähigen Alter, doch ihre Verliebtheit konnte für mich von großem Nutzen sein, das wurde mir schnell klar. Ich sorgte also dafür, dass Pernelle und Raoul sich auf ganz unschuldige Art und Weise immer wieder begegneten.

Ab Anfang September des Jahres 1141 benötigte Messire von Crécy meine Hilfe nicht mehr und unternahm mit der Schwester der Königin ausgedehnte Spaziergänge durch die Obstgärten des Palastes.

Im selben Monat erfuhr ich, dass Mathilde gewonnen hatte. Sie saß auf dem englischen Thron und hatte Stephan von Blois in seine Schranken verwiesen, der mit seinen Verbündeten am Ende doch zu viel Schindluder getrieben hatte. England war unser!

Jaufré hielt sich diskret im Hintergrund, fuhr von Blaye aus nach Bordeaux und von Bordeaux nach Poitiers. Auf dem Weg besuchte er uns bei dem Baron, der uns Unterkunft gewährt hatte, und sang zusammen mit den Troubadouren. Jedes Mal, wenn sich unsere Blicke kreuzten, zwang er mich, die Augen abzuwenden, so stark war der Drang in mir, mich in seine Arme zu werfen. Beim Abschied hatte ich das Gefühl, als würden meine Eingeweide von einem eisernen Haken durchbohrt, als wollte mich etwas daran hindern, ihm nachzulaufen.

Am meisten ärgerte es mich, wenn er mit Béatrice zusammen war. Dieses raffinierte Weibsstück ließ keine Gelegenheit aus, um ihn am Arm zu nehmen und in einen abgeschiedenen Winkel zu ziehen, um »dort Musik zu spielen, wo sie sich am besten entfalten kann«. Der wahre Grund war, dass sie nach Kräften versuchte, mich zu verletzen, denn ihr war nicht entgangen, was ich unbedingt verbergen wollte. Jaufré ließ es mit sich geschehen. Vielleicht wollte er mich eifersüchtig machen, und Béatrice war schön, sanft und hochherzig.

Ich beschloss, nicht auf mein Herz zu hören. Man konnte nicht ein Ding und gleichzeitig sein Gegenteil begehren. Außerdem hatte ich blindes Vertrauen. Unendliches Vertrauen in Jaufrés Liebe zu mir.

Zu Beginn des Herbstes 1141 sah uns die Île de la Cité wieder. Suger empfing uns freudestrahlend. Die Planung für seine Abteikirche war gut vorangekommen, im Februar sollte mit dem Bau begonnen werden. Seine Vorliebe für Prunk, die ihm Bernhard von Clairvaux vorgeworfen hatte, fand in diesem Bauwerk ihren Höhepunkt. Zwar begnügte er sich mit nüchterner Kleidung, um den Wünschen des heiligen Mannes zu entsprechen, doch es bestand kein Zweifel daran, dass er mit der Abteikirche von Saint-Denis ein ganz großes Werk schaffen wollte. Nie zuvor hatte ich die blauen Augen in seinem eingefallenen Gesicht so glänzen sehen. Prächtig: Solange er an seinem eigenen Ruhm bastelte, ließ er uns in Ruhe. Ich rieb mir die Hände.

»Ich kann nicht, Denys. Sei mit nicht böse, ich bitte dich, ich gehöre ihm mit Leib und Seele.«

Denys ließ die Hand fallen, die mit einer rebellischen Locke hinter meinem Ohr gespielt hatte. Eleonore liebte ihn nicht mehr, seit sie die Macht liebte, und seine Zuneigung zu mir war noch stärker geworden, als er gesehen hatte, wie ich Jaufré zurückwies. Er wurde immer anhänglicher.

»Du liebst ihn und fliehst vor ihm. Verzeih mir, Loanna, wenn ich es nicht begreife.«

»Du bist mein Freund, Denys. Der einzige Mensch, der sein Leben für mich aufs Spiel gesetzt hat. Aber ich kann es dir nicht erklären.«

»Brauchst du nicht. Ich weiß es ohnehin.«

Ich wurde blass. Sein spöttisches Lächeln… Er wusste genau, wovon er redete. Ein Schauer überlief mich. Er zog mich an seine breite Brust, brüderlich, wie er es manchmal tat. Bevor er mir den Hof machte, hatte ich mir nichts dabei gedacht. Ich versuchte, mich zu sträuben, doch seine starken Arme überwanden meinen Widerstand. Unfähig zu kämpfen, ließ ich mich an seinen Körper sinken. Es war so lange her, dass mich jemand so in den Arm genommen und zärtlich über mein Haar gestrichen hatte. Die Kehle schnürte sich mir zu, so beschützt fühlte ich mich.

»Was kann denn die Tochter einer Hexe im Gefolge der Königin von Frankreich so aus der Ruhe bringen?«, murmelte er.

Ich hielt den Atem an und wagte mich nicht zu rühren. Denys stieß einen Seufzer aus, schloss seine Arme fester um mich und fuhr fort: »Hab keine Angst. Ich bin nicht dein Feind. Gemerkt habe ich es an ihrem verbissenen Versuch, dich loszuwerden. Und dank der Hilfe von Thomas Becket.«

Jetzt entwand ich mich doch. Ich konnte kaum glauben, dass Becket mich verraten haben sollte, und war von Panik erfasst, weil ich aufgeflogen war. Doch Denys lächelte sanft, bewegt von meinem Ausdruck eines gehetzten Tieres, und zweifellos, weil er meine Ängste erahnte. Bevor ich die Frage formulieren konnte, die mir auf den Lippen brannte, gab er die Antwort: »Thomas wollte nicht nach England zurück, ohne sicher zu sein, dass ein verlässlicher Freund an deiner Seite ist. Du hast ihm von unserer Freundschaft erzählt. Er hat mich auf die Probe gestellt. Ein paar Tage vor seiner Abreise hat er mir alles erzählt und damit all das bestätigt, was ich ohnehin bereits wusste. Ich hätte dich hundertmal bei Eleonore verraten können, mein Platz an ihrer Seite hätte es mir leicht ermöglicht. Ich habe es nicht getan, Loanna, und niemals, hörst du, niemals werde ich etwas gegen dich unternehmen, gegen das, was du bist, was du repräsentierst. Ich trage viel zu viel Wertschätzung, Respekt und Liebe in mir, um dir wehzutun. Ich liebe dich, Loanna von Grimwald.«

Ich schluchzte in sein Samtwams. So lange, viel zu lange war ich schon allein mit diesem Geheimnis.

Zärtlich murmelte er in meine Ohrmuschel, jedes seiner Worte mit einem leichten Kuss auf meine Schläfe untermalend: »Na, na, meine Taube. Es ist vorbei. Ich werde dich nicht allein lassen, das ist ein Versprechen. Du wirst nie einen verlässlicheren Freund haben als mich. Hör auf zu weinen, meine Taube …«

Lange wiegte er mich in seinen Armen, bis die Tränen auf meinen Wangen trockneten und ich endlich wieder sprechen konnte. Ein einziges Wort kam über meine Lippen: »Danke.«

Sein Kuss auf meinen salzigen Mund tat mir gut. In seinem Strudel wurden alle Momente des Zweifels, der Ängste und der Verzweiflung aufgesaugt.

Schließlich löste ich mich dennoch aus seiner Umarmung. »Jetzt da du es weißt, musst du verstehen, warum ich Jaufré zurückweise. Warum ich mir keinen Geliebten nehmen kann. Außer dir wissen noch andere von meiner Aufgabe und sie tun alles, damit Ludwig und Eleonore zusammenbleiben. Sie glauben wahrscheinlich, schon gewonnen zu haben, indem sie diese Vermählung förderten, aber sie haben keine Ahnung, dass das Spiel noch lange nicht zu Ende ist. Ich muss auf der Hut bleiben, muss jeden Augenblick bereit sein, mich auf meine eigenen Vorhersagen, meine Vorahnungen verlassen zu können. Es gibt keinen Platz in meinem Leben für die Liebe und die zu Jaufré erfüllt mich bereits gänzlich. Schau, wie Béatrice sie ausnutzt, um mich leiden zu lassen.«

Denys' Blick füllte sich mit Traurigkeit. Er wusste offenbar etwas, das ich nicht wusste.

»Was ist los?«, fragte ich mit wild klopfendem Herzen.

Betreten erwiderte er: »Im Grunde ist es das Beste, wenn du Bescheid weißt. Ich habe mich bisher darum bemüht, dass du nichts davon erfährst, einfach damit dieses kleine Weibsstück nicht triumphiert … Jaufré wohnt seit kurzem in einer Herberge auf der Île. Ein paar Gaukler treten auf der Place du Châtelet auf. Jaufré hat sich ihnen angeschlossen.«

»Und …?«

»Béatrice besucht ihn seit einigen Tagen in seinem Zimmer.«

Von Schwindel erfasst, ließ ich mich in einen Sessel fallen. Das konnte ich nicht glauben. Ich hatte nichts gesehen, nichts gespürt. Sollten mich meine Kräfte verlassen haben? Nein, das war unmöglich, Jaufré würde so etwas nie tun. »Das ist nicht wahr, Denys. Er könnte so etwas nicht tun.«

»Verzeih, meine Taube, aber ich habe Beweise zur Genüge.«

»Könnte sie ein Kind von ihm tragen? Oh, Denys, nein!«

»Das glaube ich nicht. Schau mich an, Loanna.«

Doch meine Augen waren so verschleiert, dass ich ihn kaum wahrnahm.

»Béatrice war bei der Moorhexe. Die Alte hat ihr ein Elixier gegeben, das sie unfruchtbar macht.«

Ich war bestürzt. Wie war es möglich, dass mich meine Sinne derart trogen? Ich war mir so sicher gewesen.

Erneut beruhigte mich Denys. »Ich habe sie Tag und Nacht verfolgen lassen, Loanna. Sie will Jaufré nicht. Sie liebt ihn nicht. Sie verzehrt sich nach Ludwig. Und sie kann unmöglich dem, der sie für eine Heilige hält, mit einem dicken Bauch gegenübertreten. Sie hat nicht das Zeug zur Königin, deshalb kann sie es sich nicht leisten, ihre ikonenhafte Aura zu verlieren. Sie ist allein von Rachegedanken getrieben. Ich habe mehrere anonyme Billetts abgefangen, die sie dir geschickt hat, damit du sie mit Jaufré überraschst. Sie versucht, dich zu vernichten, und weiß genau, dass er deine schwache Stelle ist. Jaufré ist verletzlich. Ich weiß nicht, wie sie es angestellt hat. Aber es ist nicht schwierig, jemandem klarzumachen, wie er mittels Eifersucht eingeschlafene Gefühle wieder wecken kann.«

»Also liebt er mich noch?«, stammelte ich hoffnungsvoll.

»Zweifellos mehr als jeder andere Mann, mehr als selbst ich dich jemals lieben könnte, Loanna.«

»O Denys!«

Ich nahm sein Gesicht in beide Hände. Denys war mir treu ergeben, dessen war ich mir jetzt sicher. Hatte ich jemals daran gezweifelt? Plötzlich hatte ich all das klar vor Augen, was ich lange nicht hatte sehen wollen. Es musste ein Ende haben mit diesem grausamen Spiel. Ich musste Jaufré auf seine Ländereien zurückschicken und in Bezug auf Béatrice den Spieß umdrehen, indem ich sie mit Ludwig zusammenbrachte. Doch zuvor …

»Liebe mich, Denys.«

Er schien einen Augenblick überrascht, doch mein offenherziges Lächeln bewies ihm, dass ich meinte, was ich sagte. Ich führte seine Hand auf meinen Busen und fügte leise hinzu: »Einmal. Ein einziges Mal, dann werden wir nur noch Freunde sein.«

Glücklich hob er mich auf seine Arme und legte mich auf den Teppich vor dem brennenden Kamin.

Der erste Novemberfrost frischte die schlechte Luft der alten Stadt auf. Die schmale Rue Brenneuse war düster und bevölkert von Ratten und großen Katzen, die sich einen erbitterten Krieg lieferten.

Beim Errichten des Hinterhalts hatte uns ein Soldat namens Duviol geholfen, ein Freund von Denys, den er für zuverlässig hielt. Seine Hinweise waren exakt gewesen. Der Vespergottesdienst war gerade zu Ende gegangen, da erschien Béatrice in einen schwarzen Umhang gehüllt, in Begleitung eines Mannes, in dem ich Barnabé von Monthoux wieder erkannte, einen geschickten Kämpfer aus dem Dunstkreis von Suger. Kein Wunder, dass der alte Mann ihn für seinen Schützling in Dienst genommen hatte. Auf der Île de la Cité mit ihren engen Gassen trieben sich alle Arten von Beutelschneidern herum.

Es dauerte nur ein paar Sekunden. Sobald die beiden auf die Straße getreten waren, sprang Duviol von einem Fenstersims aus Barnabé auf den Rücken und schlug ihm auf den Kopf, während Denys die Schöne von hinten packte. Béatrice stieß einen entsetzten Schrei aus, der von einem mit Baldrian getränkten Tuch erstickt wurde, das ihr Denys aufs Gesicht drückte. Sie schlug mit den Armen um sich wie ein Mühlrad bei Sturm, dann brach sie betäubt in Denys' Armen zusammen. Hinter ihnen vergewisserte sich Duviol, dass Barnabé von Monthoux, der auf dem Boden lag, nur bewusstlos war. Keiner der beiden hatte die Gesichter ihrer Angreifer erkennen können. Einen Augenblick lang verspürte ich den Drang, Béatrice mit der Klinge auf dem Altar meiner Rache zu opfern, doch ich hielt mich zurück. Ich hatte andere Pläne mit ihr.

Die Herberge, in der Jaufré wohnte, war ganz in der Nähe. Ich nahm Béatrice den Umhang ab und warf ihn mir selbst über die Schultern. Mein Troubadour erwartete eine Dame. Er sollte nicht enttäuscht werden.

Denys und sein Gehilfe brachten die schlafende Schöne in den Palast zurück. Barnabé von Monthoux sollte dagegen allein in einem abgelegenen Mauerwinkel wieder zu sich kommen. Die beiden Männer mochten sich nicht besonders, und Denys kam es durchaus gelegen, ihm auf diese Weise einmal eine Abreibung zu verpassen.

Ein paar Schritte weiter, hinter einer Hausecke, entdeckte ich bereits das Schild mit dem berühmten Namen *Coucher du roi*. Der dickbäuchige Wirt wischte mit seinen großen Pranken über einen Tisch, der wohl ursprünglich einmal weiß gewesen war. Mit der süßlichen Stimme Béatrice' sprach ich ihn an.

»Ist Sire von Blaye da?«

»Nein, meine Schöne! Aber er bittet Euch, auf ihn zu warten.« Das Glück war mir hold. Der Mann streckte mir einen Schlüssel entgegen, doch als ich ihn nehmen wollte, ließ er ihn um den Finger kreisen und meinte mit begehrlichem Blick: »Könnte Euch ja vielleicht die Zeit ein bisschen vertreiben …«

»Es wird schon gehen, danke.«

Mein unmissverständlicher Ton erntete ein Schulterzucken. Ich nahm den Schlüssel, dann stieg ich die Holztreppe zum ersten Stock hinauf. Auf dem Lederband am Schlüssel stand die Nummer vier. Ich fand die Tür und schloss sie auf. Lilienduft schlug mir entgegen. Ich war also richtig! Das Zimmer war karg eingerichtet: ein Holzstuhl, in einer Ecke ein Tisch mit einer Schüssel und einem Zinnkrug, ein Koffer mit geöffnetem Schloss und das Bett.

Ein schmerzlicher Schauer lief mir über den Rücken. Zwei Kissen … Ich konnte mir nur zu gut ihre Köpfe darauf vorstellen, die Blicke einander zugewandt. Meine Augen füllten sich mit Tränen, die ich mit einer zornigen Bewegung wegwischte. Nun denn!

Es blieb nicht mehr viel Zeit. Am Bettrand stand eine halb volle Flasche. Ich hielt die Nase darüber: Alkohol. Ich nahm einen Schluck, um mir Mut einzuflößen. Dann ging ich zum Fenster und drückte meine Nase an das Ölpapier.

Jaufré ließ nicht lange auf sich warten. Ich hörte seine Schritte auf der Treppe und hielt den Atem an, als er eintrat. Er legte die Zither auf den Tisch. An seinen Bewegungen erkannte ich, dass er getrunken hatte. Mit wenigen Sätzen war er hinter mir. Ich schloss die Augen, mein Herz klopfte zum Zerspringen vor Verlangen und Schmerz.

Er war weder sanft noch zärtlich. Ohne mich anzusehen, öffnete er meinen Mantel und ließ seine Hände über mein Mieder gleiten. Die Nacht hatte sich über das Zimmer gesenkt, keine Kerze brannte. Als er meinen bebenden Busen mit beiden Händen umfasste, hielt er inne, ließ mich abrupt los und trat einen Schritt zurück. Er hatte mich erkannt.

»Lo … Loanna?«, stotterte er. Sein Blick brannte in meinem Rücken.

Ich ließ den Umhang, an dem Béatrice' Parfum haftete, von den Schultern gleiten und drehte mich zu ihm um. »Zu Euren Diensten, Messire.«

»Du hier?«

»Sie wird nicht kommen. Sie wird nie mehr kommen.«

Schon kauerte er zu meinen Füßen, die Arme um meine Röcke geschlungen, die Stirn an meinen Bauch gedrückt. Einen Augenblick lang fragte ich mich, ob er mich überhaupt verstanden hatte. Er stank nach Alkohol. Das war es also, was Béatrice hier erlebt hatte. Die brutalen Umarmungen eines halb betrunkenen Mannes. Plötzlich empfand ich Mitleid mit ihr. Ich war ihr nicht mehr böse. Es war nicht Jaufré gewesen, der Béatrice von Campan geliebt hatte, sondern ein anderer, irgendein Abkömmling des Geschlechts der Rudel, die sich diesen Namen durch ihr rüdes Verhalten verdient hatten.

»Steh auf«, befahl ich.

Doch er hörte nicht, sondern berauschte sich weiter, sofern das möglich war, an meinem Duft und streichelte mit beiden Händen meine Taille, meine Hüften. Er weinte wie ein glückliches Kind.

»Steh auf, ich bitte dich. Ich bitte dich, Jaufré.«

Erst jetzt erhob er sich und nahm mich fest in den Arm, immerfort und unzusammenhängend stammelnd: »Verzeih, verzeih. Sie verfolgt mich, verstehst du. Aber ich wollte deine Haut, deine Augen, deinen Mund. Du machst mich verrückt. Sie sagt, dass du den anderen liebst. Aber ich will dich. Dich. Oh, Loanna. Meine Liebe. Mein Licht, meine Muse, meine Sehnsucht. Ich liebe dich...« Er bedeckte mich mit Küssen auf Stirn, Wangen, Hals.

»Du bist betrunken«, murmelte ich.

»Trunken von dir, Geliebte. Bis zum frühen Morgen, dann kommt wieder die andere. Die andere, die ich nicht mag.«

In dem Moment verspürte ich den Drang, all meine großartigen Vorsätze zum Teufel zu jagen, damit diese andere morgen nicht mehr da wäre. Damit es in seinem trunkenen Wahn nur noch mich gäbe. Nur ihn und mich.

Ich zog ihn zum Bett und ließ mich in seinen Rausch ziehen.

Sein Blick weckte mich. Ich hatte ihn bis in meine Träume hinein gespürt. Er weinte lautlos. Nur dünne Rinnsale, die aus seinen grauen Augen liefen, zeugten davon. Es war Tag geworden, doch die Sonne drang noch nicht recht durch das Ölpapier des Fensters. Wie war es möglich, dass sich dieser feinsinnige, großherzige Mann, der so süchtig war nach schönen Dingen, in dieser erbärmlichen Absteige vergessen konnte? War das dem Mann würdig, den ich durch die Orangenhaine von Blaye hatte wandern sehen? Er musste schon sehr unglücklich und verzweifelt sein, um an einem solchen Ort zu stranden. Und ich war schuld an dieser Misere. Plötzlich hasste ich mich. Es musste Schluss damit sein, oder ich konnte mich nie wieder im Spiegel ansehen.

Er stützte den Kopf in seine Hand, um mich besser betrachten zu können.

Ich wollte etwas sagen, doch er legte mir einen Finger auf die

Lippen und flüsterte wie zu sich selbst: »Sag nichts. Verjage nicht meinen Traum, noch nicht. Er ist viel zu schön und scheint so wirklich, dass ich nie wieder aufwachen möchte.«

Ich lächelte nur traurig, verwirrt durch diesen Zeigefinger, der sanft die Konturen meines Mundes nachzog. Ich schlang meine Arme um seinen Nacken und zog ihn zu mir herunter. Er küsste mich voller Zärtlichkeit. Jaufré war wieder er selbst. Er gehörte wieder mir. Voller Verzweiflung gab ich mich ihm hin. Zum letzten Mal.

Behutsam zog er mir die Kleider aus, die ich am Vorabend anbehalten hatte, als er mich im Rausch des Alkohols brutal genommen hatte. Glücklich entdeckte ich von neuem seine wissenden Liebkosungen.

»Ich liebe dich«, hauchte ich auf seine Haut. Und bewies es ihm.

»Du liebst mich, aber du jagst mich weg. Wirst du mir je verzeihen können? Ich bitte dich, Loanna. Sie zählt nicht, das weißt du.«

»Ich weiß es. Aber ich kann nicht mehr, Jaufré. Irgendetwas in mir ist zerbrochen.«

»Ich kann nicht ohne dich leben. Ich bin zu Grunde gegangen, weil du mich wegen Eleonore zurückgewiesen hast. Was sollte ich sagen, nachdem du mich mit ihr betrogen hast?«

»Du wusstest es vorher.«

Er lachte nervös. »Was macht das für einen Unterschied? Hast du jemals daran gedacht, was ich empfinde, wenn ich dich in ihren Armen weiß? All die Zeit, in der ich hoffte ... Ich schlafe nicht mehr. Seit vier Jahren erst lebe ich, Loanna, seit du mich erobert hast, indem du mein Land in Blaye belagertest, wirkungsvoller als jeder Feind. Verlang von mir, was du willst, sogar, dass ich aufhöre zu singen, aber schick mich nicht weg.«

Ich litt. Ich litt so sehr, dass ich mir am liebsten die Pulsadern aufgeschnitten hätte. Woher sollte ich Kraft nehmen nach dieser Nacht? Gleichwohl meldete sich etwas anderes in meinem Innern – das Bedürfnis, ihn zu beschützen, um ihn nicht noch einmal zu verlieren. Meine Feinde würden ihn, ohne zu zögern, zerstören, um mich zu treffen. Béatrice hatte es bewiesen.

Es war besser, wenn alle Welt glaubte, dass er tot, vergessen und aus meinem Herzen verbannt war.

»Ihr werdet bei Tagesanbruch abreisen. Euer Volk braucht Euch, Messire von Blaye. Und was mich angeht… Heute Nacht habt Ihr zum letzten Mal für mich gesungen.«

»Das glaube ich nicht! Ich weiß, dass du mich genauso liebst wie ich dich.«

Er legte seine Hand auf die Türklinke, doch bevor er sie herunterdrückte, sagte er: »Ich breche sofort auf. Aber du sollst wissen, dass nichts und niemand mich jemals dazu bringen wird, meinen Schwur zu brechen. Ich schwöre bei Gott, dass ich keine andere Frau nehmen werde, solange ich lebe. Und es wird kein Tag vergehen, an dem ich nicht wie ein treuer Hund darauf warte, dass mich ein Wort der Vergebung aus deinem Mund zurückruft. Vergiss das nie, Loanna von Grimwald. Erinnere dich daran, bevor der Tod zu dir kommt.«

Die Tür schloss sich hinter ihm und versiegelte seine Worte in meinem Herzen. Einige Augenblicke später verließ auch ich die Herberge und kehrte in den Palast zurück. Béatrice sprach nie über ihr Missgeschick, und ich erwähnte die Sache ebenfalls nicht mehr. Eine neue Seite im Buch der Geschichte war zu schreiben.

Mit Blut.

13

Eleonore bemühte sich redlich, die alte Stola ihrer Mutter zu flicken, doch der Stoff war so verschlissen, dass es ihr nicht gelingen wollte. Ludwig war in den Raum getreten und hatte höflich, aber bestimmt die Damen hinausgeschickt, die ihr geholfen hatten. Im Kamin glomm ein dicker Eichenstamm. Ludwig sah ihr zu, wie sie entschlossen ihre Nadel in den Stoff stach. Solange sie sich in ihre Handarbeit vertiefte, musste sie ihrem Gatten nicht ins Gesicht sehen. Ohnehin hatte sie längst vor seinem Eintreten gewusst, was er sagen und was sie ihm antworten würde.

»Thibault von Blois«, begann er, »hat den Kirchenbann für das Königreich gefordert. Es wäre Wahnsinn, diese Sache weiterzuverfolgen, Eleonore.«

»Es geht um meine Schwester, Ludwig. Soll Thibault doch zum Teufel gehen. Ihre Verbindung wurde vor Gott gesegnet.«

»Von Eidbrüchigen! Nein, meine Königin, wir müssen uns beugen.«

»Niemals!«

Ludwig biss sich auf die Lippen. Eleonore würde nicht nachgeben, das wusste er. Und er war nicht in der Lage, sich ihrem Willen zu widersetzen.

Alles war viel zu schnell gegangen. Pernelle liebte Raoul von Crécy und Raoul von Crécy, den der König zum Seneschall von Frankreich ernannt hatte, erwiderte ihre Liebe und wollte sie sogar heiraten.

Im Frühjahr 1142 hatten sie bei der Königin vorgesprochen. Raouls legitime Gattin zu verstoßen war für Eleonore reine Formsache gewesen. Ohne weiteres trieb sie drei Bischöfe auf, die versicherten, dass die Ehe des Messire von Crécy nach dem Kirchenrecht null und nichtig sei, weil die Eheleute zu eng verwandt waren. Mehr war für die Annullierung nicht nötig. Ein paar Tage nach der Entscheidung, am 25. Mai 1142, trauten dieselben Geistlichen mit der gleichen Unverfrorenheit die beiden Turteltauben.

Thibault von Blois, Graf der Champagne und erklärter Feind der Königin, wäre fast an seiner Wut erstickt, und das nicht nur wegen der verletzten Ehre seiner Nichte. Er empfand die Sache, die er für einen gemeinen Racheakt hielt, als persönliche Beleidigung.

Eleonore hatte um die Geschichte nicht viel Aufhebens gemacht. Ihr war schnell klar gewesen, dass ihr die Liebe ihrer Schwester noch sehr nützlich werden konnte. Außerdem war Messire von Crécy ein treuer Verbündeter, seit man ihm auf seine lüsternen Finger geklopft hatte, und betrachtete es als Ehre, fürderhin zur königlichen »Familie« zu gehören.

Doch damit nicht genug. Der Erzbischof von Bourges war in jenem Jahr verstorben, und es gab noch keinen legitimen Nachfolger. Der Kandidat der Kirche war ein Verwandter von Thibault von Blois, der den Tempelrittern nahe stand. Wenn ich schon deren Einfluss nicht beschneiden konnte, so konnte ich wenigstens verhindern, dass sie Eleonore zu nahe kamen. Der treue Cadurc war mir sympathisch, und ich hatte ihn schwer im Verdacht, seine Königin mehr zu lieben als seinen Gott. Es war ein Leichtes, Eleonore zu überreden, ihren Vertrauten mit dem Erzbistum von Bourges auszuzeichnen. Cadurcs Ernennung wurde an dem Tag bekannt gegeben, an dem der Protegé der Kirche und des Hauses Champagne vor den Toren der Stadt ankam. Als er sie verschlossen vorfand, weinte er sich wütend und gekränkt an Thibaults Brust aus, der sich daraufhin an den Papst wandte. Der Heilige Vater befahl dem König, seine Entscheidung zurückzunehmen, die er für illegitim hielt, doch Ludwig reagierte nicht. Eleonore hatte ihm keine Wahl gelassen. Er konnte schlecht ihr, Pernelle und Raoul von Crécy Recht geben und gleichzeitig Thibault von Blois gegen sie verteidigen.

Über Bourges wurde ein Interdikt verhängt. Ludwig war gar nicht wohl in seiner Haut, doch am Ende tröstete er sich mit dem Gedanken, dass die Kirche eines Tages Vergebung gewähren würde, und enthielt sich wieder einmal einer Widerrede. Cadurc behielt seinen Titel. Und in Thibault von Blois wuchs der Hass.

Bestärkt durch die Argumente gegen die französische Krone, die sich erdreistete, eine unmoralische Ehe zu legitimieren, bat Thibault erneut um eine Audienz beim Papst. Für diesen Schritt erhielt er die Unterstützung von Bernhard von Clairvaux, der ihm immer noch für die großzügige Spende des Absinthtales dankbar war, wo inzwischen das Kloster von Clairvaux stand. Wenn es nur darum gegangen wäre, einen aufmüpfigen Vasallen zum Schweigen zu bringen, wäre Ludwig nicht bange gewesen. Doch Bernhards Stimme zu missachten war, als würde er sein Goldkreuz, das er immer bei sich trug, den Flammen der Hölle übergeben. Kein Papst hatte jemals Bernhards Urteilen widersprochen. Ludwig zitterte um sein Seelenheil. Doch trotz dieser Angst, die ihn Nacht für Nacht zum Gebet vor seinen Altar trieb, fand er nicht die Kraft, sich seiner Gattin zu widersetzen. Als Rechtfertigung vor sich selbst sagte er sich, dass es ohnehin zu spät war. Die Verbindung war geschlossen, die beiden Turteltäubchen waren glücklich und außerdem war Pernelle acht Monate nach ihrer Hochzeit bereits hochschwanger – ein Zeichen dafür, dass der Herr selbst Gefallen an dieser Affäre fand. Für Eleonore war diese Schwangerschaft ein Wink des Schicksals. Sie musste ihre Schwester um jeden Preis unterstützen, um selbst ein Kind bekommen zu können. Was hätte sie nicht alles ins Feld geführt, um ihren Gatten und sich selbst zu überzeugen!

Wütend stach sie die Nadel in ihre Handarbeit. »Thibault von Blois muss Vernunft annehmen, Ludwig. Er soll seine Anklage beim Papst zurückziehen und Pernelle in Ruhe lassen.«

»Das sagt Ihr so dahin. Aber was schlagt Ihr stattdessen vor?« Ludwig lachte höhnisch.

Eleonore sah auf, und ihr Blick verschleierte sich vor Zärtlichkeit und Kälte zugleich. Plötzlich war sie sich ihrer Macht über ihn ganz sicher. Mit kühler Berechnung schleuderte sie ihm ihren Vorwurf entgegen: »Ihr habt schon zweimal versagt, vielleicht schafft Ihr es diesmal, mir einen Sieg über diesen Prahlhans zu schenken.«

»Thibault von Blois bezwingen?«

»Vitry belagern.«

Ludwig erbleichte. »Geht Ihr damit nicht zu weit?«

»Ihr solltet schon längst dort sein.«

Am 16. Februar desselben Jahres 1143 war es so weit. Mit von der Partie war diesmal auch Ludwigs Bruder, Robert von Dreux, der selbst ein Hühnchen mit dem Hause Champagne zu rupfen hatte. Zum ersten Mal schlug sich der Bruder des Königs auf die Seite der Königin und Ludwig konnte nichts dagegen unternehmen.

Vitry-en-Perthois wurde belagert, eingenommen und geplündert. Von einer Art kollektivem Wahn erfasst, zündeten die Soldaten mit der Lilie die Strohdächer an, vergewaltigten die Frauen und massakrierten die Männer. In Panik flohen die Menschen in die Kirche, doch selbst davor schreckten die brutalen Eroberer nicht zurück. Ludwigs verzweifelte Schreie und Befehle verhallten ungehört. Ein Priester erschien auf der Schwelle, stellte sich der entfesselten Soldateska mit ausgebreiteten Armen entgegen und rief. »Friede, meine Brüder, Friede!«

Ein Pfeil traf ihn mitten in die Brust. Als er vor den Bogenschützen zusammenbrach, die im Halbkreis um den Portikus standen, kreuzte er den verstörten Blick des Königs. Über ihm schnellten in weitem Bogen Feuerpfeile auf das Gotteshaus zu.

Während das Gebälk bereits krachte und knirschte, versuchte Ludwig dazwischenzugehen, doch verängstigt durch die Feuersbrunst und wuselnde Ratten, die aus dem Gebäude flohen, scheute sein Pferd und warf ihn ab. Sein Bruder rettete ihn schließlich, bevor er von Stiefeln zertrampelt wurde. Er war halb ohnmächtig. Beißender Rauchgeruch klebte an den Rüstungen. Angstschreie und Hilferufe erfüllten die Luft. Dann öffnete sich die Kirchentür und heraus stürmten Frauen und Kinder auf der Flucht vor dem Inferno. Robert von Dreux sah ungerührt zu, als sie von einer Salve Pfeile gefällt wurden. Seine Männer zogen sich erst zurück, als die Flammen das Gebälk verzehrt hatten und der stechende Gestank von verbranntem Fleisch sich mit dem von verkohltem Holz und Stroh vermischte. Die Kirche brannte nieder und mit ihr über tausend Gläubige, die darin Zuflucht gesucht hatten.

Dieses Bild sah Ludwig, als er, in einem Meer von Blut liegend, die Augen öffnete. Er brüllte, doch sein Schrei war nur einer unter vielen.

Seit einer Woche litt der König an einem Fieber, das ihm die Haare an die gepeinigte Stirn klebte. Makabere Bilder zogen vor seinem geistigen Auge vorüber, ein Flammenkreuz, daran der Messias, der mit dem Finger anklagend auf ihn zeigte. Sosehr er sich auch bemühte, mit gefalteten Händen im Faulschlamm liegend, um Verzeihung zu betteln, seine Träume gaben ihm immer wieder nur die eine Gewissheit: Er hatte seine Seele dem Teufel verkauft.

Die Ärzte lösten sich an seinem Bett ab und tupften ihm unablässig die Stirn. Kerzen und Weihrauch mussten angezündet werden, um den sauren Geruch seines Krankenschweißes zu vertreiben.

Sein Bruder führte an seiner Stelle den Krieg in der Champagne zu Ende, belagerte Reims und Châlons. Ludwig selbst war einige Wochen nach dem Gemetzel in erbarmungswürdig gebrochenem Zustand heimgekehrt, vom Fieber geschüttelt, das ihn ans Bett fesselte. Angewidert hatte sich Eleonore den Bericht über die Gräuel angehört, während dem König Tränen in die Augen stiegen. Eleonore hatte den Ort des Massakers nie selbst sehen wollen, ebenso wenig wie ich. Sie befahl auf der Stelle, dass alle Kirchenglocken des Königreiches läuten und mit einer Stimme um Vergebung bitten sollten. Niemand auf der Île de France jedoch wagte es, das Verbot zu übertreten, das seit dem päpstlichen Beschluss galt. Die älteste Tochter der Kirche war zu weit gegangen. Zum dritten Mal in einem Jahr hatte sie die Kirchenväter herausgefordert, ihre Drohungen in den Wind geschlagen und ihr eigenes Gesetz ausgerufen.

Das Unglück der dreizehnhundert Seelen von Vitry hatte erreicht, was Thibault von Blois in seinem Zorn vergeblich gefordert hatte: Es wurde keine Messe mehr im Reich gelesen und der König lag im Sterben.

Ich wusste nicht mehr, was ich von alledem halten sollte. Es war so viel geschehen, seit ich Jaufré aus meinem Leben geschickt hatte. Ich hatte mich auf Mathilde verlassen, denn schließlich war es ihr gelungen, Stephan von Blois zu bezwingen und das englische

Königreich zurückzuerobern. Doch kaum neun Monate später, im Juni 1142, wurde die Frau, die zunächst begeistert gerufen worden war, gehasst wie eine Megäre. Ungeschickt hatte sie die Aufrührer bestraft, sogar Burgen niedergebrannt und Notabeln gehängt. Seit Mutter nicht mehr an ihrer Seite war, war sie hilflos. Ein Jahr lang versuchte sie nun schon, ihre Fehler wieder gutzumachen, doch vergeblich. Sie hatte das Vertrauen aller verloren, die sie unterstützt hatten, auch meines. Alles, was Mutter sorgfältig aufgebaut hatte, war zerstört. Seither waren meine Ränke um Eleonore nichts weiter als Reaktionen auf ihre Kapriolen.

Dabei hatte ich geglaubt, sie wären das Ergebnis einer sorgfältig erdachten Strategie. Das Drama von Vitry nährte meinen Zweifel daran. Ich konnte die Vorstellung nicht ertragen, mit verantwortlich zu sein für dieses Gemetzel. Drei Jahre lang hatte ich ein feines Netz gewoben, in dem jede einzelne Masche ihre Bedeutung hatte. Jetzt hatte es sich über Frauen und Kinder zugezogen. Dafür war ich nicht auf der Welt! Ich war geboren, um England zu dienen. Doch heute hatte ich das verzweifelte Gefühl, für nichts und niemanden mehr gut zu sein. Nicht einmal mehr für Jaufré, den ich willentlich verstoßen hatte. Ich bekam keine Nachrichten mehr von ihm und hatte mich daran gewöhnt, nicht mehr an ihn zu denken. Seltsam, wie man sich doch an alles gewöhnt. Nur im Traum besuchte er mich. Morgens stürzte ich mich dann mit voller Kraft wieder ins Ränkeschmieden. Und dabei war ich so eifrig, dass alles klappte, was ich eingefädelt hatte. Sogar etwas zu gut: Der König lag im Sterben.

Als der Brief kam, war ich genau an dieser Stelle in meinen Überlegungen. Ich widerte mich selbst an, statt stolz auf das zu sein, was mein Geschlecht und ich bisher erreicht hatten. Das Schreiben kam nicht von Mathilde, sondern von meinem Freund Thomas Becket: *Lasst Euch nicht entmutigen,* schrieb er auf Gallisch, *denkt immer daran, dass Ihr nicht für Mathilde kämpft, sondern für den zukünftigen König. Sobald Mathilde versagt, wird Heinrich der Jüngere siegreich hervorgehen. Bald. Allzu bald sogar. Er ist noch ein Kind. Denkt an ihn, wenn Euch Zweifel überkommen. Ich weiß, dass das, was Eurem Gewissen und Eurer Seele entspringt, gut für England ist. Respektiert Euch selbst, dann werdet Ihr stets einen Ausweg finden. Und vor allem, liebes Kind, liebe Freundin, gebt Acht auf Euch, auf Eleonore und den König von Frankreich.*

Es war, als könnte er meine Gedanken lesen. Einen Augenblick lang dachte ich, vielleicht hat Merlin ihm die Feder geführt. Mehr als alles andere trösteten mich diese letzten Worte. Ich musste Ludwig retten. Wenn er starb, würde sich Eleonore von irgendeinem Grafen oder noch Schlimmerem heiraten lassen und alles müsste noch einmal von vorne anfangen. Ich war nicht verantwortlich für all diese geopferten Seelen. Der Wahnsinn der Menschen war schuld. Dieses Jahrhundert hatte nichts als Barbarei hervorgebracht. Ich konnte mich nicht für alle Verbrechen schuldig erklären, ob sie nun im Namen Gottes, eines Landes oder einer Sache begangen wurden. Es würde immer Opfer geben. Wenn England eines Tages durch mein Zutun unter Heinrich wieder geeint wäre, würden all meine Taten gerechtfertigt sein.

Ich bat Eleonore, Bernhard von Clairvaux einzuladen. Nur er konnte die kranke Seele des Königs noch retten. Doch Bernhard kam nicht. Stattdessen sandte er eine Botschaft: *Gott allein entscheidet, ob Er Ludwig Vergebung gewährt, indem Er ihn verschont.* Eleonore blieb nur noch das Gebet. Und sie betete. Auch Béatrice, die unsägliche Béatrice, betete wie noch nie in ihrem Leben, vom Morgengrauen bis zum Einbruch der Nacht, bis ihre Knie vom kalten Steinboden der Abteikirche von Saint-Denis aufgescheuert waren. Suger verdammte sich selbst, wie er Ludwig verdammt hatte, und betete zwischen zwei Anordnungen für seine Baumeister für die Vergebung ihrer beider Irrtümer.

Für mich gab es nur eine Lösung. Ich musste dafür sorgen, dass Gott seine Entscheidung in meinem Sinne traf. Am Tag, nachdem uns die Botschaft von Bernhard von Clairvaux erreicht hatte, während das Gemurmel von Bußrosenkränzen zum dunstigen Himmel aufstieg, schlich ich heimlich in Ludwigs Zimmer. Bernhard der Fette, der Arzt, lag auf einer Strohmatte vor dem Bett und schnarchte geräuschvoll. Ein verzücktes Lächeln lag auf seinen Lefzen, die sich bei jedem seiner regelmäßigen und dröhnenden Atemzüge hochzogen. Er hegte die mildtätigsten Gedanken für den edlen Spender des heißen Weines, nicht einen Moment war ihm der Verdacht gekommen, dass Gift darin enthalten sein konnte.

Ludwig war so weiß wie das Laken, auf dem er lag. Sein Gesicht war eingefallen und abgezehrt, der Atem ging stoßweise und seinen verkniffenen Lippen entrang sich hin und wieder ein Klagelaut. Auf seiner glühenden Stirn standen große Schweißtropfen. Der Tod hatte ihn bis in seine bläulichen Fingerspitzen hinein erfasst. Es bestand kein Zweifel mehr, dass er den nächsten Morgen nicht erleben würde. Mit großer Mühe öffnete ich seinen Mund und flößte ihm ein paar Tropfen Flüssigkeit ein, den Rest meines Trankes rieb ich ihm auf die Schläfen. Danach setzte ich mich an den Bettrand.

Als der Hahn schrie, war das Fieber gesunken. Ich holte eine weitere Phiole mit einem Absud aus Mohn heraus und verabreichte ihm einen guten Schluck davon. Der dicke Bernhard begann, sich auf seiner Strohmatte zu rühren, nach Wein und Honig hatte er jetzt gehörigen Hunger. Unbemerkt verließ ich das Zimmer und ging in meine Gemächer zurück, um den Schlaf der Gerechten zu schlafen. Ludwig war gerettet.

Dieses Mal läuteten die Glocken sämtlicher Kirchen im Reich, trotz der Angst vor dem Papst. Bis zum Mittag setzte sich das Geläut von einem Ort zum nächsten fort.

Ludwig öffnete die Augen und blickte in Bernhards kauendes Gesicht, das über ihm schwebte. Seine feine Nase abwendend, flüsterte er: »Entfernt Euch, bei allen Heiligen des Paradieses, Ihr verpestet ja den Wein.«

Bernhard wäre fast rücklings umgefallen und rief seine Kollegen zusammen. Ludwig wurde gegen ein Kissen gebettet. Er hatte Farbe angenommen und verlangte zu essen und zu trinken. Eleonore und Béatrice lagen sich weinend in den Armen, erschöpft von Hoffen und Gebet. Suger war ganz bewegt angesichts dieser Szene. Offenbar hatte Gott eine Entscheidung getroffen. Er würde in Gnaden wieder am Hof von Frankreich aufgenommen werden.

Nach seiner Genesung war Ludwig verändert. Er trug keinen Ornat mehr, sondern eine Mönchskutte ohne jeden Schmuck und Zierrat.

Er hatte sich den Schädel rasieren lassen und verbarg sein vom Schmerz gezeichnetes Gesicht unter einer großen Kapuze. Niemand hätte in dieser Gestalt den König von Frankreich wieder erkannt. Er verbrachte viele Stunden in Sugers Gesellschaft. Angeblich waren sie sogar zusammen unter den Handwerkern gesehen worden, wie sie beim Bau der Abteikirche halfen, da eine Planke anbringend, dort Steine schleppend.

Als Eleonore zu Beginn der warmen Jahreszeit den Wunsch äußerte, nach Poitiers zu reisen, lehnte er es ab, sie zu begleiten. Die Königin verschob ihre Reise. Vielleicht, so dachte sie, war es noch zu früh für ihn. Doch im Innersten spürte sie sehr wohl, dass etwas anderes dahinter steckte.

Weil der Papst das Interdikt nicht aufhob, versuchte Ludwig, seine Seele zurückzukaufen. Raoul und Pernelle hatten sich in ihre Provinz zurückgezogen, doch es brauchte weit mehr, damit der König Vergebung vom Heiligen Stuhl bekam.

Béatrice hielt sich ständig in seiner Nähe auf. Im Palast war sie kaum noch zu sehen. Suger brauchte sie an seiner Seite, weil ihm die Fertigstellung seines Meisterwerkes viel abverlangte. In der Tat hatte man solch eine Pracht nie zuvor gesehen. Die neue Abteikirche ragte wie eine steingewordene Klöppelspitze in den Himmel. Trotz seines greisen Alters überwachte Suger alles bis ins geringste Detail und wählte sogar Männer und Materialien selbst aus.

Sobald es das Wetter zuließ, versammelte sich der Hof auf dem großen Platz von Saint-Denis, direkt bei der riesigen Baustelle, um das Spektakel aus der Nähe zu verfolgen. Turniere und Picknicks wurden organisiert. Der König aber blieb fern, ebenso wie Béatrice.

Sie folgte ihm wie ein Schatten, tupfte ihm die Stirn ab und betete an seiner Seite. Sie beruhigte und begütigte ihn, enthob ihn von den Ansprüchen seiner Gattin. Und sie war entzückt über diese neue Macht.

Dieses scheinbare Gleichgewicht hielt bis Anfang Juli 1143, als Eleonore die sengende Hitze der Stadt nicht mehr ertrug. Die Kühle der Obstgärten von Ombrière fehlte ihr. Außerdem hielt sich Pernelle dort auf, seit sie von ihrem immer dicker werdenden Bauch zur Ruhe gezwungen wurde. Pech für den König. Sie würde mit ihrem Hof abreisen – er konnte ja bei seinem bleiben. Zur Stunde wachte sie darüber, dass ihre Koffer nach ihren Anordnungen gepackt wurden. Die junge Frau, die ihre Kammerzofe ersetzte – sie lag mit einer seltsamen Krankheit im Bett, die ihr die Glieder lähmte –, war ein wenig linkisch und unbesonnen, doch Eleonore konnte ihr deswegen nicht böse sein. Die Kleine war erst fünfzehn, und sie erkannte sich in ihrer jugendlichen Frische selbst wieder. Als ich mich ankündigte, schickte sie sie sofort hinaus.

Müde seufzend ließ sie sich mit verschränkten Armen rücklings auf die blaue, mit weißen Lilien bestickte Bettdecke fallen, mitten zwischen Kleider und Schals. Ich setzte mich neben sie und streichelte ihren nackten Schenkel, an dem der Rock hochgerutscht war. Eleonore hatte inzwischen genug von sanften Liebkosungen. Ihr Körper brauchte die Härte eines männlichen Geschlechts, das ihr Ludwig seit Vitry versagte. Zwei- oder dreimal hatte sie sich einen ihrer Wachmänner ins Bett geholt, einen recht hübschen Jungen, fürchtete aber, dass ihr Ruf dadurch Schaden nehmen könnte. Denys kam für sie nicht mehr in Frage. Es war zu lange her, außerdem hätte sie ihn fast geliebt. Zu sehr geliebt. Nicht zuletzt tröstete er sich seit letztem Frühjahr anderweitig und zeigte sich häufig mit einer Cousine von Sibylle von Anjou namens Marjolame. Nach dem, was er mir anvertraute, wusste ich, dass ihm zum ersten Mal wirklich etwas das Herz rührte – etwas, das wenig mit dem zu tun hatte, was er bisher für Liebe gehalten hatte.

Die Troubadoure mit Panperd'hu an der Spitze hätten sich mit Freuden bereit erklärt, die Glut der jungen Königin zu löschen, über die sie herrliche Lieder sangen, doch keiner davon gefiel ihr so recht. Außerdem schwebte über ihrer Krone drohend eine Strafe, die sie für gottgewollt hielt: Der Thron hatte noch immer keinen Erben. Und solange der König sich ihrem Bett fern hielt, konnte sie ihm schlecht einen schenken.

»Weißt du, was geredet wird?«, fragte sie mich, den leeren Blick auf die Deckenmalereien gerichtet. »Er geißelt sich bis aufs Blut. Schon mehrmals hat man ihn unter dem Kreuz kauernd gefunden,

den Körper mit blutenden blauen Striemen übersät. Ich weiß nicht mehr, was ich machen soll, Loanna. Er will mich nicht sehen. Heute Morgen bin ich nach Saint-Denis gegangen, um ihn zur Vernunft zu bringen, doch Suger versperrte mir den Weg. Er behauptet, der König reinige seine Seele und man müsse ihn so lange büßen lassen, wie er es für richtig halte; meine Anwesenheit könne ihm nur schaden. Hast du jemals solchen Unsinn gehört? Soweit ich weiß, bin ich die Königin!«

»Eine Königin, die die Kirche herausgefordert hat, vergiss das nicht.«

»Pernelle hat es verdient.«

»Ich weiß, meine Süße.«

Ich legte mich neben sie, und sie vergrub ihr Gesicht an meiner Schulter.

»Weißt du, ich beneide sie darum, so lieben zu können. Um nichts in der Welt hätte ich zugelassen, dass sie wie ich einem Schicksal unterworfen wird, das sie nicht selbst ausgesucht hat. Ludwig macht mir Angst, so wie er jetzt ist. Dabei hatte ich gerade erst einen Mann in den Armen gehalten, der endlich zu Ehre und Hochmut erwachsen war. Ich dachte, er hätte sich geändert.«

»Ein Priester ändert sich nie.«

»Das habe ich zu spät erkannt.«

»Es ist nie zu spät.«

»Ich bin bald einundzwanzig, Loanna. Unsere Ehe ist unfruchtbar, und wir sind einander gleichgültig.«

»Ihr seid euch nicht gleichgültig. Ludwig widert dich an, und du machst ihm Angst. Es ist noch nicht alles verloren. Manchmal erwächst die Liebe aus viel kargerem Boden.«

»Ich weiß nicht mehr, was ich denken soll.«

»Es wird dir helfen, nach Bordeaux zurückzukehren.«

»Er wird nicht nachkommen. Genau wie Béatrice. Dieses Weibsstück gefällt sich sehr bei seinen Betübungen. Ludwig überträgt alle Heiligkeit der Welt auf sie. Und Suger verschließt die Augen, obwohl mich diese Liebelei zum Gespött macht.«

»Du musst all das einmal hinter dir lassen, sonst erstickst du noch im Gestank der Île de la Cité. Kehr nach Hause zurück. Dort wirst du klarer sehen, das versichere ich dir. Ludwig wird dich nicht betrügen. Er büßt schon zu viele Sünden, als dass er seinem Rosenkranz noch eine hinzufügen würde, und Béatrice wird nie dein Charisma haben. Der Tratsch am Hof braucht immer wieder neuen Stoff. Im Herbst wird niemand mehr davon reden, du wirst sehen.«

»Ich möchte dir so gerne glauben.«

Wieder seufzte sie. Ich strich ihr zärtlich übers Haar und respektierte das Schweigen, das sich über uns gesenkt hatte.

»Wir werden an Blaye vorbeikommen«, murmelte sie schließlich verstimmt.

Meine Kehle schnürte sich zu. »Ich weiß.«

»Er fehlt dir, nicht wahr?«

Ich hatte nicht die Kraft zu antworten. Obwohl ich mich dagegen wehrte, brauchte es nur die geringste Kleinigkeit und der Schmerz war wieder da: der Klang einer Zither oder einer Mandore, Lilienduft aus dem Garten, ein Blick oder ein Akzent, der an den Süden erinnerte … Er lebte in mir wie eine unlöschbare Flamme. Seit unserer letzten gemeinsamen Nacht war kein Mann in meinen Leib eingedrungen. Das war fast zwei Jahre her. Ich hatte so viel zu tun gehabt seither!

»Du könntest ein paar Tage dort bleiben, wenn du willst«, fuhr sie fort.

»Wozu soll das gut sein, Eleonore? Du hattest Recht. Die Liebe ist nichts als Schmerz, und das will ich nicht sein für ihn. Auf jeden Fall ist es zu spät. Es ist viel zu viel Zeit vergangen über unseren Qualen.«

»Leidest du?«

»Nein«, log ich.

»Ich liebe dich, Loanna von Grimwald.«

Ich versuchte nicht, meinen Blick von ihr abzuwenden. Ich war die Einzige, zu der sie wirklich aufrichtig war, und einen Augenblick lang tat es mir Leid, dass ich es nicht auch zu ihr sein konnte.

Tief in ihrer Iris sah ich ein weinendes Gesicht tanzen. Mein Gesicht.

»Messire, der Graf von Blaye bittet euch um Vergebung; er ist krank und hat mich geschickt, euch an seiner Stelle willkommen zu heißen.«

Der Abt erwartete uns mit seiner Abordnung an den Toren von Blaye. Eleonore hatte Jaufré geschrieben. Sie wollte nur in aller Einfachheit empfangen werden und war entzückt, dass diesem Wunsch entsprochen worden war.

Der Hof hatte sich in zwei ziemlich ungleiche Gruppen geteilt. Viele hatten es angesichts der gegebenen Situation für das Klügste gehalten, weder für den König noch für die Königin Partei zu ergreifen, und verbrachten den Sommer in ihren Provinzen. Ludwig lebte schon seit ein paar Wochen in einer Zelle, die nach seinen Vorstellungen eingerichtet worden war. Um sich nicht von ihm trennen zu müssen, war Béatrice in das Kloster gezogen, das an die alte Abteikirche angrenzte. Sie half den Schwestern dabei, die Arbeiter von der Baustelle zu versorgen und ihnen mehrmals am Tag etwas zu trinken zu bringen. Natürlich galt ihr Hauptinteresse Ludwig, zumal sie bemerkt hatte, wie oft er sie mit den Augen suchte, wenn sie einmal länger brauchte, um sich zu ihm durchzuarbeiten.

Einige Getreue des Königs, darunter Thierry Galeran, der trotz seines hohen Alters immer noch hoffte, Ludwigs Gunst wiederzuerlangen, blieben im Palast der Hauptstadt. Sie hielten den König auf dem Laufenden über die Ereignisse im Reich, wobei sie im Grunde ohnehin immer nur Suger Bericht erstatteten.

Der Rest, rund dreißig Personen inklusive Pagen und Stallknechte, begab sich nach Poitiers, wo man ein paar Tage verbrachte. Heute waren wir nun in Blaye angekommen, von wo aus wir über den Fluss nach Bordeaux weiterfahren wollten.

Die Bergstadt wirkte traurig auf uns. Nach der letzten Belagerung waren die Häuser am Fuß der Befestigungsmauer neu errichtet worden, wenig hatte sich in den sechs Jahren verändert. Doch ich, ich hatte mich verändert.

Bedrückt verließ ich Blaye, mit Erinnerungen, die an meinen Rockschößen hingen wie kleine gemeine Dämonen. Ich hatte sie mit aller Kraft abzuschütteln versucht und doch jagten sie mir eisige Kälte durch die Adern. Ich verbrachte den Tag in der Angst vor dem Moment, in dem ich seinen Blick kreuzen und das Brot mit ihm teilen würde. Daher war ich erleichtert, als er nicht da war, selbst auf die Gefahr hin, seiner Königin zu missfallen.

Wir wurden in aller Höflichkeit in den Speisesaal geführt, wo bereits eingedeckt war. Überall standen Rosensträuße, auf den Anrichten, in Fensternischen und Ecken, auf dem Tisch. Jaufré hatte wieder einmal Geschmack bewiesen und das Bild beschwor eine Erinnerung herauf, die mir im Herzen brannte.

Als wir alle saßen, kam ein Junge von ungefähr fünfzehn Jahren herein und verbeugte sich vor uns. Eine Zither lag für ihn bereit, auf der er nun zu spielen begann. Seine Stimme war dünn und ein wenig näselnd. Eleonores Laune sank schlagartig. Sie wurde ungeduldig und wollte unseren Gastgeber sehen. Unauffällig, aber bestimmt hielt ich sie zurück und flüsterte ihr ins Ohr: »Bitte, unternimm nichts. Vergiss das Protokoll. Vergiss, dass wir hier sind.«

Meine Kehle war wie zugeschnürt. Ich hätte seine Anwesenheit, seine Stimme, sein Leid nicht ertragen können. Ihr Unmut verflog.

»Verzeih mir«, sagte sie leise.

Wir begnügten uns mit diesem Ersatztroubadour. Ich brachte keinen Bissen hinunter, und gegen meinen Willen starrte ich die ganze Zeit über auf die Tür, gleichzeitig hoffend und fürchtend, dass sich seine Silhouette darin abzeichnete.

Doch Jaufré erschien nicht.

Nachdem das reichhaltige Mahl beendet war, führte man uns zu unseren Zimmern. Ich war nicht überrascht, als ich den Weg zu meinem wieder erkannte.

Es war noch genauso, wie ich es verlassen hatte. Eine Schüssel mit Melissenwasser, die kunstvoll verzierten Flakons und ein Teppich aus Lilien und Clematis auf dem Fußboden …

Als der Page die Tür hinter mir geschlossen und ich die Kerzen angezündet hatte, fiel ich aufs Bett und weinte alle Tränen, die sich in mir aufgestaut hatten, seit ich ihn weggeschickt hatte.

Erschöpft von der übergroßen Anspannung, muss ich irgendwann eingenickt sein. Geweckt wurde ich durch Jaufrés Stimme, die durch das offene Fenster drang.

Der Mond warf sein glitzerndes Licht auf den Fluss. Jaufré zeichnete sich im Gegenlicht ab. Er saß mit dem Rücken zu mir am Rand der Klippe. Sein Lied traf mich wie ein Fausthieb in den Magen.

Lanquan li jorn son lonc en mai
M'es bèlhs dous chans d'auzèlhs von lonh,
E quan me sui partitz de lai
Remembra'm d'un'amor de lonh …

Wenn die Tage lang sind im Mai,
klingt süß der Gesang der Vögel von fern.
Seit ich fortging von dort,
denke ich an eine Liebe so fern.
Den Kopf gesenkt, geh ich dahin,
verlorn in Trauer und Schmerz,
und weder Vögel noch Weißdorn
erfreun mich mehr als Schnee und Eis.
Doch weiß ich nicht, wann ich sie wieder seh,
denn unsere Länder sind so weit,
so viele Wege zwischen uns,
dass mir keine Hoffnung bleibt.
Soll es kommen, wie Gott es gefällt!
Nie mehr wird mich die Liebe erfreuen,
solang es sie gibt, diese Liebe so fern.
Weder nah noch fern gibt es ein Weib,
sanfter und schöner als sie …
Zu Recht nennt man mich gierig,
lechzend nach der Liebe so fern,
kenn ich doch keine andere Freude
als die der Liebe so fern.
Doch wird mein Verlangen durchkreuzt,
denn mein Pate verdammt mich zu lieben,
ohne geliebt zu werden.
Doch wird mein Verlangen durchkreuzt,
verwünscht sei der Pate, der mich verdammt,
ohne Liebe zu leben.

Nie zuvor hatte ich ihn so singen hören, so voller Leid. Meine Beine versagten mir, als ich die Treppe hinunterstürmen und zu ihm laufen wollte. Ein paar Schritte vor der Tür brach ich zusammen. Dann folgte ein schwarzes Loch.

Wiederholtes dumpfes Klopfen, vermischt mit besorgten Stimmen, riss mich aus meiner Ohnmacht. Sonnenstrahlen streichelten mein Gesicht, und ich brauchte ein paar Augenblicke, um zu begreifen, dass ich am Boden lag.

»Damoiselle von Grimwald, ist alles in Ordnung?«, erkundigte sich eine beharrliche Stimme hinter der Holztür.

»Ich komme«, brachte ich mit belegter Stimme heraus.

Mein ganzer Körper schmerzte, doch ich richtete mich auf und öffnete die Tür. Ich konnte mich nicht einmal erinnern, sie am Abend zuvor verschlossen zu haben. Camille, meine Kammerzofe, starrte mich an, als wäre ich aus dem Grab auferstanden.

»Komm herein«, sagte ich mühevoll, als ich ihr Gesichtchen erkannte.

Besorgt musterte sie meine zerknitterte Kleidung.

»Ich muss einen Schwächeanfall gehabt haben. Die Hitze…«

»Wollt ihr, dass ich einen Arzt rufe?«

»Ganz sicher nicht. Und ich verbiete dir, zu irgendjemandem ein Sterbenswörtchen zu sagen. Auch zu dem bestimmten einen, du weißt schon. Ist es sehr spät?«

Camille schnaufte, um ihren Unmut zum Ausdruck zu bringen. Sie kannte die stürmischen Gezeiten meiner Seelenzustände seit meinem ersten Aufenthalt in Aquitanien. Damals hatte sie mich ausgelassen und glücklich erlebt und sie wusste genau, wie ich seither litt. Sie war nicht dumm. Wahrscheinlich hatte sie Jaufrés Lied ebenfalls gehört. Doch sie enthielt sich eines Kommentars und meinte nur: »Ihr legt in weniger als einer Stunde ab. Ich wollte Euch nicht stören, bevor Ihr mich nicht selbst ruft. Aber man macht sich bereits Gedanken, weil Ihr noch nicht erschienen seid. Die Königin hat bereits die Morgenmesse besucht und im Augenblick wird gerade das Schiff beladen.«

»Hilf mir«, befahl ich.

Camilles Mitteilung traf mich wie ein Peitschenhieb. Ich wollte sie fragen, was sich in meiner Abwesenheit ereignet hatte, doch ich sagte nichts. Es war besser, wenn ich nichts wusste. Sie löste die Bänder meines Kleides. Lange Minuten später ging ich angekleidet und frisiert die Treppe hinunter. Im Hof erwartete mich ein Stallknecht, die gesattelte Granoë am Zügel. In dem Moment, als ich meinen Fuß in den Steigbügel schob, fiel mein Blick auf ein Fenster gegenüber. Jaufré zeichnete sich darin ab. Um ein Haar wäre ich wieder ohnmächtig geworden, doch vom Schwung gehoben, landete ich im Sattel, ohne recht zu wissen, wie. Beunruhigt durch die knochige Magerheit seines Gesichtes, trieb ich meine Stute an. Ich war sicher, das Bild musste meiner Fantasie entsprungen sein. Außerdem war es ohnehin zu spät. Viel zu spät.

Es war schön, wieder in Bordeaux zu sein. Poitiers war eine angenehme Stadt, doch der Palast der Herzöge von Aquitanien war zu groß und zu protzig für meinen Geschmack. In Ombrière fühlte ich mich mehr zu Hause. Wieder einmal war der Hof unterhalb meines Fensters von wilden Gräsern überwuchert.

»Warum nimmst du nicht das Zimmer neben meinem? So könntest du mich leichter besuchen.«

»Ich brauche die Einsamkeit, Eleonore. Und ich liebe diesen Ort.«

»Manchmal fällt es mir schwer, dich zu verstehen, aber tu, was du tun musst. Morgen rufen wir die Troubadoure zusammen. Es ist ein Bärenvorführer in der Stadt. Durch ihn wird sich schnell herumsprechen, dass wir hier sind. Du wirst keine Zeit haben, dich zu langweilen.«

»Ich langweile mich nie.«

»Du verzehrst dich und das ist viel schlimmer.«

Ich zuckte die Schultern und ließ die Würfel auf den Samt fallen. »Sechs! Ich habe gewonnen.«

»Du gewinnst immer. Man könnte meinen, dass dir irgendein Zauber hilft.«

»Sag bloß!«, sagte ich mit einem traurigen Lächeln.

»Was ist nur los mit dir, Loanna? Du hast die ganze Fahrt über kein Wort geredet! Ich dachte, du würdest dich ebenso freuen wie ich, wieder in Bordeaux zu sein. Nach drei Jahren!« Sie seufzte. »Was ist geschehen in dieser Nacht in Blaye, das dich so durcheinander gebracht hat?«

Voller Besorgnis legte sie zärtlich eine Hand auf meine. Ich sah nicht gerade glücklich aus, das wusste ich, weil ich eben erst mein Gesicht im Spiegel gesehen hatte. Durch den Garten und um die von Efeu und Stockrosen überwucherte Laube zog eine wohlriechende frische Brise.

»Nichts ist geschehen. Ich habe ihn nicht einmal gesehen.«

»Wenn du nicht wärst, hätte ich ihn herschleifen und auspeitschen lassen. Jeder meiner Vasallen wäre persönlich gekommen, um mich zu empfangen und zu begrüßen.«

»Du weißt, dass es meine Schuld war. Du darfst es nicht ihm anlasten. Er ist dir treuer ergeben als jeder andere.«

»Aber er liebt mich nicht, Loanna. Ich weiß sogar, dass er mich abgrundtief hasst. Und doch kann ich ihm deswegen nicht böse sein. Ich bin *dir* böse.«

Überrascht hob ich den Kopf. »Mir? Warum denn? Was habe ich dir getan?«

»Du liebst ihn so, wie ich niemals zu lieben im Stande wäre.«

»Und? Ich gehöre an deine Seite und nicht an seine.«

»Und deshalb bin ich dir böse.«

Verständnislos blickte ich sie an. Eleonore ließ sich gegen die Rückenlehne ihres Sessels fallen.

»Du bist zwar jeden Tag da, aber deine Seele ist woanders.«

»Ich habe meine Wahl getroffen. Du bist im Unrecht.«

»Ich fühle mich schuldig, dass ich dir diese Wahl aufgezwungen habe, die dich jetzt zerreißt.«

»Du hast mir nichts aufgezwungen.«

»Doch. Das wissen wir beide. Ich weiß nicht, aus welchem Grund du wirklich so darauf bestehst, bei mir zu bleiben. Ich nehme an, es ist nicht nur aus Liebe zu mir, Loanna. Was du für ihn empfindest, ist viel zu stark, als dass du ihn einfach gehen lassen könntest. Das bürdest du mir auf, indem du es dir selbst aufbürdest.«

»Du hast Recht«, seufzte ich. »Es gibt noch einen Grund, der mich an deiner Seite festhält.«

Ich ließ einen Augenblick verstreichen, bis ihre Augen vor Neugier blitzten, und sagte dann schelmisch: »Dein schlechter Charakter, auf den ich auf gar keinen Fall verzichten will.«

»Hör auf zu scherzen!«, grollte sie.

»Ich scherze nicht, Eleonore! Mehr als Jaufré liebe ich die Macht. Und du bist die Macht. Fallen entschärfen, die um dich herum liegen, Gerüchte nutzen, um deine Feinde zu schwächen, aus deinen Launen die Schwächen einer großen Königin machen ... das ist es, was ich brauche. Was würde ich mit meiner Zeit anfangen, wenn ich mit Jaufré verheiratet wäre? Sticken oder spinnen? Seine Ländereien abreiten? Singen vielleicht? Eine Mandore in der Hand mit ihm über Land ziehen und vielleicht am Ende sogar noch die Röcke lupfen und auf Tischen tanzen? Das wäre der Gattin eines Lehnsmannes nicht würdig, oder? Ich müsste mich darauf beschränken, auf ihn zu warten. In der Zwischenzeit könnte ich vielleicht ein paar Querelen unter den Bauern schlichten. Im Grunde wäre es nicht viel anders als das, was ich ohnehin tue. Mit dem Unterschied, dass ich an deiner Seite meiner Königin diene. Die Vernunft muss über die Liebe siegen.«

»Eleonore!«

Ein Freudenschrei ließ uns die Köpfe heben. Pernelle kam durch die Rosenallee, einen Bauch vor sich hertragend, der inzwischen dick und prall war wie ein Weinschlauch. Wenn er sie nicht daran gehindert hätte, wäre sie im Laufschritt auf ihre Schwester zugestürmt. Eleonore stand auf und begrüßte sie zärtlich.

Die Augen der Kleinen strahlten vor Glück. Sie war zerzaust und ihre Pausbacken leuchteten ganz rot, so war sie die Stufen heraufgeeilt. »Pernelle, Pernelle, so schön, so schnell«, trällerte die Königin geistreich und legte voller Freude beide Hände auf den dicken Bauch. »Bewegt es sich fleißig?«

»Ja, oft. Manchmal so stark, dass sich kleine Beulen in der Haut abzeichnen.«

»Ich bin so glücklich darüber, meine kleine Schwester. Aber sag, woher kommst du jetzt zu so später Stunde?«

»Aus Belin!«, verkündete Pernelle und ließ sich auf eine Schaukel fallen.

»Aus Belin!«, echote Eleonore entsetzt. »In deinem Zustand? Ja, bist du denn verrückt geworden, meine Kleine?«

Pernelle ließ ein prickelndes Lachen hören. »Hör auf, Eleonore, ich hatte nichts zu befürchten. Raoul hat mich in eine bequeme Kutsche gesetzt, und wir haben immer wieder Pausen eingelegt.«

»Trotzdem. Vernünftig ist das nicht.«

»Unsinn! Sagt ihr das, Damoiselle Loanna.«

»Sie hat Recht, Eleonore. Sie steht noch nicht unmittelbar vor der Niederkunft und ist bei bester Gesundheit. Außerdem ist Belin nicht so weit.«

»Da hörst du es!«, fiel Pernelle ein.

Eleonore warf mir einen sengenden Blick zu, doch ich wusste genau, dass die Kleine nicht in Gefahr war. Sie würde einen prachtvollen Jungen zur Welt bringen, daran bestand nicht der geringste Zweifel.

»Und welche Angelegenheit rechtfertigt solch eine Reise, kannst du mir das sagen?«, wollte Eleonore wissen und machte dem Pagen ein Zeichen.

Sofort brachte er Pernelle ein Glas Orangensaft. Sie trank es in einem Zug aus, wischte sich dann elegant mit ihrem Spitzentaschentuch die Mundwinkel ab und strich sich mit der flachen Hand über den Bauch. Eleonore rührte diese Geste, auch wenn in ihren Augen kurz ein Anflug von Neid aufblitzte.

»Wir waren auf einer Hochzeit!«, erwiderte die zukünftige Mama zufrieden lächelnd. »Erinnerst du dich an Camille, die Tochter meiner Amme?«

»Natürlich«, entgegnete Eleonore und zuckte die Schultern. »Das kleine Miststück stand mir immer im Weg, wenn ich Raymond auflauerte. Ich habe ihr mehr als einmal den Hintern versohlt, das kannst du mir glauben.«

Pernelle brach in Gelächter aus. »Sie hat jetzt ein anderes Spiel für sich entdeckt und den Sohn des Müllers von Belin geheiratet, den schönen Célestin. War das nicht der, den du damals hinterm Mühlenrad geküsst hast?«

»Wohl, wohl! Aber das ist lange her, Schwesterchen. Wir waren noch Kinder«, fügte sie ein wenig nostalgisch hinzu.

»Trotzdem! Mit dem Sohn eines Müllers! Wenn Vater das erfahren hätte!«, setzte Pernelle nach und schwenkte mit einer viel sagenden Grimasse ihre Hand.

»Dann hätte ich zweifellos Prügel bezogen.«

Wir stimmten alle drei ein fröhliches Gelächter an. Als sich die Dunkelheit über die Laube senkte, tauschten wir immer noch Erinnerungen über Eleonores glückliche Kindheit bis zu dem Zeitpunkt aus, an dem sich mit meinem Eintreffen in Aquitanien ihr Schicksal gewendet hatte.

14

Im Oktober 1143 mussten wir auf die Île de la Cité zurück. Der September war so heiß gewesen, dass Eleonore sich nicht entschließen konnte, Bordeaux zu verlassen. Außerdem hatte Pernelle Mitte August einen hübschen Knaben zur Welt gebracht. Die Geburt war schwer gewesen, und die junge Mutter lag lange im Wochenbett. So oft es ging, kümmerte sich Eleonore um ihr Patenkind. Die Mutterpflichten erfüllten sie voll und ganz, sie blühte regelrecht auf, wenn sie den schreienden Säugling auf dem Arm hielt. Sich von ihm zu trennen, um nach Paris zurückzukehren, brach ihr schier das Herz.

Für mich gab es nur eine Lösung: Eleonore musste ein Kind bekommen. Sie brauchte eines. Mutter hatte gesagt: keinen Erben. Es sprach aber im Grunde nichts dagegen, dass Eleonore ein Mädchen bekam. Ich nahm mir vor, in dieser Richtung tätig zu werden.

Dass Eleonore Bordeaux nur ungern verließ, hatte noch einen weiteren Grund in der ansprechenden Gestalt eines Troubadours. Bernhard von Ventadour, der ihr einige Jahre zuvor vorgestellt worden war, sah ausnehmend gut aus und hatte eine wunderbare Stimme. Er war von den Ländereien vertrieben worden, wo er seine Jugend verbracht hatte, weil er seiner Gönnerin nachgestellt hatte. Auf dem Weg durch Aquitanien war er zufällig an Ombrière vorbeigekommen, wo man ihn mit offenen Armen aufnahm.

Jaufré dagegen tauchte nicht auf. Merkwürdigerweise sagte auch sein Freund Panperd'hu kein Wort über ihn. Vielleicht war er von Jaufré instruiert worden. Vielleicht hoffte er, dass ich mich nach ihm erkundige. Mehr als einmal musste ich das Bedürfnis unterdrücken, das zu tun. Doch ich hielt durch und fragte nicht.

Auch der König ließ nichts von sich hören. Nach dem, was man hörte, hatte er es offenbar nicht eilig, seine Gattin wieder zu sehen. Der ewigen Kämpfe gegen sich selbst müde, hatte Eleonore den Avancen von Bernhard von Ventadour am Ende nachgegeben. In Bordeaux war das kein Problem. Jeder wusste, dass die Königin einen Liebhaber hatte, und alle fanden es vollkommen normal. In Aquitanien gehörte es zum guten Ton, sich in der Liebe treiben zu lassen, und die Schwüle des Sommers gab reichlich Gelegenheiten für entblößte Schultern und verführerische Spiele.

Auf der Île de France wäre all das undenkbar gewesen. Ludwig hätte ein solches Verhalten niemals geduldet. Zum einen widersprach es seiner Erziehung, zum anderen war er krankhaft eifersüchtig. Eleonore wusste das und hatte bei der Geschichte mit Denys äußerste Vorsicht walten lassen. Sie musste also jetzt ihre Wachsamkeit verdoppeln, zumal der König bei ihrer Rückkehr mit Sicherheit in ihr Bett kommen wollte.

Die Rückreise verbrachten wir also damit, eine Strategie zu ersinnen. Da der König durch den Hoftratsch schnell vom Ehebruch seiner Frau erfahren würde, durfte man ihn gar nicht erst auf die Idee bringen, die Gerüchte auf ihren Wahrheitsgehalt überprüfen zu wollen.

Nachdem wir frühmorgens in Bordeaux aufgebrochen waren, machten wir nur eine kleine Pause in Blaye, um die Maultiere zu wechseln und die Koffer umzuladen. Eleonore wollte bis zum Abend in Châtellerault sein und Denys brannte darauf, seinem Vater die Frau vorzustellen, die ihm nicht mehr von der Seite wich: Marjolaine von Monfort. Von Jaufré sah ich nicht mehr als auf dem Hinweg.

In Châtellerault empfing uns der alte Graf mit offenen Armen. Es war lange her, dass er die Herzogin zuletzt auf seiner Domäne willkommen geheißen hatte. Wir waren in den letzten sechs Jahren nur dreimal in Aquitanien gewesen und die Besuche bei Eleonores Vasallen hatten häufig im Zeichen der Staatsräson gestanden. Bei manchen musste man schon die herzogliche Autorität in die Waagschale werfen, bei anderen, wie hier, ging die Treue weit über den Schwur hinaus.

Loriane war im vergangenen Winter vor Schwäche gestorben. Denys hatte echten Kummer empfunden. Er hatte sie geliebt wie eine Mutter, ohne es ihr je sagen oder beweisen zu können. Dieses Recht hatte sie ihm verweigert. Sein Vater empfing ihn mit Tränen in den Augen. Von ihren Gefühlen überwältigt, fielen sich die Männer in die Arme.

Die älteren Söhne waren inzwischen verheiratet und der alte Mann spürte, wie in ihnen der Groll gegen ihn wuchs. Ebenso wenig wie seine Gattin verziehen sie ihm Denys' Existenz. Dass er ihn inmitten der Familie hatte aufwachsen lassen, war für sie der wahre Grund für den Wahnsinn ihrer Mutter. Sie kamen nur selten zu Besuch und jedes Mal fielen bissige Bemerkungen.

Denys und sein Vater redeten lange miteinander. Niemand wusste, was sie besprachen, doch anschließend verkündete Denys, dass ihn der Vicomte zum Baron von Monfort, Marjolaines Vater, begleiten würde. Der Konnetabel der Königin hatte seine Ländereien im letzten Jahr bei einem Turnier von einem kleinen Baron gewonnen. Seither war er kein Nichts mehr, besaß er doch Vermögen, Titel und Rang. Er war bei der Tjost als Bester unter den Besten hervorgegangen und am Ende hatte ihn der König zum Ritter geschlagen. Indem er seinen Sohn begleitete, wollte der Vicomte zeigen, dass auch er ein liebender Vater war.

Denys vergötterte Marjolaine und wollte sie heiraten. Sie war nicht nur hübsch, sie war mehr als das. Es ging eine Zartheit von ihr aus, als wäre jede ihrer Bewegungen von sanftem Maiwind begleitet. Sie lachte über alles und verbarg dann hinter langen weißen Händen ihre Zähne, die zwei Reihen schimmernder Perlen glichen. Wenn Denys ihr Gesicht schelmisch mit einem Finger streifte, errötete sie und hob verwundert ihre großen schwarzen Augen zu ihm auf. Was ich, von all dem abgesehen, am meisten an ihr mochte, waren ihre Offenheit und Klugheit, ihr Scharfsinn und ihre Bescheidenheit. Marjolaine mogelte nicht, lästerte nicht und kannte keinen Neid. Sie war einfach nur sie selbst. Denys konnte sich keine bessere Frau wünschen. Mir war sie eine Freundin geworden. Um besser akzeptieren zu können, was mich mit ihrem

Geliebten verband, tat sie so, als würde sie unser Verhältnis verstehen. Sie liebte mich aufrichtig wie eine Schwester. Es gab nichts Boshaftes an ihr. Das war etwas Seltenes und Kostbares, und um nichts in der Welt hätte ich ihrer Zweisamkeit schaden wollen. Ich liebte beide aus ganzem Herzen. Tief in meinem Innern wusste ich, dass ich meine Seele Denys geschenkt hätte, wenn es Jaufré nicht gegeben hätte. Doch Marjolaine war für ihn die bessere Wahl.

Im Laufe des Abends wurde beschlossen, dass Vater und Sohn am nächsten Morgen aufbrechen würden, um bei Marjolaines Vater um ihre Hand anzuhalten. Eleonore hatte der Hochzeit ihren Segen gegeben und den Verlobten Geschenke versprochen, die dem Vertrauen und der Zuneigung würdig waren, die sie ihrem Konnetabel gegenüber empfand.

Wir ließen Marjolaine und Denys zurück, und sie versprachen uns, so bald als möglich wieder zu uns zu stoßen. Die Königin brauchte ihren Beschützer und ich einen verlässlichen Freund – den einzigen, auf den ich wirklich zählen konnte.

»Drei Tage! Seit drei Tagen marschiere ich in diesem verwünschten Palast auf und ab, und er kommt noch nicht einmal, um mich zu begrüßen! Wenn er heute Abend nicht kommt, schwöre ich bei Gott, dass ich die Türe der Abteikirche von meinen Wachen aufbrechen lasse!«

Eleonore kochte vor Wut. Es regnete in Paris, es war kalt. Der König hatte sie nicht einmal willkommen geheißen. Schlimmer noch, er hatte dafür Thierry Galeran vorgeschickt. Verärgert, aber in dem Bestreben, diese Beleidigung zu übergehen, war sie nach Saint-Denis gegangen, um ihm ihre Aufwartung zu machen. Suger hatte ihr trocken zu verstehen gegeben, dass Ludwig krank sei und sie nicht empfangen könne. Krank! Was für ein Unsinn! Erzählte man ihr nicht ständig, dass er höchstselbst die Hände der Diamantenschleifer wusch, die das Kreuz über dem Altar ausschmückten? Krank? Er hatte nur keine Lust, sie zu sehen, das war alles. Und das versetzte sie in ungeheure Wut. Wofür hielt er sich eigentlich, dieser erbärmliche Flegel?

»Er demütigt und beleidigt mich! Obendrein mit Sugers Einverständnis! Es reicht jetzt, ich werde ihm sagen, was ich darüber denke. Und zwar auf der Stelle!«

»Komm, beruhige dich.«

»Nein, das ist zu viel, sage ich dir. Ich bin die Königin von Frankreich! Ich verbiete es jedem, das einfach zu ignorieren! Wachen!«

Sie öffnete alle Türen ihres Arbeitszimmers und rief nach Thierry Galeran.

»Was hast du vor?«

Eleonore machte mir Angst. Noch nie, nicht einmal in den schlimmsten Momenten, hatte ich sie so außer sich gesehen. Sie war vollkommen unbeherrscht und ließ sich durch nichts mehr beruhigen. Als ich versuchte, sie am Arm zu nehmen, stieß sie mich grob zurück. Und so musste ich tatenlos zusehen, wie sie sich austobte.

»Ihr habt mich gerufen, Euer Majestät?«

Thierry Galeran verbeugte sich tief, einen Ausdruck des Erstaunens auf dem Gesicht. Eleonore stand schweißgebadet, blutrot angelaufen und mit geballten Fäusten vor ihm.

»Nein, Messire, ich habe euch herbringen lassen. Duvers!«

Aus dem Nachbarzimmer erschien ihr Sekretär, ein kleiner Mann, kaum so groß wie sie.

»Schreibt auf, Duvers.« Der Mann setzte sich an den Schreibtisch und nahm eine Feder. *»Euer Majestät! Da ich Eure Weigerung, mir die Aufwartung zu machen, als Affront betrachte, teile ich Euch hierdurch mit, dass ich soeben die Verhaftung Eures Ministers, Messire Galeran, angeordnet habe. Als Warnung wird er zur Vesper zehn Peitschenhiebe bekommen.«*

»Eleonore!«

Ich sprang auf. Ihr Blick nagelte mich auf der Stelle fest. Thierry Galeran wagte nicht, sich zu rühren.

»Ich bin noch nicht fertig! Fahrt fort, Duvers. Schreibt: *Ich wünsche Euch noch vor Ablauf der Stunde zu sehen, urkundlich derer ich die Strafe festgelegt habe. Andernfalls werden bei jedem Schlag der Uhr von Saint-Denis zehn Peitschenhiebe verabreicht, und zwar bis zu Eurem Erscheinen. Das Schicksal dieses Mannes liegt also nun allein in Eurer Hand.* Duvers, Ihr setzt die üblichen Grußformeln darunter. Wachen!«

Die Tür öffnete sich.

»Führt Messire Galeran ab«, befahl Eleonore. »Er steht unter Arrest.«

»Mit welcher Begründung, Majestät?«, wagte der alte Minister zu fragen. Bestürzt von diesem Ausbruch, hob er den Kopf.

»Ich brauche keine Begründung. Ich bin die Königin!«

Der alte Mann biss die Zähne zusammen. Flankiert von den Wachen, verließ er den Raum. Ich war fassungslos. Niemals hätte ich für möglich gehalten, dass sie zu solcher Grausamkeit fähig wäre.

»Überbringt dieses Billett auf der Stelle dem König«, befahl sie Duvers, der schweigend verschwand.

Erst jetzt öffnete sie ihre Fäuste, aber nur um sich einen Schlehenschnaps einzugießen, der in einer Flasche auf einer niederen Anrichte stand. Mit einem Zug trank sie aus.

»Und jetzt?«, fragte ich.

»Jetzt werden wir warten.«

»Er wird sterben, das weißt du.«

»Wir werden ihn ersetzen.«

»Sehr gut. Du bist die Königin.«

Ich verließ ebenfalls den Raum. Diesmal konnte ich diese Ungerechtigkeit nicht einfach hinnehmen.

Entgegen jeder Erwartung gab Ludwig nach. Weniger als zwei Stunden später erschien er in Eleonores Arbeitszimmer, begleitet von einem missmutig dreinblickenden Suger.

»Lasst uns allein!«, befahl Eleonore dem alten Abt, noch bevor der König den Mund aufgemacht hatte.

Ludwig war aschfahl. Statt einer Antwort nahm Suger in einem schweren Sessel Platz und erwiderte herausfordernd den Blick der Königin. Eleonore geriet einen Augenblick lang aus der Fassung. Dann beschloss sie, ihn nicht weiter zu beachten.

»Steht nicht herum wie ein Tölpel, Ludwig. Nehmt Platz wie Euer Beichtvater. Wir haben zu reden.«

Doch Ludwig erreichte den Sessel nicht mehr. Vor den Augen der Königin brach er bewusstlos zusammen.

Sugers Rüge zeigte Wirkung. Der König war tatsächlich krank. Er hatte sich bei seinen Bußübungen eine schwere Erkältung zugezogen, Fasten und Arbeiten hatten ihn zusätzlich geschwächt. Ohne Eleonores Drohung hätte er das Bett niemals verlassen. Suger hatte es ihm im Übrigen verboten. Er war der Meinung, die Königin würde es ohnehin nicht wagen, die Drohung wahr zu machen. Doch Ludwig wusste es besser. Wenn Eleonore wütend war, war sie zu allem fähig.

Eleonore tat Buße. Sie kümmerte sich selbst eifrig und aufmerksam um ihren Gatten. Suger nahm ihr die Beichte ab und sie versprach sogar, sich den Entscheidungen des Königs nicht mehr zu widersetzen, wenn er nur zu ihr zurückkäme. Sie entschuldigte sich öffentlich bei Thierry Galeran, der sich indes auf seine Ländereien zurückzog, um die Demütigung zu verdauen.

Trotz des Interdikts, das auf dem Reich lastete, wurde gebetet. Diesmal erholte sich der König ohne mein Zutun. Doch er grollte seiner Frau, und als er wieder bei Kräften war, zog er sich umgehend wieder nach Saint-Denis zurück.

Eleonore tröstete sich mit ihrem Troubadour, während ich meine Wachsamkeit gegenüber Béatrice verdoppelte, die immer näher an Ludwig herankam. Sie beteten nicht nur zusammen, sondern führten lange Gespräche, bei denen er glücklich wirkte. Ludwig liebte Béatrice, das war offenkundig. Er liebte sie auf eine reine Art, wie eine unberührbare Heilige.

Ostern 1144 fand Denys' Hochzeit mit Damoiselle von Monfort statt. Ich besuchte sie gemeinsam mit dem König und der Königin. Es war ein fröhliches Fest. Eleonore überließ ihrem Konnetabel ein Lehen in Guyenne, dessen Lehnsmann ohne Erben gestorben war und das sie für solche Zwecke reserviert hatte. Marjolaine wurde die Verwaltung übertragen und Denys nahm seinen Posten bei der Wache der Königin wieder auf. Er war durch dieses strahlende Glück wie verwandelt. Ebenso wenig wie Marjolaine sprach er von der Unterredung mit dem Vicomte; der feierte natürlich kräftig mit und bemühte sich, seine beiden anderen Söhne im Zaum zu halten, die schworen, sich für diesen Affront zu rächen.

Es war der einzige Schatten auf diesem Fest. Oder zumindest fast der einzige. Wie sehr hätte ich mir gewünscht, im Augenblick des Treueschwurs meine Hand in die meines Troubadours legen zu können...

Der Frühling verging mit den Vorbereitungen zur Weihe der Abteikirche, die für Juni vorgesehen war. Auf Eleonores Empfehlung hin schenkte Ludwig Suger zu der Gelegenheit die Beryllvase und die junge Königin gab ihr Bestes, damit man sich bis in die hintersten Winkel des Reiches an diese Festlichkeiten erinnern würde.

Im Mai desselben Jahres 1144 hob Papst Coelestinus II. das Interdikt auf, nachdem die »legitime« Gattin von Raoul von Crécy verstorben war. Der Seneschall des Königs von Frankreich und Pernelle erschienen im Palast der Cité und Suger lud sie zur Einweihungsfeier ein.

Der Streit zwischen Thibault von Blois und dem Grafen von Vermandois war zwar mit der Aufhebung der Exkommunikation offiziell zu Ende, geklärt aber war nichts. Man begräbt nicht den Hass, indem man ein Kreuz aufstellt. Es gab Abkommen und Verbeugungen, doch hinter der Fassade roch es nach Lüge und Verrat.

Etwas musste passieren. Etwas ganz Großartiges. Etwas Machtvolles, das die Massen hinter sich vereinte und alle Flügelkämpfe beendete.

Die Idee kam mir morgens nach einem Traum, in dem Eleonore mit einem blutroten Kreuz auf der Schulter unter einer sengenden Sonne stand und ein Banner schwenkte. Ich erzählte ihr am gleichen Abend davon, nachdem sie Bernhard von Ventadour weggeschickt hatte.

»Hast du von Bernhard von Clairvaux schon eine Antwort?«, fragte ich.

Eleonore grinste breit. »Heute Morgen ist sie gekommen. Ich habe mir gleich gedacht, dass sich der gute Mann eine solche Gelegenheit nicht entgehen lässt. Er wird kommen.«

»Du wirst seinen Besuch nutzen, um ihn um eine Unterredung zu bitten.«

»Und was soll ich ihm sagen? Dass Ludwig mich nicht mehr liebt, mich nicht mehr anrührt und ich mich mit den Zärtlichkeiten meiner Gesellschafterin zufrieden geben muss?«

»Du vergisst Bernhard von Ventadour.«

»Mit ihm ist es etwas anderes.«

»Etwas anderes?«

»Ich glaube, ich könnte gut ohne ihn auskommen, wenn der König zu mir zurückkehrte.«

»Noch im letzten Monat hast du mir gesagt, Ludwig würde dir Abscheu einjagen.«

Sie seufzte. »Es stimmt, mager und knochig, wie er ist, und mit seinem rasierten Schädel und der Mönchskutte ist er nicht gerade sehr verführerisch … Aber seit einigen Tagen steht in seinen Augen ein übernatürlicher Glanz. Außerdem verhält er sich mir gegenüber anders. Vielleicht hat ihn die Gnade getroffen.«

Ich musste lachen und zog sie auf. »Schau sich das einer an! Gestern wirfst du ihm vor, dass er ein Mönch ist, jetzt träumst du von einem Heiligen … Für solche Sinnestäuschungen könntest du leicht in der Hölle landen.«

»Mach dich nicht lustig über mich!«, brauste sie auf. »Ludwig ist immerhin mein Ehemann.«

»Ich mache mich nicht lustig. Ich glaube vielmehr, es ist Zeit, Ludwig zu zeigen, dass du seine treue und reuige Verbündete bist.«

»Dazu bräuchte es schon ein Wunder.«

»Bernhard von Clairvaux ist eins.«

»Nun denn. Und weiter?«

»Bitte ihn um ein Kind.«

»Dazu müsste Ludwig wieder in mein Bett kommen.«

»Beklage dich, dass er dir den Rosenkranz vorzieht, und gib ihm vorsichtig zu verstehen, dass man eine Ehe annullieren kann, wenn sie nicht vollzogen wird.«

»Aber ich will Ludwig gar nicht loswerden!«

»Nein, noch nicht …«, bemerkte ich ironisch.

»Niemals!«, beschied sie und hob stolz das Kinn, was mich belustigte.

»Bitte um ein Kind als Wiedergutmachung«, fuhr ich fort.

»Schlage dem heiligen Mann vor, dass du zu allem bereit bist, um Gottes Vergebung zu erlangen, du würdest sogar das Kreuz nehmen.«

Eleonore erbleichte und stammelte: »Ein Kreuzzug? Hast du den Verstand verloren?«

»Mitnichten. Die Idee wird sich durchsetzen und über kurz oder lang wird Bernhard von Clairvaux sie sich zu Eigen machen. Es ist doch besser, wenn sich unsere Feinde in weiter Ferne bekriegen als vor unserer Haustür. Und warum auch nicht? Was ist dir lieber: dass dein lieber Gatte in einem Kloster endet oder als Ritter, das Schwert in der Hand und mit sonnengebräunter Haut?«

Auf ihrem Gesicht zeichnete sich ein breites Lächeln ab, während vor ihrem geistigen Auge das Bild des Königs erschien – so wie sie ihn sich erträumte.

Sie kam auf mich zu, küsste mich zart auf die Lippen und nahm mein Gesicht in beide Hände: »Ich verehre dich sehr, Loanna von Grimwald.«

»Ich liebe dich auch sehr, meine Königin.«

Suger schwebte im siebten Himmel an diesem 11. Juni 1144. Die Feierlichkeiten zur Weihe des Chors der Abteikirche waren gerade eröffnet worden ebenso wie der Jahrmarkt von Lendit. Alle Großen des Reiches waren da, zumindest fast alle. Seit Jahrhunderten lockte dieser Markt die Menschen aus entferntesten Provinzen und benachbarten Ländern an. Eleonore hatte mit unermüdlichem Eifer an der Seite des Königs das organisiert, was er selbst das Ereignis des Jahrhunderts nannte. Und das war es in der Tat: Nie zuvor hatten Frankreich oder Europa ein solches Bauwerk gesehen. Alle hatten ihren Beitrag geleistet, Adel und einfaches Volk, Fromme und Gottlose.

Vorgesehen war ein Zug vom Palast aus mit über tausend Personen und Suger und dem König an der Spitze. Wieder einmal sah man nur Ludwig. Inmitten der üppigen Pracht aus kostbaren Stoffen und wertvollem Schmuck – beim Adel ebenso wie bei der Geistlichkeit – stach er heraus mit seiner schlichten Mönchskutte aus beigefarbener Serge und dem Holzkreuz, das er an einer

Flachsschnur um den Hals hängen hatte. Suger hatte sich alle Mühe gegeben, ihn zu überzeugen. Vergeblich. Mehr als je zuvor forderte Ludwig den Gehorsam seiner Untertanen und forderte alle dazu auf, die Fackel des Glaubens zu tragen.

Die bewaffneten Soldaten mussten immer wieder eingreifen, um die Menschenmassen zurückzudrängen, die sich überall am Wegesrand ballten. Alle wollten den König sehen, bevor sie sich dem Zug anschlossen.

Für den schmalen Weg durch die Sümpfe schwang man sich in den Sattel. Es ertönten Schreie, Gelächter und Gesang. Eleonore lächelte, Suger lächelte, Béatrice lächelte, alle Menschen in der Menge lächelten. Nur Ludwig blickte starr geradeaus auf die steinerne Klöppelspitze, bis er rote Augen bekam. Auf der kleinen Anhöhe von Montjoie angekommen, sprach Suger ein paar Worte und segnete dann das Meer aus Köpfen, das sich über den Hügel ergossen hatte.

Drei Kreuze erhoben sich am Wegesrand, dort wo die Märtyrer Denis, Eleutherius und Rusticus enthauptet worden waren. Vor jedem stand eine riesige Kerze. Ludwig zündete sie schweigend an. In der Menge wurde getuschelt. Zwei der Schaulustigen führten einen bizarren Dialog direkt neben mir.

»Ist das jetzt der Prälat, der dem heiligen Denis huldigt?«

»Das ist der König, du Trottel!«

»Der sieht aber komisch aus für einen König. Da bin ja ich besser angezogen.«

Dasselbe muss auch einer der Troubadoure in unserem Gefolge mit angehört haben, denn kaum ein paar Tage später war diese Bemerkung in einem Lied zu hören.

Schließlich kamen wir vor der eindrucksvollen Basilika an. Der König, der zu Fuß den Zug der Zelter anführte, blieb stehen und alle Großen des Reiches saßen ab. Rasch und routiniert führten ein paar Stallknechte die Pferde weg, und man ging zu Fuß weiter. Mönche bahnten uns eine Gasse durch die Menge, die sich um die Kathedrale herum angesammelt hatte. Bernhard von Clairvaux, der unter den Mönchen stand, betrachtete die herausgeputzte Delegation mit einem Ausdruck der Missbilligung.

Auf dem nicht ganz fertig gestellten Vorplatz kniete Ludwig demutsvoll vor ihm nieder. Ein Raunen ging durch die Versammlung. Bernhard von Clairvaux zog ihn lächelnd hoch. Dann legte er ihm väterlich eine Hand auf die Schulter und gemeinsam betraten sie, von Suger, der Königin und den Vasallen Ihrer Majestäten begleitet, das Kirchenschiff.

Suger leitete den Gottesdienst, doch Bernhard von Clairvaux hielt die Predigt. Er ermahnte alle, dass eine schöne Seele keinen äußeren Schmuck benötige und vom eigenen Licht erfüllt in Gottes Reich aufsteige. Dass Luxus abartig sei und dass man nicht das Äußere suchen solle, sondern das, was sich dahinter verberge, denn nur dort könne man Gut und Böse unterscheiden. Suger senkte den Kopf, doch obwohl er direkt angesprochen war, behielt er weiterhin den stolzen Blick bei, den er schon seit dem Morgen zur Schau trug.

In der Tat hatte er keine halben Sachen gemacht. Die Marmorsäulen bis zum Chor bildeten eine Allee, die seinem Ehrgeiz würdig war. Er hatte sie selbst aus Rom mitgebracht, aus den Palästen und Thermen des Diokletian. Die herrlichen Fenster stammten von den geschicktesten Glasmachern. Mitten im Chor funkelte das über fünf Ellen hohe Kreuz aus Gold und Edelsteinen. Ein fein behauener Christus aus Marmor, der darauf gekreuzigt war, blickte voller Barmherzigkeit auf die Menge herab. In seinen Händen steckten Diamantennägel, in denen sich Licht brach, das der Figur märchenhaften Zauber verlieh. Im ganzen Königreich gab es keinen Adeligen, der nicht seine Schatzkisten durchstöbert hätte, damit der König mit diesem prachtvollen Kreuz den heiligen Denis um Gnade bitten konnte. Suger strahlte vor Stolz, Ludwig vor Dankbarkeit.

Dann kam der Augenblick, auf den der König gewartet hatte. Er trat in die Krypta, um höchstselbst die Reliquien des heiligen Denis in Empfang zu nehmen.

Eleonore senkte den Kopf, doch ich konnte sehen, wie sich ihre Augen vor Traurigkeit verschleierten. Ludwig kleidete sich wie ein Mönch und benahm sich wie ein Mönch. Mit dieser Geste bewies er, dass er von nun an vollends der Kirche gehörte. Ihr war soeben bewusst geworden, dass ihr Einfluss auf ihn endgültig erloschen war.

Ihr Blick suchte den von Bernhard von Clairvaux. Der alte Mann zeigte nicht den geringsten Anflug von Freundlichkeit. Wahrscheinlich dachte er, es wäre Zeit, dass sie mehr Demut an den Tag legte.

Als die Zeremonie zu Ende war, bat die Königin den heiligen Mann um eine private Unterredung. Bernhard von Clairvaux war einverstanden.

Ich selbst hatte zuvor erst zweimal Gelegenheit gehabt, ihn zu treffen. Sein letzter Auftritt in Cluny, bei dem er Abaelards Liebe zu seiner jungen, hübschen Heloise verflucht hatte, hatte bei mir einen bitteren Nachgeschmack hinterlassen. Selbst Abaelards eigene Schüler rückten an diesem Tag von ihren Überzeugungen ab, so sehr schlug sie dieser Mann in seinen Bann. Er trug Gott vor sich her wie ein flammendes Schwert. Sobald er eine Rede hielt, war er wie verwandelt. Wenn man ihn so ansah, dachte man, seine Stimme müsste ebenso verbraucht und dünn sein wie er selbst. Stattdessen brach sie machtvoll und stark aus seinem Mund heraus, als würde sie einer stählernen Lunge entspringen. Es hieß, er sei in seiner Jugend einer der verführerischsten Männer des Reiches gewesen. Heute war er ausgezehrt und runzelig, nur seine metallisch blauen Augen zeugten noch von seiner früheren Schönheit. Was er an Äußerem verloren hatte, hatte er an Ausstrahlung gewonnen. Bernhard von Clairvaux flößte ebenso Angst und Respekt ein, wie er Liebe und Glauben weckte. Er war gefährlich.

Mehr noch als Suger. Suger hatte bei null angefangen und sich an die Rockschöße der Macht gehängt, deren Pracht und Luxus er liebte. Sein Ehrgeiz beschränkte sich auf seine eigene Person. Zu seinem Ruhm hatte er der Abtei von Saint-Denis auf die Beine geholfen, ihr Erbe wiederhergestellt und ihre Ländereien für den Bau neuer Städte zur Verfügung gestellt. Der Abt von Clairvaux dagegen liebte nur die Macht, die seinem Gott diente. Er besaß nichts und begehrte nichts für sich. Für ihn zählten nur die absolute Macht Gottes und seine Kontrolle über die Seelen.

Als Eleonore zurückkam, war sie ruhig, und der Abt lächelte.

Die Feierlichkeiten dauerten fast zwei Wochen. Aus allen Teilen Europas waren Händler gekommen, und es gab zahlreiche Attraktionen zu bestaunen. Sugers Abteikirche weckte Neid.

Als die Festlichkeiten zu Ende waren, kam Ludwig mit klopfendem Herzen und trockenem Hals an die Tür seiner Gattin. Eleonore empfing ihn mit offenen Armen. Doch anders als sie gesagt hatte, verließ sie deshalb nicht ihren schönen Troubadour.

»Es ist ein Mädchen, Messire!«

Ludwig schlug wütend mit der Faust gegen die Mauer. Wie sehr hatte er auf einen Erben gehofft! Allen gemeinen Gerüchten zum Trotz. Im ganzen Königreich erzählte man sich, dass das Kind, das die Königin unter dem Herzen trug und das diesmal offenbar wirklich zur Welt kommen wollte, nicht von ihm, sondern von ihrem Geliebten war. Genährt wurde der Tratsch auch noch dadurch, dass kein Tag verging, an dem Bernhard von Ventadour nicht in Eleonores Nähe gesehen wurde.

»Die Königin wünscht Euch zu sehen, Ludwig.«

Suger trat näher, die Handflächen aneinander reibend, wie es seine Gewohnheit war. Ludwig erwiderte nichts. Er blickte auf die Spitzen der Kathedrale in der Ferne, an der seit einem Jahr weitergebaut wurde. Sie schienen ihn zu verhöhnen, wie sie sich stolz in den klaren Himmel dieses späten Maitages im Jahr 1145 reckten.

»Gott straft mich, mein Vater. Wieder einmal.«

»Mein Sohn, Ihr lasst Euch von Melancholie übermannen. Ich bitte Euch, kommt. Dieses Kind ist wundervoll und die Königin so glücklich.«

Ludwig blickte Suger an. Er war von einer Wut erfasst, die er sich selbst nicht zugetraut hätte. »Glücklich, sagt Ihr? Ein hübsches Ding, ja! Aber was soll ich mit einer Tochter, wo das Reich einen Erben braucht? Acht Jahre sind es jetzt, Suger. Doch das ist noch nicht alles! Man macht sich lustig über mich, und das direkt vor meiner Nase. Lasst diesen Bastard von Ventadour kommen. Er soll seinen Sprössling nehmen und zum Teufel gehen! Niemals, hört Ihr, niemals werde ich dieses Kind ansehen. Es ist nicht meins!«

Er ließ den von Mitleid erfüllten Suger stehen und stürmte wie ein Verrückter durch die Tür hinaus. Eine Woche lang ließ er sich nicht blicken.

Eleonore war überglücklich, dass sie endlich ein Kind im Arm hatte, wenngleich sie wie Ludwig bedauerte, dass es kein Junge war. Das hätte viele Probleme zwischen ihnen gelöst.

Der König war nur ein paar Monate lang in ihr Bett gekommen, bis der Acker bestellt war. Dann ließ er sie unter dem Vorwand, dass man dem Unheil vorbeugen müsse, ihre Schwangerschaft allein zu Ende bringen. Diesmal ging die Königin nicht das geringste Risiko ein. Sie verzichtete auf jegliche Reisen und blieb im Bett, wie es ihr die Ärzte empfohlen hatten. Der heiligen Muttergottes zu Ehren, die Ludwig so sehr am Herzen lag, hatte sie das Kind Marie genannt. Eine dicke Brustspitze zwischen den zarten Lippen, schlief es an ihrem von der Milch schweren Busen.

Alsbald kündigte ein Besucher sein Kommen an. Bernhard von Clairvaux wollte das Kind segnen, das Geschenk Gottes, um das ihn Eleonore im Austausch für ihren Gehorsam gebeten hatte. Der König war an seiner Seite, ruhig, zurückhaltend.

Bernhard von Clairvaux hatte mit ihm gesprochen. Gott hatte ein Kind geschickt! Dass Ludwig keinen Sohn bekommen hatte, war nur ein Zeichen dafür, dass man trotz allem wachsam bleiben musste. Die Zeit würde kommen, wenn das junge Paar sein Versprechen hielt, vernünftig zu bleiben und der Kirche Respekt zu zollen. Von den Gerüchten wollte Bernhard nichts hören. Der König könne in seinem Land nach Belieben für Ordnung sorgen und sich auf die Autorität des Souveräns berufen. Was auch immer gesagt oder getan wurde – dieses Kind war seins.

Eleonore empfing ihn weinend. Lange lagen sie sich in den Armen, das Kind zwischen sich, um sich an ihren Schwur und ihre Zärtlichkeit zu erinnern.

»Kommt schnell, Loanna! Die Königin ist wütend und nichts scheint sie beruhigen zu können.«

Sibylle von Anjou, die am letzten Pfingstfest den Baron von

Flandern geheiratet hatte, war vom Rennen im Gesicht rot angelaufen. Ich stand im Garten und schnitt Heilkräuter, die gegen die Bauchschmerzen helfen sollten, die mich seit ein paar Tagen heimsuchten.

Die Neuigkeit hatte wie ein Blitz eingeschlagen: Bernhard von Ventadour war am Morgen vom König verbannt worden.

Ich rannte, so schnell es meine Sandalen zuließen, mitten durch Narzissen und Iris, die überall im Garten wucherten.

Die Königin lag seit einer Woche im Bett. Ihre Schwangerschaft hatte sie ermüdet und der Arzt hatte ihr Ruhe verordnet, damit ihre Milch nicht sauer wurde. Keuchend stürzte ich in ihr Zimmer. Eleonore ließ sich von einer Zofe beim Ankleiden helfen und schalt die arme junge Frau, weil es ihr nicht schnell genug ging.

»Ah, da bist du ja endlich! Seit über einer Stunde lasse ich dich suchen! Man spricht sich ab in diesem Haus, um mich zu verletzen! Genug! Du stichst mich! Raus! Raus, ohne dich werde ich schneller fertig!«

Marjories kleines, rundes Gesicht verdüsterte sich. Sie war den Tränen nahe und zitterte wie Espenlaub.

»Lass uns allein, Marjorie. Ich werde der Königin helfen«, sagte ich ruhig zu ihr.

Die Kleine nickte mit zugeschnürter Kehle und ging. Als sie durch die Tür war, hörte ich sie schluchzen. Ich seufzte.

»Hilf mir, die Bänder zu schnüren. Ich muss den König sehen!«

Vorsichtig kreuzte ich die Silberbänder an ihrem Mieder. »Du wirst ihn nicht sehen, Eleonore. Es nützt nichts, wenn du dich so anstrengst. Das ist nicht gut für das Kind.«

»Ach, ich habe mehr als genug Milch für sie. Ob Ludwig nun will oder nicht, ich schwöre bei Gott, er wird mich empfangen!«

»Sicherlich ... sobald er zurück ist«, bemerkte ich beiläufig, während ich ihr Mieder schnürte.

Sie erbleichte. »Der König ist nicht da? Ich bin nicht benachrichtigt worden.«

»Er ist vor kurzem abgereist, laut Suger, den ich auf dem Weg hierher getroffen habe. Eine Angelegenheit in Chartres, die es zu regeln gibt. Denys und ein paar weitere Männer begleiten ihn.«

»Schuft! Verräter! Ehrloser!«

Ungestüm riss sie die Bänder ihres Mieders auf, das sie in ihrer Wut behinderte.

»Beruhige dich, meine Königin, du kannst nichts ändern.«

»Er hat Bernhard selbst weggebracht, damit ich ihm nicht einmal mehr Lebewohl sagen kann! Er hat mich gedemütigt, er hat mich...« Sie brach in krampfhaftes Schluchzen aus und warf sich an meine Brust.

»Was hast du denn gedacht?«, sagte ich. »Dass er zusieht, wie seine Ehre durch die Gerüchte Schaden nimmt? Viel zu viele Leute wissen von deiner Zuneigung zu Bernhard von Ventadour, und es vergeht kein Tag, an dem er nicht zu dir kommt, um Marie ein Schlaflied zu singen. Ludwig hat getan, was er tun musste. Er hat sich wie ein König verhalten... Du hast ihm oft genug vorgehalten, dass er sich wie ein Mönch benimmt! Wieso regst du dich jetzt darüber auf, dass er sich endlich wie ein Mann aufführt?«

»Er begehrt mich nicht mehr, er liebt mich nicht mehr! Bin ich denn so vertrocknet, dass man mich nicht mehr anschauen kann? Bernhard hat meine Schönheit besungen. Seine Leidenschaft hat mich am Leben erhalten. Was bleibt mir denn jetzt noch?«

Ich lächelte. Zum ersten Mal war meine Königin wirklich verliebt. Wie ich litt sie unter dieser Zerrissenheit zwischen Körper und Seele. Ich zog sie sanft an mich und flüsterte ihr ins Ohr: »Marie... Und ein großes Vorhaben.«

Sie hob den Kopf. Ihre Augen waren rot und über ihre von der Schwangerschaft aufgedunsenen Wangen zogen sich tiefe Falten. Eine Weile blickte sie abwesend ins Leere, als ob sie in ihren Erinnerungen nach einem Grund suchte, an die Zukunft zu glauben. An etwas, das stärker war als die Angst vor der Einsamkeit.

»Marie...«, echote sie.

Das Kind schlief neben dem Bett der Mutter. Es war ein pausbäckiger Säugling, dessen Ruhe mich immer wieder in Erstaunen versetzte, vor allem wenn ich an den launischen, kleinen Schreihals Heinrich dachte. Eleonores Wehklagen hatten die Kleine überhaupt nicht beeindruckt. Eleonore löste sich von mir und beugte sich über die Wiege. Durch den nicht versiegen wollenden Tränenstrom drängelte sich ein zärtliches Lächeln. Ihr Zorn war verflogen. Ich trat neben sie. Mit zufriedenem Ausdruck nuckelte die Kleine an ihrem Daumen.

»Ist sie nicht schön?«, flüsterte die Königin.

»Wunderschön.«

Ich wusste, was sie meinte. Das Muttermal auf der Wange unter dem linken Auge, so groß wie die Spitze einer Spatzenfeder. Bernhard von Ventadour hatte das gleiche Mal an der gleichen Stelle.

»Du liebst ihn durch Marie ...«

Sie hob die Augen, glücklich darüber, verstanden worden zu sein.

»Wird mir das genügen?«

»Wahrscheinlich nicht. Doch wir werden vom Schicksal geleitet, Eleonore. Sei geduldig. Bald schon, das verspreche ich dir, werden Dinge geschehen, die dir die Freude am Leben wiedergeben.«

»Dein Wort in Gottes Ohr«, murmelte sie müde.

Die Ereignisse, die meine Worte bestätigten, ließen nicht lange auf sich warten.

Ein paar Tage später wurde bekannt, dass Edessa, eine Stadt im Heiligen Land, Zanki, dem Gouverneur von Aleppo und Mossoul, in die Hände gefallen war. Ihren Zorn wie eine Standarte vor sich her tragend, eilte Eleonore zu Ludwig, um ihn daran zu erinnern, dass er dasselbe Versprechen wie einst sein verstorbener Bruder gegeben hatte: Gottes Erde zu verteidigen. Ludwig sah darin ein Zeichen; auf diese Weise konnte er seine Seele zurückkaufen. Zu Weihnachten 1145 in Bourges verkündete das Königspaar am Banketttisch seine Absicht, das Kreuz zu nehmen, und löste damit größtes Erstaunen unter den Anwesenden aus.

15

Stephan von Blois, inzwischen König von England, verbeugte sich tief vor diesem unerwarteten Boten. Gewöhnlich kam einer von Sugers Mönchen, um ihn über die Vorgänge im Königreich Frankreich auf dem Laufenden zu halten. Plötzlich fiel ihm auf, dass er überhaupt nicht wusste, wie er sich dieser Engelsgestalt mit der königlichen Haltung gegenüber benehmen sollte. Wenn Béatrice von Campan sich darüber amüsierte, ließ sie es sich keinen Augenblick lang anmerken. Vor einigen Monaten hatte Suger sie mit einer anderen Mission beauftragt, die sie zwar öfter vom König fern hielt, jedoch ihren Einfluss erweiterte. Sie intrigierte im Dienste der Sache.

»Nun, Euer Majestät, bietet uns etwas zu trinken an. Es führt mich eine wichtige Angelegenheit zu Euch, die keine unnötigen Höflichkeitsbezeugungen erfordert.«

»Ihr seht mich überglücklich, Damoiselle von Campan.«

Er griff zu der Flasche mit dem Schlehenschnaps, die er immer bei sich trug. Dieses junge Ding war wirklich sehr schön, doch er musste ihr gleich einmal die natürliche Überlegenheit des Mannes demonstrieren. Ein spöttisches Lächeln auf den Lippen, reichte er ihr einen mit Edelsteinen verzierten Silberbecher und fügte eilfertig hinzu: »Eure Schönheit bringt mich etwas aus der Fassung. Vermutlich würdet Ihr einen süßen Likör im Palast einer Dame bevorzugen. Doch ich empfange in diesem Kabinett selten andere Besucher als Männer der Kirche.«

Béatrice nahm anmutig entgegen, was ihr angeboten wurde. »Es ist alles bestens, Messire.«

Sie hob ihr Glas und forderte ihn damit auf, es ihr nachzutun.

Stephan von Blois amüsierte sich über die Geste und setzte genüsslich seinen Becher an die Lippen. Beim ersten Schluck wäre er beinahe erstickt. Béatrice dagegen leerte ihr Glas auf einen Zug, ohne ihn einen Moment aus den Augen zu lassen und ohne einmal zu blinzeln. Danach strich sie sich nach Art der Bergbewohner mit ihrem Ärmelsaum elegant über den genießerischen Mund.

»Bei allen Heiligen! Ihr beeindruckt mich! Habt Ihr das im Umgang mit dem alten Schakal von Abt gelernt, von dem Ihr auch das Temperament angenommen habt?«

»Mitnichten, Messire, mitnichten! Es war nur ein alter Onkel aus den Pyrenäen, der gern und viel trank. Und in der Tat ist Alkohol äußerst wohlschmeckend. Gestattet, dass ich um ein zweites Glas bitte...«

Stephan nickte, immer noch überrascht. Béatrice nahm die Flasche und füllte ihren leeren Becher nach.

»Nun, Messire, der Ritt hierher hat mich etwas mitgenommen, und im Gegensatz zu Euch habe ich nicht immer einen Weinschlauch bei mir.«

Stephan von Blois zuckte zurück. Er wusste, dass dieses – mehr als gerechtfertigte – Gerücht von Suger verbreitet worden war, aber ihm gefiel die hochmütige Art der jungen Dame nicht, zumal sie mit ihrer überaus verführerischen Toilette sein Blut gefährlich in Wallung brachte. »Kommen wir zur Sache.«

Béatrice drehte sich um und blickte ihm ins Gesicht. Stephan von Blois war hässlich, gewöhnlich und grobschlächtig, aber er gefiel ihr, ohne dass sie recht wusste, warum. Engel und Dämon, dachte sie. Sie zog einen Brief aus ihrem Mantel, den sie ihm lächelnd reichte.

Der König von England öffnete ihn und ging ans Fenster, um ihn zu lesen. Wie erwartet, stammte er von Suger. Nachdem er ihn kurz überflogen hatte, ließ er ein gemeines Lachen hören. »Also hat sich der alte Schakal entschieden!«

»Ich wäre Euch sehr verbunden, Messire, wenn Ihr wohl so freundlich wärt, eine andere Bezeichnung für einen Kirchenmann zu verwenden, der mein Vormund und ein wahrer Heiliger ist«, wies ihn Béatrice zurecht.

»Nun denn, die Pest auf diesen Heiligen, der alle meine Initiativen im Keim erstickt!«, gab der Graf von Blois zurück und fügte mit blitzenden Augen hinzu: »Ihn hat der Ehrgeiz ausgetrocknet, mich hat er aufgedunsen!«

»Wenn Ihr damit genauso umgeht wie mit dem Schnaps ...«, sagte Béatrice und blickte kalt auf den schlaffen Körper ihres Gastgebers.

Stephan von Blois lief rot an. Von einem plötzlichen Drang getrieben, ließ er das Pergament fallen und stürzte auf sie zu. Béatrice rührte sich nicht vom Fleck. Sie war gewöhnt an Wutausbrüche und breite Männerschultern, war sie doch damit aufgewachsen. Sie ließ ihn auflaufen, indem sie nicht zurückwich.

»Hört auf mit diesem Spiel, Messire«, sagte sie leise und stellte ihren Becher auf die Truhe in ihrem Rücken. Dann begann sie, genüsslich an den Satinbändern zu ziehen, die ihr Mieder zusammenhielten, und fügte mit herausforderndem Blick hinzu: »Mir scheint, wir haben Besseres zu tun.«

»Hündin!«, schnaubte der Graf und schlug sie auf die vom Alkohol errötete Wange.

Béatrice stöhnte auf. Das Spiel erregte sie. Der Graf stieß ein Knie in den roten Stoff ihres Kleides und warf die Unverschämte rücklings auf die Truhe. Sie schrie nur einmal auf vor Schmerz, als er ihre Röcke bis zur Taille hochschob und zwischen ihre Schenkel stieß, doch seine Grobheit ließ ihre Lust sogar noch wachsen. »Hündin!«, wiederholte er und riss die Bänder ihres Mieders auf, um eine ihrer weißen Brüste zu packen. Béatrice ließ ihn nicht aus den Augen, einen Ausdruck der Herausforderung und der Überlegenheit in ihrem blauen Blick, den er brechen, unterwerfen wollte. Er walkte mit seinen dicken Fingern ihre steifen Brustspitzen und machte sich zwischen ihren Schenkeln zu schaffen.

Béatrice wehrte sich nicht. Die Lenden dieser rohen Huldigung entgegenstreckend, gab sie sich hin. Stephan von Blois schlug sie erneut und zischelte Unverständliches, dann ergab er sich mit einem letzten Stoß.

Ohne sie anzusehen, richtete er seine Kleidung. Dann griff er nach der Schnapsflasche, die er um einige Züge erleichterte. Ein paar Tropfen landeten auf seinem dichten braunen Bart.

Béatrice richtete sich auf und brachte ihre Toilette in Ordnung. Ihre linke Wange brannte. Sicher waren wie ein Brandzeichen die Abdrücke seiner Wurstfinger darauf zu sehen. Sie berauschte sich daran. König Ludwig war ein Tölpel, der sich beim geringsten obszönen Gedanken geißelte, dabei hätte sie alles getan, um für ihn zu büßen und unter dem Joch seines Körpers alle Strafen Gottes zu erdulden.

Ruhig wandte sie sich ihrem Peiniger zu und streckte anmutig eine Hand nach der Flasche aus, die er immer noch an den Mund hielt. »Erlaubt Ihr?«

Ohne Umstände reichte er sie ihr. Dieses Biest gefiel ihm außerordentlich. Béatrice nahm ein paar Züge, dann wischten sich beide wie auf Kommando gleichzeitig mit dem Ärmel den Mund. Sie mussten lachen.

»Die Tempelritter raffen all ihre Schätze zusammen«, berichtete der Graf von Blois dann, »um sich zu bewaffnen. Ich habe in der Normandie davon erfahren, wo ich, wie Ihr sicherlich wisst, einige ihrer Besitzungen auf meine Ländereien ausdehnen konnte. Auf diese Weise kontrollieren sie die Machenschaften der Grafen von Anjou und der Bündnisse, die diese Schurkin von Mathilde erneuert hat. England und die Normandie gehören mir, bei Gott, und eine Frau wird sie mir nicht wegnehmen.«

»Seid Euch nicht zu sicher, sonst verliert Ihr mehr, als Ihr Euch vorstellen könnt«, mahnte ihn Béatrice, ein Lächeln auf den Lippen. Nachdem die Erregung verflogen war, hatten sie sich wie alte Freunde in bequemen Sesseln niedergelassen, um zu bereden, warum die junge Frau gekommen war.

»Es ist normalerweise nicht meine Art, mich auf meinen Lorbeeren auszuruhen. Wie dem auch sei, die Idee mit dem Kreuzzug gefällt mir. Meine Rivalen werden sich gegenseitig schwächen, während ich in England eine Streitmacht behalte. Ich nehme nicht an, dass es viele gibt, die sich der Stimme von Bernhard von Clairvaux entziehen werden.«

»Abt Suger ist derselben Meinung. Allerdings erfordert ein solches Unternehmen Allianzen und Mittel. Er zählt auf Euren Einfluss, um die Feudalherren des Königs von Frankreich für diese

Sache zu gewinnen. Sie haben genügend Mittel und stehen unter eurem Schutz.«

»Er soll sich keine Sorgen machen. Wenn sie meine Forderungen unterstützen, werden sie mir folgen.«

»Offenbar hat der Templerorden in dieser Domäne mehr als einmal bewiesen, Messire, wie dankbar er für Eure Großzügigkeit ist.«

»Gewiss. Allerdings kam auch der Tod von Ginevra von Grimwald meinen Plänen sehr zupass, ohne dass sie eingreifen mussten.«

»Gottes Macht, mein Lieber, beugt sich nicht vor Zauberei.«

»Man müsste diese Hexen verbrennen, damit ihre Seelen von den Flammen der Hölle verzehrt werden«, schimpfte Stephan, dem ein Schauer der Angst über den Rücken lief.

»Unterbreitet doch die Idee Bernhard von Clairvaux. Sein neues Manifest hat überall im Königreich und in ganz Europa Nacheiferer gefunden.«

»Ich verabscheue die englische Tradition, sich mit Magiern zu umgeben, wo die Kirche vollkommen ausreicht, um die Seelen zu führen. Ich habe diesen Brauch abgeschafft, als ich den mir zustehenden Thron bestieg, und ich werde dafür sorgen, dass niemand mehr an die Tafelrunde zurückkehrt.«

»Passt auf, Messire, Ihr redet schon wie ein Mönch«, scherzte Béatrice.

Stephan grinste. Auf einen plötzlichen Einfall hin fragte er: »Was hat es mit dem Verhältnis der Königin zu dieser Damoiselle von Grimwald auf sich? Was immer der alte Schakal von Abt darüber denkt, ich will sie nicht am Hof von Frankreich haben. Solange eines von diesen Weibern dort ist…«

Béatrice spürte, wie sich Groll in ihr regte. Es war an der Zeit, den inoffiziellen Grund ihres Besuches anzusprechen. »Ihr Einfluss wird leider immer größer, sodass ich meinem Beschützer an der Seite der Königin nicht mehr von Nutzen war. Das kleine Miststück hat mich ohne Federlesen abblitzen lassen, und ich kann mir gut vorstellen, dass sie all ihren Charme einsetzt, um ihr Ziel zu erreichen.«

»Ist sie gefährlich?«

»Gefährlicher, als Suger eingestehen will.«

Stephan von Blois erhob sich und ging im Raum auf und ab. Béatrice hütete sich, ihn in seinen Überlegungen zu stören. Lange Minuten vergingen, in denen außer dem Klang seiner Schritte auf den Holzdielen nichts zu hören war.

Schließlich blieb er vor ihr stehen. »Das Teufelspack muss weg! Suger ist zu weich und lässt sich zum Narren halten. Wie oft schon habe ich ihm empfohlen, diese Giftschlange verschwinden zu lassen, doch nur einmal hat er es versucht und es wurde ein Misserfolg. Der alte Spinner geht so in seiner Abteikirche auf, dass er die Gefahr nicht sieht. Und was Bernhard von Clairvaux angeht, den interessiert all das nicht. Er selbst lebt in absoluter Kargheit und den Templern gesteht er ihren Besitz nur zu, damit sie seinen Traum erfüllen können, den Kreuzzug zur Befreiung des Grabes Christi. Interessenskämpfe berühren ihn nicht.«

»Brauchen wir denn Suger und Bernhard von Clairvaux, um eine Kellerassel zu zertreten?«

»Gewiss nicht.«

Als Stephan erkannte, dass Béatrice schon längst einen Plan hatte, ließ er sich in seinen Sessel fallen und sagte ruhig, ein zufriedenes Lächeln auf dem bärtigen Gesicht: »Nun denn, Damoiselle von Campan, ich höre ...«

Tausende drängten sich vor den Toren der Stadt. Bernhard von Clairvaux wartete geduldig, bis das Konzil beendet war. Der Kreuzzug war vom Papst gebilligt worden, und nun bereitete er sich darauf vor, eine riesige Menschenmenge auf die Anhöhe von Vézelay zu führen. Sein ganzes Leben lang hatte er davon geträumt, den Türken das Grab Christi abzunehmen, damit sein Banner noch weiter sichtbar und seine Stimme noch weiter hörbar wurde. Je mehr die Zeit verging und je näher er dem Messias kam, desto stärker verabscheute er den Prunk seiner Kirche. Der Templerorden mit seinem ganzen Reichtum war immer mehr im Begriff, sich von seinen ursprünglichen Geboten abzuwenden und nach weltlicher Macht zu streben. Es war höchste Zeit. Zeit, sich in Bewegung zu setzen, Zeit, diese Hände, die in vollen Schatztruhen wühlten, um den Griff eines Schwertes oder die Kehle des türkischen Abschaums zu legen.

Dass ihn die Königin von Frankreich zwei Jahre zuvor um diesen Feldzug gebeten hatte, erschien ihm wie ein Zeichen. Nachdem sie so gesündigt hatte, konnte ihr dieser Einfall nur vom Heiligen Geist eingegeben worden sein. Er hatte daraus geschlossen, dass das Vorhaben gottgewollt war, und neue Hoffnung geschöpft. Dieser Kreuzzug würde den Menschen endlich wieder Demut und Bußfertigkeit einflößen.

Bernhard richtete sein Gewand, unterstützt von ein paar Mönchen, die ihm auf dem Fuße folgten. Die Äbte von Clairvaux, die er selbst geweiht hatte, brachten ihm eine Bewunderung entgegen, die ihn vollkommen kalt ließ.

Vor den Stadtmauern der kleinen Stadt hörte man Gesänge und Freudenschreie. Er lächelte und hatte einen Augenblick lang Moses vor sich, wie er auf dem Berg den Namen Gottes vom Wind davontragen ließ. »Kommt, meine Brüder«, sagte er ruhig.

Der Zug setzte sich in Bewegung. Eleonore, der König und Suger traten an diesem Nachmittag gemeinsam vor den alten Mann. Es schlug zur None, als Bernhard von Clairvaux das Podest erklomm, das auf der kleinen Anhöhe aufgebaut worden war. Um ihn herum knieten Mönche, gekleidet in den Farben des Klosters von Clairvaux.

König und Königin warteten vor ihm im Gras auf den Knien. Hinter ihnen auf den Hängen des Hügels reihten sich bis zum Horizont andächtige Gesichter aneinander, den Blick voller Bewunderung auf ihn gerichtet.

Nie zuvor hatte ich den heiligen Mann so gesehen. Er war wie verwandelt, wirkte riesenhaft und in ein Licht getaucht, das mir ebenso stark erschien wie das von Merlin. Einen Augenblick lang war ich fassungslos.

Konnte es möglich sein, dass diese wunderbare Energie ein und derselben Quelle entsprang? Ich hatte Gott immer nur als Knute betrachtet, mit deren Hilfe sich die schwachen Menschen unterwerfen ließen, und in diesem Geist war ich auch erzogen worden. Abgesehen von dem, was die Geistlichkeit innerhalb der Kirche daraus gemacht hatte – was konnte diese machtvolle, beruhigende Quelle sein, die aus diesen beiden außergewöhnlichen Wesen sprach, welche zwei so unterschiedlichen Kulturen entstammten und dienten? Ich fand keine Antwort. Merlin sprach von Liebe und schöpferischer Energie. Gott und die Kirche waren mir immer als Einheit erschienen. Und wenn die Antwort anderswo lag, jenseits der Maskerade, in eben der Kraft, die uns unerbittlich am Leben erhielt? Nein, ich hatte keine Antwort.

Bernhard von Clairvaux erleuchtete diesen Ostertag des Jahres 1146 mit seiner übernatürlichen Aura. Als er sprach, drang seine Stimme bis in die tiefste Wagenspur unten im Tal vor. »Meine Brüder! Sollen wir heute unseren unwürdigen Blick zum Himmel erheben und die Hände zum Gebet falten, während Christen massakriert und die Verteidiger des Christentums versklavt werden? Sollen wir warten, bis Jerusalem eingenommen und der junge König Balduin III. von Lanzen durchbohrt ist? Sollen wir zulassen, dass Kirchen angezündet und Heiligenbildnisse verbrannt werden? Nein! Nein, meine Brüder, denn wir sind Gottes demütige Diener und Er soll unseren Glauben als Erlösung einfordern! Als Ritter Christi, die wir sind, müssen wir das Schwert zum Kampf erheben und das Kreuz sei unser Banner! Erheben wir uns, meine Brüder, erheben wir uns, und marschieren wir den Ungläubigen entgegen. Gehen wir mit dem festen Schritt, der unsere Seelen von Sünden rein waschen wird! Gehen wir, um für Gott und mit Gott diese Städte zurückzuerobern, zu ihrem eigenen Wohl.«

Ein Raunen ging durch die Menge, als Ludwigs Stimme ertönte: »Man reiche mir das Kreuz, ich werde es mit Würde tragen!«

»Man reiche auch mir das Kreuz!«, stimmte Eleonore ein.

»Und mir!«

»Auch ich bin dabei!«

»Und ich!«

»Mit denen machen wir kurzen Prozess!«

»Das Kreuz soll mir auf die Brust gebrannt werden!«

Immer mehr Rufe erklangen, als sich die Menge dem Königspaar anschloss, und breiteten sich in Windeseile aus.

Doch dann ertönte eine warnende Stimme. »Haltet ein, Brüder!«

Der Mann war klein, alt und verbraucht, aber seine Stimme trug weit. Ihm fehlte ein Arm und sein linkes Auge war nur noch eine dunkle Höhle. Er trug einen Stock und beugte die Knie vor dem Königspaar, bevor er sich an die Menge wandte. »Eure Jugend macht euch blind! Ihr wollt euch mit den Feinden Christi schlagen, doch Ihr wisst überhaupt nicht, was dort unten vorgeht! Schaut mich an. Ich war dort, bei der ersten Expedition ins Heilige Land.«

Tödliches Schweigen legte sich über die Menge.

»Ich wurde vor den Toren von Edessa gefangen genommen und gefoltert, aber das machte mir nichts, denn ich hatte meinen Glauben. Sie stachen mir ein Auge aus und einer von ihnen, ein Riese mit dichtem Pelz, steckte es lachend in den Mund und verschlang es. Aber das machte mir nichts, denn ich hatte meinen Glauben. Sie haben unsere Armee dezimiert, unsere Hoffnung zerstört, unsere Kameraden misshandelt, doch all das machte uns nichts, denn wir hatten unseren Glauben. Als wir nach langen Jahren des Krieges heimkehrten, mussten wir über zwei Drittel der Unseren in einem Meer aus Blut zurücklassen. Wir hofften, zu Hause all jene vorzufinden, die wir zurückgelassen hatten. Doch trotz unseres Glaubens und unserer Reue fanden wir nichts mehr vor! In unserer Abwesenheit waren unsere Ländereien geplündert, unsere Burgen belagert und unsere Leute massakriert worden – von denen, die zu Hause geblieben waren. Und das wird wieder und wieder geschehen, denn auf unserem Weg liegen nur Wahnsinn und Gemetzel.«

»Bringt ihn zum Schweigen!«

»Nein, er hat Recht! Wer wird unsere Ländereien verteidigen?«

Mit einem Schlag entstand ein Tumult. Bernhard von Clairvaux hob eine Hand gen Himmel und sofort herrschte wieder Stille. Der Alte blickte ihn an, ohne Groll, aber mit der Sicherheit eines Mannes, der das Leben kannte und nichts mehr zu erwarten hatte.

»Brüder!«, donnerte der Abt von Clairvaux. »Was dieser Mann sagt, ist wahr!«

Ein Schauer lief durch die Menge, doch der heilige Mann ließ kein neues Geschrei aufkommen. Zu dem Alten sagte er. »Komm zu mir, mein Sohn.«

Überrascht von der ruhigen Macht, die er ausstrahlte, ging der Alte zu ihm und nahm auf der Tribüne Platz. Bernhard von Clairvaux legte ihm eine Hand auf die unversehrte Schulter und fuhr, der Menge zugewandt, fort: »Ja, es ist wahr und schlimmer noch, denn die Feinde des Herrn kennen keine Moral. Sie haben nur das einzige Bestreben, die Christenheit unter ihrem Joch zu zermalmen. Ihr fürchtet um Eure Ländereien und Eure Leute? Was wird aus ihnen, wenn morgen die Türken Jerusalem einnehmen? Besiegt und gedemütigt, am Kreuz verhöhnt, wird Christus die Hand über uns ausstrecken und fragen: Warum? Warum haben wir den Dämonen erlaubt, uns zu überfallen? Er wird sich seinem Vater zuwenden und ein zweites Mal sterben. Denn ich sage Euch, meine Brüder, wenn wir unsere Reliquien den Türken überlassen, wird sie nichts mehr aufhalten. Morgen werden sie vor den Toren Frankreichs stehen so wie heute vor den Toren von Edessa. Was Ihr heute fürchtet, wird euch morgen in ein Meer von Blut stürzen, das roter ist als dieses Kreuz, das wir tragen müssen. Steht auf, meine Brüder! Erheben wir uns in der Liebe Christi!«

Ohne weitere Umstände heftete Bernhard von Clairvaux dem alten Mann ein Stoffkreuz auf den Armstumpf. Sofort brach Chaos los, denn alle wollten eines haben. Die Äbte von Clairvaux organisierten vier Reihen und verteilten an die neuen Soldaten Gottes Kreuze, die sie aus riesigen Körben nahmen. Als keine mehr da waren, schnitt man welche aus den Bannern der Lehnsmänner und der Abtei sowie aus der Chlamys von Bernhard von Clairvaux, der nur noch seine Mönchskutte am Leib behielt.

Freudengesang erhob sich und schwoll zu einem Halleluja über dem Hügel an. Das Echo der Stimmen hallte im leichten Wind wider.

Nie zuvor hatte man so eine unbeschwerte Menge gesehen. Der alte Mann schien wie gebrochen unter der Hand des heiligen Mannes. Ich konnte meinen Blick nicht von seinem Auge wenden, in dem Panik blitzte.

Als Bernhard von Clairvaux ihn endlich von dem Joch seiner Hand befreite, stand er auf und ging mit gesenktem Kopf Richtung Stadt. Er warf einen letzten Blick auf das Getümmel, dann riss er das Kreuz von seiner Schulter und sah ohne Reue zu, wie es vom Wind davongetragen wurde.

Ein paar Stunden später wurde bekannt, dass er in einem Graben unweit der Zugbrücke tot gefunden worden war, eine Hacke im Rücken.

»Damoiselle von Campan! Welch ein Glück, Euch wieder in unseren Gemäuern zu haben.«

Lächelnd ging der König auf die junge Frau zu. Nachdem sie tags zuvor von ihrer Mission zurückgekehrt war, die sie mehrere Monate vom Palast fern gehalten hatte, konnte sie nicht länger widerstehen und musste zum König, um ihm ihre Aufwartung zu machen. Das Bedürfnis, ihn zu sehen, erfüllte sie, seit sie den Grand Châtelet überquert hatte.

Sie sank in einen tiefen Knicks. Da Eleonore nach Poitiers gereist war, um dort für den Kreuzzug zu werben, hatte sie volle Handlungsfreiheit.

»Habe ich Euch gefehlt, Sire?«, erkundigte sich die Schöne unverblümt.

Arglos entgegnete Ludwig: »Das wisst Ihr doch, treue Freundin.«

Er hielt ihr den angewinkelten Arm hin und lud sie zu einem Spaziergang ein. Béatrice stieß einen glücklichen Seufzer aus und schlang ihren Arm um den Ellbogen des Königs.

Die Gärten des Palastes quollen über von grüner Pracht, die Obstbäume bogen sich unter weißen Blüten und die Rosen strömten ihren schweren, süßen Duft aus.

»Die Aufregung erfasst das ganze Land«, meinte Ludwig, »und ich denke voller Mitgefühl an unsere Armee, welche die Oriflamme bis vor die Tore von Edessa tragen wird.«

»Es heißt, die Türken sind von äußerster Grausamkeit, Messire. Ich habe Angst um Euch, Majestät.«

»Ich habe die Hand des Herrn auf meinem Herzen, Béatrice. Sein Wille geschehe. Ich habe keine Angst um den erbärmlichen Fischer, der ich bin.« Er hielt eine Weile inne, dann nahm er beide Hände der jungen Frau und blickte sie ernst an. »Aber um Euch habe ich Angst, mein liebes Kind. Abt Suger hat mir von Eurer Entscheidung berichtet, und ich erschauere noch immer. Es gibt tausend verschiedene Arten, Gott zu dienen. Ich bestehe darauf, dass Euer Platz hier ist und nicht inmitten von Gefahren, deren Opfer Ihr werden könntet, was ich mir gar nicht vorstellen mag.«

Béatrice spürte, wie ein Gefühl unermesslichen Glücks in ihr aufstieg. Ludwig hatte Angst um sie. Also liebte er sie. Sie blickte ihm in die unruhigen Augen, ihn mit Zärtlichkeit überschüttend. »Wo mein König ist, da will auch ich sein«, murmelte sie.

»Das ist Wahnsinn«, entgegnete der König, ohne Blick oder Hände von ihr zu nehmen.

»Nun, dann sind wir alle wahnsinnig, Sire. Ich werde nicht die Einzige sein, die im Namen Gottes in die Schlacht zieht.«

Ludwig seufzte. Ihre schmale weiße Hand haltend, führte er sie zu einem herrlichen Apfelbaum, an dessen Stamm eine Steinbank angebracht war. Während er einen Ast beiseite schob, um sie durchzulassen, fuhr er fort: »Es ist Aufgabe der Königin, ihren Gatten auf solch eine Unternehmung zu begleiten. Euch zwingt nichts dazu.«

»Im Gegenteil, Majestät.«

Als sie bei der Bank angekommen waren, wandte sich Béatrice dem König zu. In ihren Augen standen Tränen. »Lieber unter der Folter der Türken sterben als unter der tausendmal schlimmeren des Wartens, des täglichen Zitterns um meinen König.«

»Ich könnte es nicht ertragen, wenn Euch jemand ein Leid zufügte«, flüsterte der König und ließ einen Finger über eine blonde Locke gleiten, die sich aus ihrem Zopf gelöst hatte.

»Dann zwingt mich nicht, Euch fernzubleiben, denn ich werde nicht gehorchen.«

Zitternd verloren sich Ludwigs Lippen auf denen der jungen Frau. Von seiner Liebe und ihrem süßen Bekenntnis getrieben, hatte er nicht widerstehen können und seine lebende Ikone in die Arme geschlossen.

Lange küssten sie sich, bevor sie sich auf der Bank niederließen. Béatrice legte ihren Kopf an die Schulter des Königs. Ludwig bewunderte über ihrer Stirn einen Zaunkönig auf einem Ast, der sein Liebeslied in den leichten Wind pfiff. Er spürte tiefen Frieden.

Ruhig sagte Béatrice: »Ich liebe Euch, Ludwig.«

Er antwortete nicht. Seine eigenen Gefühle schienen ihm viel zu offensichtlich. Er legte einen Arm um die junge Frau und gemeinsam genossen sie diesen besonderen Augenblick, der sich, wie beide wussten, niemals wiederholen würde.

»Ich habe sie gesehen, so wie ich Euch jetzt sehe, Arm in Arm unter dem großen Apfelbaum.«

Sibylle von Flandern konnte ihre Aufregung nicht mehr im Zaum halten. Zum vierten Mal schon erzählte sie mir die Geschichte. Sie sei friedlich durch den Obstgarten spaziert, um die sanften Sonnenstrahlen des Septembers 1146 zu genießen, als sie plötzlich Stimmen hörte. Neugierig habe sie sich gefragt, wer sich wohl auf der Bank der Liebenden verstecke, und habe so die zarte Tändelei mit angesehen.

»Auf welchen schönen Galan habt Ihr denn gewartet?«

Die Frage ließ sie erröten. »Darum geht es doch gar nicht«, wehrte sie ab und fuhr dann fort: »Könnt Ihr Euch das vorstellen? Und die Königin glaubte, er denkt nur ans Beten!«

»Jeder hat seine Schwächen, Sibylle«, witzelte ich.

Es war am Hof bekannt, dass die der Gräfin von Flandern in sehr jungen Herren mit weiblichen Zügen bestanden.

»Gewiss, gewiss! Aber Béatrice von Campan! Es ist seltsam, seht Ihr, ich kann sie mir mühelos vorstellen, wie sie zusammen den Rosenkranz beten, bevor sie ins Bett steigen«, scherzte sie und brach in nervös-aufgeregtes Gelächter aus.

Ich malte mir aus, dass innerhalb kürzester Zeit der ganze Hof aus dem Mund dieser Klatschtante von der Untreue des Königs erfahren würde. Ludwig würde nicht zulassen, dass man über ihn herzog und Anzüglichkeiten über sein Verhalten austauschte, folglich würde Béatrice aus dem Palast entfernt werden und der König wäre unglücklich.

Um nichts in der Welt wollte ich das. Je mehr Zeit der König mit ihr verbrachte, desto weniger blieb ihr, um Ränke zu schmieden. Ich seufzte. »Habt Ihr irgendjemandem erzählt, was Ihr gesehen habt?«

»Natürlich nicht«, erwiderte Sibylle betrübt und zuckte die Schultern. »Ihr seid die Erste, die mir begegnet ist«, gluckste sie, damit andeutend, dass sie das so bald wie möglich nachzuholen gedachte.

Ich lächelte und nahm sie an den Ellbogen. Sie schöpfte keinen Verdacht, als ich mich zu ihr beugte, wie um ihr etwas anzuvertrauen. »Nun, dann werdet Ihr alles vergessen. *Sylgram Louldris Divyl …*«

Ein paar Sekunden lang glotzte Sibylle wie eine Kuh ins Leere, dann glomm ein Funke in ihren Augen auf und ich ließ sie los. »Wovon sprachen wir gerade?«, fragte sie mich und legte einen Finger an die Schläfe.

»Von dem Galan, den Ihr unter dem großen Apfelbaum erwartet habt und der nicht kam«, sagte ich beiläufig.

»Ach ja.« Sie hielt eine Weile inne, um in ihrem Gedächtnis zu kramen, und brach dann in fröhliches Gelächter aus: »Die Pest über ihn! Ich habe ihn schon wieder vergessen!«

16

Verzeiht, mein Herr …«

Jaufré drehte sich erstaunt um. Er wollte seit einigen Monaten niemanden mehr sehen und fand Ruhe nur noch in der Betrachtung eines Porträts von mir, das Gabriel von Plassac für ihn gemalt hatte. Er hatte den talentierten jungen Maler nach Bordeaux geschickt, als ich zuletzt dort zu Besuch war, damit er sein Motiv in Augenschein nehmen konnte.

Sein Verwalter hatte Anweisung, ihn nicht zu stören, wenn er am Rand der Klippe saß und die Füße über dem Abgrund baumeln ließ, die Mandore neben sich im weichen Gras.

Doch vor ihm stand ein junger Mann, den er nicht kannte. Er zerknautschte mit zitternden Händen seinen Hut. Jaufré schwankte, ob er dem Zorn, den er in seinem Innern aufsteigen spürte, nachgeben oder sich der unerwarteten Situation ergeben sollte.

»Verzeiht, mein Herr«, sagte die Stimme leise und zögerlich, aber beharrlich.

»Was willst du? Ich hatte angeordnet, dass ich nicht gestört werden will.«

»Oh, ich weiß, Messire. Ich wurde mehrere Male abgewiesen, bis es mir durch eine List gelang, zu Euch vorzudringen. Es spielt auch keine Rolle, wenn Ihr mich verprügeln lasst. Ich musste Euch sehen.«

Plötzlich wusste Jaufré nicht mehr, was er mit dem Jüngling machen oder was er zu ihm sagen sollte. Den verbeulten Hut umklammernd, war er inzwischen vor ihm auf die Knie gefallen. »Also gut! Komm, setz dich. Wie nennt man dich?«

Das Gesicht des Jungen erhellte sich zu einem breiten Grinsen.

Er legte seine Kopfbedeckung auf den Boden und setzte sich im Schneidersitz neben den Troubadour. »Man nennt mich Peyronnet, Messire.«

»Nun denn, Peyronnet, dann erzähle mir, wie du den wachsamen alten Schießhund ausgespielt hast.«

Der Junge unterdrückte ein Lachen. Die Bezeichnung, welche die Bauern dem alten Verwalter gegeben hatten, passte hervorragend. Peyronnet freute sich, dass er bis zum Hausherrn durchgedrungen war, ohne dass der daran Anstoß nahm. »Seht Ihr diesen Weg direkt oberhalb des Wassers dort?«, fragte er und wies auf einen schmalen Pfad durch den Stechginster, der bei Flut überspült war.

Jaufré nickte.

»Ich bin ihm vom Hafen aus gefolgt und dann bin ich zu Eurer Linken den Steilhang hinaufgeklettert.«

»Donnerwetter!«, rief Jaufré erstaunt aus. »Zeig mir deine Hände!«

Peyronnet hatte aufgerissene Handflächen und nun fiel dem Troubadour auf, dass der Hut ganz voller Blut war. »Du hättest dich umbringen können!«

Der Junge brach in Gelächter aus. »Bei dem Barte, den ich nicht habe, es hätte nicht viel gefehlt! Einmal trat ich einen Stein los, auf dem ich Halt gesucht hatte, und rutschte aus. Meine Füße baumelten frei über dem Abgrund. Ich verdanke mein Leben nur einer Baumwurzel, an der ich mich im Fallen festklammern konnte. Zum Glück bin ich nicht sehr schwer und nach ein paar Verrenkungen hatte ich wieder einen sicheren Stand. Mit zitternden Händen und Füßen kam ich oben an. Bis hierher habe ich mich von einem Busch zum nächsten geschlichen.«

»Du bist ja tollkühn. Was für ein Glück für mich, dass du keine feindlichen Absichten hast«, sagte Jaufré mit nachsichtigem Lächeln.

Obwohl sein Herz erkaltet war, gefiel ihm der Bengel. Er dankte dem Himmel, dass er es gewagt hatte, das Verbot zu übertreten, und sich bei seinem Aufstieg nicht den Hals gebrochen hatte.

»Da du jetzt hier bist, kannst du mir auch sagen, weshalb du so viel Hartnäckigkeit und Akrobatik aufgebracht hast.«

»Wegen Eurer Verse, Messire.«

Jaufré stieß einen leisen Schrei der Überraschung aus. *So viel Gefahren für so wenig*, dachte er und fragte laut: »Bist du verrückt?«

»Mitnichten, Messire! Mitnichten! Schon von Kindesbeinen an höre ich um mich herum Lobgesänge auf unseren Herrn, den Troubadour. Wie gerecht er zu seinen Leuten ist und vor allem wie sehr er mit seinen Liedern Freude bereitet. Meine Neugierde wuchs mit meinen Beinen, und sobald man mir etwas Zeit ließ, begab ich mich zum Schloss, um Euch zu hören. Eines Abends ließ ich mich in den Büschen hier vom Schlaf übermannen. Eure Mandore weckte mich. Ihr saßt kerzengerade im Schein des Mondes und sangt ein Lied, das ich bei Gott niemals vergessen werde, so sehr rührte es mich an. Ihr weintet, Messire, für die Dame auf diesem Bild.«

Jaufré betrachtete das Gesicht, das ihn von der Leinwand anlächelte, und Tränen traten ihm in die Augen. Er erinnerte sich an diese Nacht. Voller Verzweiflung hatte er auf sie gewartet, doch ihr Zimmer war dunkel geblieben und sein Herz an der Quelle versiegt.

Der Jüngling griff nach dem Instrument und hielt es Jaufré hin. »Bringt es mir bei, Messire. Bei allen Heiligen des Paradieses, ich schwöre Euch, dass Ihr nie einen aufmerksameren Schüler haben werdet.«

»Du kommst ein wenig zu spät, Kleiner«, seufzte Jaufré. »Ich habe keine Seele mehr. Ich komponiere nicht mehr.«

»Keine Seele mehr?«, empörte sich Peyronnet und legte Jaufré die Mandore auf die Knie. »Wenn es die Dame auf dem Porträt ist, die sie Euch gestohlen hat, dann werft das Porträt weg und singt wieder unter ihrem Fenster!«

Jaufré sah den jungen Mann neugierig an. Er hätte ihn für seine Unverfrorenheit bestrafen müssen, doch er hatte nicht den Mut dazu. Peyronnet stand der Zorn in den Augen, und diese Wut wärmte ihm das Herz.

»Lebt in der Liebe, Messire«, beschwor der Junge ihn, »statt daran zu sterben!«

Jaufré stieß einen langen Seufzer aus und strich mit der flachen

Hand über das Instrument. »Hast du schon einmal geliebt, Peyronnet?«

»Natürlich, Messire. Eine Jungfrau aus meinem Dorf mit wunderschönen Mandelaugen und Wespentaille. Ich möchte meinen, dass sie binnen kurzem von meinen Versen so hingerissen ist wie Eure Schönen von Euren! Bei Gott, mit einem Meister wie Euch …«

»Das ist also das wahre Motiv für deine Hartnäckigkeit!«, unterbrach ihn Jaufré mit gespielter Entrüstung.

»Aber nein, Messire! Meine Liebe zu ihr kam erst lange nach der zu Euch.«

»Also gut! Mein junger Freund, du sollst dennoch wissen, dass aus zu verwegenen Leidenschaften nichts Gutes erwächst. Sieh nur, in welchem Zustand ich mich befinde, weil ich zu sehr liebe.«

»Beklagt nicht Euren Zustand, Herr. Im Übrigen hat er zu diesem Lied geführt, das schöner ist als alles andere auf der Welt und das nur ich und der Mond hören konnten. Es war, wenn ich mich recht erinnere, vor drei Jahren.«

»Auch sie hörte es, aber sie hat es nicht berührt.«

Peyronnet sah Jaufré aufmerksam an; aus seinen Augen sprachen Trauer und Listigkeit zugleich. Sein Herr löste in ihm ebenso viel Mitleid wie Bewunderung aus. Er war jung, noch nicht ganz zwölf, und störrischer als das Maultier seines Vormunds. »Woher wollt Ihr das wissen«, fragte er, »wenn Ihr nicht einmal eine Kerze in ihrem Fensterkreuz gesehen habt? Vielleicht wartete sie ebenso auf Euch wie Ihr auf sie?«

»Das ist unmöglich«, murmelte Jaufré.

»Habt Ihr einen Beweis dafür, dass sie nicht im tiefsten Innern ihrer Seele davon angerührt wurde? Ich kann es nicht glauben, Messire, denn ich habe so viel geweint bei diesen Versen, die mich nichts angingen. Ihr wollt mir also weismachen, sie hätte weder Herz noch Leidenschaft? Wenn das so wäre, würdet Ihr nicht so singen.«

Jaufré wandte seinen trüben Blick dem Gesichtchen des Jungen zu. »Du bist kein Dummkopf, Peyronnet. Und, wie mir scheint, wesentlich klüger als die Pest von einem Menschen, die ich bin.«

»Zu Euren Diensten, Messire!«, sagte der Lausbub und brach in Gelächter aus.

Jaufré zauste mit seiner schmalen Hand das ebenholzschwarze Haar und Peyronnet lachte umso mehr.

»Du verdienst eine Belohnung, du Schlingel!«, sagte Jaufré gerührt. Er hatte das Gefühl, als wäre er von einer neuen Kraft beflügelt.

Er nahm das Portrat und zerriss es. Peyronnet hörte abrupt auf zu lachen. Jaufré verstreute die Fetzen über die Wellen, die unter ihren Füßen am Felsen leckten.

»So ein schönes Bild, Messire«, jammerte Peyronnet.

»Ja und, mein junger Freund? Hast nicht du selbst mir eben vorgeworfen, in Erinnerungen zu leben?«

»Gewiss, aber …«

Erstaunt sah der Jüngling, wie sich das Gesicht des Troubadours langsam aufhellte.

»Du hast vermutlich Recht, was diese Schöne angeht. Ihr Lächeln war gefroren, das echte erstrahlt unter einem anderen Himmel. Vor langer Zeit habe ich bei Gott geschworen, dass ich erneut von ihren Lippen trinken werde. Doch zur Stunde haben wir anderes zu tun.«

Unter den Augen des Jungen stimmte Jaufré seine Mandore und schlug ein paar Akkorde an. Wenige Augenblicke später sangen sie zusammen ein altes Volkslied der Gegend, das lustig im Wind tanzte. Peyronnet schlug zwei Kiesel aneinander, um den Takt vorzugeben, und Jaufré war überrascht über die reine und warme Stimme seines Schülers.

Bei Sonnenuntergang schworen sich das Kind und der Troubadour vor Gott, sich nicht mehr zu trennen.

»Hier! So!«

Jaufré legte Peyronnets Finger auf die Saiten, während dieser mit herausgestreckter Zunge konzentriert auf das Instrument schielte bei dem Versuch, seinen Meister zufrieden zu stellen. Seit einem Monat übte er schon, kämpfte er mit seinen ungelenken Fingern. Er war mehr daran gewöhnt, Hanf mit seiner Mutter zu spinnen oder Stroh zu säubern für die Körbe, die sie flocht. Doch er gab nicht auf und passte ganz besonders auf die Mandore auf, die ihm der Troubadour geschenkt hatte. Seit einer Woche wohnte er in der Burg, damit der Graf von Blaye seine Fortschritte besser verfolgen konnte. Jaufré zweifelte nicht daran, dass sein brillanter Schüler bald an seiner Seite über das Land ziehen und jeden Abend singen konnte. Durch ihn hatte er seine Lebensfreude wieder gefunden, und nun wollte er so schnell wie möglich an den Hof.

Deshalb erwartete er auch einen Boten, der längst überfällig war und den er seit acht Monaten nicht mehr gesehen hatte.

Der alte Uc le Brun, Lehnsmann von Lusignan, lebte ebenfalls abgeschieden von der Welt, seit ihm ein grausames Schicksal seine geliebte Gattin geraubt hatte. Sie war kurz nach Weihnachten 1144 an einer Krankheit gestorben, die kein Arzt heilen konnte und die einfach »das Todesleid« genannt wurde. Die arme Frau hatte furchtbar gelitten. Trotz aller Heiltees hatte sie ihre Umgebung mit ihrem Schreien und Wimmern aller Kräfte beraubt. Uc war nur noch ein Schatten seiner selbst gewesen, als er nach der Beerdigung schluchzend an der Schulter seines Freundes zusammenbrach. Jaufré hatte mit ihm geweint.

Beide waren seither in trübsinniger Einsamkeit versunken, doch so merkwürdig es auch schien, die letzten Neuigkeiten hatten auch dem alten Uc neuen Schwung verliehen.

»Werden wir bald ins Heilige Land aufbrechen, Messire?«, fragte Peyronnet unvermittelt. Damit sprach er an, was dem Troubadour ohnehin gerade durch sein verwirrtes Hirn ging.

»Ich kann nicht, junger Freund.«

Immer wieder hatte er sich diese Frage gestellt, und jedes Mal war er bei einer weiteren geendet: Was würde aus seinen Ländereien werden, wenn er sich dem Kreuzzug anschloss? Der neue Herr von Vitrezais wartete nur darauf, dass er einen falschen Schritt tat, um sich seinen Besitz unter den Nagel zu reißen, nach dem Vorbild seines verstorbenen Vaters. Jaufré konnte sich nicht entschließen, seine Leute Schakalen zum Fraß vorzuwerfen.

»Bei Gott, mir scheint, deine Gesellschaft könnte einem armen Verrückten wie mir wohl tun!«, donnerte da eine tiefe Stimme.

»Uc!«, rief Jaufré freudig und eilte auf seinen Besucher zu.

Die beiden Freunde fielen sich in die Arme.

»Komm«, sagte Jaufré, »dann stelle ich dir meinen Schüler vor, den äußerst talentierten Peyronnet!«

»Potzblitz!«, wetterte Uc und musterte den Jüngling, der sich tief vor ihm verneigte. »Wie alt bist du, mein Junge?«

»Zwölf, Messire!«

»Du fängst ja früh an, an deine Zukunft zu denken«, meinte der Alte gut gelaunt. Mit einem Finger auf die Brust des Troubadours tippend, setzte er ein breites Grinsen auf. »Hüte dich, zu früh für deine Nachfolge zu sorgen, sonst schnappt dir dieser Wildling mit seinem Engelsgesicht die schönsten Mädchen weg!«

»Wenn er dabei vernünftig bleibt, ist es mir gleich; solange er mir eine lässt. Eine einzige!«, erwiderte Jaufré. »Was das angeht, mein Freund... du kommst doch gerade vom Hofe. Erzähl mir, was es Neues gibt.«

Uc ließ sich in einen Sessel fallen und sagte zu Peyronnet: »Bring uns was zu trinken und leg dieses Folterinstrument zur Seite. Du bräuchtest ein Schwert als Waffe.«

Ohne ein Wort folgte Peyronnet der Aufforderung. Der Koloss beeindruckte ihn, und selbst Jaufré hatte Schwierigkeiten, den alten Freund wieder zu erkennen, der sich nach all seinem Kummer in einen Stimmungsmacher verwandelt hatte.

»Deine Schöne, mein Freund, strahlt heller denn je. Im Moment bereitet sie sich zusammen mit der Königin und ihren Begleiterinnen auf die lange Reise ins Heilige Land vor! Und bei allen Heiligen des Paradieses, ich schwöre, dass ich auch dabei sein werde! Wenn du Bernhard von Clairvaux gesehen hättest, ins Licht des hereinbrechenden Abends getaucht, wenn du seine Stimme gehört hättest, die wie ein Donner losbrach! Niemals habe ich Gott so gespürt wie in diesem Augenblick. Müde und kraftlos habe ich mich zum Hügel von Vézelay geschleppt, nur aus Pflichtgefühl gegenüber der Herzogin folgte ich dem Ruf. Sieh nur, wie wunderbar verwandelt ich zurückkam! Es gibt nicht eine Seele im ganzen Königreich, die nicht ihre Klinge schärft und mit Spucke poliert. Alle, sage ich dir! Selbst die Verrückten, die Hochmütigen und die Krüppel ohne Beine! Alle sind vom selben Fieber erfasst. Alle, außer meinem Freund.« Seine Stimme senkte sich betrübt bei dieser Feststellung.

Jaufré reichte Uc ein Glas. »Ich habe nur einen alten, halb tauben Verwalter, um meine Leute zu schützen, Uc. Wer soll auf meine Ländereien aufpassen? Die Prälaten von Saint-Sauveur und Saint-Romain? Sie können meine Feinde nicht zurückschlagen.«

»Zum Teufel mit diesen Banditen! Ich gebe dir hundert Männer und meinen besten Verwalter, Leute, auf die du dich verlassen kannst wie auf dich selbst. Komm mit uns, Jaufré! Komm mit und verdiene dir den Namen Rudel, den du trägst! Dein alter Freund bittet dich darum und diese hier fleht dich darum an.«

Mit einen verschwörerischen Zwinkern reichte er Jaufré einen mit Wachs versiegelten Brief. Die Hand des Troubadours begann zu zittern, als er eilig das Pergament aufbrach. Es trug das Siegel der Königin. Jaufré verbarg seine Enttäuschung hinter einem Lächeln, doch beim Lesen gewann er seine gute Laune zurück.

Mein teurer Freund, die Zeit wird lang ohne Eure Lieder. Neben mir verzehrt sich eine Rose, die unter ihren Dornen eine ungebrochene Liebe nährt. Seit mein Herz für einen der Euren schlägt, kann ich ermessen, wie viel Mut sie aufbringen muss, Euch zurückzuweisen. Wir brechen in einigen Monaten auf und werden, wenn Gott uns das Leben schenkt, siegreich zurückkehren, nachdem wir das Grab Christi befreit haben. Wir können nicht das Schwert tragen und sterben, ohne dass Musik unsere Herzen erhebt. Schließt Euch uns an.
Gott wird es Euch vergelten.

Unterzeichnet: *Eure Königin*. Nichts weiter. Jaufré wurde klar, dass dieser Brief nicht offiziell war, ganz im Gegenteil, und sein Herz schlug heftig.

»Du hattest Recht, Dummerjan!« Er brach in Gelächter aus und zerzauste den Haarschopf seines Schülers, was er sich zur Gewohnheit gemacht hatte.

Peyronnet, der vom Grafen von Lusignan so beeindruckt war, dass es ihm die Sprache verschlagen hatte, setzte ein dümmliches Grinsen auf und erkundigte sich leise: »Heißt das, Messire, dass Ihr wieder unter ihrem Fenster schmachten werdet?«

»Besser, mein Freund, viel besser!«

Er zerknüllte das Kreuz aus rotem Satin, das an die Botschaft geheftet war, und warf es ihm lachend ins Gesicht. Peyronnet blickte auf das Stück Stoff, dann in das zufriedene Gesicht des Grafen von Lusignan und schließlich auf Jaufré, dessen Augen wie Sterne blitzten. Als er begriff, dass er fürderhin einer der Ihren sein würde, rief er überglücklich: »Weihnachten! Es ist wie Weihnachten!«, und begann herumzuspringen, Räder zu schlagen und dabei Hocker und Gläser umzustoßen. Jaufré stimmte in das fröhliche Lachen der Freunde mit ein.

Am frühen Morgen waren sie immer noch am Steilhang – betrunken. Aus vollem Halse singend, attackierte Uc die Büsche mit dem Schwert, Peyronnet kämpfte mit einem unsichtbaren Feind und Jaufré schwang seine Mandore über dem Kopf wie eine Keule.

Unter den staunenden Blicken der Feen schliefen die drei Gefährten schließlich auf einem Haufen liegend ein, die Gesichter verklärt dem Sonnenaufgang zugewandt.

Im dichten Gebüsch am anderen Ende des mit Eschen und Buchen bestandenen Feldes stürzte sich der Falke auf seine Beute. Heinrich folgte ihm mit den Augen, eine Hand schützend über die buschigen roten Augenbrauen haltend. Als er sah, wie der Vogel sich, seinen Fang in den Krallen, wieder in die Lüfte erhob, bestieg er sein Pferd und ritt ihm entgegen. Einige Sekunden später kreiste der Falke über dem jungen Mann und ließ seine Beute, einen herrlichen Hasen, fallen, bevor er auf die Faust mit dem Lederhandschuh flog.

In diesem Augenblick erschien in einer Wolke Gerstenstaub der Graf von Anjou zu Pferd. Er ritt in ruhigem Schritt auf seinen Sohn zu, der abgestiegen war, um das zuckende Beutetier zu töten.

»Herrliches Tier!«, bemerkte Gottfried der Schöne.

»Es ist mindestens zehn Pfund wert.«

»Zweifellos!«

»Seht, wie gut ich diesen Falken abgerichtet habe«, sagte Heinrich stolz. »Ihr meintet, er sei zu ungeschickt!«

»Ich habe mich geirrt. Ihr habt ihn sehr gut dressiert, mein Sohn. Ich bin stolz auf Euch.«

Stolz hob Heinrich das Kinn. Es gefiel ihm, dass sein Vater zufrieden war. Mit seinen dreizehn Jahren war er ebenso kräftig wie Gottfried, Bart und Haar trug er lockig und dicht wie das eines Wikingers. Sein Wesen flößte weniger Liebe als Respekt ein. Er war aufbrausend, arrogant, autoritär und stur – ziemlich viele schlechte Eigenschaften für einen einzigen Menschen. Seinen Vater, dessen Überlegenheit ihn immer noch wurmte, schätzte er, doch seiner Mutter Mathilde brachte er uneingeschränkte Zuneigung entgegen. Er wusste, dass er bald über England und die Normandie herrschen und den König von Frankreich seinem Willen unterwerfen würde; dafür kämpfte sie. Heinrich hatte die Absicht, sich wiederzuholen, was man ihm geraubt hatte, und hielt es folglich für richtig, das zu sein, was er war.

Diese Dressurvorführung war nichts weiter als ein versteckter Hinweis an seinen Vater, dass es Zeit sei, ihn in die Geschäfte einzubeziehen. Er hatte Gottfried überreden können, an der ersten Jagd des Vogels teilzunehmen, und so waren sie zusammen bei Tagesanbruch losgeritten.

Den Vogel in einen ledernen Quersack stopfend, den er geschickt an seinem Sattel befestigt hatte, sagte er selbstbewusst: »Gestern habe ich Euch beim Schwertkampf mit zwei Händen Staub fressen lassen und heute habt Ihr gesehen, wie besonnen ich sein kann. Es ist Zeit, Vater, mich nicht länger als Kind zu betrachten.«

Damit ergriff er die Zügel seines Pferdes und schwang sich beherzt in den Sattel. Er blickte dem belustigten Grafen fest in die Augen. Gottfried der Schöne hatte mit einem solchen Aufstand längst gerechnet und war darauf vorbereitet. Sein Sohn war zwar stur, aber noch nicht so gerissen wie er. Beide Hände auf den reich mit Gold verzierten Sattelknauf gestützt, sagte er: »Ich glaube in der Tat, dass Ihr es sogar an Klugheit mit mir aufnehmen könnt.«

Heinrich spürte, wie ihm das Herz aufging. Er hätte mit mehr Schwierigkeiten gerechnet. Sich seiner Sache gewiss, antwortete er in den Maiwind: »Dann ist es also beschlossen! Ich werde Euch ins Heilige Land folgen!«

Er hieb die Hacken in die Flanken seines Reittieres, das kurz stieg, um dann in Galopp zu fallen.

»Lausejunge!«, grollte der Graf gerührt.

Der Junge war ihm so ähnlich. Mit ein paar Sätzen holte er ihn ein, beugte sich über den Hals seines Pferdes nach vorne und griff nach dem Zaumzeug von Heinrichs Tier. Im Aufrichten parierte er mit einem Schwung aus der Hüfte beide Pferde durch. Heinrich war wütend, sagte aber nichts, weil er viel zu froh war, endlich erreicht zu haben, was er wollte.

»Wir haben unser Gespräch noch nicht beendet«, stellte der Graf fest. »Ihr seid in der Tat besonnen, aber nichtsdestotrotz viel zu jung, um gegen die Türken zu marschieren, mein Sohn.«

Er ließ die Zügel los und sprengte nun seinerseits mit einem Schrei davon. Heinrich spürte, wie ihm die Wut in den Schläfen pochte. Wenn das so war, würde er es ihm eben zeigen, dem edlen Alten! Er gab seinem Pferd brutal die Sporen und galoppierte dem Grafen nach.

Begierig, dem Vater seine Überlegenheit zu beweisen, stellte sich der junge Mann im Sattel auf und stürzte sich auf ihn. Die beiden Männer rollten durch die Ginsterbüsche, sich gegenseitig am Kragen packend. Heinrich hatte außergewöhnliche Kraft, die er kaum beherrschte, wenn er zornig war. Gleichwohl hatte er noch nie die Hand gegen seinen Vater erhoben. Die Kampfspuren beschränkten sich also auf ein paar Dornen im Fleisch und ausgerissene Blüten in den Maschen ihrer Kettenhemden.

Das Gesicht im gelben Blütenbett, wehrte sich Heinrich noch einen Augenblick lang, doch die Hand seines Vaters, die seinen Arm umspannte, zwang ihn dazu, um Gnade zu bitten. Aber Gottfried der Schöne war noch lange nicht fertig. Er ließ seinen aufmüpfigen Sohn los und setzte sich neben ihn ins Moos, während Heinrich sich um eine würdevollere Position bemühte und mit den Händen kleine Kreise beschrieb, um die Schmerzen in den Handgelenken zu lindern.

»Stark seid Ihr zweifellos«, bemerkte der Graf, »doch im Kampf, mein Junge, fehlen euch noch ein paar Jahre Erfahrung. Ich werde Euch unterrichten!«, versprach er und verpasste ihm einen derben Schlag auf die robuste Schulter.

Heinrich stieß einen Seufzer aus und rückte neben seinen Vater.

Die Pferde standen ein paar Schritte entfernt. »Ich will kämpfen, Vater!«, jammerte er und zog sich die Dornen aus dem Arm.

»Und was, kleiner Narr, soll Eurer Ansicht nach geschehen, wenn Ihr im Heiligen Land fallt?«, fragte der Graf ruhig.

Heinrich zuckte die Schultern und sagte nichts.

Gottfried fuhr an seiner Stelle fort: »Das, wofür Eure Mutter und ich kämpfen, hätte keinen Sinn mehr. Euer Bruder Gottfried hat nicht das Format, eine Krone zu tragen. Ganz abgesehen davon, dass auch hier ein Schwert notwendig ist. Es wird kein Tag vergehen, an dem Ihr nicht an meiner Stelle Euer zukünftiges Königreich und Euer Erbe gegen Euren verbrecherischen Cousin verteidigen müsst. Es gibt für alles eine Zeit, Heinrich. Jeder von uns muss dem Weg folgen, der für ihn vorgezeichnet ist. Und was das Kämpfen angeht – ich wette, dass Ihr mehr als genug Gelegenheit dazu haben werdet.«

Heinrich betrachtete seinen Vater mit anderen Augen. Sein Zorn war verraucht, er fühlte sich sogar glücklich. In seinem Enthusiasmus hatte er nur eine Möglichkeit gesehen, sich mit Ruhm zu bedecken: auf dem Kreuzzug. Doch die Aufgabe, bei seiner Mutter zu bleiben und sie zu beschützen, war weitaus bedeutsamer. Er fühlte sich ihr nicht nur gewachsen, sondern dachte auch daran, dass sein Vater eines Tages nicht mehr sein würde und er seinen Namen wie ein Banner vor sich her tragen müsste.

»Woran denkt Ihr, mein Sohn?«, fragte der Graf angesichts seines seligen Gesichtsausdrucks.

»An uns, Vater! Und an unsere schöne Vereinbarung!«

»Das gefällt mir schon viel besser!«

»Und was ist mit… ihr?« Seine Stimme klang plötzlich ganz schüchtern.

»Hab keine Angst, mein Sohn. Loanna von Grimwald wird dafür sorgen, dass Ludwig nicht aus dem Heiligen Land zurückkehrt.«

Heinrich seufzte. Wie sollte er seinem Vater gestehen, dass er gar nicht an diese Königin von Frankreich dachte, die er nur zweimal bei offiziellen Feierlichkeiten gesehen hatte und die ihm ziemlich hochnäsig erschienen war. Sein Herz schlug für seine Fee, selbst wenn sie ihn nicht mehr liebte als ihren König. Loanna von Grimwald! Verbittert überlegte er, dass er Eleonore wegen ihrer Mitgift heiraten würde, um dann seiner Herzensdame näher zu kommen.

Dies war einer der Gründe gewesen, warum er unbedingt das Kreuz nehmen wollte. Er wollte sich ihr zeigen, nicht mehr als das Kind, das sie gekannt hatte, sondern als der Mann, der er geworden war.

»Nun, Heinrich, wir müssen zurück und unseren Fang in der Küche abliefern.«

Während der Graf die beiden Zelter am Zaumzeug nach Hause führte, kroch Heinrich auf allen vieren durch das Gebüsch, auf der Suche nach seinem Filzhut, den er bei der Prügelei verloren hatte, und fand ihn alsbald zwischen den gelben Blüten. Als er die Zweige auseinander bog, um ihn zu befreien, riss er einen Stängel voller Blüten mit ab, der sich dekorativ in der Kopfbedeckung verfangen hatte.

Er wollte ihn schon entfernen, überlegte es sich dann aber anders und setzte den Hut samt Blumenschmuck auf. Dies sollte seine Trophäe sein. Heute trug er seinen ersten Sieg nach Hause. Er war in die Welt der Erwachsenen eingetreten, und so wie sein Vater den Beinamen der Schöne trug, so brauchte auch er einen Namen, der ihn unvergesslich machen würde.

Mit stolz hochgereckter Nase blickte er dem Grafen entgegen, der inzwischen zurückkam. Als er seinen Sohn sah, sagte er in verschwörerischem Ton: »Da seid Ihr ja zum Ginstergewächs geworden, mein Sohn.«

Heinrich nickte. Das gefiel ihm. Ginstergewächs… Plante à Genêt. Heinrich Plantagenêt, Graf von Anjou und der Normandie, König von England!

Ein paar Stunden später – Heinrich hatte beschlossen, dass er sich fürderhin wie ein Mann zu benehmen hatte – ging er mit bestimmtem Schritt zum Pachthof der Bauernfamilie Homquette. Hier war ihm kürzlich das fröhliche Gesicht des Töchterchens aufgefallen, das ein Jahr älter war als er.

Er fand sie im Schuppen, wo sie mit der Mistgabel mühevoll Heu wendete. Sie war allein, das wusste er. Es war Markttag und ihr Vater war gegangen, um Schweine zu verkaufen. Ihre Mutter war auf den Feldern und würde ihn nicht behelligen.

Er pflanzte sich vor ihr auf, ein gemeines Grinsen auf den Lippen, und nahm ihr die Gabel aus der Hand. Francine ließ ihn arglos gewähren. Sie kannten sich seit der Kindheit. Als Heinrich sie ins Heu stieß, wehrte sie sich kokett, da sie immer noch glaubte, es wäre ein Spiel. Doch Heinrich spielte nicht. Wie besessen zerrte er an den Bändern ihres Mieders, dann schob er ihre Röcke hoch und teilte ihr zartes Fleisch. Die Kleine stieß einen Schmerzensschrei aus und wehrte sich mit Faustschlägen gegen seinen massigen Körper, doch der Riese lag mit voller Länge auf ihr.

»Hör auf zu jammern«, fuhr er sie an, »du wirst von einem König geschwängert!«

Von da an weinte das Mädchen nur noch über den Schmerz in ihrem Bauch, während ihr Herr sie unermüdlich und brutal bearbeitete, die Stirn in Schweiß gebadet, das Gesicht einer anderen vor Augen, die leer und starr auf den Ginsterhut blickten, der auf dem zerzausten blonden Haarschopf seines Opfers tanzte.

17

Das kurze Pergament, das Eleonore in den Händen hielt, erfüllte sie mit Freude. Jaufré kündigte an, dass er sich ihnen anschließen werde, begleitet von einem jungen Troubadour und einem weiteren Mann, der weitab der Heimaterde gestrandet war. Es sei jemand, der Ihrer Majestät teuer sei, doch er ziehe es vor, seinen Namen nicht zu nennen.

Die Königin zweifelte nicht einen Moment daran, dass es sich um Bernhard von Ventadour handeln musste, der sich Gerüchten zufolge in Italien aufhielt. Dass es Jaufré gelungen war, ihn zu benachrichtigen und zu überreden, am Kreuzzug teilzunehmen, erschien ihr wie ein Wunder, doch sie wollte glauben, dass Bernhard sie ebenso wenig vergessen hatte wie sie ihn. Zudem konnte Ludwig außerhalb der Grenzen Frankreichs nichts gegen ihn sagen, und sie behielt sich die Freude, ja das Recht vor, ihre alte Liebe an ihrer Seite zu haben.

Eine andere Nachricht rief uralte Erinnerungen in ihr wach. Der Brief kam von Raymond, ihrem Onkel, der seit seiner Heirat mit der Tochter von König Bohemund über das Fürstentum Antiochia herrschte. Er brachte seine Hoffnung zum Ausdruck, dass das Königspaar bei ihm Station mache.

Die Lage hier ist beunruhigend, schrieb er, es vergeht kein Tag, an dem man nicht die Gesänge der Türken vor den Toren der Stadt hört. Leider sind sie wie Schatten und verschwinden beim Schein der Fackeln.

Raymond, dachte Eleonore seufzend. Sie würde ihn gerne einmal wieder sehen. Seine Frau war angeblich von exotischer Schönheit, Haut und Haar dunkelbraun und Augen schwarz-blau wie schimmerndes Ebenholz. Ob er nach all den Jahren seine Nichte immer noch liebte? Oder war sie nur noch eine Erinnerung für ihn, seit er in den Armen seiner dunklen Schönen lag? *Ach, wir werden ja sehen!* Die Aussicht auf das Wiedersehen mit einer alten Liebe erschien ihr ein gerechter Ersatz für die Langeweile, die ihr Ludwig bot. Mit diesem Gedanken machte sie sich auf, denselben im Konferenzsaal zu treffen.

Um den imposanten Tisch herum saßen Robert von Dreux, der Bruder des Königs, Raoul von Vermandois, Gottfried von Anjou, der Graf von Toulouse, Stephan von Blois, Thibault von Champagne und viele andere. In der Mitte lag eine Karte des christlichen Orients. Lilienblüten auf Nadeln markierten eine Route durch fremde Territorien, die jedes Mal verlängert wurde, sobald ein Herrscher eine Einverständniserklärung geschickt hatte.

Bei Eleonores Eintreten hoben sich die Köpfe. Sofort sprangen ihre Vasallen auf und versanken in tiefen Verbeugungen, die sie vor Freude erröten ließen. Sie begrüßte jeden mit ausgesuchter Höflichkeit und schritt dann würdevoll zu ihrem Platz.

Ludwig hatte diesmal keinerlei Einwände vorgebracht, als sie verkündete, dass sie an den Vorbereitungen zur Reise teilnehmen werde. Außerdem war er ihr in der ganzen Aufregung und seiner eigenen Erregung wesentlich wohlgesinnter und sogar eifriger in ihrem Bett. Man könnte sagen, ihre Ehe verlief friedlich. Als sie ihm jetzt den Brief von Raymond überreichte, verzog Ludwig das Gesicht. Die Nachrichten aus Jerusalem deuteten in dieselbe Richtung. Die Ungläubigen lungerten vor den Stadtmauern herum und untergruben die Moral der Soldaten, zweifellos um dann im geeigneten Moment umso wirkungsvoller zuschlagen zu können.

Ludwig gab bekannt, dass sich der deutsche Kaiser Konrad seinem Vorhaben anschließen werde und dass dessen starke und schlagkräftige Armee mit der französischen Seite an Seite kämpfen werde.

Die Sitzung verging wie schon tags zuvor mit dem Schmieden von Plänen, dem Erörtern von taktischen Fragen und verschiedenen Manövern. Alles in allem nichts Ungewöhnliches. Und doch sorgte die Angelegenheit für relativen Frieden im Reich, denn solange alle zusammensaßen, dachte niemand an seine eigenen Fehden, sondern nur an den einen wahren Krieg.

Als man sich nach fünf Stunden Palaver schließlich trennte, um in den Speisesaal zu gehen, verschwand Ludwig hinter einem Wandteppich im Korridor. Der geheime Durchgang, der sich dahinter verbarg, stammte aus der Bauzeit des Palastes und führte direkt zu der kleinen Kapelle. Dort erwartete ihn Béatrice. Er nahm sie liebevoll in den Arm und gab ihr dann einen keuschen Kuss auf die zarten Lippen. Seit über zwei Monaten trafen sie sich hier, um abseits neugieriger Blicke gemeinsam zu beten. Für Ludwig kam es nicht in Frage, mit der Frau, die für ihn eine Heilige war, die Sünde des Fleisches zu begehen. Die spirituelle Vereinigung mit ihr erfüllte ihn voll und ganz. Béatrice und er teilten die gleiche Inspiration, das gleiche göttliche Feuer.

Zumindest glaubte er das. Seine Schöne beschied sich aus Pflichtgefühl mit diesen Umarmungen, die zwar die Liebe des Königs zu ihr stärkten, sie aber keuchend vor Verlangen zurückließen. Ihr größter Traum war es, ihm den Sohn zu schenken, den die Königin ihm versagte. Um sich zur Geduld zu zwingen, sagte sie sich, dass ihre Stunde schon noch kommen werde. Doch wenn sich die Nacht über den Palast senkte, glitt ein Schatten durch ihre Tür, um ihre dunklen Triebe zu befriedigen. Welch ein Glück, dass es Stephan von Blois gab, der sie ebenso abstieß wie anzog. Nur wenn er das verzehrende Feuer in ihrem Leib eindämmte, konnte sie nach außen hin die blonde Heilige spielen.

»Zeigt uns noch mehr, Denys!«

»Seht, Ihr stoßt aus dieser Haltung heraus zu, so!«

Das Schwert schnellte nach vorne und löste ein zufriedenes »Ah!« aus, gefolgt von einer Applaussalve.

»Damoiselles! Ich bitte Euch! Ihr seid doch nicht im Theater!«, schimpfte ich laut.

Nachdem Eleonores Gesellschafterinnen beschlossen hatten, ihre Gatten und vor allem ihre Geliebten ins Morgenland zu begleiten, bekamen sie eine Ausbildung wie die besten Soldaten des Königs. Denys war nicht besonders davon angetan, diesen Schwatzliesen den Umgang mit Waffen beibringen zu müssen, denn für sie zählte vor allem, wie sie sich selbst am besten ins günstigste Licht rücken konnten. Ich hatte also alle Hände voll zu tun, damit sie nicht ihrem natürlichen Hang zur Koketterie nachgaben, und zählte dabei auch auf das Talent Panperd'hus, der abends grausige Geschichten über die Türken und den ersten Kreuzzug erzählte. Reihenweise brach den verwöhnten Frauenzimmern der Schweiß aus, wenn sie von abgeschnittenen Köpfen hörten, die über einem Lagerfeuer gegrillt und anschließend vom Anführer der Barbaren verspeist wurden. Manche erstarrten vor Schreck oder stießen entsetzte Schreie aus. Es war also nicht schwer für mich, sie daran zu erinnern, dass sie nicht auf eine Erholungsreise gingen und ein einziger Fehler sie das Leben kosten konnte oder sie vergewaltigt und misshandelt in einem Harem enden würden. Dann fingen sie an zu zittern, doch am nächsten Morgen fanden sie doch Denys wieder viel aufregender als die fernen Türken.

Daraufhin entschied ich, dass sie in Zukunft nicht mehr mit dem Holzschwert, sondern mit echten Klingen üben sollten, die mit einer Kettenscheide entschärft waren. Viele von ihnen hatten Schwierigkeiten, das schwere Schwert überhaupt vom Boden aufzuheben, und baten Denys, sich hinter sie zu stellen, um ihnen unter die Arme zu greifen. Die ersten Minuten verliefen noch ziemlich fröhlich. Am Ende des Vormittags aber dachte keine von ihnen mehr ans Schäkern, so erschöpft waren sie von der Anstrengung. Denys und ich tauschten einen verschwörerischen Blick aus.

Seit zwei Monaten übten sie nun regelmäßig und die Ausbildung begann Früchte zu tragen. Nachdem ihre Muskeln gehärtet waren, konnten sie ein paar Grundbegriffe des Kriegerhandwerks erlernen. Bald hatten sich die Damen ihr weibisches Getue abgewöhnt und stürmten stattdessen, das Schwert über dem Kopf haltend, brüllend und fluchend auf die Übungspfähle zu, die mit Hanfseilen an Balken und Ästen befestigt waren.

Heute stand eine andere Technik auf dem Programm. Denys zeigte uns die Grundregeln des Nahkampfes. Dazu bekamen die Damen leichtere Schwerter. Am Abend zuvor hatte mir Denys ein paar Ausweich- und Täuschungsmanöver gezeigt, damit ich ihm als Assistentin beistehen konnte, und ich war recht stolz auf das Ergebnis. Nach ein paar Vorführungen, bei denen er jede seiner Bewegungen kommentierte, schaffte ich es, ihm zu trotzen, und unserer Leistung wurde begeistert applaudiert.

»Werdet Ihr uns ein wenig schonen, Denys?«, fragte Sibylle von Flandern, die der Kontakt mit dem Metall nervös machte.

»Nein, Damoiselle. Der Kettenschutz reicht aus, um tödliche Verletzungen zu verhindern. Wir werden sehen, ob mein Unterricht Früchte getragen hat. Es bleibt noch genügend Zeit, Euch wieder zusammenzuflicken bis zum großen Aufbruch«, fügte er scherzhaft hinzu.

Den Damen lief ein Schauer über den Rücken. Keine von ihnen hatte ernsthaft die Möglichkeit in Betracht gezogen, verletzt zu werden, weder im Kampf noch in der Ausbildung.

Denys nahm einen Korb, in den wir Pergamentschnitzel mit den Namen der »Kriegerinnen« getan hatten.

Das Los teilte die Gegnerinnen einander zu. Als Béatrice von Campan meinen Namen zog, machte ich mir keine Gedanken. Seit sie sich um den König kümmerte, ließ sie mich mit ihren Rachegelüsten in Ruhe. Doch als sie sich mir gegenüber aufstellte, sah ich ein brutales Blitzen in ihren Augen, das ihr Madonnengesicht in eine gespenstische Wasserspeiermaske verwandelte.

»Jetzt ist der Augenblick der Abrechnung gekommen«, zischte sie, »ich erinnere mich an einige Ohrfeigen, für die mir Satisfaktion zusteht.«

»En garde, Damoiselles. Um die Ehre!«, rief Denys.

Béatrice stürzte sich, ohne zu zögern, auf mich, die Schwertspitze angriffslustig auf mich gerichtet. Wäre ich nicht so geübt gewesen, hätte mich ihre Wucht überrumpelt. Mein Ausweichmanöver irritierte sie nicht im Geringsten. Sie griff erneut an und ich überlegte, dass ihr Hass sie wahrscheinlich früher ermüden würde als meine Geduld. Ich ließ sie also weiterhin angreifen und beschränkte mich darauf, ihren Attacken mit einem Schritt zur Seite oder einer Bewegung des Oberkörpers auszuweichen. Als sie meine Taktik erkannte, stieß sie ein tierisches Grollen aus und versuchte, die Klingen zu kreuzen.

Das machte mir keine Angst. Ich hatte genügend Übung, um ihre Schläge parieren zu können. Unsere Klingen prallten mit metallischem Klirren aufeinander. Die Wucht des Aufschlags brachte mich einen Augenblick lang aus dem Gleichgewicht und riss mir fast das Schwert aus der Hand. Béatrice war hässlich geworden, ihr Gesicht verzerrt von einem unversöhnlichen Hass, der ihre Kräfte verdoppelte.

Ich sah Denys, der in der Nähe stand, bereit einzugreifen, und warf ihm einen beruhigenden Blick zu. Mit dieser Angeberin wurde ich alleine fertig.

Unsere Kampfgenossinnen hatten inzwischen nach und nach ihre Klingen gesenkt und verfolgten uns mit den Augen, die von der Heftigkeit unseres Gefechts vor Schreck geweitet waren. Béatrice hieb immer weiter mit ihrem Schwert auf mich ein und drängte mich langsam rückwärts Richtung Tribüne. Ich schlug inzwischen ebenso hart zu wie sie und spürte, dass ihr langsam Kraft und Schwung ausgingen. Es war eine der Lehren von Merlin, die ich mir zu Nutze machte: die Energie des Angreifers nutzen, um die eigene Kraft zu speisen. Ich hatte bislang nicht die Gelegenheit gehabt, das Prinzip auszuprobieren, doch jetzt stellte ich mit Freude fest, dass mir mein Wissen wieder einmal von großem Nutzen war.

Doch dann stieß ich genau in dem Moment, in dem sie nachzulassen begann und ich die Oberhand gewann, mit dem linken Fuß gegen eine Wurzel, die vor der Tribüne aus dem Boden ragte. Ich stolperte, fiel der Länge nach hin und ließ mein Schwert fallen. Béatrice nutzte die Chance. Instinktiv rollte ich mich zur Seite, um ihrem Hieb auszuweichen, der gleichwohl ein paar Maschen aus meinem Kettenhemd schlug und unseren Zuschauerinnen einen Schrei des Entsetzens entriss.

Eilig rappelte ich mich auf und sprang auf das Podium, um an mein Schwert zu gelangen, das zwischen zwei Bankreihen gefallen war. Béatrice war mir unmittelbar auf den Fersen. Sie wollte den Moment ausnutzen, in dem ich unbewaffnet war, um mir den Garaus zu machen. Mir blieb nur noch die Zeit, mich mit einem Hechtsprung in Sicherheit zu bringen. Ihre Klinge traf die Holzbank, hinter der ich mich verborgen hielt. Ohne zu zögern packte ich ihre Fesseln und zog mit einem Ruck daran, woraufhin sie rücklings über die Brüstung der Tribüne stürzte und wenig anmutig in einer dicken Staubwolke auf dem Boden landete. Trotz ihrer desolaten Position hatte sie immer noch ihr Schwert in der Hand. Sie versuchte, sich in ihrem Kettenhemd aufzusetzen, das ihr fast bis zum Kinn reichte, blieb aber halb betäubt am Boden hocken, mit zerzausten Haaren, wie ich über und über von nasser Erde beschmutzt. Sie gab ein wahrhaft lächerliches Bild ab.

Ich hatte mein Schwert wieder und betrachtete sie jetzt mit spöttischem Blick von der Tribüne aus, einen Fuß auf die Brüstung gestellt und mich lässig auf den Knauf meiner Waffe stützend. Béatrice kochte vor Wut. Unbeholfen versuchte sie aufzustehen, um den Kampf fortzusetzen, als eine Hand vor ihrem Gesicht auftauchte.

»Dieses Geplänkel, Damoiselle, gereicht Euch für den Anfang zur Ehre, denke ich …« Weder sie noch ich hatten den König kommen sehen.

Bei ihm waren Eleonore und Suger. Béatrice akzeptierte die unerwartete Schützenhilfe, die sie sicherlich verflucht hätte, wenn sie von einer anderen Hand gekommen wäre, und verneigte sich, so weit möglich, in einem staubumwogten Knicks. Ich tat es ihr nach und sprang dann flink von der Tribüne.

»Nun, Damoiselle Loanna«, sagte der König lobend zu mir, »ich sehe mit Freuden, dass Ihr List ebenso gut einsetzen könnt wie Mut, wenn es nötig ist. Nehmt Euch ein Beispiel, meine Damen, an diesen beiden Gotteskriegerinnen. Wo wir hingehen, ist kein Platz für Feiglinge.«

»Eure Majestät sind zu gütig«, erwiderte ich und knickste erneut vor ihm.

Als ich meiner Königin einen Blick zuwarf, sah ich, dass sie blass geworden war und kurz vor einer Ohnmacht stand. Ich schenkte ihr ein Lächeln.

Denys trat hinzu, in Begleitung unserer Gefährtinnen, die halblaut über unseren Kampf diskutieren. »Grandiose Vorführung, Damoiselles«, beglückwünschte er uns, wobei ich genau wusste, dass er den Ernst der Lage erkannt hatte. »Die anderen Damen waren beeindruckt, schließlich trauen sie sich kaum, die Klingen zu kreuzen aus Angst, sie könnten sich verletzen«, sagte er lachend und zeigte auf meine Schulter.

Ich sah, dass sie ganz rot war; das Schwert hatte mein Kettenhemd durchschlagen und mir die Haut aufgeritzt. Béatrice hatte ihr Madonnengesicht wieder aufgesetzt. Ich legte mein Schwert Denys auf die Arme, ging zu ihr und reichte ihr in falscher Freundschaftlichkeit die Hand. »Jetzt sind wir quitt, was unsere Prellungen angeht«, sagte ich.

Sie zwang sich, meine Hand zu nehmen, stieß jedoch zwischen den Zähnen ein »Niemals« hervor, das nur ich hören konnte.

»Ich bin beunruhigt, Loanna! Ich wollte nicht dazwischengehen, um deine Gefährtinnen nicht zu erschrecken, aber diese Béatrice von Campan macht mir Sorgen«, sagte Denys, während er aufgeregt im Waffensaal auf und ab ging.

Ich lächelte ihn an und wandte mich dann wieder meinem Schwert zu, das ich mit einer ranzigen Speckschwarte einfettete. »Ach was!«, wiegelte ich ab, »sie hat nur die Gelegenheit genutzt, um ihre Ehre zu rächen. Ich an ihrer Stelle hätte wahrscheinlich das Gleiche getan.«

Seit dem Gefecht waren ein paar Stunden vergangen. Wir waren gerade aus dem Gottesdienst zur None gekommen. Es hatte eine Atmosphäre aufrichtiger Fröhlichkeit geherrscht, als ob nichts geschehen wäre. Ich hatte mich so aufgeräumt wie möglich gezeigt, um mein Unbehagen zu verbergen. Weder Béatrice' Hass noch die Wucht ihres Schwerthiebs hatten es ausgelöst, sondern etwas anderes, das ich nicht benennen konnte, aber nur zu gerne der aufgesetzten Leichtigkeit zuschrieb, die rundherum herrschte.

Ich hatte keine Ahnung, was oder wer daran schuld war, dass ich einen Trauerschleier vor den Augen zu haben glaubte. Es schien keinen Grund zu geben. Vielleicht waren es nur Nachwirkungen vom Kampf, eine Art instinktives Schaudern, wenn man hinterher erkennt, dass man gerade knapp dem Tod entronnen ist. Es bestand kein Zweifel daran, dass mir Béatrice den Hals durchgeschlagen hätte, wenn die Holzbank nicht ihr Schwert aufgehalten hätte. Denys hatte es nicht für nötig gehalten, dass wir bei den

Übungskämpfen Helme trugen. Diesen fatalen Ausbruch hatte er nicht vorhersehen können und er machte sich sicher Vorwürfe deswegen. Aus diesem Grund hatte ich ihn auch im Waffensaal aufgesucht, wie ich es seit einiger Zeit regelmäßig tat. Er sollte nicht denken, dass ich ihm vielleicht Nachlässigkeit vorwarf.

Ein herzerweichender Seufzer riss mich aus meinen Gedanken. Denys durchmaß immer noch den Raum mit großen Schritten.

»Wann fährst du wieder zu Marjolaine?«, fragte ich, um das Thema zu wechseln.

Normalerweise ließ er keine Gelegenheit aus, um mir von seiner Geliebten zu erzählen. Marjolaine stand kurz vor der Niederkunft, und es wurde Zeit, dass er zu ihr reiste. Die Ärmste hatte seit ein paar Monaten einen entzündeten Hals und musste das Bett hüten. Sie war auf ihren Ländereien geblieben, während Denys weit weg von ihr in Paris litt, festgehalten durch seine Aufgabe und die bevorstehende Abreise.

»Innerhalb der nächsten acht Tage. Es tut mir so Leid, dass sie in ihrem Zustand nicht hier sein kann. Sie fehlt mir«, seufzte er.

»Gewiss, aber bald wirst du deine Frau und deinen schönen Sohn, auf den du schon so stolz bist, in die Arme schließen. Es sei denn, das Schicksal schenkt euch ein Töchterchen«, fügte ich spitzbübisch hinzu und strich ihm zärtlich durch die seidigen Locken.

Ich liebte beide sehr. Zu wissen, dass Marjolaine zu erschöpft war, um aufzustehen, machte mich traurig und beunruhigte mich. Dieser Trauerschleier … Nein! Voller Bestimmtheit schüttelte ich den Kopf. Es mussten die Nachwirkungen des Kampfes sein.

»Ich kann nicht bei euch beiden gleichzeitig sein«, jammerte Denys.

»Ich verspreche dir, vorsichtig zu sein, wenn du nicht mehr hier bist. Béatrice kann nichts gegen mich ausrichten, Denys.«

Einen Augenblick lang spürte ich den Drang, ihm zu erzählen, dass ich so lange beschützt würde, bis ich meinem Geschlecht einen Nachkommen geschenkt hätte, doch ich hielt mich zurück. Denys wusste über viele Dinge Bescheid, aber einiges musste ich für mich behalten.

Ich drückte ihm einen liebevollen Kuss auf die Wange. »Hör auf, dir Sorgen zu machen. Versprich mir das, mein Freund.«

»Bei deinen blauen Augen, ja, ich verspreche es! Trotzdem werde ich dafür sorgen, dass du bei den nächsten Übungskämpfen andere Gegnerinnen bekommst. Sie haben es nötig, dass man ihnen einmal einen gehörigen Schrecken einjagt. Ich wusste ja nicht, dass du so viel Geschick hast... für eine Frau«, fügte er mit falscher Herablassung hinzu.

Ich trommelte ihm in gespieltem Groll auf die Brust. »Mach dich nur lustig, Witzbold! Und wem habe ich wohl alles abgeschaut, wenn nicht dir?«

»Wirklich«, spöttelte er, »ich wusste gar nicht, dass ich ein so weibliches Auftreten habe.«

»Warte nur!« Ich sprang auf die Seite und griff nach einem Schwert, das auf dem Tisch lag. »En garde, Messire! Ihr schuldet mir Satisfaktion für euren Spott!«

»Gnade, edle Dame! Ich habe zu viel Angst, Opfer eurer Kampfkunst zu werden.«

Spielerisch hielt ich die Klinge mit wütendem Gesichtsausdruck vor mich, doch bevor ich überhaupt begriff, was passierte, hatte mich Denys bereits entwaffnet. Er war hinter mich gesprungen und hatte mir mit einem geschickten Druck der Finger das Schwert entwunden.

»Donnerwetter!«, brachte ich nur hervor. »Das muss ich auch lernen.«

»Das hat noch Zeit, Damoiselle von Grimwald.«

Gemeinsam drehten wir uns zur Tür am Ende des Saals. Eleonore hatte den Raum betreten, ohne dass wir sie gehört hatten. Sie sah wütend aus. Denys ging auf sie zu, um ihre Hand zu nehmen und sie zu mir zu führen, doch sie sagte nur verbittert: »So unterrichtet Ihr also meine Gesellschafterinnen, Messire von Châtellerault, dass sie sich Euch wie ordinäre Dirnen an den Hals werfen!«

Damit ließ sie ihn stehen. Hinter ihrem Rücken bedeutete mir Denys mit einer bedauernden Geste, dass er machtlos war gegen diesen Ausbruch.

Ich hob das Schwert vom Boden auf und legte es zu den anderen auf den langen Tisch. »Guten Abend, Euer Majestät«, sagte ich in beiläufigem Ton und sah sie an.

Sie hatte die Fäuste geballt. Hinter ihrer Wut verbarg sich sicherlich die Angst von heute Nachmittag. Wenn es Eleonore schlecht ging, wurde sie hochmütig. »Dieses Schauspiel amüsiert Euch wohl?«, fuhr sie mich an.

Denys lehnte sich lässig an eine Säule, verschränkte die Arme und warf mir ein belustigtes Lächeln zu. Ich verwünschte ihn insgeheim dafür, dass er mich in dieser unangenehmen Situation alleine strampeln ließ. Um Wasser auf die Mühle zu gießen, nahm ich ein Täuschungsmanöver zu Hilfe, statt auf Angriff zu gehen.

»Ich bitte Euch um Vergebung, Euer Majestät. Diese Übung war nur dafür gedacht, uns, die wackeren Diener des Herrn, abzuhärten gegen die Feuer der Hölle, in die wir ziehen. Ich ahnte nicht, dass Euer Majestät sich dadurch gekränkt fühlen könnten.«

Wie ich gehofft hatte, platzte Eleonore der Kragen, statt dass sie sich beruhigte. »Hör auf, dich über mich lustig zu machen, Loanna! Hör auf mit diesem ›Euer Majestät‹! Und du« – sie zeigte mit dem Finger auf Denys, der sich vor Lachen bog –, »wenn du weiterhin hinter meinem Rücken lachst, lasse ich dich aufs Blut auspeitschen! Gewährt mir nun endlich jemand den Respekt, der mir in diesem Hause zusteht?«

Damit brach sie in Schluchzen aus. Als ob sie all ihrer Kraft beraubt wäre, stand sie mit hängenden Armen da. Ich ging auf sie zu und nahm sie zärtlich in den Arm. Denys wagte nicht, sich zu rühren, er wusste nicht, was er tun sollte. Die Wendung der Ereignisse überforderte ihn.

»Geh und hol uns Salbeialkohol aus dem Schrank, du weißt schon, aus welchem, und pass auf, dass von den Wachen keine hereinkommt.«

Denys nickte und verschwand. Die Soldaten sollten Eleonore nicht sehen, wenn sie so verletzlich war. Ich nahm ihr zitterndes Kinn zwischen meine Finger und gab ihr kleine Küsse auf die Lippen. Zwischen zwei Schluchzern murmelte sie mit tränennassen Augen: »Ich hatte solche Angst! Ich dachte, ihr kämpft wirklich, verstehst du? Dann hattest du Blut an der Schulter, und sie sah so schrecklich aus. Ich habe sie noch nie so gesehen, niemals.«

Ich führte sie zu einer Bank, damit sie sich setzte, und reichte ihr mein Taschentuch. »Es war nur eine Übung, Eleonore. Nichts weiter, das versichere ich dir. Es ist gut, dass wir den Ernstfall üben. Sonst sind wir leichte Beute für die Ungläubigen und eine Last für unsere Armee. Wir ziehen nicht ins Heilige Land, um uns an der Landschaft zu erfreuen, sondern um das Blut unserer Feinde zu vergießen. Es ist der Preis für die Freiheit. Das weißt du. Du musst die Gefahr, mich zu verlieren, annehmen wie ein Gesetz Gottes.«

»Ich würde daran sterben«, flüsterte sie.

»Du wirst ganz sicher durch die Hand eines dieser Furcht erregenden Türken sterben, wenn du dich weigerst, dich mit uns zusammen vorzubereiten. Die Scharmützel mit deinen Vasallen waren nichts, Eleonore. Dort unten müssen wir uns auf uns selbst verlassen.«

»Du meinst also, ich soll auch zu den Übungsstunden kommen?«

»Unbedingt, meine Königin. Sieh nur, was aus deinen Freundinnen geworden ist. Gestern noch jammerten sie wegen jeder Kleinigkeit, heute können sie sich ihrer Angst stellen. Ludwig hat Recht. Der Orient braucht keine Feiglinge.«

Eleonore lächelte durch die Tränen und schnäuzte sich erneut ihre rote Nase. »Wie kann es nur sein«, überlegte sie laut, »dass so viel Schönheit so großen Hass verbirgt?«

Jeder hatte an diesem Nachmittag Béatrice in einem völlig neuen Licht gesehen. Ich wusste, dass sie von heimtückischem und boshaftem Wesen war, log jedoch: »Wir alle tragen ihn in uns. Und nur dieser Hass wird uns zum Sieg verhelfen, das verspreche ich dir.«

Eleonore sah mich zweifelnd an. »Bernhard von Clairvaux sprach von Liebe.«

»Zu unseren heiligen Reliquien, natürlich. Aber nicht zu diesen Heiden, die man nur mit dem Schwert bekehren kann«, murmelte ich gegen meine Überzeugung und dachte bitter an die Druiden und alle meine Vorfahren, die unter denselben Vorwänden massakriert worden waren. »Verzeih mir, wenn ich die Sache nicht genauso sehe wie Bernhard von Clairvaux.«

»Du magst ihn nicht, oder?«, fragte sie, ein betrübtes Lächeln auf den feuchten Lippen.

»Doch, doch, selbstverständlich«, beruhigte ich sie, »aber wie du schätze ich einige Bräuche der Kirche nicht. Da ist Denys!«

Ich nutzte die Gelegenheit, als Denys mit dem Likör zurückkam, um aufzustehen und ihm entgegenzugehen. Es war nicht die rechte Zeit, um derartige Fragen zu erörtern.

Denys versicherte mir halblaut, dass uns keiner seiner Soldaten stören werde, und ich forderte ihn auf, die Königin zu überreden, an den Übungen teilzunehmen, jetzt, da das Gewitter abgezogen war. Ein paar Minuten später plauderten wir wieder wie alte Freunde, während sich Eleonores Gesicht langsam entspannte und wieder seine zarte Farbe annahm, sodass es kein Gerede geben konnte.

Und so fand uns die Wachablösung fröhlich beim gemeinsamen Einfetten der Waffen unserer Gefährtinnen, die wir für die Übung am nächsten Tag brauchten.

18

Der April begann unter einem Himmel voller tief hängender Wolken. Sie ergossen sich in eisigen, peitschenden Regenschauern, deren Wucht verspätete Mimosenblüten entblätterte.

Die Großen des Reiches blieben nur einige Tage auf der Île de la Cité. Sämtliche Mittel flossen in die Bewaffnung, und Ludwig wollte keine überflüssigen Empfänge mehr finanzieren. Da ich weiterhin Denys zur Hand ging, hatte ich wenig Gelegenheit, sie zu sehen, außer bei den einfachen Mahlzeiten, zu denen der König sie einlud. Nach Spiritualität stand der Sinn, nicht nach Luxus. Alle hatten inzwischen ihre Genehmigung für die Durchreise gegeben, und so konnte der Kreuzzug einen Weg nehmen, der zumindest fast alle zufrieden stellte. Aus Konstantinopel waren Meldungen gekommen, in denen der französischen und deutschen Armee Unterstützung, Versorgung und Weggeleit zugesichert wurden. Der Basileus Manuel Komnenos schien besonders enthusiastisch und das beruhigte alle. Die Feudalherren des Königs hatten somit keinen Grund mehr, sich länger in Paris aufzuhalten, zumal sie zu Hause eigene Angelegenheiten zu regeln hatten. Man kam überein, dass sich alle zur großen Abreise wieder treffen würden, die für Pfingsten vorgesehen war.

Vor ihrem Aufbruch bat Gottfried von Anjou den König um eine private Audienz, die ihm ohne Schwierigkeiten eingeräumt wurde. Niemand wusste, was Gegenstand dieser Unterredung war, doch Gottfried der Schöne verließ den Palast mit rotem Gesicht und düsterem Blick, ein Zeichen dafür, dass das Gespräch mit Ludwig nicht zum Besten verlaufen war.

Ich hatte ihn nur kurz gesehen und ein paar Sätze mit ihm gewechselt. Gerne hätte ich mehr erfahren über Heinrich und Mathilde, doch da wir uns beide vom Feind belauert wussten, zogen wir es vor, uns nicht allzu vertraut miteinander zu zeigen. Er verabschiedete sich nicht einmal persönlich von mir. Zunächst war ich verletzt, doch dann wurde mir klar, dass es in der Tat die vernünftigste Lösung war, und stürzte mich umso fleißiger in meine Übungen. Die anderen Gäste des Königs folgten dem Grafen von Anjou nach ein paar Pferdelängen und ließen Ludwig bester Laune zurück. Suger, der in Frankreich zurückbleiben sollte, um in unserer Abwesenheit das Reich zu verwalten, gab sich große Mühe, vor der großen Reise alles in Ordnung zu bringen, wobei er engen Kontakt zu Bernhard von Clairvaux hielt. Durch diesen Mittelsmann erfuhr der König auch, dass der Papst höchstselbst anreisen wollte, um die Armeen zu segnen, bevor sie in den Orient aufbrachen.

Nach der Abreise der Vasallen kam Eleonore, von ihren Gastgeberpflichten befreit, jeden Morgen nach der dritten Stunde zu uns. Sie brauchte nur vier Tage, um Schwert und Lanze ebenso geschickt zu führen wie viele ihrer Damen, so sehr fühlte sie sich bei ihrer Ehre gepackt. Wie Denys es versprochen hatte, wies das Los mir nie wieder Béatrice als Gegnerin zu und so musste sie ihre Wut im Zaum halten, um nicht eine der zarter besaiteten Damen zu verletzen.

Die Nachmittage verbrachten wir, wenn es gerade nicht regnete, mit Spielen oder Müßiggang im Garten oder im großen Saal, wo wir mit der gleichen Begeisterung Banner webten und mit Lilien bestickten. Denys kehrte derweil auf die Île de la Cité zurück; die Gemeinschaftsunterkünfte der Soldaten Seiner Majestät waren nicht nach seinem Geschmack und so zog er es vor, dort zu wohnen. Zu einer Zeit, als man sie im Palast nicht zusammen sehen sollte, hatte ihm die Königin ein kleines Haus in einer Straße ganz in der Nähe von Sainte Geneviève geschenkt, als Dank für seine treuen Dienste. Sie hatte ihm dieses Privileg gelassen, zumal er so auch besser verfolgen konnte, was außerhalb der Palastmauern geschah.

Zu jener Zeit war das ausgesprochen nützlich. Die herrschende Aufregung konnte leicht in Chaos umschlagen, und man musste aufpassen, dass die Wogen nicht überschlugen. Ganz Paris bebte vor Begeisterung für die Ritter, so sehr hatten sich Jung und Alt vom Kreuzzugfieber anstecken lassen.

Hufschmiede, Gerber, Schmiede, Seiler, Tuchfabrikanten, Weber, Goldschmiede, Böttcher, Fuhrmänner und Tierhändler krempelten die Ärmel hoch und vor Sainte-Geneviève standen Philosophieschüler und deklamierten religiöse Verse. Es kam nicht selten vor, dass Studenten ihren mitteilsamen Kameraden mit ein paar Fausthieben das Wort abschnitten oder sie mit Gemüse bewarfen. Bettler, Bucklige, Lahme und Entstellte waren in Scharen gekommen, um das Gewissen der Wohlhabenden um ein paar Münzen zu erleichtern. Und nicht zuletzt waren da düstere Gestalten, die nur nachts herauskamen, um die betuchten Notabeln, die der Geschäfte halber hier waren, auszunehmen.

All das verwandelte Paris, das schon zu normalen Zeiten kaum beherrschbar war, in ein einziges grauenvolles Durcheinander. Auf den verstopften Straßen kochte schnell die Stimmung hoch unter den drängelnden Menschen und immer wieder wurde jemand den Pferden vor die Hufe gestoßen. Am Tage herrschten Chaos und Tumult, und sobald die Nacht hereinbrach, waren Schreie und Schlägereien zu hören. Dann öffnete niemand mehr seine Läden oder zündete Kerzen an, selbst wenn der Störenfried nur ein friedlicher Betrunkener war, der vor dem Fenster sang und den man vertrieb, indem man ihm einen Nachttopf über den Schädel leerte.

Direkt vor dem Gottesdienst zur Komplet hatte ich einen Boten empfangen. Gottfried war zwei Tage zuvor abgereist, und ich wähnte ihn bereits weit weg von Paris – was er nicht war. Da er wusste, dass er von den Spitzeln von Stephan von Blois beobachtet wurde, hatte er seine Abreise vorgetäuscht, um mich im Geheimen treffen zu können. Er erwartete mich am selben Abend hinter dem Beichtstuhl von Sainte-Geneviève.

Ich kannte den Ort gut, weil ich dort mehrmals einen Gesandten des Grafen getroffen hatte. Es war ein enger Winkel zwischen der Holzwand des Beichtstuhls und einer Säule, die mit Efeu in Grün und Bronze bemalt und mit Blattgold verziert war. Zwei Personen konnten sich hier gut verbergen.

Gottfried von Anjou erwartete mich in einer beigen Mönchskutte, in der er aussah wie einer der Mönche von Sainte-Geneviève. Ich hatte mir ein dunkles Cape übergeworfen, um im Dunkeln möglichst unsichtbar zu sein. Leider hatte ich Denys nicht mehr von dem Treffen berichten können, weil er gleich nach dem Gottesdienst verschwunden war. Sicherlich hätte er mich hierher begleitet, denn seiner Ansicht nach wurden die Straßen immer unsicherer. Da ich außer ihm niemandem vertrauen konnte, war ich nun allein gekommen, mich so gut es ging verbergend, um keine Blicke auf mich zu ziehen.

Ich überließ Granoë einem Mönch, der während des Gottesdienstes die Stallungen bewacht hatte und nun den Kirchenvorplatz hinaufging. Die Kirche war leer, abgesehen von zwei oder drei Tonsurenköpfen, die in den Bänken knieten und in stummes Gebet versunken waren. Keiner von ihnen kümmerte sich um mich. Ohne eine Sekunde zu verlieren, huschte ich an den angewiesenen Ort.

Gottfried küsste mich voller Zärtlichkeit. Sein Bart kratzte so hart wie nie auf meiner Haut, aber ich war glücklich über diesen Zuneigungsbeweis.

»Mein süßes Kind«, flüsterte er, »Ihr ahnt es sicher, ich darf mich nicht lange aufhalten, aber dennoch musste ich Euch sehen, bevor wir auf dieses wahnwitzige Abenteuer ins Heilige Land aufbrechen – ich möchte Euch dies geben.«

Er nahm meine Hand, öffnete sie und legte einen großen Silberring mit einem Amethyst hinein. Dann schloss er meine Finger über dem Schmuckstück und fuhr kaum hörbar fort: »Das gebt Ihr dem Basileus Komnenos, sobald der Tross aus Frankreich in Konstantinopel ist. Der Ring hat nur Symbolwert, doch für diese Leute haftet ihm der Geschmack von Verrat an. Komnenos wird Euch anhören.«

»Und worum soll ich ihn bitten?«

»Um den Tod des Königs.«

Ich schauderte. Die Zeit war also gekommen …

»Komnenos ist ein Schurke«, fuhr Gottfried bereits fort, »der mit den Türken im Bunde steht und mit ihnen Handel treibt. Dieser Kreuzzug ist seinen Interessen nicht dienlich. Aber er ist gerissen genug, um auf beiden Brettern zu spielen; er verkauft dem einen zu einem guten Preis das, was er dem anderen schon als Kriegsbeute angeboten hat. Der Tod des Königs von Frankreich wäre ein schönes Geschäft für diesen Mann. Ihr müsst jedoch auf einem bestehen: Er und nur er darf sterben. Nutzt Eure seherischen Kräfte, um den geeigneten Ort für einen Hinterhalt zu finden, und führt die Armee dorthin, sorgt aber dafür, dass Eleonore und ihre Damen außer Reichweite sind.«

»Und wenn die Türken ihre Verpflichtungen gegenüber Basileus nicht einhalten? Sie sind, nach dem, was man hört, grausamer und arglistiger als wilde Tiere«, gab ich zu bedenken.

Gottfried stieß einen Seufzer aus. »Seid vorsichtig. Ludwig darf nicht lebend zurückkehren. Es ist noch nicht sicher, ob ich an diesem Kreuzzug teilnehme, aber Ihr könnt auf die Unterstützung von Gottfried von Rancon zählen, der, wie Ihr wisst, der Königin treu ergeben ist. Da sind einige, die wie er unseren guten König und seine Templer in Aquitanien nicht besonders schätzen. Ihr werdet Mut brauchen. Aber um Euch fürchte ich nicht.«

»Sondern um Heinrich«, murmelte ich.

»Sondern um Heinrich«, echote er.

Mit diesen Worten gab er mir einen Kuss auf die Stirn, und ich verließ ihn aufgewühlt. Im Verlauf unseres Gesprächs hatte mich das Gefühl einer nahen Gefahr beschlichen, und das gefiel mir gar nicht. Es war schon lange nicht mehr so stark gewesen, trotz der Trauer, die mich seit einigen Wochen nicht mehr losließ. Ich beschloss, der Angst nicht nachzugeben. Wahrscheinlich war sie völlig gegenstandslos. Im Grunde mochte ich Ludwig. Die Vorstellung, ihn eiskalt an die blutrünstige Grausamkeit dieser Wilden zu verkaufen, schmerzte mich. Sicher war es das, was mir die Sinne verwirrte, ja, ich hatte mich an sein trübseliges Gesicht, seine Mädchenstimme, seine Wutausbrüche und seine weißen Hände gewöhnt. *Du wirst viel zu weich, Loanna von Grimwald,* schalt ich mich und zog mir die Kapuze meines Capes tiefer ins Gesicht.

Die Kirche lag in tiefster Dunkelheit. Es war eine dieser mondlosen Nächte, die Mutter immer gehasst hatte. Ein Schauer jagte mir über den Rücken. Es war besser, wenn ich mich nicht allzu lange in der alten Cité aufhielt. Verschiedene Geräusche drangen an mein Ohr, gedämpfte Schritte, Flüstern, Mädchenlachen.

Komm schon, du bist doch kein Kind mehr! Wenn dich die Vorstellung, den König zu verlieren, so verstört, solltest du lieber gleich vergessen, wofür du auf die Welt gekommen bist, Loanna von Grimwald!, beschwor ich mich. *Die Nacht war noch nie dein Feind, ganz im Gegenteil!*

Entschlossen eilte ich unter dem steinernen Gewölbe hindurch, bis ich mit seiner Dunkelheit verschmolz, den Blick geradeaus auf das Licht der Lampen draußen gerichtet, in dem Granoë auf mich wartete. Ich sah nicht, dass sich plötzlich Schatten bewegten, geschweige denn hatte ich Zeit, mein Messer zu ziehen. Ich spürte nur den Schmerz zwischen den Schulterblättern. Mit einem stummen Schrei fiel ich auf die Knie, den Geschmack von Blut im Mund und einen Schleier vor den Augen.

»Los, machen wir sie fertig!«, sagte eine Stimme, die mir bekannt vorkam.

Obwohl ich sicher war, dass ich gleich sterben würde, konnte ich mich nicht rühren, ja kaum atmen, und so kauerte ich auf den Knien, den schwirrenden Kopf auf den feuchten Boden gedrückt. Ich ahnte das Schwert über mir, das gleich auf mich herabsausen und meinen Hals durchschlagen würde. Doch stattdessen ging ein Schauer der Panik durch die Schar meiner Angreifer.

»Bei allen Heiligen des Paradieses!«, flehte eine angstvolle Stimme.

Ich richtete mich auf und öffnete die Augen. Ein übernatürlich blendendes Licht erfüllte den Portalvorbau. Zwei riesige Augen ohne Körper schwebten in seiner Mitte. Die Erscheinung hatte ihnen Angst eingejagt. Ich wusste, woher sie rührte.

»Merlin«, flüsterte ich verzweifelt und streckte ihm meine zitternde Hand entgegen.

»Los! Hauen wir ab!«, schrie eine andere Stimme.

»Warte …«

Das Licht verschwand zusammen mit dem Schmerz in meinem Nacken. Ich stolperte in eine eiskalte Nacht hinaus, in der nun absolute Stille herrschte.

Ich weiß nicht, wie lange ich bewusstlos war und wie viel Blut ich verlor. Ein warmes Gefühl auf der Stirn erinnerte mich daran, dass ich immer noch da war und im Schatten des Portalvorbaus auf dem Boden lag. Als ich die Augen öffnete, sah ich sie. Sie war in irisierenden Dunst getaucht, wie er im Morgengrauen über dem Wald liegt.

»Mutter«, murmelte ich, als ich ihr durchscheinendes Gesicht erkannte. »Bin ich tot?«, fragte ich mühsam und erstickte fast an einem Hustenanfall, der den Geschmack von Blut im Mund zurückließ.

Sie schüttelte den Kopf, ein leichtes, zärtliches Lächeln auf den Lippen. »Rede nicht, Canillette. Deine Zeit ist noch nicht gekommen und deshalb bin ich da. Du hast die Kraft in dir. Finde sie. Hör auf sie.«

Im selben Moment wieherte Granoë ganz in der Nähe. Ich nickte, doch sogleich stach der Schmerz zwischen meinen Schulterblättern wieder zu. Ich hatte nicht den Mut, mehr zu sagen. Denys' Gesicht kam mir ins Gedächtnis. Er wohnte nicht weit von hier.

»Geh«, sagte Mutter leise und verschwand in der Nacht.

Ich wollte mich aufrichten, doch mein Körper war ein einziger Schmerz. Ich musste dagegen ankämpfen. Einen Augenblick lang blieb ich auf den Knien und versuchte, ein paar Brocken Zauberkraft in mir zusammenzuklauben, um ihn etwas zu betäuben. Granoë tänzelte unablässig, wie um mich auf ihre Weise aufzufordern, zu ihr zu kommen. Ich konnte es. Ich musste. Ich musste mich würdig erweisen. Es genügte, wenn ich es wollte. Wirklich wollte. Ich versuchte, mich auf die rechte Schulter zu stützen, doch es war, als würde etwas in mir zerreißen. Ein erneuter Hustenanfall trieb mir die Tränen in die Augen.

Komm schon, Loanna von Grimwald, wetterte meine eigene Stimme in meinem Kopf. *Hast du vergessen, wer du bist? Du wirst nicht hier liegen bleiben, der Gnade irgendwelcher Witzbolde ausgeliefert! Du wirst jetzt aufstehen und von hier weggehen! Deine Zeit ist noch nicht gekommen! Reiß dich zusammen!*

Mit zusammengebissenen Zähnen streckte ich den linken Arm

vor, bis ich die kühlen Steine unter meinen Fingern spürte. Die Wand war da, ganz nah, beruhigend nah, an ihr würde ich mich abstützen können. Ich tastete nach einer Unebenheit, an der ich mich festhalten und hochziehen konnte. Schließlich fand ich eine, in die ich mit aller mir verbliebenen Kraft meine eiskalten Finger krallte. Mühsam richtete ich mich auf, mit zitternden Beinen und tanzenden Schmetterlingen vor den Augen. Der Portalvorbau maß rund fünfzig Schritte, vor dem Überfall hatte ich etwa die Hälfte davon hinter mich gebracht. An der Wand entlang schleppte ich mich auf die Fackeln zu. Der Mönch, dem ich Granoë anvertraut hatte, musste da sein. Er würde mir helfen und mich zu Denys bringen.

Ich hatte das Gefühl, als wären meine Beine bleischwer, so sehr gab der Boden bei jedem Schritt unter meinen Füßen nach. Blut lief mir den Rücken hinunter, von Arm und Nacken; meine Finger waren ganz voll davon.

Endlich erreichte ich das Licht. Ich suchte den Mönch mit den Augen, entdeckte ihn jedoch nicht. Ich schwankte auf Granoës Box zu. Den Riegel der Tür zu heben war eine Qual, und als ich es geschafft hatte, war ich der Ohnmacht nahe. Die Stute wieherte leise und rieb ihre Nüstern an meinem staubigen Haar.

»Komm, meine Schöne«, brachte ich heraus und nahm ihren Zügel.

Sie begriff instinktiv und trottete friedlich in den Hof hinaus bis zur großen Treppe. Ich kletterte auf den Stein. Granoë rührte sich nicht, während ich mit schier übermenschlicher Anstrengung in den Sattel kletterte. Ich legte mich auf ihren Hals und lenkte sie mit einer Hand am kurzen Zügel. Die Laternen, deren Schein die Konturen der Häuser verwischte, tanzten vor meinen Augen und machten mich ganz benommen.

Einen Augenblick lang überlegte ich, ob nicht ein Halunke, der mich in meinem traurigen Zustand sah, auf die Idee kommen könnte, das Werk seiner verbrecherischen Kollegen zu vollenden, doch die Straße war sonderbar verlassen. Mit großer Mühe erkannte ich die Fassade von Denys' Haus. Granoë blieb davor stehen, als ob sie von unsichtbarer Hand geführt werden würde. Hinter den Läden war es dunkel. Ich trat unter das Dach und vergewisserte mich, dass sein Pferd da war ebenso wie sein Hund, der darauf abgerichtet war zu bellen, wenn er einen Fremden witterte. Was hätte ich in diesem Moment dafür gegeben, wenn er mich für eine Fremde gehalten hätte, doch er erkannte trotz des Blutes meinen Geruch, hob nur kurz die Schnauze und wedelte freundlich mit dem Schwanz. Ich führte Granoë zu der Holztreppe und ließ mich zu Boden gleiten.

Mit dem Gefühl, meine letzten Kräfte aufzubringen, legte ich eine Hand auf die erste Stufe, um mich auf allen vieren hochzuschleppen. Die Treppe gab nach, vielleicht auch ich. Denys!, dachte ich noch in einem letzten lichten Moment, dann fühlte ich wieder, wie der Tod nach mir griff.

Es war wie Gemurmel, eine Art kaum hörbare Liturgie, vermischt mit Vogelgesang. Es klang sehr angenehm. Ich fühlte mich leicht wie eine Maibrise. Vor mir öffnete sich ein herrliches Tal mit feinem, brennend heißem Sand. Die Sonne stand im Zenit und schickte Hitzewellen über eine weiße Stadt, deren Dächer mit Kuppeln durchsetzt waren. Im Hintergrund erhoben sich ockergelbe Berge vor einem wolkenlosen azurblauen Himmel. Um die Stadt herum bogen Palmen ihre zarten Wedel im sanften Wind. Als ich näher kam, erkannte ich einen Orangenbaum voller goldener Früchte.

All das sah ich von oben, nicht wie ein Reisender, der über Land die Tore einer Stadt erreichte. Ich überflog den Ort, der beruhigend auf mich wirkte, so schön, farbenfroh und warm war er. Hinter der Stadt entdeckte ich einen Flussarm. Auf ihn schwebte ich zu. Am Ufer kniete am Fuß einer weißen Mauer eine weiße Gestalt neben einem ebenfalls weißen Leichnam. Ich glitt auf die beiden Silhouetten zu und stellte mich ein paar Schritte entfernt von ihnen auf den Boden. Die Gestalt hob den Kopf. Sie weinte, und in dem von Trauer entstellten Gesicht erkannte ich mich selbst. Neugierig ging ich näher. Ein Mann lag da auf dem Rücken, den Kopf auf den Knien der Gestalt, die mir glich, die Hände auf der Brust gefaltet. Sein Gesicht war aschfahl, und als ich näher hinsah, entdeckte ich die Wunde über seinem Herzen, mitten auf dem Kettenhemd. Ich begriff, dass er tot war.

Erst jetzt erkannte ich ihn. Er trug ein Stoffkreuz auf der linken Schulter. Ich stieß einen Schmerzensschrei aus. »Denys!«

»Ja, meine Schöne, ich bin da. Alles wird gut«, murmelte die tiefe Stimme.

Ich öffnete die Augen. Die Sonne badete ein Zimmer, das ich gut kannte. Er hielt meine Hand, auf seinem müden Gesicht stand ein Lächeln.

»Denys!«, flüsterte ich mit Tränen in den Augen.

Er ließ eine Hand durch meine Haare gleiten, die vom Fieber ganz verklebt waren.

»Es ist vorbei. Du bist in Sicherheit, meine Schöne.«

»Bei allen Heiligen des Paradieses, jage mir ja nicht noch einmal solche Todesangst ein!«, sagte eine andere vertraute Stimme.

Ich wandte den Kopf und sah Eleonore mit roten Augen an meinem Bett sitzen. Alle beide waren ziemlich blass und große dunkle Ringe lagen unter ihren Augen. Mein Traum verblasste nach und nach, vertrieben von der Erinnerung an meinen Überfall.

»Wie lange …?«, fragte ich mit klebriger Zunge.

»Es ist der Morgen des neunten Tages.«

»Neun Tage«, wiederholte ich ungläubig. »Ich war neun Tage tot und ihr habt mich wieder erweckt.«

»Geheilt wäre vielleicht treffender«, korrigierte mich Eleonore lächelnd, »mit der Hilfe dieses Scharlatans Croquenaud, dem ich gleichwohl unendlich dankbar bin.«

»Croquenaud«, wiederholte ich, wie um die Teile eines Mosaiks zusammenzusetzen, das auseinander gefallen war.

Sein rundes Gesicht kam mir wieder ins Gedächtnis. Er war ein Apotheker aus der Cité, der, wie es hieß, Verbindungen zu der Sumpfhexe hatte; die Leute fürchteten ihn viel zu sehr, um ihn aufzusuchen, und so konnte er kaum vom Verkauf seiner Arzneien leben. Für ihn sprach, dass er eine große Auswahl an Pflanzen und Gewürzen aus Europa und dem Morgenland hatte, die er in Form von Elixieren verabreichte. Ich hatte ihn selbst schon einmal aufgesucht.

»Ich bin sofort losgelaufen«, entschuldigte sich Denys. »Als ich dich entdeckte, habe ich nicht lange überlegt und bin sofort in den Palast, allerdings nur um festzustellen, dass Medizin dort Mangelware ist. Croquenaud hat seinen Laden ganz hier in der Nähe. Er kam sofort und schien sich, meiner Treu, alle Mühe zu geben.«

Ein trauriger Schleier legte sich über seinen Blick, und ich glaubte sogar eine Träne zu entdecken, die er wegwischte, als er aufstand, um mir etwas zu trinken zu geben. Stille breitete sich aus, unterbrochen nur vom Gluckern des Wassers, das aus dem Zinnkrug floss. Eleonore stieß einen ergebenen Seufzer aus, und ich hatte plötzlich das Gefühl, dass in meiner »Abwesenheit« etwas Wichtiges geschehen sein musste, etwas, das schwer auf ihrem Glück lastete, mich gesund zu sehen.

Denys reichte mir lächelnd einen Becher, doch es war nicht sein übliches offenes Lächeln, das seine Augen zum Strahlen brachte.

»Es ist ein Unglück passiert...«, sagte ich und blickte ihm direkt in die Augen.

Mein Traum konnte nur das bedeuten, dessen war ich mir sicher. Eleonore reagierte nicht, doch Denys' Kinn zitterte und dann liefen Tränen über seine Wangen. Er stellte den Becher auf den Nachttisch und nahm meine Hände.

»Ich lasse euch allein«, murmelte Eleonore mit gesenktem Kopf und ging mit schweren Schritten zur Tür.

Denys führte meine eisigen Finger an seine Lippen und küsste sie sanft.

»Sprich, ich bitte dich«, bat ich mit klopfendem Herzen.

Noch bevor er etwas sagen konnte, fiel mein Blick auf den Ärmel seines Hemdes, dort wo er eingesetzt war. Ein schwarzes Seidenband hatte das azurblaue ersetzt, das Denys sonst trug. Ich begann zu zittern.

»Marjolaine«, flüsterte ich. Es klang wie ein Verdikt.

Denys, der auf dem abgelaufenen Holzboden kniete, presste seine Stirn in meine Hände. Seine Worte hämmerten sich in meinen Schädel. »Es passierte vier Tage nach dem Überfall auf dich. Ich musste zu ihr, weil die Entbindung kurz bevorstand. Doch als sie erfuhr, was geschehen war und dass du um dein Leben kämpfst, schickte sie mir eine Botschaft: Von euch beiden bräuchtest du, ihre Freundin, ihre Schwester, mehr Hilfe und sie werde beten, damit du lebst. Ich glaubte, was sie sagte, ich hatte solche Angst, dich zu verlieren, dass ich nicht daran gedacht habe …«

Ein Schluchzer unterbrach ihn mitten im Satz.

»Sie starb bei der Geburt unseres Kindes«, brachte er schließlich mit einem Stöhnen heraus.

»Und das Kind?«, fragte ich und hielt den Atem an, der mir ohnehin stockte.

»Ich habe es selbst in den Eichensarg an ihre Brust gelegt. Es war ein Junge. Ein kleiner Junge mit einem Köpfchen kaum so groß wie meine Faust.«

Er hieb mit ebendieser Faust mit all seiner Wut über diese Ungerechtigkeit auf das Laken, dann schluchzte er, meine Hand so fest drückend, dass er sie fast zerquetschte.

Es war das erste Mal, dass ich einen Mann weinen sah. Ich spürte, dass auch mir Rinnsale die Wangen hinunterliefen, während ich zusah, wie seine Schultern in Verzweiflung zuckten. Am liebsten wäre ich gestorben. Ich war schuld. Ich dachte an Mutter und hörte förmlich, wie sie bei der Beerdigung meiner Großmutter zu mir gesagt hatte: »Weine nicht, Canillette. Ihre Zeit war gekommen.«

»Aber wie weiß man, dass die Stunde gekommen ist?«

»Wenn niemand sein Leben für deines anbietet.«

»Das verstehe ich nicht.«

»Wenn ein Unfall geschieht, bevor deine Zeit abgelaufen ist, und deine Lebensenergie in Gefahr bringt, dann kann dich nur die Liebe eines Menschen retten, der dir seine Seele geweiht hat. Es ist ein Gesetz der Druiden, Canillette. Die Magie erschafft nichts, sie verwandelt nur das Existierende.«

»Warum hat sich Großmutter dann nicht ein Leben genommen?«

»Man nimmt sich nicht einfach ein Leben, es wird einem gewährt. Es ist ein einzigartiges Geschenk und niemand weiß, ob man sich würdig erweisen wird. So ist es eben.«

»Warum hast du dein Leben nicht für das von Großmutter gegeben? Oder ich, wenn ich es vorher gewusst hätte?«

»So wird die Wahl nicht getroffen, das wäre zu einfach. Es müssen zwei Seelen sein, die gleichzeitig zum Entschweben bereit sind; sie müssen sich so nahe stehen, dass eine sich opfern kann, weil sie weiß, dass das ihre Aufgabe ist. Aber du bist noch viel zu klein. Eines Tages wirst du verstehen, Canillette. Eines Tages wirst du verstehen.«

Heute verstand ich. Doch ich konnte es mir nicht eingestehen. Ich war doch nicht besser als Marjolaine. Denys liebte sie so! Zweimal hatte er mir das Leben gerettet und als Dank dafür hatte ich ihm die beiden Leben genommen, die ihm mehr als alles andere auf der Welt am Herzen lagen. Ich empfand Abscheu mir selbst gegenüber. Zum ersten Mal in meinem Leben schämte ich mich für meine Wurzeln, für diese Kräfte, die mir nichts nützten, für das Vertrauen, das er mir geschenkt und das ich durch meine schiere Existenz verraten hatte. Auf einmal grollte ich Merlin und Mutter, dass sie mich zu ihm geführt hatten, obwohl ich leicht im Dunkeln dort hätte sterben können. In dieser Stunde hätte mein Freund Frau und Kind in die Arme geschlossen. Ich durfte meine Wahrheit nicht länger vor ihm verbergen. Und wenn er morgen der Welt ins Gesicht schreien würde. Sie ist nichts weiter als eine Hexe, eine Intrigantin, eine Eidbrüchige – sollte er! Sollte er mich doch hassen, solange er sich nur selbst verzieh, nicht an seinem Platz an ihrer Seite gewesen zu sein. Dann würden Heinrich und Eleonore eben nicht heiraten. All das hatte plötzlich keine Bedeutung mehr. Wenn ich jetzt die Wahrheit verschwieg, würde ich Denys und mir selbst nie wieder in die Augen blicken können. Er hatte das Recht, alles zu erfahren.

»Ich bitte dich um Verzeihung, Denys. Ich habe ihrer beider Leben genommen, als ich zu dir kam, um mein eigenes zu retten.«

Er hob seine großen verwaschenen Augen zu mir und lächelte mich unter Tränen an. »Mach dir keine Vorwürfe, Loanna. Wir wussten beide, dass die Schwangerschaft gefährlich für sie war. Sie war zu zerbrechlich. Es hätte nichts geändert, wenn ich da gewesen wäre. Ich hätte sie nicht aufhalten können.«

»Schau mich an, mein Freund«, flüsterte ich. »Ich werde dir jetzt etwas anvertrauen, was seit Generationen nur meiner Familie bekannt war. Zweimal hat mich deine Hand gerettet. Mit meinem Geständnis lege ich mein Schicksal heute erneut in deine Hände, damit du dich von mir befreien und mich aus deinem Herzen verjagen kannst.«

»Wie könnte ich das jemals? Wieder einmal habe ich nur noch dich.«

»Erinnerst du dich, Denys, einmal lachten wir über den Hofklatsch und du fragtest mich, was wohl die Tochter einer Hexe am französischen Hofe treibe. Mein Freund Thomas Becket kannte nur einen Teil der Geschichte, meiner Geschichte, nach der ich eine Spionin im Dienste des Grafen von Anjou war. Die Wahrheit aber liegt woanders – und ich mache mir Vorwürfe für das, was ich bin.«

Ich sprach lange. Denys hörte mir schweigend zu, hin und wieder bedächtig nickend, als könnte er dann besser begreifen. Als ich meine Beichte beendet hatte, war ich erschöpft bis an den Rand der Ohnmacht, doch gleichzeitig fühlte ich mich befreit. Viel zu lange lag ich schon reglos verwundet in diesem Bett. Ich erwartete, dass er irgendetwas sagte oder mich vielleicht schlug, doch er stand auf und ging hinaus, ohne sich umzudrehen. Meine Beichte hatte mit meinem geheimen Treffen in Sainte-Geneviève geendet, bei dem das Schicksal des Königs besiegelt worden war. Denys von Châtellerault hielt von nun an mein Schicksal in seinen Händen. Wahrscheinlich hätte ich Angst haben müssen. Stattdessen beruhigte mich dieser Gedanke, und ich schlief leichten Herzens ein.

19

Rede, sonst hast du mein Wort, dass du bald in der Hölle schmorst, statt ins Paradies zu kommen, wie es dir dein Stand verspricht.«

»Bei der allerheiligsten Bibel, Messire, ich schwöre, dass ich sie weder gesehen noch ihre Namen gehört habe.«

Denys zog sein Schwert und ritzte dem Mönch das Ohrläppchen ein, was ihm ein lang gezogenes Stöhnen des Entsetzens entriss.

»Du lügst, Spitzbube! Pass auf! Sonst schneide ich dir das Werkzeug ab, das dir ohnehin zu nichts nütze ist.«

»Bitte nicht, Messire. Ich überlege, ich überlege …«

Denys verstärkte seinen Griff am Kragen des Mönches. »Und ich verliere die Geduld!«, fuhr er ihn an.

Der Mönch bekreuzigte sich. Er schwitzte heftig durch seine dunkle Kutte. Denys hatte ihn geschnappt, als er gerade aus dem Gebüsch heraustrat und noch dabei war, den Gürtel über seiner ausladenden Wampe zu schließen. Das Örtchen lag zwischen zwei Stützpfeilern von Sainte-Geneviève direkt hinter den Stallungen, für die er verantwortlich war. Versteckt wie es war, eignete es sich bestens zum Entleeren der Gedärme; leicht aber konnte einem hier auch der Bauch aufgeschlitzt werden. Das hatte er zunächst erwartet, als er sah, wie dieser Bursche mit dem rachsüchtigen Ausdruck im Gesicht sein Schwert zog; schreiend war er zurückgewichen und mit seinen Sandalen mitten in das Ergebnis seiner Sitzung getreten.

Denys hatte ihn am Kragen gepackt und ihm ein paar harte Ohrfeigen verpasst, um sein Gedächtnis hinsichtlich der Ereignisse aufzufrischen, die zehn Tage zuvor am selben Ort stattgefunden hatten. Nachdem er zunächst Erstaunen geheuchelt hatte, kam er zu dem Schluss, dass es besser wäre, seinem Peiniger nicht länger zu widersprechen, so ungehalten wie der war.

Auf diese Weise erfuhr Denys, dass am Abend des Überfalls vier Männer hier aufgetaucht waren. Mithilfe einer prall gefüllten Börse hatten sie den Priesterwächter überredet, sich bis zum Morgengrauen zu entfernen. Er hatte sein Versprechen gehalten, zumal ihn, wie er meinte, die Angelegenheiten der »hohen Tiere« nichts angingen; im Übrigen war es nicht das Schlechteste, denn die stattliche Summe würde den Armen von Sainte-Geneviève zugute kommen.

»Erbarmen, Messire! Ich bin nur ein feiger Kirchenmann. Glaubt mir, ich würde Euch jetzt mehr erzählen, als Ihr hören wolltet, wenn …«

Denys stieß einen zornigen Schrei aus. Mit der ganzen Kraft seiner Wut, die er kaum bändigen konnte, stieß er sein Opfer zurück. Vor Überraschung aus dem Gleichgewicht gebracht, wankte der Mönch mit seinen kurzen Beinen und dem vorstehenden Bauch und fiel rücklings in das Gebüsch, in dem er sein Geschäft verrichtet hatte, seine Beine und das imposante Hinterteil in die Luft reckend.

»Geh zum Teufel!«, rief Denys und beobachtete mit betrübter Miene diese groteske Szene, über die er sich normalerweise totgelacht hätte.

Er machte auf dem Absatz kehrt und überließ den Mönch seinem Schicksal. Noch als er längst außer Sichtweite des Tölpels war, drang ihm die Litanei seiner Flüche ans Ohr, doch er kümmerte sich nicht darum. Entschlossenen Schrittes ging er auf den Portalvorbau zu und begann mit seinen Ermittlungen. Schönes Wetter erleichterte ihm die Arbeit, weil die Sonne genügend Licht hineinsandte. Es hatte eine Woche lang geregnet und der Boden war ebenso durchtränkt wie sauber gewaschen. Die blutigen Fingerspuren an der Wand zeigten ihm schließlich, wo er mit der Suche beginnen musste. Er stocherte mit der Spitze seines Schwertes herum, förderte ein paar kleine Münzen zu Tage, einen Perlmuttknopf und einige weitere unbedeutende Kleinigkeiten. Dann wurde sein Blick auf eine blitzende Klinge gelenkt, die von den Hufen der Pferde teilweise in den Schlamm getreten worden war. Als er sie nehmen wollte, näherten sich zwei Reiter dem Portalvorbau, die vermutlich ihre Pferde in den Stall bringen wollten. Denys drückte sich an die Wand und ließ die beiden vorbei. Er erkannte sofort zwei von Sugers Vertrauten und zog sich die Kapuze seines Mantels tiefer in die Stirn. Es wäre für ihn wenig hilfreich, wenn sie sich fragten, was er wohl hier trieb.

Im Hof saßen die beiden Männer ab und riefen laut nach ihrem Bruder. Denys schätzte, dass es nicht lange dauern würde, bis sie ihn fanden, und entschied, dass es für einen Konnetabel der Königin besser sei, wenn er nicht mit der Sache in Verbindung gebracht würde. Rasch ergriff er das Messer, schob es in den Gürtel unter seiner Tunika und ging mit schnellen Schritten über den Vorplatz von Sainte-Geneviève.

Am Fuß der Treppe fand ein fröhlicher Markt statt, von dem Fisch- und Geflügelgeruch ausging. Denys schob sich zwischen den Ständen durch, über die sich Frauen mit Körben in der Hand beugten, um an Gemüse, Obst oder Schinken zu schnuppern.

Er blickte sich in der Menge um und erkannte den Flötenspieler mit seinem klugen Affen. Das Tier tanzte vor den Schaulustigen und hielt ihnen ein Schälchen unter die Nase, in das sie kleine Münzen warfen. Der Mann war immer auf diesem Platz. Ganz in seiner Nähe schleuderte ein Jongleur brennende Fackeln in die Luft. Er vollführte so kunstvolle und geschickte Würfe mit ihnen, dass die Umstehenden aus dem Staunen nicht herauskamen.

Denys spürte einen Stich in der Brust. Plötzlich kam ihm in den Sinn, wie er mit der staunenden Marjolaine einmal hier gewesen war. Hand in Hand hatten sie Waffeln gekauft und herzhaft in Granatäpfel gebissen, während sie den Gauklern zusahen. Von den süßen Früchten angelockt, war der Affe geschickt den Arm seiner Schönen hochgeklettert, was ihr einen erschreckten Schrei entriss, und hatte sich auf ihrer Schulter niedergelassen, um ihr den Apfel zu stibitzen, den sie gerade zum Mund führen wollte. Das Ganze hatte nur den Bruchteil einer Sekunde gedauert. Überrascht hatte Marjolaine die Frucht fallen lassen. Das flinke Tier fing sie auf, noch bevor sie auf dem Boden landete. Daraufhin verschwand es, um den Apfel auf einem Wasserspeier des Kirchenportals in aller Ruhe zu verspeisen.

Als der Schrecken verflogen war, lachten sie beide über diesen Streich und teilten sich Denys' Leckerei. Das knappe Jahr, das seither vergangen war, erschien ihm wie eine Ewigkeit. Mit traurigem Blick bog er um die Ecke und bahnte sich einen Weg zwischen Menschen, Handkarren und Pferden hindurch.

Zu Hause angekommen, legte er das Messer auf den massiven Tisch mitten im Zimmer und schenkte sich einen Becher Schnaps ein, bevor er sich daranmachte, es zu untersuchen. Mit einem Stück Tuch nahm er sich den völlig verschmutzten Gegenstand vor und stellte fest, dass die Klinge nicht nur mit Schlamm, sondern mit verkrustetem Blut bedeckt war. Er lächelte angesichts dieser glücklichen Fügung und begann, sie zu reinigen, um vielleicht noch andere Spuren zu finden.

Der Klang seiner Stiefel auf dem Dielenboden hatte mich geweckt. Seit meiner Beichte am Tag zuvor hatte ich ihn nicht wieder gesehen und mich in mein Schicksal gefügt. Eleonore war nach seinem Weggang bei mir am Bett geblieben. Am nächsten Tag erschien Croquenaud und verordnete, dass man mir so viel zu essen und zu trinken geben solle, wie ich wollte. Er erinnerte sich nicht an mich, schien aber hochzufrieden, eine der Königin so nahe stehende Person ins Leben zurückbefördert zu haben. Wahrscheinlich rechnete er sich aus, dass ihm fürderhin die Tore zum Palast offen stehen würden, und ich versprach ihm, dafür zu sorgen. Er erklärte mir, dass die Schneide nahe am Herzen eingedrungen sei und einen Lungenflügel getroffen habe und er es nicht nur einem Wunder, sondern auch seiner Heilkunst zuschreibe, dass ich noch am Leben sei. Ich hatte in der Tat viel Blut verloren, daher meine Schwachheit. Die geringste Bewegung wäre fatal gewesen, denn die Wunden konnten jederzeit wieder aufbrechen. Er schlug vor, dass ich noch eine Weile liegen bleiben solle, um mich zu erholen.

Ich dankte ihm herzlich. Als er gegangen war, wollte Eleonore wissen, was geschehen war. Ich wich aus, erklärte, dass ich mich nicht recht erinnern könne, und als sie dennoch nicht nachließ, schob ich eine plötzliche und heftige Migräne vor. Ich hatte das Gefühl, sie ahnte irgendetwas. Da es jedoch auf die sechste Stunde zuging, kehrte sie trotz aller Zweifel in den Palast zurück, in der Hoffnung, dort Neues von Denys zu erfahren.

Ich wartete einen Augenblick in der Hoffnung, er käme von selbst. Man hörte Geräusche im Nebenzimmer, dann herrschte wieder Stille. Ich hatte mir vorgenommen, nichts zu unternehmen. Sein Urteil abzuwarten. Doch je länger die Minuten verstrichen, desto unerträglicher wurde es. Ich musste es wissen. Nicht was er mit mir vorhatte, sondern wie es ihm ging. Ich liebte ihn so sehr. Vergebung erwartete ich gar nicht, auch kein Verständnis. Ich wollte nur, dass er nicht mehr litt, sein Lächeln wieder fand und den Schalk in seinem Blick, auch wenn er nie wieder mir gelten sollte. Also stand ich entschlossen auf, um zu ihm zu gehen. Mit Freude stellte ich fest, dass meine Beine zwar noch schwach waren, mich aber bereits wieder tragen konnten.

Vorsichtig öffnete ich die Tür. Er saß mit dem Rücken zu mir am Tisch. Ich sah nicht, was er tat, doch er schien so konzentriert, dass er mich nicht hörte. Ein Schauer lief mir über den Rücken. Ja, ich liebte ihn! Nicht mit der Leidenschaft, die mich an Jaufré band, sondern mit echter Zärtlichkeit, die ebenso ruhig wie stark war.

»Denys!«, rief ich halblaut, das Herz plötzlich voll von dem uneingeschränkten Vertrauen, das mich immer zu ihm getrieben hatte.

Mit besorgtem Blick drehte er sich um, doch dann lächelte er und ich wusste, dass sich nichts verändert hatte. Als ich näher trat, schimpfte er: »Du solltest doch im Bett bleiben!«

»Ich habe mir Sorgen um dich gemacht.«

»Das ist mal wieder ein typischer Weibergrund.«

Ich setzte mich neben ihn. Bei der Bewegung verzog ich das Gesicht.

»Da siehst du es!«, schalt er.

»Streite nie mit einer Hexe«, scherzte ich, um zur Sache zu kommen, vielleicht aber auch, um mir selbst wehzutun.

Seine Miene verdüsterte sich für einen Augenblick, dann legte er seinen Arm um meine Schultern und zog mich an sich. Mit der anderen Hand schob er mir das Messer hin.

»Wo hast du das gefunden?«, fragte ich, vollends beruhigt durch seine Geste.

»Dort. Es waren Spuren von Blut darauf. Wahrscheinlich deines. Ich wäre nicht überrascht, wenn sie dir damit das Loch in den Rücken gebohrt hätten … Kennst du die Waffe?«

Ich drehte und wendete das Ding in meinen Händen, und je länger ich es spürte, desto vertrauter kam es mir vor. »Du glaubst nicht an einen Raubüberfall?«

»Dann hätte man dich ausgeraubt. Bei deiner Ankunft hier hattest du Börse und Schmuck bei dir.«

»Sie hatten auch nicht viel Zeit«, murmelte ich.

»Merlin oder nicht, ein Dieb hätte mitgenommen, was ihm zwischen die Finger kam, bevor er geflohen wäre, statt dich niederzustechen und dem Tod zu überlassen.«

Während wir sprachen, erschienen mir verschwommene, flüchtige Bilder. Zum ersten Mal ließ ich meinen Visionen in Gegenwart eines anderen freien Lauf.

Plötzlich stieß ich einen Schrei aus. Ich sah das Messer am goldenen Gürtel eines Mannes. Eine Hand legte sich auf seine, eine Frauenhand mit einem Amethyst am Finger.

Ich sah Denys an. »Du hast Recht. Es war eine Falle, ausgeheckt von diesem abscheulichen Stephan von Blois. Die Klinge gehört einem seiner Vertrauten, jetzt erinnere ich mich. Und Béatrice ist in seine Ränke eingeweiht, ich habe sie mehrmals zusammen im Palast gesehen.«

»Einer Sache können wir wenigstens sicher sein: Die beiden werden es nicht bei diesem Versuch bewenden lassen. Pah! Eine gewarnte Hexe ist doppelt so viel wert …«, witzelte Denys und tätschelte meine Schulter.

Sein neckischer Ton brachte mich zum Lachen, und ich schmiegte mich an ihn. »Warum hast du mich nicht verraten?«, fragte ich schließlich.

»Ein Komplott gegen den König von Frankreich verraten? Auf Grund von Vermutungen, keinen einzigen Beweis und noch nicht einmal ein Attentat in der Hand … Nein, du bist diejenige, die man versucht hat umzubringen. Trotz meiner Stellung als Konnetabel der Königin hätte man mich für verrückt erklärt oder vielleicht sogar Schlimmeres.«

»Ist das der einzige Grund, Denys?«

»Nein, Tölpelin!«

Vom Schmerz übermannt, schloss er die Augen.

»Ich dachte, ich würde dich für immer verlieren«, sagte ich. »Ich mache mir Vorwürfe, dass es so weit gekommen ist.«

»Ach was! Ich bin die ganze Nacht durch die Tavernen gezogen, um im Wein Gründe dafür zu finden, dich zu hassen. Marjolaine wusste es. Sie hat es immer gewusst. Nicht du hast ihre Seele geraubt, Loanna. Sie ist aus Liebe zu mir gestorben. Aus Liebe zu uns beiden. Ich hätte deinen Tod nicht überlebt, selbst mit ihr und unserem Kind an meiner Seite.«

»Ich verdiene dich nicht.« Ich hatte Tränen in den Augen, die er nur erraten konnte.

»Du verdienst *uns* nicht«, berichtigte er mich. »Uns?«

»Jaufré«, erwiderte er mit ersterbender Stimme.

Ich seufzte. »Ich dachte, nachdem du von meiner Mission weißt, würdest du verstehen.«

»Verstehen ist nicht billigen, Loanna.«

»Eines Tages vielleicht …«

»Wenn aus der bösen Hexe eine liebe Hexe geworden ist? Ich glaube nicht an Märchen, Loanna von Grimwald! Die Wahrheit ist, du hast Angst. Schau mich an.«

Ich wandte ihm mein tränennasses Gesicht zu. Wie gut er mich doch kannte.

»Ich kann dir nicht böse sein dafür, dass du nicht mir gehörst, auch nicht für das, was du bist, aber ich verzeihe dir nicht, dass du ihn weiterhin auf die Folter spannst.«

»Ihn zu rufen würde bedeuten, ihn zu vernichten. Dieses Miststück von Béatrice hat es bereits versucht. Er ist kein Krieger wie du.«

»Aber du vernichtest ihn gründlicher als jeder andere. Sprich mit ihm, Loanna. Wenn ich verstanden habe, wird er auch verstehen. Du brauchst ihn ebenso wie er dich. Es gibt nichts Schlimmeres als den Gedanken, ungeliebt zu sein. Jaufré ist in seiner Grafschaft einsamer als der erbärmlichste Bettler. Denk daran! Ich beschwöre dich.«

In meinem ganzen Leben hatte ich keinen würdevolleren, gerechteren und großmütigeren Menschen kennen gelernt als Denys von Châtellerault, und ich wusste, dass es auf der Welt keinen zweiten wie ihn gab.

Eleonore kam nach dem Gottesdienst zur None wieder, um mir den neuesten Klatsch vom Hofe zuzutragen. Während meiner Genesung hatte sich wenig getan. Als Vorsichtsmaßnahme hatte Denys die Königin aufgefordert, so zu tun, als wäre ich vor der großen Reise noch einmal zu meinen Eltern gefahren. Das überraschte einige Leute, doch alle hatten in diesen Zeiten Besseres zu tun, als neugierige Fragen zu stellen. Dass die Königin seit zwei Wochen täglich ohne Eskorte in die Stadt ging, konnte in aller Augen nur eines bedeuten. Sie hatte ihre Liaison mit dem Konnetabel wieder aufgenommen.

Die Königin selbst hatte großen Spaß an diesem Spiel. Da indes die Anspannung bei Hofe immer mehr zunahm, je näher die Abreise rückte, hatte sie es für klug erachtet, dem König von meinem Unglück zu berichten, damit er dem Hofklatsch kein Gehör schenkte.

Ich entschied, für mich zu behalten, was Denys herausgefunden hatte. Es war besser, wenn die Königin an einen Raubüberfall glaubte, der in diesen turbulenten Zeiten nichts Ungewöhnliches war. Ohnehin deuteten alle Zeichen auf einen solchen hin.

Denys hatte mir anvertraut, dass er ihr erzählt habe, ich sei am Abend des Überfalls auf dem Weg zu ihm gewesen. Ich nahm an, dass sie sich über die Natur unserer Beziehung Gedanken machte, die, wie sie wusste, schon immer etwas ganz Besonderes gewesen war. Dass ich ihr nichts davon erzählt hatte, verletzte wahrscheinlich ihren Stolz, daher fragte sie an jenem Tag nicht weiter nach, und ich konnte mich elegant aus der Affäre ziehen.

Am Abend kam Croquenaud vorbei, stellte fest, dass ich endgültig über dem Berg, aber weiterhin Vorsicht angebracht sei. Deshalb empfahl er mir, eine weitere Woche im Bett zu bleiben.

»Kälte und Hitze bei einer verletzten Lunge, junge Dame«, predigte er, »da nistet sich das Ungeziefer ein.«

Ich wusste, dass er Recht hatte. Die schlechte Luft in Paris würde mir nicht gut tun, ebenso wenig wie die kalten und feuchten Gemäuer des Palastes der Cité.

Hier ging es mir am besten, umsorgt von meiner Königin, die mir reife Früchte brachte, und Denys, der mich zwischen seinen Diensten im Palast besuchte. Die übrige Zeit verbrachte ich mit Lesen und Nachdenken. Wenn man nichts zu tun hat, kommt man leicht ins Grübeln. Ich musste immer wieder daran denken, was Denys über Jaufré gesagt hatte. All diese Jahre ... All diese Jahre, in denen er vom Hof ferngeblieben war, um mir nicht zu begegnen. In denen er sich verborgen hielt, damit ich leben konnte. In denen er sich in seine Einsamkeit eingemauert hatte, um seinen Schwur zu halten.

Wie absurd das alles war. Ich war so davon überzeugt gewesen, dass er mich schwächte und verwundbar machte. Doch bei dem Überfall hatten mich meine Intuition und meine vermeintlichen Kräfte auch nicht besser geschützt. Was für eine Lektion in Bescheidenheit! Ich, Loanna von Grimwald, hatte mich auf ganzer Linie geirrt. Schlimmer noch, ich hatte mich in mir selbst getäuscht. Ich war Merlins Lehren in keiner Weise gewachsen. Es war nicht zu spät, um Verzeihung zu bitten. Wie bei Denys war es nicht zu spät, mich selbst und ihn wieder zu finden. Vorausgesetzt, er wollte mich immer noch wie ich ihn. Erst nachdem ich diese Entscheidung getroffen hatte, fühlte ich mich vollends geheilt, befreit und erleichtert.

Drei Tage später stürmte Eleonore in mein Zimmer. »Es ist beschlossene Sache: Wir brechen Anfang des nächsten Monats auf! Ich habe heute Nachmittag Ludwig um eine Audienz gebeten und du wirst seinen Wutausbruch noch bis hierher hören. Wir werden alle gehen! Aber das ist noch nicht alles. Die Damen können nicht ohne Kammerfrauen, Toiletten und Schmuck reisen. Seit sie wissen, dass uns der Basileus, der übrigens ein schöner Mann sein soll, in der weißen Stadt empfangen will, weigern sie sich, in Rüstung dorthin zu gehen. Und ich habe die feste Absicht, ihm Frankreich in seiner ganzen Pracht zu präsentieren. Unsere Koffer kommen also mit, außerdem Gaukler, Jongleure, Akrobaten, Troubadoure…«

Sie hielt inne, um zu sehen, wie ich reagierte. Ich beschränkte mich darauf, streng dreinzublicken, während mein Herz kurz aussetzte, um dann umso schneller zu schlagen. Sie warf sich auf die Knie und drückte meine Hand, die schlaff auf dem Leinenlaken lag.

»Wie hätte ich das wissen sollen?«, rechtfertigte sie sich, einen Hauch gespielten Zorn in der Stimme.

Wenn sie sich schuldig fühlte, ging Eleonore immer gern in die Offensive.

»Ich stecke ganz schön in der Klemme. Ich dachte, du fändest es vielleicht schön, ihn in deiner Nähe zu haben, es ist alles so lange her… Außerdem ist seine Stimme ein Genuss, und ich werde oft danach gefragt, wie du weißt. Er wäre der Einzige, der nicht mitkommt, aber er ist der Einzige, der Bernhard von Ventadour überreden könnte…«

Sie sah mich an, ohne den Satz zu beenden. Ich lächelte sie zärtlich an. »Du hast genau das Richtige getan.«

»Wirklich?« Ihre Augen blitzten schelmisch.

»Wirklich. Wann kommt er?«

»Er hat sich gestern an den Toren des Palastes angemeldet, zusammen mit einem jungen Schützling, der eine sehr viel versprechende Stimme haben soll.«

»Hat er nach mir gefragt?«

Plötzlich fürchtete ich, Eleonore hätte einen groben Fehler begangen.

»Bei Gott ja! Er wunderte sich, dass du nicht beim Abendessen warst, und ich erzählte ihm die gleiche Geschichte wie den anderen. Du seiest bei deiner Familie in Angers und beizeiten zurück in Paris. Aber ich habe es sofort bereut, Loanna, ihm diese Lüge aufgetischt zu haben. Du hättest ihn sehen sollen, wie mager, bleich und traurig er auf einmal aussah! Dabei war er fröhlich wie ein Buchfink, als er zu mir kam, um mir seine Aufwartung zu machen. Es war, als ob ihn alles Leben mit einem Mal verlassen hätte. Er gab vor, müde von der Reise zu sein, und zog sich ziemlich früh zurück.«

»Warum hast du ihn überhaupt angelogen? Es hätte doch genügt, wenn du ihm von meiner Verletzung erzählt hättest«, meinte ich leise.

»Und was hätte ich ihm sagen sollen? Dass seine Herzensdame sich seit fünfzehn Monden im Bett ihres Geliebten räkelt? Ich dachte, wir haben keine Geheimnisse voreinander! Seit wann versteckt ihr euch vor mir? Ich hätte euren Verrat schon ahnen können, als ich euch nach dem Gefecht mit Béatrice im Waffensaal überraschte.«

Sie ruderte mit ihren schlanken Armen in der Luft herum wie eine Windmühle bei Sturm und traktierte den gewachsten Parkettfußboden mit ihren Absätzen. Ein Gefühl der Zärtlichkeit stieg in mir auf.

Eleonore hatte Angst, mich zu verlieren, ebenso wie Denys, aber um ihre Schwäche nicht zu zeigen, hatte sie sich verkrochen und sich in ihrem Winkel haltlose Vorwürfe ausgedacht, um sich nicht diesem Gefühl der Unausweichlichkeit hinzugeben, das sie verabscheute, weil es sie verwundbar zeigte.

Hinter ihrer Wut verbargen sich Angst und Erwartung, vermischt mit Hoffnung. Und, stärker als alles andere, die Liebe, die sie mir entgegenbrachte.

»Denys ist nicht mein Geliebter«, widersprach ich leise.

Sie hielt abrupt inne, ganz außer Atem vom Rudern, mit roten Wangen und benommenem Blick. Alles hätte sie erwartet, aber nicht das. »Was sagst du da?«

»Du hast mich genau verstanden. Ich habe mich an diesem Abend mit Denys getroffen, aber nicht, um mit ihm zu schäkern.«

Sie trat näher und setzte sich an den Bettrand. »Und warum sonst, gütiger Himmel?«

»Ich wollte, dass er jemanden in der Entourage des Königs beobachten lässt«, log ich.

Sie öffnete den Mund, doch es kam kein Laut heraus. Mit ihren tellerrunden, großen Augen sah sie aus wie ein Fisch. Ein ziemlich hübscher Fisch, den ich sehr liebte. Ohne lange zu überlegen, führte ich die Idee weiter aus, die ich soeben gehabt hatte: »Ich bekam kürzlich hinter der Biegung eines Korridors ein paar Gesprächsfetzen mit. Es ging um den König und hörte sich stark nach üblen Machenschaften an. Ich verstand den Sinn der Worte nicht genau, aber der Mann flößte mir Misstrauen ein und ich wollte, dass Denys sich um ihn kümmert.«

»Aber du konntest ihm nichts mehr sagen. Was für ein ärgerlicher Umstand. Ich habe allerdings nichts von einem Komplott gehört. Wer war der Mann?«

»Stephan von Blois.«

»Ach, Loanna! Er ist König von England! Warum sollte er den Tod eines Königs wollen, der ihn zu allem Überfluss in seinem Konflikt mit dem Anjou unterstützt? Nein, ich glaube nicht, dass von ihm eine Gefahr ausgeht. Das hast du sicher missverstanden. Vielleicht haben deine Gefühle ihm gegenüber dein Urteilsvermögen getrübt. Ich weiß, wie sehr es deine Patin Mathilde enttäuscht hat, dass ihr Volk sie nicht anerkannte. Gott weiß, was du in deiner Kindheit über diesen Mann gehört hast. Er wurde als Feind angesehen, doch nachdem ich ihn bei verschiedenen Gelegenheiten getroffen und gehört habe, schätze ich seinen Wert und seine Integrität. Du hast dir da etwas eingebildet!«

»Zweifellos«, seufzte ich. »Trotzdem wäre ich beinahe auf den Straßen von Paris zum Opfer von Halsabschneidern geworden, meine Süße!«

»Ich verbiete dir, noch einmal so eine Heldentat zu wagen! Ludwig verdient deine Zuneigung zu seinem königlichen Haupt, aber mir ist deins noch viel wichtiger.«

Sie umarmte mich, und ihre blonden Locken strichen über meine Stirn wie ein sonniger Sommerwind. Plötzlich hatte ich Lust auf ihre Lichtgestalt, auf das kindliche Wesen, das sie nie aufgehört hatte zu sein, und auf ihr Haar, das über meinen Bauch strich.

»Ich will dich«, murmelte ich und zog sie an mich.

»Meinst du, das wäre vernünftig?«, beschwerte sie sich, allerdings nur der Form halber, denn in ihren Malvenaugen blitzte ein Funke, den ich nur allzu gut kannte.

Ich machte einen Platz neben mir im Bett für sie frei. Mit einem kleinen Glucksen ließ sie ihren Rock fallen und legte sich zu mir. Zärtlich löste ich die Bänder ihres Mieders, das bis zur Taille eng geschnürt war, und befreite ihre festen Brüste. Sie mit Küssen bedeckend, ließ ich fiebrig eine Hand zwischen ihre Schenkel gleiten.

»Es ist so lange her…«, flüsterte sie und stöhnte lustvoll auf.

Sie überließ sich meinen Liebkosungen, während ich ihr im Geiste zustimmte. Doch es war nicht nur das, auch das lange Liegen und die berauschende Aussicht darauf, Jaufré wieder zu sehen, hatten meine Sinne geweckt. Ich hatte keinen Zweifel mehr. Er würde mir ebenso verzeihen wie Denys.

Nachdem Eleonore an diesem Abend in den Palast zurückgekehrt war, hatte sie das Vergnügen, ihn beim abendlichen Zusammensein singen zu hören. Als sich alle zurückgezogen hatten, unterhielt sie sich lange mit ihm. Sie erzählte ihm, wie hart diese letzten Jahre für mich gewesen seien, und schwindelte ihm sogar vor, dass ich mir wegen meines Verhaltens ihm gegenüber Vorwürfe gemacht hätte, aber aus borniertem Stolz warten wolle, bis er den ersten Schritt tue. Ich denke, sie hielt das sogar für die Wahrheit. Kein Wunder also, dass auch Jaufré es glaubte. Eleonore konnte wie niemand sonst ihre engsten Vertrauten zum Sündenbock machen und aus Tätern Opfer. Eigentlich hätte ich ihr dafür böse sein sollen, doch erstaunlicherweise war ich erleichtert. Diese Geschichte ließ mir die Möglichkeit offen, mit meiner vollständigen Enthüllung zu warten, bis meine Aufgabe im Heiligen Land erfüllt war. Nur eines zählte: dass Jaufré sich wieder beruhigte, nachdem er alles gehört hatte, und sich trotz allem danach sehnte, mich in die Arme zu schließen.

Am nächsten Sonntag vor Tagesanbruch meldete ich mich an den Toren des Palastes der Cité. Es war herrlich gewesen, wieder auf Granoës Rücken zu sitzen, und auf dem ganzen Ritt genoss ich das Gefühl, wieder unter den Lebenden zu sein.

Denys begleitete mich bis zu den Ställen des Palastes. Dort trennten wir uns, er ging in den Waffensaal, ich in meine Gemächer. Mit leichtem Schritt stieg ich die Treppen des Hauptturms hinauf. Es kam überhaupt nicht in Frage, dass ich mich Jaufré und dem Hof als traurige Erscheinung präsentierte. Ich durchwühlte meine Koffer und fand ein dunkelblaues Samtkleid, das ich sehr liebte. Um die offizielle Geschichte zu erhärten, nach der ich im Anjou gewesen war, hatte Eleonore meine Kammerzofe Camille sofort nach dem Überfall vom Hofe entfernt und in ein Kloster geschickt, nicht ohne ihr zu versichern, dass es mir gut gehe und sie so bald als möglich wieder abgeholt werde. Ich musste beim Anziehen also allein zurechtkommen. Es bereitete mir großen Spaß, und ich genoss das wunderbare Warten, das großen Momenten immer vorausgeht.

Als ich der Meinung war, dass ich strahlender und schöner denn je aussah, ging ich in den Musiksaal. Eleonore und ihre Gesellschafterinnen hielten sich dort auf, das hatten mir Pagen gesagt, die ich auf dem Gang getroffen hatte. Jaufrés Stimme erreichte mich an der Schwelle der Tür mit den zwei Flügeln. Sie waren leicht angelehnt, und als ich näher trat, konnte ich ihn sehen, auf einem niederen Schemel sitzend, die Zither zwischen den Knien, zu seinen Füßen ein Meer aus Seide und Spitze. Auf Kissen, die direkt auf den dicken Wollteppichen lagen, räkelten sich die Damen und hingen wie gebannt an seinen Lippen. Jaufré hatte nichts von seinem Charisma verloren. Sein Gesicht war zwar von ein paar Falten mehr durchzogen und doch war er noch genauso, wie ich ihn in Erinnerung hatte: bescheiden und nobel zugleich, erleuchtet von der Musik, die seinen Händen und seinem Mund entsprang.

Mein Herz schwoll an, bis es die Bänder meines Mieders zu sprengen drohte. Wie sehr hatte er mir all die Jahre gefehlt! Wie sehr ich ihn liebte! Behutsam stieß ich die Türflügel auf und trat ein. Sogleich heftete sich sein Blick auf mich, während der Klang der Saiten unter seinen Fingern erstarb. Es war genauso, wie ich es mir vorgestellt hatte. Wie eine riesige Flutwelle, die das Ufer überspülte und verschluckte. Das unaussprechliche Glück zu wissen, dass wir uns von nun an für immer gehören würden, malte ein Lächeln auf unsere Gesichter, das jeder Beschreibung entbehrt. Alle Köpfe wandten sich mir zu, um zu sehen, was die wundersame Verwandlung im Gesicht des Troubadours verursacht hatte.

Meine Königin kam auf mich zu und nahm meine Hände.

»Loanna! Was bin ich glücklich, dass Ihr wieder bei uns seid!«, heuchelte sie. »Hattet Ihr eine gute Reise?«

»Ausgezeichnet, meine Königin, und doch drängte es mich, nach Paris zurückzukommen. Die Zeit ohne Euch wurde mir lang.«

Wie ein Kind führte sie mich zu Jaufré, der aufgestanden war. Sein Blick war von einer unendlichen Zärtlichkeit, und ich konnte mich nicht mehr entziehen. Er begrüßte mich mit einer tiefen, eleganten Verbeugung. Als er sich wieder aufgerichtet hatte, sagte er zur Königin: »Euer Majestät können stolz darauf sein, von nun an einen der schönsten Gärten zu besitzen. Wenn sich seine seltenen und fernen Blumen öffnen, verwandeln sie ihn in ein Paradies. Gott segne den Tag, an dem ich eingeladen wurde, ihn zu betreten!«

»Gott segne den Tag, an dem Eure Stimme wie der Gesang der Nachtigall den Frühling in ihm weckte, Messire von Blaye!«

Unsere Blicke verschmolzen ineinander, und ich wusste, es war nicht nötig, mehr zu erklären. Es war, als hätte die Zeit nichts zerstört, nichts beschmutzt. Ganz im Gegenteil, wir schienen uns näher denn je.

Eleonore entfernte sich mit fröhlichem Lachen, klatschte in die Hände und rief in die Runde: »Damoiselles, heute ist ein großer Tag! Unsere Freundin ist zurück, verschmitzter denn je, wir haben den größten Troubadour dieser Erde zu Gast und in einigen Wochen werden wir, so Gott will, diese verwünschten Türken lehren, ihren heidnischen Hochmut zu bereuen. Messire von Blaye, möge Euer Lied von der fernen Liebe das Banner zum Ruhme Gottes und des Königreichs Frankreich sein!«

»Zum Ruhme Gottes und des Königreichs Frankreich!«, wiederholten im Chor die Damen, die sich in einem Schwung erhoben hatten.

Ja, es war wirklich ein großer Tag!

Zweiter Teil

1

Die beiden Wochen vor der großen Abreise waren eine ununterbrochene Folge von Disputen zwischen Ludwig und Eleonore, während der Palast, die Cité und das ganze Land von einer wahnwitzigen Erregung erfasst wurden.

Es wurde an nichts anderes mehr gedacht, von nichts anderem mehr gesprochen, für nichts anderes mehr gelebt als für den Kreuzzug.

Eleonore erhöhte täglich die Anzahl der Kutschen. Da musste noch ein Schatzkästchen mit Schmuck mit, da noch ein Geschenk für den Basileus Komnenos von Konstantinopel und eins für ihren Onkel in Antiochia, da ein Koffer mit Toiletten, da eine Person, die sich durch ihre Tapferkeit oder ihre Talente als Unterhalter ausgezeichnet hatte. Kurz, aus hundertsiebzig Kutschen waren innerhalb von knapp zwanzig Tagen über zweihundert geworden.

Ludwig schäumte vor Wut. Er tobte, schimpfte, drohte und flüchtete am Ende ins Gebet, um den Allmächtigen anzuflehen, seiner Frau die fehlende Vernunft einzugeben. Als Krönung des Hochmutes hatte sie auch noch behauptet, der höchste Herr im Himmel billige ihre Kapriolen, weil er keinen Zorn auf sie herabsende. Besser noch, bislang habe er sogar all ihre Schritte unterstützt. Ludwig war verzweifelt, ratlos und zutiefst verletzt. Und so war es die natürlichste Sache der Welt, dass er sich Béatrice von Campan zuwandte, die immer häufiger in seiner Nähe zu finden war. Eleonore sagte nichts. Ganz im Gegenteil, sollte sich doch diese Gans um Ludwig kümmern, dann hatte sie freies Feld für ihr Wiedersehen mit Bernhard von Ventadour.

Endlich kam der große Tag der Abreise.

Am 12. Mai 1147 versammelte sich der Hof ein letztes Mal in der Abtei von Saint-Denis. Im Hintergrund drängte sich das Volk wie eine riesige Flutwelle, die jedem Schiff die Umkehr unmöglich gemacht hätte.

Papst Eugen III. erwartete uns zusammen mit Bernhard von Clairvaux und Abt Suger, der unter der gewichtigen Bürde seiner Verantwortung strahlte wie ein Honigkuchenpferd. Er würde bleiben, um über Frankreich zu wachen. Es wurde eine Zeremonie ganz nach dem Geschmack der Franken – düster und prachtvoll gleichermaßen. Eine solche Inbrunst lag in der Luft, dass alle Herzen und Gemüter von einer Woge der Liebe und Brüderlichkeit erfasst wurden. Eigentlich undenkbar angesichts dieser Begeisterung, dass der Tod mit uns ziehen würde: nicht nur der Tod, der auf viele unserer Leute lauerte, sondern auch der, den wir über die Ungläubigen bringen würden bei dem absurden Versuch, sie zu bekehren. Tief in meinem Innern spürte ich einen sonderbaren Widerstreit. Ebenso wie die anderen war ich von diesem Rausch erfasst, gleichzeitig aber abgestoßen von dem, was vor mir lag – ich würde mich dem Gott der Lügen anschließen, für den Liebe und Gemetzel, Strafe und Vergeltung, Martyrium und Wahrheit Christi eins zu sein schienen. Um diesen Wellen, die mich immer wieder zwischen Abscheu über mich selbst und Euphorie hin und her schleuderten, Einhalt zu gebieten, drückte ich so fest ich konnte Jaufrés Hand, krallte mich an ihn wie ein Baum an die Erde, wenn er spürt, dass ein Sturm ihn zu entwurzeln droht. Meine einzige Triebfeder, mein einziges Motiv, war jetzt er. Er und England.

Dann plötzlich, während ich noch mit dem Tumult in meinem Inneren beschäftigt war, kam das Licht. Eugen III. hatte Quersack und Pilgerstab gesegnet und dem Königspaar überreicht. Nun trat Ludwig vor, um das rote Banner mit den Lilien entgegenzunehmen, an dem wir tagelang gestickt hatten. Bernhard von Clairvaux hatte es über den Altar gebreitet. In dem Augenblick, als Ludwig sich über den Stoff beugte, wurde er in ein Farbenspiel wie von einem Regenbogen getaucht. Ein Raunen ging durch die Kirche. Geblendet von dem Licht, das ihn umflutete, nahm er das Banner, drehte sich langsam um und hob es vor der Menge in die Luft. Nie zuvor hatte ich so etwas gesehen. Ich wusste selbst allzu gut, wie man Magie einsetzte, trotzdem war ich hingerissen von diesem Licht, das der Bewegung des Königs gefolgt war und jetzt in vielen Strahlen, die bis zum Boden reichten, den Stoff und seine Hände durchdrang und ihm eine glanzvolle Aura verlieh.

Ich hatte nicht die Zeit, darüber nachzudenken, woher diese Energie kommen mochte. Ebenso schnell, wie sie entstanden war, war sie wieder verschwunden. Eine ganze Weile blieb Ludwigs Mönchskutte vom Goldflitter bestäubt, während sein mit unendlicher Weichheit erfüllter Blick sich in einem wunderbaren Traum zu verlieren schien. Um mich herum wurde geraunt.

»Es ist ein Wunder! Gott selbst hat das Banner gesegnet!«

Wenn ich nicht bei Merlin in die Lehre gegangen wäre, hätte ich das wahrscheinlich auch geglaubt. Im Strudel all der vielen Fragen, die mich bedrängten, gab es für mich nur eine Gewissheit. Das Licht hatte nicht den Stoff berührt, sondern den König selbst. Sollte das ein Zeichen für mich sein, dass sein Tod ungerecht war? Wenn es nicht Gott war, der ihn gesegnet hatte, war es vielleicht Merlin gewesen? Ich hatte keine Antwort darauf und beschloss, mich dem Schicksal zu fügen. Wenn der Tod des Königs ein Fehler war, brauchten es Merlin oder Mutter mir doch nur zu sagen. Sie waren beide im Portalvorbau von Sainte-Geneviève erschienen, um mich ins Leben zurückzuholen. Sie konnten mir also klar und deutlich zu verstehen geben, welchen Weg ich einzuschlagen hätte. Solange sie das nicht taten, war ich wohl oder übel auf dem richtigen Weg. Im Chor der Menge sang ich zusammen mit meinen Gefährten das lange Lied des Abschieds, das Herz erfüllt von friedvoller Gewissheit.

Wir befanden uns mitten in Ungarn, als Ludwig sich über einen Fehler in seiner Planung den Kopf zu zerbrechen begann. Beim ersten Kreuzzug hatten die Franzosen verschiedene Routen beschritten, um keine Versorgungsengpässe zu erleiden. Diesmal jedoch war uns der deutsche Kaiser Konrad auf demselben Weg ein paar Wochen voraus. Uns blieb nur noch das, was seine Armee übrig gelassen hatte und was die Bewohner nun zu Wucherpreisen verkauften.

Ludwig schob den Fehler auf die große Anzahl von Schmarotzern, die im Gefolge der Königin reisten, doch das half natürlich auch nichts. Er hätte zugeben müssen, dass er selbst den Irrtum begangen hatte. Inzwischen war die Euphorie des Aufbruchs einer denkbar schlechten Stimmung gewichen. Zu allem Überfluss stärkten die aquitanischen Vasallen ihrer Herzogin den Rücken und wiesen jede Verantwortung für die Mangellage zurück.

Gottfried von Rancon, Lehnsmann von Taillebourg, hatte Ludwig erst tags zuvor offen widersprochen. Einige der Kreuzfahrer – und nicht die Geringsten von Rang – hatten sich beim ersten Treffen in Étampes dafür ausgesprochen, den Seeweg zu nehmen und die Einladung von Roger von Sizilien anzunehmen, bei ihm eine Rast einzulegen. Ludwig hatte ihnen entgegengehalten, dass Roger ein Schuft sei, ein Normanne, der dieses Bündnis nur für seine zweifelhaften politischen Ziele ausschlachten wolle. Nach mehreren lautstarken Debatten, bei denen Gottfried von Rancon übrigens auch das drohende Versorgungsproblem angesprochen hatte, wurde der Vorschlag schließlich verworfen. Heute nun fühlte sich der Aquitanier bestätigt. Obgleich er ebenso wie seine Gefährten den Luxus missbilligte, in dem der Tross der Königin schwelgte, so musste er doch zugeben, dass der König ihr einen Fehler in die Schuhe schob, der vorhersehbar und vermeidbar gewesen war.

Im Augenblick stand Gottfried von Rancon, der für die Versorgung der Vorhut zuständig war, grübelnd vor einem Stall in der Nähe des fränkischen Lagers. Aus dem benachbarten Pferch glotzten ihn ein paar Kühe dumpf an; sicherlich waren die Reisemäntel über den Kettenhemden für sie ein ungewohntes Bild. Ein paar seiner Kameraden, die der hiesigen Mundart mächtig waren, verhandelten im Innern des Gebäudes erbittert um Lebensmittel. Der Wortwechsel zog sich hin, wie jeden Tag in den letzten drei Wochen. Gottfried hatte die Nase voll. Er musste mit der Königin reden. Mit Zorn im Herzen trat er gegen einen Strohschober, aus dem eine Wolke Hühnerfedern aufflog. Entschlossenen Schrittes ging er ins Haus und bedeutete seinen Gefährten, das letzte Angebot anzunehmen. Zum Teufel mit den königlichen Finanzen! Er wusste jedenfalls, dass er nicht mehr länger feilschen konnte.

Damit ließ er seine Freunde allein, damit sie die letzten Details besprechen konnten, und ging bedächtig zum Lager zurück, auf das große Feuer zu, über dem sich ein ganzes Lamm drehte. Auf einem dicken Teppich am Boden sitzend, folgten die Königin und ihre Damen mit müden Augen den Runden des Spießes, während sie den Stimmen der Troubadoure lauschten, die abwechselnd für sie sangen.

Gottfried von Rancon setzte sich unweit davon neben Uc von Lusignan. Der alte Haudegen, den er sehr schätzte, war dabei, die Klinge seines Schwertes zu fetten, und lauschte dem Gesang von Jaufré Rudel.

»Was ist dir denn für eine Laus über die Leber gelaufen, alter Freund?«, begrüßte Uc ihn.

»Wir lassen uns rupfen wie ordinäre Hühner«, schimpfte Gottfried.

»Was meint der König dazu?«, fragte Uc. Er fand ebenfalls, dass die Dörfler ihre Lage schamlos ausnutzten, wollte sich aber nicht offen in die Querelen einmischen.

»Er tobt, aber nicht gegen Konrad und seine Armee! Sondern *dagegen*!«

Mit einer Bewegung des Kinns deutete er auf die Gruppe der Damen und fügte dann bitter hinzu: »Er hat Herzogin Eleonore seit unserer Abreise nicht ein einziges Mal gegrüßt. Er brütet vor sich hin, und sobald das Lager errichtet ist, zieht er sich in sein Zelt zurück, um Kerzen anzuzünden und zu beten. Schönes Vorbild!«

»Wir alle suchen Gott, Gottfried.«

»Gewiss, guter Freund. Aber hiermit, nur hiermit!«

Er strich mit dem Zeigefinger über die Klinge und hinterließ eine dünne Blutspur. Uc grinste nur und wischte sie mit dem Ärmel weg. Er wusste, dass der Sire von Taillebourg Recht hatte. Aber man würde Ludwig nicht ändern. Aus der Verbindung von Feuer und Eis konnten nur Tränen entstehen.

Gottfried spann seine Gedanken weiter. Er wollte sich der Königin nicht widersetzen, aber es schmerzte ihn zu sehen, dass sie die Verantwortung für den unguten Verlauf des Abenteuers zu tragen hatte. »Man muss mit ihm reden, Uc! Es ist noch nicht zu spät für die Damen umzukehren.«

»Verrückt wie du bist, wirst du es sicher versuchen«, bemerkte Uc von Lusignan belustigt.

Schnaufend wie ein Stier stand Gottfried auf, ging zur Königin und flüsterte ihr etwas ins Ohr. Eleonore hob das Kinn und hielt ihm die linke Hand hin, damit er ihr beim Aufstehen helfe. Mit einer anmutigen Geste forderte sie ihn auf, ihr in ihr Zelt zu folgen.

Dort blieben sie eine ganze Weile. Ihre Stimmen wurden von Jaufré übertönt, der seiner Mandore herrlich schmachtende Akkorde entlockte. Mit einem zärtlichen Lächeln sah er mich an. Der Anblick seiner geschickten Finger, die über den Hals des Instruments huschten, jagte mir wohlige Schauer über den Rücken.

Ein paar Minuten später kam Gottfried von Rancon mit sorgenvoll gerunzelter Stirn wieder heraus, gefolgt von Eleonore, die ebenso aufgeräumt wirkte wie zuvor. Ich schloss daraus, dass beide ihre Haltung nicht verändert hatten. Später erfuhr ich, dass er versucht hatte, sie zu überreden, einen erheblichen Teil der für den Kampf nutzlosen Kutschen zurückzuschicken. Er wolle der Herzogin nur den Unmut des Königs ersparen, hatte er gesagt. Eleonore reagierte mit der gewohnten Bissigkeit. Das tue ihm nur gut, hatte sie dagegengehalten, denn je wütender er sei, desto besser führe er das Schwert.

Das gleiche Lied wiederholte sich nun seit einer Woche jeden Abend. Dann, eines Morgens südlich von Wien, stieß eine Truppe von Kopf bis Fuß verschmutzter Männer zu uns. Es war Bernhard von Ventadour mit rund zwanzig Gefährten, Gaukler zumeist, darunter viele Italiener, die sich dem Tross anschließen wollten. Der König runzelte die Stirn, fand aber keine Einwände. Alle entstammten adligen Familien und hatten nur das eine Ziel, die Türken zu bekämpfen. Einer von ihnen hatte sogar ein Schreiben Seiner Heiligkeit Eugens III. bei sich, das seinen tapferen und geschickten Umgang mit dem Schwert bei allen Unternehmungen für den allerheiligsten Ruhme des Herrn lobte.

Bis zur nächsten Rast sagte Ludwig nichts. Er hatte einen Blick aufgefangen, den der Troubadour der Königin zugeworfen hatte, und sie unter der Junisonne erröten sehen. Es war unschwer zu erkennen, dass die beiden sich immer noch liebten. Er nahm sich vor, für Ordnung zu sorgen und den Pavillon der Königin bewachen zu lassen, damit sie keine Liebhaber beherbergen und ihn erneut zum allgemeinen Gespött machen konnte.

Wie nicht anders zu erwarten, echauffierte sich Eleonore aufs Heftigste, als sie nach der Errichtung des Lagers eine Wache vor ihrem Zelt fand. Auf der Stelle eilte sie zu ihrem Gatten und forderte Rechenschaft.

Ludwig musterte sie finster. »Ich fürchte um Euch, Eleonore. Ist es nicht die Aufgabe eines Ehemannes, seine Frau zu beschützen?«

»Und was fürchtet Ihr, bei allen Heiligen?«, fragte Eleonore, wohl wissend, dass ein Frontalangriff zu nichts führen würde.

Ludwig hatte die Seele eines Priesters, aber wenn er diesen Blick aufgesetzt hatte, war er zu allem fähig. »Man hat mir berichtet, dass vor knapp drei Monden ein paar Haudegen Damen von niederem Adel in ihren Zelten im Schlaf geschändet haben. Ich könnte niemals zulassen, dass Euch etwas Ähnliches widerfährt.«

Eleonore hatte selbst die Beschwerde dieser jungen Damen entgegengenommen, die im Übrigen keinen Grund zur Klage gefunden hätten, wären sie nicht am nächsten Tag Gegenstand eines Spottliedes der Wache geworden, in dem ausführlich von ihrem wenig überzeugenden Widerstand die Rede war. Es hätte keinen Sinn gehabt, diesen Vorfall vor dem König herunterzuspielen, denn das Rascheln der Unterröcke im Lager war ihm ohnehin zuwider. Sie beschränkte sich also darauf, ihm für seine Aufmerksamkeit zu danken, und sank in einen tiefen Knicks, der ihr gewagtes Dekolleté offenbarte. Von plötzlicher Eifersucht auf den alten Geliebten seiner Frau erfasst, verspürte er den heftigen Drang, ihr die Schenkel zu versengen.

»Es wäre mir wohler, meine Dame, wenn Ihr diese Nacht an meiner Seite schlafen würdet.«

Eleonore hielt überrascht inne und hob dann den Kopf. So hatte sie sich das Wiedersehen mit Bernhard nicht vorgestellt. »Sire«, wandte sie ein, »es ist so lange her…«

»Ein Grund mehr, mir Eure Zuneigung zu beweisen.«

Der König setzte ein gemeines Grinsen auf, das ihr gar nicht gefiel. Gleichwohl lächelte sie ihm zu. Vor dem Hinausgehen sagte sie leise: »Euer Majestät könnten mir keine größere Freude bereiten.«

Wieder allein, griff Ludwig nach einem Lederband und ließ es ein paar Schritte neben seinem Strohsack auf den Boden knallen. Die Finger um den Riemen krallend, grollte er: »Das werden wir ja sehen, du Dirne…«

»Ausziehen.«

Der Befehl kam, kaum waren die Stoffbahnen am Zelteingang hinter ihr zugefallen. Im Schein einer Kerze tanzte der Schatten des Königs auf den Wänden. Er stand ihr mit nacktem Oberkörper gegenüber, auf der weißen Brust das Ebenholzkreuz.

Eleonore lief es kalt über den Rücken. Dieser Ton gefiel ihr nicht. Seit Bernhard in der Nähe war, fühlte sie sich verwundbar. Sie musste den König handzahm machen, um ihn besser an der Nase herumführen zu können. Also gehorchte sie und stand bald nackt vor ihm. Ludwig zeigte auf den Betschemel, den er mitgebracht hatte.

»Auf die Knie.«

Sie war überrascht, gehorchte jedoch abermals. Ludwig drückte ihr einen Rosenkranz aus Karneol in die Hand und Eleonore verschränkte die Finger zum Gebet.

»Ihr wollt mich befriedigen, Eleonore? Dann betet! Und dass keine Klage über Eure Lippen kommt, bis ich genug habe.«

Während die Vaterunser von den Zähnen der Königin perlten, wickelte er den Lederriemen um seine Faust und holte damit aus. Mit einem scharfen Zischen traf er den Rücken der jungen Frau und entriss ihr einen Schrei der Überraschung und des Schmerzes. Sie schloss die Augen und biss die Zähne zusammen, während ein zweiter Schlag ihre Schultern traf.

»Ihr tut mir weh, Ludwig«, sagte sie leise.

»Wirklich? Schmerz ist gut für die Buße«, gab er in brutalem Ton zurück und schlug umso fester zu.

Eleonore entfuhr ein weiterer Schrei. Der Riemen riss ihr die Haut auf. Sie versuchte, sich am Pult des Betschemels hochzuziehen, doch Ludwig drückte sie mit dem ganzen Gewicht seines Körpers nieder.

»Es reicht jetzt!«, befahl sie und wandte sich zu ihm um.

Das Gesicht des Königs flößte ihr Furcht ein. Er sah aus wie einer der Wasserspeier am Portal von Kirchen; in seinen Augen brannte ein teuflisches Feuer.

»Betet, Eleonore!«, zischte er zwischen den Zähnen. »Bringt mich nicht dazu, die Wache zu rufen, damit sie Euch dazu zwingt!«

»Ihr seid verrückt geworden!«

Er brach in ein schmieriges Gelächter aus. Eleonore spürte, dass ihr Tränen in die Augen traten. Der sonst so zerbrechliche, zarte und hingebungsvolle Ludwig jagte ihr plötzlich Angst ein, wie sie noch nie in ihrem Leben Angst empfunden hatte. Sie barg ihr Gesicht in den eiskalten Händen und schloss sie dann um die Perlen des Rosenkranzes. Aus tiefstem Herzen betete sie, dass dies hier bald zu Ende sein möge. Doch Ludwig schlug unablässig weiter zu, während sie ihre Tränen hinunterschluckte.

Er legte den Riemen erst beiseite, als ihr Rücken nur noch eine einzige blutende Wunde war. Dann riss er sich die übrigen Kleider vom Leib und kniete sich hinter sie. Unvermindert roh und brutal drang er in sie ein, seine Finger um ihre gefalteten Hände krallend, um sie noch wehrloser zu machen. Das Gesicht des gekreuzigten Bernhard von Ventadour vor Augen, stillte er sein krankes Verlangen. Anschließend rollte er sich auf seinem Strohsack zusammen und schlief sofort ein.

Eleonore wartete, bis sich seine Brust regelmäßig hob und senkte; erst dann wagte sie es, ihren malträtierten Körper zu bewegen. Unterdrückt stöhnend, sammelte sie ihre Kleider ein. Sie zog sich an und zwang sich, den Kopf hoch zu tragen, um zu ihrem Zelt zurückzugelangen, ohne Aufsehen zu erregen.

Dort angekommen, warf sie sich, angewidert und am ganzen Körper leidend, auf ihr Bett und begann laut zu schluchzen.

Im Morgengrauen benachrichtigte mich ihre Kammerzofe. Ich fand sie auf dem Bauch liegend, mit dunklen Ringen unter den Augen. Sie erzählte mir die ganze Geschichte. Am Ende wusste ich, dass das Gefühl der Demütigung bei ihr in ein tiefes Bedürfnis nach Rache umgeschlagen war. Was sie von einem Mönch akzeptiert hatte, würde sie von einem Schlächter nicht hinnehmen.

Ich ging eine Salbe für ihre Wunden holen, die ich vorsorglich mitgenommen hatte, weil ich schon damit gerechnet hatte, dass ich sie während der Reise brauchen würde. Damit schmierte ich ihren Rücken ein.

Sie beruhigte sich schnell und beschloss, so zu tun, als wäre nichts geschehen. Der König erwartete sicherlich, sie geschlagen und unterworfen zu sehen, doch sie würde ihm beweisen, dass aquitanisches Blut kein Opferblut war. Ich half ihr beim Anziehen, wobei ich die Bänder ihres Mieders locker ließ. Einige Minuten später im Gottesdienst kniete sie wie alle anderen vor dem sechs Ellen hohen Holzkreuz, das an jedem Ort die Kirche repräsentierte. Um ihre Überlegenheit zu demonstrieren, setzte sie sich zur Linken des Königs. Ohne die geringste Grimasse, die ihre Schmerzen hätte verraten können, maß sie ihn mit dem hochmütigen Blick, den sie so gut beherrschte. Ludwig wurde bleich wie ein Leichentuch, und ich fragte mich einen Moment lang, wer von beiden in Wirklichkeit das Opfer war.

Die Versorgungsprobleme hörten auch in Bosnien nicht auf.

Es war jedes Mal dasselbe: Konrads Armee hatte die Lebensmittelvorräte der einheimischen Bevölkerung ausgeschöpft, sodass wir um die mageren Reste feilschen mussten, die gerade einmal bis zur nächsten Rast hielten. Gottfried von Rancon und einige andere Lehnsmänner schlugen vor, die Route ein wenig nach Norden zu verlagern, doch Ludwig war dagegen. Stur hielt er an seiner Version fest. Der Mangel an Nahrung war auf die vielen zusätzlichen und unnützen Münder zurückzuführen und nicht auf die Deutschen. Es müssten eben alle die Folgen tragen! Von Tag zu Tag bekam die Königin mehr Klagen zu hören und das freute ihn. Im Übrigen war dieser Weg zwar voller Unannehmlichkeiten, doch er war mit Konrad und den Herrschern der Länder abgesprochen, die zu durchqueren waren. Die Ortschaften waren von der Durchreise der Kreuzfahrer in Kenntnis gesetzt worden und hatten sich vorbereitet. Auf gut Glück irgendwohin zu gehen konnte als Akt der Plünderung aufgefasst werden und das gute Einvernehmen mit den Verbündeten zerstören. Es blieb also alles beim Alten.

Ludwig bestand außerdem weiterhin auf Eleonores Bewachung. Jeden Abend postierte sich eine Wache vor ihrem Zelt, mit dem Befehl, niemanden durchzulassen. Bernhard von Ventadour schlief bei seinen Gefährten und auch wir schliefen zu mehreren in einem Zelt. Nur die Königin und der König hatten je eines für sich allein. Einige Tage nach dem Vorfall stand Ludwig plötzlich vor dem Bett der Königin. Sie hatte sich gerade ausgestreckt und fing an zu zittern, als sie ihn sah. Ihr Rücken trug noch immer dünne blaue Spuren, die bei jeder Bewegung schmerzten. Doch Ludwig blieb ruhig.

»Liebste«, sagte er, »wollen wir nicht Frieden schließen?«

Trotz des Abscheus, den er ihr inzwischen einflößte, nickte sie ängstlich.

Ludwig lupfte das Laken und schlüpfte vollständig bekleidet neben sie. Er rührte sie nicht an in dieser Nacht, doch sie konnte kein Auge zutun, so sehr fürchtete sie sich vor einem erneuten Anfall von Wahnsinn.

Am nächsten Abend stellte sie fest, dass die Wache nicht auf ihrem Posten war. Einen Augenblick überlegte sie, ob sie Bernhard rufen sollte, blieb aber misstrauisch. Es konnte auch eine Falle des Königs sein. Und tatsächlich erschien er mitten in der Nacht. Er zog sich aus und suchte sanft den Weg in sie. Eleonore unterdrückte mit Mühe einen Brechreiz, als er ihre Lippen nahm, hatte sich aber schnell wieder unter Kontrolle. Er war der König und zu allem Überfluss auch noch ihr Mann. Sie ließ sich lieben wie eine der Stoffpuppen, mit denen die kleine Marie spielte.

Der König ließ seinen Betschemel schließlich in das Zelt der Königin bringen und verbrachte die folgenden Nächte mit ihr. Béatrice, die gehofft hatte, im Verlauf der Reise in sein Zelt vorzustoßen, biss wütend die Zähne zusammen. Erschwerend für sie kam hinzu, dass ich – um mich vor ihren Intrigen zu schützen – dafür gesorgt hatte, dass sie mit Sibylle von Flandern und Martine von Cornay die Strohmatte in unserem Zelt teilte.

Eleonore träumte in diesen Nächten immer nur von einem – dass Konstantinopel endlich näher käme. Wir zogen durch Kroatien und Serbien und mit jeder Rast wurden die Mühen der Reise bedrückender.

Der König hatte damit gerechnet, auf dem Gebiet des Basileus Manuel Komnenos eine bessere Versorgungslage vorzufinden, schließlich hatte ihm dieser umfassende Unterstützung versprochen. Doch auch hier mussten wir uns den vertrauten Umständen fügen: Konrads Armee hinterließ Kahlschlag. Ludwig erhöhte das Tempo. Es drängte ihn, die üppigen Gärten zu sehen, von deren Pracht in den Erzählungen über den ersten Kreuzzug berichtet wurde. Und er wollte diesen ungestümen Deutschen treffen, der ihm brüderlich Hilfe zugesagt hatte und ihn jetzt zum Bettler degradierte. Mit ihm hatte er ein Hühnchen zu rupfen. Kurz vor Andrinopel mussten wir zwei schwer beladene Kutschen zurücklassen, weil ihre Achsen auf der steinigen Straße gebrochen waren. Ludwig entschied, dass es zu lange dauern würde, sie zu reparieren, und trennte sich von ein paar Zelten.

Nachdem wir zunächst zu dritt zusammen geschlafen hatten, fanden wir uns jetzt zu fünft in einem Zelt wieder. Die Schwüle brachte das Fleisch in jeder Hinsicht zum Kochen. Sommer und Frühherbst vergingen in einer Gluthitze, die uns mit sengendem Staub überzog. Überall herrschte Trockenheit, sodass der Befehl ausgegeben wurde, Wasser nur noch zum Trinken zu verwenden. Nach fünf Monaten Reise war unser letztes Bad nur noch eine vage Erinnerung. Die Haare klebten uns am Kopf und sahen aus wie Strohhalme, obwohl wir sie jeden Abend sorgsam ausbürsteten.

Die Damen jammerten von Tag zu Tag mehr. Ihre Kleider stanken nach Schweiß. Es war unerträglich heiß. Trotz der Schleier, die sie über dem Gesicht trugen, verbrannte die Sonne ihre weiße Haut. Sie träumten von einem duftenden Bad, von den prächtigen Kleidern, die in den Koffern blieben, und verzweifelten, weil sie ausgedörrt und schmutzig vor dem prunkvollen Palast des Basileus ankommen würden.

Es wurde Zeit, dass damit Schluss war. Und wenn es nicht ein paar unverhoffte Badegelegenheiten – wenn auch in voller Kleidung – gegeben hätte – in den Flüssen südlich von Nis, Sofia und Andrinopel –, so hätten sicher viele den Schmutz in einem Sturzbach von Tränen abgewaschen, ich eingeschlossen.

Endlich, eines Morgens, erschien die Stadt hinter den Hügeln. Allgemeiner Jubel brach los. Konstantinopel! Und damit ein paar verstohlene Augenblicke der Sicherheit.

Eleonore und Bernhard tauschten einen verschwörerischen Blick, der dem König zum Glück entging, und ich drehte den Amethystring, den mir Gottfried von Anjou gegeben hatte, an meinen Finger.

Ein paar Stunden später erreichte unsere lange Karawane die weißen Tore der Stadt des Lichts.

Wir schrieben den 4. Oktober 1147.

2

Zwischen der See von Marmara und dem berühmten Goldenen Horn gelegen, überragte Konstantinopel die blaue Weite des Meeres mit seiner smaragdschimmernden Transparenz. Die schnurgeraden Straßen waren üppig mit Blumen bepflanzt. Die sanft geschwungenen Linien der weißen Fassaden warfen die Farben der Gärten zurück wie den Glanz von Juwelen. Wir besuchten den Palast von Daphne, der die Privatgemächer des Basileus und seiner Familie beherbergte, die Porphyra, wo die Kaiserinnen ihre Kinder zur Welt brachten, und andere Stätten, die feierlichen Anlässen dienten. Die Gebäude wirkten erhaben mit ihren Portiken und Kuppeln und den mit Blattgold verzierten Siegessäulen aus Marmor. Alle waren durch Terrassen mit der Küste verbunden, wo der Basileus einen eigenen Hafen besaß. Das Häuserlabyrinth überragte den Hafen von Boukoleon, wo das einfache Volk in Schmutz und Gestank lebte. Doch auch dies tat der Pracht des Ganzen keinen Abbruch.

Das Innere der Paläste war schlicht überwältigend. Teppiche, so dick, dass man bis zum Knöchel einsank, Lüster in Form von Kristallkuppeln, schwere Wandbehänge, bestickt mit Gold und Silber, Möbel, in deren Zierleisten Rubine, Saphire und Smaragde eingearbeitet waren, Räuchergefäße, aus denen Vanille- und Orangenduft stieg … und überall Diener, wie ein lebendiges Meer, zumeist Eunuchen, die eilends und schweigend jeden noch so geringen Wunsch erfüllten.

Der Basileus war tatsächlich so schön und von natürlicher Vornehmheit, wie er uns beschrieben worden war. In seinem dreieckigen Gesicht mit feinen Zügen prangten große schwarze Mandelaugen; seine breiten Schultern und sein muskulöser Oberkörper mündeten in schmale Hüften, die in ebenmäßigen Beinen ausliefen. Im Jahr zuvor hatte er Berta von Sulzbach geheiratet, die Schwägerin von Kaiser Konrad, der zu Ludwigs größtem Verdruss bereits weitergereist war. Die junge Frau war plump und ohne Anmut und passte zum Basileus etwa so gut wie eine Ziege zu einem Leoparden.

Kurzum, nach den langen Monaten voller Staub und körperlicher wie moralischer Ungemach erschien es uns, als wären wir in einem Paradies aus Luxus und Grazie gelandet. Unsere Damen hatten gleich nach der Ankunft in Duftbädern mit seltenen und sanften Essenzen ihr Gleichgewicht wieder gefunden. Untergebracht waren wir ebenso wie Eleonore und Ludwig außerhalb der Palastmauern in einer riesigen Residenz. Inmitten eines weitläufigen Gartens gelegen, diente sie gleichzeitig als Jagdtreffpunkt und Schlafstätte für hohe Gäste. Etwas weiter begannen Wälder, in denen zahlreiche Wildtiere lebten; der Basileus hatte sie eigens hergebracht, damit sie die Jagdpartien bereicherten.

Das Bankett, das Manuel Komnenos dem französischen König bot, übertraf alles, was ich bisher gesehen hatte. Es gab nicht weniger als ein Dutzend Vorspeisen, darunter frittierte Frösche, Kaviar, der hier in ungeheuren Mengen verspeist wurde, gefüllte Zicklein und zahlreiche andere Gerichte mit sämigen Koriander- und Zimtsaucen. Die Weine – aus Frankreich sowie leichtere und parfümierte aus Griechenland – flossen in Strömen und versetzten uns in die allerfröhlichste Laune. Es gab sogar einen dieser Fakire, die wir aus Erzählungen kannten, aber noch nie selbst gesehen hatten. Der Mann ging über glühende Kohlen und legte sich anschließend auf einen Haufen Glasscherben, was meinen Begleiterinnen kleine Schreie des Entsetzens und der Bewunderung entlockte. Ich für meinen Teil war an Zauberei gewöhnt und wusste, welche Substanzen für solche Kunststücke verwendet wurden, also richtete ich mein Augenmerk lieber auf den Hausherrn, der mir wesentlich interessanter erschien.

Trotz seines Charmes faszinierte mich Manuel Komnenos nicht

so wie die anderen Damen. Hinter seinen samtenen Wimpern verbarg sich ein anderer Mensch, der, das spürte ich, skrupellos, niederträchtig und krank war und sich mit Zierrat umgab, um seine Perversität zu vertuschen. Schon am ersten Abend wusste ich, dass ich auf der Hut sein musste. Er erinnerte mich an ein Mosaik an einer der Wände der Hagia Sophia, auf dem sich der Satan über eine verängstigte junge Frau beugt, die ein Neugeborenes im Arm hält. *Man paktiert nicht mit dem Teufel,* dachte ich und musste lächeln. Denn genau das würde ich tun.

Im Augenblick unterhielt er gerade Eleonore, die nicht mehr im Geringsten daran dachte, den traurigen Bernhard von Ventadour anzuschauen, der mit seinen Gefährten an denselben Tisch geladen worden war. Manuel Komnenos war ein äußerst gebildeter Mann, der sieben Sprachen beherrschte, darunter auch die unsere. Er begeisterte sich nicht nur für Theologie, Geografie und sogar astrologische Studien, sondern kannte sich auch auf dem Gebiet der Medizin sehr gut aus und zitierte häufig mit größter Gewandtheit die berühmtesten Philosophen Griechenlands. Es war indes ohnehin nicht schwierig, Eleonore einzuwickeln. Fünf Monate lang hatte sie nichts anderes gehört als geisttötende Diskussionen um das tägliche Überleben und das unablässige Jammern ihrer Gesellschafterinnen.

Eine Woche lang jagte ein grandioses Fest das nächste. Die blumigen Worte der hohen Würdenträger hatten uns anfangs amüsiert, inzwischen begannen sie uns auf die Nerven zu gehen. Diese ausgesuchte Höflichkeit schien etwas zu verbergen. Doch Eleonore und Ludwig beklagten sich nicht. Gerade erst hatte Eleonore – sie gab vor, dem Charme des Basileus zu erliegen, um ihren Mann in die Irre zu führen – endlich Bernhard wieder sehen können. In den verborgenen Winkeln der üppigen Gärten waren sie den Blicken entzogen, doch es blieb nie genug Zeit für ausführlichere Umarmungen.

Dank Eleonore, die nicht ohne meine Gesellschaft auskam, gelangte ich unmerklich immer näher an Manuel Komnenos heran. Sooft es ging, suchte ich das Gespräch mit ihm. Seine Leidenschaft für die Astrologie, die sich mit meinem Druidenwissen deckte, war ein wunderbarer Vorwand, unsere Unterhaltungen auszudehnen, wenn der König oder die Königin von anderen Dingen in Anspruch genommen waren.

Bei einer dieser vertraulichen Unterredungen sagte ich mit einschmeichelnder Stimme, den Amethystring an meinem Finger drehend: »Es würde mir große Freude bereiten, mit jemandem, der so liebenswürdig ist wie Ihr, Durchlaucht, auch andere Dinge zu erörtern. Allerdings würde das ein wenig mehr Diskretion erfordern.«

Mit einem Lächeln, das wahrscheinlich jede andere Frau sofort entwaffnet hätte, deutete er mir an, dass er verstanden hatte. Gleichwohl erwiderte er nichts. Erst am Abend nach einem dieser endlosen Festessen kam ein Eunuch zu mir, um mich zur Audienz zu bringen.

Ich wurde nicht in den königlichen Gemächern empfangen. Mein Führer mit der imposanten Statur führte mich durch den ganzen Palast hindurch in ein Gebäude, das durch die Stadtmauern zu reichen schien. Durch ein kleines Fenster mit Ziergitter sah ich, dass wir oberhalb des Goldenen Horns waren; ein Stück der umgebenden Oase war erkennbar. Der Eunuch hob einen schweren Wandbehang und trat zurück, um mich durchzulassen. Dann fiel der Vorhang hinter mir zu und ich hörte, wie sich seine Schritte entfernten. Er hatte kein Wort gesprochen.

Ich befand mich in einem Zimmer, das im Vergleich zu dem, was ich bislang in Konstantinopel kennen gelernt hatte, ziemlich klein, wenn auch prächtig eingerichtet war. Auf einem Diwan so groß wie ein Bett lagen Kissen in schillernden Farben mit goldenen Quasten. Sie bedeckten fast vollständig das Fell eines Leoparden, an dessen Seite noch ein träge aufgerissenes Maul hing.

»Nie zuvor war dieser Ort eine so kostbare Schmuckschatulle wie in diesem Augenblick.«

Die süßliche Stimme ließ mich zusammenzucken. Der Basileus war eingetreten, auf leisen Sohlen wie ein Jäger, sodass sich die schweren Wandteppiche kaum bewegten. Ich lächelte ihn an. Erst vor kaum einer Stunde hatten wir uns getrennt und jetzt stand er in beeindruckender Eleganz vor mir. Er war im orientalischen Stil gekleidet, mit einem langen Hemd über dem dunklen Oberkörper, darüber trug er eine kurze Weste, die mit goldenen Arabeskenmustern bestickt war. Eine apfelgrüne Hose umspielte die Beine bis zu den Füßen, die in Babuschen steckten. Er sah prachtvoll aus.

»In der Tat hatte ich nicht mit so einem Empfang gerechnet«, murmelte ich, während er auf mich zukam.

»Wollen wir uns nicht setzen?«

Sein Tonfall war schmeichlerisch, verheißungsvoll. Ich musste mich sehr zusammenreißen, um nicht Hals über Kopf aus dem Zimmer zu rennen. Bei all seinem Charme stieß mich dieser Mann ab. Ich nickte, doch statt mich in die weichen Kissen fallen zu lassen, die mich wahrscheinlich vollständig verschluckt hätten, nahm ich auf einem Schemel mit gekreuzten Beinen Platz. Der Basileus grinste. Offenbar hielt er es für französische Koketterie. Wir genossen hier den Ruf, uns gern zu zieren, um die Liebe zu schüren. Und zunächst sah ich darin durchaus einen Vorteil.

Ich nahm den Ring von meinem Finger und reichte ihn ihm lächelnd. »Jemand hat mich beauftragt, Euch dies zu geben, das nach seinem Dafürhalten Euren Geschmack trifft.«

Als sein Lächeln gefror, begriff ich, dass er jetzt erst den wahren Grund meines Besuches erkannte. Doch seine Enttäuschung war schnell überwunden. Er griff vorsichtig nach dem Ring, wobei er seine Hand kurz auf meiner ruhen ließ, und setzte sich dann im Schneidersitz auf den Diwan.

»Ich höre«, sagte er leise.

»Es sind Gerüchte bis zu unseren Mauern durchgedrungen, die besagen, dass an einem Bündnis Eurerseits mit den Türken, gegen die der König seinen Kreuzzug führt, kein Zweifel besteht.«

»Flurgespräche«, wehrte er lächelnd ab.

Ungeniert ließ er seinen Blick über mein Dekolleté wandern.

»Und wenn es mir gar nicht unrecht wäre, wenn diese Annahmen der Wahrheit entsprächen ...«

»In diesem Fall müsste ich das Risiko eingehen, Euch zu missfallen, meine Taube. Was erwartet Ihr von mir?«

»Die Türken würden Euch nicht verzeihen, dass Ihr ihre Feinde verproviantiert habt, es sei denn, Ihr habt gewisse Abkommen mit ihnen getroffen. Mir ist zu Ohren gekommen, dass Ihr schon Euren illustren Schwager, Kaiser Konrad, in recht unsichere Gegenden geführt habt …«

Ein Blitzen in seinen Augen sagte mir, dass ich Recht hatte. Der Punkt ging an mich. Der Basileus musste sich fragen, woher ich meine Informationen hatte, doch statt nachzuhaken, forderte er mich nur auf weiterzureden.

»Mir erscheint es offensichtlich, dass Euch dieser Kreuzzug wirtschaftlichen Nutzen einbringt, schließlich verkauft Ihr uns zu Wucherpreisen die Waren, die wir brauchen. Andererseits schadet er Eurem Handel und, schlimmer noch, Euren Freunden. Dabei bedürfte es nur wenig, damit er sein Ziel nicht erreicht. Der Tod des Königs etwa würde die Begeisterung schnell zum Erliegen bringen, denkt Ihr nicht?«

»Welches Interesse hättet Ihr daran? Ihr, eine fromme Christin?«

»Das Kompliment könnte ich Euch zurückgeben, Durchlaucht.«

Er lächelte erneut und zeigte eine Reihe wie Perlen schimmernder Zähne. »Nun denn. Was kümmern mich Eure Motive, solange Eure Schönheit, die diesen zarten und seltenen Blumen gleicht, meine Sinne betört. Ihr wollt den Tod des Königs von Frankreich, doch das ist keine einfache Angelegenheit, da stimmt Ihr sicher mit mir überein.«

Darüber hatte ich mir bereits meine Gedanken gemacht und mithilfe von ein wenig Zauberei den passenden Ort ausfindig gemacht. Im Augenblick lag er nicht auf unserer Reiseroute, doch ich war mir sicher, dass wir ihn erreichen würden, wenn ich auch zur Stunde noch nicht wusste, wie.

»Es gibt in der Schlucht von Pisidia ein paar Engpässe«, erläuterte ich, »die sich gut für einen Überfall eignen würden. Ich würde dafür sorgen, dass der König allein bei der Nachhut ist. Es gibt nur eine Bedingung: Ihr müsst mir garantieren, dass Königin Eleonore verschont bleibt ebenso wie alle, die in ihrem Gefolge mit der Vorhut die Passage durchqueren.«

»Und was geschieht anschließend?«

»Die Königin wird mit dem Rest ihrer Armee nach Antiochia ziehen, von wo aus sie nach Frankreich zurückkehrt.«

»Der Plan erscheint mir ein wenig zu gut durchdacht für eine so charmante Person wie Euch. Doch, süße und zauberhafte Blume aus dem Garten des Entzückens, wie kommt Ihr zu der Annahme, dass die Türken Eure Machenschaften brauchen, um Euren König zu vernichten?«

Er verzog seinen Mund zu einem verkniffenen Grinsen, das ein Grübchen in seine rechte Wange schnitt. Ich quittierte es mit einem spöttischen Blitzen in den Augen.

»Ich habe nicht den geringsten Zweifel, dass sie ihm einige schwere Verluste zufügen werden. Doch was den König selbst angeht, so müssten sie seine Leibgarde überwinden und ihn an der Flanke schwächen. Frankreichs Armee ist gut organisiert. Nein, Durchlaucht, Ihr wisst selbst, dass der Kopf des Königs nur durch meinen Verrat zu bekommen ist.«

»Was bietet Ihr mir im Gegenzug für diesen Pakt?«

Ein Schauer des Ekels überlief mich. »Die Zusicherung, dass Ihr Euren Freunden zu einem guten Preis die Informationen verkaufen könnt, die ich Euch gebe.«

Er stand auf und kam mit katzenhafter Geschmeidigkeit auf mich zu. Ich richtete mich auf, wich jedoch nicht zurück, bis er wenige Zentimeter vor mir stehen blieb. Er war sich seiner Macht sehr sicher, als er mich umarmte und meinen Mund suchte. Doch ich schob ihn voller Bestimmtheit zurück.

»Auch wenn die Ehre, die Ihr mir angedeihen lassen wollt, übergroß ist, Durchlaucht, so pflege ich doch die Liebe nicht mit dem Geschäft zu vermischen.«

Entschlossen wandte ich mich zur Tür, doch er hielt mich mit eisernem Griff am Arm fest.

»Wir beide sind noch nicht fertig miteinander, Ihr und ich.«

Seine Stimme ließ Härte durchklingen. Der Basileus war es nicht gewohnt, dass man ihm etwas abschlug. Ich drehte mich langsam um und setzte mein charmantestes Lächeln auf.

»Ich werde Euch wie vereinbart den König ausliefern und überlasse es Euch, wie Ihr Euren Teil erledigt. Damit bin ich zufrieden. Es ist schon sehr spät, gestattet, dass ich mich am Ende dieses wunderbaren Tages nach einer geruhsamen Nacht sehne.«

»Nur wenn Ihr mir versprecht, dass Ihr an einem anderen Abend zu mir kommt, wenn ich Euch darum bitte.«

Seine Faust zerquetschte mir fast den Ellbogen und sein Blick funkelte vor Wut, auch wenn seine Stimme trog. Töricht wie ich war, blieb ich bei der Wahrheit.

»Insistiert nicht, Durchlaucht. Auch wenn ich große Freude an unseren Gesprächen über Astrologie und Theologie habe, so gehöre ich entgegen dem Ruf, den die Frauen Frankreichs genießen, einem Einzigen, und das könnt Ihr nicht sein.«

»Die Komnenen nehmen sich, was sie wollen!«

Mit einem brutalen Ruck zog er mich an sich. Im gleichen Augenblick schnellte meine Hand vor und zerkratzte ihm in einer klatschenden Ohrfeige das Gesicht. Überrascht von meiner Kraft, ließ er mich los. Ich wich bis an den Wandbehang zurück. Bevor ich dahinter verschwand, rief ich ihm unverfroren zu: »Ihr solltet wissen, dass in Frankreich eine Vereinbarung nur gilt, wenn beide Parteien einen Nutzen daraus ziehen. Ich wünsche eine geruhsame Nacht, Majestät!«

Ohne Mühe fand ich den Weg zum Philopation allein zurück. Der Mond war rund wie eine Orange, deren Farbe er auch hatte. Die Dämmerung würde nicht lange auf sich warten lassen. Entschlossenen Schrittes ging ich zu dem Ort, wo die Troubadoure untergebracht waren. Diesmal wollte ich mit Jaufré sprechen. Mein Vorhaben wog zu schwer für mich allein, und er hatte ein Recht, davon zu erfahren.

Ich brauchte gar nicht bis in sein Zimmer zu gehen. An einen Baum gelehnt, wartete er mit düsterer Miene, wahrscheinlich in Sorge darüber, was ich wohl beim Basileus gewollt hatte. Als er mich erkannte, trat er aus dem Schatten heraus. Ich ging auf ihn zu. Sein Blick war voller Fragen.

»Komm«, sagte ich nur leise.

Mein Herz quoll über vor unendlicher Zärtlichkeit. Ich nahm ihn an der Hand und zog ihn zum höchsten Punkt der Felswand, die von der Befestigungsmauer gebildet wurde. Von silbernen und purpurnen Glitzerpunkten übersät, lag uns der Bosporus zu Füßen, schnurrend wie eine junge Katze. Er sah aus wie ein Geschmeide aus Edelsteinen. Ich setzte mich auf die Brüstung und ließ die Beine baumeln, Jaufré legte den Arm um meine Schultern. Ich war todmüde.

»Schau«, sagte ich leise, »der Fluss fließt in einem weichen Bett... Die Zeit ist gekommen, wo ich nicht länger schweigen kann, Jaufré. Ich liebe dich, wie ich es nie für möglich gehalten hätte, dass man lieben kann. Kein anderer kann jemals diesen Platz in meinem Herzen einnehmen, kein anderer wird mir jemals so viel Glück schenken wie du, wenn dein Blick auf meinem Gesicht liegt oder dein Mund sich mit meinem vereint. Schau mich an, Fürst von Blaye, Sinn meines Lebens, und verzeih mir, dass ich nicht die bin, für die du deine Lieder singst. Nichts ist so, wie du denkst, Jaufré. In Wahrheit bin ich nicht nur eine Gesellschafterin der Königin. Ich intrigiere am Hof von Frankreich für den Grafen von Anjou und das Königreich England. Heute Abend habe ich meinen König verraten.«

Ich erwartete Fragen, irgendeine Geste von ihm, doch er schwieg. Mit einem resignierten Seufzer fuhr ich fort.

»In ein paar Wochen wird Ludwig durch ein feindliches Schwert bei einem von Basileus befehligten Überfall zu Tode kommen. Ich allein bin dafür verantwortlich, denn ich muss Eleonore von dieser Ehe befreien, damit sie Heinrich Plantagenêt, den Grafen von Anjou, heiraten kann. Ihm wurde sie vor langer Zeit versprochen, lange bevor ihr Vater auf einer Pilgerreise nach Compostela von einem Schergen von Stephan von Blois vergiftet wurde. Ich habe viele Feinde, Jaufré, weil ich Macht über Eleonore habe und ihre Entscheidungen beeinflusse, aber auch weil ich aus einer Linie stamme, deren Ursprünge sich im Dunkel der Zeit verlieren. Ich bin von den Hohepriesterinnen und den Druiden von Avalon eingewiesen worden. Es gibt nur noch wenige von uns, die das jahrtausendealte Wissen unserer Väter bewahren, den Überlebenden des uralten Kontinents Atlantis. Mein Glaube ist nicht derselbe wie deiner, er entspringt einem anderen Licht als dem deines Gottes. Er kennt alle Magie der Welt und weiß, wie sie zu nutzen ist, um unser Geschlecht zu erhalten. Ich habe eine Aufgabe, für die ich geboren bin, und nichts darf mich daran hindern, sie zu erfüllen, auch nicht die Liebe eines Mannes.«

»Warum hast du mir nie etwas gesagt?«

»Weil mich die Liebe zu dir verwundbar macht. Durch dich bin ich leicht zu treffen. Als Béatrice von Campan es versuchte, wurde mir klar, dass ich nicht das Recht habe, dein Leben aufs Spiel zu setzen, doch ebenso wenig wollte ich riskieren, dich zu verlieren. Indem ich dich wegschickte, wollte ich dich beschützen und mich ebenfalls. Ich hatte Unrecht, das weiß ich heute. Verzeih mir, was ich dir Schlimmes angetan habe. Du kannst dir nicht vorstellen, wie ich gelitten habe, wie oft ich gegen mein Herz ankämpfen musste, das gebrochen war von dem Verlangen, dich wieder zu sehen. Kein Moment verging, in dem ich dich nicht vor Augen gehabt hätte, dabei verbot ich mir selbst im Namen dessen, was ich bin, mich auch nur nach deinem Lächeln und deiner Stimme zu sehnen. Nicht einen Augenblick lang habe ich aufgehört, dich zu lieben. Immer wieder stieß ich andere Männer zurück, auch wenn mein Fleisch nach Liebkosungen verlangte, damit ich nicht eine Sekunde lang aufhörte, die deine zu sein.«

»Eine Fee ...«

»... die Böses schafft, obwohl sie stets das Gute will.«

Ein Lächeln, leicht wie ein Windhauch, huschte über sein Gesicht. Er wandte mir sein zerfurchtes Gesicht zu, und ich las in seinen Augen die Tränen, die ich auf meinen Wangen nicht gespürt hatte.

»Ich liebe dich«, sagte ich leise und ehrfurchtsvoll wie ein Gebet.

»Wie konntest du nur so an mir zweifeln, dass du mir das zehn Jahre lang verschwiegen hast?«, fragte er, voller Schmerz seufzend.

»Wahrscheinlich hatte ich Angst, mehr als du dir je vorstellen kannst. Angst, dass du mich verstößt, dass ich deiner nicht würdig bin oder aber dass ich bei meiner Aufgabe versage. Angst vor mir selbst. Nichts ist jemals einfach, Jaufré.«

»Weiß Denys, was mit dem König geschehen soll?«, fragte er schließlich.

»Ja.«

»Er hat dich nicht verraten ...«

»Er weiß, dass meine Sache gerecht ist.«

»Und woher weiß er, wann der Tod eines Menschen gerecht ist oder nicht?«

»Durch den Eifer, den meine Feinde an den Tag legen, um mich loszuwerden, seit sie Herzog Wilhelm ermordet haben, damit er die Verlobung seiner Tochter mit dem zukünftigen König von England nicht mehr bekannt geben kann. Ich schulde es seinem Andenken, ihm Gerechtigkeit zu verschaffen.«

»Was denkt Eleonore darüber?«

»Sie weiß nichts davon.«

Es entstand ein Schweigen, das nur von den schrillen Schreien der Seevögel unterbrochen wurde. Die sengende Sonne tauchte die Weite des Himmels und der Bucht in flammendes Blutrot. Der Klang eines Horns ertönte. Dann legte er einen Arm um meine Schultern und zog mich an sich. In mein Herz biss heftig der kleine Zahn des Glücks.

»Ich muss verrückt sein, ein solches Vermächtnis anzunehmen. Ich muss verrückt sein, dich so zu lieben«, flüsterte er mir ins Ohr. »Ich habe immer gewusst, dass du nicht bist wie die anderen.« Er suchte meine Lippen.

Sein Kuss schmeckte nach Tränen, doch vielleicht waren es auch die meinen. Im Grunde war es einerlei. Nichts konnte uns mehr trennen. Ich musste nie mehr lügen, keine Ausreden mehr finden.

Denys und sein Lächeln kamen mir ins Gedächtnis. *Danke,* dachte ich, *danke, mein süßer Freund, ohne dich hätte ich nie den Mut aufgebracht.* Ganz weit über den Wolken glaubte ich ein Gesicht zu sehen, das auf uns herabblickte, das von Marjolaine, und ihre Augen schimmerten vor Zärtlichkeit. Dann verschwand es ebenso still, wie es gekommen war, mit dem stärker werdenden Licht des Tages verschmelzend, als die Nacht ihre Schleier fortnahm.

Manuel Komnenos verhielt sich nach unserem heimlichen Treffen höflich und aufmerksam, als wäre nichts geschehen. Wie schon in den Tagen zuvor wurden auf der Rennbahn Pferderennen veranstaltet, mit herrlichen Tieren, die seit Generationen der ganze Stolz der Stadt waren.

Es war Anfang der zweiten Woche unseres Aufenthaltes, und ich machte mir nicht die geringsten Gedanken über weitere Annäherungsversuche des Basileus, da wurden wir vom Besuch eines hohen Gastes überrascht: Abu 'l Walid ibn Ruschd, im maurischen Andalusien besser bekannt unter dem Namen Averroës. Ludwig erstarrte, als er ihn am Tisch des Basileus entdeckte. Der Mann war Muselmane und das war ein massiver Affront gegen die Kreuzfahrer und ihre Mission. Doch es kam noch schlimmer: Der Basileus bekannte sich vor aller Ohren freimütig zu seiner Verbindung mit den Türken. Ohne sein Lächeln zu verlieren, erzählte Manuel Komnenos vor versteinerten Gesichtern, was man in seinem Land mit dem Philosophen machte, der von den Gelehrten des Korans abgelehnt wurde. Der örtliche Sultan hatte seine Schriften zensieren lassen, in denen er Aristoteles kommentierte und ihn als Rationalisten und Materialisten einschätzte. Das jedoch hatte den Unvorsichtigen nicht aufhalten können, dessen Bücher in aller Heimlichkeit über die Grenze gebracht worden waren. Averroës war verbannt und von den Spitzeln mit dem Tode bedroht worden. Da er die großartige Bibliothek von Konstantinopel kannte, hatte er Basileus um Asyl gebeten und versprochen, sich zum Christentum bekehren zu lassen, wenn man ihm die Tore öffnete. Der Mann musste in etwa mein Alter haben, und seine Ansichten waren ebenso unverblümt wie scharfsinnig. Er wirkte sehr sympathisch auf mich, und wenn ich auch den Hausherrn sonst für einen Schurken hielt, so musste ich ihm in diesem Fall insgeheim großen Dank aussprechen. Ludwig und Eleonore erging es ebenso.

An diesem Abend erhielt ich ein Billett des Basileus, das einem Befehl gleichkam: »Kommt.«

Als Antwort gab ich dem Eunuchen, der mir die Botschaft überbracht hatte, ein Lächeln mit einer strikten Ablehnung, bevor ich in Jaufrés Armen sanft entschlummerte.

»Der Orangenhain liegt vor den Südtoren der Stadt. Ihr solltet ihn besichtigen und einige der Früchte versuchen; sie bergen in ihrer heiteren Rundheit ein wenig von der Sonne, die Euch so gut zu Gesicht steht, Euer Majestät.«

Der Basileus verbeugte sich vor Eleonore und geleitete sie zu einem Fenster, von dem aus man den Obstgarten sehen konnte, den er ihr in so glühenden Farben geschildert hatte. Seit unserer Ankunft hatte sie noch nicht die Muße gehabt, sich dorthin zu begeben, so sehr war sie von den festlichen Veranstaltungen ihres Gastgebers in Anspruch genommen gewesen.

»Es heißt, in der Gegend seien hin und wieder Turbane gesehen worden. Fürchtet Ihr nicht, dass das Türken sein könnten?«

»Keiner dieser erbärmlichen Hunde würde sich bis dorthin wagen, seid versichert, Euer Majestät, sonst würde ich Euch niemals dorthin einladen.«

»Werdet Ihr uns selbst begleiten?«

»Leider erfordern dringende Angelegenheiten meine Anwesenheit im Palast, doch einige meiner treuen Diener werden Euch zur Verfügung stehen.«

»Ich werde Euren Vorschlag annehmen, allerdings nur, wenn Ihr meinen Gatten im Schutz Eurer Mauern behaltet. Solche Ausflüge machen ihn nervös und so würde er diese wunderbare Probe zweifellos nur stören.«

»So soll es denn geschehen, Euer Majestät. Es gibt Früchte, die aus Vorsicht vor gewissen Augen besser verborgen bleiben sollten.«

Mit diesen Worten, die hinlänglich deutlich machten, dass ihm die Vertrautheit der Königin mit ihrem Troubadour nicht verborgen geblieben war, hob er den schweren Vorhang und entschwand.

Wie Manuel versprochen hatte, wurde der König zu einer Partie Polo eingeladen, ein Spiel, das den Männern vorbehalten war. Eleonore und ich lustwandelten inzwischen in Begleitung von Jaufré, Bernhard von Ventadour und zwei oder drei Eunuchen durch die frisch duftenden Alleen der Orangerie. Berta, die Gattin des Basileus, war wegen Migräne nicht mitgekommen und unsere Damen nahmen an einer Schatzsuche teil. Alles fügte sich vollendet und so nutzten Eleonore und Bernhard die unverhoffte Gelegenheit, um sich in einen abgelegenen Winkel des Gartens zurückzuziehen.

Ich hatte mich bei Jaufré untergehakt und genoss es, ihm an diesem lieblichen Ort so nah zu sein.

»Ich werde keine Ruhe haben, bis ich nicht alle guten Eigenschaften dieser Büsche und Früchte ergründet habe«, murmelte ich und griff nach einer Orange, die doppelt so groß war wie meine Faust.

»Warte!« Jaufré nahm sie mir aus der Hand, grub seine Zähne in die saftige Haut und riss ein Stück heraus.

»Stimmt es, dass manche hier sie essen, ohne sie zu schälen?«

»Ich habe in der Tat unsere Gastgeberin gesehen, wie sie eine Orange so aß. Ich finde die Schale viel schmackhafter, wenn sie verarbeitet ist, etwa zu Konfitüre oder in Kandiszucker eingelegt.« Er hielt mir die Orange hin, deren Saft ihm über die Finger rann, und ich biss herzhaft in die Frucht.

»Fest steht, dass diese hier aromatischer sind als die bei dir zu Hause in Blaye.«

Eine Woge der Sehnsucht überrollte uns beide bei diesem Gedanken.

»Erinnerst du dich«, sagte ich leise, »an unsere erste Nacht in den Laken, die denselben Duft ausströmten, der uns heute betört?«

»Wie könnte ich das vergessen, meine Süße?«

»Zum ersten Mal erforsche ich nun die Wirkung der Orangenbäume und siehe da, sie bilden einen Baldachin für uns.«

Ich legte zärtlich meine Arme um seinen Nacken, in der Absicht, ihn zu verführen, während Eleonore und Bernhard irgendwo ihre Umarmung genossen.

»Entfernen wir uns ein wenig von den Eunuchen«, schlug er vor, mich in die Arme schließend.

Ich drehte den Kopf, um überrascht festzustellen, dass wir bereits alleine waren.

»Nun«, bemerkte Jaufré belustigt, »offenbar haben sie verstanden, dass wir auch ohne sie auskommen.«

Sein Mund eroberte den meinen so wollüstig, dass ich vor Begierde schier vergehen wollte. Und so achtete ich nicht auf das Rascheln der Blätter um uns herum. Erst als ich den Schlag hörte, öffnete ich die Augen. Jaufré brach wie eine Stoffpuppe in meinen Armen zusammen. Ich stieß einen entsetzten Schrei aus. Fünf schwer bewaffnete türkische Krieger umringten uns. Bevor ich reagieren konnte, hatten sie mich schon gepackt. In kürzester Zeit war ich geknebelt und über eine breite Schulter geworfen. Sosehr ich auch strampelte, der Riese ließ nicht nach, während er mit seinen Komplizen im Laufschritt auf die Tür zueilte, die in die Wüste hinausführte.

Während ich, zwischen Himmel und Erde hängend, durchgeschüttelt wurde, sah ich mit Entsetzen, dass Jaufré am Boden lag. Ich erkannte noch die Konturen von Eleonore und Bernhard, die herbeigeeilt kamen, wahrscheinlich von meinem Schrei aufgeschreckt, doch dann war nur noch der Boden in meinem verzweifelten Blick. Ich wurde wie ein Sack über ein ebenholzschwarzes Pferd geworfen, dann sah ich, wie sich in einer Wolke aus Sand die weißen Mauern der Stadt entfernten.

3

In der Grotte war es eiskalt. Sie hatten mich an eine triefendnasse Wand gesetzt. Langsam durchdrang mich die feuchte Kälte bis auf die Knochen. Die Nacht legte sich über die mit einem Dunstschleier überzogene Ebene, die ich von meinem unglückseligen Posten aus nur als schmalen Streifen sah. Sie hatten mir nicht die Fesseln gelöst, auch nicht den Knebel, der mir die trockenen Lippen zerriss. Ich wusste nicht, was diese Männer von mir wollten. Seit Stunden saßen sie im Kreis und spielten ein Spiel, das ich nicht kannte, mich ebenso wenig beachtend wie einen Stein. Sie waren offensichtlich Türken, doch mir war von Beginn an klar, wer hinter diesem Attentat steckte.

Zunächst war ich verzweifelt gewesen. Jaufrés Bild hatte mich die ganze Zeit über verfolgt, während wir im gestreckten Galopp auf die Berge zujagten. Eine Stunde lang, vielleicht zwei, war ich aufgelöst gewesen. Der Sand, der um mich herumwirbelte, zwang mich, stoßweise zu atmen, und mein Kopf stieß ständig an die muskulösen, feuchten Flanken des Pferdes. Ich hatte Angst gehabt, doch mit der Zeit gewann ich eine Gewissheit. Jaufré lebte und hatte, dessen war ich mir sicher, Eleonore und Bernhard längst fassungslos von dem unerwarteten Überfall berichtet. Bestimmt hatten sie bereits den Basileus benachrichtigt, der Erstaunen geheuchelt und seine Leute losgeschickt hatte, um nach mir zu suchen. Und sicher ließ er nur ein wenig Sand aufwirbeln, um die Illusion einer gründlichen Suche zu erzeugen. In Byzanz war überhaupt alles nur Illusion.

Die Nacht war jetzt kalt und bedeckte das Plateau vollständig. Einer der Schergen stand auf und sagte ein paar Worte, die wie ein

Befehl klangen. Die Gruppe begann sich zu regen, als ob man sich nach den langen Stunden des Wartens plötzlich eilen müsste. Sie hoben mich auf wie ein Bündel Stroh und warfen mich wieder einem der Männer über die Schulter. Nach dem scharfen Ledergeruch zu urteilen, den er ausströmte, ging ich davon aus, dass es derselbe war wie zuvor. Dies war der einzige Bezug, den ich hatte. Die Männer ähnelten sich alle durch ihre Gewänder und die Tücher, die sie vor dem Gesicht hatten und die nur ihren düsteren Blick freiließen. Erneut wurde ich über die Kruppe eines Pferdes gelegt. Erneut begann eine wilde Jagd. Ich war durchgefroren bis ins Innerste meiner Seele und mir taten alle Knochen weh.

Der Ritt schien genauso lange zu dauern wie auf dem Hinweg. Als die Pferde langsamer wurden, horchte ich auf die Geräusche der Umgebung. Mein Herz ging auf, denn mein Instinkt hatte mich nicht getrogen. Die Düfte und das Plätschern des Wassers an den Rümpfen der Feluken beruhigten mich endgültig. Wir waren zurück in Konstantinopel, am Fuße des Goldenen Horns, wenn auch auf der anderen Seite der Halbinsel.

Trotz der Dunkelheit ahnte ich ganz in meiner Nähe die Mauern der Stadt und das hatte etwas Beruhigendes. Endlich waren wir am Ziel. Der Mann lud mich ab, als sich eine Tür in der Mauer öffnete.

Wir durchquerten einen langen Korridor, der von Fackeln erleuchtet war. Die kleinen Schießscharten dienten eher der Luftzufuhr als der Verteidigung der Festung. Dann drang eine Unzahl von Düften in meine vom Sand verstopfte Nase. Wir gelangten in einen reich ausgestatteten Raum, in dem mich eine verschleierte Frau erwartete, die ich nicht kannte. In hartem Ton gab sie einen Befehl und sofort wurden meine Fesseln gelöst. Ich brach zusammen. Die Kälte und die verkrampfte Haltung waren zu viel für mich gewesen. Die kleinste Bewegung löste in meinem ganzen Körper ein Kribbeln wie von tausend Nadelstichen aus, doch um nichts in der Welt hätte ich einen Laut der Klage ausgestoßen. Die Frau kam auf mich zu und löste meinen Knebel. Die Schergen zogen sich zurück, doch ich nahm an, dass sie den Eingang meines Gefängnisses bewachten. Mit sanften Handbewegungen zog mich die Frau aus. Sie lächelte mich an und redete auf mich ein. Sie hatte einen starken Akzent. Ich war erschöpft, dennoch konnte ich ein paar Brocken verstehen. Ihr Geplapper war eine Mischung aus Latein und Griechisch, vermengt mit einem mir unbekannten Kauderwelsch, das es schwer verständlich machte. Sie gebot mir, mich zu entspannen, es geschehen zu lassen, sie werde sich gut um mich kümmern, ihr Herr habe ihr aufgetragen, mir zu Diensten zu stehen. Zumindest war es das, was ich verstanden hatte.

Sie half mir, in eine silberne Wanne zu steigen, und ließ dann warmes, parfümiertes Wasser über meine Schultern rinnen. Es wusch mir den ganzen Schmutz ab, der mir an Haut und Haaren klebte. Anschließend trocknete sie mich sorgfältig ab. Mein nackter Körper gefiel ihr offensichtlich. Sie selbst war sehr dunkel und wahrscheinlich sah sie selten Haut, die so golden war wie meine. Mich neugierig musternd, forderte sie mich auf, mich auf einen Teppich aus Fellen zu legen. Ich hatte nur den einen Wunsch, ihr zu gehorchen, so zerschlagen war ich. Sie massierte mir gekonnt Schultern, Rücken und Schenkel, woraufhin ich endlich in einen traumlosen Schlaf fiel.

»Ich glaube nicht eine Sekunde lang, dass das Türken waren!«

Denys hieb mit der Faust auf den Bronzetisch. Jaufré hatte ihn holen lassen, sobald seine Wunde versorgt war – ein heftiger Schlag hatte ihm die Kopfhaut aufgerissen. Direkt nach dem Vorfall waren wie durch ein Wunder die Eunuchen wieder aufgetaucht und hatten ihn in den Palast zurückgebracht. Man hatte ihn einem Arzt anvertraut, während die Königin wie eine Furie in den Palast des Justinian stürmte, wo der Basileus seine Audienzen abhielt. Sie hatte ihn so angeschrien, dass die Mauern den Schall durch das ganze Gebäude trugen, fleißig unterstützt von mitteilsamen Zeugen der Szene. Es sei über alle Maßen unvernünftig gewesen, sie an einen solchen Ort zu schicken, er schulde der französischen Krone Wiedergutmachung für den unschätzbaren Verlust ihrer Freundin und sie würde nur gehen, wenn er ihr zusagte, alles in Bewegung zu setzen, um sie zu finden. Manuel Komnenos zeigte sich bestürzt darüber, wie es wohl möglich sei, durch das Peges-Tor so leicht in die Orangerie zu gelangen. Es werde auf der Stelle eine Untersuchung eingeleitet und die Schuldigen würden ohne weiteren Prozess geköpft, ob Türke oder nicht.

Anschließend setzte Eleonore sofort Ludwig in Kenntnis, woraufhin sich die französische Delegation geschlossen in ihre Gemacher zurückzog, um zu beten.

Jaufré erwartete nicht einen Augenblick lang Hilfe vom Basileus. Er vertraute nur noch einem einzigen: Denys.

»Wenn es nicht die Türken waren, wer war es dann?«, fragte er den Konnetabel, dessen sorgenvolle Stirn eine Zornesfalte durchzog.

»Komnenos. Der Schurke schreckt vor nichts zurück, um zu bekommen, was er will. Deswegen hat er Büttel angeheuert, um uns übers Ohr zu hauen.«

Jaufré ließ sich auf eine Bank fallen. Er fühlte sich schuldig. Denys legte ihm brüderlich eine Hand auf die Schulter.

»Mach dir keine Vorwürfe, mein Freund«, sagte er, seine Gedanken erahnend, »ich habe mit einem Hinterhalt gerechnet, vertraute aber auf Loannas Hellsichtigkeit. Doch diesmal hat sie sich offenbar überlisten lassen. Das bedeutet, der Mann ist wirklich gefährlich.«

»Wenn ich in dem Moment nur eine Waffe bei mir gehabt hätte.«

»Du bist ihr Herz und ich ihr Arm. Wenn sich jemand etwas vorzuwerfen hat, dann ich, weil ich nicht da war, obwohl ich versprochen habe, auf sie aufzupassen. Aber es hat keinen Sinn zu jammern. Du wirst Konstantinopel absuchen, zusammen mit deinen Freunden, den anderen Troubadouren. Ein paar von ihnen sprechen und verstehen ja sogar die hiesige Sprache. Sie sollen die Ohren aufsperren. Wenn Komnenos sie hat entführen lassen, wird er zweifellos versuchen, sie zu sehen. Dann werde ich mit ein paar zuverlässigen Männern da sein, um den Ort ausfindig zu machen, wo er sie gefangen hält.«

»Und wenn es ihm in den Sinn käme, ihr den Bauch aufzuschlitzen?«, fragte Jaufré mit angstvoll bebender Stimme.

»Im Augenblick fürchte ich eher um ihre Tugend als um ihr

Leben«, murmelte Denys. »Und Loanna ist keine Frau, die sich einfach umbringen lässt, ohne sich zu wehren!«

Jaufré warf Denys einen aufmerksamen Blick zu. Ihm war in diesem Augenblick klar geworden, wie Recht ich gehabt hatte, mich immer und immer wieder auf diesen Mann zu verlassen. Er schien so selbstsicher, war so sehr Beschützer, dass es auch auf Jaufré beruhigend wirkte.

»Hab keine Angst um deine Schöne«, fuhr Denys fort, »sie ist besser bewaffnet als du und ich zusammen. Trotz allem schwöre ich dir, dass wir sie wiederfinden, und wenn ich dabei mein Leben lassen sollte. Nun denn, wir haben viel zu tun und jede Minute zählt. Trommle alle zusammen, die du für zuverlässig hältst, die Königin aber soll nichts von unserer Unternehmung erfahren. Sie ist so aufbrausend, dass sie eine Katastrophe auslösen könnte, weil sie sich mit ihren Anschuldigungen nicht zurückhalten kann. Es ist besser, wenn der Basileus nichts erfährt.«

Ich wachte auf, weil ich das Gefühl hatte, dass ein Blick auf meinem Rücken ruhte. Ein kühles Gefühl auf der Haut erinnerte mich daran, dass ich nackt war. Hastig drehte ich mich um und erblickte den Basileus, der ungeniert neben mir saß. Dumpfe Wut stieg in mir auf, die nach dem erholsamen Schlaf erneut zum Leben erwacht war. Fieberhaft zog ich die Felle, die um mich herum lagen, über mich und blickte ihn finster an. Er brach in ein schmieriges Lachen aus und nahm einen Becher vom Tisch, in den er Zimtwein goss.

»Seit einer Stunde bewundere ich diese Kruppe, die so prachtvoll ist wie die meiner besten Vollblüter. In diesem Kleid, ohne Euer Geschmeide, seid Ihr sogar noch schöner, Damoiselle.«

Sein Tonfall war spöttisch und beleidigend. Manuel waren seine Pferde schon von jeher mehr wert als die Frauen. Mit einer lüsternen Bewegung des Kinns, die seine schimmernden Perlenzähne sehen ließ, hielt er mir den Becher hin. Ich hatte Durst und nahm an.

»Ihr scheint nicht überrascht zu sein, zauberhafte Blume meiner schönsten Gärten.«

»Wie sollte ich auch? Ich weiß schon lange, dass Ihr ein Schurke seid. Was habt Ihr mit mir vor?«

»Ich werde Euch lieben, bis Ihr nicht mehr könnt. Und dann werde ich Euch Euren Leuten zurückgeben, die von meinen guten Absichten überzeugt sein und auf gefährlichen Pfaden wandeln werden wie der gute Konrad.«

Ich maß ihn mit einem herausfordernden Blick. »Ihr werdet mich heute ebenso wenig nehmen wie gestern. Oder Ihr werdet sterben.«

»Mitnichten, meine Schöne. Ihr seid viel zu sehr auf mich angewiesen, um Eure düsteren Pläne zu verwirklichen. Und ich werde Euch zähmen, wenn es mir beliebt, wie die widerspenstigste meiner Stuten, seid versichert.«

Ein Schauer jagte mir über den Rücken, als er mir eine Haarsträhne wegstrich, die meine Brüste bedeckte. Mit zusammengebissenen Zähnen stieß ich ihn entschlossen zurück. Er ließ ein böses Lachen hören und stand auf, indem er seine langen Beine durchstreckte.

»Heute Abend wirst du mir gehören, und du wirst winseln wie eine junge Hündin!«

Mit diesen Worten hob er den schweren Vorhang und verschwand. Ich wusste nicht, wie lange ich gedöst hatte, doch es beruhigte mich, dass mir noch ein wenig Zeit blieb, bis er wiederkam. Ein leichter Schritt ließ mich zusammenzucken. Die junge Frau, die sich schon um mich gekümmert hatte, war wieder da, ohne dass ich sie hatte eintreten hören. Ich hatte den Ausgang, den der Basileus genommen hatte, nicht aus den Augen gelassen. Es musste also noch einen anderen Zugang geben. Ich nahm mir vor, das nachzuprüfen und einen Ausweg aus diesem Loch zu finden. Die Frau hielt ein prachtvolles orientalisches Gewand auf dem Arm, aus orangefarbenem Voile, der mit Gold- und Silberfäden durchwirkt war. Ich ließ mich ankleiden. Alles war besser als diese Nacktheit, die mich der Fantasie meines Herrn auslieferte. Dieser Mann war krank. Warum hatte er sein Auge nicht auf Béatrice geworfen? Sie hätte sich widerstandslos nehmen lassen, weil ihre Seele ebenso schwarz war wie seine. Das kleine Miststück musste zur Stunde jubeln vor Glück, mich endlich losgeworden zu sein.

Seit unserer Abreise aus Frankreich hatte sie sich ruhig verhalten müssen, doch ich wusste, dass sie ihren Hass pflegte und nur auf den richtigen Augenblick wartete. Überdies hatte sie bis zu unserer Ankunft hier kein einziges Rendezvous mit dem König gehabt, seither traf sie sich mit ihm in den Gärten. Jaufré hatte sie eines Abends zufällig im Dickicht verschwinden sehen. Eleonore versicherte, dass Ludwig in dieser Nacht nicht bei ihr gewesen sei, weil er angeblich in der Hagia Sophia beten wolle. Ich wusste nicht genau, ob Béatrice inzwischen seine Mätresse geworden war oder ob er sie immer noch auf seine Art – mit dem Herzen und den Augen – liebte. Doch ich hegte keinen Zweifel, dass dieses Weibsstück keine Gelegenheit auslassen würde, um ihn für ihre Sache zu gewinnen. Wenn sie nur den leisesten Schimmer einer Ahnung gehabt hätte, dass sie mir damit in die Hände spielte, hätte sie sicher auf der Stelle aufgehört.

Langsam verspürte ich Hunger und Durst. Ich forderte die junge Frau auf, mich allein zu lassen. Mit einer Verbeugung, die mir andeuten sollte, dass sie mir zu Diensten stand, verschwand sie hinter dem Wandbehang. Ich folgte ihr auf dem Fuß. Sofort kreuzten sich vor mir die Lanzen zweier Riesen, die mir den Weg versperrten. Ich war gefangen und so blieb mir nichts anderes übrig, als zu versuchen, wieder zu Kräften zu kommen. Eine Schale mit reifen, saftigen Früchten erwartete mich ebenso wie eine Reihe von klebrigen Süßigkeiten, die an Spitzenstoff erinnerten und voller Sirup waren. Kristallkaraffen enthielten verschiedene Weine. Ich tat mich gütlich, bis ich das Gefühl hatte, wieder im Vollbesitz meiner Kräfte zu sein.

Anschließend sah ich mich im Raum um. An einigen Stellen rann Wasser die Wände hinunter. Wandteppiche zeigten den Basileus als galanten Kavalier, umgeben von Frauen und jungen Mädchen. Es schien sonst keine Tür in der Wand zu geben, doch ich entdeckte einige rechteckige Öffnungen, durch die Luft hereinkam. Ich konzentrierte mich auf eine davon. Das Meer glitzerte im Licht eines strahlenden Tages. Wir befanden uns in der Nähe eines Hafens, denn ich hörte Stimmen und das Plätschern des Wassers an Schiffsrümpfen. Doch was war das für ein Hafen? Der von Boukoleon oder der für die Handelsschiffe? Ich versuchte, andere Hinweise zu entdecken, doch durch jede Schießscharte sah ich dasselbe Bild.

Sicherlich hätte ich meine Zauberkraft verwenden können, um zu fliehen, doch ich wusste, dass sie nur von kurzer Dauer war. Es hätte wohl genügt, mich unsichtbar zu machen, um an den Lanzen vorbeizukommen. Wenn ich aber anschließend an irgendeine Mauer oder Geheimtür gestoßen wäre, hätte ich erneut zu einem Zauber greifen müssen, und ich wusste nicht, ob ich dann noch die Kraft dazu hatte. Ich fürchtete ernsthaft, in der Falle zu stecken. Ein paar Tage zuvor hatte der Basileus erzählt, was mit einer Hexe geschehen war, die ihre Liebhaber verzaubert hatte. Man hatte ihr die Zunge ausgerissen und sie anschließend auf der Pferderennbahn bei lebendigem Leibe verbrannt. Eine riesige Menschenmenge hatte sie mit Flüchen überschüttet. Wenn jemand herausfand, was ich war, würde mir der Basileus ohne Zweifel das gleiche Schicksal angedeihen lassen. Ich beschloss also, nur im äußersten Notfall zur Zauberei zu greifen. Es musste einen Weg geben, Komnenos zu zwingen, mich freizulassen.

Ich entdeckte ein kleines Messer mit gekrümmter Klinge, das zum Schälen der Orangen diente. Die Schneide war nicht scharf, doch dem ließ sich leicht abhelfen. Ich strich mit einem Finger über die Schneidekante und flüsterte: »Möge dieser Stahl geschliffen werden, bis er die Schärfe eines Kristalls erreicht.«

Einen Augenblick später hielt ich eine Klinge in der Hand, die schärfer war als alle Waffen des Königstrosses. Ich ließ mich auf die Felle sinken und sammelte mich, bis ich schließlich Jaufrés Gesicht vor mir hatte, der einen Verband um die Stirn trug. Das Bild beruhigte mich. Mein Instinkt hatte mich also nicht getrogen. Auch Denys erschien mir. Sie waren beide auf der Suche nach mir. Unendliches Vertrauen erfasste mich, und ich fiel erneut in einen kräftigenden Schlaf. Ich wusste, dass ich meine ganze Kraft benötigen würde.

Als ich aufwachte, wusste ich, dass ich nicht mehr lange würde warten müssen. Ich war immer noch allein, doch ein Blick durch eine Maueröffnung zeigte mir, dass sich das Wasser bereits blutrot gefärbt hatte. Die Sonne ging unter.

Der Basileus ließ nicht lange auf sich warten. Ich vergewisserte mich, dass ich die Waffe am Körper trug, überlegte dann aber, dass sie in den Falten der Felle am wenigsten auffallen würde. Ich musste nur so tun, als würde ich schlafen, und mich in Geduld üben. Sobald er sich über mich beugte, würde ich ihm das Messer an die Gurgel setzen und ihn zwingen, mich freizulassen. Es schien einfach – ein wenig zu einfach, wie ich fand.

Mutter, warum ist es einfacher, das Schicksal anderer zu erkennen als das eigene?

Bald drang das Geräusch gedämpfter Schritte an mein Ohr. Mein Herzschlag beschleunigte sich. Ich war bereit. Ich legte mich auf den Bauch und umschloss das Heft des Messers mit aller Kraft. Die schweren Wandbehänge fielen zu.

Manuel setzte sich neben mich. »Ich weiß, dass du nicht schläfst.«

Ungeniert legte er eine Hand auf meine Fessel und schob mit einer sanften Bewegung das Kleid hoch. Mein Herz klopfte zum Zerspringen. Seine Hand wanderte weiter nach oben und legte meinen Hintern frei. Mit den Fingern malte er Arabesken auf seine Kurven, dann versetzte er ihm einen geräuschvollen Klaps, der die Haut leuchtend rot färbte. Mehr brauchte es nicht, um meinen Zorn zu erregen. Abrupt richtete ich mich auf und setzte ihm die Klinge an den Hals.

Überrascht wich er zurück, hatte sich jedoch rasch wieder unter Kontrolle und brach in Gelächter aus.

»Das Spielchen ist zu Ende, du dreckiges Schwein«, zischte ich, »wir werden jetzt zusammen hinausgehen, oder ich schneide dir, ohne zu zögern, deine infame Kehle durch!«

»Weißt du, anmutige Tigerin, ich habe schon häufiger mit großer Freude echte Exemplare dieser Gattung gezähmt und ihre Krallen sind wesentlich schärfer als deine.«

Entschlossen drückte ich ihm die Spitze der Klinge an den Hals, bis ein Blutstropfen erschien. »Sei dir da nicht so sicher.«

»Ach nein?«

Bevor ich überhaupt mit einem Gegenschlag rechnete, lag ich auf dem Rücken, die Hand von einer eisernen Faust umschlossen. Der Basileus lachte gemein. Ich war ihm im Kampf nicht gewachsen, das wusste er. Meine andere Hand war frei geblieben. In einem letzten Aufwallen von Wut fiel mir der leere Becher ins Auge, der noch auf dem Bett lag. Ich packte ihn in dem Moment, in dem ich unter dem Druck seiner Finger das Messer fallen ließ, und schleuderte ihn in das grinsende Gesicht. Das Glas zerbrach beim Aufschlag und riss die rechte Wange des Basileus von der Schläfe bis zum Mundwinkel auf. Er stieß ein wütendes Grollen aus und verpasste mir eine Ohrfeige, die mir den Atem nahm, während sein Gesicht sich mit Blut überzog. Ein paar unverständliche Worte zischend, entriss er mir den zerbrochenen Becher und richtete sich zu seiner vollen stolzen Größe auf. Blut lief aus der Wunde und tropfte auf die Schleier meines Kleides. Er hielt eine Hand an den Schnitt und ertastete seine Tiefe. Einen Augenblick lang trafen sich unsere Blicke. Seine Augen machten mir Angst. Sie waren kalt und grausam geworden. Er legte sich die blutenden Finger an die Lippen und leckte sie mit dem gierigen Ausdruck eines Jägers ab, der auf eine Fährte gestoßen war.

Ich wagte mich nicht zu rühren. Etwas in mir flehte die Magie an, mir zu Hilfe zu kommen, doch ich fand weder Worte noch einen Zauberspruch, um mich diesem Mann zu entziehen. Es war, als ob mich trotz allem etwas an ihm faszinierte. Vielleicht war es das absonderliche Gefühl, dass wir jetzt durch Blut verbunden waren. Ludwigs und seines vermischten sich mit einem Mal. Vielleicht war das der Preis für meinen Verrat. Mit zusammengebissenen Zähnen zischte ich: »Bringen wir's hinter uns. Schnell!«

»Danach wirst du sterben«, sagte er kalt, bevor er sich auf mich legte.

Ich schrie auf vor Schmerz, als er sich zwischen meine weichen Schenkel zwängte, doch ich schloss die Augen und dachte an Jaufré. Weit, weit weg sein, mich nicht von diesem tierischen Grunzen besudeln lassen, nicht meine Seele in seinem Spiel verlieren. Nur eine Strohpuppe sein, ohne Leben, die ihm nichts von dem gibt, was er sich erhoffte.

Als er fertig war, stand er auf und nahm eines der Seidentücher vom Tisch, mit denen man Obst abwischte, bevor man es aß. Verstohlen wischte er sich über die Wunde. Ich rührte mich nicht, denn ich hatte gelernt, mich von Vorgängen zu lösen, wenn es nötig war. Jetzt wieder in meinen Körper zurückzukehren würde mich zu sehr schmerzen. Ich wollte nicht, dass er das bemerkte.

Bleiern lastete die Stille auf uns. Er ging, wie er gekommen war, ohne ein Wort oder einen Blick. Ich stieß einen langen Seufzer der Erleichterung aus. Gleichwohl wusste ich, dass mit dem Wandbehang die Entscheidung gefallen war. Ich musste so rasch wie möglich hier heraus, denn ich würde ihm im Kampf nicht standhalten können.

Wie durch ein Wunder tauchte die junge Frau wieder auf, eine Kanne mit dampfendem Wasser in der Hand. Plötzlich hatte ich die Gewissheit, dass es neben dem sichtbaren noch einen anderen Eingang geben musste. Während er mich vergewaltigt hatte, war sie nicht im Raum gewesen. Ob sie bereit wäre, mir zu helfen? Sie trat zu mir und wischte meine besudelten Schenkel sauber. Mein wunder Leib tat mir weh. Doch das hatte keine Bedeutung. Mir blieb nicht mehr viel Zeit. Ich ließ mich in die Silberwanne gleiten und von ihr abreiben. Dann richtete ich meinen Blick starr auf ihren und flüsterte in holprigem Griechisch:

»Ich werde sterben. Hilf mir.«

Sie schüttelte den Kopf, und ich entdeckte Tränen in ihren Augen. Mir helfen hieße zweifellos, sich selbst zum Tode zu verurteilen. Der Basileus kannte keine Gnade. Dennoch blieb ich beharrlich.

»Zeig mir die Tür. Und dann geh.«

Mit dem Kinn deutete sie auf die Stoffbahn, hinter der sich der Ausgang verbarg, doch ich schüttelte den Kopf.

»Die andere. Ich flehe dich an.«

Sie senkte die Augen, wandte mir langsam den Rücken zu und hob einen Wandbehang. Es war einer von denen, die den Basileus in pikanten Situationen mit mehreren Frauen zeigte. Dann entschwand sie dahinter.

»Danke«, murmelte ich.

Sie hörte mich nicht mehr. Ich stieg aus dem Bad und trocknete mich flüchtig ab. Dann ging ich zu der bezeichneten Stelle, doch ich fand nur eine Wand hinter dem Behang. Ich ließ meine Finger über die unebenen Steine gleiten, woraufhin sich einer davon bewegte und einen Durchgang freigab. Dahinter war ein langer Korridor, der durch die Festungsmauer führte. Ich ging zum Bett zurück und warf das Kleid über, das mir die Dienerin hingelegt hatte. Ich musste wissen, was mich am Ende des Tunnels erwartete, und so wagte ich mich hinter den Teppich.

Lange ging ich, ohne einer Menschenseele zu begegnen, dann hörte ich Geräusche und Gelächter. Durch eine Schießscharte fiel Licht ein. Ich blickte durch die Öffnung und seufzte entmutigt. In dem Raum, in den mein Gang vermutlich mündete, saß rund ein Dutzend Wachen des Basileus beim Trinken und Würfelspielen. Ich saß in der Falle. Natürlich konnte ich mich durch einen Zauber unsichtbar machen, aber ich wusste nicht, was hinter diesem Raum war. Eine Tür versperrte mir die Sicht. Ich beschloss, sie zu beobachten, um vielleicht noch etwas Interessantes zu entdecken. Geraume Zeit verstrich. Ich stand da wie angewurzelt. Endlich öffnete sich die Tür, und es erschien eine in Schleier gehüllte Frau, die immer wieder loslachte und sich einer der Wachen an den Hals warf. Beide waren betrunken. Musik drang an mein Ohr, und als ich den Hals noch weiter hochreckte, bis ich mir fast das Genick ausrenkte, entdeckte ich hinter ihnen die Ecke einer Theke mit ein paar Visagen daran. Eine Taverne! Es war eine Taverne! Wahrscheinlich eine im Hafen. Ich wusste nicht, ob ich mich darüber freuen sollte oder nicht, doch es wirkte beruhigend auf mich, unerwartet einer vertrauten Welt so nahe zu sein. Jetzt musste ich nur noch einen Weg finden, dort hinunterzuschleichen und zu verschwinden.

»Wage nicht einmal, daran zu denken«, murmelte eine Stimme in meinem Rücken.

Ich erbebte bis in die Zehenspitzen. Ich hatte ihn nicht kommen gehört, aber das überraschte mich nicht mehr. Der Basileus war eine Katze. Ich wandte mich um. Im Halbdunkel zeichnete sich meine Signatur als schmale Linie auf seinem Gesicht ab. Er blutete nicht mehr, aber die Wunde war noch sichtbar. Ich sagte nichts. Was hätte ich auch sagen sollen? Schon forderte er mich mit einer galanten Handbewegung auf, den Rückweg anzutreten. Ich fügte mich, um Zeit zu gewinnen. Wortlos ging ich in mein Gefängnis zurück. Der Tisch war gedeckt worden; gebratene Hühnchen lagen neben

Kaviar und Froschschenkeln, ein paar Artischocken in Schalen mit Krustentieren. Das Aufgebot konnte nur bedeuten, dass die Zeit zum Sterben noch nicht gekommen war. Mit einem Mal wurde mir bewusst, dass ich Hunger hatte. Manuel Komnenos ließ den Wandbehang hinter sich fallen. Im Licht kniff ich die Augen zusammen, die sich an das Dunkel im Tunnel gewöhnt hatten.

»Setz dich«, befahl er.

Ich gehorchte und nahm ihm gegenüber auf dem weichen Teppich Platz.

»Du musst Hunger haben – iss«, forderte er mich liebenswürdig auf.

Von dem Raubtier, das er eben noch gewesen war, war nichts mehr zu spüren. Wahrscheinlich, dachte ich, hat es ihn nicht befriedigt. Ich beschloss, Nutzen daraus zu ziehen, griff nach einer zweizackigen Gabel und nahm mir reichlich Kaviar. Manuel goss Orangenwein in einen goldenen Becher. Es belustigte mich, dass er offenbar das Glasgeschirr verbannt hatte, und ich nahm den Wein mit leicht amüsierter Miene, die seine Augen aufblitzen ließ. Er fuhr sich mit einem Finger über die Wange und lächelte ebenfalls. Er hatte verstanden.

»Was werdet Ihr jetzt mit mir anstellen?«

»Dich töten.« Er sagte es ruhig, ohne Hass, während er einen Hühnchenschenkel abriss.

Ich lächelte erneut. »Der Tod schreckt mich nicht.«

Er brach in Gelächter aus, wandte sich zur Tür um und klatschte in die Hände. Eine der Wachen trat ein, ein Silbertablett in den Händen, auf dem eine Glocke lag. Er stellte es vor mich hin. Der Basileus fuhr fort, in kleinen Bissen sein Stück Fleisch zu verspeisen. Ich hob die Glocke und blickte voller Entsetzen auf den abgeschnittenen Kopf der jungen Dienerin. In ihren großen, aufgerissenen Augen war noch der Ausdruck der Fügung in ihr Schicksal zu lesen. Ich spürte einen Brechreiz, den ich kaum unterdrücken konnte. Mit zitternden Händen stellte ich die Glocke wieder ab. Ich spürte, dass ich blass war, doch ich hielt dem Blick meines Peinigers stand. Manuel wirkte gleichgültig. Fast spöttisch. Mit einer entschlossenen Bewegung stieß ich das Tablett weg, das mir dieses

Unbehagen bereitete, und zwang mich, einen Hühnchenschlegel zu nehmen und hineinzubeißen, als ob nichts wäre. Ich weigerte mich einfach, ihn aus diesem Spiel als Sieger hervorgehen zu lassen. Stattdessen fragte ich betont beiläufig: »Warum?«

»Ungehorsam wird immer bestraft.«

Wieder war kein Hass aus seiner Stimme zu hören. Er verschaffte seinem Gesetz Geltung und wollte mir bei der Gelegenheit zu verstehen geben, dass er hier das Sagen hatte.

»Sie war nicht ungehorsam«, log ich. »Ich habe sie durch die Türe eintreten sehen.«

»Das hat keine Bedeutung. Es hätte nicht geschehen dürfen.«

»Ich hielt Euch für gerecht, doch jetzt sehe ich in Euch nur noch Heimtücke.«

»Ist es nicht genau das, was du von mir wolltest, als du zu mir kamst? Vergiss das nicht.«

»Wann also werde ich das Schicksal der Dienerin teilen?«

Ich musste es wissen, um mich darauf vorbereiten zu können.

»Wenn ich es überdrüssig geworden bin, dich zu nehmen«, erwiderte er mit neutraler Stimme.

Voller Verachtung führte ich den Becher an meine Lippen und trank in kleinen Schlucken. Die Vorstellung gefiel mir überhaupt nicht, doch konnte ich jetzt zumindest einen Plan schmieden. Plötzlich beugte er sich zu mir und packte meine Hand. Ich versuchte nicht, mich loszureißen, es hätte keinen Sinn gehabt. In seinen Augen stand Begehren ebenso wie ein Flehen.

»Sei mein«, flüsterte er, »und ich werde dir das Leben, das du willst, zu Füßen legen. Ich will dich, Loanna von Grimwald, aber nicht wie eine Tote. Ich liebe die Liebe viel zu sehr, um einen seelenlosen Körper dazu zu zwingen. Lass dich verführen.«

»Auf diese Art und Weise werdet Ihr nicht zum Ziel kommen. Überdies gehöre ich nur einem Einzigen, wie ich Euch bereits sagte.«

»Diesem langweiligen Troubadour? Ich bezweifle sehr, dass er es versteht, dich zu befriedigen!«

»Mehr als Ihr es jemals könntet.«

»Dann wird er sterben.«

Mit dieser Drohung ließ er meine Hand los und hob die Schultern, als hätte es ebenso wenig Bedeutung wie alles andere. Mein Herz fing wie wild an zu schlagen. Jaufré in Gefahr zu wissen war schlimmer, als selbst die furchtbarsten Ungerechtigkeiten zu erdulden. Ich wollte indes nicht, dass er merkte, wie sehr er mich damit treffen konnte. Lächelnd antwortete ich: »Ist das die einzige Methode, die Ihr kennt, um jemandes Liebe zu Euch zu wecken? Ich bedaure Euch, Herr. In Frankreich haben die Männer wesentlich liebevollere und überzeugendere Argumente. Aber wahrscheinlich ist das Rittertum in Eurer Welt nicht bekannt.«

»Ich gebe dir eine Nacht zum Nachdenken. Wenn ich zurückkomme, wirst du mir gehören, ganz und gar.«

»Und wenn ich mich weigere?«

»Dann werde ich deinen Troubadour hierher bringen und ihn vor deinen Augen entmannen. Anschließend werde ich dich ein letztes Mal nehmen, während das Blut aus ihm herausläuft. Zum Schluss werde ich dir die Kehle durchschneiden, deinen Kopf auf diesen kleinen, runden Tisch legen und vor ihn hinstellen, damit er das Elend in seinem vollen Ausmaß vor Augen hat.«

»Möge Gott Euch vergeben.«

»Wenn Er es nicht tut, wird Allah der Allmächtige es tun!«

Er stand auf, grüßte, warf seinen weiten grünen Seidenumhang über den nackten Oberkörper und ging hinaus.

Mein Schicksal war besiegelt. Ich hatte keine Wahl mehr. Irgendwie musste ich mich befreien, doch das konnte ich nicht alleine schaffen. Ich nahm die Schale mit den Störeiern und bildete daraus einen Kreis auf dem Boden, der so groß war, dass ich hineinpasste. Ich kniete mich hinein und murmelte Beschwörungsformeln. Jetzt konnte ich nur noch hoffen, dass Jaufré zuhörte und mich niemand bei meinem Tun überraschte.

»Hörst du das?«

Jaufré legte seine Hand auf Denys' Arm, um ihm zu bedeuten, dass er schweigen solle.

»Was denn?«, fragte der zurück und spitzte die Ohren.

Um sie herum war nur das Plätschern des Wassers an die Feluken zu hören.

»Ich dachte, ich hätte ganz leise ihre Stimme gehört; anscheinend verliere ich langsam den Verstand«, klagte Jaufré.

»Nur Mut.«

Jaufré nickte unglücklich. Sie hatten die Stadt durchkämmt, Leute gefragt und in den übelsten Winkeln gesucht – vergeblich. Abends beim Essen indes hatte ihn eine verrückte Hoffnung überkommen, als er ihren Gastgeber mit einer schlimmen Wunde im Gesicht sah. Auf die Frage seiner Gattin sagte er, es seien die Liebesbezeugungen einer Wildkatze gewesen, mit der er habe spielen wollen. Daraufhin musste er sein Abenteuer ausführlich den Damen erzählen, die bebend an seinen Lippen hingen. Jaufré aber war sicher, dass der Mann log. Eleonore hatte es gewagt, dem Basileus vorzuwerfen, er verbringe mehr Zeit mit seinen Raubkatzen als auf der Jagd nach dem infamen Galgenvogel, der ihre Gesellschafterin entführt hatte. Ohne sein Lächeln zu verlieren, hatte ihr Komnenos versichert, dass seine besten Männer die Gegend absuchten und sie sicher bald gefunden werden würde. Dann fügte er wie ein Verdikt hinzu: »Bitten wir Gott, Majestät, dass sie noch am Leben ist, wenn sie zurückkommt.« Jaufré zuckte zusammen.

Gleich nach dem Essen hatte er sich dem Basileus an die Fersen geheftet, der in sein Zimmer gegangen war und es offenbar anschließend nicht mehr verließ. Denys bestätigte später seine Beobachtung. Der Basileus, dem er wie ein Schatten folgte, hatte den Blachernae-Palast in dieser Nacht nicht verlassen. Es war also kein Tiger gewesen, der ihn so gezeichnet hatte. Und das konnte nur eines bedeuten: Ich musste irgendwo gut versteckt, jedoch ganz in der Nähe sein.

Im Augenblick gingen sie in Begleitung von Uc von Lusignan und ihrem Übersetzer auf die Tür von Gottfried von Rancon zu. Sie hatten erfahren, dass die Wachen des Basileus in einer Gasse einer jungen Frau den Kopf abgeschlagen und ihre Überreste liegen gelassen hätten. Anschließend seien sie zum Palast zurückgekehrt, ihre Trophäe in einem Getreidesack verbergend. Ein Junge war Zeuge dieser Szene geworden. Aus Angst, selbst gefasst zu werden, war er geflohen und in seiner Panik geradewegs dem Aquitanier in die Arme gelaufen. Für ein paar Goldstücke erzählte er ihm die grausige Geschichte. Die arme Frau, eine Einheimische, hatte nicht einmal geschrien; sie hatte sich nur noch bekreuzigt und war auf die Knie gefallen. Als Gottfried von Rancon am Ort des Geschehens ankam, geführt von der zitternden Hand des Jünglings, war der Leichnam nicht mehr da; nur noch Blutspuren wiesen darauf hin, dass er die Wahrheit gesagt hatte.

Es war nicht gesagt, dass dieser Fall etwas mit ihrer Sache zu tun hatte, aber mangels Hinweisen musste man jede Richtung ausloten.

Die beiden Männer gingen schweigend weiter. Jaufré hatte wohlweislich eine Waffe mitgenommen, denn die schmutzigen Straßen um den Hafen herum waren für Verbrechen bestens geeignet, zumal die Spannung zwischen Franzosen und Byzantinern immer weiter zunahm. Es verging kein Tag ohne Vorkommnisse und die Entführung vom Vortag hatte natürlich auch nicht zur Entspannung der Lage beigetragen.

»Jetzt wieder«, flüsterte Jaufré. »Hör doch!«

»Ich höre nichts, glaub mir. Es ist Wind aufgekommen. Wahrscheinlich ist es die Brise, die deinen Ohren einen Streich spielt.«

Jaufré jedoch war stehen geblieben, gänzlich gefangen von dem, was er da hörte. Er nahm Denys am Arm und sah ihm ins Gesicht: »Sie ist ganz in der Nähe. Ich höre, wie sie mit mir spricht. Ich schwöre es dir, Denys. Ihre Stimme strömt durch mich hindurch wie ein Quellfluss. Sie ist in Gefahr. Warte.«

Denys schwieg jetzt. Er erinnerte sich wieder an die Macht der Zauberei, deren Ursprung er nicht kannte, doch von deren Möglichkeiten er wusste.

»Komm«, sagte Jaufré. »Gehen wir unsere Gefährten suchen. Sie ist irgendwo in einer der Tavernen am Hafen. Sie wird uns ein Signal schicken.«

»Wenn das stimmt, was du sagst, müssen wir Gottfried von Rancon benachrichtigen. Er soll sorgfältig auf jede Kleinigkeit horchen. Beeilen wir uns.«

Eilig strebten sie zum Treffpunkt.

Ich sah, wie sich ihre Gesichter in der Nacht verloren, wie vom Wind verweht.

Beeil dich, mein Liebster, aber sei vorsichtig, flüsterte ich.

Ich war eins mit ihm, und sein Geist antwortete mir, ohne dass die Worte seinen Mund verlassen mussten. Ich sah jetzt, wo sie waren, und konnte sie leiten. Doch wie sollte ich die Taverne beschreiben, die mein Gefängnis war? Es gab am Hafen Dutzende wie sie. Ich hatte eine Idee, allerdings musste ich dazu den Kreis verlassen und die Verbindung zu Jaufré unterbrechen. Doch das war jetzt einerlei, denn bald würde die Morgendämmerung hereinbrechen. Es gab keine Zeit mehr zu verlieren. Ich ließ Jaufré und Denys zu Gottfried von Rancon gehen und Uc von Lusignan und Bertrand von Monfaucon an der Hafenmole dazustoßen.

Wenn euch jemand fragt, schärfte ich ihm ein letztes Mal ein, *versichert ihm, dass ihr die Informationen von einer Dienerin des Basileus bekommen habt. Eine der Wachen des Königs wird aus einer Taverne kommen. Tretet dort ein und ihr werdet eine niedere Holztür in einer Steinmauer sehen, wahrscheinlich rechts von der Theke. Mehrere Schergen haben sich im Schankraum postiert. Womöglich müsst ihr euch mit Gewalt Zutritt verschaffen. Die Byzantiner werden euch mit Sicherheit nicht unterstützen. Ich werde dort auf euch warten. Seid vorsichtig, aber beeilt euch.*

Langsam erwachte ich aus meiner Trance und gelangte in die Wirklichkeit zurück. Es hatte sich nichts verändert im Raum. Die Wachen hinter den Wandbehängen waren immer noch dieselben treuen Diener, die nichts sahen und nichts hörten. Sie mussten glauben, dass ich schlief. Ich trat aus dem Kreis und streckte meine schmerzenden Beine, dann schob ich sorgsam den Kaviar, mit dessen Hilfe ich mich in Trance versetzt hatte, zu einem Häufchen zusammen. Der Basileus durfte auf keinen Fall etwas von meinen Kräften ahnen.

Dann stellte ich mich direkt vor den Geheimausgang. Die Männer im Raum hatten sich noch nicht vom Fleck gerührt. Ich hatte allerdings den Eindruck, als wäre die Wache verstärkt worden, sicherlich weil ich den Durchgang entdeckt hatte. Aus Leibeskräften begann ich zu schreien. Fast augenblicklich stand einer der Schergen vor mir und drohte mir mit einem scharfen Krummsäbel.

»Was treibst du hier, Hündin! Geh in deine Gemächer zurück!«

Der Mann war wenig umgänglich. Ich gab mich schmeichlerisch

und ließ ihn im Vertrauen wissen: »Ich möchte mit deinem Herrn sprechen. Ich habe über sein Angebot nachgedacht und bin bereit, mich seinen Wünschen zu beugen. Ich weiß aber nicht, wie ich ihn zu mir rufen soll. Aber er würde sich freuen, mich so bald wie möglich wieder zu sehen. Könntest du ihn nicht benachrichtigen?«

»Los! Geh dahin zurück, wo du herkommst!«

Und damit verschwand er wieder hinter der Mauer. Ich warf einen Blick durch die Öffnung. Der Mann sagte ein paar Worte, denen augenblicklich lautes, derbes Gelächter folgte, über dessen Tragweite ich mir lieber keine Gedanken machen wollte. Dann stand einer von ihnen auf und ging hinaus. Zweifellos würde er dem Basileus von meinem Beschluss berichten. Jetzt konnte ich nur noch hoffen, dass er durch den Hafen gehen und nicht irgendeinen geheimen Weg nehmen würde, die es in dieser Stadt zuhauf zu geben schien.

»Dort!« Bertrand von Monfaucon zeigte auf eine Tür, die sich gerade geöffnet hatte.

»Warten wir, bis er weg ist«, befahl Gottfried von Rancon.

Der Mann hatte sie nicht bemerkt. Er trat in einen Stall, wo er ein Pferd losband, das ebenso dunkel war wie er selbst. Als er über die Pflasterstraßen des Hafens davongaloppiert war, näherten sich die fünf Männer mit verhüllten Gesichtern. Wie alte Kameraden betraten sie lachend und scherzend die Taverne, die feindseligen und leicht überraschten Blicke der byzantinischen Seeleute auf sich ziehend. Als ob sie zu viel getrunken hätten, torkelten sie zu ein paar freien Diwanen, von denen aus sie den Raum gut überblicken konnten. Eine Dirne kam mit laszivem Hüftschwung auf sie zu, um ihnen Zimtwein einzugießen. Sie wiesen sie unmissverständlich ab, machten sich aber sogleich daran, ihre Gläser zu leeren. Einige Minuten warteten sie ab, bis sich die Neugier im Raum gelegt hatte. Dann sprangen sie gleichzeitig auf, das Schwert in der Hand, den Überraschungseffekt nutzend. Mit zwei Schritten waren sie bei der Tür. Uc von Lusignan baute sich mit Furcht erregendem Blick vor den verblüfften Matrosen auf, während seine Gefährten die Tür öffneten und in das Hinterzimmer eindrangen. Die Wachen des Basileus hatten kaum Zeit, zu ihren Waffen zu greifen, schon hatten sich die

Franzosen auf sie gestürzt. Mein Herz krampfte sich zusammen, als ich Jaufré entdeckte, der sein Schwert schwang, während er mich mit den Augen suchte. Ich schlug mit aller Kraft gegen die Wand und schrie durch das Fenster, um mich bemerkbar zu machen. Plötzlich öffnete sich der Durchgang, und ich landete mitten im Kampfgetümmel.

Denys kämpfte mit dem Mann, der mich gerade erst angeraunzt hatte. Es schien der Kommandeur der kleinen Truppe zu sein. Funken sprühend und klirrend trafen die Klingen aufeinander, bis er mich endlich entdeckte. Geschickt einem Schlag ausweichend, der auf seine Seite zielte, schrie er Jaufré zu: »Bring sie weg! Schnell!«

Bertrand von Monfaucon gab uns mit dem Schwert Rückendeckung. Vier unserer Männer wehrten sich nun gegen sieben Wachen, die mit großem Einsatz kämpften. Mich ziehen zu lassen bedeutete das Todesurteil für sie. Sie kämpften um ihr Leben.

»Komm!«, schrie Jaufré und gemeinsam stürzten wir in den vorderen Raum der Taverne.

Die Seeleute waren aufgesprungen, und einige hatten ihre Kurzsäbel und Krummdolche gezogen. Andere hatten Flaschen abgeschlagen und hielten sie als Waffen vor sich. Es waren nicht viele, vielleicht sechs, allerdings mit reichlich Kampferfahrung, mussten sie sich doch ständig auf hoher See gegen Piraten verteidigen. Jetzt umringten sie Uc, der sie mit wildem Gesichtsausdruck und seinem riesigen Schwert im Zaum hielt.

»Wir werden nicht hinausgelangen«, sagte Jaufré grimmig.

Ihr tiefer Hass auf die Franken und die Anspannung, die seit unserer Ankunft in der Stadt herrschte, brachen in diesem Moment durch. Dabei spielte es keine Rolle, was der Grund für diesen Überfall war.

Als Uc um Hilfe rief, stürzte sich sofort Bertrand von Monfaucon auf die Männer und schrie: »Möge Gott die Seinen erkennen!«

Während die beiden auf die Seeleute eindroschen, entdeckte ich einen Weg zwischen den Kämpfern hindurch. Mit der ganzen Kraft meiner Gedanken einen Schutzschild um uns errichtend, zerrte ich Jaufré zum Ausgang.

»Los! Weg hier!«, rief er mir zu, als wir auf den Kai hinaustraten.

Bis zur nächsten Straße rannte ich hinter ihm her, doch dann lief es mir plötzlich kalt den Rücken hinunter. Ich verzögerte meinen Schritt.

»Was ist los?«, fragte Jaufré und blieb stehen.

»Denys«, flüsterte ich stöhnend, mit Tränen in den Augen.

Ich machte Anstalten umzukehren, doch Jaufré hielt mich fest. »Nein! Das wäre Wahnsinn! Außerdem kommen sie da schon!«

In der Tat rannten drei Männer auf uns zu, darunter Gottfried von Rancon, der sich einen Mann über seine breite Schulter geworfen hatte. Meine Beine begannen zu zittern.

»Komm jetzt«, flehte Jaufré, »wir müssen uns verstecken!«

Doch ich konnte mich nicht rühren. Ich war wie gelähmt.

Bertrand von Monfaucon kam als Erster bei uns an. Er war totenbleich. »Es ist Denys«, sagte er leise.

Aber das wusste ich bereits. Gottfried von Rancon legte mir sein Bündel vor die Füße. Ich fiel auf die Knie, um sein schönes Gesicht zu küssen, das ganz weiß wirkte unter all dem Blut. Todesstille folgte auf die wilde Flucht. Denys hatte die Augen geschlossen. Sein Kopf war unter dem Hieb seines Gegners geborsten. Ein Moment der Unaufmerksamkeit, in dem er sich umblickte, um mir nachzusehen, wie ich wegeilte, hatte genügt. Schon war er nicht mehr von dieser Welt, seine Seele losgelöst vom Materiellen.

Ich brach in Tränen aus. Mit einer Wut, die ich mir selbst nicht zugetraut hätte, schüttelte ich seinen regungslosen Körper. »Nein! Du kannst mich nicht allein lassen! Das darfst du nicht, noch nicht jetzt! Ich flehe dich an! Mutter!«, schrie ich in den aufkommenden Wind. »Verschone ihn! Merlin, hilf mir doch!«

Doch nichts geschah. Die Männer wagten keinen Ton zu sagen, doch Jaufré nahm mich an den Schultern und flüsterte: »Du kannst nichts mehr tun. Wir müssen jetzt gehen. Ich bitte dich, komm.«

Mit der ganzen Lebenskraft, die mir je übertragen worden war, presste ich den Mann an mich, der mich nie wieder beschützen würde. Stockend regte sich sein Atem. Er öffnete die Augen und ich erkannte den Anflug eines Lächelns auf seinem Gesicht. Ich beugte mich über ihn und hörte wie eine Klage seine letzten Worte: »Ich liebe dich…«

4

Alles war sehr schnell gegangen. Ich hatte mich geweigert, Denys' Leichnam diesen Schurken zu überlassen. Gottfried hatte ihn sich wieder auf die Schultern geladen, während ich durch die dunklen Gassen geführt wurde, die zur Stadt hinaufführten. Einmal hatten wir uns kurz verstecken müssen, als das Getrappel zahlreicher Pferdehufe auf dem Pflaster ertönte. Wahrscheinlich hatte der Basileus längst von meiner Flucht und dem Gemetzel in der Taverne erfahren. Dank Gottfried von Rancon, der sich den Grundriss der Stadt genau eingeprägt hatte, gelangten wir bis zum Philopation. Dort hüllten sie mich in einen dunklen Mantel, und als der Tag über Konstantinopel anbrach, erreichte ich, eskortiert von meinen Männern, das Lager der Kreuzfahrer.

Inmitten der königlichen Armee war ich am sichersten aufgehoben. Denys' Leichnam wurde auf ein Lager aus Fellen gebettet. Aus Angst, dass sich der Basileus an Jaufré für meine Flucht rächen könnte, flehte ich ihn an, bei mir zu bleiben. Ich war wie wahnsinnig. Nicht wegen der Dinge, die ich in meiner Gefangenschaft erlebt hatte, sondern auf Grund dieses Todes, den ich nicht wahrhaben wollte. Es war, als wäre mir ein Teil von mir für immer entrissen worden. Zum dritten Mal hatte mich Denys beschützt. Drei … die Zahl der alten Riten: Wasser, Luft und Feuer, vereint auf dem Stein der Zeit. Drei … wie das Liebesknäuel, das wir gebildet hatten, Jaufré, er und ich. Drei … die Zahl der Leben, die geopfert wurden, damit ich existieren konnte. Ich verabscheute mich.

Ich hatte nicht den Mut, den Rittern von meiner Entführung zu erzählen, denn sie hätten sie nur als längst fälligen Beweis für die verräterischen Absichten des Basileus gewertet. Jeglicher Antrieb hatte mich verlassen, ich wollte nur noch so schnell wie möglich diese Gegend verlassen. Gottfried von Rancon bat ich, Eleonore zu benachrichtigen. Sie sollte zu mir kommen. Jeglicher diplomatische Zwischenfall musste vermieden werden. Zur Stunde brauchten wir Manuel Komnenos noch, und er wusste, dass die Franken die Übereinkunft mit Byzanz nicht aufs Spiel setzen würden.

Ich blieb an Denys' Seite. Die Gefühle, die ich bei Mutter unterdrückt hatte, brannten nun lichterloh in meinen Eingeweiden. Wie sehr ich auch versuchte, mir einzureden, dass er nur ein seelenloser Leichnam war – ich konnte ihn nicht verlassen. Es war, als ob er mich allein durch seine körperliche Anwesenheit noch beschützen könnte. Es gelang mir nicht, mich mit dem Gedanken zu trösten, dass er immer in meiner Nähe sein würde, so wie ich Mutter durch die Magie stets bei mir wusste. Jaufré ließ mich allein. Zusammen mit den Freunden des Konnetabel zog er sich zum Beten zurück. Die beiden Brüder von Denys wurden in Kenntnis gesetzt. Sie zeigten nicht den geringsten Anflug von Trauer. Von ihren hasserfüllten Seelen hätte ich nichts anderes erwartet, doch ich dachte voller Schmerz an den alten Vicomte daheim in Frankreich, dem die Nachricht das Herz brechen würde.

Eleonore kam um die sechste Stunde herum und brachte mir etwas zum Anziehen mit. Sie hatte sich sehr zusammenreißen müssen, um nicht die Blachernae zu stürmen und den Infamen zur Rede zu stellen. Der König hatte ihr geboten zu schweigen. Gottfried von Rancon fand am Ende die passende Lösung. Der Aufenthalt musste abgebrochen werden unter dem Vorwand, dass man ohnehin schon viel zu lange verweilt habe. Der Basileus würde sich zwar nicht täuschen lassen, doch in blumigen, einschmeichelnden Worten vorgebracht, würde der Beschluss ganz und gar natürlich erscheinen. Und was mich anging, so war es das Beste, so zu tun, als gäbe es keinerlei Neuigkeiten von mir. Wir mussten nur vorgeben, dass wir uns bei der Suche nach mir ganz dem Geschick des Basileus anvertrauten. Zum Glück gab es keinen überlebenden Zeugen des Scharmützels der letzten Nacht, der Verdacht auf die Franken hätte lenken können.

Die Hinterlist war hier zu Hause, also mussten wir uns ihrer Waffen bedienen.

»Loanna, meine Süße …«

Ich wandte Eleonore mein verheultes Gesicht zu. Die Tränen flossen nicht mehr, doch sie hatten breite salzige Spuren auf meinen Wangen hinterlassen. Jetzt ergossen sie sich in meinem Innern, dort, wo der Schmerz seinen Ursprung hatte.

Eleonore kniete sich neben mich und setzte einen zärtlichen Kuss auf Denys' gefaltete Hände. Dann schlang sie die Arme um mich und begann, an meiner Schulter zu weinen. Eine ganze Weile wiegten wir uns gegenseitig, in tiefer Verzweiflung unkontrolliert hin und her taumelnd. Auch sie verspürte Schmerz, das wusste ich. Sie hatte Denys geliebt, weil er mir das Leben gerettet hatte, aber auch für all die Nächte, in denen er ihr über die Gleichgültigkeit des Königs hinweggeholfen hatte.

Als Ludwig einige lange Minuten später eintrat, fand er uns so vor, vereint im selben Schmerz. Er sagte nichts, schrieb nur ein Kreuz in die Luft und ging dann, um sich von meinen tapferen Befreiern alle Einzelheiten der tumultvollen Nacht berichten zu lassen. Anschließend ordnete er an, dass eine Messe gelesen werde, unter dem riesigen Kreuz, das auf Wagen hierher transportiert worden war. Der Konnetabel der Königin sollte am Fuße dieses Kreuzes beerdigt werden, als Mahnmal dafür, dass wir hier gewesen waren.

Ich brachte kein Wort heraus, bis Denys' Leichnam, in Felle gehüllt, unter dem heißen goldenen Sand lag.

Erst dann verlangte ich den König zu sehen, unter vier Augen.

»Sprecht, Loanna von Grimwald.«

Zum ersten Mal war ich allein mit Ludwig VII., und in der privaten Nähe fand ich ihn ziemlich glanzlos. Er sah mich ebenso mitleidig wie bewundernd an.

»Sire, was der Basileus getan hat, spielt keine Rolle. Ich habe sein Verlangen nach mir mit meinem eigenen Fleisch bezahlt, doch ich hege keine Rachegedanken. Ich flehe Euch an, Majestät, im Namen des guten Fortschritts unserer Unternehmung Euer Verhältnis zu diesem Mann nicht zu gefährden. Meine bescheidene Person gehört allein dem Herrn. Er hat entschieden, dass wir auf diese Weise von der verräterischen Absicht unseres Gastgebers erfahren – mögen uns Seine Lehren beschützen und auf den rechten Weg führen.«

»Ihr, Damoiselle, sprecht mir von Gott?«

Ludwig blickte mich neugierig an, als wüsste er schon seit langem, wer ich war. Ich hielt seinem Blick stand und las außer Neugier noch etwas anderes in seinen Augen, den ständigen, unfassbaren Schmerz, sich auf dem Thron von Frankreich am falschen Platz zu fühlen. Sicherlich war es mein eigener Schmerz, der mich in diesem Moment für den seinen empfänglich machte.

»Die Meinung, die Ihr von mir habt, spielt keine Rolle, Majestät. Ich bin Eure Dienerin. Gleichwohl darf das Unrecht, das ich verschuldet habe, nicht auf die Unsrigen zurückfallen.«

»Ihr seid nicht verantwortlich für die Schändlichkeit dieses Mannes. Ich habe ihm vom ersten Tag an misstraut. Fürchtet nichts. Wir werden übermorgen aufbrechen. Ich habe den Basileus heute Morgen gesehen und ihm von einem Scharmützel im Lager der Kreuzfahrer berichtet. Ich gab vor, die Ritter verlören die Geduld und wollten sich nicht länger zurückhalten. Damit rechtfertigte ich im Übrigen auch meine und die Anwesenheit der Königin im Lager: Wir müssten die Gemüter beruhigen. Aber jetzt ruht Euch erst einmal aus. Sobald die Zeit gekommen ist, wird dieser Hund bezahlen, seid versichert.«

»Möge Gott Euch erhören, Majestät.«

Und so geschah es denn auch. Ich sah Manuel Komnenos nicht wieder und zwei Tage später, am 30. Oktober 1147, brach die lange Karawane auf plattbodigen Flussbooten Richtung Nicäa auf. Am Vorabend der Abfahrt hatte Komnenos verkündet, er habe Neuigkeiten von Konrad. Angeblich hatte er in Anatolien einen triumphalen Sieg über die Türken errungen. Der Feind sollte über fünfzehntausend Mann verloren haben. Ludwig zeigte sich entzückt, glaubte freilich kein Wort.

Als wir am Ufer gegenüber von Konstantinopel anlegten, fiel mein Blick auf eine schwarze Rauchsäule, die wie eine Eibe in den klaren Oktoberhimmel ragte. Sie wurzelte an der Stelle, wo unser Lager gestanden hatte. Jaufré, der neben mir stand, kreuzte meinen Blick und ich las das Entsetzen in seinen Augen. Das Holzkreuz, das wir aufgestellt hatten, loderte wie ein gigantischer Scheiterhaufen. Der widerlich süße Gestank nach verbranntem Menschenfleisch ging davon aus. Nicht einen Augenblick lang zweifelte ich daran, dass es sich um Denys' Leichnam handelte, der aus seinem Sandgrab gezerrt worden war, in der Absicht, das Christentum zu schmähen. Ein schmutziger und schurkischer Akt aus Rache und sadistischer Grausamkeit. Ein langer Klagelaut krampfte mir den Leib zusammen. Todesstille lag über dem Zug, während alle starr vor Entsetzen auf die Rauchwolken blickten, die zu uns herüberzogen. Manuel Komnenos wies uns den Weg. Er war mit Blut getränkt.

Wir näherten uns Nicäa in kleinen Etappen und blieben ständig auf der Hut. Dann trafen wir schließlich mit Konrad und den Überresten seiner Armee zusammen. Die Deutschen waren von ihren byzantinischen Führern im Stich gelassen worden, als der schier endlose Marsch durch die Wüste Anatoliens begann. Drei Wochen lang waren sie wiederholten Attacken der Türken ausgesetzt gewesen. Ihre Versorgungslage war verheerend, weil man ihnen versichert hatte, dass sie nach spätestens acht Tagen am Ziel sein würden. Sie hatten ein paar Lebensmittel in abgelegenen Dörfern ergattern können, doch es war viel zu wenig, um Hunger und Durst zu stillen. Konrad hatte schließlich seine hungernde und entkräftete Armee zurückgeführt. Er bereitete sich darauf vor, den Kreuzzug abzubrechen. Von dem angeblichen Sieg, den Komnenos verkündet hatte, war keine Spur zu sehen. Wenn es noch einen Beweis für seine Komplizenschaft mit den Türken brauchte, dann war es dieses klägliche Schauspiel.

Ludwig rief eilends seinen Rat zusammen. Ich empfahl Eleonore, daran teilzunehmen und einen Weg vorzuschlagen, der zwar länger wäre, uns aber vor den Schurkereien des Basileus schützen würde. Wir würden über Pergamon nach Ephesus, Laodicäa und den Hafen von Adalia reisen. Auf diese Weise würden wir die Wüstenschluchten umgehen, in denen Konrads Armee ihr stolzes Banner gelassen hatte. Es war eine weise Entscheidung, zumal es angesichts der großen Menge unseres Gepäcks nicht ratsam war, die

Truppen zu weit auseinander zu ziehen. Wir reisten nun so eng wie möglich, in geschlossenen Reihen, um dem Feind besser Widerstand leisten zu können. Ludwig wunderte sich einen Augenblick lang über die Strategie seiner Gattin, doch da er ihr genügend gesunden Menschenverstand zuschrieb, stimmte er zu, ebenso wie die übrigen Ratsmitglieder. Der Plan wurde umgesetzt, was meinen Interessen vortrefflich diente, denn so hatte Ludwig, ohne es zu ahnen, sein Todesurteil unterzeichnet.

Der Graf von Maurienne und Gottfried von Rancon kommandierten die Vorhut, in der wir zusammen mit der Königin, ihren Damen und den Troubadouren reisten. Wie es mir meine Vision angekündigt hatte, führte uns der Weg durch die Schlucht von Pisidia unweit des Kadmos-Berges. Wir erreichten ihn am Epiphanietag des Jahres 1148. Ludwig führte die Nachhut an. Es wurde der Befehl ausgegeben, die Wachsamkeit zu verdoppeln. Wir rüsteten uns dafür, die Engpässe zu durchqueren, in denen uns jeden Augenblick die Türken überraschen konnten. Wenn Manuel Wort hielt, würde Ludwig den nächsten Tag nicht mehr erleben.

Gottfried von Rancon ritt neben mir. Seit Denys' Tod hielt er sich immer in meiner Nähe auf. Ich wusste nicht, was ihm mein Freund gesagt hatte, bevor er starb, doch es war, als fühlte er sich verpflichtet, mich zu beschützen. Es verging kein Tag, an dem er sich nicht nach mir erkundigte. Ich wusste, dass ich in Zukunft fest auf ihn zählen konnte.

Die Gelegenheit war günstig, ihm einen Vorschlag zu machen. »Wir dürfen uns in dieser Schlucht nicht zu lange aufhalten«, begann ich. »Ziehen wir doch noch vor Einbruch der Nacht mit der Königin voraus. Die Türken werden keinen Verdacht schöpfen. Sie rechnen nicht damit, dass wir vorpreschen. Wir müssen Eleonore in Sicherheit bringen.«

Er grinste verschwörerisch und sagte dann so leise, dass nur ich es hören konnte: »Was glaubt Ihr wohl, warum ich dieses Kommando wollte, als ich erfuhr, wie unsere Route verlaufen sollte?«

Ich warf ihm einen erstaunten Blick zu.

»Denys«, fuhr er fort, »hätte nicht gewollt, dass Ihr Eure Versprechen brecht, und eine Königin ist genug für Aquitanien.«

Damit trieb er sein Pferd an und gab mit lauter Stimme die Parole aus. Weniger als eine Stunde später ritt unsere Gruppe im gestreckten Galopp auf die Schlucht zu. Bei dem halsbrecherischen Tempo hätten sich die Pferde leicht verletzen können, doch das Risiko nahmen wir in Kauf. Auf diese Weise wurde die königliche Armee von einem großen Teil ihrer Männer getrennt. Da die Durchquerung des Engpasses erst für den nächsten Tag geplant gewesen war, lief Ludwig rot an vor Wut, als er davon erfuhr. Hinzu kam, dass der Hauptteil der Truppe, durch unseren Vorstoß irritiert, beschloss, uns nachzufolgen, da man durch das schwere Gepäck im Fortkommen behindert war.

Innerhalb kürzester Zeit wurde die Nachhut von einer Horde Türken überfallen. Sie hatte nicht einmal mehr die Zeit, gegen den Pfeilhagel in Verteidigungsstellung zu gehen. Die Damen schrien vor Entsetzen. Als wir sicher und unversehrt die Schlucht verlassen hatten, gönnte ich mir das sadistische Vergnügen, einen Blick zurückzuwerfen. In der angegriffenen Gruppe war auch Béatrice, die seit zwei Tagen krank in einer Kutsche lag. Ludwig war ihr sicherlich sofort zu Hilfe geeilt.

Der Preis, den ich für den Verrat an ihm und für seinen Tod bezahlt hatte, war hoch. Doch auf diese Art wäre auch ich endlich frei.

»Wir müssen umkehren! Es ist etwas passiert, das spüre ich!«, drängte Eleonore ihren Befehlshaber.

Am klaren Himmel zeichnete sich das Morgengrauen ab. Geier kreisten über der Schlucht, die hinter uns lag, und stießen schrille Schreie in den flammenden Himmel. Wir waren allein, getrennt vom Rest der Armee. Gottfried von Rancon gab den Befehl umzukehren. Ich hatte es eilig, den toten König mit eigenen Augen zu sehen.

Der Anblick, der sich uns bot, drehte uns allen den Magen um. Die Wagen lagen mit gebrochenen Rädern und zerrissenen Planen da, einige davon umgeworfen, inmitten eines offenen Massengrabes. Die Unverletzten halfen ihren verwundeten Kameraden oder versuchten, die Sterbenden und Toten vor den spitzen Schnäbeln der Aasfresser zu schützen. Die stürzten sich einstweilen dreist auf die

Leichname der Türken, für die sich niemand verantwortlich fühlte. Da sah ich Ludwig, der aus der Gruppe heraustrat. Das Blut stockte mir in den Adern. Er war verletzt und bleich, aber am Leben!

Eleonore sprang vom Pferd und eilte auf ihn zu, doch er stieß sie mit der flachen Seite seiner Klinge zurück. Seine Männer versammelten sich um ihn herum, die Waffen im Anschlag. Eleonore wich zurück.

»Was hat das zu bedeuten, Ludwig?«

»Kommt Ihr, um Euch zu vergewissern, dass ich mein Leben ausgehaucht habe? Nun, nehmt zur Kenntnis, dass nichts dergleichen geschehen ist.«

»Aber, Ludwig…«, stammelte die Königin ebenso entsetzt wie ratlos.

Gottfried von Rancon trat vor und wurde sogleich von vier Feudalherren mit hassverzerrten Gesichtern gepackt, die ihm den Arm verdrehten, die Klinge an die Kehle setzten und ihn als Verräter beschimpften. Mit Tränen in den Augen rief Eleonore: »Genug! Genug, um Gottes willen! Was ist passiert, Ludwig, dass wir bei Euch in Ungnade gefallen sind? Wir erwarteten Euch voller Unruhe, ohne zu wissen, was vor sich ging. Jetzt finde ich Euch wohlauf und vom Allmächtigen verschont und Ihr seid drauf und dran, Eure Brüder umzubringen! Hat sich der Wahnsinn Eurer Seele bemächtigt? Ich mag es nicht glauben!«

»Ihr werdet vor Gott Zeugnis ablegen!«, brüllte Benoît von Montbassion, während Robert von Dreux vortrat, das Gesicht von Hass und Abscheu verzerrt.

»Seht, wen Ihr zum Tode verurteilt habt.«

Er zeigte anklagend auf die Leichname, die zu den Wagen gebracht wurden, damit sie nicht ungeschützt herumlagen. Eleonore legte bestürzt die Hand vor den Mund. Auf den Armen eines Soldaten hatte sie Clothilde von Mareuil wieder erkannt, die jüngste ihrer Gesellschafterinnen. Sie begann zu zittern, dann verlor sie, vom Entsetzen überwältigt, die Besinnung.

»Bringt Riechsalz!«, befahl Ludwig, während die Königin gegen ein Wagenrad gelehnt wurde. Ratlos eilte ich an ihre Seite. Ludwig lebte! Wie konnte das sein? Hatte ich für nichts bezahlt?

In diesem Moment hörte ich eine dünne Stimme, die ich gut kannte, rufen: »Zu Hilfe! Ein Mann ist in die Seite getroffen! Wir müssen ihn hier herausziehen!«

Béatrice tauchte auf, die Frisur zerzaust, das Wams voller Blut. Sie blickte uns kaum an. Soldaten liefen herbei und bemühten sich, den Mann zu befreien, der unter einem Wagenrad eingeklemmt war.

Ludwig befahl, Gottfried von Rancon loszulassen, und beschwichtigte die Lehnsherren, darunter seinen Bruder, die forderten, ihn auf der Stelle wegen Hochverrats zu enthaupten. Er hielt es für klüger, so schnell wie möglich diesen Ort zu verlassen, bevor die Türken erneut versuchen würden, sie auszumerzen.

»Die Stunde der Rache wird kommen!«, drohte er, bevor er seinen Platz wieder einnahm.

Eleonore kam langsam wieder zu sich. Sie weinte immer noch. Ludwig warf mir einen Blick zu, den ich nicht recht deuten konnte. War es Vorwurf oder Reue? Irgendetwas an seiner Haltung hatte sich verändert, wobei ich nicht genau sagen konnte, was es war. Erst später sollte es mir klar werden, drei Stunden nachdem wir unsere Toten aufgeladen, die noch benutzbaren Wagen zusammengesucht hatten und auf dem Weg zu unserem Nachtlager auf der Anhöhe waren. Ludwig erteilte seine Befehle jetzt mit fester Stimme. Niemand hätte den Mut gehabt, sich ihm zu widersetzen. Die Damen hatten ihre Courage wieder gefunden und versorgten und beruhigten die Verwundeten. Um die Gemüter zu beschwichtigen, setzte man sich schließlich um ein Feuer und trank etwas Warmes.

Es war Panperd'hu, den Béatrice kurz nach unserer Ankunft hatte retten lassen. Sein Bein war zerquetscht, und er verdankte sein Leben nur der Plane, die sich beim Sturz über ihn gelegt hatte. Nur seine Augen waren frei geblieben, sodass er durch die Holzspeichen des Rades hindurch die ganze Szene hatte mit ansehen müssen. Er berichtete uns, was geschehen war, während wir ihm Kissen in den Rücken schoben.

»Der König verschärfte die Gangart, um Euch mit der Nachhut einzuholen. Damoiselle Béatrice, die sich in dem Wagen hinter meinem befand, schrie aus Leibeskräften, dass der Tod sie nicht in die Finger bekommen würde. Sie zog ihr Schwert und stürzte sich auf einen Türken, der auf sie zukam. Trotz seiner körperlichen Überlegenheit schnitt sie ihm die Kehle durch, nachdem sie ihm auf die Schultern gesprungen war und sich mit den Beinen festgeklammert hatte. Sie schrie noch, als sie zu Boden sprang, und zündete damit den Mut ihrer Mitstreiterinnen. Einige kämpften um ihr Leben, andere ließen sich, wie gelähmt vor Entsetzen, massakrieren. Eine wurde auf einem Pferd verschleppt, aber ich kann nicht sagen, wer es war, denn just in diesem Moment fiel der Wagen um und ich wurde darunter begraben. Zuerst versuchte ich, mich zu befreien, doch dann gab ich auf, zumal der König direkt vor meinen staunenden Augen in den Kampf eingriff. Der Mönch in ihm war plötzlich wie weggeblasen. Er führte das Schwert mit aller Kraft und nichts unterschied ihn noch von den anderen, denn er hatte allen Zierrat abgelegt. Er trug nur noch sein Kettenhemd, das Schwert und seinen Schild. Ganz sicher erkannten ihn die Türken gar nicht. Einmal war er ganz in der Nähe der Damoiselle von Campan, beide schienen ein übernatürliches Licht auszustrahlen. Ihre Schwerter schnellten vor, und der Feind wich zurück. Dann entfernte sich Béatrice wieder, um einer Gefährtin zu helfen. In dem Moment stand der König allein da, direkt vor meinen Augen, ohne einen Mann an seiner Seite. Acht Türken umringten ihn und zwangen ihn zurück auf einen überhängenden Felsen. Wenn Ihr das gesehen hättet, meine Königin, Ihr hättet nicht für möglich gehalten, dass es derselbe Mann ist. Er packte die Äste des Baumes, die über ihm hingen, zog sie herunter und ließ sich auf den Felsen katapultieren. Die Felswand im Rücken, bot er seinen Angreifern die Stirn, die von Minute zu Minute zahlreicher wurden, weil das seltsame Licht, das von ihm ausging, immer mehr von ihnen anzog. Er säbelte Köpfe und Arme ab, durchbohrte Brustkörbe und wich selbst geschickt aus, ohne sich der Schläge bewusst zu werden, die er einstecken musste. Dann fiel plötzlich ein blauer Strahl vom Himmel auf sein Schwert, und die feindlichen Reihen ergriffen voller Panik die Flucht. Vollkommen verwirrt stoben sie auseinander wie aufgescheuchte Tiere und unsere Männer jagten sie, von der Hand Gottes unterstützt, bis hinauf auf die Anhöhe. Ganz sicher, Majestät, ohne diese göttliche Einmischung wären wir jetzt alle nicht mehr. Unser guter König kann sich auf diese Hilfe sehr wohl etwas einbilden.«

Ich musste allein sein. Panperd'hu hatte ich eigentlich in unserer Gruppe vermutet und verzieh mir nicht, dass er durch mein Verschulden verwundet worden war. Ich ließ ihn in Jaufrés und Eleonores Gesellschaft. Letztere wirkte vollkommen ratlos. Sie hatte mir gerade anvertraut, dass sie nicht verstehe, was geschehen sei und was Ludwig ihr vorwerfe. Sie hatte volles Vertrauen in Gottfried von Rancon und der Graf von Maurienne, der Onkel des Königs, der uns gefolgt war, war über jeglichen Verdacht erhaben. Ich gab vor, auch keine Ahnung zu haben.

Ich entfernte mich von der Gruppe und fand Zuflucht in einem ausgehöhlten Felsen, der mich von den Blicken der anderen abschirmte. Das Geschehene war erbärmlich. Die Armee hatte schwere Verluste erlitten, weniger als Konrad, doch auch das war bereits zu viel. Tränen stiegen mir in die Augen, die ich hinter meinen Knien vergrub. Ich war plötzlich müde, unendlich müde. Panperd'hu behauptete, Gott habe den König gerettet. Wo war nun meine Wahrheit, die meines Geschlechts? Ich war zur Welt gekommen, um England zu dienen, und glaubte an diese Mission. Heute nun triumphierte die Christenheit. Ich wusste nichts mehr. Denys war umsonst gestorben. Ich war umsonst misshandelt worden. Ich war am Ende.

»Niemand hat das Recht, Leben zu nehmen. Aber war es nicht genau das, was du wolltest?«

Eine sanfte und ruhige Stimme ließ mich den Kopf heben. Vor mir war ein heißes Licht, das eine unbestimmte, mir fremde Form bildete.

»Wer seid Ihr?«, fragte ich schüchtern und stellte mich schon fast auf eine wutentbrannte Standpauke ein.

»Das spielt keine Rolle, Loanna von Grimwald. Ich bin gekommen, um dir Frieden zu bringen. Du trägst den Schlüssel zum Wissen der Alten in dir. Darin musst du die Antworten suchen, statt dich in die Spirale von Hass und Tod saugen zu lassen, die diese Ruchlosen begonnen haben. Wenn du nicht damit aufhörst, wird dich der Zorn Gottes treffen.«

»Seid Ihr der Gott der Christen?«, fragte ich verblüfft.

»Ich bin die Kraft, die deine Vorväter geschaffen haben, durch ihr Wissen und ihre Liebe zu den Menschen. Meine Stimme ist ihre Stimme, denn am Anfang war das Wort.«

»Aber die Kirche …«, stammelte ich, »ist sie nicht der Verrat an dieser Liebe?«

»Die Menschen sind wahnsinnig und gehen durch ihre Taten zu Grunde. Du bist anders, denn du bist wissend, ebenso wie die Deinen. Verrate nicht, was sie dich gelehrt haben.«

»Ich weiß überhaupt nicht mehr, was ich bin.«

»Kehre zu den Ursprüngen zurück und du wirst deinen Glauben wieder finden.«

»Welchen Glauben? Den des Christengottes oder den der Druiden? Ganz zu schweigen von diesem rachsüchtigen Allah, mit dem die Türken immer drohen!«

»Den Glauben deines Herzens, der sich um die Menschen dreht und sich nicht als Rechtfertigung für seine Schwachheit einem Gott unterwirft. Das Universum besteht aus Kraft und Energie. Du bist ein winziger Teil dieses Universums. Welchen Namen du ihm auch immer gibst, seine Energie dient den Menschen, solange der Mensch sie nicht missbraucht, um sich und seine Brüder zu vernichten.«

»Und Ludwig?«

»Ludwig hat diese Kraft angerufen. Er selbst hat sie geschöpft, um den Tod des Wesens zu verhindern, das er liebt. Unterschätze nie die Kraft der Liebe. Verliere dich nicht, Loanna von Grimwald, sonst geht die Erinnerung an dieses Land verloren.«

Das Licht verschwand, und ich blieb allein mit meinen Zweifeln.

»Ich habe dich gesucht. Ich habe mir Sorgen gemacht.«

Plötzlich war Jaufré da. Er setzte sich neben mich und nahm meine Hand. Seine Wärme tat mir gut.

»Was war das für ein Licht? Ich fand dich nicht, und auf einmal sah ich diese Stelle hier, die hell wie die Sonne strahlte. Ich wusste, dass du hier bist. Es war, als hätte mich jemand geführt.«

»Ich liebe dich«, erwiderte ich schlicht im Gedanken an die letzten Worte des Besuchers.

»Das genügt als Erklärung nicht unbedingt«, entgegnete er belustigt, »aber ich denke, ich werde mich damit zufrieden geben.«

»Ich habe mich verirrt, einen Fuß in den hässlichen Teil der Welt gesetzt. Mutter ist nicht mehr; Mathilde versucht zwar noch immer, den rettenden Hafen England zu erreichen, aber nicht mehr im Namen der alten Traditionen und zum Wohl ihres Volkes, sondern zu ihrem eigenen Ruhm. Ich hätte niemals akzeptieren dürfen, dass Ludwigs Tod der Preis dafür sein sollte. Mein Urteilsvermögen war zu schwach. Ich habe die Meinen verraten. Und Denys verloren.«

»Aber ich bin noch da…« Jaufré sah mich voller Zärtlichkeit und Liebe an.

»Du bist da?«, sagte ich lächelnd. »Mein Geliebter, kennst du denn überhaupt die ganze Tragweite meiner Verpflichtung? Ich werde erst in meiner Wahl frei sein, wenn meine Aufgabe erfüllt ist, doch in dieser Schlucht ist gerade wieder alles über den Haufen geworfen worden. Eleonore ist noch immer die Frau des Königs von Frankreich, während England von ihr erwartet, dass sie ihm einen Thronfolger schenkt.«

»Glaubst du wirklich fest daran, dass das wirklich ihr Weg ist?«

»Das Kind wird Richard heißen, und es wird in die Herzen der Menschen wieder neue Hoffnung pflanzen, das weiß ich von jeher. Doch ohne mich, hörst du, ohne mich wird nichts dergleichen geschehen.«

»Nun, dann vertrauen wir auf den Glauben, der dich trägt.«

»Was wird der Preis dafür sein?«, fragte ich leise.

»Du hast bereits bezahlt«, beruhigte mich Jaufré und gab mir einen Kuss auf die Lippen.

Doch irgendetwas in mir weigerte sich, das zu glauben.

Wir blieben fünf Tage auf dem Plateau. Von hier aus hätte man Angriffe rechtzeitig sehen können, doch die Türken ließen sich nicht mehr blicken. Wir beerdigten unsere Toten und versorgten die Verletzten, damit sie die Reise fortsetzen konnten. Gottfried von Rancon übernahm persönlich die Verantwortung für den Vorstoß, bei dem die Christenarmee um ein Haar vernichtet worden wäre.

Mehr schlecht als recht rechtfertigte er sich, er sei durcheinander gekommen; ganz sicher sei er gewesen, dass der Befehl gelautet habe, noch am selben Tag aufzubrechen. Der König ließ nicht zu, dass er verurteilt wurde. Er war auf tatkräftige Männer wie ihn angewiesen, außerdem hätten die Aquitanier mit seiner Hinrichtung zusätzlich an Gewicht gewonnen gegenüber seinen eigenen Leuten. Es wäre ein taktischer Fehler gewesen, den er sich nicht erlauben konnte. Nichtsdestotrotz trug man es Eleonore und ihren Vasallen nach, dass sie durch ihren unglückseligen Vorstoß das Leben des Königs aufs Spiel gesetzt hatten. Norden und Süden hatten ihre alten Fronten wieder aufgemacht. Seine Gattin strafte Ludwig mit Missachtung. In diesen Tagen, in denen alle nur mit der Beseitigung des Schadens beschäftigt waren, sahen sie sich lediglich durch Zufall, oder wenn es nicht zu vermeiden war. Béatrice von Campan dagegen folgte ihm schweigend, wo immer er ging. Sie war wie verwandelt. Vielleicht hatte dieser sonderbare Urahne Recht gehabt, als er mich ermahnte, die Liebe nicht zu unterschätzen. Nur durch sie durften Dinge wahr werden. Ludwig und Eleonore verband nur noch die Pflicht. Und das würde nicht mehr lange ausreichen. Ich war beruhigt. Noch war England nicht verloren.

Die lange Reise wurde fortgesetzt. Am 7. März 1148 kamen wir in Adalia an, wo Ludwig entschied, dass wir übers Meer nach Antiochia fahren würden. Niemals könnte ein so schwer beladener Konvoi über Land dorthin gelangen. Schweren Herzens schickte er Boten nach Konstantinopel, die um Schiffe bitten sollten. Komnenos sagte Hilfe zu, schickte aber nur die Hälfte der versprochenen und bezahlten Schiffe. Er erklärte, dass die anderen nachfolgen würden, und so teilte sich der Zug, gezwungenermaßen auf die Worte des Schurken vertrauend, in zwei Gruppen auf. Der König, Eleonore und der Großteil der Ritter stachen in See. Die übrigen Reisenden, die zum Teil sehr erschöpft und geschwächt waren, entschieden sich zu warten. Auch Sibylle von Flandern war unter ihnen. Sie wollte ihren verwundeten Gatten nicht allein lassen.

Zusammen mit Jaufré, Gottfried von Rancon, Béatrice von Campan sowie fünfhundert weiteren Mitreisenden, darunter die

Troubadoure, von denen sich Eleonore nicht trennen konnte, war ich bei der ersten Gruppe.

Als wir unsere Freunde am Kai stehen sahen, die uns zum Abschied herzlich zuwinkten, hatte ich das dumpfe Gefühl, wir würden sie nie wieder sehen. Aber hatten wir eine Wahl? Es waren bereits fünf Monate vergangen, seit wir den Basileus verlassen hatten. Wir durften nicht noch mehr Zeit verlieren.

Ich nahm Platz neben Eleonore und löste meinen Blick von der Küste. Wir fuhren Richtung Syrien, und ich wusste, dass sie in diesem Augenblick nur noch eines im Kopf hatte: ihren Onkel Raymond, der sie in Antiochia erwartete.

5

Antiochia war ein Garten. Ein üppiger Garten der Lüste. Raymond von Poitiers hatte hier ein wenig vom Glanz seiner Heimat verbreitet, verbunden mit der Wärme, die typisch ist für die Menschen aus dem Süden Frankreichs. Eleonore fühlte sich sofort wie zu Hause. Ihr Wiedersehen war genauso verlaufen, wie sie es erwartet hatte. Raymond war gereift und seine Schultern waren breiter geworden. Obwohl ich ihn nur aus Eleonores Erzählungen kannte, erkannte ich in ihm leicht den Mann, nach dem sie sich in Liebe verzehrt hatte. Seine Gattin Constance, in deren Arme er vor Eleonore geflohen war, war in der Tat sehr hübsch. Selbst Eleonore musste das anerkennen. Außerdem war sie klug und scharfsinnig. Es war nicht schwer, sie lieb zu gewinnen.

Und doch musste man Raymond nur ansehen, um zu erkennen, dass er hinter seiner unbeschwerten Fassade jedes Mal erschauerte, wenn Eleonore ihm bei ihren protokollgemäß anständigen Konversationen einen Blick zuwarf. Nein, Raymond hatte nichts vergessen, weder ihren Geschmack noch ihr Feuer noch die Leidenschaft, die in seiner Brust schwelte und die nur größer geworden war. Und meine Freundin… Ich kannte die Grübchen auf ihren Wangen und das Blitzen in ihren Augen zu gut.

Wir saßen am Tisch beisammen und sprachen über Politik. Eleonore fragte sich insgeheim, wie lange Raymond wohl brauchen würde, um dies alles und sogar Constance aus seinem Gedächtnis zu radieren. Ihr schien es, als wären all die vergangenen Jahre mit einem Schlag ausgelöscht durch die Erinnerung an ihre kindlichen Spiele, bei denen sie Raymond durch die Flure von Ombrière verfolgt hatte, ihm überall und immer auflauernd, jede Gelegenheit ausnutzend, um seine Liebe zu ihr zu wecken. Dasselbe Spiel begann nun von neuem, vielleicht weil Eleonore schon allzu lange nicht mehr solch herrliche Schauer gespürt hatte, vielleicht auch weil sie fühlte, dass hinter der breiten Brust ihres Onkels die gleiche Leidenschaft glühte wie einst.

Bernhard von Ventadour war ein guter Liebhaber, doch war er zu brav, zu höflich. Sie liebte ihn zwar, aber sie hatte für keinen anderen Mann jemals diese animalische Gier verspürt. Ich wusste, sie würde Antiochia nicht verlassen, bevor sie sie nicht ein letztes Mal gestillt hatte.

Ich war nicht die Einzige, der die Anzeichen dieser Verbundenheit auffielen. Béatrice blickte von einem zum anderen und scharfsinnig, wie sie war, wusste sie sofort, was vorging. Ludwig hatte sie nicht weit von sich Platz nehmen lassen und wandte sich an sie ebenso oft wie an die Königin, wobei er an sie die wärmeren Worte richtete. Wenn nicht auf Grund von Eleonores prächtigem Putz unmissverständlich klar gewesen wäre, wer die Königin war, so hätte man leicht in Zweifel geraten können.

Im Verlauf des Abends entstand ein Plan in meinem Kopf. Noch immer hörte ich unablässig die Stimme: *Unterschätze nie die Macht der Liebe*. Je mehr Zeit verstrich, desto besser begriff ich den Sinn dieser Worte. Ludwig liebte Eleonore nicht mehr und seit dem Zwischenfall, der ihn fast das Leben gekostet hätte, hasste er sie sogar, das war nicht zu übersehen. Béatrice' Platz in seinem Herzen zu ignorieren würde von mangelnder Urteilskraft zeugen, wenngleich mir mein Instinkt sagte, dass sie nach wie vor nur seine Geliebte im Geiste war.

Ich versteifte mich darauf, dass sie nicht wusste, was meine wahre Rolle an Eleonores Seite war. Sie hasste mich, ebenso wie Stephan von Blois, der Mutters druidische Herkunft und die Bräuche Großbritanniens kannte, aber nicht beweisen konnte, dass ich die alten Rituale immer noch praktizierte. Beide wollten meinen Tod, die eine, weil ich ihren Platz bei der Königin eingenommen hatte, der andere, weil ich von Mathilde mit Eleonore verkuppelt worden war. Doch auch wenn sie auf den ersten Blick das gleiche Spiel spielten, gab es doch einen entscheidenden Unterschied zwischen ihnen: Béatrice liebte Ludwig. Es war echte Liebe, die sie nicht kontrollieren konnte, wahrscheinlich das einzig Aufrichtige, zu dem dieses Wesen überhaupt in der Lage war. Doch Ludwig verweigerte sich. Aus Respekt vor dem Ehegelübde, das er vor der Kirche abgelegt hatte, aber auch, weil er sein schwaches Fleisch verachtete, das der Lust nicht widerstehen konnte.

Ich musste also nur Eleonore und Raymond zusammenbringen, dann hätte Ludwig das ultimative Argument, das ihm noch fehlte, um Béatrice mit Haut und Haaren zu seiner Geliebten zu machen. Zufrieden rieb ich mir die Hände. Meine Rivalin würde mir als Spielstein dienen auf dem Weg zu meinem Ziel. Welch eine Ironie! Und was Stephan von Blois anging, so reichte seine Fantasie noch nicht einmal aus, sich vorzustellen, dass Ludwig und Eleonore sich trennen könnten und dass Heinrich im Verborgenen auf seine Stunde wartete. Wie besonders befriedigend war doch die Rache, wenn man seine Feinde mit ihren eigenen Schwächen schlagen konnte.

In dieser Nacht schlief ich leichten Herzens in Jaufrés Armen ein. Zum ersten Mal seit Denys' Tod träumte ich nicht mehr von ihm, wie er vor einem lodernden Himmel vor Schmerz brüllte, sondern von seinem zärtlichen und spöttischen Lächeln. Er hielt Marjolaine an sich gedrückt.

Eleonore lachte fröhlich auf und strich sich eine goldene Locke aus dem Gesicht. Raymond und sie hatten sich von der Gruppe entfernt, die am Meer ein Picknick veranstaltete. In aller Unschuld hatte Eleonore vorgeschlagen, den Pferden unten am Wasser ein wenig Bewegung zu verschaffen; nervös tänzelten die Tiere im Schein der heißen Junisonne, gepeinigt vom unablässigen Summen der Wespen, die um sie herumschwirrten. Nur Raymond war ihrem Vorschlag nachgekommen. Die Damen fürchteten einen Sonnenstich und blieben lieber unter ihren großen Schirmen. Glücklich, endlich nicht mehr im Sattel sitzen zu müssen, gaben sie sich dem süßen Nichtstun hin. Die Ritter saßen mit freiem Oberkörper unter der gnadenlosen Sonne am Boden und würfelten.

Raymond hatte beteuert, dass man sich auf seinem Territorium furchtlos und frei bewegen könne. Seit Monaten habe sich kein einziger Türke genähert. Man könne fast meinen, sie wären verschwunden. Bei diesen Worten setzte Ludwig ein gereiztes Grinsen auf. Hatte nicht Raymond höchstselbst die Kreuzfahrer in einem Brief gebeten, so schnell als möglich zu kommen, so sehr fürchte er um seine Stadt, schon sei das Schnaufen aus türkischen Nasenlöchern unterhalb der Stadtmauern zu hören? Ludwig hegte den Verdacht, dass diese Worte nichts als Lügenmärchen waren, die nur dazu dienten, sie nach Antiochia zu locken, und der wahre Grund war nicht schwer zu erraten. Seit drei Tagen ließen sich Raymond und Eleonore nicht mehr aus den Augen. Reine Wiedersehensfreude, hatte er zunächst gedacht. Doch dann wurde er immer wieder unfreiwillig Zeuge von Berührungen, sah, wie Raymonds Hand ihr eine Haarsträhne wegstrich, wie sein Blick auf ihrem Mund, ihrem Dekolleté hängen blieb. Es wäre ihm sicherlich gleichgültig geblieben, wäre nicht hinter seinem Rücken geredet worden. Die aus dem Norden mochten Antiochia nicht, denn sie fühlten sich erneut als Gefangene derer aus dem Süden, die sie schon einmal an den Feind verraten hatten. Was sollte man von der Königin halten, die sich so offen mit ihrem einstigen Vasallen zur Schau stellte? War sie fähig, sie ein zweites Mal ins Verderben zu stürzen? Ludwig war auf der Hut. Er reagierte indes nicht, als sie ihre Pferde bestiegen und sich zu zweit entfernten. Zumal sich wie ein Versprechen die zarte Hand Béatrice' auf seinen Arm legte. Er wäre unfähig gewesen, sich diesen Fesseln zu entziehen. Dennoch überlief ihn eine Woge der Wut, als der Wind ihm das Lachen der beiden zutrug.

»Liebst du sie?« Eleonore hatte endlich die Frage gestellt, die ihr seit ihrer Ankunft auf den Lippen brannte. Sie führten ihre Pferde inzwischen am Zügel und gingen barfuß über den Strand, während das Wasser an ihren Zehen leckte.

»Sie ist eine wunderbare Frau«, erwiderte Raymond.

Er wusste genau, worauf seine Nichte hinauswollte. Er hatte immer gewusst, was sie von ihm erwartete.

»Das war nicht die Frage.«

»Spielt das wirklich eine Rolle? Das willst du doch im Grunde gar nicht wissen.«

Eleonore atmete tief durch. Wie gut er sie doch noch immer kannte, trotz all der vergangenen Zeit! »Los, sag es schon«, forderte sie leise, wie in einem Stoßgebet.

Raymond verlangsamte seinen Schritt und ließ sie ein Stück vorgehen, um ihren Körper, der trotz ihrer Schwangerschaften schmal geblieben war, besser betrachten zu können. Eleonore drehte sich um. Wegen der Sonne musste sie blinzeln und hob eine Hand über die Augen. Kopfschüttelnd biss sich Raymond auf die Lippen, dann ließ er mit einer entschlossenen Geste die Zügel seines Pferdes fahren. Mit zwei Schritten war er bei ihr und legte einen Arm um ihre Taille. Eleonore errötete vor Freude. Sie blickten sich einen Moment lang in die Augen, während sie schamlos ihre Arme um seinen mächtigen Nacken schlang, dann zog Raymond sie fest an seinen Mund.

»Ja«, sagte er nur, als er sie wieder freiließ.

»Was ja?«

»Ja, ich liebe dich immer noch, meine Wilde, und nicht eine kann dir das Wasser reichen.«

»Nicht einmal Constance?«

Er hob sie vom Boden auf und trug sie auf den Armen wie eine Strohpuppe, während sie ihre Finger um seinen Nacken krallte. »Nicht einmal Constance...«

»Dabei«, fügte sie hinzu, während er sie behutsam auf einen Felsen legte, in eine Kuhle voll weichem Sand, »hast du noch gar nichts gesehen.«

»Angeberin!«, schalt er sie.

Doch schon hatte er sich in den Bändern ihres Mieders verloren und wühlte mit beiden Händen zwischen ihren Schenkeln, die der hochgerutschte Rock freimütig der Sonne darbot. Eleonore bog ihre durch die langen Ritte muskulös gewordenen Lenden und langte mit festem Griff zwischen seine Beine. Raymond bäumte sich auf, erneut trafen sich ihre Blicke, dann lachte er glücklich und zwang mit eiserner Faust ihre Muskeln zum Nachlassen. Nun erst gab sie sich hin, bis sie nur noch das Kind von einst war, nicht mehr die Königin.

Ludwig warf ihr einen ironischen Blick zu. »Die Meerluft scheint Euch bestens zu bekommen«, sagte er schneidend, »Eure Haut ist ganz rosig!«

»Und Ihr habt Sand in den Haaren«, beeilte sich Béatrice arglistig im selben Tonfall hinzuzufügen. »Das war wahrscheinlich auch der Wind, der selbst die strengsten Frisuren zerzaust.«

»Ihr hättet uns begleiten sollen, Béatrice. Es hätte Euch ebenso gut getan«, gab die Königin zurück und tat so, als wüsste sie nicht, dass sie noch das Feuer der Leidenschaft auf den Wangen und im Körper trug.

»Gott bewahre, Majestät«, erwiderte Béatrice. »Um nichts in der Welt würde ich meinen Haarknoten lösen, der, wie unser guter König so schön bemerkt hat, meinen Nacken angenehm kühl hält.«

Ludwig erbleichte. Was war nur in seine Herzensdame gefahren? Er nahm sich vor, Béatrice für diesen herausfordernden Ton zu rügen, den er überhaupt nicht schätzte. Wie sollte er der Königin Vorwürfe machen, wenn Béatrice Anspielungen auf ihre Vertrautheit machte? Er sagte für den Rest des Tages kein Wort mehr und hielt sich bis zum Abend von beiden fern.

Anderntags erreichte uns eine dramatische Nachricht. Die Hundertschaft Kameraden, die wir in Adalia zurückgelassen hatten, war tot. Komnenos hatte Wort gehalten und unsere Leute waren in See gestochen, um uns nachzufahren. Dann aber war unweit der Küste unerwartet ein Gewitter über das Schiff hereingebrochen. Alles deutete darauf hin, dass es vor Syrien gesunken war. Raymond von Antiochia ließ in der Sankt-Petrus-Kathedrale eine große Messe lesen zum Gedenken an die Märtyrer. Viele von uns versammelten sich am Grab von Bischof Ademar von Puy, der die ersten Kreuzfahrer zur Rückeroberung der heiligen Stätten geführt hatte. Trauer senkte sich über den königlichen Zug. Jeder von uns hatte eine nahe stehende Person verloren. Mir allerdings ging ein Bild nicht aus dem Sinn: das lachende Gesicht der Sybille von Flandern. Ebenso wenig verließ mich das eigenartige Gefühl, dass sie noch am Leben war. Wahrscheinlich lag es daran, dass ich ihre kleinen

Schreckensschreie lieb gewonnen hatte, die sich bei den Übungen mit Denys bis kurz vor der Abreise in wütendes Brüllen verwandelt hatten, ebenso wie ihre pikanten Wortspiele, bei denen sich ihre durchscheinenden Wangen stets mit Karminrot überzogen.

Doch wie dem auch immer sein mochte, die Nachricht stimmte uns alle verdrießlich und verbittert.

»Was gibt es, Loanna?«

Ich hatte mich im Bett aufgesetzt und Jaufré geweckt, der an meiner Seite schlief. Ein Geräusch hatte sich wiederholt, bis es mich schließlich aus dem Schlaf riss. Es hörte sich an wie ein Kratzen ganz in der Nähe der Tür. Fest entschlossen herauszufinden, worum es sich handelte, stand ich auf. Ich warf mir ein Kleidungsstück über die nackte Haut und öffnete die Tür, deren Angeln knarrten. Der Flur lag im Dunkeln. Alle Fackeln waren gelöscht bis auf eine, deren flackernder Lichtschein jedoch nicht bis zu mir drang. In dem Moment packte mich etwas an den Fesseln und ich stieß einen überraschten Schrei aus.

Der Griff hielt nur ein paar Sekunden. Als Jaufré neben mir auftauchte, sah ich auf meiner Schwelle den Unglücklichen liegen.

»Hilf mir«, ordnete ich halblaut an.

Zu zweit zogen wir den kräftigen Körper in mein Zimmer. Jaufré zündete eilig die Kerzen an, sodass ich das Gesicht des Röchelnden erkennen konnte. Ein Schauer lief mir über den Rücken.

Es war Aldeberd von Montreuil, einer der Vertrauten von Stephan von Blois! Was zum Teufel trieb er in diesem Flügel? So nah an meiner Tür? Er hatte eine schlimme Wunde in der Seite. Der Mann war dem Tod geweiht, er hatte noch nicht einmal mehr genug Zeit, um von seinem Unglück zu erzählen. An meiner Schulter hauchte er sein Leben aus.

»Er ist tot«, sagte ich schlicht.

Ich begriff nicht, was hier vor sich ging. Es gab wenig Gefahren hier in Antiochia. Und angenommen, dieser Mann hätte mir etwas antun wollen, wer hatte dann die fatale Idee gehabt, ihm ausgerechnet vor meiner Tür den Bauch aufzuschlitzen?

»Wir müssen die Wachen rufen«, meinte Jaufré.

Schritte im Flur wurden lauter. Jemand kam. Im gleichen Moment schoss mir ein Gedanke durch den Kopf, den ich selbst nicht recht glauben wollte. Die Schritte kamen immer näher. Es ist zu spät, dachte ich und sah auf das Blut auf meiner Tunika. Jetzt wurde fest gegen die Tür geschlagen und eine Stimme brüllte donnernd: »Beim heiligen Denis, aufmachen, im Namen des Königs!«

Jaufré und ich tauschten einen raschen Blick.

»Geh!«, zischte ich ihm zu. Als Jaufré sich nicht gleich rührte, fügte ich leise hinzu: »Es ist eine Falle, geh!«

Die Stimme ertönte erneut zusammen mit dem Klopfen: »Öffnet, Damoiselle von Grimwald, oder wir brechen die Tür auf, beim heiligen Denis!«

Jaufré warf mir einen besorgten Blick zu, griff dann aber, auf meinen Instinkt vertrauend, hastig nach seinen Kleidern und öffnete das Fenster. Der Mond schien bleich ins Zimmer. Wir wohnten im zweiten Stockwerk direkt über dem Burggraben. Ich hörte ein Platschen. Jaufré war ein guter Schwimmer. In diesem Moment flog die Tür auf und Robert von Dreux kam mit dem Schwert in der Hand herein.

»Räumt das hier weg«, sagte ich ruhig zu ihm, »Ihr seid zu spät gekommen.«

Ich durfte mich hinter dem Paravent umziehen, damit das Blut die empfindlicheren Seelen nicht aus der Fassung brachte, dann wusch ich mir in einem Waschzuber die Hände. Bald würde mit dem ersten Hahnenschrei die Morgendämmerung beginnen. Ich stieß einen müden Seufzer aus.

Fest stand, dass ich in eine Falle gelockt worden war – aber mit welchem Ziel? Und wer steckte dahinter? Stephan von Blois? Das bezweifelte ich. Die Sache war zu derb und passte nicht zu seinem Stil. Er hätte sich darauf beschränkt, mich von ein paar tatkräftigen Männern im Schlaf überraschen zu lassen. Anschließend wäre ich im Burggraben gelandet, und fertig. Nein, das hier roch viel zu sehr nach Inszenierung und für die musste es einen anderen Grund geben.

Ernst, aber ohne Ausdruck von Schuldbewusstsein trat ich vor den Bruder des Königs. Wenn er am Komplott beteiligt war, würde er sich meine Erklärungen ohnehin nicht anhören. Daher ersparte ich mir jeglichen Kommentar.

»Nun denn, wollt Ihr etwas dazu sagen?«

Im Ton seiner Frage spürte ich, dass ich eigentlich nicht die Wahl hatte. Man hatte den Unglücklichen weggeschafft, und nur ein großer Blutfleck deutete noch darauf hin, dass es ihn gegeben hatte.

Flankiert von den Feudalherren Frankreichs, wurde ich in einen fensterlosen Raum gebracht. Der Schlüssel drehte sich zweimal hinter mir im Schloss. Man würde Raymond benachrichtigen, da wir uns in seinen Gemäuern befanden, dann den König und die Königin. Ein außerordentliches Gericht würde zusammengerufen werden und ich würde sicherlich des Mordes und wahrscheinlich auch des Verrats angeklagt werden.

Mir blieb nicht mehr viel Zeit bis zum Morgengrauen, wenn auch genug, um nachzudenken und eine Verteidigungsstrategie zu ersinnen. Dass man sich so viel Mühe gegeben hatte, deutete darauf hin, dass jemandem sehr daran gelegen war, mich verurteilt zu sehen. Zum Glück hatten sie nicht in Betracht gezogen, dass Jaufré bei mir sein konnte. Er kam immer erst bei Einbruch der Nacht zu mir und verließ mich schon frühmorgens wieder. Bei den Christen galt es als unschicklich, gewisse Dinge offen zu zeigen, auch wenn jeder davon wusste und sie im Stillen toleriert wurden.

Ich machte es mir in einem Sessel bequem und gab mich meinen Überlegungen hin. Eigenartigerweise hatte ich keine Angst. Es war zu viel geschehen, seit wir Frankreich verlassen hatten. Außerdem vertraute ich auf die Justiz und Eleonore.

Seite an Seite saßen der König und die Königin in der großen Versammlungshalle, in der noch tags zuvor Eleonores und Raymonds Parteigänger mit Ludwig und den Seinen zunehmend scharf diskutiert hatten. Die einen verlangten die Rückeroberung von Edessa, die anderen wollten nach Jerusalem ziehen. Unterdessen war ein Schreiben von Konrad eingetroffen. Der deutsche Kaiser hatte seine Truppen neu geordnet und griff wieder in den Kreuzzug ein. Ludwig aber ließ sich davon nicht umstimmen. Er wollte zum Grabe Christi. Die Diskussion war erregt verlaufen, und abends hatte zwischen beiden Parteien eisige Kälte geherrscht. Zur Stunde dachte niemand mehr daran. Raymond saß mit ernster Miene auf einem

Thron, der mit Leopardenfellen belegt war. Dass unter seinem Dach straflos gemordet wurde, schien ihn nicht gerade zu entzücken. Eleonore starrte mich mit aufgerissenen Augen besorgt und hilflos an. Ich musste mich auf einen Stuhl ihnen gegenüber setzen. Am Rande erkannte ich die Ritter, die am Morgen in mein Zimmer eingedrungen waren. Sie hatten ein zufriedenes Grinsen auf den Lippen, das nichts Gutes verhieß.

Raymond seufzte vor Überdruss. Offensichtlich langweilte ihn die ganze Situation, zumal er wusste, dass ich der Königin nahe stand. Statt an mich, wie ich es erwartet hätte, wandte er sich an Robert von Dreux: »Ihr behelligt uns mit einer schweren Anschuldigung, Messire. Sprecht. Mir scheint, Damoiselle von Grimwald hat das Recht, die Gründe für Eure Anklage zu hören.«

Robert von Dreux trat vor, die Stirn in wütende Falten gelegt. »Das würde bedeuten, dass sie selbst nichts davon weiß«, meinte er säuerlich.

»Und das ist in der Tat der Fall«, entgegnete ich und richtete mich auf. »Wenn Euer Majestät erlaubt, würde ich gerne meine Version der Ereignisse dieser Nacht schildern. Anschließend werde ich mir anhören, was man mir vorwirft.«

Ludwig nickte. Er konnte nicht verhindern, dass ich die Fakten aus meiner Sicht nannte, zumal ich das Gefühl hatte, dass ich seit unserem Gespräch in Konstantinopel nach Denys' Tod in seinem Ansehen gestiegen war; auch seine Haltung schien mir liebenswürdiger.

Ich erzählte die Geschichte, ohne jedoch Jaufré zu erwähnen. Es war nicht nötig, dass er in die Sache verwickelt wurde. Der Bruder des Königs protestierte lauthals. »Sie lügt, Messire! Seht dieses Schwert, das wir in ihrem Zimmer gefunden haben und das die Königin selbst als das ihre erkannt hat. Es ist voller Blut.«

Ich biss mir auf die Lippen. Diese Schakale hatten ihren Coup gut vorbereitet. Und Eleonore hätte mir auch keinen Gefallen getan, wenn sie gelogen hätte, denn meine Initialen waren in den Knauf graviert. Es war ein Geschenk von Denys gewesen.

»Nun, Damoiselle von Grimwald?« Der König runzelte die Augenbrauen.

»Warum hätte ich diesen Mann töten sollen? Ich kannte ihn kaum und hatte nie die Gelegenheit, mit ihm auch nur ein paar Worte zu wechseln.«

»Weil er vorhatte, Euch beim König zu denunzieren.«

Stephan von Blois trat vor. Ich warf ihm einen neugierigen Blick zu. Was heckte er aus? Er verbeugte sich vor dem König und zeigte mit dem Finger auf mich. »Unser Gefährte kam vor einigen Tagen zu uns. Er kündigte einen Boten aus Konstantinopel an, der seinen Verdacht bestätigen würde. Er versicherte uns, dass Damoiselle von Grimwald keineswegs vom Basileus entführt wurde, wie sie behauptet, sondern dass sie von ihm aus der Schusslinie genommen wurde, um die Krone in aller Ruhe verraten zu können. Als Beweis nenne ich den Überfall, dem wir zum Opfer fielen, während sie selbst, die Königin und diese vermaledeiten Aquitanier unbehelligt entkamen. Heute Morgen beteuerte uns unser verblichener Kamerad, dass er die Beweise habe, die ihm bis dahin gefehlt hatten, und gab uns diesen Ring. Ihr könnt nicht leugnen, Damoiselle von Grimwald, dass er Euch gehört.«

Er hielt ihn mir unter die Nase, und ich erkannte den Ring mit dem prächtigen Amethyst, den ich dem Basileus gegeben hatte. Ich würde mit harten Bandagen kämpfen müssen.

»Ich erkenne ihn in der Tat wieder«, bestätigte ich schulterzuckend, »aber was gibt Euch das Recht, daraus eine Beschuldigung abzuleiten, Messire von Blois? Der Ring verblieb in Konstantinopel ebenso wie ein anderes Schmuckstück, das mir der Basileus selbst bei einer Auseinandersetzung entriss, bei der er mir Dinge raubte, die mir kostbarer waren als alles Gold der Erde. Euer Majestät, Ihr selbst habt Euch seinerzeit meine Herzensergüsse angehört, erlaubt, dass ich mich damit nicht lange aufhalte. Überdies habt Ihr, wie ich denke, nicht den Tod von Denys von Châtellerault vergessen, den ich sehr schätzte; er starb bei dem Versuch, mich aus der Hölle zu befreien. Ebenso erinnert Ihr Euch sicherlich an unser Gespräch an seinem Totenbett, bei dem ich Euer Majestät anflehte, von Vergeltungsmaßnahmen abzusehen, um die heilige Sache unseres geistigen Kampfes nicht zu gefährden. Was müsste das für ein brutaler Schurke sein, der den tötet, der ihm zweimal das Leben gerettet hat? Und was Eure Behauptung angeht, Messire von Blois, ich hätte den Türken Hinweise für den Überfall gegeben, bei dem unsere Brüder gefallen sind, da hätte ich doch genaue Kenntnisse über den Ort des Geschehens haben müssen; in diesem Falle wäre ich ein brillanter Stratege und würdig, Eure Truppen zu befehligen«, fügte ich mit ironischem Lächeln hinzu. »Überdies hatte Seine Majestät in Konstantinopel beschlossen, den gewählten Weg beizubehalten. Ihr wart es, Messire von Blois und Messire von Dreux, die eine Änderung der Route für unabdingbar hielten, nachdem wir auf die Überreste von Konrads Armee trafen. Soweit ich weiß, wurde keine der Frauen aus dem Gefolge der Königin nach ihrer Meinung gefragt. Ich weiß nicht, wer dieses Komplott angezettelt hat, aber ich schwöre bei Gott, dass ich unschuldig bin.«

Einen kurzen Augenblick lang herrschte Schweigen, und ich dachte schon, es hätte ihnen allen die Sprache verschlagen. Der König kratzte sich den Bart, Eleonore hatte wieder Farbe gewonnen. Doch ich hatte nicht mit Stephan von Blois gerechnet, dem sich inzwischen der Großmeister des Templerordens hinzugesellt hatte, Bertrand von Blanquefort. Er gehörte also auch zu meinen Anklägern.

»Es war alles perfekt durchdacht, Damoiselle von Grimwald. Deshalb glauben wir auch, dass Ihr Hilfe von einer dritten Person hattet, die Einfluss auf die Entscheidungen des Königs hat.«

Mit gereiztem Lachen erwiderte ich: »Wer beim Allmächtigen sollte das sein, Messire?«

»Ihre Majestät, die Königin.«

Eisige Kälte legte sich über den Raum. Mir fiel auf, dass mein Mund offen stand. Alle schienen wie gelähmt. Als sich Eleonore von der Überraschung erholt hatte, richtete sie sich auf und warf Stephan von Blois einen hasserfüllten Blick zu: »Wie könnt Ihr es wagen?«

Raymond war bleich geworden und der König zitterte, das spürte ich, angesichts der Entschlossenheit seiner Vasallen. Robert von Dreux und Bertrand von Blanquefort grinsten zufrieden hinter Stephan von Blois. Und mit einem Mal war mir klar, welche

Ausmaße diese Intrige hatte. Nicht ich saß hier auf der Anklagebank, nicht mir galt dieses Tribunal, sondern der Königin und ganz Aquitanien. Dem undisziplinierten, rachsüchtigen Aquitanien, das die Leute aus dem Norden hassten, dem Aquitanien, das von Tag zu Tag mächtiger und hochmütiger wurde und das es zu zerstören galt. Wenn Eleonore wegen Verrats angeklagt und verurteilt würde, so würde sie nach unserer Rückkehr nach Frankreich in ein Kloster gesperrt, während man mich mit Sicherheit hinrichten würde, um ein Exempel zu statuieren. Der König wäre seine störende Gattin los, würde jedoch ihre reiche Mitgift behalten. Dann müsste nur noch dieses hochmütige Geschlecht niedergezwungen werden, das ihnen von Tag zu Tag lästiger wurde, und der Templerorden könnte sämtliche Reichtümer plündern.

Übelkeit stieg in mir auf. Nur ich allein konnte die Anschuldigungen entkräften, die auf der Königin lasteten. Ich wusste, es fehlte nicht mehr viel und der König würde sich dem Urteil seiner Vasallen anschließen. Auch er hatte genug von dieser Provinz und ihrem hitzigen Gemüt. Aber es gab einen Richter, den er nie in Frage stellen würde: jenen Gott, dem er sein Leben geweiht hatte.

Ich kniete mich dem König zu Füßen. »All das ist eine große Schande, Euer Majestät. Ich kenne die wahrhaften Gründe nicht, warum dieser Mann ermordet wurde. Vielleicht wollte er mich vor diesem Komplott warnen, und man hat ihn zum Schweigen gebracht. Was mich angeht, so werdet Ihr zustimmen, dass es nicht nur um meine Unschuld geht, sondern um die Ehre Ihrer Majestät der Königin im Angesicht des Volkes von Frankreich und des Kreuzes, das wir alle tragen. Um nun diese Worte für immer von allem Makel reinzuwaschen, verlange ich die Feuerprobe.«

Hinter mir ging ein Raunen durch die Menge. Ludwigs Gesicht hellte sich mit einem breiten Lächeln auf. Ich, um die sich die wildesten Gerüchte rankten, berief mich auf die göttliche Gerechtigkeit. Da musste ich wohl meiner selbst sehr sicher sein, wenn ich es wagte, mich dieser Angst zu stellen. Er wandte sich der Königin zu, die sich bleich wie ein Leintuch in den Sessel hatte fallen lassen. Eleonore spürte, dass ich sie viel mehr beschützen wollte als mich selbst, und das bestürzte sie. Raymond von Antiochia sagte nichts, doch es war nicht zu übersehen, dass er betroffen war. Was unsere Gegner betraf, so konnte ich nicht sagen, ob sie zufrieden waren oder nicht. Soweit ich wusste, war noch niemals eine Frau in dieser Sache angeklagt worden. Aber gehörte ich nicht zu einem Geschlecht, das stets für Präzedenzfälle sorgte?

Ludwig richtete sich auf und half mir mit einem festen Griff beim Aufstehen. Ich trat zurück, um seinen Urteilsspruch zu erwarten. Seine Stimme war klar und trug weit: »Damoiselle von Grimwald, ich bezweifle nicht, dass Ihr von den Verdächtigungen reingewaschen werdet, die auf Euch lasten. Ich, König von Frankreich, erkläre, dass die hier anwesende Benedikta von Grimwald, genannt Loanna, am Tage der Gnade, dem 26. März 1148, genau zur sechsten Stunde in Anwesenheit des Lehnsherrn von Antiochia, der würdigen Vertreter des Kreuzzuges und allen, die zugegen zu sein wünschen, ohne Zwang und auf eigenes Verlangen der Feuerprobe unterzogen wird. Für den Augenblick lassen wir Euch gehen – doch bedenkt, dass Ihr unter dem allerheiligsten Schutz unseres Schöpfers steht.«

»Sein Wille geschehe«, erwiderte ich ruhig mit einem Gruß an die Hoheiten.

Dann maß ich meine Ankläger mit einem würdevollen Blick und ging hinaus.

Meine erste Sorge galt Jaufré. Hatte er ohne Schwierigkeiten seine Gemächer erreichen können? Ich schlich mich als Erstes zu den weißen Behausungen, in denen die Troubadoure untergebracht waren. Das Gerücht über meine Verurteilung hatte sich in Windeseile verbreitet. Belustigt bemerkte ich ein paar Blicke, die mir im Vorbeigehen folgten, und erwiderte sie mit einem höflichen Gruß. Es gibt keine schlimmere Anklage, als sich selbst schuldig zu fühlen. Und selbst wenn ich es war, hatte ich immer noch ein paar Trümpfe meiner Urahnen im Ärmel.

Jaufré kam eilig auf mich zu und zog mich beiseite. »Seit dem Morgengrauen hört man die schlimmsten Neuigkeiten und jetzt bist du hier! Was ist geschehen?«

Ich erzählte ihm alles bis ins Detail, doch statt beruhigt zu sein, begann er zu schaudern.

»Wir sind verloren!«

»Schau mich an, Graf von Blaye, und sage mir, ob du es für möglich hältst, dass ich, Loanna von Grimwald, die Götter anrufe, ohne ihrer Antwort sicher zu sein.«

Er stieß einen Seufzer aus, ob aus Erleichterung oder Resignation, konnte ich nicht sagen. »Habe ich denn keine andere Wahl? Muss ich ständig vor Angst umkommen?«

Zärtlich nahm ich seine Hand und murmelte verschwörerisch: »Du kannst auch vor Liebe sterben …«

Er lächelte, und ich war beruhigt. Doch dann entdeckte ich eine Blutspur über seinem Ohr – es war dieselbe Stelle, an der er auf dem Friedhof in Konstantinopel getroffen worden war, und sie war wieder aufgebrochen.

»Ich bekam einen heftigen Schlag ab, als ich ins Wasser sprang«, sagte er, als er mein besorgtes Gesicht sah. »Zum Glück war das Wasser so kalt, dass ich sofort wieder zu mir kam und zum Ufer gelangen konnte. Wahrscheinlich hat mich ein Ast getroffen. Du wärst erstaunt zu sehen, was alles in diesem Wasser herumschwimmt …«

»Wie bist du nach Hause gekommen?«

»Ich habe im Dickicht das Morgengrauen abgewartet. Als die Zugbrücke für die Händler heruntergelassen wurde und das alltägliche Treiben einsetzte, mischte ich mich einfach unter die Leute. Selbst wenn sich jemand darüber wunderte, dass ich klatschnass war, so hat mich jedenfalls niemand darauf angesprochen. Diese Stadt ist ein regelrechtes Sieb. Ich fange an zu glauben, dass das Gerücht wahr ist. Wenn hier irgendjemand erwartet wurde, dann eher die Königin als die Türken.«

»Glaube mir, ich werde schon bald das Vertrauen des Königs wiedergewonnen und unsere Feinde zum Schweigen gebracht haben. Aber jetzt musst du dich ausruhen, mein Geliebter. Du bist ganz blass, und ich möchte nicht, dass du dir meinetwegen etwas zuziehst.«

»Mach dir keine Gedanken. Ich war nur verrückt vor Sorge. Jetzt geht es wieder.«

Er küsste mich zärtlich, dann ging ich. Es war besser, wenn man uns bis zur Vollstreckung des Urteils nicht zusammen sah. Wenn sich unsere Feinde machtlos fühlten, konnte es passieren, dass sie nicht nur mir, sondern auch all denen Schaden zufügten, die mir nahe kamen.

Da ich viel zu besorgt über mein eigenes Schicksal war, fiel mir nicht auf, wie geschwächt Jaufré in Wirklichkeit war. Seit dem Morgengrauen wurde er von einer quälenden Migräne geplagt. Auf meine Kräfte vertrauend, legte er sich hin und fiel in einen Schlaf voller Albträume, aus denen er wieder mit Kopfschmerzen erwachte, wie ich erst am nächsten Tag erfuhr.

Im Augenblick beherrschte mich nur ein Gedanke. Ein rätselhaftes Bedürfnis trieb mich zu den Toren der Sankt-Petrus-Kathedrale, vor der mein Prozess stattfinden würde. Zum ersten Mal, seit ich auf der Welt war, ging ich allein und aus freiem Willen in eine Kathedrale. Es war nicht das Bild des gekreuzigten Gottes, das ich dort suchte, sondern vielmehr etwas, das ich bis jetzt nur in Brocéliande gefunden hatte und hinter diesem Felsen in der Wüste, eine raue, mächtige Energie, die Kräfte der Erde und des gesamten Kosmos.

Die Kirche war leer, Kerzen brannten auf großen silbernen Kandelabern, die überall in Wandnischen standen. Ich ließ mich von den Strahlen der Energie leiten, die um mich herum vibrierte. Voller Vertrauen in das, was ich spürte, fiel ich auf die Knie. Heute brauchte ich diese kosmische Energie, um nicht im entscheidenden Moment Angst zu bekommen, um all das, was ich gelernt hatte, parat zu haben und um nicht ein weiteres Mal zu versagen. Ich wusste, dass man Ereignisse besser kontrollieren konnte, wenn man sie im Geiste vorwegnahm. Das Gottesurteil war vor allem eine Frage der Selbstbeherrschung.

»Wird er sterben, Mutter?«

Die Frage war mir unvermittelt in den Sinn gekommen. Wir standen in Rouen auf der Grande Place. Ich war damals etwa zehn Jahre alt. Um uns herum drängten sich Schaulustige. Jeder wollte einen Blick auf den Dieb erhaschen, einen dicken und behaarten

Rohling, der Gäste in einer Herberge bestohlen haben sollte. Niemand hatte seine Beute gefunden, doch Zeugen hatten ihn entfliehen sehen. Obwohl er hoch und heilig alle Vorwürfe abstritt, sich als Händler vorstellte und seine Handelslizenzen vorzeigte, wog die Anschuldigung schwer, und der Mann wurde Gottfried von Anjou vorgeführt.

Gottfried der Schöne verhängte über den Mann das Gottesurteil. Wenn er die Wahrheit sagte, würde er begnadigt, wenn er log, würde er nach dem Willen Gottes von den Flammen verzehrt werden. Der Vollzug war einfach: Der Mann musste sich vor einen brennenden Scheiterhaufen stellen, in dessen Innern sich ein Kreuz aus Metall befand. Sobald es rot glühend war, wurde es herausgeholt und direkt vor dem Mund des Verurteilten aufgehängt. Dann musste der Mann dreimal seine Unschuld auf die heilige Bibel schwören und mit seiner Zunge das Kreuz berühren. Wenn er anschließend Brandspuren hatte, war er verloren, denn das war der Beweis für seinen Verrat. Wenn er aber keine Spuren trug, galt er als unschuldig.

Ich spürte, wie meine kleine Hand in Mutters Hand zitterte. Wir standen in der ersten Reihe. Mathilde hatte eingewandt, dass dies nicht der richtige Platz für ein Kind sei, doch Mutter hatte darauf bestanden. Dieses Tribunal wurde nur selten einberufen und das alles konnte sehr lehrreich für mich sein.

»Schau, Canillette. Was siehst du an diesem Mann?«

Ich musterte ihn so aufmerksam, wie ich konnte. Er wirkte stolz und prahlerisch auf mich. Das sagte ich ihr.

»Siehst du nicht, wie ihm die Haare an der Stirn kleben und dass ihm ein Schweißtropfen über die Schläfe läuft?«

»Doch, Mutter. Es ist sehr heiß am Feuer.«

»Nicht die Hitze ist dafür verantwortlich, sondern die Angst. Schau, wie er sich trotz aller Gewissheit räuspert. In diesem Augenblick ist sein Mund trockener als ein versiegter Brunnen und nur Wasser kann das Feuer löschen. Er ist verloren.«

»Dann hat Gott ihn verurteilt, Mutter?«

»Nein, Canillette, er verurteilt sich selbst durch sein Schuldbewusstsein, denn er zweifelt daran, dass Gott die Wahrheit kennt.

Es ist nichts Göttliches an dieser Probe, aber wer hat nicht im äußersten Moment Angst vor sich selbst? Wenn er unschuldig wäre, wäre seine Seele frei, er würde nicht den Blick des Allmächtigen fürchten und sein Speichel würde ihn vor Verbrennungen schützen, denn davon hätte er dann genug. Dieser Mann wird sterben; vielleicht ist er dieses Verbrechens nicht schuldig, doch er hat andere begangen, für die er sich nun selbst verurteilt.«

Der Mann trug die Brandspur, und während er am Pfahl festgebunden wurde, schüttete er Flüche und Verwünschungen über die Menge aus. Dann trat ein Priester vor, der mit einem ausladenden Kreuzzeichen diesen Teufel segnete, der trotz seiner Fesseln wild zappelte. Schließlich wurde ihm Holz von Weinreben zu Füßen gelegt. Das Feuer des Scheiterhaufens züngelte hoch und ließ ihn auflodern wie eine Fackel.

»Es freut mich sehr, Euch hier zu finden.«

Ich wandte den Kopf und erkannte den König, der sich neben mich gekniet hatte. Es fiel mir schwer, die Vision aus meinem Gedächtnis zu verdrängen, doch ich zwang mich, ihn anzulächeln.

»Es tut mir Leid, Euch beim Gebet zu stören, doch als ich Euch hier knien sah, umgeben von einer Aureole des Lichts, hatte ich das Bedürfnis, mit Euch zu reden.«

Die Begegnung kam unerwartet, ebenso wie die Tatsache, dass ich an diesem Ort zu finden war, an dem er so viel mehr zu Hause war als ich. Ich stellte überrascht fest, dass meine Hände gefaltet waren und ich offenbar wirklich den Eindruck vermittelte, als betete ich.

»Euer Majestät haben nichts in meiner Seele aufgestört, das Vergebung erfordern würde. Doch ich fühle mich geehrt, dass Ihr Euch deswegen sorgt.«

»Wir hatten nicht oft solche Moment, Ihr und ich, und ich bin nicht einmal sicher, ob wir Freunde sind.«

»Ihr seid der König.«

»Ein einsamer König. Opfer seiner Blindheit und seines zu großen Glaubens. Wer hat Eurer Ansicht nach Interesse daran, mir zu schaden?«

Ich blickte ihn fest an. Er war ernsthaft besorgt. Aber warum fragte er ausgerechnet mich – und unter solchen Umständen? »Niemand will Euch schaden, Majestät. Doch Ihr werdet mir sicher zustimmen, wenn ich sage, dass Ihre Majestät, die Königin, und Ihr selbst einander nicht mehr sehr nahe seid.«

Er schüttelte den Kopf, als ob er nicht verstünde.

»Einige, deren Namen ich nicht kenne, haben ein Interesse daran, dass sie in Antiochia bleibt und Euch ihre Ländereien überlässt. Ich habe vor dem Kreuzzug in Paris von einem Komplott in dieser Richtung gehört, woraufhin ich brutal überfallen wurde; Ihr kennt ja den Vorfall.«

»Man hatte mir versichert, dass es sich um Räuber handelte …«

»Gewiss, Majestät, um Euch nicht zu beunruhigen, weil ich keinen Beweis hatte. Aber Denys von Châtellerault führte Ermittlungen durch, die das Gegenteil bewiesen. Ich weiß nicht, Messire, wer hinter dem Ganzen steckt, doch das Ziel ist klar: Man versucht, das Volk von Frankreich durch Verdächtigungen zu spalten. Die Folge davon wird sein, dass zum einen Gottes Kreuzzug in einem Blutbad enden wird und zum anderen auf Euren Ländereien Anarchie und Krieg herrschen werden. Aber Ihr könnt das verhindern.«

»Wie?«

»Ich habe keinen Zweifel, dass Gott selbst Euch heute Abend darauf eine Antwort geben wird.«

»Ich bin so müde«, murmelte Ludwig wie zu sich selbst und legte seinen Kopf auf die gefalteten Hände.

Schwer senkte sich die Stille wieder über unsere Seite an Seite knienden Körper. Mit einem Mal tat er mir Leid. Was hatte ich ihm denn im Grunde vorzuwerfen? Nur die Liebe zu seinem Gott, die so groß war, dass sie keine andere neben sich duldete. Auch wenn ich Großbritannien verbunden war, konnte ich die Größe dieses Mannes nicht leugnen! Sanft legte ich ihm meine Hand auf den Arm. Er blickte mich aus angstvollen Augen an, als ob ihn die Berührung versengt hätte.

»Ich fürchte nicht Gottes Strafe, aber ich habe Angst um Ihre Majestät, die Königin.«

»Wenn Euch der Allmächtige freispricht, werden wir die Schuldigen finden.«

»Ich bitte Euch erneut, Majestät, nichts dergleichen zu unternehmen. Der Mann ist tot, Friede seiner Seele. Lassen wir die göttliche Gerechtigkeit über die Schuldigen richten. Wenn Ihr Eure treuesten Vasallen auf Gedeih und Verderb ausliefert, ist es aus mit der Einheit der Franzosen. Sie steht bei diesem Komplott auf dem Spiel. Spielt dieses Spiel nicht mit, ich beschwöre Euch.«

»Verbrecher müssen bestraft werden, was auch immer geschieht«, widersprach Ludwig und verzog das Gesicht.

»Dann müsst Ihr auch die Königin bestrafen«, sagte ich leise.

Er warf mir einen entsetzten Blick zu. »Soll das heißen …«

Ich ließ ihm nicht die Zeit, seinen Satz zu beenden. »Nein, Majestät. Wenn sie sich etwas hat zu Schulden kommen lassen, dann nur ihr stolzes und nobles Blut und ihre Liebe …«

Seine schönen weißen Händen zitterten plötzlich, als ob sie von einem Fieber befallen wären, das in seinen Augen zu lesen war. Seine Stimme indes war weiterhin fest, als er fragte: »Ihre Liebe, sagt Ihr … Möchte sie in Antiochia bleiben?« Sein Gesicht verriet, wie viel Mühe es ihn gekostet hatte, diese Frage zu stellen.

Ich schüttelte den Kopf. »Das weiß ich nicht, Majestät, fest steht nur, dass zwischen Eleonore und Raymond enge Bande bestehen, die leider nicht geduldet werden können.«

»Ich dachte, Ihr seid ihre Freundin …« Verständnislos blickte er mich an. Ich lächelte schwach. In diesem Augenblick war ich allein die Freundin des Gelobten Reiches.

»Das bin ich auch«, erwiderte ich freundlich. »Doch ich bin auch die Eure, Majestät, und was immer man auch redet oder lästert, ich kenne den Preis der Verblendung. Eleonore muss Raymond vergessen und das Vertrauen ihrer Vasallen zurückgewinnen.«

»Ich habe keine Beweise für einen Verrat der Königin.«

»Ihr werdet welche bekommen, Majestät, und dann rechne ich auf Eure Großmut, um jedweder Verleumdung vorzubeugen.«

»Ich bin der König!«, hielt er mir entgegen, wie um zu unterstreichen, dass er nicht manipulierbar sei.

Mit einem spöttischen Lächeln fuhr ich fort: »Kann man denn

die Liebe verdammen, Majestät? Ihr selbst kennt ihre Freuden ebenso wie ihre Leiden.«

Er stieß einen resignierten Seufzer aus. Als hätte er den letzten Rest Willen aus seinem Innern geschöpft, bekreuzigte er sich schließlich. Dann stand er unbeholfen auf und streckte seine Beine durch, die zu lange gekniet hatten. Ohne ein weiteres Wort wandte er mir den Rücken zu, und ich legte mein Gesicht wieder schwer auf meine Hände.

»Was habe ich getan, Mutter? Ich habe meine beste Freundin verraten.«

Im gleichen Augenblick klang eine Stimme in meinen Ohren, die von überall und nirgends zu kommen schien. »Aber dich selbst hast du nicht verraten.«

Tiefer Friede bemächtigte sich meiner Arme, meiner Beine und meines ganzen Körpers, während die Glocken der Kapelle feierlich läuteten.

Auf dem Vorplatz der Sankt-Petrus-Kathedrale brannte ein Feuer, das kerzengerade in den dämmrigen Abendhimmel züngelte. Auf den Stufen vor der Kirche reihten sich die weißen Roben der Mönche und Äbte auf, in ihrer Mitte thronte auf einem hohen Stuhl Raymond. Zu seiner Rechten saßen der Bischof von Antiochia und seine Minister, zu seiner Linken der König und die Königin. Eleonore hatte wieder Farbe im Gesicht. Als ich stolz und aufrecht in den sengenden Schein des Scheiterhaufens trat, erkannte ich gleichwohl, dass ihr Selbstbewusstsein nicht echt war. Sie musste sich immer und immer wieder in die bleichen Wangen gezwickt haben, um ihnen ein wenig Farbe zu verleihen.

Ein Schauer überlief mich, und einem Impuls folgend, drehte ich mich um. Jaufré hatte sich einen Weg durch die Menge gebahnt und sah mich zärtlich an. Es stand so viel Vertrauen in seinen grauen Augen, dass mein Herz vor Licht und Liebe überquoll. Mein zärtlicher, sanfter Geliebter. Er allein wusste. Ich brannte durch ein Feuer, das stärker war als jenes, aus dem das rauchende rote Kreuz gezogen wurde. Ich betrachtete es furchtlos. Dann trat ich auf den König zu.

Ludwig musterte mich, während ich mich auf die unterste Stufe vor ihn hinkniete. »Loanna von Grimwald«, begann er, »Ihr seid des Mordes an Aldeberd von Montreuil angeklagt. Seid Ihr bereit, Eure Unschuld auf die Allerheiligste Schrift zu schwören und Gott ins Auge zu blicken, oder bekennt Ihr Euch schuldig im Angesicht der Menschen und unterwerft Euch ihrem Recht?«

Ohne zu zögern sagte ich mit einer Stimme, die hoch über die Zungen des Feuers hinaus trug: »Möge mich der Allmächtige Herr zeichnen, wenn ich gelogen habe.«

Ich legte meine linke Hand auf die ledergebundene und mit Gold verzierte Bibel, die mir der Bischof hinhielt. Dann fuhr ich fort, den Blick geradewegs auf Stephan von Blois gerichtet, der mit seinen Gefolgsleuten hinter dem König stand. »Gottes Wille geschehe! Möge meine Unschuld vor allen verkündet werden und Er die wahren Mörder in Seine Gerechtigkeit aufnehmen.«

Stephan von Blois erbleichte und wich meinem Blick aus, als hätte er sich daran verbrannt wie an dem Kreuz, das mir ein junger Novize an der Spitze einer Lanze hinstreckte.

Ich lächelte Eleonore aufmunternd zu, und sie bekreuzigte sich, während ich auf das rot glühende Zeichen zuging. Furchtlos legte ich meine Zunge darauf. Nur eine Sekunde, so lange bis der Speichel durch die Hitze getrocknet war. Dann trat ich auf meine Richter zu und zeigte ihnen ungeniert die herausgestreckte Zunge.

Der Bischof begutachtete sie und wandte sich dann dem König zu, um ihm etwas ins Ohr zu flüstern. Daraufhin stand dieser auf und überprüfte den Eindruck des Bischofs.

Eleonore zitterte. Sie bemühte sich, Ruhe zu bewahren, doch ich ahnte, wie viel Kraft es sie kostete, nicht vor Schwäche zusammenzubrechen.

Ludwig schenkte mir ein Lächeln, wie er es nur an seinen besten Tagen zeigte, und ich wusste, dass mich mein Instinkt nicht getrogen hatte. Mit lauter Stimme, in der Zufriedenheit mitschwang, verkündete er das Verdikt: »Der Allerhöchste hat sein Urteil gesprochen. Damoiselle von Grimwald trägt keinerlei Anzeichen von Versehrtheit. Daher erkläre ich, Ludwig der Siebte, König von Frankreich, dass sie der Verbrechen, deren man sie anklagt, nicht schuldig ist. Allmächtiger Gott, ich rufe Dein Gesetz an! Noch bevor diese Asche erkaltet ist, soll der wahrhaft Schuldige durch Deine Hand bestraft werden! So soll es geschehen, zum Ruhme Gottes und zum Heile der Welt!«

Jubelschreie erklangen aus der Menge und Mützen flogen hoch in den sternenübersäten Himmel. Triumphierend drehte ich mich zu den Menschen um. Als ich Jaufrés Blick fand, in dessen Augen die Flammen des Scheiterhaufens tanzten, flüsterte ich nur für ihn: »Ich liebe dich.«

In dem Augenblick, als ich mich zu den Vertrauten der Königin gesellte, berührte mich eine in einen übel riechenden Mantel gehüllte Gestalt, um auf der Stelle in meinen Armen zusammenzubrechen. Als ich versuchte, sie wieder aufzurichten, rutschte ihre Kapuze zurück und entblößte ihre zerzausten Haare und verängstigten Augen. Vor Überraschung und Entsetzen stieß ich einen Schrei aus.

»Sibylle!«

Erst am nächsten Tag konnte uns die Gräfin von Flandern alles erzählen. Die Gruppe, die wir seinerzeit in Adalia zurückgelassen hatten, war verraten worden. Als eines Abends ein Emissär auftauchte, der sie zum Hafen führen wollte, folgten sie ihm arglos. An den Kais lagen zahlreiche Schiffe. Noch bevor sie überhaupt einen Verdacht schöpfen konnten, waren sie bereits von Türken umringt. Die Männer zogen ihre Schwerter und versuchten, ihre Begleiterinnen zu verteidigen, doch alsbald wurden sie von der Überzahl ihrer Angreifer überwältigt. Sibylle begriff als Erste, was ihnen blühte. Zahlreiche Fässer standen herum, die darauf warteten, gefüllt zu werden. Als sie einen Augenblick im Schatten eines Schiffes vor den Augen des Feindes verborgen war, nutzte sie die Gelegenheit, um sich durch das Getümmel zu schlängeln. Sie hockte sich nieder, um sich zu verstecken, da entdeckte sie zu ihrer Rechten ein leeres Fass. Sie krabbelte hinein und hielt den Atem an. Die Türken suchten nicht nach ihr. Sie hörte die Schreie ihrer Gefährten und fragte sich, warum die Kais so verlassen dalagen und niemand auf ihre Hilferufe reagierte. Dann regte sich auf einem Schiff etwas und sie begriff, dass die anderen an Bord gebracht wurden. Ein metallisches Geräusch verriet ihr, dass ein Anker gelichtet wurde. Anschließend herrschte Stille, die nur vom Plätschern des Wassers an den Schiffsbug unterbrochen wurde.

Lange Zeit verharrte sie reglos. Gerade als sie sich entschloss, ihr Versteck zu verlassen, hörte sie Stimmen. Mehrere Männer redeten miteinander und einer davon ordnete an, dass die Leichen ins Meer geworfen werden sollten, damit keine Spuren zurückblieben. Sibylle unterdrückte einen Schrei, während ein »Platsch« nach dem anderen ertönte. Nicht ein Mann war entkommen. Sie wusste, dass einer dieser Leichname ihr Mann war. Angst, Kälte und Kummer durchdrangen sie. Wieder herrschte Stille. Als der Morgen graute, wagte sie sich hinaus. Sie hatte keine Ahnung, wohin sie gehen, was sie tun sollte. Die Leute von Adalia warnen? Und wenn sie es gewesen waren, die sie verkauft hatten? Die Türken waren mit dem Schiff des Basileus gekommen und damit auch wieder abgefahren. Schwankend beschloss sie, im Verborgenen zu bleiben. Sie durchstreifte die Gegend und fand einen alten Umhang, in dem Ratten genistet hatten. Ihren Abscheu überwindend, hatte sie sich hineingehüllt, um ihre aufwändige Toilette zu verbergen. In der Folgezeit versteckte sie sich so gut als möglich und hielt sich von anderen Menschen fern. Zum Glück hatte das Fass, in dem sie sich versteckt hatte, zuvor Fische enthalten, sodass ihr Duft nicht gerade anziehend auf andere wirkte. Nach zwei Tagen glich sie den Bettlerinnen, die durch die Straßen zogen. Wie sie hielt sie die Hand auf und wühlte in Abfällen auf der Suche nach Essbarem; dabei aber hielt sie stets die Ohren auf. Ein einziger Gedanke erfüllte sie: Antiochia erreichen! So verging eine Woche, bis sie eines Morgens zwei Seeleute davon reden hörte, dass sie in ihr Gelobtes Land aufbrechen würden. Nach Einbruch der Nacht schlich sie sich in den Frachtraum des Schiffes, das beladen worden war, und versteckte sich dort.

Als sie die Tore der Stadt endlich erreichte, war sie nur noch ein Schatten ihrer selbst. Zu uns zu kommen hatte sie die letzte Kraft gekostet. Jetzt war es, als würde sie beim Erzählen ihrer Geschichte ihren Verstand aushauchen. Als ob ihr Überlebensinstinkt plötzlich ausgelöscht wäre, nachdem sie gebadet, frisch eingekleidet und mit Nahrung versorgt war. Sie weinte und stieß Schreie aus, die uns vor Entsetzen lähmten. Dann fiel sie in ein Delirium, in dem ihr Körper von fiebrigen Zuckungen erschüttert wurde, die uns das Schlimmste fürchten ließen. Zwei Tage vergingen so, bis sie schließlich von Apathie erfasst wurde. Aus ihrem Blick sprachen nur noch Leere und Vergessen. Sie erkannte uns kaum wieder. Raymonds Arzt bestand auf einer langen Erholung und viel Geduld. Sie hatte einen Schock erlitten, der ihre Leidensfähigkeit weit überstieg. Es würde Zeit brauchen.

In diesen zwei Tagen kümmerte ich mich mehr um sie als um Jaufré oder um mich selbst. Der König selbst überbrachte mir die Neuigkeit: Stephan von Blois war tags zuvor über seinem Teller zusammengebrochen. Ein schlimmes Fieber, das gar sein Leben bedrohte, fesselte ihn ans Bett. Ludwig hatte die Nachricht mit unheildräuenden Worten kommentiert: »Wer Wind sät, wird Sturm ernten!«

Eigenartigerweise fühlte ich mich selbst damit gemeint. Was hatte ich in Konstantinopel gesät, das über all diese Unglücklichen das Todesurteil gebracht hatte? Hatte der Basileus mich mitsamt den Gefährten entführen wollen? Hatte er aus purer Rachlust gehandelt, weil weder der König noch ich tot waren? Oder hatte er einfach nur diese weiße Haut und die hübschen Gesichter zu einem guten Preis an Türken verkauft, die sich jetzt in ihren Harems daran erfreuten? Man hatte uns eine böse Lüge aufgetischt, als man uns vorgaukelte, das Schiff des Basileus sei mit Mann und Maus untergegangen. Alles war nur Schurkerei. Welche Rolle spielte wohl der Mann, der vor meiner Tür ermordet worden war? All diese Fragen quälten mich, zumal ich wusste, dass ich nie eine Antwort darauf erhalten würde. Es wurde Zeit, Antiochia zu verlassen. Die Atmosphäre war langsam vergiftet. Zu allem Überfluss hatte es sich Eleonore in den Kopf gesetzt, bei ihrem Onkel zu bleiben. Wahnsinn. Alles war der reinste Wahnsinn.

6

Zermürbt marschierte Béatrice im Kreise herum, immer und immer wieder, sodass sich auf dem dicken Teppich mit der Falkenjagdszene bereits eine Spur abzeichnete. Sie hatte einen Gefolgsmann von Stephan von Blois in ihr Zimmer kommen lassen, um ihm Befehle zu erteilen. Jetzt da er vor ihr stand, wusste sie nicht mehr, was sie ihm auftragen sollte. Sie hatte sich so darauf verlassen, dass mich das Gottesurteil endgültig vernichten würde, dass sie jetzt vollkommen ratlos war. Es war, als ob der Allmächtige höchstselbst ihre Rachsucht missbilligte. Auch sonst gab es keine guten Nachrichten. Stephan von Blois ging es immer noch nicht besser und dann musste auch noch Sibylle auftauchen.

Aber all das war im Grunde unbedeutend. Viel schlimmer war, dass Ludwig sie seit jenem Tag nicht mehr zu sich gerufen hatte. Er schien sie gar zu meiden. Verärgert hatte sie ihn beobachten lassen und entdeckt, dass er häufig das Krankenbett der Gräfin von Flandern aufsuchte, wo auch ich mich befand.

Tränen der Wut stiegen ihr in die Augen. Sie hatte endgültig genug!

Plötzlich wild entschlossen, baute sie sich vor dem Haudegen auf. Sie ballte die Fäuste so fest, dass ihre Knöchel weiß hervortraten, und zischte durch ihre Perlenzähne: »Holt mir Loanna von Grimwald!«

Ein Schauer lief mir über den Rücken, als ich sah, wie die hohe Gestalt des hinterhältigen Anselme von Corcheville auf mich zukam. Der Mörder von Eleonores Vater hatte mir schon immer ein Gefühl der Panik eingeflößt, das sich seit Denys' Tod noch verstärkt hatte, denn seither musste ich mich allein verteidigen. Im Moment jedoch war ich nicht in Gefahr. Wir spielten Kricket im prachtvollen Garten von Antiochia, und ich war von zahlreichen Menschen umgeben.

Er verbeugte sich vor mir und forderte mich mit aufgesetzter Höflichkeit auf, ihm zu Béatrice zu folgen, die mich zu sprechen wünsche. Ich zögerte einen Augenblick. Es war nicht die Art der Schönen, ihre verqueren Ideen von so erbärmlichen Figuren wie Anselme ausführen zu lassen. Allerdings, so überlegte ich, war sie zwei Tage schon nicht mehr bei Raymond am Hofe erschienen. Wahrscheinlich, so schloss ich, litt sie an irgendeiner Krankheit, die sie daran hinderte, selbst zu kommen. Ich nahm all meinen Mut zusammen und mit dem Gedanken, dass mir meine Zauberkräfte schon helfen würden, wenn es nötig wäre, nahm ich die Einladung an.

Schweigend brachte er mich zu Béatrice' Tür. Wir wussten beide, dass uns nichts als Hass verband.

Béatrice sah blass aus in ihrem blauen Kleid, das die Farbe ihrer Augen aufnahm. Ich hatte erwartet, sie in grimmiger Würde vorzufinden, doch sie erschien mir vor allem müde.

»Ihr wolltet mich sehen?«, fragte ich leutselig.

Sie ließ sich von meinem Tonfall ebenso wenig täuschen wie ich mich selbst. Ich mochte sie nicht und das beruhte auf Gegenseitigkeit. Sie nickte, ohne von ihrem Sessel aufzustehen. »Nehmt Platz, Loanna.«

Es klang resigniert. Neugierig kam ich ihrer Aufforderung nach. Schweigen stand wie eine unsichtbare Wand zwischen uns. Dann holte sie tief Luft und hob ihren Blick zu mir. Ich zuckte zusammen. In ihren Augen glänzten Tränen, die mir aufrichtig erschienen. Sogleich hatte sie sich wieder im Griff. Tief in ihren Sessel versunken, sagte sie mit leicht zitternder Stimme: »Ihr mögt mich nicht mehr als ich Euch, daher komme ich gleich zur Sache. Ich schlage Euch einen Handel vor. Gebt mir Ludwig, und ich verspreche, mich nicht mehr in Eure Angelegenheiten zu mischen und nicht mehr zu versuchen, Euch Schaden zuzufügen.«

Sie schluckte mühsam, und ich verstand, was ihr dieses Bekenntnis abverlangte.

»Was Ihr von mir haltet, spielt keine Rolle. Ich liebe den König mehr als mich selbst und würde alles tun, um ihn nicht zu verlieren …«

Ich musterte sie schweigend. Wo war die erbitterte Feindin geblieben, die mir nach dem Leben trachtete? Vor mir saß ein verwundetes Tier, dem die Angst ins Gesicht geschrieben stand. In diesem Augenblick ließ ich mich von ihrem Leid einwickeln, trotz allem, was ich über die Menschen und ihr schurkisches Wesen wusste. Seit der langen Trennung von Jaufré kannte ich diese Art von Kummer nur zu gut. Ich legte meine Hand freundschaftlich auf ihre eiskalten Finger, die auf der Armlehne des Sessels lagen, und drückte sie. Sie zuckte zusammen und wandte sich ab, als hätte sie damit gerechnet, dass ich sie mit Worten schlug, doch das lag gar nicht in meiner Absicht. Ich konnte meine Feinde nicht treten, wenn sie am Boden lagen.

»Ludwig gehört mir nicht, Béatrice«, entgegnete ich freundlich. »Er liebt Euch über alle Maßen, auch wenn ich nicht weiß, warum. Aber ich versichere Euch, dass ich nichts unternehmen werde, um diese Leidenschaft zu zerstören. Ich habe Ludwig nie sehr viel Achtung entgegengebracht, doch seit einigen Monaten spüre ich in ihm eine neue Kraft, die Kraft eines großen Königs, und die hat er aus der Liebe geschöpft – Eurer und der Gottes. Wir sind, glaube ich, Freunde geworden, denn er hat mir zweimal die Ehre zuteil werden lassen, meine Bitten zu erhören, die mit Euch jedoch nichts zu tun hatten.«

Béatrice hatte wieder ein wenig Farbe angenommen und sah mich erwartungsvoll an.

»Ihr und ich«, fuhr ich lächelnd fort, »wir werden nie Freundinnen sein, doch ich werde Euch helfen, weil ich die Königin liebe und sie sich in ihre Rolle fügen muss. Dafür verspreche ich Euch, dass Ludwig wieder in Euer Bett kommt und der Eure sein wird, selbst wenn er Euch nie zur Königin machen wird.«

»Wieso helft Ihr mir, ohne eine Gegenleistung zu fordern?«, fragte sie ehrlich überrascht.

»Weil ich es im Gegensatz zu Euch, Béatrice, nicht gern sehe, wenn die Menschen unglücklich sind.«

Sie senkte die Augen. Die Röte, die ihre Wangen überzog, hätte sie lieber vor mir verborgen.

Rasch fuhr ich fort, beflügelt von der Idee, die mir gerade in den Sinn gekommen war und die mir ziemlich brillant erschien: »Glaubt nicht, ich hätte dabei nichts zu gewinnen. Ich erwarte von Euch, dass Ihr mir auf die Bibel etwas schwört, die Ihr wie ein Banner der Tugend vor Euch her tragt.«

Ein kaltes Blitzen erschien in ihren Augen. *Hoppla, die Schlange schläft ja nur*, dachte ich, doch inzwischen hatte ich die Fäden des Spiels in der Hand und gedachte, diesen Vorteil gut zu nutzen.

»Schwört bei Gott und allen Heiligen, dass Ihr Euch von Stund an von Stephan von Blois und seinen Machenschaften fern haltet.«

Aufgebracht hielt sie dagegen: »Ich habe nichts zu schaffen mit diesem Mann!«

Mit einer müden Geste bedeutete ich ihr zu schweigen. »Es reicht, Béatrice! Hebt Euch Eure Schauspielkünste für den König auf. Ich kenne Eure Lasterhaftigkeit und ihre Abgründe und weiß, wie sehr Euch dieser Mann und sein dämonisches Wesen anziehen. Wenn Ludwig das wüsste, würde er Euch für immer aus seinem Herzen verbannen, doch mir scheint, dass seine Liebe über Eure niederen Instinkte obsiegt.«

Sie warf mir einen hasserfüllten Blick zu. Wie konnte ich mich nur so von ihrem Leid einlullen lassen, dachte ich. Der Wolf verwandelt sich nur in ein Schaf, um sich in die Herde einschmuggeln zu können …

Sie erhob sich hastig und goss sich aus einem schillernden Glasflakon einen Rosenschnaps ein. Ein weiteres ihrer Laster, sagte ich mir, innerlich lächelnd. Sie trank das Glas auf einen Zug aus und blickte mich dann an, das Kinn herausfordernd hochgereckt.

»Nun gut! Ich schwöre auf die heilige Bibel, in keiner Weise mehr mit diesem Mann zu intrigieren. Ist Euch das genehm?«

Ich stand ebenfalls auf und warf ihr ein hintergründiges Lächeln zu. Einzige Antwort war ein verschlossenes Gesicht. »Ich mag Euch nicht, Béatrice, doch ich werde nichts unternehmen, das Euch schaden könnte, wenn Ihr Eurerseits aufhört, mein Verderben herbeiführen zu wollen. Schließen wir einen Burgfrieden. Morgen nach der Messe wird Eleonore Raymond in seinem Jagdpavillon treffen. Der König wird einen Gesandten des Grafen von Toulouse empfangen, der sich offenbar dem Kreuzzug anschließen will. Diese Ruhepause werden die beiden Liebenden ausnutzen. Es wäre gut, wenn Ludwig – und nur Ludwig allein – sie überraschen und dieser Liaison ein Ende bereiten würde. Es besteht kein Zweifel daran, dass Ludwig, wenn er seine Frau in solch einer pikanten Situation erwischt, alle Bedenken über Bord wirft und Euch in sein Bett nimmt… Und das ist es doch, was Ihr wollt, nicht?«, spöttelte ich.

»Ich bin Euch wohl zu Dank verpflichtet«, sagte sie mit hoher Stimme, die ihre Verärgerung verriet.

»Nicht nötig. Ihr wisst so gut wie ich, dass wir beide dabei gewinnen.«

Als ich auf die Tür zuging, rief sie mir hinterher: »Und ich dachte, Ihr steht der Königin so nahe!«

Es schmerzte, aber sie hatte Recht. Sie hatte einen wunden Punkt getroffen. Ohne mich umzudrehen, sagte ich leise: »Genau deshalb handele ich so. Aber das sind Dinge, die Ihr nicht versteht.«

Damit verließ ich den Raum. Irgendetwas in mir verursachte mir Übelkeit.

»Zieht Euch sofort an und folgt mir, meine Dame!«

Eleonore zog sich die Wolldecke über die Brüste, die beim Herumtollen mit Raymond nach unten gerutscht war. Sie war totenbleich. Ihr Liebhaber sah verlegen, aber keineswegs empört aus. Dass Ludwig sie so erwischt hatte, verärgerte ihn, das war klar, doch es verschaffte ihm auch eine gewisse Erleichterung. Obwohl er Eleonore aus ganzem Herzen liebte, wusste er doch, dass dieser Wahnsinn zu nichts Gutem führen würde, vor allem seit Eleonore den Wunsch geäußert hatte, zu bleiben und an seiner Seite zu regieren. Ludwig machte ihr inzwischen Angst, und in Antiochia fühlte sie sich zu Hause.

Überdies hatte Constance die Koffer gepackt und sich diplomatisch mit den Kindern zu ihrer Familie zurückgezogen. Klug, wie sie war, hielt sie es wahrscheinlich für besser, um dieses flüchtige Abenteuer nicht allzu viel Aufhebens zu machen. Raymond konnte also tun, was er wollte, und Eleonore hatte bereits das Gefühl, gewonnen zu haben.

Und nun stand Ludwig vor ihr, mit dem ganzen verletzten Stolz des gehörnten Ehemannes. Er war noch nicht einmal rot vor Wut. Seine Ruhe flößte ihr Angst ein, dieselbe Angst wie damals, als er sie in seinem Zelt bis aufs Blut ausgepeitscht hatte. Sie rückte ein wenig näher an Raymond heran, in der Hoffnung, dass er sie mit seinem Körper und seiner Liebe beschützen würde, doch er entwand sich ihr.

»Gehorcht, meine Dame! Euer Gatte ist der König von Frankreich.«

Fassungslos blickte sie ihn an. So verstieß Raymond sie also, nachdem er sie gerade noch mit Versprechungen und Liebkosungen überhäuft hatte.

Sie warf ihm einen unheildräuenden Blick zu, entschied dann, dass die Situation schon lächerlich genug war, und warf die Decke weg. Die gesenkten Augen der Männer missachtend, schlüpfte sie wieder in ihr blaues Seidenkleid, das Raymond vor kurzem noch verliebt über ihre Hüften hatte gleiten lassen. Sie schauderte, plötzlich von Eiseskälte erfasst. Aber vielleicht war es nur die Stille, die wie eine Drohung in der Luft hing, beängstigender noch, als es Schreie oder Beschimpfungen hätten sein können. Ludwig wartete und Raymond rührte sich nicht.

»Gehen wir, Sire«, sagte sie zu Ludwig, bittere Tränen der Enttäuschung zurückhaltend.

Wieder einmal hatte Raymond sie im Stich gelassen. Ohne ihn noch einmal anzusehen, verließ sie den Jagdpavillon, in dem seit zwei Wochen ihre verbotenen Schäferstündchen stattfanden. Wie würde sie die Zuflucht hinter diesen Lehmmauern vermissen! Ludwig nahm sie am Arm, und sie ließ sich mitziehen, den Kopf stolz erhoben, die Zähne zusammengebissen. Schließlich war sie noch immer Königin von Frankreich. Würde er das Schwert ziehen, das er am Gürtel trug, und sie klammheimlich durchbohren? Sie spürte, wie dumpfe Wut in ihm brodelte.

Ludwig ging bis zu einer Lichtung, wo ihre Pferde auf sie warteten. Eleonore stellte fest, dass ihres, das sie in den Stall des Gebäudes gebracht hatte, mit den Zügeln an einem Baum angebunden war. Ludwig hatte sich also in aller Ruhe um diese Details gekümmert, bevor er sie gestellt hatte. Warum hatte er ihnen die Zeit gelassen, sich zu lieben, wenn er hätte dazwischengehen können, bevor es dazu kam? Wie lange hatte er sich draußen versteckt? Hatte er sie beobachtet? Bei dem Gedanken wurde sie rot. Wie heiß muss ihm diese Vereinigung erschienen sein im Gegensatz zu den lustlosen Umarmungen, die er mit ihr gehabt hatte! Er musste, so sagte sie sich, darunter leiden, dass er ihr nicht das geben konnte, was ihr Raymond an diesem Nachmittag gegeben hatte. Plötzlich verspürte sie Mitleid mit ihm. Sie sah ihm ins Gesicht.

»Ludwig«, flüsterte sie aus einem spontanen Impuls heraus, der ihr die Tränen in die Augen trieb.

Doch als Antwort bekam sie nur einen kalten und stahlharten Blick, der sie zurückweichen ließ. Ludwig packte sie mit eiserner Faust am Ellbogen und drückte so fest zu, dass er ihr fast die Knochen brach.

»Schweigt! Allein Eure Stimme raubt mir den letzten Nerv. Morgen werden wir Antiochia verlassen und nach Jerusalem ziehen. Betet, meine Dame, dass der Anblick von Christi Grab meinen Zorn mildert und Euch Vergebung gewährt. Ab sofort und bis auf weiteres bleibt Ihr auf Eurem Zimmer.«

Kaum eine Stunde später, nachdem sich die schwere Tür ihres Zimmers hinter ihr geschlossen hatte, hörte sie die Wachen des Königs, die ihre Hellebarden kreuzten. Sie war eine Gefangene. Mit einem Mal löste sich die ganze Anspannung und ein Krampf zog ihr den Magen zusammen. Die Augen brennend vor Tränen, ließ sie sich aufs Bett fallen und wand und krümmte sich vor Verzweiflung.

Nachdem er der Königin Hausarrest erteilt hatte, suchte der König mich auf. Ich war dabei, Constances Damen beizubringen, wie man ein Spinnrad bediente; Mutter hatte es mir einmal gezeigt. Beim Eintreten des Königs verstummten die Damen. Ob aus Frankreich oder Antiochia stammend, das Vergnügen an Klatsch und Tratsch teilten sie alle. Ich hatte das Geschnatter nur mit halbem Ohr aufgenommen.

»Kann ich Euch kurz sprechen?«, fragte er in einem Ton, der höflich sein sollte, aber in Wirklichkeit wie ein Befehl klang.

Die Blicke der Frauen richteten sich auf mich. Merkwürdigerweise war mir Ludwigs Anwesenheit peinlich. Für gewöhnlich platzte er nicht einfach so herein. Ich legte meine Spindel in den Korb, der zu meinen Füßen stand. »Euer Majestät gewähren mir zu viel der Ehre.«

»Wünscht Ihr, dass wir Euch allein lassen, Sire?«, erkundigte sich, aufgeregt stotternd, eine Vertraute von Constance, eine Herzogin, der Eleonore versprochen hatte, sie an den Hof von Frankreich mitzunehmen.

Es war offensichtlich, dass sie in den König verliebt war. Doch der winkte nur gereizt ab. »Nicht nötig. Damoiselle Loanna wird sich zur Königin begeben. Ich fürchte sehr, diese wird Euch fürderhin nicht mehr Gesellschaft leisten können.«

»Bei allen Heiligen des Paradieses«, rief eine alte Frau aus, die mehr Runzeln hatte als eine vertrocknete Pflaume, »geht es unserer guten Königin so schlecht, dass Ihr selbst kommt, statt einen Boten zu schicken?«

Ludwig glotzte sie an, als wäre ihm jetzt erst klar geworden, wie unpassend sein Auftreten hier war. Er musste sehr durcheinander sein, dass er nicht bemerkte, wie seltsam er sich aufführte! Er zwang sich zu einem Lächeln, nahm mich am Ellbogen, um mich zum Flur zu führen, und antwortete betont locker: »Gewiss nicht! Sie klagt nur über eine schreckliche Migräne und kann in diesem Zustand allein die Gesellschaft von Loanna ertragen, die ihr helfen soll, die Koffer zu packen. Überdies wollte ich ihr unbedingt selbst ein paar Ratschläge geben …«

Er geriet ins Stocken. Ich sprang ein: »Majestät, Ihr seid der König.«

Das allein rechtfertigte sämtliche Worte und Taten. Sogleich senkten sich die Gesichter wieder über Spindeln und Spinnräder. Mit einer Handbewegung trat er zurück, um mich höflich durch die Tür zu bitten, und warf mir einen dankbaren Blick zu.

Einige Minuten später befand ich mich in einem Arbeitszimmer, das Raymond dem König zur Verfügung gestellt hatte, damit er sich in Ruhe mit seinen Vasallen besprechen konnte. Raymond war zwar inzwischen Fürst von Antiochia, dennoch trug er immer noch den Treueschwur seiner Jugend im Hetzen, sodass er sich demjenigen gegenüber verpflichtet fühlte, der einmal sein König gewesen war. Außerdem hatte er wahrscheinlich ein schlechtes Gewissen wegen seiner Liebe zu Eleonore. Ludwig kam ohne Umschweife zur Sache, als ob ihm dieses Geheimnis die Zunge ebenso verbrannte wie die Seele.

»Ich bin Euch sehr verbunden für Eure Hinweise. Eleonore befindet sich inzwischen gut bewacht in ihrem Zimmer, das sie erst morgen wieder verlassen wird, um die Reise fortzusetzen. Ihr wisst doch sehr wohl, was der Rat gestern Abend über den Fortgang des Kreuzzugs beschlossen hat. Raymond weigerte sich hartnäckig teilzunehmen und Eleonore wollte sich ihm zusammen mit ihren verwünschten Aquitaniern anschließen. Sie behauptete sogar, unsere Ehe sei nach Kirchenrecht null und nichtig! Dank Euch konnte ich die Situation retten und wenigstens so tun, als wäre die Königin noch vor dem Aufbruch nach Jerusalem wieder zu Verstand gelangt und hätte sich dafür entschieden, ihrem König zu folgen. Wenn ich nicht so sicher gewesen wäre, dass ich sie mit Raymond überraschen würde, wäre ich nie so leicht zu überzeugen gewesen. Aber jetzt weiß ich, was ich Euch verdanke. Die Königin wird nur unter Zwang mitreisen. Ich zähle auf Euch, dass Ihr sie wieder zur Vernunft bringt. Sie muss ihre Vasallen davon überzeugen, dass sie sich ihr anschließen. Es kann einfach nicht angehen, dass eine törichte Liebelei Christus eines Teils seiner Armee beraubt, die ohnehin schon durch Verluste geschwächt ist.«

»Es wird Euren Wünschen gemäß geschehen, Majestät. Ich kann Euch versichern, dass die Königin zahm sein wird. Doch ich würde Euch gerne um einen Gefallen bitten, zum letzten Mal ...«

»Ich höre«, brummte Ludwig. Wahrscheinlich fand er, dass er an diesem Tag bereits genug auf sich genommen hatte.

»Messire von Saldebreuil, Euer Kammerherr, hat in seinen Schriften die Geschichte unserer Reise mit einer Liebe zum Detail aufgezeichnet, die ihm zur Ehre gereicht. Indes denke ich, dass es klüger wäre, einen Mantel des Schweigens über diese Ereignisse zu legen. Gewisse Wahrheiten sollten nicht festgehalten werden und auch nicht in die Geschichte eingehen, Sire.«

Ein breites Lächeln erhellte sein angespanntes Gesicht, während ich zum Abschied in einem Knicks versank.

Er half mir mit einem festen Händedruck auf und sagte großmütig: »Kann man sich in seinen Nächsten so täuschen? Ich habe den Verleumdungen Eurer Person immer viel zu viel Aufmerksamkeit geschenkt … Loanna, Ihr könnt meiner Dankbarkeit und meiner Verschwiegenheit sicher sein.«

Wie erwartet, fand ich die Königin in Tränen aufgelöst. Sie warf sich in meine Arme, von Husten und Schluchzen geschüttelt. Ich wartete, bis sie sich beruhigt und alle Tränen geweint hatte.

»Na, na, meine Süße, es ist vorbei. Was dachtest du denn? Dass du dich hier einfach so einnisten kannst? Als ständige Mätresse von Raymond? Was hätte die Kirche deiner Meinung nach angesichts einer solchen Sturheit tun sollen? Schau mich an, Eleonore.«

Schniefend hob sie ihre großen, verweinten Augen zu mir. Sie war nur noch ein Mädchen, ein kleines hilfloses Mädchen. Sanft strich ich ihr mit einem Finger eine Träne von der Wange.

»Du wusstest doch vom ersten Moment an, dass das nicht sein kann. Ebenso wenig wie damals hat Raymond das Recht, dich zu lieben.«

Wie um sich an ihren Traum zu klammern, flüsterte sie: »Aber er hatte es doch versprochen …«

»Obwohl er genau wusste, dass es sinnlos war, und weil ihr beide es glauben wolltet. Aber ich weigere mich zu glauben, dass du es nicht gewusst hast. Raymond ist Teil der Vergangenheit, das musst du akzeptieren. Doch das ist noch nicht alles. Wenn du weiterhin stur bleibst, droht ein Krieg unter den Rittern. Denk an dein Volk, Eleonore. Du bist die Königin von Frankreich, es ist deine Pflicht, die Deinen zu beschützen und zu einen. Die aus dem Norden warten doch nur auf eine Gelegenheit, um ihre Rachlust zu stillen. Ich bitte dich, lass dich nicht noch weiter ins Abseits drängen; es hängen so viele Dinge von dir ab.«

Ich ließ eine Weile verstreichen, dann hob ich ihr Kinn, das sie bei meinen Worten gesenkt hatte, und führte mein ultimatives Argument ins Feld: »Und dann ist da noch Marie ...«

Ein Leuchten ging durch ihre Augen, während sie mit tonloser Stimme sagte: »Marie ... Marie, meine Kleine ... Oh, Loanna, was habe ich getan? Glaubst du, dass Ludwig sie mir wegnimmt, wenn wir uns trennen? Er scheint das Kind so wenig zu lieben.«

»Ich weiß es nicht, aber es ist möglich. So viele Dinge sind möglich. Ich beschwöre dich, meine Süße, bitte deinen Gatten um Verzeihung und erneuere deinen Treueschwur gegenüber dem König. Mit dir wird sich Aquitanien wie ein Mann hinter sein Banner stellen, und wir werden siegreich sein im Angesicht des Herrn.«

»Aber Ludwig besteht darauf, dass wir – auf inständige Bitten von Königin Melisande – Jerusalem erobern, statt, wie ursprünglich vorgesehen, zunächst Edessa zu befreien. Er ist auf dem Holzweg. Diese Frau ist eine Megäre! Man kann ihr nicht trauen. Ich glaube, dass Raymond wesentlich besser informiert ist als Ludwig und besser beurteilen kann, wie unsere Expedition weitergehen soll.«

»Gewiss, aber Ludwig wird seine Meinung nicht ändern und ein Aufstand würde dir auch nichts nützen.«

»Ich könnte mich auf das Kirchenrecht berufen ...«, murmelte sie und senkte wieder die Augen.

Die Vorstellung war mir gar nicht so unangenehm, allerdings nicht jetzt und nicht an diesem Ort. Im Augenblick musste ich um jeden Preis dafür sorgen, dass Eleonore Antiochia und Raymond verließ. Ich stieß einen langen Seufzer aus und erwiderte mit fester Stimme: »Es reicht jetzt, Eleonore. Du weißt doch gar nicht, was du da redest. Ludwig wird dich von hier wegbringen, und wenn du nicht freiwillig gehst, dann eben mit Gewalt. Ich bitte dich noch einmal, meine Königin, wieder zu Verstand zu kommen. Zumal du Raymond doch gar nicht wirklich liebst.«

Sie hob die Nase, aus ihren Augen sprach Wut. »Was weißt du denn davon?«

»Ich kenne dich gut, Eleonore. Du liebst an ihm all das, was du verloren hast, als du Königin von Frankreich wurdest ... den Hauch des Verbotenen, die langen Gespräche unter Olivenbäumen auf Terrassen, die dich an deinen Süden erinnern. Das heiße

Ungestüm deiner Landsleute, sengende Lippen auf deiner Haut. Du liebst an Raymond all das, was dir fehlt – aber wo, Eleonore, ist deine Seele geblieben? Kürzlich beim Abendessen sah ich, wie dein Blick auf Bernhard von Ventadour fiel, während er eine Ballade sang, die so traurig war, dass alle ganz erschüttert waren. Und in diesem Moment las ich in deinen Augen nicht das Feuer der Leidenschaft, die du für Raymond empfindest, sondern eine Zärtlichkeit, kostbarer als alles andere auf der Welt. Du liebst ihn immer noch, ebenso wie er dich immer noch liebt.«

Bittere Tränen quollen zwischen ihren Lidern hervor. Als sie den Mund öffnete, zitterte ihr Kinn erneut. »Bernhard… ich habe ihn betrogen. Wie kann er mich noch lieben?«

»Du hast sein Kind unterm Herzen getragen, Eleonore. Und er gehört zu den Männern, die eine Frau ihr ganzes Leben lang lieben. Wie Jaufré.«

»Ich kann Ludwigs Umarmungen nicht mehr ertragen«, flüsterte sie mit einem letzten Schluchzen.

»Eine andere wird deinen Platz in seinem Bett einnehmen«, verriet ich schelmisch.

Ihre Augen weiteten sich vor Überraschung. Es war Zeit, sie über die Beziehung des Königs zu Béatrice aufzuklären. Ich zog sie sanft an mich. Resigniert schmiegte sie ihren Kopf an meine Schulter.

»Noch in dieser Nacht«, flüsterte ich ihr ins Ohr, »wird Ludwig sich in den Schoß von Béatrice von Campan schmiegen; von da an wirst du von ihm keine Überfälle mehr zu befürchten haben.«

Sie schnellte zurück, wie von einer Nadel gestochen. »Béatrice?«

»Mach mir nicht weis, du hättest nicht gewusst, was schon lange jeder ahnt. Dass er sie bisher noch nicht genommen hat, liegt nur daran, dass er dich nicht wirklich für eine Ehebrecherin hielt. Nachdem du ihm heute Nachmittag den Beweis geliefert hast, ist er voller Rachlust und Verlangen. Wenn du deine Tür heute verschließt, wird er beides an einem anderen Körper befriedigen. Und ich zweifle nicht daran, dass Béatrice in der Lage ist, ihn in ihrem Bett zu halten.«

»Jetzt ja, gut. Aber was wird geschehen, wenn wir zurück in Frankreich sind?«, fragte sie erschaudernd. »Ludwig wünscht sich so sehr einen Thronfolger … Und es ist meine Pflicht als Königin von Frankreich, ihm einen zu schenken.«

»Alles zu seiner Zeit, meine Süße. Alles zu seiner Zeit …«

Ich wiegte sie im Arm, ihr goldenes Haar streichelnd, in dem sich das Licht fing, das durch das offene Fenster fiel. Antiochia und sein Azurhimmel, seine Farben und Düfte! Ich verstand nur zu gut, dass sie all das für sich haben wollte, nachdem sie die Tristesse der alten Cité de France kennen gelernt hatte.

Mit vor Bewegung stockender Stimme fragte sie: »Hilfst du mir, ja? Ich muss gehen … Bring ein Billett zu Raymond, damit er weiß, dass ich ihm nicht böse bin und ihn für immer in meinem Herzen trage.«

Sie ging zu einem Sekretär, nahm eine Feder und ein Stück Pergament und schrieb mit zitternder Hand ein paar Sätze. Dann tauchte sie einen ihrer Ringe in ein Fässchen Siegellack und verschloss den Brief. Sanft setzte sie einen Kuss darauf, dann reichte sie ihn mir mit leerem Blick. Ich küsste sie liebevoll auf die Stirn und ging.

Raymond empfing mich formlos. Ein Diener, schwarz wie Ruß, hatte mich zu ihm in den großen Ratssaal geführt. Ich überreichte ihm das Pergament und wartete, bis er es gelesen hatte, die Stille im Raum respektierend. Sein Gesicht verriet nichts. Auch er hatte sich dem Schicksal gefügt. Wahrscheinlich hatte er sich vom ersten Tag an unbewusst auf diesen Moment vorbereitet, in dem er seine Nichte ein zweites Mal aufgeben musste.

Als er aufblickte, erkundigte ich mich geradeheraus: »Wollt Ihr, dass ich ihr eine Antwort überbringe?«

»Sagt ihr, dass ich immer nur sie geliebt habe und lieben werde; doch sie hat die richtige Entscheidung getroffen, als sie sich ihrem König fügte. Sagt ihr …« Er biss sich auf die Lippen und fuhr dann fort: »Nein, nichts. Sagt ihr gar nichts. Es ist besser, wenn sie glaubt, es wäre mir gleichgültig. Dann wird sie schneller vergessen. Aber ich bitte Euch, gebt auf sie Acht, sie ist so zerbrechlich …«

Ich nickte, verbeugte mich leicht und überließ ihn seiner Einsamkeit. Als ich an dem prachtvollen, mit Ebenholz gerahmten Spiegel vorbeikam, der eine ganze Wand im Flur bedeckte, blieb ich gegenüber von meinem Konterfei stehen. Was ich da sah, ließ mir das Blut in den Adern gefrieren: Eine kleine dunkelhäutige Frau biss in ein pochendes Herz! Ich drehte mich um, doch ich war allein auf dem Flur. Ein paar Schritte vor mir lag ein Musiksaal, aus dem Gelächter und Gesang drangen. Ich zitterte vom Scheitel bis zur Sohle und blickte erneut in den Spiegel. Diesmal zeigte er mir nur das Abbild meines entsetzten und verängstigten Gesichts.

Was war das für eine Vision? War es ein Zeichen oder der schwache Schein der Reue, die mir die Seele zerfraß? Plötzlich fühlte ich mich furchtbar hilflos und mir wurde bewusst, dass ich Jaufré seit Tagesanbruch nicht mehr gesehen hatte. Ich beschleunigte meinen Schritt in die Richtung, aus der die Musik kam.

Jaufré war dort. Er saß auf einem Holzschemel zusammen mit seinem Schüler Peyronnet, Panperd'hu und Bernhard von Ventadour. Um sie herum hatte sich ein Kreis aus Damen gebildet, die auf weichen Kissen direkt auf dem Teppich lagerten. Ihre Roben plusterten sich auf wie riesige Blütenkelche; es sah aus wie eine Hügellandschaft, die mit üppigen Blumen bewachsen war. Ich blieb einen Augenblick auf der Schwelle stehen, an den Türrahmen gelehnt, bis ich mein Gesicht wieder unter Kontrolle hatte.

Inmitten des Kreises stand ein Mann in einer leuchtend roten Tunika, der die ganze Aufmerksamkeit der Troubadoure und der Damen auf sich zog. Letztere konnten ihre Augen nicht von ihm lassen. Sein Gesicht wäre schön gewesen, hätten es nicht tiefe Pockennarben überzogen. Der Mann war um die vierzig und benutzte die Sprache der Gegend.

»Ich schwöre, dass ich nie in meinem Leben eine schönere Prinzessin gesehen habe«, erzählte er in schmeichlerischem Ton. »Sie hatte Augen, violett wie die Irisblüten der Berge, und eine Haut, zarter als ein Seidenband. Ihr Haar, das schwarz war wie Ebenholz, schmückte sich mit einem blauen Schimmer, wie ihn sich niemand auch nur im Traum vorstellen kann. Sie hatte eine so schmale Taille, dass ich sie mit meinen Händen leicht umfassen konnte. Man wollte schwören, dass unser Herr, der Schöpfer aller Dinge, all sein Wissen und seine Leidenschaft hineingelegt hat, um so etwas Wunderbares zu schaffen.«

»Ihr macht uns schrecklich eifersüchtig, Messire Taliessin«, flüsterte eine weibliche Stimme.

Mit einem Lächeln fuhr der Mann fort: »Mitnichten, schöne und edle Damen, denn es ist eines der Wunder, denen der Mensch nicht auf den Grund gehen kann. Überdies liebt die Prinzessin Hodierne von Tripolis nur einen. O glücklicher Gefährte, von den Göttern gesegnet, es ist dieser Troubadour, nach dem sie mich schickt, damit er sie mit Musik und Liebe überschütte.«

Ich erstarrte. Die Hand war in einer anmutigen Geste in die Luft geschwebt, um den Erwählten auszudeuten: Jaufré. Applaus ertönte, als sich mein Troubadour erhob und mit geschmeicheltem Strahlen vor den Damen verbeugte. Als er sich mit einem zufriedenen Lächeln auf den Lippen wieder aufrichtete, entdeckte er mich. Ich muss leichenblass gewesen sein, nach dem Ausdruck besorgter Überraschung auf seinem Gesicht zu urteilen. Einen Augenblick lang fürchtete ich, die Besinnung zu verlieren.

Konnte es sein, dass Jaufré, mein Jaufré, sich zu einer anderen hingezogen fühlte, nach all dem, was wir zusammen erlebt hatten? War das der Preis für meinen Verrat und die Bedeutung des Omens? Er bahnte sich einen Weg durch die Kleiderberge auf mich zu. Alle Blicke lagen auf uns, als er meine Hand nahm und mich vor die Versammlung geleitete. Mit lauter und klarer Stimme, die mir eigenartig weit entfernt erschien, sagte er: »Die Prinzessin von Tripolis möge sich nicht grämen, doch in meinen Augen gibt es keine größere Schönheit und Anmut als die dieser Dame, für die allein mein Herz schlägt …«

Das Ende des Satzes hörte ich schon nicht mehr. Plötzlich war ein schwarzes Loch vor meinen Augen, die bunten Blumenberge schienen von Stimmengewirr aus ihrem Innern zu vibrieren, dann teilte sich der Boden unter meinen Füßen. In pechschwarze Nacht stürzend, verlor ich das Bewusstsein.

Ich erwachte mit einem bitteren Geschmack im Mund. Gesichter tanzten vor meinen Augen, Stimmen klangen aus weiter Ferne. Etwas zwang mich, die Lippen leicht zu öffnen, und ich schmeckte das bittere Aroma von Nusslikör. Wärme durchflutete meinen Körper, und nach und nach kam ich wieder zu mir. Jaufré stellte das Glas neben das Bett und sagte leise: »Nie wieder mache ich solch eine Erklärung, wenn du dabei gleich in Ohnmacht fällst, Liebes.«

Dann schob er mir einen Arm unter den Rücken und half mir, mich aufzurichten. Fragen stürmten auf mich ein, die ich nur als Gemurmel wahrnahm, doch ich ahnte ihren Inhalt. Mit einer Stimme, die mir selbst fremd erschien, beruhigte ich meine besorgten Besucher: »Es ist vorbei, es geht mir gut.«

»Bist du sicher, Liebes?«, fragte Jaufré unauffällig nach, während ich mich auf seinen anderen Arm stützte, um aufzustehen.

Als ich unsicher wieder auf meinen Füßen stand, stellte sich auch mein Sehvermögen wieder ein. »Ich weiß nicht, was geschehen ist, aber es ist jetzt vorbei.«

Eine Stimme, die ich als die der Herzogin von Orléans erkannte, sagte hinterhältig: »Es ist immer unangenehm zu erfahren, dass der angebetete Verehrer …«

Sie bekam einen leichten Stoß mit einem Ellbogen in die Seite, der ihr einen leisen Schrei entriss. Jaufré beobachtete mich, und ich lächelte ihn an, um ihn endgültig zu beruhigen. Die schickliche Höflichkeitsform wählend, fügte er jetzt laut und deutlich hinzu: »Möchtet Ihr, dass ich Euch auf Euer Zimmer begleite? Ihr seid immer noch ganz blass.«

Ich schüttelte nur den Kopf und beteuerte im gleichen Tonfall: »Nein, danke. Ich versichere Euch, dass alles in Ordnung ist, mein Freund. Bezaubert doch diese Damoiselles, solange noch Zeit dazu ist. Morgen schon werden wir an der Seite des Königs die Reise fortsetzen, dann werden sie sich wieder mit anderen Versen bescheiden müssen.«

Überraschung machte sich breit. Panperd'hu, der sich direkt neben Jaufré aufhielt, fragte: »Was sagt Ihr da, Damoiselle? Gerüchten zufolge beabsichtigte die Herzogin doch, noch länger in diesen Mauern zu verweilen und Ludwig mit seinen Vasallen vorziehen zu lassen, während wir Aquitanier ihrem Banner an der Seite unseres Gastgebers folgen. Wir wollten diese Ruhepause nutzen, um der Einladung der Prinzessin Hodierne nachzukommen, die uns ihr Bote Taliessin soeben überbrachte.«

Der Mann grüßte mich höflich mit einer tiefen Verbeugung. Ich reckte mich, bis ich fast auf den Zehenspitzen stand, damit meine Stimme weit trug, und erwiderte in einem Ton, der neutral klingen sollte: »Nun, Ihr werdet sie entweder ablehnen oder zurückbleiben müssen, guter Freund. Eleonore hatte mich gerade geschickt, um Gottfried von Rancon zu suchen, damit er seine Ritter zur Eile antreibe, als mich Eure Musik hierher lockte. Gerüchte sind eine Sache, Panperd'hu, die sich häufig wandelt... wie das Wesen der Frauen«, fügte ich hinzu, mit einem viel sagenden Blick auf Bernhard von Ventadour, dessen Blick sich daraufhin erhellte.

Jaufré wandte sich seinen Gefährten zu, öffnete die Arme, wie um sein Publikum zu umarmen, und verkündete dann in singendem Tonfall: »Und so gehen nun zwei Wochen voller Wonnen zu Ende, verehrte Damen und Damoiselles. Was mich angeht, so bin ich dem Banner meiner Königin viel zu sehr verbunden, als dass ich ihr untreu werden könnte. Ihr müsstet mich bei allem Schmerz ziehen lassen, damit ich die Siege Christi besingen kann. Doch wie süß wird das Geplauder von Euren Lippen in meiner Erinnerung klingen! Komm, Peyronnet! Gehen wir beide voran. Du wolltest doch den Türken den Bauch aufschlitzen, junger Freund, und eine Ode darauf komponieren – dieser Augenblick ist nahe. Beeilen wir uns, so wie es die Edelste aller Königinnen wünscht.«

Zu seiner Stimme gesellten sich die seiner Gefährten, und es ertönte ein Ruf wie aus einer Kehle: »Es lebe die Königin!«

Jaufré nahm mich sanft am Ellbogen und bahnte uns einen Weg durch die bunten Röcke. Als wir außer Reichweite waren, befahl er seinem Schüler, ihr bescheidenes Gepäck zu richten. Dann sank er vor mir auf ein Knie. Ich wollte ihn wieder aufrichten, doch er nahm feierlich meine Hand. Mir tief in die Augen blickend, sagte er tief bewegt: »Bei Gott, ich schwöre, dass es keine andere in meinem Herzen gibt als dich und dass allein der Tod mich von dem Eid entbinden kann, den ich dir geleistet habe.«

Er ließ einen Augenblick verstreichen, in dem ich glückselig seine Worte einsog, die mit einem Schlag all meine verrückten Zweifel hinwegfegten. Dann fuhr er beherzt fort: »Heirate mich, Loanna von Grimwald.«

Erneut schien sich der Boden unter mir zu öffnen. Vor Überraschung und Glück zusammenzuckend, stieß ich einen leisen Schrei aus. Ich war vollkommen ratlos. In diesem Augenblick erschienen die Troubadoure und Panperd'hus donnernde Stimme rettete mich aus der Verlegenheit.

»Seht, Messire Taliessin, wie groß das Unglück Eurer Prinzessin ist«, sagte er lachend. »Diese beiden da brauchen nur einen dunklen Winkel, um sich ihre Liebe zu erklären. Sie ist wie die Sonne, die sich in diesem Spiegel fängt, ebenso rein und stark wie ihr Licht. Nein, Gevatter, singt Eurer Schönen lieber mein Loblied und ich schwöre bei Gott, dass sie den Tausch nicht bereuen wird!«

Jaufré richtete sich lächelnd auf und erwiderte: »Er hat Recht, Messire Taliessin! Und alsbald werde ich der glücklichste Mann der Welt sein.«

»Nun aber, Messires«, stammelte ich, immer noch zutiefst verwirrt, »muss ich den Auftrag der Königin erfüllen. Ich habe mich schon viel zu lange aufgehalten.«

Damit floh ich, so schnell mich meine zitternden Beine trugen.

In dieser Nacht konnte Jaufré nicht zu mir kommen, da Ludwig vorgeschlagen hatte, dass ich in Eleonores Zimmer schlief, um jeden Fluchtversuch zu unterbinden. Was hätte ich Jaufré auf seine Bitte antworten sollen? Mit jeder Faser meines Seins sehnte ich mich danach, seinen Namen zu tragen, doch ich hatte noch so viele Missionen vor mir, bis ich endlich Ja sagen konnte. Er war so geduldig! Mehrmals schon hatte mir Eleonore ins Gewissen geredet, endlich meinen Troubadour zu ehelichen. Über unsere Beziehung wurde viel gesprochen, zumal es nach der christlichen Moral nicht anging, sich als unverheiratete Frau einem Geliebten hinzugeben.

Nach dem Vorfall mit dem Basileus hatte der Beichtvater des Königs sogar vorgeschlagen, mich so schnell als möglich mit einem seiner Vasallen zu verheiraten; denn falls ich ein Kind empfangen hätte, wäre mir das als Ledige nie verziehen worden.

Zu meinem großen Glück wurde ich nicht schwanger durch diese Vergewaltigung. Auf Fragen versicherte ich ausweichend, dass es wohl ein ungünstiger Zeitpunkt gewesen sei. In Wirklichkeit hatte ich mein Wissen über Heilkräuter genutzt. Leider gingen die Pflanzen, die mich unfruchtbar hielten, langsam zur Neige. In Konstantinopel hatte ich meine Vorräte auffüllen können, doch hier in Antiochia kam ich an einige der nötigen Zutaten nicht heran, und so würde ich bald keine mehr haben. Dann würde ich mich darauf beschränken müssen, die Zyklen des Mondes zu beobachten, so wie Mutter es mir beigebracht hatte.

Und dann war da noch Eleonore. Solange sich Ludwig von ihr fern hielt, benutzte sie nicht den Trank, den ich ihr empfohlen hatte, doch konnte ich sicher sein, ob sie ihn nach jeder Vereinigung mit Raymond eingenommen hatte? Es wäre eine Katastrophe, wenn sie jetzt schwanger werden würde, zumal die Idee, die sie ausgesprochen hatte, langsam Gestalt in meinem Kopf annahm. Zurück in Frankreich, musste ich sofort diesen überaus nützlichen Paragrafen aus dem Kirchenrecht suchen. Eleonore und Heinrich anschließend zusammenzubringen durfte ein Kinderspiel sein.

Heinrich! Mich in meinem Bett herumwälzend, hatte ich plötzlich seine dunklen Augen und den flammenden Haarschopf vor Augen. Er war jetzt ein Mann. Ich war mir sicher, dass er Eleonore gefallen würde. Gewiss hätte ich sie bald dazu überredet, ein Königreich für ein anderes einzutauschen, zumal sie ihren Geliebten behalten konnte. Ja, es schien so einfach, dass mein Herz freudig in meiner Brust sprang. Wenn sich das Missverhältnis zwischen Ludwig und Eleonore verschärfte, konnte ich mir endlich einen Ehering über den Finger streifen lassen und meiner Linie eine Tochter und Jaufrés einen Sohn schenken. Verliebt strich ich mir über meinen noch unberingten Ringfinger. Mit einem glücklichen Lächeln auf den Lippen fiel ich schließlich in einen friedlichen Schlaf.

»Ihr, Damoiselle?«

Ludwig öffnete die Tür zu seinem Zimmer und blickte mit unverhohlener Überraschung auf Béatrice, die zart und zerbrechlich, eine Kerze in der Hand, im Nachthemd vor ihm stand. Während er zur Seite trat, um sie einzulassen, vergewisserte er sich, dass niemand sie gesehen hatte. Die Wachen hatte sie von der Wichtigkeit ihres Besuches überzeugen können.

Mit ganz kleiner Stimme flüsterte sie: »Ich musste Euch sehen, mein König. Ihr schient mir so weit weg am Tisch heute Nachmittag und habt so wenig gegessen und gesprochen, dass ich mir Sorgen machte und Euch krank wähnte. Aber wahrscheinlich wiegen die Ereignisse dieses Tages schwerer als das fette Essen«, fügte sie hinzu und warf ihm einen ebenso zerknirschten wie glühenden Blick zu.

Bei diesen Worten spürte Ludwig den ganzen Zorn in sich aufwallen, der sich den Abend über in ihm aufgestaut hatte, als er Eleonore immer wieder wegen einer »grässlichen Migräne« entschuldigen musste. Raymond hatte den Vorwand durchschaut, sich aber nichts anmerken lassen. Möge sie sich rechtzeitig erholen, wünschte er vor aller Ohren, damit sie die Reise fortsetzen könne, wie es ihr Wunsch sei. Ludwig hatte die misstrauischen Blicke von Eleonores Vasallen bemerkt, die bei diesem letzten Essen zugegen waren, und er musste sehr an sich halten, um seine schlechte Laune nicht offen zu zeigen. Am Ende hatten alle ihre Siebensachen gepackt und die Kutschen standen bereit, um sich kurz vor dem Morgengrauen in Bewegung zu setzen.

»Sire?«

Béatrice' Stimme brachte ihn in die Wirklichkeit zurück. Sie hatte ihm behutsam ihre warme Hand auf den Unterarm gelegt. Er sah sie abwesend an, immer noch in Gedanken an den Abend versunken. Dann schien die Wärme ihrer Finger zu ihm durchzudringen. Traurig und überrascht blickte er auf sie hinunter. Diese Frau war so unendlich süß. Er nahm ihre Hand, wie man ein Vögelchen von einem Ast nahm.

Béatrice hob ihre reinen Augen zu ihm, die Liebe und Erfüllung versprachen. Die Stimme von einem Verlangen gebrochen, das sie gar nicht erst zu verbergen versuchte, fragte sie besorgt: »Wollt Ihr, dass ich Euch allein lasse, mein König?«

Statt einer Antwort zog er sie an sich und raubte ihr einen Kuss, der sie endgültig dahinschmelzen ließ. Die Arme um den Hals des geliebten Mannes geschlungen, ließ sich Béatrice stürmisch hochheben und aufs Bett legen.

»Ich liebe dich«, flüsterte sie, während sich Ludwigs Atem mit ihrem vermischte.

7

Weiß, süß und friedlich empfing uns Jerusalem wie brüderliches Land. Ludwig hatte die ganze Reise über die Zähne nicht mehr auseinander bekommen und Eleonore hütete sich geflissentlich, dieses schmerzvolle Schweigen zu brechen. Es war jetzt offenkundig, dass sich unsere Armee in zwei Teile gespalten hatte. Norden und Süden gehörten nicht länger zusammen. Auch wenn die Aquitanier zähneknirschend die Entscheidung ihrer Herzogin akzeptiert hatten, waren sie weiterhin der Meinung, dass der König im Unrecht war.

Ludwig indessen beharrte darauf, dass er allein aus seinem Glauben heraus handelte, und eilte denn auch gleich nach unserer Ankunft zum Grab Christi, um zu beten. Umso empörter war Eleonore, als der junge König von Jerusalem, unterstützt von seiner Mutter Melisande, vorschlug, Damaskus zu belagern, das seine Stadt seit langem mit Spott und Hohn überschüttete. Warum Damaskus und nicht Alep oder Edessa? Ludwig verbot ihr ohne viel Federlesen den Mund und schickte sie auf ihr Zimmer. Sie schluckte ihre Tränen hinunter und lief mit gesenktem Kopf davon. Sie wollte ihn ohrfeigen, ihm ins Gesicht spucken, vor ihm fliehen, doch sie hatte keine Kraft mehr. Bis in den Schlaf hinein ließ er sie überwachen wie eine Gefangene. Er wollte ihr zeigen, dass er der Herr war. Und Eleonore hatte Angst. Angst davor, dass ihr privater Konflikt den eigentlichen Sinn und Zweck dieses Kreuzzuges zunichte machen würde, nämlich die beiden Völker hinter einem Ziel zu vereinen. Also schwieg sie und nach einigen Monaten Vorbereitung traten die vereinten Armeen der Franken, der Deutschen und die Jerusalems den Marsch nach Damaskus an.

Die Damaszener waren besser auf unseren Angriff vorbereitet, als wir gedacht hatten, und wurden leicht mit uns fertig. Die Armeen von Konrad und dem jungen Balduin traten den Rückzug an und ließen uns bei dieser sinnentleerten Belagerung allein zurück. Ludwig weigerte sich zu kapitulieren. Bald wurden wir von Belagerern zu Belagerten. Die schrecklichen Türken trieben sich ständig in unserer Nähe herum. Wie flüchtige Schatten gelangten sie überall hin und im Schutze der Nacht kamen sie sogar vollkommen unbemerkt in unser Lager, um Gefährten zu entführen.

Erst am Morgen entdeckten wir dann die Spuren, die sie hinterlassen hatten. Dann hörten wir die Schreie unserer Leute, die sie an die Damaszener ausgeliefert hatten. Stundenlang wurden sie auf den Befestigungsmauern der Stadt gefoltert. Wir wurden schier wahnsinnig angesichts unserer Hilflosigkeit. Die Erlösung kam erst, wenn diese Sadisten die gemarterten Körper unter höhnischem Gelächter über die Mauer schleuderten. Ludwig konnte noch so sehr mit dem Kreuz drohen, Gott anrufen, bis ihm der Mund austrocknete, blutige Tränen weinen – nichts half. Der Sieg mied ihn, weil er halsstarrig seinem Hochmut gefolgt war.

Erst zwei Wochen später war er endlich bereit zuzugeben, dass er sich geirrt hatte.

Wir lösten unser Lager auf, das eher einem Ruinenfeld glich, und kehrten, erbärmlich geschlagen, nach Jerusalem zurück.

Kaum angekommen, brach Ludwig auf dem Grab Christi zusammen. Anders als er erhofft hatte, fand er dort jedoch keinen Frieden. Als äußerste Geste der Demut verlangte er, in aller Öffentlichkeit gegeißelt zu werden, als Reue all denen gegenüber, die er in seinem Egoismus geopfert hatte. Wir brauchten mehrere Wochen, bis wir wieder schlafen konnten, ohne beim geringsten Geräusch aufzuschrecken oder vor Entsetzen loszuschreien, wenn ein Schatten auf eine weiße Mauer fiel.

Ludwig legte sich auf den Boden der Basilika, weinte am Fuße des Kreuzes, schrie und flehte um Gerechtigkeit und Frieden. Auch er brauchte Zeit. Eines Morgens schritt er dann zur Tat. War es Rache, die ihn leitete? Immerhin beschloss er, die Allianz mit Roger von Sizilien zu erneuern, dem Feind Raymonds und des Basileus Komnenos, dessen Gastfreundschaft wir ausgeschlagen hatten. Der Gedanke an eine Rückkehr nach Frankreich bedrückte Ludwig, ebenso wie diese unerfüllte Mission und der Blick von Eleonore, die ihre Augen längst nicht mehr vor ihm senkte, nachdem die Ereignisse ihr und Raymond am Ende Recht gegeben hatten.

Sie nahm jetzt ihre Rache. Bisweilen entzog sie sich sogar seiner Überwachung, um in das Bett von Bernhard von Ventadour zu schlüpfen. Insgeheim hoffte sie, Ludwig würde davon erfahren und sie verstoßen. Doch er tat nichts dergleichen. Er gab sich weiterhin Béatrice' Zärtlichkeiten hin, aus denen er ein wenig Trost und Hoffnung schöpfte. Wie hätte er die Untreue seiner Gattin beanstanden können, wenn er selbst nicht mehr frei von Schuld war?

Jaufré und ich waren glücklich; zumindest wollte ich das glauben. Nichtsdestotrotz war er seit der Belagerung von Damaskus nicht mehr derselbe. Sein brillanter, junger Schüler Peyronnet war von den Türken verschleppt worden. Später hatte man ihn ein paar Schritte vom Lager entfernt misshandelt und entstellt aufgefunden, erdrosselt mit den Saiten seiner eigenen Mandore. Ich wusste nicht, warum, doch Jaufré fühlte sich offenbar persönlich dafür verantwortlich.

Häufig wirkte er abwesend und voller Schmerz, wollte mir aber nichts sagen, wenn ich besorgt nachfragte. Am Ende tröstete ich mich mit dem Gedanken, dass die Zeit die Wunden in seiner Seele und seinem Herzen heilen würde. In den sechs Monaten, die wir in Jerusalem verbrachten, bemühte ich mich, sein Leid zu mildern, indem ich mich voller Zärtlichkeit um ihn kümmerte.

Plötzlich fest entschlossen, nach Frankreich zurückzukehren, rief Ludwig seine Leute zusammen. Am Ostertag des Jahres 1149 stach der Königstross auf zwei Schiffen in See: Ludwig mit den Seinen aus dem Norden und seiner geliebten Béatrice, Eleonore und ihre Leute aus dem Süden mit den Troubadouren, mit Ausnahme von Panperd'hu, der nach Tripolis reiste. Beide waren froh darüber, sich während der Überfahrt aus dem Weg gehen zu können, die uns über Sizilien nach Hause führen würde.

Wir passierten Morea an der Küste des Peloponnes. Seit dem Morgen schaukelte das Schiff ruhig auf der friedlichen See. Jaufré, der auf der Brücke stand, presste seine Schläfen zusammen und atmete tief die leichte Brise ein. Seine Migränen kamen immer häufiger, so schien es ihm. Manchmal war es, als wollte im Innern seines Schädels etwas bersten. Dann nahm es langsam wieder ab, wenn er ein paar Schritte ging oder seine Mandore nahm, um in der Musik Linderung vom Schmerz zu suchen. Gleichwohl waren sie in den letzten Monaten von Tag zu Tag immer heftiger geworden. Begonnen hatte es mit dem Sprung in den Burggraben, als Robert von Dreux mit der Waffe in der Hand meine Tür aufgebrochen hatte. Er hatte es nicht gewagt, sich irgendjemandem anzuvertrauen. So vieles war geschehen, so viele schmerzliche Ereignisse, die in allen Herzen Bitterkeit und Enttäuschung hinterlassen hatten. Jeder trug sein Bündel wie einen ständigen Albtraum mit sich herum und so behielt er das seine für sich, wie so viele andere, die verbargen, was sie im Innern marterte.

Er stieß einen gequälten Seufzer aus. Einen Moment lang stand ihm das verschwollene Gesicht von Peyronnet vor Augen. Er konnte sich nicht verzeihen, dass er ihn so weit von seiner Heimat Blaye weggeschleppt hatte. Was für ein großartiger Troubadour wäre er geworden … Er hatte das Talent, die Stimme und das passende Äußere dazu gehabt. Peyronnet hatte so viel von ihm erwartet. Und was hatte er ihm als Dank für das Glück zurückgegeben, das ihm seine Unverfrorenheit beschieden hatte? Äußerste Leiden und Demütigung bis zum Tod! Was für eine Ungerechtigkeit!

Jaufrés Blick folgte dem Flug einer großen Möwe, die geschmeidig und majestätisch auf das Ufer zusteuerte. Dann wandte er sich mir voller Zärtlichkeit zu. Neben Eleonore an der Reling lehnend, lächelte ich ihn an und sog die belebende Luft ein, um mein eigenes Unbehagen zu vertreiben. Seit unserer Abfahrt wurde ich von Übelkeit geplagt, gegen die sich nichts machen ließ. Immer wieder musste ich meine Morgensuppe über die Reling spucken, sehr zur Belustigung unseres Kapitäns. Antonio Gaviardi war ein Mann mit breiten Schultern, der das Schiff mit viel Routine steuerte und in großen Zügen Levkojenschnaps trank, den er stets in einem Schlauch am Gürtel trug. Er war nicht schön, hatte aber einen gewissen Charme wegen seiner dichten schwarzen Locken, die von einem Band zusammengehalten wurden, seines krausen Bartes, der mit silbernen Fäden durchzogen war, und seiner blauen Augen. Sein spöttischer Humor, typisch für die Sizilianer, machte seine Gesellschaft überdies außerordentlich unterhaltsam.

Aufgrund des milden Wetters nahm die Reise bald den Charakter einer Kreuzfahrt an. Allein die Tatsache, dass wir nicht unter Ludwigs schlechter Laune leiden mussten, hatte alle Anspannung von den Gesichtern genommen und man redete gelöst über die süßen heimatlichen Gefilde Frankreichs. Die Meerluft blies den Gestank des Blutes langsam davon und nach und nach kehrten Farbe und Lachen in unsere Gesichter zurück. Gewiss waren wir ganz anders als die Kreuzfahrer, die zwei Jahre zuvor die Binde mit dem scharlachroten Kreuz über ihre Ärmel gezogen hatten. Mich hatten die Bilder gebrochen, die ich gesehen hatte; ich war noch immer erschüttert von den erdrosselten Frauen und Kindern, die Berge von Kadavern, um die sich hungrige Geier stritten. Ich spürte einen Schmerz, den nichts und niemand lindern konnte. Noch hörte ich die Stimmen um mich herum, die den Grund für unsere Niederlage suchten, aber nicht in der Absurdität des ganzen Unternehmens, sondern in taktischen Fehlern, Schwächen und mangelnder Versorgung mit Waffen und Lebensmitteln, in der nutzlosen Anwesenheit der Frauen und vielen anderen Dingen. Ich weinte im Stillen über die Dummheit der Menschen, über den törichten Stolz, der sie trieb, immer mehr besitzen zu wollen, und über die zynische Scheinheiligkeit, mit der sie sich trösteten: Schlimmstenfalls konnten sie ihre Sünden immer noch beichten.

Jaufré kam auf uns zu und lehnte sich neben uns an die Reling. Er war blass, aber ich war es ebenfalls und so dachte ich, dass er wohl auch nur an dieser Seekrankheit litt, die uns alle immer wieder heimsuchte.

Langsam und regelmäßig schlug die Gischt gegen den Schiffsrumpf.

»Seht!«, rief Eleonore aufgekratzt.

Eine Gruppe Delfine sprang kichernd aus dem Wasser, um uns zu grüßen. Ihre Vorführung ließ uns fröhlich auflachen. Diese Augenblicke des Friedens wogen alle Reichtümer der Welt auf!

»Es sind unsere Freunde, kein Zweifel!«

Gemeinsam gingen wir zurück und stießen mit lächelnden Gesichtern auf Gottfried von Rancon, der uns entgegenkam.

Eleonore schalt ihn: »Messire, mit Eurer Miene verbreitet Ihr schlechte Laune! Wir haben nur noch Freunde in diesen Gewässern.«

»Vor allem, seit das Schiff unseres guten Sire Ludwig beinahe Schiffbruch erlitten hätte und erheblich zurückliegt«, erwiderte er ironisch.

Eleonore brach in Gelächter aus. »Hütet Eure Zunge, Messire von Taillebourg! Wobei ich zugeben muss, dass mir dieser Umstand ebenso gelegen kommt wie Euch. Aber reden wir nicht mehr über den König ... Gesellen wir uns doch lieber zu den Damen und suchen die arme Sibylle. Wir könnten ein Ratespiel spielen, Ihr seid doch ein Meister auf diesem Gebiet. Wollt Ihr Euch uns anschließen?«, setzte sie hinzu, an Jaufré und mich gewandt.

»Ich nicht, Majestät«, antwortete Jaufré. »Ich möchte den Darstellern dieses herrlichen Wasserballetts etwas singen.«

»In diesem Fall komme ich mit Euch«, sagte ich zu Eleonore. Jaufré wollte offenbar allein sein.

Wir spielten eine Weile, allerdings ohne Sibylle, die sich noch immer nicht ganz von ihren Erlebnissen erholt hatte. Ihr Blick blieb leer und gequält. Vom gleichmäßigen Schaukeln der Wellen und der Wärme der Sonne eingelullt, fielen wir schließlich alle in Halbschlaf. Hin und wieder schlug ich träge die Augen auf und sah zu Jaufré hinüber. Er hockte auf der Galionsfigur, trotz aller Belehrungen und Verbote des Kapitäns, der diesen Platz für instabil und gefährlich hielt. Jaufré hatte sich einfach darüber hinweggesetzt. Ins warme Licht der Sonne getaucht, die Mandore im Arm, dichtete er Verse, zu denen er hin und wieder einen Akkord anschlug. Ihn beim Komponieren zu beobachten erfüllte mich mit einem Glücksgefühl ohnegleichen.

»Schiff an Backbord, Schiff an Backbord!«

Wir waren an die Rufe des Wachpostens gewöhnt, denn immer wieder trafen wir auf andere Schiffe, denen wir auszuweichen hatten, und so wandten wir nicht einmal die Köpfe. Erst der zweite Ruf ließ uns aufschrecken.

»Schiff an Backbord! Es kommt direkt auf uns zu, Kapitän!«

Die Hand schützend über die Augen gelegt, fixierte Antonio von der Brücke aus den Horizont. Dann gab er ein paar Befehle, die wir nicht verstanden. Doch das war auch gar nicht nötig. Unter vollen Segeln kam mit großer Geschwindigkeit ein leichtes Schiff auf uns zu, an dessen Mast die griechische Flagge wehte.

Eleonore stieß einen kleinen Schrei aus und zeigte nach Norden. Eine Taulänge hinter dem ersten hatte sie ein weiteres Schiff entdeckt. Ohne zu zögern, eilte sie zum Kapitän auf die Brücke.

Ich warf einen besorgten Blick zur Galionsfigur. Jaufré war nicht mehr da. Ein Gefühl der Panik ergriff mich, das sofort nachließ, als ich seine geschmeidige Gestalt entdeckte, die auf uns zukam. Mit ein paar Schritten war er bei uns.

»Ich fürchte, Damoiselles, diese Flagge verheißt keine Freundschaft. Ihr zieht Euch besser auf der Stelle in Eure Kabinen zurück und kommt nicht wieder heraus, bis man Euch holt.«

Faydide von Toulouse, die aus Damaskus eine schlimme Narbe schräg über der rechten Wange mitgebracht hatte, reckte ihr spitzes Kinn und sagte mit stolzem Blick: »Wir haben gegen die Türken gekämpft, glaubt Ihr, dass wir jetzt vor den Griechen zittern? Die Stunde ist gekommen, unsere Gefährten zu rächen, die in Adalia massakriert wurden!« Mit einer entschlossenen Handbewegung zog sie ihr Schwert, das sie als Einzige nicht in der Kabine zurückgelassen hatte.

»Damoiselle Faydide hat Recht«, stimmte ich zu. »Gehen wir unseren Männern zur Hand! An die Waffen, Damoiselles von Frankreich!«

Ich sah, wie Jaufré zusammenzuckte, doch er sagte kein Wort, während sich die Frauen mit wütendem Gebrüll in den Bauch des Schiffes stürzten, um ihre kostbaren Schwerter zu holen.

Als wir zurück auf Deck erschienen, waren Eleonores Vasallen schon bereit zum Kampf. Es stand außer Zweifel, dass wir unseren schnellen und wendigen Verfolgern nicht würden entkommen können. Trotz der Routine unseres Kapitäns blieb uns nichts anderes übrig, als tatenlos auf die Attacke zu warten.

Das Schwert noch in der Scheide, beobachtete Eleonore das geschickte Manöver des Feindes, der längsseits an unseren Rumpf anlegte und sich anschickte, uns zu entern.

»Wir sind verloren«, flüsterte Sibylle neben mir mit tonloser Stimme. Dann fiel sie weinend auf die Knie.

»Steh auf, Sibylle! Los! Ich befehle es dir! Steh auf!«

Sie blickte mich an, ohne mich zu sehen. Ich begriff, dass sie im Geiste eine andere Schlacht kämpfte und wir nicht auf sie zählen konnten. Also legte ich ihr einen Arm um die Schultern und führte sie zu der Treppe, die zu den Kabinen hinunterführte. Da sie im Grunde nirgends auf dem Schiff wirklich in Sicherheit war, nahm ich die Decke, die auf ihrem Bett lag, schob Sibylle hinter einen großen Schrankkoffer und breitete den Stoff über sie, um ihre Angst zu besänftigen.

Dann verschloss ich die Tür hinter mir. Ich strebte eben der Treppe entgegen, als mich ein Ruck aus dem Gleichgewicht brachte, sodass ich gegen die Wand geschleudert wurde. Nach einem kurzen Augenblick der Benommenheit stand ich auf und kletterte mit dem Schwert in der Hand die Stiege hinauf.

Auf Deck war das Kampfgetümmel bereits in vollem Gange. Die Griechen waren keine starken Soldaten, aber gute Seeleute, außerdem hatten sie den Vorteil des Angreifers auf ihrer Seite. Zu unserem großen Glück führten die Matrosen von Kapitän Antonio eine außergewöhnlich flinke Klinge. Dennoch war unsere Lage mehr als prekär. Wenn uns das zweite Schiff erreichte und in die Zange nahm, würden wir zahlenmäßig erdrückt. In dem Augenblick, als ich beschloss, dass es an der Zeit sei, die Zauberei zu Hilfe zu rufen, landete der junge Thierry von Moroit in meinen Armen. In der Seite getroffen, hatte er sich, über seine Wunde gekrümmt, bis zu mir geschleppt und war hier zusammengebrochen. Sein Angreifer, ein Riese mit blonden Haaren und hässlichen gelben Zähnen, warf mir einen lüsternen Blick zu, während ich Thierry zu Boden gleiten ließ.

Er stürzte sich blitzschnell auf mich und mir war klar, dass ich zuerst ihn loswerden musste, wenn ich handeln wollte. Ich wich seinem Schwert aus, das ein paar Fingerbreit an meiner Flanke vorbeizischte. Er wollte gerade erneut zustechen, als sein Blick auf den Mondstein fiel, der an einem Goldkettchen um meinen Hals hing. Interessiert grinsend ließ er sein Schwert fallen. Einen Augenblick von seinem Gesichtsausdruck irritiert, passte ich nicht auf und strauchelte unter dem Gewicht seines massigen Körpers. Ein Schrei entrang sich meiner Kehle im selben Moment, in dem ich mein Schwert fallen ließ. Ich versuchte, mich zu wehren, und traktierte seinen Rücken mit harten Faustschlägen, doch es gelang mir nicht, mich aus seiner Umklammerung zu befreien. Er bahnte sich einen Weg durch das Getümmel, während ich wild wie eine Dämonin herumfuchtelte und um Hilfe rief.

Meine Schreie alarmierten Gottfried von Rancon, der sich nicht ohne Mühe zweier schwächlicher, aber flinker Griechen entledigt hatte. Er warf sich auf den Koloss und trieb sein Schwert bis zum Heft in das Lederhemd, das den massiven Oberkörper des Mannes schützte, sodass es nur ein paar Zentimeter von meinem Gesicht entfernt aus seiner Brust trat. Der Grieche stieß ein überraschtes Grollen aus und drehte sich um. Jetzt konnte ich mich endlich seinem Griff entwinden, der durch die Verwundung schwächer geworden war. Mir blieb gerade noch die Zeit, beiseite zu springen, um nicht von dem Riesen erdrückt zu werden, der jetzt Blut spuckend der Länge nach aufs Gesicht schlug.

Gottfried von Rancon hatte sich schon wieder einem neuen Angreifer zugewandt. Ich lehnte mich an den Pfosten des Ausgucks und stellte mit einem Rundblick fest, dass die Schlacht verloren war. Das zweite Schiff näherte sich rasch. Bald würde es uns erreicht haben, dann wären wir diesen Verrätern hoffnungslos ausgeliefert. Ich hatte keine Zeit mehr, mir Sorgen zu machen, ob sie mich vielleicht wegen Hexerei auf den Scheiterhaufen bringen würden. Doch alles schien mir besser als der Tod meiner Gefährten oder gar Jaufrés, den ich nirgends mehr entdeckte.

Ich streckte mich, reckte die Arme zum Himmel und rief laut in die blutgetränkte Luft: »Möge sich aus Finsternis und Tag, aus den

Tiefen des Meeres und der Zeit der schwarze Drache erheben! Nur die Griechen mit ihren dunklen Absichten sollen sein klaffendes Maul mit dem üblen Odem sehen!«

Augenblicklich verdunkelte ein riesiger Schatten die Sonne und ein Schrei wie aus einem Mund erhob sich um mich. Panik erfasste das zweite Schiff, das uns bei seinem Wendemanöver streifte. Die Männer, die dicht gedrängt mit ihren Enterhaken an der Reling standen, wichen entsetzt zurück. Die Griechen bei uns an Deck rissen einen Augenblick lang vor Überraschung und Entsetzen Augen und Münder auf. Der Moment des Schreckens genügte, um sie zu überwältigen und uns zum Sieg zu verhelfen. Von unseren Leuten konnte ich allein die Bestie sehen, die aus ihren Nüstern lodernde Flammen ausstieß. Es war nur ein Trugbild. Als keiner der Feinde mehr auf seinen Füßen stand, ließ ich meine Arme fallen und das Bild verschwand. Erst jetzt blickten alle zu mir, denn niemand hatte begriffen, was geschehen war, doch alle hatten gesehen, wie ich da stand, die Arme zum Himmel erhoben, angestrahlt von blutrotem Licht.

Sie umringten mich wie eine Horde Schiffbrüchiger und fast fürchtete ich, von ihnen zerquetscht zu werden. Doch das war nicht wichtig. Ich hatte mein Bestes getan und meine Leute gerettet – die Königin, die nur eine lange Wunde am Arm davongetragen hatte, Jaufré, der sich wackelig vom Boden aufrappelte, Sibylle, die nichts gesehen hatte, aber unter ihrem Stoffberg endgültig den Verstand verloren hatte.

Plötzlich senkten alle, dem Beispiel der Königin folgend, wie ein Mann vor mir die Köpfe und von ihren zitternden Lippen erhob sich ein Halleluja.

Ich brauchte ein paar Sekunden, um zu begreifen, dass meine Freunde, die das Monstrum nicht gesehen hatten, an eine göttliche Intervention glaubten. Im Grunde hätte mich dieses Missverständnis belustigen müssen, doch in diesem Augenblick, angesichts ihrer gefalteten Hände und der mächtigen Aura, die mich noch immer umgab, empfand ich nur unendliche Zärtlichkeit für sie. Wie leichtgläubig sie doch alle waren, wie verletzlich. Aber konnte ich ihnen das vorwerfen? Eines jedenfalls stand fest: Ich hatte aus Liebe gehandelt. Vielleicht war das alles, was zählte.

Während ich den Dankesgebeten zuhörte, überfiel mich plötzlich bleierne Müdigkeit. Die Zauberei war eine schwierige Prüfung gewesen, zumal ich nie zuvor solch einen Bannspruch ausgestoßen hatte. Schwankend bewegte ich mich auf Jaufré zu, der mich mit mitfühlendem Blick stützte. Bevor ich das Bewusstsein verlor, ließ mir eine Vision das Blut in den Adern gefrieren. Für einen Augenblick sah ich ihn mit glasigen Augen unter beringten weißen Händen zusammenbrechen. Ich stieß einen Schrei der Überraschung und des Schmerzes aus, dann umfing mich pechschwarze Nacht.

Als ich wieder zu mir kam, schaukelte das Schiff sanft zwischen Wellen und Sternenfirmament durch die Nacht. Jaufré war an meiner Seite eingenickt. Sein regelmäßiger Atem und seine rosige Haut beruhigten mich. Zärtlich ließ ich einen Finger über die Wange meines Geliebten gleiten. Sofort öffnete er die Augen und sah mich lächelnd an.

»Anscheinend geht es meiner guten Fee wieder besser«, murmelte er und zog mich an sich.

Ich gab mich seinem Kuss hin.

»Was ist passiert?«, wollte ich anschließend wissen, während ich mich in die Beuge seiner Schulter schmiegte.

»Nichts von Bedeutung«, witzelte er. »Du hast die Arme zum Himmel gehoben und der Himmel hat uns verschont. Zumindest ist das die Version des Kapitäns, die er in sein Logbuch geschrieben hat. Eleonore ergänzte die Geschichte, indem sie versicherte, du müsstest die heilige Maria der Seeleute gesehen haben, so wie dein Gesicht vor Freude und Glückseligkeit strahlte. Niemand weiß, was unsere blonden Bürschchen gesehen haben, aber wahrscheinlich war es der Zorn Gottes. Danach wurdest du – wie alle Heiligen der Geschichte – bewusstlos, um den göttlichen Odem zu bewahren und rein zu halten. Die Matrosen haben die Leichen ins Meer geworfen und das Deck vom getrockneten Blut gesäubert. Der Priester hat eine Messe für ihre, unsere und vor allem für deine auserwählte Seele gehalten. Eine ziemlich hübsche Anekdote, die sicherlich bald vertont werden wird.«

»Wirst du das Lied schreiben?«, fragte ich lächelnd.

»O nein, schöne Damoiselle! Ich überlasse es anderen, deine

Gottesfurcht zu loben. Sonst bekomme ich vielleicht sogar noch Skrupel, weil ich eine Heilige heiraten will! Nun... Da du jetzt meine Pläne kennst, würdest du mir verraten, was das für ein Bild war, das diesen Schurken die Haare zu Berge stehen ließ?«

»Ein Drache.«

»Ein Drache? So ein garstiger wie in den alten Legenden? Mit mehreren Köpfen, die Feuer spucken?«

»Noch schlimmer! Er hatte einen verpesteten Atem und große Augen, die sich nach allen Richtungen drehten. So einer.« Ich setzte mich auf und fing an, ihm das Monster vorzumachen. Er ließ sein klares Lachen hören, das ich so liebte. Dann zog er mich erneut an sich.

»Ich liebe dich, Loanna von Grimwald.«

»Ich liebe dich auch, Jaufré von Blaye.«

»Blaye wird bestens geschützt sein, wenn du alle Feinde mit solchen Zaubersprüchen fern halten kannst. Gute Güte, Loanna, ich habe unbegrenztes Vertrauen in dich. Allerdings, wenn dich einmal jemand bei diesen Übungen überrascht, würde man dich verdächtigen, mit dem Bösen zu paktieren. Manchmal macht mir das Angst. Das Schicksal wollte, dass keiner deiner Feinde an Bord war, aber schau, was in Antiochia passiert ist. Und dann ist da noch etwas...«

Er nahm von einem kleinen Tisch ein Schmuckstück und reichte es mir. Es war das Goldkettchen mit meinem Mondstein. Ich legte erschrocken die Hand aufs Herz.

»Der Verschluss ist entzwei. In dem Augenblick, als man den Mann ins Meer werfen wollte, der als Anführer galt, sah ich es in seiner Hand. Natürlich habe ich es ihm sofort entwunden. Und dabei habe ich dies hier entdeckt.«

Er öffnete die Hand, und ich erkannte einen kunstvoll gearbeiteten Ring mit dem Siegel des Manuel Komnenos. »Wir wurden nicht einfach so überfallen, Loanna. Eleonore glaubt, die Griechen haben es ihretwegen getan, um Lösegeld vom König zu erpressen. Zunächst stimmte ich ihr zu, aber jetzt bin ich mir nicht mehr sicher. *Dich* wollte dieser Wilde. Gottfried von Rancon ist auch meiner Meinung. Komnenos wollte Rache.«

Ich schüttelte den Kopf. »Das ist doch schon so lange her …«

»Du bist anders als die anderen, Loanna. Entweder man begehrt dich, oder man will dich vernichten. Heirate mich, bevor irgendein Vasall, der im Dienste deiner Feinde steht, bei Ludwig um deine Hand anhält.«

»Ludwig würde nie ohne mein Einverständnis zustimmen.«

»Wahrscheinlich nicht, aber weißt du es genau? Die Mauern von Blaye sind so dick, dass sie auch dem dreistesten Anwärter standhalten, und ich habe zahlreiche Verbündete. Indem ich dir meinen Namen und meinen Titel gebe, übergebe ich dir auch mein Land und meine Leute, die dich beschützen werden, besser als es diese armen Poetenhände jemals könnten.«

»Lass mir noch ein wenig Zeit, Liebster. Sobald wir in Frankreich sind, wird sich Eleonore im Namen des Kirchenrechts von Ludwig scheiden lassen und England bekommt seine Königin. Dann hindert mich nichts mehr daran, mich meinem eigenen Schicksal zuzuwenden.«

»Ist das ein Versprechen?«

»Mein ganzes Leben ist ein Versprechen.«

Wie um diesen Schwur zu besiegeln, legte ich mich auf ihn, sanft und fließend wie ein Schleier aus Seide.

Bald darauf erreichten wir Palermo, wo wir erfuhren, dass Ludwigs Schiff ebenfalls von der byzantinischen Flotte angegriffen und von den Normannen Siziliens gerettet worden war. Glücklich darüber, dass wir ohne weitere Zwischenfälle sicheren Hafen erreicht hatten, begaben wir uns nach Potenza, wo uns König Roger feierlich empfing.

Es tat mir gut, wieder festen Boden unter den Füßen zu spüren, zumal ich hoffte, dass mein Unwohlsein jetzt endlich aufhörte. Leider zerschlug sich diese Hoffnung alsbald. Schon am nächsten Morgen, als ich im sonnigen weißen Palast des Königs erwachte, trieben mich wieder Krämpfe aus dem Bett. In dem silbernen Becken, das mir als Toilettentisch diente, wusch ich mein Gesicht. Als ich mich aufrichtete, sah ich mein Gesicht zum ersten Mal seit Wochen im Spiegel. Die bläulichen Ringe unter meinen Augen beunruhigten mich. Doch mit einem Schlag wusste ich, was mit mir los war.

Es war ganz einfach: Ich war schwanger. Ich legte die Hände auf meinen Bauch. Er war ein bisschen runder als sonst und meine Brüste waren schwerer geworden. Wie um alles in der Welt konnte es sein, dass ich nichts bemerkt hatte? Natürlich hatte ich auf dem Schiff wenig Zeit gehabt, mich mit mir selbst zu beschäftigen. Ich rechnete in Gedanken zurück, wann ich den letzten Monatsfluss gehabt hatte. Auch darauf hatte ich nicht im Geringsten geachtet. Es musste mindestens drei Monate her sein. Schwindel erfasste mich, und ich musste mich am Bett abstützen. Drei Monate! Und ich hatte nicht einmal ein Kraut zur Hand, um das Kind wegzumachen. Ich zitterte in Panik. Jaufrés Kind war in mir, schmiegte sich in meinen Bauch. Ich hätte vor Freude in die Luft springen sollen, stattdessen dachte ich daran, es loszuwerden.

Tränen stiegen mir in die Augen, Tränen der Wut, der Ohnmacht und des Glücks. War das nicht ein Fingerzeig des Schicksals, dass meine Mission erfüllt war und ich an mein eigenes Leben denken sollte? Andererseits konnte ich es nicht verantworten, den Hof zu verlassen, bevor Eleonore nicht mit Heinrich verbunden war.

Drei Monate … Mir blieb also noch etwas Zeit, bis etwas zu sehen war. Jaufré würde ich nichts sagen. Bald wären wir wieder auf der Île de la Cité und ich würde in die Bretagne aufbrechen, um Heinrich zu besuchen. Sobald Eleonore frei war, würde ich mein Kind zur Welt bringen und Jaufré heiraten. Alles würde nun sehr schnell gehen.

Ich musste jetzt nur mein Mieder enger schnallen und meinen Troubadour aus meinem Bett verbannen, sobald meine Leibesfülle nicht mehr zu übersehen war. Bislang hatte er noch nichts bemerkt. Er würde nach dem langen Kreuzzug erst einmal nach Blaye zurückkehren müssen, um nach dem Rechten zu sehen. Ich hatte freie Hand. Ja, so könnte es gehen. Zärtlich streichelte ich über meinen kaum gewölbten Bauch.

»Mein Kleines … meine Tochter«, murmelte ich gerührt.

Als Camille, meine Zofe, hereinkam, um mir beim Ankleiden zu helfen, fand sie mich in dieser Haltung, den Blick verträumt auf einen Punkt hinter dem Horizont gerichtet, auf das Moorland, in dem ich die glücklichsten Stunden meines Lebens verbracht hatte.

Fünf Tage später traf Ludwig ein. Er war abgemagert und blickte drein wie von inneren Dämonen gehetzt. Er begrüßte Eleonore, die Roger von Sizilien vorgeschickt hatte, um ihn zu empfangen. Es bereitete ihm offensichtlich Mühe, dem Mann aufrecht gegenüberzutreten, der ihm und seinen Leuten das Leben gerettet hatte. Auf die zahllosen Fragen antwortete er nur, die Reise sei sehr anstrengend gewesen. Da er während der Überfahrt krank gewesen sei, habe er sich nur an der Hoffnung festgeklammert, bald wieder festen Boden unter den Füßen zu haben. Roger von Sizilien ließ eilends eine feierliche Messe lesen, bei der natürlich auch nicht unerwähnt blieb, dass mir der Heilige Geist zu Hilfe gekommen war, um die Byzantiner in die Flucht zu schlagen. Diese Geschichte wurde mir langsam unangenehm. Zumal der Bischof unbedingt hinzufügen musste, dass selbstverständlich nur die reine Seele einer Jungfrau die Gnade Gottes auf sich ziehen könne.

Von diesem Zeitpunkt an wusste ich es genau. Auf keinen Fall durfte jemand erfahren, dass ich ein Kind erwartete. Auch wenn alle ahnten, dass ich keine Jungfrau mehr war, so hätte es doch keiner beweisen können, abgesehen von Denys. Jaufré würde alles tun, um meine Ehre zu schützen, indem er seine Liebe zu mir rein und edel nannte, mich als seine »Ferne« anredete und mein Bett in aller Herrgottsfrühe verließ. Béatrice von Campan allerdings war scharfsinnig genug, um nicht einen Augenblick zu glauben, dass Gott seine Hand über mich breitete, wo ich doch so gut wie nie betete, ganz im Gegensatz zu ihr. Auch Stephan von Blois warf mir einen misstrauischen Blick zu.

Jaufré hatte Recht. Ich musste auf der Hut sein. Die Kirche zeigte mit dem Finger auf Hexen, betrachtete sie als Ausgeburten der Hölle. Auch wenn sie beim Volk immer noch hoch angesehen waren, mussten sie sich inzwischen tief in dunklen Wäldern verbergen. Ober kurz oder lang würde die Kirche, dessen war ich sicher, im Handstreich alle vernichten, die sich ihrer Obermacht entgegenstellten. Das Böse würde als willkommener Vorwand dienen, um lästige Freigeister zum Schweigen zu bringen. Solange ich meinen Platz in Eleonores Dunstkreis behielt, hatte ich wenig zu befürchten. Nur an meiner Frömmigkeit durfte ich keinen Zweifel aufkommen lassen. Leider sprach dieses Kind in meinem Bauch nach Ansicht der Kirche eine andere Sprache. Es war zwar annehmbar, wenn sich eine verheiratete Frau von einem Geliebten schwängern ließ, doch dass ein spätes Mädchen wie ich einen dicken Bauch zur Schau trug, ohne als geringste aller Huren angesehen zu werden, war schlechterdings undenkbar.

Roger von Sizilien war ein perfekter Gastgeber. Mehrere Tage lang wechselten sich Feste, Bankette und Jagden ab mit langen Gottesdiensten, bei denen Ludwig andächtiger denn je wirkte.

Eines jedoch beunruhigte mich: Er schien Béatrice aus dem Weg zu gehen. Ob sie sich auf dem Schiff gestritten hatten? Welche Sünde hatte Ludwig auf dem Gewissen, dass er den Blick der Frau mied, die er liebte? Ich wollte es unbedingt genau wissen und ließ ihn durch eine Dienerin ausspionieren, doch sie erfuhr auch nicht mehr, als dass er sich mehrmals am Tag zum Bischof begab und lange Gespräche mit ihm führte. Ich hätte die Zauberei zu Hilfe nehmen können, um ihnen ihr Geheimnis zu entreißen, doch die Gefahren waren zu groß. Dass er Eleonore im gleichen Maße mied wie Béatrice, genügte im Grunde, um meine größten Befürchtungen zu beruhigen. Wenn der König irgendjemandem näher gekommen war, dann Christus, aber sicherlich keiner Frau. Er hatte sogar eine Zelle in dem Kloster bezogen, das an die Kathedrale angrenzte.

Nach einigen Tagen hatte er eine weitere Unterredung, diesmal mit Roger von Sizilien. Wieder drang nichts von dem nach draußen, was die beiden Männer besprachen. Allerdings erschien Ludwig anschließend nicht mehr bei den Banketten, unter dem Vorwand, büßen und fasten zu müssen. Auf diese Weise blieb er zwei Wochen lang allem und jedem fern, wie damals nach der Belagerung von Damaskus.

Roger von Sizilien gab sich alle Mühe, uns auf die charmanteste Art und Weise zu zerstreuen, sodass wir uns bald keine Sorgen mehr um den König von Frankreich machten. Ich beäugte indessen mit wachsender Aufmerksamkeit meinen Taillenumfang und aß so wenig wie möglich, um ihn nicht vorzeitig anschwellen zu lassen. Inzwischen spürte ich, wie mein Mädchen in mir lebte, und das war eine ebenso wunderbare wie eigenartige Erfahrung. Warm, sanft und zärtlich erfüllte sie mich. Jaufrés Liebkosungen schienen mit jedem Tag lindernder und sinnlicher. Es war, als wäre mein Körper von der Frucht unserer Liebe erst erweckt worden und sehnte sich umso mehr nach seinem. Ich fühlte mich wunderbar.

Eleonore stieß einen markerschütternden Schrei aus. Sie ließ den Brief fallen, den sie in Händen gehalten hatte, und brach zusammen, bevor ich hinzueilen konnte, um sie aufzufangen.

»Riechsalz!«, rief ich an eine der Gefolgsdamen der Königin von Sizilien gewandt.

Sie musste mich verstanden haben, obwohl ich nicht ihre Sprache benutzt hatte, denn sie lupfte ihre roten Röcke und eilte Richtung Messe davon.

Wir waren gerade dabei gewesen, ein herrliches Banner zu weben, das die Farben Frankreichs mit denen Siziliens vereinte; es sollte ein Geschenk für beide Könige werden. Dann trat ein Bote ein, der sich vor Eleonore verbeugte und ihr ohne weitere Erklärung ein Schreiben überreichte.

Paola, eine der Dienerinnen, hatte den Brief aufgehoben und zu mir gebracht. Während sie den Flakon mit Riechsalz öffnete, entzifferte ich die zarte Handschrift. Ich hatte das Gefühl, mich übergeben zu müssen. Der Brief trug die Unterschrift von Constance. Sie teilte uns mit, dass Raymond von Antiochia verstorben sei, enthauptet im Kampf gegen Nur-ad-Din in Maaratha. Eleonore hatte also ihre Vorahnung nicht getrogen, dass sie Raymond nie wieder sehen würde und Ludwigs starrsinniger Marsch nach Jerusalem ihn ins Verderben stürzen würde.

Ein schmerzvoller Seufzer ließ mich aufhorchen. Sie hatte das Bewusstsein wiedererlangt und damit das Wissen um die schreckliche Nachricht. Ich hatte nur noch die Zeit, mich neben sie zu knien und sie in meine Arme zu schließen, bevor sie in verkrampftes Schluchzen ausbrach, das sie nur durch raue Schmerzensschreie unterbrach.

Seit einem Monat weigerte sich Eleonore nun schon, ihr Zimmer zu verlassen. Sie ließ sich magere Fleischbrühe ans Bett bringen, die stets mehrmals wieder aufgewärmt werden musste, bis sie etwas davon zu sich nehmen konnte. Die Königin war krank. Die besten Ärzte Siziliens wechselten sich an ihrem Bettrand ab, doch trotz all ihres Wissens gelang es keinem von ihnen, die Ursache des Übels zu finden. Der ratlose Ludwig besuchte sie häufig, erhielt jedoch für seine plötzliche Zuneigung nur verächtliche Blicke und müde Gesten, sodass er sich schnellstens zu seinen Beichtvätern zurückzog.

Roger von Sizilien und seine Gattin waren tief betrübt. Beide zeigten sich so aufmerksam wie nur irgend möglich und gaben sich alle erdenkliche Mühe, die Königin zu zerstreuen und ihr neuen Lebensmut einzuhauchen. Denn genau da lag das eigentliche Problem. Eleonore erholte sich nicht vom Tod ihres Onkels. Nachdem sie die traurige Nachricht erhalten hatte, weinte sie tagelang, schien sich dann aber wieder zu fassen. Ich allerdings wusste, dass das nicht der Fall war. Schlimmer noch als der Schmerz, einen geliebten Menschen verloren zu haben, plagten die Königin ihre Rachegefühle gegenüber dem König. Raymond hatte den bekämpft, den er als wahren Feind des Abendlandes betrachtete, aber was konnte er schon ausrichten ohne die Unterstützung des Königstrosses? Raymond war alles andere als naiv. Er hatte genau gewusst, dass dieser Feldzug gegen Nur-ad-Din sein Ende bedeuten würde. Warum hatte er den Tod gesucht, wenn nicht, um die tragische Liebe seines Lebens zu vergessen? Wieder einmal war sie ihm aus Staatsräson entrissen worden; ihretwegen hatte er nicht den Mut aufgebracht, dem König die Stirn zu bieten.

Ludwig war schuld. Er allein.

Nach und nach hatte Eleonore, von Hass und Kummer zerfressen, ihren Appetit verloren. Sie beweinte nicht den Geliebten, sondern sich selbst und ihre Ohnmacht gegenüber dem Schicksal. Wie Raymond suchte sie den Tod, um nicht länger darunter leiden zu müssen, für die Geschichte Frankreichs nichts weiter als eine erbärmliche Schachfigur zu sein. Die Ärzte zerbrachen sich vergeblich die Köpfe. Keiner war in der Lage, dieses rätselhafte Leiden zu heilen. Ich wich nicht von ihrer Seite, brachte alle Geduld und Liebe auf, zu der ich fähig war, doch auch ich konnte nichts ausrichten. Eleonore musste ihren Schmerz aus sich selbst heraus tilgen, in sich selbst die Kraft zum Weiterleben finden. Nur Abwarten half.

Ein Arzt verordnete ihr einen Aderlass, der ihre Melancholie ausschwemmen sollte, ein anderer schlug vor, ihren Körper mit Brennnesseln abzureiben, um sie aus ihrer Apathie zu reißen, ein dritter schwor auf heiße Duschen, um ihre Lebenskraft zurückzubringen. Wahrscheinlich hätten sie sie am Ende umgebracht, wenn ich nicht jede Nacht meine Kräfte und Arzneien eingesetzt hätte, um sie in ihrem rastlosen, von Albträumen geplagten Schlaf zu beruhigen. Zum Glück hatte ich hier Melisse und Minze im Überfluss gefunden. Eleonore gab sich alle Mühe mit ihrem Selbstmord auf Raten, doch ich zog jeden Morgen die Vorhänge auf, damit die Strahlen der Sonne sie wärmen und stärken konnten.

Ein Monat zog ins Land. Dann wachte sie eines Morgens schreiend auf und fing an zu weinen. Ihr Körper wurde von heftigen Krämpfen geschüttelt und sie erbrach Galle. Die Dienerin eilte sofort los, um einen Priester zu holen, weil sie glaubte, die Stunde der Letzten Ölung sei gekommen. Als er die Schwelle übertrat, stieß Eleonore einen wütenden Schrei aus und rief ihm zu, nachdem sie in der ganzen Zeit ihrer Bettlägerigkeit kein Wort gesagt hatte: »Hinaus, Abgesandter des Teufels! Und sagt meinem Pfarrergatten, dass er mich nicht bekommen wird!«

Im Zurückweichen sah der Priester noch, wie sie mich grob zur Seite stieß und anklagend mit dem Finger auf ihn zeigte. Angesichts ihrer blutunterlaufenen Augen bekreuzigte er sich entsetzt. In diesem Moment wusste ich, dass sie über den Berg war. Mit einem Satz war ich bei dem Geistlichen, der sein Kruzifix vor sich hielt, als müsste er den Teufel abwehren, und nahm ihn mit einer beschwichtigenden Geste beiseite.

»Mein Vater, vergesst bitte, was Ihr hier gesehen habt. Die Königin hat heute Nacht eine Arznei genommen, die ihr die Ärzte verschrieben haben. Jetzt scheint ihre Apathie zu Ende zu gehen. Mit ein wenig Ruhe wird sie, so denke ich, bis heute Abend ihr volles Bewusstsein wiedererlangt haben.«

»Ich denke vielmehr, dass irgendein Dämon sich ihrer Seele bemächtigt hat«, gab er schlotternd vor Angst zurück.

»Ihr sprecht von Ihrer Majestät, der Königin von Frankreich, mein Vater. Seid nicht vorschnell in Eurem Urteil.«

Er sah mich mit einer Mischung aus Furcht, Entschlossenheit und Zweifel an. Wenn er einen Exorzisten kommen ließ und sich irrte, würde man ihm das an höchster Stelle nie verzeihen. Die Königin hatte sich bäuchlings aufs Bett fallen lassen und weinte sich die Seele aus dem Leib, den Kopf in die Kissen vergraben, die sie an sich drückte, als wollte sie sich ersticken. Der Priester entwand schließlich seinen Arm aus meinem Griff und entschwand, nachdem er nochmals ein riesiges Kreuz in die Luft gemalt hatte.

Die Kammerzofe hatte sich in eine Ecke gekauert und zitterte am ganzen Leib, so sehr hatte sie Eleonores Ausbruch aus der Fassung gebracht. Ich ging zu ihr und riet ihr, sich etwas auszuruhen und Bescheid zu geben, dass uns niemand stören solle. Weder Ärzte noch der König noch sonst irgendwer.

»Hast du verstanden? Niemand!«

Sie nickte und eilte hinaus.

Dann ging ich zum Bett zurück und legte mich neben Eleonore. Sie klammerte sich an mich und stammelte zwischen zwei Schluchzern: »Warum will mich der Tod nicht? Warum? Warum?«

»Was soll er mit deiner Jugend und Schönheit?«

»Ich habe Raymond umgebracht… Meinetwegen hat er sich trotz Ludwigs Entscheidung nicht von seinem Vorhaben abbringen lassen.«

»Und deinetwegen hat Ludwig diese Entscheidung getroffen. Ich weiß, was du fühlst, aber du kannst nichts daran ändern, meine Süße.«

»Er war alles für mich, verstehst du? Alles, was mir von zu Hause geblieben war. Von meinem wahren Zuhause. Jetzt habe ich nichts mehr. Nichts mehr…«

»Du hast Marie…«, flüsterte ich sanft, denn ich erinnerte mich, dass der Gedanke an ihre Tochter ihr zuvor schon zweimal wieder Mut eingeflößt hatte.

Diesmal folgte der Erwähnung des Namens keinerlei Reaktion.

»Ludwig wird bezahlen«, sagte sie nach einer ganzen Weile mit plötzlicher Entschlossenheit.

»Was hast du vor, meine Süße? Gott übersieht niemanden. Weder Raymond noch dich noch Ludwig. Er ist nicht mehr wieder zu erkennen. Seit du krank bist, ist er nur noch ein Schatten seiner selbst. Der Tod deines Onkels hat ihn schwer getroffen. Ich weiß, dass er sich selbst die Schuld daran gibt.«

»Und er ist auch schuld daran!«, schrie sie und hob den Kopf. »Er ist schuld daran!«

»Diese Bürde lastet auf seinem Gewissen und anders als du muss er damit leben.«

»Ich werde die Annullierung meiner Ehe beantragen. Ich will nicht mehr mit Ludwig leben, hörst du. Ich will nicht mehr, dass er mir nahe kommt, ich will nicht mehr, dass er seine Hände auf mich legt, ich will nicht mehr, dass er auch nur seinen Blick auf mich richtet.«

»Dafür brauchst du eine Audienz bei Seiner Heiligkeit.«

»Daran soll es nicht scheitern!«

Sie riss sich aus meinen Armen und schlug die Decke zurück. Als sie entschlossen einen Fuß auf den Boden gesetzt hatte, um aufzustehen, verließen sie die Kräfte. Ein Schwindel warf sie aufs Bett zurück.

Ich schalt sie wie ein Kind. »Seit mehreren Wochen isst du nicht mehr und stehst nicht mehr auf. Glaubst du vielleicht, du kannst es in diesem Zustand mit der Staatsräson aufnehmen? Ich lasse dir Fleischbrühe bringen.«

»Zum Teufel mit der Fleischbrühe!«, schimpfte sie und massierte ihre Waden, die von der Untätigkeit dünn und schwach geworden waren. »Lass mir richtiges Essen bringen. Ich habe Lust auf Hühnchen und Fisch, Saucen und Süßspeisen und natürlich Wein.«

»Unser Gastgeber wird entzückt sein, Euer Majestät«, sagte ich lachend.

In diesem Moment fiel ihr Blick auf meine Taille, deren Umfang trotz aller Bemühungen langsam auffiel. Sie riss die Augen auf und aus ihrem Mund drang nur ein überraschtes »Oh!«. Mein Lachen erstarb sofort. Länger konnte ich das Malheur nicht mehr verbergen. Ich ging zu ihr, kniete mich hin, nahm ihre Hand und legte sie auf meinen Bauch. In dem Augenblick bewegte sich das Kind und trat so fest, dass ihre Hand ein Stück verschoben wurde. Ihr Lächeln weitete sich zu einem Strahlen, während ihr Tränen in die Augen schossen.

»Schwanger! Du bist schwanger! O Loanna! Das ist ja wunderbar.« Sie umarmte mich zärtlich wie eine Schwester. Mit einem Mal war sie glücklich, nachdem sie fast vergessen hatte, was dieses Wort bedeutete.

»Du darfst aber niemandem etwas sagen. Niemandem!«, beschwor ich sie.

»Willst du damit sagen ...«

Ich schüttelte den Kopf. Sie überlegte einen Augenblick, bis sie alle Steinchen des Mosaiks zusammenhatte. Dann nahm sie meine Hand. »Du musst jetzt an Heirat denken, Loanna.«

»Sobald wir in Frankreich sind, versprochen. Aber zur Stunde muss es unter uns bleiben, ich beschwöre dich. Um nichts in der Welt möchte ich die Dinge beschleunigen. Du kennst doch Jaufré! Wenn er erfährt, dass ich ein Kind von ihm erwarte, marschiert er zum Bischof und verlangt, dass er uns auf der Stelle traut. Das würde Gerede geben.«

»Wenn du zu lange wartest, wird die Kirche eure Verbindung nicht mehr segnen, bevor das Kind geboren ist. Man heiratet keine Frau, die am Hochzeitstag hochschwanger ist, das geht gegen alle guten Sitten. Ist dir das klar?«

»Mach dir keine Sorgen um mich. Ich habe mir bereits alles überlegt. Sobald wir in Frankreich sind, lässt du dich von Ludwig scheiden, und ich heirate Jaufré.«

»Dann werde ich ganz allein sein ...«

»Mitnichten, meine Königin, das schwöre ich bei Gott. Es ist dir nicht bestimmt, ohne Königreich alt zu werden.«

»Wenn ich das von Ludwig verliere, bleibt mir doch nur noch Aquitanien, das ich auch noch mit Klauen und Zähnen verteidigen muss! Es gibt bestimmt ein paar Vasallen, die versuchen werden, mich zu heiraten, um auf diese Weise bequem an mein Lehen zu kommen.«

»Es wird eine Zeit kommen, meine Königin, da Ludwig die Last seiner Irrtümer schwer erdrücken wird. Vertraue mir.«

»Wem sonst sollte ich vertrauen? Ich liebe dich so.«

»Ich liebe dich auch. Ich hätte es nicht ertragen, dich zu verlieren.«

An diesem Tag stopfte sich Eleonore zum größten Erstaunen aller so voll wie schon lange nicht mehr. Gegen Abend erschien sie in einem schillernden Kleid in der Messe, abgemagert und mit tiefen Schatten unter den Augen, aber würdevoller denn je. Sie nahm an der Seite des Königs an der Kommunion teil und warf ihm sogar ein Lächeln zu, dessen versteckten Hass nur ich sah. Meine Königin war zurück. Von nun an hatte Ludwig den erbittertsten Feind unmittelbar an seiner Seite.

8

Schon zwei Wochen hatte ich Jaufré nicht mehr in mein Bett gelassen. Als Grund gab ich eine ansteckende Krankheit vor, die ich mir angeblich in den heißen Ländern zugezogen hatte. Ich schnürte meine Kleider so eng, dass mir schier die Luft wegblieb. Zu meinem großen Glück gab meine robuste Konstitution sonst keinen Hinweis auf meinen Zustand. Mathilde hatte oft erzählt, dass meiner Mutter die Schwangerschaft erst im siebten Monat wirklich anzusehen gewesen war. Offenbar hatte ich sie darin beerbt, was mich sehr erleichterte. Ich wirkte nur einfach ein wenig fülliger und das ließ sich leicht den üppigen und wohlschmeckenden mediterranen Speisen zuschreiben, mit denen ich mir vermeintlich den Bauch voll schlug.

Jaufré jedenfalls bemerkte nichts und nahm mir meine abweisende Haltung nicht einmal übel. Ich hatte sogar den Eindruck, dass er sich erleichtert fühlte. Schon seit einiger Zeit war mir aufgefallen, dass er sich nicht recht wohl zu fühlen schien. Allerdings führte ich sein Schweigen und seine Melancholie darauf zurück, dass uns bei der Ankunft in Sizilien seine Gefährten verlassen hatten. Ihr Talent war überall gefragt und die Aussicht, Italien zu erobern, erschien ihnen verlockend. Überdies hatte Bernhard von Ventadour es für klüger gehalten, sich bis zu ihrer Audienz beim Papst von der Königin fern zu halten. Es war besser, Gerüchte von vornherein zu unterbinden. Jaufré war als Einziger bei uns geblieben. Auch einige Lehnsherren waren vorausgereist, nachdem sie sich vergewissert hatten, dass das Königspaar ohne weitere Gefahren nach Frankreich zurückkehren konnte. Es drängte sie, ihre Angelegenheiten wieder selbst in die Hand zu nehmen, die sie allzu lange ihren Frauen, Söhnen oder Verwaltern überlassen hatten.

Suger schickte regelmäßig Nachrichten aus dem Königreich. Es schien Frieden zu herrschen, da alle viel zu sehr mit dem Kreuzzug beschäftigt gewesen waren, um Revolten anzuzetteln oder Krieg mit dem Nachbarn zu führen. Gleichwohl empfahl er mit Nachdruck, dass König und Königin sich nicht mehr allzu lange aufhalten sollten, denn seit die Burgherren zurück auf ihren Lehen waren, gingen beunruhigende Gerüchte um. Robert von Dreux dachte offenbar an einen Aufstand. Aufgrund der Ereignisse in Antiochia war er bei seinem Bruder, dem König, in Ungnade gefallen. Das Komplott gegen die Königin, in dessen Folge ich mir um ein Haar die Zunge verbrannt hätte, hatte schwere Nachwirkungen gehabt, von denen sich Stephan von Blois und er lange nicht erholt hatten. Er sann also auf Rache.

Gottfried von Rancon und viele weitere Aquitanier waren auf dem Seeweg in ihre Ländereien zurückgekehrt. In allen Winkeln des Reiches, im Norden wie im Süden, schwelte ein Hass, der alsbald in einer unvermeidlichen Konfrontation zum Ausbruch kommen musste.

Ludwig hatte sich Eleonores Beschluss schweigend angehört und sie dann gefragt, ob sie sich der Konsequenzen bewusst sei. Zum Schluss teilte er ihr mit, dass er ihr den Ehebruch mit Raymond nicht verzeihen werde, wenn er auch den Tod ihres Onkels bedaure. Gemeinsam fuhren sie daraufhin zum Papst nach Tusculum in der festen Absicht, sich zu trennen. Rund zehn Mitglieder des Hofes begleiteten sie dorthin. Am Abend vor der Abreise hatte Béatrice den König gebeten, sie zu verheiraten, und damit große Überraschung ausgelöst. Ludwig selbst schien erschüttert von diesem Ansinnen. Er hatte mühsam geschluckt und beteuert, dass er nach ihrer Rückkehr nach Frankreich darüber nachdenken werde. Da Béatrice Sugers Augapfel war, musste der alte Mann der Wahl ihres Bräutigams zustimmen; Anwärter gab es genügend, bislang hatte sie diese jedoch stets bestimmt zurückgewiesen.

Ludwig fühlte sich schuldig. Bei ihr ebenso wenig wie bei Eleonore hatte er dem Verlangen seines Fleisches widerstehen können.

Er glaubte fest daran, dass Raymonds Tod ein Zeichen Gottes war, mit dem er für seine Untreue der Königin gegenüber bestraft werden sollte.

Solange er Béatrice wie eine Heilige verehrte, war ihnen Gott wohlgesinnt gewesen. Doch seit sie ihre Körper bei perversen Spielen versengten, schien alles um ihn herum einzustürzen. Ludwig hatte sich mit ihr zu sodomitischen und anderen Praktiken hinreißen lassen, die sein Beichtvater als satanisch und unrein bezeichnete. Fasten und Buße hatten nichts gebracht. Teuer bezahlte er seinen Tribut, denn er spürte tief in seinem Innern, wie ihm Béatrice' seidenweiche Haut fehlte und jeder ihrer Blicke sein Blut in Wallung brachte. Ludwig war unglücklich. Béatrice war unglücklich. Und Eleonore empfand kleingeistige Schadenfreude. Sie wusste, dass Béatrice niemals nach ihr Königin von Frankreich sein würde. Ungeachtet ihrer Liebe zueinander verlangte die Staatsräson, dass Ludwig eine Frau mit reicher Mitgift heiratete, und die hatte sie nicht. Wahrscheinlich war das der Grund dafür, dass Béatrice den König einmal geradezu unterwürfig angefleht hatte, sie einem seiner Vasallen zur Frau zu geben.

Papst Eugen III. hörte sich das Anliegen mit ernster Miene an. Er hatte nicht vergessen, dass sein Vorgänger das Interdikt über das Königreich Frankreich verhängt hatte. Eleonore hatte damals zu den Verursachern des Konflikts gehalten, Pernelle und Raoul von Vermandois. Es gefiel ihm nicht, was der König seiner Gattin vorwarf, und dass wieder einmal das Kirchenrecht missbraucht wurde, als handelte es sich um eine simple Formsache. Er las ihnen gehörig die Leviten, dann forderte er sie auf, über die heiligen Pflichten der Ehe zu meditieren.

Nach ein paar Tagen, in denen die drei lange Gespräche führten, bekam ich das Gefühl, dass sich die Situation wendete. Nicht, dass man das an Ergebnissen hätte ablesen können, es war nur so, dass beide niedergeschlagen, bußfertig und offensichtlich erschöpft aus diesen Unterredungen kamen. Zehn Tage gingen so ins Land. Dann erschienen Eleonore und Ludwig eines Morgens Arm in Arm. Wir erfuhren, dass sie zusammen geschlafen hatten und der

Papst sie wieder versöhnt habe. Ich hatte das Gefühl, die Erde würde sich unter meinen Füßen auftun. Eleonore trat auf mich zu. Sie schenkte mir ein schmerzliches Lächeln, in dem ich las, dass sie Gott um Gnade und Vergebung gebeten und beides erhalten hatte. Jetzt mussten wir nur noch nach Frankreich zurückkehren, um die glückliche Neuigkeit zu feiern und Norden und Süden des Landes um das frisch versöhnte Paar zu versammeln.

Jetzt war es an mir, am Boden zerstört zu sein. All meine persönlichen Pläne konnte ich nun wieder in den Wind schreiben. Es wäre Verrat gewesen gegenüber meinen Vorfahren, Mutter, meiner Patin Mathilde und vor allem gegenüber Heinrich. Ich konnte Jaufré nicht mehr heiraten, ebenso wenig wie ich dieses Kind in die Welt setzen konnte. Doch ließ sich das überhaupt noch abwenden? Ich war bereits im fünften Monat. Zu allem Überfluss liebte ich dieses kleine Wesen in mir. Und was gab es Wichtigeres als die Liebe? War ich nicht schon einmal gewarnt worden, als ich ihre Macht unterschätzt hatte? Was konnte ich tun, ohne erneut Verrat zu begehen, an mir und denen, die mein Schicksal teilten? Ich hatte keine Ahnung.

Jaufré schien glücklich darüber, endlich wieder nach Frankreich zurückzukehren. Ich hatte ihm das Versprechen abgenommen, dass er Ludwig noch nicht um meine Hand bat, doch wie lange würde er noch mitspielen? In der Nacht nach dieser unheilvollen Versöhnung stand ich allein am Fenster und suchte hinter den dicken schwarzen Wolken die ewige Mutter Luna, den riesigen heiligen Mond, den meine Vorfahren angebetet hatten. Als der Hahn krähte, hatte ich noch immer keine Antworten auf meine Fragen gefunden. Der Himmel hing tief und düster über der Stadt, und imposante Blitze zuckten durch die schwere Luft wie eindrucksvolle Symbole für meine innere Zerrissenheit.

Im Nachbarzimmer hatten Ludwig und Eleonore erneut die Nacht zusammen verbracht. Trotz Eleonores Abscheu gegen seine bleichen Hände hatten sie sich wahrscheinlich sogar vereint. Alles begann von vorne. Immer und immer wieder. Wie oft noch? Eleonore durfte Ludwig noch immer keinen Sohn schenken und schon allein deshalb konnte ich den Hof nicht verlassen. Alles war durcheinander geraten, in meinem Herzen ebenso wie in meinem Kopf.

Camille kam herein, um mir beim Ankleiden zu helfen, und schalt mich sanft, als sie sah, dass mein Bett unberührt war. In diesem Moment beneidete ich sie um ihre niedere Stellung. Andererseits, war ich nicht ebenso eine Dienerin wie sie? Trotz meines Ranges und meiner Position war auch ich nicht mehr als ein herzoglicher Bastard im Dienste einer Königin, in den ich durch den guten Willen einer anderen Königin gelangt war. Ich musste gehorchen, war darauf abgerichtet. Man hatte mich zum Pflichtgefühl gegenüber England erzogen, diesem Land war ich verpflichtet wie dieses Mädchen hier mir. Plötzlich hatte ich Lust, ihr Schmerz zuzufügen, so wie ich Schmerz empfand, doch irgendetwas hielt mich davon ab; vielleicht ihr Lächeln, als sie meine angeschwollene Büste schnürte.

»Zieh fester«, verlangte ich kurz angebunden.

»Ihr dürft das Kind nicht so zusammendrücken, meine Dame, das ist nicht gut.«

»Kümmere dich um deine Angelegenheiten.«

Sie sagte nichts, zuckte nicht einmal mit der Wimper. Sofort tat es mir Leid. Seit so vielen Jahren stand sie in meinen Diensten, treu, aufmerksam und zuverlässig. Sie hatte allen Gefahren unserer Expedition gemeinsam mit mir getrotzt. Nie hatte sie sich beklagt oder ungeduldig gezeigt. Ich griff nach ihren Händen, die meine Miederbänder verknoteten, und spürte, wie die Tränen in mir aufstiegen, auf die ich die ganze Nacht gewartet hatte.

»Verzeih mir, Camille«, sagte ich, »ich bin heute Morgen nicht ganz zurechnungsfähig.«

»Ich weiß, meine Dame«, erwiderte sie, und ihr Lächeln verstärkte sich. »Ihr müsst Euch jetzt beeilen. Seine Heiligkeit, der Papst, liest eine feierliche Messe zu Ehren des Königspaares. Es heißt sogar, er will die Ehe erneut segnen, damit sie ihren Schwur erneuern. Alle sind fröhlich und ausgelassen. Was wird man über Eure Trauermiene denken?«

»Du hast Recht. Aber niemand hier darf wissen, dass ich ein Kind erwarte. Bitte verrate mich nicht, Camille«, bat ich leise.

Sie warf mir einen vorwurfsvollen Blick zu. »Wie könnte ich das, meine Dame? Ihr seid so gut zu mir.«

Als sie mit meinem Kleid fertig war, begann sie, mein langes Haar zu bürsten, das in der Sonne des Orients ganz brüchig geworden war. Doch ich brauchte noch einen Moment für mich, darum sagte ich: »Lass mich das machen. Es wird meine Nerven beruhigen, bevor ich zum Gottesdienst hinuntergehe.«

Sie knickste respektvoll und schloss geräuschlos die Tür hinter sich. Ich setzte mich vor den glatt polierten Spiegel, der von einem mit Edelsteinen besetzten Silberrahmen eingefasst war. Dann flocht ich meinen üppigen Haarwust zu einem dicken Zopf, der mir seitlich bis zum Bauch herunterfiel, und schlang ein paar grüne Bänder darum, die zu meinem Samtkleid passten.

Ein paar Minuten später – ich war gerade im Begriff, die Spuren meiner durchwachten Nacht zu überschminken – erschien Camille erneut, um mir zu sagen, dass Jaufré vor meiner Tür warte. Ich atmete tief durch. Es war nicht schwer zu erraten, was er wollte ... Ich sollte mein Versprechen bekräftigen. Vielleicht wollte er sogar die Versöhnungsmesse nutzen, um unsere Verlobung öffentlich zu verkünden.

»Er soll hereinkommen«, sagte ich schicksalsergeben. Dann stand ich auf und lehnte mich haltsuchend an einen Schrankkoffer, um keine Schwäche zu zeigen.

Er verbeugte sich höflich, doch nachdem meine Zofe gegangen war, kam er zu mir und küsste mich auf die Stirn. Er sah ebenso bedrückt wie entschlossen aus. »Panperd'hu ist gestern von Tripolis aus hier angekommen. Er hat mich überredet, mit ihm dorthin zurückzukehren. Im Morgengrauen legt ein Schiff ab. Ich werde an Bord sein.«

Diese Neuigkeit traf mich wie ein Schlag ins Gesicht. Kraftlos ließ ich mich auf den Stuhl fallen. Was wollte er bei dieser Hodierne, die unsterblich in ihn verliebt war? Wollte er mich zurücklassen, um zu ihr zu gehen? Wahrscheinlich hatte er mit meinen Ängsten gerechnet, denn er kniete sich vor mir nieder und ergriff meine Hände, die eiskalt waren.

»Ich liebe dich mehr als alles auf der Welt, Loanna, und keine andere wird jemals deinen Platz einnehmen. Aber ich weiß auch, dass du mich weiterhin nicht heiraten kannst, nachdem das Königspaar wieder vereint ist. Wenn ich mit dir zusammen nach Frankreich zurückkehre, wird Eleonore darauf bestehen, dass wir sofort heiraten. Doch auch wenn das der schönste Tag in meinem Leben wäre – ich würde dich um nichts in der Welt dazu zwingen wollen. Ich werde einstweilen den König um deine Hand bitten, und ich weiß, dass er sie mir nicht abschlagen wird. Auf diese Weise bist du bis zu meiner Rückkehr in Sicherheit vor anderen Anwärtern. Wenn ich zurück bin, wird uns, so hoffe ich, das Schicksal endlich vereinen, nachdem du frei von aller Bürde diese Pflicht erfüllt haben wirst, die auf deinem Gewissen lastet. Andernfalls musst du nur dein Versprechen zurücknehmen. Es wird nicht schwer sein, unsere Verlobung wieder zu lösen. Auch wenn es mir das Herz brechen würde, Liebste, so weiß ich doch, dass es keine andere Lösung gibt, wenn ich dich nicht verlieren will.«

»O Jaufré, ich …« Mein Satz erstickte in einem Strom von Tränen. Ich sank auf den Boden. Er nahm mich in den Arm und wir verharrten umschlungen, bis mein Sturzbach versiegt war. Der Augenblick hätte ewig dauern mögen, so tröstlich und sanft war er. Jaufré streichelte mir über das Haar und flüsterte mir zärtliche und beruhigende Worte ins Ohr wie eine alte, sehr alte Amme, wie meine Mutter, wenn ich als Kind verzweifelt gewesen war. Ich liebte ihn so, meinen Troubadour! Er verstand mich wie niemand sonst.

»Wir werden zu spät zur Messe kommen. Es ist Zeit, deine Tränen zu trocknen. Heute Nacht werde ich zu dir kommen, selbst wenn wir uns nicht lieben werden. Ich möchte in deinen Armen einschlafen, damit mich der Duft deiner Haut begleitet.«

»Alles, was du willst. Ich liebe dich, Jaufré. Ich liebe dich. Wenn du wüsstest, wie …«

»Scht!« Er legte einen Finger auf meinen Mund. »Ein Sänger muss leiden, um seine Lieder schreiben zu können, das weißt du doch. Ich nähre mich an deiner Abwesenheit wie an einem kalten Winter, meine Liebe so fern. Ich gehöre dir mit ganzer Seele … Und jetzt, mach dich fertig.«

Er wischte mir die Tränen von den Wangen, und einige Minuten später traten wir unter aller Augen gemeinsam über die Schwelle der Kathedrale.

Was nun folgte, war ebenso ärgerlich wie beruhigend. Papst Eugen III. segnete die Ehe des Königspaares und verkündete auf Eleonores Bitte hin unsere Verlobung. Sein Kreuzzeichen über unseren Köpfen besiegelte unser Versprechen, zur größten Freude der Königin, wie ich feststellte. Dank Jaufrés Großmut brauchte ich jetzt nicht mehr zu fürchten, dass sich irgendein ehrgeiziger Baron durch die Heirat mit mir einen bevorzugten Platz am Hofe erhoffte.

Nachdem dieses Problem gelöst war, blieb nur noch das mit dem Kind in meinem Bauch. Als Jaufré in dieser letzten Nacht vor seiner Abreise nach Tripolis und unserer Heimkehr nach Frankreich zu mir kam, musste ich einen meiner Bannsprüche zu Hilfe nehmen, damit er meinen Zustand nicht wahrnahm, während wir uns liebten. Der Zauber wirkte einwandfrei, und ich empfing ihn mit einem Gefühl überbordenden Glücks, so sehr hatte mir seine sanfte Haut gefehlt. Am frühen Morgen verließ er mich mit Schwüren ewiger Liebe, ohne zu wissen, dass ich sein Kind unter dem Herzen trug.

Jaufré von Blaye blickte entschlossen über die Weite des Wassers, das sich am Bug des Schiffes teilte. Er konnte es kaum noch erwarten, wieder festen Boden unter die Füße zu bekommen. Die Schmerzen in seinem Kopf verstärkten sich von Tag zu Tag, es war, als wollte ihm der Schädel platzen. Von Zeit zu Zeit verschwamm sogar sein Blick, und er musste einen Gegenstand genau fixieren, um ihn klar zu erkennen. Jetzt bräuchte er Medizin! Doch leider hatte er nichts bei sich. Um den ohnehin schweren Abschied nicht zusätzlich zu belasten, hatte er überdies seinen Zustand so weit wie möglich verschwiegen. Panperd'hu besang ohne Unterlass die Schönheit der Dame aus Tripolis, in die er sich unsterblich verliebt hatte, und selbst die Stimme seines Freundes schien ihm die Trommelfelle zu durchbohren. Jaufré lehnte sich an die Reling und sog die salzige Seeluft tief in seine Lunge.

Angesichts seiner Blässe legte Panperd'hu sein Instrument beiseite und ging zu ihm, seine Schritte geschickt an das Schaukeln des Decks anpassend. Das Meer war aufgewühlt. Der Oktober ging dem Ende entgegen und große schwarze Wolken hingen seit zwei Tagen unheildräuend am Himmel. Der Kapitän, ein erfahrener alter Seebär, hatte jedoch versichert, dass es kein Gewitter geben werde.

Panperd'hu stützte sich neben Jaufré mit den Ellbogen auf die Holzreling. Die Galionsfigur in Gestalt einer Sirene tauchte bei jeder Welle bis zur Brust ins Wasser. »Du siehst nicht gerade glücklich aus, mein Freund«, stellte er betrübt fest.

»Ich dachte erst, es wäre die Seekrankheit, doch ich fürchte fast, es ist etwas Schlimmeres«, antwortete Jaufré und verzog das Gesicht.

»Houdar ist ein guter Heiler, du wirst sehen. Es heißt, er kann Wunder vollbringen. Aber trotzdem verstehe ich nicht, warum du, bei allen Heiligen, Loanna nichts gesagt hast. Sie hätte dir mit ihren Arzneien sicherlich helfen können. Du weißt doch, dass immer mehr Leute aus der Entourage der Königin von ihrem Wissen auf diesem Gebiet profitieren.«

»Was hätte es genutzt, sie zu beunruhigen? Außerdem dachte ich, es wäre ein vorübergehendes Leiden, vergleichbar damit, wenn man der Sonne zu lange ausgesetzt war. Haben wir nicht zahllose Sonnenstiche im Heiligen Land erlitten?«

»Du kannst mich nicht überzeugen, Jaufré. Ich bin seit vielen Monden dein Freund. Dass du nichts gesagt hast, hat einen anderen Grund, wenn ich auch nicht weiß, welchen.«

»Ich werde sterben, Panperd'hu.«

Schweigen legte sich über die beiden Männer. Jaufré hatte es beiläufig, ohne Zorn gesagt. Panperd'hu erstarrte und sagte schließlich: »Woher nimmst du die Gewissheit? Warst du bei einem Arzt?«

»Es gibt Dinge, die man spürt, mein Freund. Du selbst hast mir mehrmals versichert, dass du den Geruch des Schmerzes, den das Land empfindet, mit deiner Seele einatmen kannst. Wir beide unterscheiden uns von denen, die keine Lieder schreiben. Wir nehmen den geringsten Windhauch wahr. Und so habe ich es auch erfahren. Als uns der Papst in der Kathedrale gesegnet hat, spürte ich plötzlich den Hauch des Todes. Es war nur ein flüchtiges Gefühl, doch seit einigen Tagen erscheint es mir wie eine Gewissheit.«

»Ist es nicht vielleicht der Schmerz, der deine Sinne verwirrt, mein Freund?«

»Woher sollte der Schmerz kommen, wenn nicht aus dieser Gewissheit? Ich bedaure nur, dass ich sie nicht gedrängt habe, mich zu heiraten. Blaye wird keinen Erben haben, und ich fürchte, dass die Stadt ihren Feinden in die Hände fällt. Ich hätte mir so gewünscht, dass eine Gräfin dort in Weisheit und Liebe herrscht.«

»Du bist niedergeschlagen, Jaufré. Morgen werden wir an Land gehen, und wenn du erst einmal einen von Houdars Tränken zu dir genommen hast, wird es dir schon besser gehen. Dann werden dich auch diese Gedanken an den Tod wieder verlassen.«

»Ich wünschte so, du hättest Recht. Aber jetzt muss ich mich zurückziehen. Ich habe manchmal das Gefühl, etwas in meinem Schädel würde bersten, und das ist unerträglich. Wenn ich mich hinlege, wird es etwas besser.«

Jaufré legte brüderlich eine Hand auf die breite Schulter seines Freundes, doch als ihn der Schmerz erneut packte, stützte er sich schwer auf ihn, als wollte er aus ihm die Kraft zum Gehen schöpfen.

»Möchtest du, dass ich dich begleite?«, fragte Panperd'hu besorgt. Die bläulichen Ringe unter den Augen des Troubadours waren ihm nicht entgangen.

»Nein. Das Schaukeln des Schiffes passt hervorragend zu meinem trunkenen Zustand. Bete lieber für mich. Dass all das nichts weiter sei als nur die traurigen Gedanken eines einsamen Mannes.«

Damit entfernte er sich und wankte zu seiner Liegestatt, auf die er sich fallen ließ. Nach einer Weile wurde der Schmerz erträglicher, und er ließ seine Gedanken kreisen: um sein Versprechen, um Blaye und den Wahnsinn, der ihn von beidem so weit entfernt hatte. Eine Träne rollte über seine eingefallene Wange. Dann fühlte er sich in ein abgrundtiefes schwarzes Loch gesogen, in dem er einschlief.

Panperd'hu nahm ihn am Arm, und er ließ sich auf die Gangway führen, ein gezwungenes Lächeln auf den Lippen. Es war, als würde jeder Schritt den Schmerz verschlimmern. Jetzt stand er vor ihr. Er hörte eine singende Stimme etwas zu Panperd'hu sagen, konnte jedoch den Sinn der Worte nicht erfassen. Das Einzige, das er wahrnahm, war ihre Hand, die sie ihm entgegenstreckte. Eine weiße Hand mitten im Nebel. Mit letzter Anstrengung ergriff er sie. Dann öffnete sich erneut ein tiefer Abgrund vor ihm, und er hörte eine Stimme, die ihn sanft rief. Diese Stimme hätte er unter tausenden wieder erkannt. Sie sang ihm einen sinnlichen Gesang der Liebe. Er lächelte und ließ sich fallen.

Panperd'hu hob den reglosen Jaufré auf, der vor der Prinzessin zusammengebrochen war. Hodierne hatte vor Entsetzen aufgeschrien. Sie hatte gerade noch Zeit gehabt, zur Seite zu springen, um nicht von dem stürzenden Troubadour zu Boden gerissen zu werden.

»Herr im Himmel«, flüsterte sie und kniete sich neben Panperd'hu, der sein Ohr auf Jaufrés Brust gelegt hatte. »Ist er …?«

»Tot? Ja, meine Dame.«

Hodierne erstickte einen erneuten Schrei mit ihren hübschen beringten Händen, dann einen Schluchzer. Wie sehnsüchtig hatte sie ihn erwartet… Sie taumelte. Um sie herum herrschte Schweigen, das nur von den neugierigen Fragen Schaulustiger unterbrochen wurde. Mit zitternder Stimme rief Hodierne von Tripolis die Männer ihrer Eskorte, damit sie die Neugierigen vertrieben. Gewalt war nicht vonnöten. Als sich die Lanzenreiter näherten, zerstreuten sich alle Umstehenden mit Sack und Pack, leise über den Vorfall diskutierend.

»Man bringe ihn in den Palast«, befahl Hodierne.

Vier Männer hoben Jaufrés Leichnam und trugen ihn über den Kiesweg, der sich, von Orangen- und Olivenbäumen gesäumt, zum Palast der Stadt schlängelte.

Schon am nächsten Tag schiffte sich Panperd'hu nach Frankreich ein und überließ es Hodierne, seinem teuren Freund eine Grabstätte zu errichten. Obwohl die Prinzessin lange darauf bestand, dass er zur Beerdigung bliebe, zeigte er sich hart. Er brauchte fünfundzwanzig Tage bis Massilia und weitere zwei Wochen bis Paris. Es war seine Pflicht, die traurige Nachricht zu überbringen, und er konnte die Vorstellung nicht ertragen, dass sie vielleicht verstümmelt oder verfälscht an den Hof von Frankreich gelangte. Besser als jeder andere wusste er, aus welchem Holz Legenden geschnitzt wurden. Schon kursierten in Tripolis Gerüchte, nach denen der Troubadour vor Liebe in Hodiernes Armen gestorben sei. Über kurz oder lang würden sie vertont werden, um am Ende als Wahrheit zu gelten, wie so oft schon geschehen. Nein. Wenn er das Andenken an seinen Freund rein halten wollte, musste er sich beeilen. Das Herz schwer vor Trauer, verließ er Tripolis am letzten Tag des Monats Oktober 1149.

Hodierne konnte ihren Blick nicht von den bleichen Händen des Troubadours reißen, die man über seiner Brust gefaltet hatte. Er lag auf einem Seidenbett. Der Priester, der sie getauft hatte, hatte darauf bestanden, ihn direkt in die Kapelle zu bringen und mit einem Leichentuch zu bedecken, doch sie hatte sich standhaft widersetzt. Nächtelang hatte sie sich diesen Körper in ihrem Bett ausgemalt, ein Lächeln auf den Lippen und die Augen voller brennender Liebe zu ihr. Hodierne liebte Jaufré aus ganzem Herzen und tiefster Seele. Sie hatte so viele Lobeshymnen über ihn gehört, über die Tiefe seiner Gefühle, dass sie den Drang verspürt hatte, ihn kennen zu lernen, um sich zu vergewissern, dass er tatsächlich so war, wie man ihn beschrieb, wie sie ihn liebte. Ihre Mutter hatte sie wiederholt zurechtgewiesen und ihr vorgehalten, dass man niemanden lieben könne, den man nicht kenne, doch das kümmerte sie nicht.

Hodierne liebte die Musik. Kein Troubadour hatte jemals so an ihr Herz gerührt wie Jaufré mit seinen Liedern. Ja, er war genau so, wie sie ihn sich vorgestellt hatte. Er hatte sie angelächelt, während er starb, und die Spur dieses Lächelns lag noch auf seinem entspannten Gesicht, als wollte er ihr die Liebe zeigen, die er für sie empfand. Denn Hodierne war ganz sicher, dass Jaufré sie geliebt hatte, entgegen dem, was Taliessin, der Barde, berichtet hatte, nachdem er aus Antiochia zurückgekehrt war. Auch wenn er eine andere geliebt hatte, bevor er sie traf – das spielte keine Rolle. Hodierne war so schön, dass sich alle nach ihr verzehrten, er hätte keine Ausnahme gemacht. Überdies betrachtete sie die Tatsache, dass er zu ihr gekommen war, als untrüglichen Beweis für seine Liebe.

Sie begann heftig zu weinen. Es war so ungerecht. Sie hatte geträumt, doch ihr Traum war in einen Albtraum umgeschlagen. Jaufré hatte in ihren Armen sein Leben gelassen, während sie bereit gewesen war, ihm das ihre zu schenken.

Nach dem Tod ihres Vaters hatte sie mehrere Anwärter auf den Thron von sich gewiesen. Ihr Bruder war noch viel zu jung, um zu regieren, sodass ihre Mutter sich in ihrem Namen um die Regierungsgeschäfte kümmerte. Die Kirche sah es nicht gern, dass das Schicksal einer ganzen Stadt in den Händen einer Frau lag. Aber was war Tripolis schon? Kaum eine Hand voll Einwohner um eine Burgfestung, die auf einer Klippe lag. Wer sollte sich wohl für dieses Königreich interessieren, das eigentlich gar keines war? Außerdem war die Verteidigung durch eine treue Truppe kampferprobter Soldaten gesichert. Hodierne hatte es nicht eilig, einen Gatten zu finden, und beschlossen, auf Jaufré zu warten. Sie würde ihm gehören. Mit Haut und Haaren.

Ihre Mutter war eine starke, autoritäre Frau, die ihr gleichwohl nichts abschlagen konnte, und Hodierne nutzte das aus. Sie hatte erreicht, dass der Leichnam drei Tage in ihrem Zimmer blieb, bevor er beigesetzt wurde. Im gedämpften Licht des Raumes, der nur von Kerzen beleuchtet war, herrschte der Geruch des Weihrauchs vor, vermischt hin und wieder mit einem Hauch von Liliendu ft. Draußen vor dem Fenster, das ein wenig Tageslicht durchließ, ging das Leben weiter.

Hodierne erwachte aus einem unruhigen Schlaf. Ein Blick aus dem Fenster sagte ihr, dass es Nacht war. *Morgen*, sagte sie sich und streckte ihre schmerzenden Glieder, *morgen wird Jaufré von Blaye in seinem Sarg liegen und mit einer Erde beworfen werden, die ihm fremd ist.* Sie stand auf und ging ein paar Schritte durch das Zimmer.

Gerade wollte sie nach einer Dienerin läuten, als ein Stöhnen sie erstarren ließ. Sie war allein, woher also mochte das Geräusch kommen? Es musste der Wind sein, der durch die Spalten des Fensters pfiff. Sie läutete nach der Dienerin und ging zu ihrem Bett zurück, als ihr Blick auf das Gesicht des Troubadours fiel. Ein Schrei entfuhr ihrer Kehle. Die Augen, die sie selbst geschlossen hatte, standen weit auf und starrten sie an. Entsetzt wich sie zur Tür zurück, unfähig, auch nur einen Laut von sich zu geben. Plötzlich drang ein Klagelaut durch die Lippen des Verstorbenen und eine Träne rann über seine Wange.

In diesem Augenblick öffnete sich die Tür und Hodierne musste in Richtung des Bettes gehen, um die Dienerin eintreten zu lassen. Dieser entging nicht der Schrecken, der ihr ins Gesicht geschrieben stand. Als sie fragen wollte, was los sei, bemerkte sie ebenfalls das seltsame Phänomen. Hastig bekreuzigte sie sich und wich mit aschfahlem Gesicht zurück.

Hodierne hatte sich längst wieder gefasst und ging zum Bett. Zitternd hob sie eine der gefalteten Hände in der Erwartung, sie steif und kalt vorzufinden. Stattdessen ließ sie sich bewegen und fiel locker herunter, als sie sie losließ. Ein Freudenschrei entrang sich ihrer Brust. Die Dienerin hinter ihr murmelte ein Gebet, das die bösen Geister vertreiben sollte. Voller Hoffnung im Herzen wandte sich Hodierne ihr zu.

»Geh«, befahl sie energisch, »und hole mir Houdar.«

Die Ärmste ließ sich nicht zweimal bitten, das Zimmer zu verlassen. Als Hodierne zu Jaufré zurückkam, waren seine Lider wieder geschlossen, und er erschien erneut leblos. Die Prinzessin nahm seine weiche Hand. Sie war kühl, aber nicht eisig wie die ihres Vaters am Tag vor seiner Beerdigung. Niemand hatte den Troubadour berührt, seit er hier lag. *Seit zwei Tagen ist er tot*, dachte Hodierne. *Er müsste schon lange starr sein.* Dass er es nicht war, lag mit Sicherheit an ihren Gebeten. Ja, davon war sie überzeugt. Ihre Gebete hatten ein Wunder bewirkt. Jaufré von Blaye lebte. Seine Seele war wahrscheinlich noch irgendwo an einem unbekannten Ort, doch er lebte.

Sie war gerade an diesem Punkt ihrer Überlegungen angelangt, als der alte Houdar, der Arzt des Palastes, ins Zimmer trat. Er sah ernst aus. Nachdem er von der Dienerin erfahren hatte, was geschehen war, war es ihm klug erschienen, einen Priester mitzubringen.

»Houdar, mein guter Houdar!«, rief Hodierne, ohne sich um den alten Beichtvater in seiner schwarzen Kutte zu kümmern, der mit einer ledergebundenen Bibel in der Hand neben ihm stand. »Seht Euch das an!«

Sie hob erneut die Hand des Leichnams und ließ sie wieder fallen. Mit gerunzelten Brauen sah Houdar, wie die Hand des Troubadours auf das Bett fiel. Der Geistliche bekreuzigte sich und druckte das kostbare heilige Buch an seine Brust. Houdar trat näher und setzte sich mit der Routine seines Berufes ans Bett, um seinerseits die reglose Hand zu berühren. Er befühlte das Fleisch, das unter dem Druck seiner Finger leicht nachgab. Dann suchte er mit geübter Geste den Puls, schien ihn nicht zu finden, versuchte es wieder, schüttelte den Kopf, wie er es zu tun pflegte, wenn ihn etwas irritierte, und ignorierte Hodiernes hartnäckige Frage.

»Und?«

Houdar hob Jaufrés geschlossene Lider und stellte fest, dass die Augäpfel weggedreht waren, dann öffnete er ihm den Mund und wunderte sich erneut, dass keine Leichenstarre eingetreten war.

Zum letzten Mittel greifend, stand er auf und ging um das Bett herum, um einen Fuß freizulegen. Er hob ihn hoch und biss fest in einen Zeh. Jaufré zeigte keine Reaktion, doch am Abdruck der Zähne erschien eine dünne rote Spur, die darauf hindeutete, dass das Blut noch in seinen Adern floss.

»Und?«, fragte Hodierne wieder.

Houdar schüttelte den Kopf und sagte mit seiner vollen Stimme in die Stille: »Nun, Euer Majestät, all das ist sehr sonderbar. Ich würde sagen, der Mann ist tot. Der Test mit dem Fuß hat es bewiesen ebenso wie der mit dem Spiegel, der durchgeführt wurde, als er auf diese Liegestatt gebettet wurde. Kein Lufthauch entwich seinen Nasenlöchern.«

»Ich habe ihn stöhnen hören, Houdar, und seht doch sein Gesicht. Es trägt noch die Spur der Träne, die ich habe rinnen sehen. Tote weinen nicht.«

»Süße Hodierne, dies kann nur das Werk eines Dämons sein«, meldete sich der Priester zu Wort. »Der Leichnam sollte so schnell wie möglich unter die Erde gebracht werden, damit er nicht durch irgendeinen Zauber wieder lebendig wird und alles um sich herum massakriert.«

Hodierne spürte Zorn in sich aufsteigen. »Vater Virgile«, entgegnete sie wütend, »wie könnt Ihr hinter diesem Wunder Dämonen vermuten! Dieser Mann ist ein Ritter Christi und ein frommer Christ. Überdies bin ich nicht von seiner Bettkante gewichen und habe seinen Schlaf unablässig mit Gebeten begleitet. Wie sollte sich das Böse eines so gut bewachten Leichnams bemächtigen können?«

»Die Mächte des Bösen sind unbegrenzt, meine Tochter. Wir müssen aufpassen, dass sie uns nicht auch erfassen, und sollten umgehend die Trauerfeier anberaumen.«

»Dazu verweigere ich meine Zustimmung, Vater.«

Mit der ganzen Größe ihrer Gewissheit baute sich Hodierne vor ihm auf.

»Es steht Euch nicht zu, junge Dame, Euch dem Willen Gottes zu widersetzen.«

»Mein Vater, der Wille Gottes hat diesem Leichnam wieder Leben eingehaucht. Ihr könnt nicht einen lebendigen Menschen begraben.«

»Seine Seele gehört Gott. Sie gehört nicht mehr diesem Körper. Und selbst wenn er ohne Seele weiterlebte, Tochter, müsstet Ihr Euch den Tatsachen fügen. So etwas kann nur durch die Macht des Bösen geschehen, sonst hätte er mit dem Leben auch sein Bewusstsein wiedergewinnen müssen. Fügt Euch. Morgen früh werden wir diesen Unglückseligen zu Grabe tragen. Doch schon jetzt werde ich veranlassen, dass sein Sarg versiegelt und in die heilige Kirche gebracht wird, damit uns die göttliche Verdammnis nicht trifft und die Geister des Bösen nicht mehr entweichen können.«

Hodierne schluchzte auf, doch der Priester ließ sich nicht erweichen. Er schrieb ein Kreuzzeichen in die Luft, machte auf dem Absatz kehrt und ließ sie stehen.

»Weint nicht, Prinzessin.« Houdar schloss seine Arme um ihre schmalen Schultern. Diese Geschichte verärgerte ihn zutiefst. Als Mann der Wissenschaft stand er hier vor einem Rätsel und bei allem Respekt dem Geistlichen gegenüber fiel es ihm schwer, sich mit dessen simpler Erklärung zufrieden zu geben.

»Houdar, wir müssen den Priester überzeugen. Ich kann nicht glauben, dass dieser Mann tot ist, hört Ihr? Er hat geweint, Houdar. Weinen die Dämonen, um die Menschen zu verwirren?«

»Ich weiß es nicht, Prinzessin. Aber Ihr wisst so gut wie ich, dass die Toten Gott und damit der Kirche gehören.«

»Aber er ist nicht tot, und Ihr wisst das.«

»Ich weiß gar nichts, Hodierne. Das hier übersteigt mein Wissen.«

»Horcht noch einmal! Ich beschwöre Euch.« Hodierne blickte mit flehenden, tränenverschleierten Augen zu ihm auf. Wie gewöhnlich stieß der alte Mann einen resignierten Seufzer aus. Er setzte sich wieder ans Bett und suchte erneut den Puls an dem weichen Handgelenk. »Sucht anderswo …«, schlug die junge Frau vor.

Houdar ließ die Hand fahren und legte seine Finger auf den Halsansatz. Nachdem er es an mehreren Stellen probiert hatte, hielt er plötzlich inne und prüfte den Punkt genau. Auf Hodiernes geschwollenem Gesicht erstrahlte ein breites Lächeln.

»Ihr hattet Recht, Prinzessin. Ich fühle seinen Puls, er ist äußerst schwach.«

Er schob die Bahnen der Tunika auseinander und legte sein Ohr auf die Stelle über dem Herzen. Hodierne hielt den Atem an. Lange Minuten vergingen, in denen sie reglos und ohne einen Laut wartete. Dann hob Houdar den Kopf und nickte. »Der Herzschlag ist kaum hörbar, verlangsamt, aber regelmäßig. Aus mir unerfindlichen Gründen ist dieser Mann am Leben. Bringt mir einen Spiegel.«

Hodierne flog fast ins Nachbarzimmer, wo sie einen hübschen, runden Spiegel in einem ziselierten Goldrahmen fand. Als sie wieder ins Zimmer trat, fingen die Glocken der Kirche an zu läuten, doch sie zwang sich, nicht darauf zu achten. Houdar hielt Jaufré den Spiegel unter die Nase. Ein leichter Nebel legte sich darauf, so zart, dass er das Experiment mehrmals wiederholen musste, um sicherzugehen.

Houdar nahm Hodierne an den Ellbogen und blickte sie ernst an. »Es wird nicht genügen, Vater Virgile zu überzeugen, Prinzessin. Ich kann feststellen, dass das Herz dieses Mannes schlägt, doch er ist so schwach, dass er wahrscheinlich nur dahinvegetieren würde. Wir müssen uns den Tatsachen beugen. Das Gehirn dieses Mannes ist erloschen und seine Seele hat ihn sicher längst verlassen. Es ist besser, seiner Agonie ein Ende zu machen und ihn würdig zu begraben.«

Hodierne rollte ihre vor Bestürzung aufgerissenen Augen. »Habt auch Ihr den Verstand verloren? Selbst Ihr? Ich kann nicht glauben, Houdar, dass Ihr so etwas sagen könnt. Einen lebenden Menschen begraben? Was ist es nur, Allmächtiger Herr im Himmel, das Euch beide antreibt?«

»Hodierne, Ihr wisst genau, wie sehr wir Euch lieben, Vater Virgile und ich. Wir haben Euch von Geburt auf gekannt und aufwachsen sehen. Was würde Eurer Ansicht nach passieren, wenn jenseits dieser Mauern bekannt würde, dass ein für tot erklärter Mann in einem Zimmer der Burg liegt, dessen Herz schlägt, der aber nichts empfindet, noch nicht einmal Schmerz? Im besten Falle hielte man Euch für verrückt, sofern man Euch nicht der Hexerei verdächtigt. Ich fürchte, es würde großes Unglück über uns kommen, Prinzessin. Großes Unglück.«

Hodierne senkte erschüttert den Kopf. Houdar hatte Recht, so schlimm das auch war. In den Augen der anderen konnte diese Geschichte nur das Werk finsterer und böser Mächte sein. Dennoch hob sie noch einmal den Kopf, plötzlich von einer wahnwitzigen Idee erfasst: »Ich weiß, dass Ihr Recht habt, Houdar. Aber ist es nicht trotz allem ein faszinierender Fall für die Wissenschaft? Ich erinnere mich an eine alte Geschichte, die von Troubadouren gesungen wurde und von einem Wunder erzählte. Eine Frau lag zehn Tage lang in Agonie, ehe sie wieder erwachte. Ist das nicht ein ähnlicher Fall?«

»Legende, Prinzessin, ausgeschmückt von dichterischer Fantasie.«

»Ihr seid ein Mensch, der sich von seinem Verstand leiten lässt, Houdar, und der berühmteste Arzt dieses Landes. Ein Fall wie dieser ist einzigartig. Ihn zu studieren würde die Medizin einen großen Schritt weiterbringen.«

»Worauf wollt Ihr hinaus, Prinzessin?«, fragte der alte Mann misstrauisch.

»Bereiten wir diesem Mann eine Beisetzung, damit er nach allen

Regeln beweint werden kann und niemand jemals die Wahrheit erfährt. Doch bevor er in den Sarg gelegt wird, bringen wir ihn in den linken Flügel des Palastes. Dorthin geht niemand mehr. Wenn er gesund wird, werden wir es bekannt geben. Wenn er stirbt, werden wir ihn in aller Stille beerdigen. Da er schon eine Messe gehabt hat, wird uns Gott nichts nachtragen.«

Houdar rollte entsetzt die Augen. »Eine solche Bitte aus Eurem Mund, süße und zarte Hodierne? Ihr wollt wirklich einen leeren Sarg beerdigen und alle göttlichen Sakramente missachten?«

»Wäre es nicht eine größere Sünde, Houdar, einen Lebenden zu beerdigen? Würde das nicht an Mord grenzen? Ich bin überzeugt, dass meine Gebete und meine Liebe für diesen Mann zu diesem Wunder geführt haben. Bei allen Heiligen des Paradieses, Houdar, lasst Gott über sein Schicksal bestimmen.«

Doch schon öffnete sich die Tür und Vater Virgile trat ein, gefolgt von vier Mönchen, die einen Holzsarg trugen. Hodierne sah Houdar an, der ihren Blick erwiderte. Am Ende dieses stummen Duells, das sich fortsetzte, während der Priester seine Litanei herunterbetete und Jaufré in den Sarg gelegt wurde, nickte Houdar leicht. Hodierne von Tripolis hatte gewonnen.

Am 11. November 1149 erreichten wir den Palast der Hauptstadt. Die Cité hatte sich in den zwei Jahren unserer Abwesenheit nicht verändert. Im Gegensatz zu uns. Suger empfing uns freudig. Sein Haar war noch schütterer geworden, und große braune Flecken überzogen seine Stirn. Sein Blick indes hatte nichts von seiner Intensität verloren, und ich spürte beklommen, wie er sich auf meinen Bauch heftete. Inzwischen war ich im fünften Monat schwanger. Eleonore hatte im gleichen Stadium ihre Brüste und die pralle Kugel unter ihrem Gürtel nicht mehr verbergen können, wie ich mich erinnerte. Zu meinem großen Glück war mir bislang nur ein kleines Bäuchlein gewachsen; außerdem hatten wir alle in Sizilien und auf dem Heimweg nach Paris ein wenig zugelegt. Alle bis auf Sibylle, die wir den heilenden Händen von Heloise von Paraclet anvertrauten, und Ludwig, der sich drakonischen Fastenregeln unterwarf. Auch er hatte sich verändert. Er war nicht mehr der unscheinbare Mönch, der er vor unsere Abreise gewesen war. Es war, als ob der Geist Gottes endlich seinen Kürass durchdrungen und die Seele eines Königs in ihm erweckt hätte.

Gleich nach unserer Rückkehr sprach er lange mit Suger über die Angelegenheiten des Königreiches, dann feierten wir die erste Messe in der Abteikirche von Saint-Denis. Viele Feinarbeiten waren noch zu vollenden, doch das Kirchenschiff war prachtvoll und von einer Würde, die mich beeindruckte. Die Spitzbogengewölbe sahen aus wie Hände, die sich zum Himmel reckten.

Suger hielt eine lange Predigt über den Wahnsinn der Menschen, die immer mehr besitzen wollten. Er wollte daran erinnern, dass die Zeit des Krieges nun vorbei war und der Wiederaufbau anstand. Anschließend sprach er ein Gebet für all jene, die wir im Heiligen Land hatten zurücklassen müssen. Mir blutete das Herz beim Gedanken an Denys, dessen Andenken ungebrochen lebendig war, und an Jaufré, von dem ich keine Nachrichten hatte.

Zum letzten Mal erinnerten wir uns an die schweren Zeiten, die wir durchlebt hatten. Jeder wollte so schnell wie möglich vergessen.

Bernhard von Ventadour, der uns nach Paris vorausgefahren war, hatte sich ausgiebig mit der kleinen Marie beschäftigt, die inzwischen fast drei Jahre alt war. Als die Königin eintraf, zog er sich jedoch zurück, in der Annahme, dass sie ihn an dieser Stelle lieber nicht sehen wollte. Das Kind, das sich kaum an seine Mutter erinnerte, verzog das Gesicht, als Eleonore es auf die Arme nehmen wollte, und hängte sich an die Rockschöße seiner Amme. Dank seines heiteren Wesens aber ließ sich das Mädchen schließlich doch begütigen und ein paar Minuten später saß es bereits lauthals lachend auf Eleonores Knien.

Eleonore freute sich sehr, ihre Tochter wieder zu sehen – ganz im Gegensatz zu Bernhard. Ihre Versöhnung mit Ludwig beinhaltete auch, dass sie ihn nicht mehr sehen durfte, trotz ihrer Liebe zu ihm. Sie hatte sich entscheiden müssen und ihre Wahl getroffen.

Bernhard wurde mithin erneut verbannt, diesmal nicht durch die harten Worten des Königs von Frankreich, sondern durch die Tränen seiner Geliebten. Auch wenn er durch Gerüchte über die

Versöhnung des Königspaares bereits damit gerechnet hatte, war sein Herz voller Trauer, als er abreiste.

Es war, alles in allem, eine traurige Rückkehr.

Die alte Stadt erschien uns noch düsterer als vor unserer Reise – eintönig, schmutzig und sterbenslangweilig. Was blieb uns von der Pracht Konstantinopels oder Antiochias, den weißen Mauern, den Blütenmeeren und sonnenverwöhnten Früchten? Ein paar vage, mehr oder weniger glückliche Erinnerungen in der allgegenwärtigen grauen Tristesse.

Béatrice hatte ihre Bitte um Verheiratung wiederholt. Gemeinsam suchten ihr Ludwig und Suger unter den Anwärtern einen Ehemann aus. Der junge Lehnsmann von Montmorency war eine gute Erscheinung und hatte insbesondere den Vorzug, zu den Vertrauten des Seneschalls von Frankreich zu gehören und mithin am Hof zu sein. Weder Suger, der immer noch dachte, dass ihm seine Nichte nützlich sein würde, noch Ludwig, der sie nicht vergessen konnte, brachten es übers Herz, sie vom Hofe zu verabschieden.

Ich wusste, dass sie der Königin ihre Versöhnung mit Ludwig übel nahm. Er hatte sie für immer aus seinem Bett verbannt. Dabei war es ihr gleich, ob sie Königin von Frankreich wurde oder nicht, solange Ludwig sie nur liebte und als Mätresse behielt. Doch von nun an war das nicht mehr möglich. Ihr Hass dehnte sich nun auch wieder auf mich aus, denn sie glaubte fest, dass ich hinter dieser Versöhnung steckte.

Zu allem Überfluss war Eleonore erneut schwanger, das war nicht zu übersehen, und da ich selbst Jaufrés Kind unter dem Herzen trug, hatte ich nicht das Herz, ihre Schwangerschaft zu beenden. Zumal es zweifellos wieder ein Mädchen werden würde.

Alles begann wieder von vorne. Ja, es war eine wahrhaft traurige Rückkehr.

9

Am 17. Dezember 1149 stand Panperd'hu vor mir, in der Hand seine schlammverschmutzte Wollmütze knetend. Von Kopf bis Fuß verdreckt war er angekommen, hatte sich aber nicht mit Umziehen aufgehalten, sondern war geradewegs zu mir geeilt.

Ich empfing ihn im Musiksaal, während Eleonore und ihre Damen im Nachbarzimmer würfelten. Ihr Gelächter drang bis zu uns herüber. Panperd'hu lachte nicht. Er wollte keinen Begrüßungskuss von mir, so schmutzig wie er war, und als ich seine traurigen Augen sah, war meine Freude darüber, ihn wieder zu sehen, dahin. Plötzlich jagte er mir Angst ein – seine Verlegenheit, seine verschwitzte Stirn, die ihn fiebrig wirken ließ. Doch seine Augen waren frei von Fieber. Er war nicht krank, er war bedrückt.

»Was ist mit Jaufré?«

Seine Augen füllten sich mit Tränen. In knappen Worten berichtete er mir von der Reise, Jaufrés Gewissheit über sein nahes Ende, sein Leiden und Hodierne. Schließlich habe er seinen Freund, meinen Geliebten, meine Liebe auf der fernen Erde zurückgelassen, um zu mir zu kommen und ihn zu beweinen. In meinem tiefsten Innern steckte ein Aufschrei der Verzweiflung, der mir Erleichterung gebracht hätte, doch er brach nicht heraus.

Es war, als würde alles in mir *Nein!* rufen. Nein, Jaufré war nicht tot. Ich musste es doch wissen, ich war Magierin, Hexe, was auch immer. Ich spürte diese Dinge, ich erahnte sie, ich sah sie, doch nicht ein einziges Mal hatte ich Jaufrés Tod gesehen. Dann fiel mir die Vision ein, die ich auf dem Schiff gehabt hatte: Jaufré, der unter weißen Händen mit vielen Ringen zusammenbricht. Hodierne. Hodierne von Tripolis. Wie hatte ich nur so ahnungslos sein, wieso hatte ich das nicht verhindern können? Ich machte mir unendliche Vorwürfe.

Seine Schmutzkruste missachtend, öffnete Panperd'hu die Arme und auch mir war sein Aufzug jetzt gleich. In dem Gefühl, ein Nichts zu sein, warf ich mich an seine Brust. Nicht einmal Tränen hatte ich mehr. Ich wollte weinen, doch meine Augen blieben trocken. Panperd'hu weinte dafür umso mehr und versicherte mir immer wieder, wie stark Jaufrés Liebe zu mir gewesen sei. Dennoch ließ mich ein Gedanke nicht los: Warum hatte er sich mir nicht anvertraut? Sicherlich hätte ich etwas unternehmen können. Wenn er es mir gesagt hätte, wenn ich es gemerkt hätte. Ich nahm es ihm ebenso übel wie mir selbst. Ich litt, so stark, dass ich hätte schreien mögen. Von einer irrwitzigen Hoffnung getrieben, fragte ich: »Bist du wirklich sicher, dass er tot ist, Panperd'hu?«

»So sicher, wie du sein Kind erwartest«, flüsterte mein Freund schluchzend.

Überrascht und ungläubig blickte ich ihn an. Dann wusste Jaufré... Doch Panperd'hu schüttelte den Kopf, seinen hübschen Kopf mit den vom Wind zerzausten, langen Haaren.

»Nein, er wusste es nicht. Auch ich wusste es nicht. Ich habe eben gespürt, wie es sich bewegte«, entschuldigte er sich mit einem gezwungenen Lächeln.

Erst jetzt fing ich an zu weinen, um dieses Kind, das seinen Vater nie kennen lernen würde, so wie ich meinen nie gekannt hatte, um diese Liebe, die mich erfüllte und plötzlich nicht mehr wusste, wohin sie sich verströmen sollte, um dieses flüchtige Glück und schließlich um mein Leben, das bis zum heutigen Tag nichts als eine Verkettung von Irrtümern und Missgeschicken gewesen war.

Ich weinte wie die Wolken am Himmel, die mit ihren Tränen die ganze Welt in einer schwarzen Sintflut hinwegspülen konnten.

Eleonore war aufmerksam, sanft und geduldig geworden. Auch sie hatte geweint. Der ganze Hof hatte seinen Troubadour beweint. Als die Königin sah, wie niedergeschlagen ich war, nahm sie die Dinge selbst in die Hand. Sie setzte sich sogleich mit Wilhelm IV. von Angoulême in Verbindung. Er war einer ihrer Vasallen und gleichzeitig Lehnsherr und Cousin von Jaufré; er sollte den Bruder des Verstorbenen, Gérard, benachrichtigen, damit dieser sein Erbe in Besitz nahm. Die Antwort des Grafen von Angoulême bestürzte uns erneut: Gérard Rudel war im Gefolge des Grafen von Toulouse in See gestochen, um sich den Kreuzfahrern anzuschließen, und bei einem Sturm auf See spurlos verschwunden. Eleonore reagierte sofort und ordnete an, dass ein Verwalter in Blaye eingesetzt werde, damit die Grafschaft nicht in die Hände der benachbarten Feudalherren fiel.

Ich wusste, dass ich nie wieder dorthin zurückkehren würde. Zu viele Erinnerungen waren damit verbunden, und sie waren noch immer so lebendig, dass sie mich immer wieder am Tod meines Geliebten zweifeln ließen. Manchmal sah ich ihn im Traum auf weißen Laken oder einem mit Blumen bestreuten Boden liegen. Er schien zu schlafen. Ich rief ihn mit aller Kraft, doch er hörte mich nicht. Dann wachte ich in Schweiß gebadet auf, die Augen voller Tränen.

Ich müsse mich beruhigen, meinte Eleonore, schon des Kindes wegen. Meine Tochter. Seine Tochter. Unser Kind! Was sollte aus ihr werden? Ludwig konnte mich in meinem Zustand keinem Vasallen zur Frau geben. Niemals würde ein Mann eine Frau mit einem Kind im Bauch als einziger Mitgift zum Altar führen. Ich würde dieses Kind zur Welt bringen müssen wie Mutter einstmals mich, an einem sicheren Ort, an dem niemand etwas über seine Identität wusste. Das Beste wäre, in die Normandie zu fahren und bei Mathilde zu entbinden, aber ich konnte mich nicht überwinden, Eleonore gerade jetzt zu verlassen, da ich weiter an der Zerstörung ihrer Ehe arbeiten wollte. Ich musste ihn vergessen. Vergessen, wie sehr er mir fehlte.

Einige Wochen später kam eine Botschaft aus Angers, die mir erhöhte Wachsamkeit empfahl: Der Konflikt zwischen Stephan von Blois, der nach England zurückgekehrt war, und Mathilde spitzte sich mehr und mehr zu. Gottfried der Schöne hatte seine lange Abwesenheit durch den Kreuzzug geschickt genutzt, um Heinrichs Qualitäten gegenüber Stephans und denen seines Sohnes und Nachfolgers in Szene zu setzen. Das Verhältnis zwischen dem Anjou und den englischen Baronen und Prälaten war wieder in

Bewegung geraten. Letztere hassten zwar Mathilde, brachten aber dem Plantagenêt, wie sie ihn nannten, eine gewisse Zuneigung entgegen, weil er seinem Großvater, dem verstorbenen König, ähnelte. Ludwig dagegen unterstützte weiterhin vehement Stephan von Blois. Mit ihrer Mitgift wurde Eleonore immer mehr zum politischen Faustpfand.

Ich war im sechsten Monat, Eleonore im vierten. Bei ihr sah man das Kind bereits, denn sie hatte gut zwanzig Pfund zugelegt. Ich dagegen nahm nicht zu, hatte sogar das Gefühl, abzumagern. Meine Beine glichen Grenzpflöcken, wie damals in meiner Kindheit, und an meinem Halsansatz bildeten sich tiefe Salzfässchen. Das Kind verlangte mir alles ab, genau wie der Kummer. Eleonore beneidete mich darum, dass man mir immer noch nichts ansah. Sie war mehr für mich da als jemals, treuer und verständnisvoller denn je.

Im Laufe der Jahre hatte sich ihre Liebe zu mir gewandelt, vielleicht einfach deshalb, weil sie selbst die wahre und selbstlose Liebe eines Mannes kennen gelernt hatte. Mehr denn je waren wir Komplizinnen, mehr denn je waren wir uns nahe, selbst wenn wir uns immer, seltener liebten. Sicherlich lag das auch an dem abenteuerlichen Leben, das wir in den zurückliegenden zwei Jahren geführt hatten. Nur selten waren wir lange genug allein miteinander gewesen, um unser Verlangen nacheinander befriedigen zu können. Im Grunde war es besser so. Ohnehin hätte ich zurzeit keine fremden Hände auf meiner Haut ertragen. Eleonore meinte, das liege an meiner Schwangerschaft, doch ich glaubte nicht recht daran. Ich hatte eher das Gefühl, dass meine Lust mit Jaufré gestorben war. Die einzigen Berührungen, die ich akzeptierte, waren die meiner eigenen Finger, wenn ich mir beim Auskleiden über den Bauch strich und die Bewegungen des Kindes beobachtete, das Dellen und Beulen in mein rosiges Fleisch modellierte.

Béatrice drehte immerfort den mit Smaragden und Diamanten besetzten Ring an ihrem Finger. Das Verlobungsgeschenk des Grafen von Montmorency, ein Schmuckstück seiner Mutter, war prachtvoll, aber sie mochte es ebenso wenig wie den Mann selbst.

Sie konnte Ludwig nicht vergessen, konnte sich nicht vorstellen, ihm nie wieder nahe zu sein, ihn nie wieder zu berühren. Zwar trafen sie sich häufig in der Kirche, doch Ludwig sah sie nicht mehr an, sondern starrte nur noch auf das Holzkreuz, an dem ein blutüberströmter Christus für die Menschheit litt.

Und doch liebte er sie, das wusste sie. Er floh nicht vor ihr, sondern vor sich selbst. Der Herzog von Montmorency war ein guter Mann und sicherlich auch ein guter Liebhaber, nach dem Tratsch derer zu urteilen, die bereits in seinem Bett gewesen sein wollten. Sicherlich wäre er auch ein guter Ehemann. Sie hatte ihn oft genug auf dem Flur getroffen, um ihn einschätzen zu können. Allein die Tatsache, dass sie in drei Monaten seine Frau sein würde, wollte ihr nicht in den Kopf. Anschließend wäre sie Herzogin von Montmorency und hätte mehr Macht als bisher. Ja, sie würde mehr denn je präsent sein, und Ludwig würde sich nicht mehr fürchten, sie anzusehen. *Die Männer sind so dumm*, dachte sie, *sie glauben, dass eine verheiratete Frau ihren Seelenfrieden weniger stört als eine vermeintliche Jungfrau, weil sie keine Skandale mehr verursachen kann, wenn sie erst einmal schwanger ist.* Diese Aussicht widerstrebte ihr zutiefst. Sie hatte so davon geträumt, Ludwig den erhofften Sohn zu schenken.

Einen Augenblick lang dachte sie daran, die Königin zu einem wilden Ritt durch den Wald zu überreden, um ihr eine Falle zu stellen, bei der sie stürzen und von ihrem Pferd getreten werden würde. Nicht, damit sie selbst umkam, sondern damit sie ihr Kind verlor. Dann aber sagte sie sich, Eleonore würde schon selbst dafür sorgen, dass sie es verlor, so wie sie die anderen verloren hatte mit Ausnahme von Marie. Und im Grunde hatte Béatrice es auch gar nicht auf Eleonore abgesehen. Diejenige, die sie am meisten hasste, war ich. Sie redete sich ein, ich hätte sie immer wieder gedemütigt, erniedrigt und gebrochen und am Ende in Ludwigs Arme getrieben, damit er an ihr Buße tat und sie anschließend verstieß. Sie versuchte, sich damit zu trösten, dass Gott mich schon genug bestraft hatte, indem er mir erst Denys und dann Jaufré genommen hatte. Doch sie wusste, dass sie nie glücklich werden konnte, solange ich sie in meinen Fängen hatte. Ich war ein Stachel in ihrem Fleisch. Und was tat man mit einem Stachel im Fleisch? Man zog ihn heraus und warf ihn weg.

Seit der Ankündigung von Béatrice' Hochzeit waren wir tagaus, tagein mit Vorbereitungen befasst. Alle Gesellschafterinnen der Königin, die alten, die mit uns aus dem Heiligen Land zurückgekehrt waren, wie die neuen, zumeist kaum über zwölf Jahre alt und frisch wie Rosenknospen, waren damit beschäftigt, zu nähen, zu karden, zu weben, zu färben und die prächtige Aussteuer zu besticken, das Hochzeitsgeschenk der Königin für Béatrice. Wir hatten sie höflich von unseren nachmittäglichen Treffen ausgeschlossen, und so stieß sie nur noch zu uns, wenn wir mit unverfänglichen Dingen befasst waren. Nach außen hin schien sie glücklich über diese Heirat, doch Eleonore wusste so gut wie ich, dass die Hochzeit nur eine Ausflucht war. In der Öffentlichkeit zeigte sie sich charmant und liebenswürdig zu allen, selbst zu mir. Es war, als hätte sie sich vollkommen verwandelt.

Ich hätte misstrauisch sein sollen. Doch zu jener Zeit klammerte ich mich an das Alltägliche wie ein Ertrinkender an ein Stück Treibholz und navigierte mit Sicht, um nicht unterzugehen. Ohne Jaufré existierte ich nicht mehr. Mein Verstand gab sich zwar alle Mühe, meine Stimmung zu heben, doch vergebens. Irgendetwas in mir war zerbrochen. Ich hatte beschlossen, in der folgenden Woche in die Normandie an Gottfrieds Hof zu fahren. Panperd'hu wollte mich begleiten. Die Untätigkeit der letzten Wochen begann ihn zu belasten und überdies wollte er der Erste sein, der mein Kind auf dem Arm hielt. Wir waren uns seit seiner Rückkehr sehr viel näher gekommen und sprachen oft über Jaufré, was uns beiden Trost spendete.

»Die Tür ist offen!«, rief ich, während ich beim Händewaschen war.

Ich hatte darum gebeten, mich um die Tinkturen kümmern zu dürfen. Wir hatten aus dem Orient Pigmente mitgebracht, die wahre Wunder wirkten. Es lenkte mich ab, wenn ich mich auf die Düfte konzentrierte, die aus den dampfenden Becken aufstiegen, in denen ich sie aufgegossen hatte, bis ich mit dem Ergebnis zufrieden war. Anschließend tauchte ich Stoffe hinein und bürstete sie, bevor ich sie zum Trocknen auslegte. Ein paar junge Mädchen halfen mir dabei und folgten sorgsam meinen Anweisungen. Inzwischen war ich mit meinen neunundzwanzig Jahren die »Alte«.

Wie gewöhnlich sangen die Damoiselles alte Weisen; dazwischen tratschten sie, bis ich ihnen den Mund verbieten musste, wenn sie sich zu sehr in pikante Einzelheiten verstiegen. Am Abend zuvor hatte mir eine von ihnen sanft erwidert, dass ich sie über kurz oder lang zu prüden Nonnen machen würde und dass sie, sobald sie, so Gott wolle, endlich aus diesem Kloster heraus wären, sich genau an diesen Dingen erfreuen würden. Die Kleine war kaum fünfzehn und einem alten Baron versprochen, der seit drei Jahren Witwer war. Eigentlich hätte ich sie für diese Bemerkung zurechtweisen müssen, doch mir fehlte der Mut dazu. Etwas an ihr ließ mich an die Gespräche zwischen Eleonore und mir damals unter der Trauerweide in den Gärten des Palastes von Ombrière denken. All das lag so weit zurück ...

»Damoiselle Béatrice, welch eine Freude, Euch zu sehen!«, rief Margot, die dunkel wie ein Rabe, aber so lebhaft wie ein Zitteraal war.

Die Angesprochene trug einen Korb am Arm. Wie ein Schwarm Bienen umschwirrten sie die Damoiselles augenblicklich, die neugierig die Ecken des Tuches lupften, um zu sehen, was darunter war.

»Finger weg, ihr kleinen Luder!«, schimpfte Béatrice lachend und bahnte sich einen Weg zu mir durch.

Ich wischte mir meine türkisblau verfärbten Finger an der weiten Schürze ab, die mein Kleid schützte.

»Wie eine Wäscherin«, bemerkte Béatrice, offenbar belustigt von meinem Aufzug.

»In der Tat«, stimmte ich zu und freute mich über ihren Ton, in dem dieses eine Mal keine Ironie mitschwang. »Wir hätten auch für Euch noch eine Schürze.«

Béatrice lachte fröhlich. »Nein danke! Außerdem habe ich mir sagen lassen, dass einige dieser Stoffe für eine geheimnisvolle Aussteuer gedacht sind, nicht wahr, Damoiselles?«

Es wurde ein wenig gegluckst, dann machten sie Anstalten, sich wieder an ihre Arbeit zu begeben. Mit einem verschwörerischen Zwinkern zu mir rief Béatrice sie zurück. »Augenblick, bleibt doch, Ihr Schwatzliesen! Ich habe hier etwas, um Eure Mühen zu entlohnen.«

Mit einer ausladenden und großmütigen Geste zog sie das Tuch weg und enthüllte herrliche, goldbraun gebackene Pasteten und eine Flasche Sirup. Wieder fielen die Mädchen wie Bienen über sie her, nahmen ihr den Korb aus der Hand, räumten eine Ecke des Tisches frei und richteten unsere Brotzeit her.

Béatrice' unerwartete Großzügigkeit rührte mich wider Willen. Ich ging auf sie zu und sagte leise: »Danke, Béatrice.«

»Nichts zu danken. Ihr wirkt für mich, das weiß ich, trotz Eures Schmerzes, und bei all unseren Streitigkeiten bemerke ich das, glaubt mir. Kommt«, fügte sie mit einem leichten Lächeln hinzu, »sehen wir zu, dass wir noch etwas von diesen Leckereien bekommen, bevor uns die kleinen Schlemmerinnen alles wegessen.«

Ein paar Minuten später saßen wir scherzend beisammen und verspeisten Béatrice' Mitbringsel. Während sie Becher eingoss und verteilte, ging ich zum Kessel, weil mir der Duft, der daraus aufstieg, sagte, dass es Zeit war, den Stoff zu wechseln. Ich blieb einen Augenblick dort, um das Laken zu bürsten, dann ging ich zum Tisch zurück, wo mir Béatrice lächelnd ein Glas entgegenhielt. Ich leerte es mit einem Zug, denn der Dampf und die Süßigkeiten hatten mich durstig gemacht.

Béatrice lächelte immer noch, doch jetzt zeigte ihr Gesicht einen Ausdruck eiskalter Erwartung. In dem Moment, in dem ich mich noch darüber wunderte, begriff ich: der bittere Nachgeschmack in meinem Mund, der Druck auf meinen Schläfen …

Ich stieß einen Schrei der Wut und der Verzweiflung aus.

»Was habt Ihr, Loanna? Fühlt Ihr Euch nicht gut?«

Die Stimmen der Mädchen, die sich um mich scharten, verschmolzen in meinem Kopf. Ich spürte einen heftigen Schmerz in meinem Bauch. Dann wurde es schwarz um mich.

Es war wie ein herrliches Morgengrauen, dessen Farbspiel zwischen Grau und Rosa sich ständig bewegte, sodass der Dunst zwischen allen Horizonten zu schweben schien. Ich fühlte mich gut, losgelöst von allem und hatte das eigenartige Gefühl, durch diesen

Nebel zu gleiten, der mir irgendwie vertraut schien. Ich brauchte eine gewisse Zeit, um zu begreifen, dass alles in eine Art Musik getaucht war. Musik weniger im Sinne von Tönen und Melodien, sondern mehr ein wirres Gemurmel aus vertrauten Stimmen, die durch ein Echo ineinander schwangen.

Einen Augenblick lang hatte ich das Gefühl, als wäre ich zu Hause, doch wusste ich nicht recht, wo das sein sollte. Dann schienen sich die Nebel vor einem Gang zu teilen, an dessen Ende ein Licht leuchtete, das mich unwiderstehlich anzog. Ich sah es näher kommen, doch zweifellos war ich es, die sich darauf zubewegte. Es war so grell, dass ich zwinkern musste, und als ich in es eingedrungen war, sah ich ihn: Merlin.

Sein langes weißes Druidengewand füllte den ganzen Raum aus und seine schönen Hände, die er über der Brust verschränkt hatte, streckten sich nach mir aus, um mich willkommen zu heißen. Er lächelte, und aus seinem Blick sprach unendliche Zärtlichkeit.

»Bist du bereit, mein Kind?«, flüsterte er mit seiner Stimme, die an den Klang einer Harfe erinnerte.

»Wohin gehen wir, Vater?«, hörte ich mich fragen.

»Zur letzten Grenze der Zeit. Dort wirst du dein Schicksal wählen.«

»Ich bin bereit, Vater«, sagte ich vertrauensvoll.

Er breitete die Arme aus, und vor mir öffnete sich der Horizont. Der Nebel riss auf. Wir standen vor der Tür einer baufälligen Lehmhütte. Der Vorhang aus Tierhäuten teilte sich, und heraus trat Mutter. Mein Herz hüpfte vor Freude, doch als ich auf sie zustürmen wollte, um mich in ihre Arme zu werfen, stellte ich fest, dass sie nicht mehr Ginevra von Grimwald war, sondern jemand anders. Es war ihr Gesicht, ihr Blick und ihre Kopfhaltung, doch sie schien riesig und strahlte eine Gelassenheit aus, die ich nie an ihr gekannt hatte. Merlin verneigte sich zur Begrüßung vor ihr, und ich tat es ihm nach. Sie lächelte und kam auf mich zu. Die Berührung ihrer sanften Hände versetzte mich weit zurück in die Vergangenheit.

»Willkommen daheim, meine Tochter. Ich bin jetzt die Hohepriesterin von Avalon, aber das ist nicht wichtig. Dass du hier bist, bedeutet, dass deine Seele auf halbem Weg zwischen dem irdischen

Leben und der Schwärze des Todes steht. Merlin und ich aber wissen, dass deine Stunde noch nicht gekommen ist. Und doch zieht dich etwas zu dem Schlund, in dem nichts mehr existiert. Wir können dich nicht einfach dorthin ziehen lassen, ohne etwas dagegen zu unternehmen.«

Ich verstand nicht, was sie meinte, doch sicherlich hatte sie Recht, denn große Traurigkeit schnürte mir die Kehle zu. Merlin legte mir eine Hand auf die Schulter und sagte schlicht: »Komm.«

Sogleich veränderte sich die Umgebung. Vor mir erstreckte sich ein großes Becken voll mit ruhigem, klarem Wasser, in dem sich nichts zu spiegeln schien, weder die Bäume, deren Äste darüber ragten, noch unsere Gesichter.

»Schau«, sagte Mutter mit ihrer singenden Stimme.

Die Wasseroberfläche kräuselte sich, und es erschienen Figuren. Köpfe beugten sich über einen Körper, der sich vor Schmerz krümmte. Ich erkannte meine eigenen Züge, umringt von lauter verweinten Gesichtern.

»Loanna«, sagte eines davon, »haltet durch, gleich kommt jemand.«

»Da ist sie.«

Die Köpfe teilten sich, und ich sah Eleonores Gesicht, das vor Angst und Anstrengung verzerrt war; sie war gelaufen trotz ihres prallen Bauches. Neben ihr standen der Arzt des Palastes und eine weitere Silhouette, die ein Gefühl der Wut in mir auslöste: Béatrice von Campan, die eine hanebüchene Lügengeschichte erzählte. Ich wollte schreien, dass sie log, dass ich durch das Gift gestorben sei, welches sie in mein Glas getan hatte, doch mein Gesicht zeigte nichts anderes als den Ausdruck äußersten Leidens.

Das Bild verschwamm, und dann sah ich eine andere Szene. Ich erkannte Heinrich, der an der Seite seines Vaters ritt, in seiner Hand das Banner der Herzöge der Normandie. Hinter ihnen erstreckte sich eine Armee aus Lanzenreitern und Soldaten in Rüstungen. Vor ihnen stand eine andere Armee, tausendmal größer, unter dem Banner des Königs von England: Stephan von Blois. An seiner Seite erhob sich provozierend eine Reiterfahne mit der französischen Lilie. Der Zusammenstoß war unvermeidlich, doch dann erschien plötzlich Eleonore, die sich dazwischen stellte. Sie hob die Arme zum Himmel, während Ludwig und Heinrich mit dem Schwert in der Hand und wütendem Gebrüll auf sie zu rannten. Heinrich erreichte sie zuerst, und als er sie mitnahm, wurden seine Arme mit einem Mal stark und Furcht einflößend. Ludwig zog sich geschlagen zurück. Stephan von Blois stieß einen hasserfüllten Schrei aus. Wut im Herzen, aber besiegt, pflanzte er die englische Fahne auf den Hügel, auf den er sich mit Ludwig zurückgezogen hatte. Dann machten beide auf dem Absatz kehrt und verschwanden. Heinrich, der Eleonore hinter sich hatte aufsitzen lassen, stürmte ihnen nach. Sich im gestreckten Galopp wie ein Kosak bis zur Erde neigend, erfasste Eleonore das Banner und schwenkte es unter dem Jubel der riesigen Armee.

Auch diese Szene wurde unscharf, dann hob sich der Nebel und diesmal sah ich auf herrliche Gärten voller üppiger Pflanzen hinab. Auf einer Bank saß ein Mann, der still vor sich hin weinte. Als er den Kopf hob, erkannte ich Jaufré. Doch er sah nicht so aus wie bei unserem Abschied. Ein bitteres Lächeln entstellte sein Gesicht, und als er den Mund öffnete, um nach mir zu rufen, kam kein Laut heraus, stattdessen fuhr er umso heftiger fort zu weinen. Eine Frau, schön wie der Tag, kam und half ihm beim Aufstehen. Doch seine Beine waren schwach, als ob kein Lebenshauch mehr in ihnen wäre. Sie musste ihn beim Gehen stützen. Nach und nach wurde sein Schritt sicherer, während sich der Garten wie im Verlaufe der Jahreszeiten verwandelte. Jaufrés Gesicht gewann seine Ruhe zurück, doch seine Stimme konnte ich noch immer nicht hören. Die Frau war unablässig an seiner Seite. Als er weinte, schlang sie ihre makellosen Arme um ihn und küsste ihn wie ein Kind auf die Stirn.

Erneut verschwammen die Bilder, und dann lag ich wieder mitten unter den Damen, von Schmerzen gepeinigt. Ich hörte einen Aufschrei.

»Herr im Himmel, seht doch, da ist Blut!«

Jemand drückte mir die Beine auseinander, während sich mein Kleid leuchtend rot färbte. Eleonore beugte sich über mich und redete auf mich ein. Es dauerte lange, bis ihre Worte zu mir durchdrangen, doch schließlich verstand ich sie.

»Ich bitte dich, Loanna, du kannst es, pressen, pressen! Rette das Kind!«

In dem Augenblick, als ich das Reißen in meinem Bauch spürte, brach der Schmerz los, sodass ich mich über dem Becken krümmte, das sich blutrot färbte. Fassungslos starrten mich die Damen an. Béatrice erbleichte und stammelte entsetzt: »Schwanger! Sie ist schwanger!«

Dann löste sich etwas aus mir und die Damen bekreuzigten sich. Vergeblich wartete ich auf den erlösenden Schrei des Neugeborenen. Nichts passierte. Dann begriff ich. Es war tot. Béatrice von Campan hatte das Einzige zerstört, das mich noch am Leben hielt. Ich hatte keinen Grund mehr zu kämpfen. Das Bild im Becken zerriss in kleine Fetzen, zurück blieb das Wasser, schwarz wie die Nacht.

Schluchzend warf ich mich in die offenen Arme der Dame von Avalon, und sie streichelte sanft mein widerspenstiges Haar, als wäre ich ein Kind.

Merlin sagte kein Wort. Als meine Tränen versiegt waren, legte er mir eine Hand auf die Schulter, damit beider Energie auf mich überspringen konnte. Dieses Mal jedoch löste seine Berührung nur überschäumende Wut in mir aus. Ich riss mich los und schrie sie an: »Warum? Warum lasst ihr nicht von mir ab? Ich will sterben, hört ihr? Ihr habt nicht das Recht, mich so hin und her zu stoßen! Ihr hattet nicht das Recht, es mir zu nehmen! Geht weg! Lasst mich zur Erde, zu den Meinen zurückkehren, ich habe nichts mehr mit euch und alledem zu schaffen.«

»Loanna von Grimwald, was du gesehen hast, ist die Zukunft, von der dein Leben und Sterben abhängt«, sagte Merlin leise.

»Ihr lügt, Jaufré ist tot.«

»Das Wasser des heiligen Brunnens kann nicht lügen. Wenn du dich für den Tod entscheidest, wird Jaufré Gefangener seines Leides bleiben, im Königreich Tripolis, in dem er sich aufhält, und England wird unwiderruflich in die Hände von Stephan von Blois fallen, denn Heinrich wird im Kampf sterben.«

»Was macht das schon aus, ob es der eine oder der andere ist?«, schrie ich, um mich zu rechtfertigen, doch schon bröckelte in meinem Innern die Gewissheit. *Ja, ich wusste es, ich hatte es immer gewusst, Jaufré war nicht tot!*

»Eleonore wird Heinrich einen Sohn schenken, der in die Weltgeschichte eingehen wird«, erklärte Ginevra. »Er wird ein großer König werden, aus dem Geschlecht der Kinder von Avalon, Hüter der Traditionen und Kenntnisse, die nicht verloren gehen dürfen. Es ist unsere Pflicht, deine Pflicht, Loanna, meine Tochter. Unterschätze nicht die Macht der Liebe.«

»Habe ich denn die Wahl?«, fragte ich kläglich.

Die Dame trat auf mich zu, zog mich an sich und wiegte mich sanft an ihrem warmen Körper. »Meine Kleine, meine Süße, der Tag ist nicht mehr fern, da du meine Nachfolgerin und die Nachfahrin der vernichteten Völker unter dem Herzen tragen wirst, da du wie einst ich die glücklichste Mutter der Welt sein wirst. Hab Vertrauen. Nichts ist die Frucht des Zufalls und doch dürfen wir die Geschicke unseres Landes und seine Zukunft nicht sich selbst überlassen. Stephan von Blois ist kein guter König für England. Er ist niederträchtig und treulos und bricht mit unseren Traditionen. Heinrich ist zuweilen brutal, stur und cholerisch, doch er wird ein gerechter König sein und seine Linie wird einer großen Sache dienen. Was heute für dich ein großes Opfer sein mag, wird dir morgen als kleines Versehen erscheinen, wenn du erblühen siehst, was du gesät hast. Dann, das verspreche ich dir, wirst du dein Leben wählen können. Avalon bedeutet den Menschen nichts mehr, und wahrscheinlich werde ich die Letzte meiner Art sein. Selbst das Volk der Feen ist fortgezogen, um seine Weisheit anderswo zu verbreiten. Wir greifen nur noch ein, um den Abkömmlingen unseres Geschlechts Gerechtigkeit zu verschaffen und den Thron von England für das Blut der alten Weisen freizuhalten, der königlichen Linie unserer Väter. Du bist nicht auserwählt, meine Nachfolgerin zu werden. Weder Merlin noch ich entscheiden über diese Dinge. Du sollst aber wissen, dass dies deine letzte Mission sein wird. Von nun an liegt es bei dir zu entscheiden. Was du auch denkst oder tust, du bist frei.«

Sie schob mich sanft von sich weg und trat an Merlins Seite zurück. Beide lächelten voller Vertrauen. Der Hass, den ich für sie empfunden hatte, kochte wieder auf, doch diesmal richtete er sich auf ein anderes Ziel. Auf meiner Zunge lag der bittere Geschmack der Rache. Ich hob das Kinn und forderte mit fester Stimme: »Es gibt ein altes Gesetz, das besagt: Blut gegen Blut, ein Leben für ein Leben. Wenn ich zurückkehre, verlange ich Frieden für mein Kind.«

Merlin nickte als Zeichen der Zustimmung. Mutter atmete tief durch und versprach: »Ein Leben für ein Leben. Béatrice von Campan wird sterben.«

Ich krümmte mich vor Schmerzen und musste mich erneut übergeben. Man hatte mich in mein Zimmer im Palast gebracht. Von meiner Reise waren mir nur einige Bilder geblieben: die Gesichter von Merlin und Mutter, der Tod meines Kindes und Béatrice' Bestrafung. Sicherlich wunderte sie sich, wie es möglich war, dass ich ihren Anschlag überlebte. Ich hätte sie verraten können, aber wer hätte mir schon geglaubt, dass das Gift seine Wirkung nicht vollends entfaltet hatte? Die Erklärung, die mir Eleonore gab, war wesentlich glaubhafter. Ich hatte eine Fehlgeburt, wahrscheinlich auf Grund der Dämpfe aus den Farbbädern, die ich drei Tage lang eingeatmet hatte. Das Kind war tot geboren worden und allein das genügte, um meinen erbärmlich schwachen Zustand zu erklären. Es war eine Tochter gewesen, ein ganz kleines Mädchen. Sie wollten es mir nicht zeigen, um mich nicht noch weiter zu quälen. Panperd'hu saß weinend an meinem Bett und drückte meine Hand. Durch Jaufrés Tod hatte er das Ungeborene gleichsam an Kindesstatt angenommen. Er ahnte, was ich fühlte.

Die Neuigkeit hatte sich wie ein Lauffeuer verbreitet, und die Reaktionen würden sicher nicht lange auf sich warten lassen. Beizeiten würde Suger an meinem Lager erscheinen und mich zur Beichte und Reinigung meiner Seele ermahnen. Zweifellos würde er mir eine Strafpredigt halten, in der er zu dem Schluss käme, dass dieses Kind der Sünde nicht leben durfte und Gott es zu sich gerufen habe, um mich zu bestrafen. Aber das kümmerte mich wenig.

Im Moment erwartete ich einen anderen Besuch: die Verräterin, die abscheuliche, gottlose Béatrice. Nein, ich würde ihr schändliches Verbrechen nicht aufdecken, niemand würde je davon erfahren. Doch sie würde lernen, die Zukunft zu fürchten, jeden Tag aufs Neue. Mein Kind würde gerächt werden.

»Ihr habt mich rufen lassen, teure Freundin«, säuselte sie mit honigsüßer Stimme.

Wahrscheinlich nahm sie an, dass ich vollkommen ahnungslos war. Ich wandte mich an Panperd'hu und Eleonore. »Ich möchte einen Augenblick mit Béatrice allein sein.«

Eleonore sah mich fragend an, sagte jedoch nichts, und ich beschränkte mich darauf, sie anzulächeln. »Wie du möchtest«, sagte sie schließlich gleichmütig. »Kommt, Messire Panperd'hu. Es wird uns gut tun, ein wenig die Beine zu vertreten, vor allem mir, denn die meinen gleichen inzwischen eher prallen Weinschläuchen als zarten Rosenstängeln.«

Sie hakte sich bei dem Troubadour unter, nickte Béatrice einen Gruß zu und ging.

»Kommt näher, Béatrice.«

Hinter ihrer selbstbewussten Fassade erahnte ich ihre Unruhe. Sie trat näher und setzte sich auf den Stuhl der Königin. Dann fing sie an zu lamentieren: »Was für ein schrecklicher Verlust, der Tod dieses kleinen Wesens! Wenn ich das gewusst hätte, hätte ich niemals erlaubt, dass Ihr Euch so eifrig um meine Aussteuer kümmert.«

In einem Anfall von Hass ballte ich meine Fäuste und versuchte gar nicht erst, meine Wut zu verbergen. Sie erbleichte, während ich den Zorn ungehemmt aus meinen gemarterten Eingeweiden fließen ließ: »Schluss mit den Artigkeiten, Béatrice. Ich weiß, dass Ihr verantwortlich seid für das, was geschehen ist. Ich kenne mich mit Gift gut genug aus, um zu wissen, was für einen Schierlingstrank Ihr verwendet habt. Ihr hasst mich so sehr, dass Ihr mich vernichten wolltet. Aber man tötet eine Hexe nicht so einfach.«

Sie sprang auf. »Lüge! Ich verstehe, dass Ihr traurig seid…«

»Ruhe! Setzt Euch!«

Sie zögerte einen Augenblick und ließ sich dann wieder auf den Stuhl fallen. Gespanntes Schweigen herrschte zwischen uns, während ich sie unverwandt anblickte. Schließlich ersann sie mit ihrem klugen Köpfchen eine raffinierte Parade, die ihr wesentlich besser zu Gesicht stand als die Rolle des Opfers. Ihren Hass offen zeigend, zischte sie zwischen den Porzellanzähnen: »Niemand wird Euch glauben. Man überlebt dieses Gift nicht, und ich verstehe selbst nicht, warum es Euch nicht getötet hat. Doch das allein reicht schon, um Eure Anschuldigungen gegenstandslos zu machen.«

»Aber wer spricht denn von Anschuldigungen, Béatrice?«, gab ich höhnisch lachend zurück. »Haltet Ihr mich für so naiv, einen Prozess gegen Euch anzustrengen? Man würde mich für verrückt halten, verstört durch den Verlust des Kindes. Das liegt nicht in meiner Absicht.«

»Und was wollt Ihr dann? Es liegt nicht in meiner Macht, Euch das Kind zurückzugeben.«

»Ihr wisst nicht, wer ich bin, Béatrice. Ihr habt nicht einmal eine leise Ahnung davon, über welche Kräfte ich verfüge. Doch Ihr lastet schon viel zu lange auf meinem Leben wie ein fauliger, stinkender Misthaufen. Ihr könntet gut sein, wenn Ihr nicht so hoffnungslos böse wärt. Ich dachte, Eure Liebe zu Ludwig könnte meinen Zielen dienlich sein, deshalb habe ich sie ermutigt, doch selbst das habt Ihr verdorben. Jetzt ist es Zeit für Euch, dafür zu bezahlen. Und der Preis für Eure Verbrechen ist der Tod.«

Sie ließ ein kleines Lachen hören, aus dem ich mehr Furcht als Hohn heraushörte. »Welches Gift habt Ihr für mich vorgesehen?«

»Zauberinnen brauchen kein Gift. Hör gut zu, Béatrice von Campan, was ich dir zu sagen habe: Bei der Macht der drei Kreise und der Magie von Avalon rufe ich die Dämonen der Finsternis und den Fluch der Erde, die du besudelt hast, auf dich. Bevor der Ring der Reinheit über deinen Finger gestreift wird, wirst du schmerzvoll dahinscheiden, durch all das Böse, das du selbst begangen hast.«

Jetzt zitterte sie am ganzen Körper. »Hexe«, hauchte sie. »Ihr werdet in der Hölle oder auf einem Scheiterhaufen brennen!«

Ich brach in ein Gelächter aus, das den ganzen Raum erschütterte. »Das Gift kann mir nichts anhaben – glaubst du, dass die Flammen mich zerstören könnten? Außerdem würde man dir ebenso wenig glauben wie mir. Geh jetzt. Mein Fluch liegt auf dir. Was auch immer du sagst oder tust, es wird nichts ändern. Noch vor deiner Hochzeit wirst du sterben. Die Aussteuerwäsche, die ich für dich gewebt und gefärbt habe, wird dein Leichentuch sein!«

»Ihr seid verrückt! Vollkommen verrückt!«

Damit machte sie auf dem Absatz kehrt und ging in dem Versuch, Haltung zu bewahren, mit steifen Schritten zur Tür.

Als sie draußen war, ließ ich mich auf das Kopfkissen sinken und schloss die Augen. Ich bereute kein Wort von dem, was ich gesagt hatte. Ganz im Gegenteil. Ich fühlte mich erleichtert.

10

Einige Wochen später brachte Eleonore ein Mädchen zur Welt, das den Namen Alix bekam. Es hatte Ludwigs blasse Haut und sein Gesicht, sodass diesmal niemand im Palast den Spross eines Ehebruchs darin vermuten konnte. Ludwig kam, nahm das Kind auf den Arm und küsste die Königin auf das Herzlichste. Der kleinen Marie, die neben der Wiege stand, gewährte er nicht einmal einen kurzen Blick, während er ihre Schwester liebevoll auf die Kissen bettete. Eleonore sah, wie sich die Augen des Kindes mit Tränen füllten, sagte jedoch nichts. Sie nahm sich vor, ihr zu erzählen, dass er es bei ihrer Geburt genauso gemacht habe, sie bezweifelte ohnehin, dass Ludwig sich besonders für das Kind interessieren würde, sobald die erste Euphorie verflogen war. Der Papst hatte ihnen einen Sohn angekündigt, der ihre Versöhnung besiegeln sollte, doch wieder einmal hatte Gott ihre Gebete nicht erhört. Man konnte fast meinen, der Allmächtige weigere sich, sie wahrhaftig im Blut zu vereinen.

Man schrieb April 1150 und die ersten Fliederblüten zeigten sich in den Gärten. Der Frühling versprach mild zu werden nach dem rauen Winter, den wir hinter uns hatten. Ludwig hatte beschlossen, dass Béatrice' Hochzeit an Pfingsten gefeiert werden solle. Anschließend würden er und die Königin aufbrechen, um ihre Vasallen zu besuchen, die sie seit der Rückkehr vom Kreuzzug nicht mehr gesehen hatten. Die vergangenen Monate waren ereignislos und öde gewesen. Zwar war es zunächst erholsam erschienen, die normalen höfischen Gewohnheiten wieder aufzunehmen, doch es fehlte allen ein wenig das abenteuerliche Prickeln des Unvorhersehbaren, das wir im Orient erlebt hatten.

Eleonore freute sich darauf, wieder auf Reisen zu gehen und endlich von der Bürde befreit zu sein, die an ein Wagenrad denken ließ. Sie hatte stark zugenommen und würde große Mühe haben, ihre schlanke Taille wiederzuerlangen. Sicherlich hätte sie die Moorhexe um Hilfe gebeten, wäre diese nicht gestorben, während wir in Konstantinopel waren.

Vom Wochenbett aus bereitete sie die Festlichkeiten vor. Ich hatte mich recht gut erholt, auch wenn Alix' Geburt mich grausam an den Verlust meines eigenen Kindes erinnert hatte. Als mein Patenkind war sie auch ein wenig meine Tochter und Eleonore ließ mich sie so viel hätscheln, wie ich wollte. Bernhard von Ventadour hatte seine Glückwünsche geschickt; auf diese Weise erfuhren wir, dass er sich an Heinrichs Hof in der Normandie aufhielt. Außerdem berichtete er, dass Gottfried der Schöne und sein Sohn immer mehr Verbündete gewannen, nachdem Stephan von Blois die Barone endgültig gegen sich aufgebracht hatte. Es war also mit heftigen Konfrontationen zu rechnen.

Ich stürzte mich in Alltagsarbeiten, einerseits weil mich die Vorbereitung auf Béatrice' Hochzeit der Stunde meiner Rache näher brachte, andererseits, um die Visionen zu vergessen, die mich jede Nacht heimsuchten. Jaufré kam darin vor, er lag auf einem mit Blumen bestreuten Boden und streckte die Hände nach mir aus. Ich wusste nicht, wie ich diese Träume deuten sollte; irgendwie hatte ich das Gefühl, dass ich während meiner Bewusstlosigkeit etwas Wichtiges erfahren hatte, doch ich erinnerte mich nur bruchstückweise.

Béatrice ging mir aus dem Weg und verbrachte lange Tage in der Kirche. Von der Freundlichkeit und Begeisterung, die sie vor dem Vorfall an den Tag gelegt hatte, war nichts mehr zu spüren. Einige böse Zungen verbreiteten, sie fühle sich verantwortlich für meine Fehlgeburt, weil sie nicht rechtzeitig eingegriffen oder mir durch ihre Heirat zu viel Arbeit aufgebürdet habe. Vielleicht stimmte das auch. Béatrice hasste mich, aber ich bezweifelte, dass sie einem Kind nach dem Leben trachten würde. Ich hätte ihr verzeihen müssen, weil sie nichts davon gewusst hatte, aber ich konnte nicht. Nur der Gedanke an ihren Tod schien mich noch am Leben zu erhalten.

Es war ein strahlender Pfingsttag. Den ganzen Morgen über hatten sich die Burgherren in Tjosten bekämpft. Mit großer Freude traf ich Gottfried von Rancon wieder. Er freute sich ebenfalls, mich zu sehen, und bezeugte mir sein Beileid. Die Kunde von Jaufrés Tod war im ganzen Land herumgegangen, und er wusste, wie schrecklich dieser Verlust für mich war. Im Gegensatz zu vielen anderen Lehnsmännern war er erst an diesem Morgen eingetroffen. Es war das erste Turnier seit unserer Rückkehr vom Kreuzzug, das erste, auf dem Denys nicht für mich kämpfte. Als Gottfried darauf bestand, an seiner Stelle mein Ritter zu sein, hatte ich nicht das Herz, es ihm abzuschlagen. Das Getuschel, das aufkam, als er mir seinen Gruß entbot, überhörte ich geflissentlich. Und schließlich bereute ich meine Wahl nicht, denn er schlug sich wacker und trug voller Stolz mein Band an seinem Ärmel.

Béatrice erschien nicht. Ich hatte sie seit unserer Aussprache nicht mehr gesehen. Wahrscheinlich bereitete sie sich auf die Scheinhochzeit vor, sofern sie nicht versuchte, mit letzter Kraft den Rest Seele zu retten, der ihr geblieben war.

Der erste Tag gipfelte in einem riesigen Bankett, bei dem zahlreiche Troubadoure und Gaukler ihre Talente bewiesen. Als ich anschließend in meinem Bett lag, konnte ich mich des Gedankens nicht erwehren, dass ich schon beim nächsten Mond meine ärgste Feindin los sein würde. Friedlich schlief ich ein.

Der Hahn krähte im frühen Morgennebel, der wie ein luftiger Schleier über den Boden wallte, einen weiteren strahlenden Tag ankündigend. Zur Vesper, die das Turnier abschloss, sollte Béatrice' Hochzeit gefeiert werden; das Festessen wäre somit das Bankett der Jungvermählten. Eleonore hatte mir die Aufgabe übertragen, die kulinarischen Vorbereitungen des Abends zu überwachen, damit alles perfekt wurde. Ich ging also gleich nach dem Aufstehen beschwingt in die Küche, um mich zu vergewissern, dass alle Zutaten für die vielfältigen Gerichte des Menüs geliefert worden waren. Am frühen Nachmittag kam Eleonore zu mir. Sie wirkte verlegen und zog mich beiseite.

»Beunruhigt dich irgendetwas?«, fragte ich und hoffte insgeheim, Béatrice hätte ihre Stunde vorgezogen, indem sie sich selbst vergiftet hatte.

»Nein. Es ist eigentlich eher eine gute Nachricht, wobei ich bezweifle, dass du sie jetzt gerne hörst …«

»Nun rede schon«, sagte ich und zwickte sie schelmisch in die Nase.

»Gottfried von Rancon hat bei mir um deine Hand angehalten.« Diese Mitteilung raubte mir den Atem. Angesichts meiner verblüfften Miene brach Eleonore in Gelächter aus. »Ich wusste, dass dir die Luft wegbleiben würde.«

»Das meint er nicht ernst«, stammelte ich, noch unter dem Eindruck der Gefühle. »Er hat erst seine Frau verloren und muss das Trauerjahr einhalten!«

»Das hat er mir auch gesagt. Genau genommen wollte er nur, dass ich dich über seine Bitte in Kenntnis setze, damit du die nötige Zeit hast, um darüber nachzudenken, bevor er dir offiziell den Ring überstreifen kann. Ist das nicht ritterlich?«, meinte Eleonore belustigt und legte ihre Hände aufs Herz.

»Hör bitte auf, dich lustig zu machen, ja? Was hast du ihm geantwortet?«

»Nichts. Ich habe ihm nur versprochen, dass ich dir so bald wie möglich Bescheid geben würde. Habe ich das gut gemacht?«

»Ja, ja. Danke, meine Süße.«

»Nun, ich verschwinde wieder, ich werde zur Eröffnung der Spiele erwartet. Kommst du mit? Dein schöner Ritter soll doch nicht die Farben einer Abwesenden verteidigen …«

»Geh schon vor. Ich will hier noch ein paar Anordnungen geben.«

In Wirklichkeit musste ich mich erst einmal fangen. Ich hatte mir nie vorgestellt, je einen anderen zu heiraten als Jaufré. Gottfried von Rancon war ein guter Mann, in reifem Alter und zuverlässig. Schon mehrmals hatte ich seine Treue und seinen Mut schätzen gelernt. Erst nach Ablauf der Trauerzeit durfte er sich erneut verheiraten. Es blieb mir also ein Jahr, um über einen Vorschlag nachzudenken, der ganz im Sinne Jaufrés gewesen wäre: Ich wäre endlich in Sicherheit vor meinen Feinden und der Gier der hitzigen, rüpelhaften Barone. In einem Jahr konnte ich meine Mission erfüllt haben. Und dann vielleicht… Ich empfand nicht mehr als echte Freundschaft für diesen Mann, aber gab es nicht viele Ehen, die auf dieser Grundlage sehr glücklich waren? Was war in einer Ehe Wichtigeres als Vertrauen? Und dass ich in Gottfried von Rancon Vertrauen hatte, konnte ich mit Gewissheit sagen. *Wenn nur Jaufré noch am Leben wäre*, dachte ich seufzend, während ich mit spitzen Lippen eine dicke Sauce probierte. Der Koch blickte beunruhigt zu mir, weil er meinen Seufzer auf die Qualität seiner Kreation bezog.

»Perfekt!«, rief ich ihm zu, um ihn zu beschwichtigen.

Da warf er sich in Positur wie ein bis zu den Knien gestopfter Truthahn; es sah aus, als würden seine Beine erst dort unten anfangen. Ich entfernte mich prustend.

Das Turnier war eine wahre Freude und die Veteranen des Kreuzzuges trugen erneut den Sieg davon. Wahrscheinlich fanden sie es erfrischend, nur noch für die Ehre zu kämpfen. Wie schon tags zuvor gab es wieder kaum Verletzungen. Als wir unseren Rittern ihre Trophäen überreichten, verbeugte sich Gottfried von Rancon, der zu den Siegern zählte, mit einem verschwörerischen Lächeln vor mir. Arglos legte ich ihm die Goldmedaille um den Hals, die als Symbol für Kraft und Geschicklichkeit einen Ritter im Kampf mit einem Drachen zeigte.

»Meine Dame«, flüsterte er, »mehr als diese Trophäe ist mir Euer Lächeln die größte Belohnung.«

Ich wandte meinen Blick von seinem ab, denn er war so intensiv, dass ich fürchtete, rot zu werden.

In diesem Augenblick schlugen die Glocken von Saint-Denis und riefen zum Vespergottesdienst.

Eleonore eilte zu Ludwig und auch die Damen suchten ihre Gatten auf, die sich in den Pavillons von den Kampfspuren befreiten. Kaum zwanzig Minuten später bewegte sich der Zug auf die Abtei zu. Als wir losgingen und ich meinen Platz unter den Gästen einnahm, ertönte die Stimme Gottfrieds von Rancon direkt neben mir: »Darf ich Euch meinen Arm anbieten?«

»Mit Vergnügen, mein Freund«, erwiderte ich.

Und so betrat ich an seinem Arm, einen leichten Stich im Herzen verspürend, die Kathedrale. Das letzte Mal, dass ich am Arm eines Mannes eine Kathedrale betreten hatte, war in Tusculum gewesen, wo der Papst meine Verlobung gesegnet hatte.

Ein paar Minuten später war die Kirche voll. Béatrice erschien in einem prächtigen Kleid aus blütenweißem Voile; ihr Onkel, der Baron von Campan, führte sie zum Altar. Sie lächelte kaum und ihre Haut, die weißer war als ihre Robe, sorgte für Getuschel in der Menge, während sie durch den langen Mittelgang nach vorne schritt. Wahrscheinlich die Aufregung, hörte ich eine weibliche Stimme sagen. Doch ich wusste, dass es etwas anderes war – Angst. Eine Angst, die mit jedem Schritt wuchs, den sie auf den Altar und ihren Gott an seinem riesigen Kreuz zutat. Als sie vorne angekommen war, nahm ihr Bräutigam sie an der Hand, um sie vor den König und die Königin zu führen. Ludwig war ebenso bleich wie sie. Es musste ihn schwer treffen, dass ihm ein anderer die Frau wegnahm, die er so liebte. Die beiden Vasallen verneigten sich respektvoll.

Dann wandten sich die zukünftigen Eheleute wieder dem Altar zu, vor dem Suger sie erwartete. Er redete ausführlich von den Pflichten der Ehe, ihren Verpflichtungen gegenüber dem König von Frankreich und vielen anderen Schwüren. Mehrmals hustete Béatrice, als wäre sie in Atemnot. Schließlich kam der Moment, in dem der Baron von Montmorency von einem Samtkissen den goldenen Ring nahm und laut und deutlich anhob: »Durch die Macht des Allmächtigen, des Schöpfers des Himmels und der Erde, und durch meine treue Einhaltung der heiligen Ehegelübde gebe ich mich in Eure Hände, Béatrice Elisabeth von Curves, Baronin von Campan, auf dass in guten wie in schlechten Tagen mein Schwert und meine Liebe Euch in Respekt, Treue und Weisheit dienen, bis dass der Tod uns scheidet.«

Behutsam hob er die Hand seiner Schönen an und streifte ihr den Goldring über den Finger. In diesem Moment schnürte Béatrice etwas die Kehle zu. Sie griff sich an den durchscheinenden Hals und riss sich das glitzernde Diamantencollier weg, als ob es die Ursache für ihr Unbehagen wäre. Doch natürlich änderte es nichts. Da richtete sie ihre angstvoll aufgerissenen Augen auf die königliche Bank, rang nach Atem in einem Schrei, der nicht kommen wollte, und brach in den Armen ihres fassungslosen Bräutigams zusammen. Niemand hatte die Zeit gehabt zu reagieren. Alle sprangen gleichzeitig voller Sorge auf, während Suger dem Baron von Montmorency zu Hilfe eilte, der die Unglückselige auf den Boden legte. Niemand wagte die Stille zu brechen, selbst Ludwig nicht, der bleich seine Nägel in die Armlehne des Thronsessels krallte.

Nachdem er sich über den Körper gebeugt hatte, der auf den Steinplatten lag, ging Suger zum König und flüsterte ihm ein paar Worte ins Ohr. Er schien aufs Höchste erschüttert. Ludwig wankte und Eleonore musste ihn mit dem Arm stützen. Alle drei gingen auf Béatrice zu.

Gegen alle Gebote hob Ludwig sie vom Boden auf, die Augen voller Tränen, während der Baron wie angewurzelt dastand, erstarrt vor dieser Vision in Weiß, die einer zarten Blume auf einem jungfräulichen Boden glich. In die eisige Stille sagte, nein, schrie der König mit in den hohen Gewölben widerhallender Stimme: »Meine Freunde, heute war ein Tag der Freude, morgen wird ein Tag der Trauer sein, für das ganze Königreich. Béatrice von Campan ist uns ins Himmelreich vorausgegangen.«

Paarweise defilierten die Gäste an Ludwig vorbei und zeichneten ein Kreuz auf die bleiche Stirn der Toten, die schlaff in seinen Armen lag. Eleonore wollte ihm sagen, dass dies nicht seine Aufgabe sei, sondern die des Barons, doch sie brachte nicht den Mut auf. In seinen Augen stand unendlicher Schmerz, der sie an den erinnerte, den sie nach Raymonds Tod empfunden hatte.

Als ich über Béatrice' geschlossene Lider strich, flüsterte ich unhörbar: »Friede sei mit dir.«

So nahm ich den Fluch von ihr, den ihr eigener Hass auf sie geladen hatte. Trotz der Genugtuung, die mir ihr Tod verschaffte, konnte ich die Vorstellung nicht ertragen, dass die Bürde meiner Verwünschung weiterhin auf ihrer Seele lastete.

Das anschließende Bankett verlief ziemlich wortkarg. Der Baron von Montmorency erschien nicht, sondern wachte stattdessen an der Seite der Frau, die nicht mehr seine hatte werden können. Ludwig sah blass aus und aß kaum etwas. Nach einer ganzen Weile bat er Eleonore um die Erlaubnis, sich zurückziehen zu dürfen, und sie hatte nicht das Herz, dies abzulehnen. Sie wusste, dass er sich Béatrice' Angehörigen anschloss, um mit ihnen zu beten. Erstaunlicherweise war sie ihm nicht böse deswegen. Ludwig war vom Kummer gebrochen. Doch statt die Genugtuung zu empfinden, auf die sie seit Raymonds Tod wartete, hatte sie Mitleid mit ihm. Wahrscheinlich wurde ihr in diesem Moment bewusst, dass Ludwig einsamer war denn je.

Ich dagegen fühlte mich wie befreit, als könnte mir nichts und niemand mehr etwas anhaben, als hätte ich mit Béatrice' Tod eine bittere Seite in meiner Biografie umgeschlagen. Als mir Gottfried von Rancon anbot, mich zu meiner Tür zu begleiten, schlug ich vor, noch ein paar Schritte im Schein des riesigen Mondes zu gehen, der die Bäume des Gartens anstrahlte. Die Bitte kam ihm gelegen, und so spazierten wir Seite an Seite auf die Zinnen über der Seine zu.

»Es fällt mir schwer zu begreifen, dass diese Damoiselle solch ein Ende nehmen musste«, meinte Gottfried in die Stille hinein, die sich über uns gesenkt hatte, während ich mich meinen Gedanken hingab.

»Wie dem auch sei, Gottfried, ich müsste lügen, wenn ich sagte, dass es mir Leid tue.«

Er lächelte wissend. »Alles andere hätte mich sehr überrascht, wisst Ihr. Denys hat mir alles über Euch erzählt, Loanna.«

Er hatte es halblaut gesagt, in vertraulichem Ton, während er meine Hand nahm. Plötzlich überlief mich ein Schauer, der nichts mit der Kälte zu tun hatte. Was genau wusste er?

»Er hat mir vor seinem Tod versichert, dass Ihr nicht seid wie die anderen. Dass Ihr für die Interessen Aquitaniens eintretet und dass Ihr durch Eure Mission zahlreiche Feinde habt. Und nicht zuletzt, dass Ihr ihm teurer wart als sein eigenes Leben. Das hat er leider beweisen müssen. Als ich ihm damals auf seine letzten Atemzüge versprach, mich um Euch zu kümmern, habe ich mir nicht vorgestellt, welchen Platz Ihr eines Tages in meinem Herzen einnehmen würdet. Sicherlich deshalb, weil ich wusste, wie eng Ihr mit Jaufré von Blaye verbunden wart. Dann erfuhr ich, dass auch er tot war, und meine Gefühle für Euch nahmen ihre wahre Gestalt an. Euch allein und ungeschützt zu wissen bestürzte mich zutiefst. Ich liebe Euch, Loanna. Es liegt mir fern, meine Liebe mit der eines Grafen von Blaye oder von Châtellerault zu vergleichen. Und ich wäre verrückt, würde ich von Euch erwarten, dass Ihr mich ebenso liebt. Und doch bin ich bereit, Euch meinen Namen zu geben, nicht nur um Euch zu beschützen, wie ich es geschworen habe, sondern um Euch bis ans Ende meiner Tage zärtlich zu lieben.«

Er war ebenso ernsthaft wie bewegt. Instinktiv legte ich meine Hand auf seine Wange. Seine Aufmerksamkeit und Zärtlichkeit berührten mich unendlich. Er zog mich an sich und küsste mich leidenschaftlich. Ich gab mich seiner Umarmung hin. Jaufré fehlte mir so sehr!

Der Gedanke ließ mich Gottfried sanft, aber bestimmt zurückschieben.

»Verzeiht mir«, stammelte er, vermutlich weil er annahm, dass ich sein Ungestüm für unschicklich hielt.

»Nein, nein«, beteuerte ich, »Ihr müsst mir verzeihen, Gottfried. Seit Jaufré tot ist, fühle ich mich in der Tat hoffnungslos einsam. Mehr noch, seit ich sein Kind verloren habe.«

Er erbleichte, sagte jedoch nichts. Dafür hatte er zu viel Taktgefühl. Gleichwohl fand ich, dass er es wissen sollte. »Ich werde bald dreißig, Gottfried. Es wäre naiv zu meinen, ich würde keine Männer kennen. Jaufré allerdings war für mich der einzige. Seit seinem Tod hat kein anderer seinen Platz in meinem Bett eingenommen. Sicher, es ist vielleicht nicht sehr christlich, sich vor der Heirat so hinzugeben, und ich versichere Euch, dass mir Abt Suger deswegen längst die Leviten gelesen und mich an den Zorn Gottes erinnert hat. Wie Ihr wisst, wollten Jaufré und ich nach seiner Rückkehr aus Tripolis heiraten. Ich habe diese Schwangerschaft so gut es ging verheimlicht. Zur Welt bringen wollte ich das Kind in der Normandie, in aller Diskretion. Béatrice von Campan ist schuld an meiner Fehlgeburt. Euch die Umstände in allen Einzelheiten zu erklären, würde zu weit führen, doch ich möchte glauben, dass Ihr genügend Vertrauen in mich habt, um nicht an meinen Worten zu zweifeln.«

Er nickte zustimmend, und so fuhr ich bebend fort, ihn nicht aus den Augen lassend: »Ich weiß, dass Béatrice heute die Strafe Gottes für dieses und viele andere Verbrechen erhalten hat. Deshalb habe ich auch kein schlechtes Gewissen wegen meiner Gefühle. Ich respektiere Euch, Gottfried, doch ich kann Euch nicht lieben. Jaufré hat meine Seele, sie gehört mir nicht mehr.«

Er legte mir einen Arm um die Schultern, um mich in seinen Mantel zu hüllen. Ich hatte nicht das Herz, ihn noch einmal abzuweisen. Außerdem beschränkte er sich darauf, mich an sich zu ziehen. Seufzend legte ich meinen Kopf an seine breite Schulter. Seine tiefe Stimme beruhigte mich: »Ich habe diesen Winter meine Gattin verloren. Sie war eine tapfere Frau, die mir zwei Söhne geschenkt hat. Ich habe sie nie wirklich geliebt und sie mich auch nicht. Dennoch glaube ich, dass sie ein glückliches Leben hatte, bis das Fieber sie dahinraffte. Ich werde ein Jahr lang Trauer tragen, wie es der Brauch verlangt. Anschließend kann ich wieder heiraten. Ich werde auf Euch warten, Loanna. Vielleicht seid Ihr eines Tages bereit – vielleicht nicht, mich zu lieben, aber mir genügend Zärtlichkeit entgegenzubringen, um meinen Antrag anzunehmen. Wir werden von diesem Augenblick an nie wieder darüber sprechen, doch seid versichert: Ich werde beim geringsten Zeichen Eurerseits herbeieilen, wenn Ihr meine Hilfe braucht. Als der verlässliche Freund, dem Denys einst Euer Leben anvertraut hat.«

»Ich kann Euch nur eines sagen, Gottfried: Wenn ich eines Tages heiraten möchte, wird sich mein Herz gewiss Euch zuwenden.«

Er zog mich sanft an sich, und so blieben wir eine ganze Weile schweigend stehen, nur auf die Rümpfe der Boote hörend, die am Fuße der Befestigungsmauer festgemacht waren und regelmäßig aneinander stießen. Dann gab er mir einen Kuss auf die Stirn und brachte mich nach Hause.

Es war wie eine Gewissheit. Eine Gewissheit, die sich mit einem Mal Bahn brach. Jaufré von Blaye hatte das flüchtige Gefühl, er müsste nur die Augen öffnen, um wieder alles sehen zu können und endlich den gedämpften Stimmen dieser unbekannten Gesichter und Namen ein Ende zu bereiten. Lange Zeit – eine Zeit, in der ihn sein Bewusstsein im Stich gelassen hatte – hatte er um sich herum unablässiges Kommen und Gehen wahrgenommen, vermischt mit Bildern aus einer anderen Zeit, von einem anderen Ort. Wo war er? Wer war er? Er hatte keine Ahnung. Das Einzige, das er spürte, war dieser Körper, der zwar keine Schmerzen empfand, aber schwer war wie Blei. Zuweilen glaubte er kurz, sich an etwas zu erinnern, doch dann entglitt es ihm ebenso rasch wieder. Bis heute. Doch was überhaupt war »heute«? Welcher Tag, welcher Monat, welches Jahr? Auch davon hatte er keine Ahnung.

Ein Vorname hatte ihn aufgeweckt. Ein Vorname, der aus den tiefsten Tiefen seines jungfräulichen Gedächtnisses aufgestiegen war. Hatte er ihn gehört? Oder geträumt? War er ihm vertraut? Langsam formten sich aus einem dicken Nebel die Konturen eines Gesichts, eines Blickes, eines Lächelns, und er verspürte den Drang, seinen unnützen Körper wieder zu bewegen. *Loanna*... Diesen Namen auf den Lippen, öffnete der Graf von Blaye die Augen. Erst dann wurde ihm bewusst, dass kein Laut aus seiner Kehle gedrungen war.

Im Laufe der Monate verbreitete sich überall in Europa die Legende von dem Troubadour, der in den Armen seiner Schönen gestorben war. Derselbe lag einstweilen in todesähnlichem Schlaf hinter den dunklen Mauern eines vergessenen Raumes im Palast von Tripolis. Houdar widmete sich hingebungsvoll diesem Problem, das sämtliche Naturgesetze Lügen zu strafen schien. Der Fall interessierte ihn brennend. Rasch kam er zu dem Schluss, dass Jaufré Rudel lebte, allerdings mehr wie eine Pflanze, sodass man ihn ernähren musste, weil er es selbst nicht konnte. Deshalb bekam er mehrmals am Tag erst Zucker-, dann Salzwasser, dann Fleischbrühe zu trinken, die man ihm mithilfe eines Trichters einflößte. Nach und nach wurde der Atem des Troubadours regelmäßiger. Manchmal entstiegen eigenartige Stöhnlaute seiner Kehle, dann wieder erschütterte ein unregelmäßiger und starker Atem seinen ganzen Körper. Doch nie öffnete er die Augen oder zeigte auf irgendeine Weise, dass er wahrnahm, was um ihn herum passiert.

In aller Heimlichkeit hatte Houdar ein paar Kollegen hinzugezogen; einige kamen von weit her. Auf diese Weise erfuhr er von ähnlichen Fällen, von denen es in den zurückliegenden Jahrzehnten immerhin eine Hand voll gegeben hatte. Er verglich sie mit Geschichten, die er hier und da gehört hatte. Bei der Öffnung von Gruben und Gräbern waren Leichen ans Licht gekommen, die statt mit über der Brust gefalteten Händen seltsam verkrampft in ihren Särgen lagen, als hätten sie versucht, den Deckel zu heben. Diese Menschen, dessen war er sicher, waren lebendig begraben worden, in einem Zustand wie dem, in dem sich sein Patient befand, und waren aufgewacht, bevor sie erstickten. Jetzt war er doch froh, dass er dem Flehen der Prinzessin nachgegeben hatte.

Fünf Monate gingen so ins Land, ohne dass sich eine Besserung einstellte. Jaufré Rudel war nur noch Haut und Knochen, doch Stück für Stück kehrte das Leben in ihn zurück, wie kleine Zeichen bewiesen: ein Zittern der Finger, eine Grimasse, ein Seufzer. Kleinigkeiten, die Hodierne beruhigten und ihre absurde Hoffnung nährten.

Als sie eines Morgens im März 1150 ins Zimmer trat, fand sie Jaufré Rudel mit weit aufgerissenen Augen, die voller Tränen standen. Sie kniete sich an sein Bett in der Befürchtung, dass er ein weiteres Mal in sein finsteres Universum abgleiten würde. Doch Jaufré war zurück. Und mit ihm die Erinnerung an dieses Gesicht und diesen Namen, den er vergeblich hatte hinausschreien wollen. Er hob seinen verschwommenen Blick zu dieser Unbekannten an seiner Seite, die weinend immer wieder ausstieß: »Mein Liebster, es ist vorbei! Es ist vorbei!«

Aber was war vorbei? Er musste sich zwingen, um die Kraft aufzubringen, seine Hand in die der Schönen zu legen. Als es ihm schließlich gelang, spürten seine knochigen Finger eine Wärme, die er längst vergessen hatte. Sanft berührten sich ihre Hände. Hodierne stieß einen Freudenschrei aus. Das Leben war auf ihrer Seite.

Im April strömte mit der milden Wärme der Küste Rosen- und Jasminduft über die weiße Stadt Tripolis. Schiffe brachten ständig Reisende und Troubadoure mit, die auf Grund der schlechten Witterung im Winter nicht hatten anlegen können. Hodiernes gute Laune wurde dieser Abwechslung zugeschrieben.

Jaufré von Blaye hatte wieder Farbe angenommen. Die flüssige Nahrung wurde durch nahrhaftere Speisen ersetzt und seine Gastgeberin nahm sich alle Zeit, um ihm zu erzählen, was geschehen war. An die Vergangenheit erinnerte er sich kaum, nur an diesen Namen und dieses Gesicht, das ihm nicht aus dem Sinn ging. Houdars medizinische Bilanz war wenig erbaulich. Jaufré Rudel lebte, doch er war stumm und litt an Amnesie. Überdies war sein linker Mundwinkel so verzogen, dass er aussah wie ein Affe. Er konnte zwar rechts Arm, Hand und Bein bewegen, ebenso den Oberkörper, doch auf der anderen Seite hatte er kein Gefühl in den Gliedmaßen. Es war, als würde dieser Teil von ihm noch immer schlafen. Houdar konnte nicht sagen, ob sich die Lähmung eines Tages geben würde.

Als Jaufré hörte, wie sehr sich Hodierne für ihn aufgeopfert hatte, füllte sich sein Herz mit Dankbarkeit. Allerdings konnte er sich nicht überwinden, ihre Liebe zu erwidern; es wollte ihm nicht einleuchten, dass er deswegen an diese Gestade gekommen sei. Als er wieder etwas mehr zu Kräften gekommen war, schrieb er auf ein Stück Pergament den Namen, der überall in seinem Inneren widerhallte. Vielleicht wusste sie eine Antwort.

»Ich weiß nicht, wer diese Loanna ist«, antwortete Hodierne mit betrübter Miene. »Vielleicht Eure Mutter oder irgendeine Dame aus Frankreich, die Euch als Muse diente und zu Euren wunderbaren Versen inspiriert hat. Sicher wird Euer Gedächtnis eines Tages so weit wiederhergestellt sein, dass Ihr selbst eine Antwort findet. Zur Stunde jedoch stehe ich vor einer heiklen Aufgabe: Ich muss Eure Wiederaufstehung und meine Sünde dem Priester beichten. Ich fürchte, es wird ihm nicht gefallen, so an der Nase herumgeführt worden zu sein. Sicher wird er mir für solch eine massive Lüge eine bittere Buße auferlegen. Ich komme bald wieder.«

Damit gab sie ihm einen Kuss auf die warme Stirn und ging. Um nichts in der Welt hätte sie ihm ihre Enttäuschung zeigen wollen. Dass Jaufré von Blaye allein diesen Namen behalten hatte, bedeutete, dass er ihm in Herz und Seele eingebrannt sein musste. Und doch war sie es gewesen, Hodierne, die ihn gerettet und durch ihre Liebe wieder in die Welt der Lebenden zurückgeholt hatte. Was zu

Beginn nur die Laune eines jungen Mädchens gewesen war, war inzwischen zärtlicher Zuneigung gewichen, die nicht mehr seiner berühmten Stimme galt, sondern dem Mann selbst, der zwischen zwei Welten schwebte. Sie war seine Gegenwart und seine Zukunft. Und sie würde ihn dazu bringen, sie zu lieben. Wenn Jaufré Rudel seine Beweglichkeit und seine Stimme wieder gefunden hatte, hätten ihre Beständigkeit und ihre Liebe längst das Bild ihrer Rivalin in ihm ausgelöscht. Ja, dessen war sie sich sicher. Es war nur eine Frage der Zeit.

Den Priester erfasste Übelkeit, als ihm Hodierne ihr schreckliches Sakrileg beichtete. Nachdem er ihr den Zorn Gottes angedroht hatte, hob sie den Kopf und erklärte mit klarer Stimme: »Wer von uns beiden hat wohl mehr Bedarf an Vergebung? Derjenige, der gerettet und geheilt hat, oder derjenige, der einen Christen lebendig begraben ließ?«

Hinter der hölzernen Trennwand des Beichtstuhls ließ sich ein Räuspern vernehmen, dann herrschte eine Weile Stille. Schließlich murmelte der Geistliche: »Gott allein kennt die Lösung für dieses Problem, also wollen wir uns das Wunder einmal ansehen.«

Gleich danach berieten sich Hodierne, der Priester und Houdar, wie nun zum Besten des Königreiches weiter zu verfahren sei. Würde die Nachricht verbreitet, müsste man alsbald mit einer Rüge der Kirche rechnen. Man durfte nicht vergessen, dass eine Messe für einen leeren Sarg gehalten worden war; allein schon dieser betrügerische Akt war ein Sakrileg. Überdies war Jaufré stark abgemagert und Houdar konnte nicht garantieren, dass er Fähigkeiten und Gedächtnis wieder vollständig zurückgewinnen würde. Mithin wurde beschlossen, Stillschweigen zu bewahren. Der Mann war am Leben, doch der Troubadour blieb im Reich der Toten. So war es denn auch keine Lüge mehr. Man musste nur behaupten, es handele sich um einen entfernten Verwandten, der sich von einer langen Krankheit erhole. So konnte er sich unter den Blicken aller frei im Garten bewegen. Da er stumm war, konnte er sich auch nicht verraten. Sobald er sich erholt hatte, sollte er selbst entscheiden, was für ihn und die Seinen das Beste war.

Die Zeit verstrich über der Stadt und ihrem Geheimnis. Tag für Tag kamen Leute zu Jaufré – deren Schweigen man teuer erkaufte –, um sich mit seinem Fall zu beschäftigen. Die Behandlungen, die sie vorschlugen, waren eine abstruser als die andere. Dabei wies Hodierne von vornherein alle ab, die mit schwarzer Magie zu tun hatten.

Dem Frühling folgte der Sommer und Jaufré wurde in die Gärten von Tripolis mit ihren Magnolien und ihren Orangen-, Zitronen- und Dattelbäumen gebracht. Inzwischen konnte er bereits aufrecht sitzen. So oft es ging, hielt sich Hodierne an seiner Seite auf. Sie verständigten sich schriftlich. Eines Tages ließ sie zu seiner Zerstreuung einen Troubadour kommen, der ihm seine eigenen Lieder vorsingen sollte. Der Mann beklagte den schrecklichen Verlust des begnadeten Kollegen, ohne denselben in dem entstellten Kranken wieder zu erkennen, der vor ihm saß. Als der Gesang verklungen war, weinte Jaufré wie ein kleines Kind. Beim Klang der Ballade von der Liebe so fern war ihm mit einem Schlag ein Licht aufgegangen. Bilder hatten sich in seinem Kopf überschlagen und die Oberhand über das stumme Nichts gewonnen: zwei gefaltete Hände auf weißen Laken, Lippen, die ihm »Ich liebe dich« nachriefen, seidenweiche Haut, der Papst, der über ihrer beider Stirn das Kreuz schlug … Loanna von Grimwald.

Bestürzt über diese Tränen, die nicht enden wollten, schickte Hodierne den Troubadour weg. Sie nahm Jaufré in die Arme. Als sein Tränenstrom endlich versiegt war, schrieb er an Hodierne eine lange Botschaft mit der Bitte um Vergebung.

Süße, großmütige Freundin! Wahrscheinlich bin ich der unhöflichste Mann der Welt, wenn ich Euch um solch einen Gefallen bitte. Ich liebe Euch für all das, was Ihr seit Monaten für mich tut, ohne Unterlass, ohne Falsch, ohne Schonung, ohne dass ich es Euch je vergelten könnte. Und doch blutet mein Herz, nachdem ich dieses Lied gehört habe, das für eine andere geschrieben wurde, so sehr, dass ich vergesse, was ich Euch schulde, und Euch nur noch anflehen kann, mich anzuhören. Ich weiß jetzt, dass sie allein, Loanna von Grimwald, der ich vor Gott ver-

bunden bin, für immer in meinem Herzen wohnen wird. Was soll ich tun, süße Freundin? Seht mein Unglück! Ich spüre ihren Schmerz, mich verloren zu haben, er verbindet sich mit dem, der mich Tag und Nacht heimsucht. Ich kann ihr die Wahrheit nicht länger verbergen. Sie soll wissen, dass ich lebe und unter Eurer Liebe und Fürsorge stehe. Denn mehr noch als meinen eigenen Schmerz möchte ich den ihren tilgen. Verzeiht mir, süße und sanfte Hodierne. Verzeiht mir, dass ich Eurer Selbstlosigkeit und Liebe nicht würdig bin.

Hodierne räusperte sich, um Schmerz und Wut zu überspielen. Einen Augenblick lang dachte sie, es wäre besser gewesen, ihn sterben zu lassen, wenn er sich seiner Retterin gegenüber so undankbar erwies, doch ein Blick in seine leidenden Augen ließ alle bitteren Gefühle dahinschwinden.

Nein, sagte sie sich, *sie darf nichts erfahren*. Dann nahm sie Jaufrés Hände und sagte fürsorglich: »Meine Liebe zu Euch ist so groß, Jaufré, dass ich alles tun würde, um Euch zu gefallen und glücklich zu machen. Doch Eurer Bitte zu entsprechen wäre Wahnsinn. Schaut Euch an, mein Freund, das Schicksal hat Euch hart getroffen. Außer mir würde niemand an einer solch geringen Hoffnung festhalten. Eure Schöne hat in Euch den Troubadour geliebt, den fröhlichen und liebenswerten Grafen von Blaye, seine warme Stimme, die sie besang, seine Liebkosungen und seine beständige Gegenwart. Könnt Ihr ihr all das heute denn noch bieten? Nein, mein liebster Freund. Sie glaubt Euch tot, und das seid Ihr leider auch ein wenig, denn der Mann von gestern existiert nur noch im Ausdruck dieser einen Leidenschaft. Und angenommen, sie hätte ihre Liebe zu Euch bewahrt, könnte sie mit der Ungewissheit leben, dass Ihr vielleicht nie wieder so sein werdet wie zuvor? Wäre das nicht eine noch größere Qual? Ich kann nicht glauben, dass Ihr ihr solche Pein zufügen wollt. Lasst die Zeit ihr Werk tun, Jaufré. Wenn Ihr eines Tages wieder der seid, der Ihr wart, ist es vielleicht noch nicht zu spät.«

Jaufré senkte den Kopf. Hodierne hatte Recht. Die Vergangenheit lag hinter ihm. Er musste lernen zu vergessen. Ja, und wie sie

Recht hatte. Wer außer ihr sollte diesen Haufen Gerümpel lieben, der er geworden war? Er musste schon verrückt sein, wenn er es wagte, in die Vergangenheit zu blicken. War sie nicht die Einzige, die ihm über den spärlich behaarten Kopf strich, ihn nicht für sein Schicksal bemitleidete, sondern ihn zum Kämpfen ermutigte? Was wäre er heute ohne sie?

Und so verdrängte er all das, was er vergessen wollte, in ein Hinterstübchen seines Hirns, nahm das schöne Gesicht zwischen seine knöchernen Hände und setzte einen sanften, zärtlichen Kuss auf die stummen Lippen.

11

Seit einigen Monaten liefen die Vorbereitungen. Stephan von Blois hatte sein Bündnis mit Frankreich gestärkt, indem er Ludwig gegen dessen Bruder Robert von Dreux unterstützt hatte, der nach der Krone trachtete. Inzwischen residierte Stephan ständig in England, um seine Legitimität zu bekunden, ebenso wie die seines Sohnes, den er als seinen Thronfolger ausersehen hatte. Der Zwist zwischen den Parteigängern von Heinrich Plantagenêt und denen des Königs von England führte zunehmend zu Auseinandersetzungen, die einen Krieg fürchten ließen. Heinrichs Popularität im Lande wuchs, und er knüpfte immer engere Bande mit denen, die einstmals seine Mutter abgelehnt hatten. Das war sicherlich einer der Gründe dafür, warum die Streitigkeiten zwischen den Anhängern der rivalisierenden Familien so heftig geworden waren. England sah in diesem jungen Koloss den König, der Stephan niemals sein konnte, durchtrieben und brutal, wie er war. Überdies hatten viele Engländer genug von Kriegen, die das ganze Land in Hunger, Ruin und Hass stürzten.

Im Frühjahr 1150 übergab Gottfried der Schöne Heinrich zu seinem 17. Geburtstag das Herzogtum Normandie. Heinrichs erste Pflicht wäre es gewesen, dem König Gehorsam zu schwören und dessen Lehnsherrschaft anzuerkennen. Stattdessen beschloss er, nichts dergleichen zu tun. Solange Ludwig VII. seinen Rivalen unterstützte, sah er keine Veranlassung, sich vor ihm zu beugen. Zumal er das Gefühl hatte, dass der König ihm Aquitanien vorenthielt, und das verzieh er nicht. Hinzu kam, dass er wie sein Vater und Großvater, ja wie alle seine Vorfahren kriegerisch, rachsüchtig und zäh war.

Im August 1150 platzte Ludwig schließlich der Kragen. Er beschloss, dass es nun an der Zeit sei, diesen dreisten Gecken auf seinen Platz zu verweisen. Heinrich sollte erfahren, mit wem er es zu tun hatte. Gegen den Rat Sugers, der die Erhaltung des Friedens im Reich für wichtiger hielt, mobilisierte er Truppen an den Ufern der Seine zwischen Mantes und Melun.

Auch Heinrich war wütend – weil der König von Frankreich ihn herausforderte, *ihn*, den legitimen englischen Thronfolger, während er einen Emporkömmling unterstützte. Er würde Ludwig keinen Vasalleneid schwören und auch keine Treuepflicht. Mehrere Wochen lang schwebte drohend Kriegsgefahr über Frankreich.

In dieser Zeit, als sich die Dinge in einem mehr als fragilen Gleichgewicht befanden, ließ mich Ludwig in sein Arbeitszimmer rufen.

Ich hatte schon lange nicht mehr allein mit ihm gesprochen. Seit Béatrice' Tod mochte Ludwig niemanden mehr, hörte auf niemanden mehr und sah niemanden mehr. Wenn er sich den Ansichten seiner Berater oder seines Seneschalls Raoul von Vermandois beugte, lag es daran, dass er selbst bereits beschlossen hatte, diese Richtung einzuschlagen. Eleonore und ich beschränkten uns seit einem Jahr darauf, die täglichen Angelegenheiten am Laufen zu halten. Wir kümmerten uns um die Armen, webten, stickten, nähten, bereiteten unablässig Feste und Prozessionen vor und ich heilte mithilfe meiner Kräuter allerlei Leiden. Der Bruch allerdings war nicht mehr aufzuhalten. Ludwig liebte Eleonore nicht mehr und Eleonore wollte nicht länger auf die Rolle der Matrone beschränkt sein.

Als sich nun die Tür hinter mir schloss und ich das düstere Gesicht des Königs vor mir sah, auf dem sich inzwischen kleine Furchen abzeichneten, war ich auf alles gefasst.

»Nehmt Platz, Loanna«, sagte er liebenswürdig, damit ich mich aus meinem Knicks erhob.

Während ich mich in einen kunstvoll ausgeschmückten Sessel setzte, öffnete Ludwig seinen Sekretär und drückte sein Siegel auf ein zusammengerolltes Pergament. Dann kam er auf mich zu und setzte sich mir gegenüber auf die Kante seines Schreibtischs, einen Ausdruck der Entspannung auf dem Gesicht, den ich nicht an ihm kannte. Ich runzelte die Stirn. Schon diese Haltung wies darauf hin, dass etwas Bedeutungsvolles bevorstand.

»Ich habe mir sagen lassen«, begann er, »dass Mathilde, die Herzogin von Anjou, Eure Patin war und Ihr am Hofe von Gottfried dem Schönen aufgewachsen seid.«

»In der Tat, Euer Majestät«, bestätigte ich misstrauisch. Worauf wollte er hinaus? Verdächtigte er mich, mit dem Feind zu kollaborieren?

»Ich nehme somit an, dass Eure Bande zu denen, die heute meine Autorität in Frage stellen, nach wie vor sehr eng sind.«

»Erwartet Ihr von mir, dass ich in dieser Angelegenheit Stellung beziehe, Majestät?«, fragte ich und blickte ihm geradewegs in die Augen.

Dieses Katz-und-Maus-Spiel gefiel mir nicht. Er lächelte und fuhr milder fort: »Mitnichten, edle Dame. Ich weiß, dass Ihr der französischen Krone sowie Eurer Königin viel zu eng verbunden seid, um Euch solch ein schweres Dilemma auf die Schultern zu laden. Außerdem ist nicht Euer Stolz in den Dreck gezogen worden, sondern meiner.«

»Was erwartet Ihr von mir, Sire?«

Meine Frage gefiel ihm offenbar, denn sein Lächeln wurde breiter und ein spitzbübisches Blitzen huschte über seine dunklen Augen. Er hielt mir das Pergament hin, das er in der Hand hielt. »Ich brauche einen zuverlässigen Boten, der dem törichten Spross einer gekränkten Familie diesen Brief überbringt. Viele meiner Berater halten es für die beste Lösung, in sein Territorium einzufallen und ihm eine herbe Niederlage beizubringen, wobei sie allerdings bezweifeln, dass er daraufhin seinem König huldigt. Ich schließe mich dieser Meinung an, auch wenn ich darauf brenne, ihm den Hintern zu versohlen und sein Mütchen zu kühlen. Zumindest wäre es die letzte Lösung, die ich anstreben würde. Ich vertraue also auf Euer Ansehen und hoffe, dass Euch die Gräfin Mathilde anhört, wenn Ihr ihr meinen letzten Vorschlag zur Erhaltung des Friedens überbringt. Ich bitte Euch, Loanna von Grimwald, in die Normandie zu fahren und Heinrich Plantagenêt davon abzubringen, mich herauszufordern.«

»Euer Vertrauen ehrt mich, Euer Majestät. Allerdings habe ich Heinrich als einen der launischsten und nachtragendsten Menschen in Erinnerung, den ich kenne. Ich bezweifle, dass er auf mich hören wird.«

»In diesem Fall gibt es Krieg. Ich werde Stephan von Blois unterstützen und im Anjou und in der Normandie verbrannte Erde hinterlassen. Habe ich mich klar ausgedrückt?«

»Ich denke schon, Euer Majestät.«

»Geht jetzt. Je früher Ihr abreist, desto besser für den Frieden im Land.«

Als ich in meine Gemächer zurückkehrte, um mein Gepäck zu richten, erfasste mich kindliche Freude. Schon seit einigen Monaten suchte ich eine Gelegenheit. Heinrich zu treffen, um mit ihm eine Taktik auszuarbeiten, wie man den König von Frankreich und Stephan von Blois schlagen und sich die Unterstützung Aquitaniens sichern könnte. Wir mussten geschickt vorgehen. Ich hatte Eleonore davon überzeugen können, dass Heinrichs Kampf um sein Erbe legitim war, und selbst wenn sie als Königin von Frankreich nicht akzeptieren konnte, dass ein Vasall den Eid verweigerte, so konnte sie doch nicht umhin, in diesem jungen Mann einen Freund zu sehen, der sie für die Qualen rächte, die ihr Gatte ihr verursachte.

Die Reise war chaotisch. Die Straßen waren voller Soldaten und mehrmals musste ich den Passierschein des Königs vorzeigen, um durchgelassen zu werden. Kurz vor Château-du-Loir schlug uns eine schier unerträgliche Hitze entgegen und die Kutsche verwandelte sich regelrecht in einen Schwitzkasten. Von unseren Stirnen rann der Schweiß. Ich streckte den Kopf aus der Tür und bat den Kutscher anzuhalten. Camille war schweißgebadet. Sie hatte in den letzten Jahren beträchtlich zugenommen und ihre Fülle machte sie kurzatmig. Ich hätte mir schon längst eine jüngere, flinkere Zofe zulegen sollen, doch wir hatten so viel zusammen durchgemacht, dass ich nicht das Herz dazu hatte.

Die Kutsche hielt an einem Weiher. Am gegenüberliegenden Ufer stand auf einem felsigen Vorgebirge eine kleine Burg, die ihre

Türmchen der bleiernen Sonne entgegenstreckte. In den grünlichen Wellen plantschten fröhlich lachend die unterschiedlichsten Leute, Pilger und Reisende. Ich wandte mich an Camille. »Komm, meine Gute, begleite mich. Das Wasser zieht mich magisch an! Unsere Waden werden sofort abschwellen, wenn wir sie dort hineintauchen.«

»Nein, meine Dame«, widersprach sie mit einem Blick auf die Badenden. »Was wird das einfache Volk denken, wenn eine Dame Eures Standes im Wasser herumplanscht!«

»Unser Rang hält uns schließlich auch nicht davon ab, gleichermaßen zu schwitzen! Los jetzt, komm schon. Das ist ein Befehl«, fügte ich hinzu, damit sie wirklich kam, denn ich wusste, dass ihre geschwollenen Beine es ihr danken würden.

Als die Kutsche abgestellt war, sodass sie den Verkehr auf der Straße nicht behinderte, zog ich sie mit Gewalt hinter mir her. »Trotzdem, Damoiselle, das ist nicht gut, nein, das ist nicht gut«, brummte sie und hob die Röcke, um mir ans Wasser zu folgen.

»Na«, sagte ich lachend und hielt sie bei der Hand, während unsere nackten Füße in das erfrischende Wasser tauchten. »Siehst du, Eselin, so schrecklich war das doch gar nicht.«

»Nein, Damoiselle, aber trotzdem, man beobachtet uns!«

»Was soll's. Ich konnte nicht mehr.«

Im gleichen Moment traf mich eine Wasserfontäne, die mich über und über durchnässte, ebenso Camille, die einen spitzen Schrei ausstieß.

»Kleiner Strolch!«

Das Kind lachte aus vollem Hals und hielt sich den Bauch, ganz begeistert von dem gelungenen Streich, den es uns gespielt hatte. Sein Lachen tat mir gut ebenso wie diese Wasserdusche, die mich buchstäblich mit einem Streich erfrischt hatte. Ferne Erinnerungen stiegen in mir auf. In einer Aufwallung von Glück bückte ich mich und nahm eine Hand voll Wasser auf, um es über das Kind zu schütten. »Damoiselle!«, zürnte Camille.

Doch schon reagierte unser kleiner Angreifer. Er fand es sehr lustig, dass eine so gut gestellte Dame über seine Faxen lachte und sogar mitmachte. Unter den empörten Zwischenrufen von Camille, die versuchte, dem Wassersturm zu entkommen, entspannte sich ein feuchter Zweikampf, der uns beiden immer wieder Lachsalven entriss. Gerade als ich um Gnade betteln wollte und mich rücklings umfallen ließ, dass ich bis zur Taille im Wasser saß, hörte ich eine eisige Stimme hinter mir:

»Erhebt Euch, Damoiselle!«

Der Ton war arrogant und verärgert. Überrascht wandte ich den Kopf. Das Lachen blieb mir im Hals stecken. Ein junger Mann streckte mir die Hand entgegen. Er war mittelgroß und hatte dunkle Augen. Sein braunes Haar war mit einem Seidenband zusammengebunden und seine Kleidung ließ darauf schließen, dass er aus gutem Hause stammte.

Ich zögerte einen Augenblick, doch dann ergriff ich die Hand. Er zog mich heraus wie einen Strohhalm.

»Verschwinde!«, rief er böse dem Jungen zu, der in das schlammige Wasser sprang und sang- und klanglos verschwand.

»Das war aber mal eine unfreundliche Art, dem Kind zu danken.«

»Es steht Euch frei, Euch lächerlich zu machen, wo immer Ihr wollt, aber nicht auf meinem Land«, erwiderte er vorwurfsvoll.

Das Blut kochte mir in den Adern. Mit erhobenem Kinn gab ich zurück: »Der gnädige Herr möge mir verzeihen, dass ich sein Wasser und seine Ruhe gestört habe.«

Ich hob meine Röcke, die vom Wasser schwer geworden waren, und ging an ihm vorbei auf den Weg zurück, gefolgt von Camille, die immer noch jammerte. Ich musste ein erbärmliches Bild abgeben, doch das war mir gleich. Schon lange hatte ich mich nicht mehr so gut gefühlt. In dem Moment legte sich eine eiserne Faust um meinen Arm und zwang mich zum Umdrehen.

»Ihr wisst doch wohl, wer ich bin, schöner Wildfang?«

Der Herr der Ländereien maß mich mit wütendem Blick. Wahrscheinlich gefiel ihm mein Humor nicht, aber das kümmerte mich nicht. Wer auch immer er sein mochte, er war doch nur einer von Ludwigs Vasallen, und ich war in dessen Auftrag in einer wichtigen Mission unterwegs. Außerdem kam längst der Hauptmann der Garde mit gezücktem Schwert herbeigeeilt, um mir zu Hilfe zu kommen.

»Nun, Messire, lasst mich lieber los, bevor meine Männer in Eurem Verhalten kriegerische Absichten erkennen.«

Als er die Lilie auf dem Schwertknauf des Hauptmanns entdeckte, wurde er blass. Sicher hatte er nicht gedacht, dass diese Eskorte zu mir gehörte.

Sofort entschuldigte er sich, während ich mit einer Handbewegung dem Hauptmann bedeutete, dass er seine Waffe wegstecken solle.

»Ich bitte tausendmal um Entschuldigung, Damoiselle. Ich ahnte ja nicht, dass Ihr von der königlichen Garde begleitet werdet.«

»Dann hatte ich ja besonderes Glück, Messire, auch wenn ich mir nicht vorstellen kann, dass Ihr je unhöflich sein könntet, selbst nicht zu einer Bettlerin.«

Er warf mir einen feindseligen Blick zu, doch diesmal brach ich in fröhliches Gelächter aus – das unfreiwillige Bad hatte meine Sinne herrlich belebt. Dann schlang ich meinen klatschnassen Arm um seinen. »Friede, Messire! Gehen wir auf den Weg zurück, damit Euch nicht einer dieser kleinen Strolche als Zielscheibe wählt. Ich darf mich vorstellen: Loanna von Grimwald, Ehrendame der Königin Eleonore und zutiefst betrübt, dass ich mich Euch in solch einem erbärmlichen Zustand präsentieren muss. Die Versuchung war einfach zu groß, mich bei dieser Gluthitze ein wenig abzukühlen.«

»Loanna von Grimwald, sagtet Ihr?«

Er hielt kurz inne, um mich genauer in Augenschein zu nehmen.

»Bei allen Heiligen des Paradieses, Messire, werden wir diese Straße noch erreichen oder wollt Ihr bei jedem Schritt stehen bleiben? Bei diesem Rhythmus bin ich gleich trocken und alles fängt wieder von vorne an.«

Doch er fuhr fort, mich anzustarren, als ob er in seinem Gedächtnis irgendetwas suchte. Plötzlich hellte sich sein Gesicht auf, und ein breites Lächeln veränderte seine Züge.

»Grundgütiger! Loanna von Grimwald! Es ist so lange her! Ihr habt Euch, meiner Treu, ganz schön verändert, junge Schwatzliese!«

Jetzt war es an mir, ihn verdutzt anzusehen. Aber offensichtlich war mein Gedächtnis nicht so gut wie seines, denn ich erinnerte mich nicht, ihm zuvor schon begegnet zu sein. »Nun, Messire, ich habe nicht das Gefühl, Euch zu kennen, und deshalb finde ich, wenn Ihr erlaubt, Eure Vertraulichkeit reichlich unpassend.«

»Muss ich Euer Gedächtnis ebenso auffrischen, wie es Eure Kleidung nötig hätte? Ich bin Bastien. Der Sohn von Benoît dem Müller. Angers«, fügte er hinzu, als ich die Augenbrauen hob. »Ihr habt mich mehr als einmal wahnsinnig gemacht, als wir noch Kinder waren, damals am Hofe von Messire Gottfried von Anjou. Erinnert Ihr Euch denn gar nicht mehr?«

Doch, jetzt erinnerte ich mich. Die braunen Locken, dieses Kinn, dieser Blick – alles war plötzlich wieder da, zusammen mit hundert anderen Erinnerungen, die im Laufe der Zeit verblasst waren. Bastien, der mich mit seiner Hartnäckigkeit verfolgt hatte, damals, als ich gerade fünfzehn war, kurz bevor ich nach Brocéliande ging. Bastien, der meine Tauben abfing und ihnen Botschaften an die Krallen heftete, die mich in helle Wut versetzten, sodass ich ihn bis in den Schweinestall verfolgte, um ihn zu beschimpfen.

»Bastien!«, flüsterte ich wehmütig, während mein Lächeln mit der Palette meiner Erinnerungen breiter wurde. »Auch Ihr, mein Freund, habt Euch sehr verändert. Als ich Euch das letzte Mal gesehen habe, wart Ihr schmutzig bis über beide Ohren. Ausgerechnet Ihr empört Euch über meinen Aufzug? Und dann auch noch in dieser herrschaftlichen Kleidung? Was ist Euch widerfahren, dass Ihr solch eine Wandlung durchgemacht habt?«

»Das ist eine lange Geschichte, Damoiselle. Direkt dort auf der Anhöhe steht meine Burg. Kommt mit mir samt Eurem Gefolge, um Euch ein wenig zu erfrischen. Ich stelle Euch zur Verfügung, was immer Ihr braucht.«

Und so geschah es denn auch. Einige Stunden später saßen wir immer noch beisammen und schwelgten in Erinnerungen, die die Kindheit in uns wachriefen, während uns die ersten Falten im Gesicht bereits ans Alter gemahnten.

»Und genauso war das«, versicherte Bastien, »wenn ich nicht eingegriffen hätte, um das riesige Wildschwein abzulenken, würde unser junger Herr Heinrich jetzt nicht darauf warten, sich die englische Krone aufzusetzen. Ich habe schmerzende Knochen und eine schöne Narbe am Arm davongetragen, die mir das Tier beibrachte, bevor es verendete. Der junge Heinrich ist mir noch heute unendlich dankbar. Seiner Großzügigkeit habe ich meinen neuen Stand zu verdanken. Als der Vasall starb, dem diese Ländereien hier gehörten, gab es keinen direkten Erben. Heinrich verfügte sofort, dass ich die Besitzrechte bekomme, und verlieh mir sogar noch Name und Titel. Das ist jetzt zwei Jahre her, und ich muss sagen, meiner Treu, dass mir diese neue Kleidung viel besser steht als die alte.«

»Euer Glück macht mich sehr froh; Ihr habt auch meine größte Dankbarkeit. Heinrich zu verlieren wäre eine Tragödie gewesen.«

»Dann ist es also wahr, was man sich erzählt? Ihr liebt Heinrich ebenso wie er Euch?«

Ich verstand nicht, was er meinte, und stammelte: »Ich liebe Heinrich in der Tat wie einen Bruder, und ich denke, dass er ebenso für mich empfindet.«

»Meine Dame!«, rief er aus, die Augen weit aufreißend, »kennt Ihr denn wirklich nicht die Gefühle des Herzogs für Euch? Da ich sein Vertrauter war, kann ich Euch versichern, dass er Euch keineswegs wie eine Schwester liebt, sondern vielmehr wie eine Geliebte!«

»Das ist vollkommen unmöglich!«

Diese Eröffnung war niederschmetternd. Ich hatte Heinrichs Schäkern und seine Anträge immer als Kindereien abgetan. Doch inzwischen war er erwachsen. Würde ich mich in Zukunft des Mannes erwehren müssen, dem ich mein Leben geweiht hatte? Die beiden Männer, die ich geliebt hatte, waren mir von einem unerbittlichen Schicksal entrissen worden, und heute fand ich mich mit zwei Bewerbern wieder, die ich nicht haben wollte. War das mein Schicksal, unablässig zwischen Wechselfällen der Geschichte hin und her zu taumeln, ohne eine Heimstatt für mein Herz zu finden, das sich so nach Liebe sehnte? Jaufré fehlte mir unendlich. Was hätte ich gegeben, ihn bei mir zu haben. Ihn nicht mehr zu sehen, zu hören, noch nicht einmal daran zu denken, dass er trotz der Distanz im Geiste mit mir verbunden war – all das lastete schwer auf mir. Und auch die Zeit, die unerbittlich fortschritt, änderte nichts an dieser schrecklichen Leere. Ganz im Gegenteil.

»Loanna! Loanna von Grimwald!«

Heinrich riss die Arme auf wie die Tore einer Kathedrale, als er mich durch die Tür der großen Halle des Palastes treten sah, in der er sich mit seiner Familie aufhielt. Sein Oberschwang widersprach jeglicher Etikette und so warf ihm Mathilde einen sengenden Blick zu. Sie kam als Erste auf mich zu und reichte mir voller Herzlichkeit die Hand, während ich in einen tiefen Knicks versank.

»Liebes Kind, wie schön, Euch hier zu haben!«

Sie nahm mich an den Schultern und gab mir zwei leichte Küsse auf die Wangen.

»Seid willkommen, Loanna«, begrüßte mich der Graf.

Gottfried der Schöne war nach wie vor verführerisch, trotz der Falten um seine grünen Augen und einer von Sorgen zerfurchten Stirn.

»Ich bin sehr glücklich, hier zu sein«, antwortete ich aufrichtig.

Schon stand Heinrich vor mir und nahm liebevoll meine Hand. »Wir warten schon so lange darauf, dass Ihr heimkehrt, Damoiselle.«

Ich hob die Augen und kreuzte seinen Blick, der so glühend war, dass mir die Röte in die Wangen stieg. Der Himmel weiß warum, aber es ärgerte mich. Behutsam zog ich meine Hand zurück und erwiderte mit gesenktem Kopf: »Messire Heinrich, Ihr seid inzwischen ein feuriger junger Mann. Erlaubt, dass ich von einem Begrüßungskuss absehe.«

»Herr im Himmel«, brummte er und ergriff mich an den Schultern. »Was soll diese Koketterie, die eine Umarmung unter Geschwistern verbietet?«

Noch bevor ich reagieren konnte, setzte er zwei dicke Küsse auf meine Wangen. Dann lachte er fröhlich auf und sagte: »Nun denn, was haben sie am Hofe von Frankreich mit Euch angestellt, dass Ihr so prüde geworden seid?«

»Heinrich!«, herrschte ihn Mathilde an und führte mich dann

zum Tisch, auf dem Obst und Käse angerichtet waren. »Seiner eindrucksvollen Größe zum Trotz ist er doch immer noch ein Kind. Kümmert Euch nicht um sein Gerede, Canillette, Ihr seid schöner denn je.«

»Habe ich Euch verletzt, Loanna?«

Die Stimme in meinem Rücken klang besorgt. Nein, er hatte mich nicht verletzt. Mir wurde nur gerade mit einem Schlag bewusst, wie Recht Jaufré gehabt hatte, als er sagte, dass eine Heirat wie ein Bollwerk gegen unerwünschte Avancen wirke. Und nach dieser Erkenntnis fühlte ich mich schutzloser denn je. Gleichwohl drehte ich mich zu ihm um und stellte mich, um die große Traurigkeit zu dämpfen, die in mir aufzusteigen drohte. »Dazu braucht es mehr, Messire Heinrich. Ich bin müde von der Reise, die durch die Hitze sehr anstrengend war. Verzeiht, wenn ich mich schon zurückziehe. Gleich nach dem Gottesdienst zur Prime werde ich zur Stelle sein, um mit Freuden dieses Wiedersehen zu feiern. Doch zur Stunde wünsche ich mir nichts mehr als ein Bad und dann einen erholsamen Schlaf.«

»Was sind wir nur für Esel, dass wir Euch hier mit Beschlag belegen!«, kam mir Mathilde zu Hilfe. »Ich begleite Euch, mein Kind, und werde einen Korb mit ein paar Leckereien auf Euer Zimmer bringen lassen, falls Euch in der Nacht der Hunger überfällt. Eure Zofe dürfte sich erholt haben. Ich werde sie holen lassen. Was Eure Eskorte angeht, so braucht Ihr Euch um nichts zu sorgen. Ihr ist der beste Empfang bereitet worden. Bei all unseren Differenzen mit dem König von Frankreich werden diese Leute bei uns behandelt wie zu Hause. Kommt jetzt. Ihr seht in der Tat ein wenig traurig aus.«

Von Mathildes Arm beschützt, den sie mir mütterlich um die Schultern gelegt hatte, ließ ich mich zu der Steintreppe geleiten. Sie blieb noch ein paar Minuten bei mir, fragte aber nicht nach den Gründen für die Traurigkeit, die sie in meinen Augen gelesen hatte. Wahrscheinlich führte sie sie auf die Gefühlsbewegung zurück, die unser Wiedersehen in mir ausgelöst hatte. Sie verabschiedete sich, als Camille hereinkam. In deren runden und derben Armen schließlich brach ich zusammen, erschüttert von Schluchzern, die vom Anbeginn der Zeit zu kommen schienen. Sie rollte die Augen und wiederholte immer wieder verständnislos:

»Na, na, da steckt doch noch was anderes dahinter!«

Allerdings. All das Gift in meinen Adern, dieses verhängnisvolle Schicksal, das auf meinem Leben lastete. Was hatte ich nur getan, um all diese Strafen zu verdienen? Ich hatte alles einer Sache geweiht, die mir gerecht erschien, doch in wessen Namen? Das Reich der Toten, aus dem Mutter und Merlin gekommen waren, um mich an die Erfüllung meiner Mission zu gemahnen – konnte es mir nicht die Menschen zurückgeben, die ich liebte? Mein Körper sehnte sich noch immer nach den geschmeidigen Armen, dem sinnlichen Mund und dem Geschlecht des Mannes, der mich mit so viel Zärtlichkeit und Wollust in die Spiele der Liebe eingeführt hatte. Nein, ich konnte es nicht hinnehmen! Nicht diese düsteren Bilder, nicht diese Trauer, die ich in mir trug, obwohl alles in mir dagegen rebellierte. Was war aus diesem Gefühl geworden, das mich nicht an Jaufrés Tod glauben ließ? Ich hatte gedacht, dass Béatrice' Ende mein Leid rächen würde und ich endlich Frieden finden könnte. Doch das war ein Trugschluss gewesen. Einer von vielen.

An diesem Abend fühlte ich mich einsamer als ein ausgestoßener Hund. Trotz Mathilde, Gottfried und Heinrich. Trotz ihrer Zuneigung, die mir hätte Trost spenden müssen. Ihnen hatte ich meine Jugend und mein ganzes Leben geopfert. Ich war nur eine Figur in einem Spiel von Interessen. An diesem Abend nahm ich ihnen das ernsthaft übel. Ich zählte nicht. Die einzigen Menschen, die mich wahrhaft selbstlos geliebt hatten, waren Denys und Jaufré gewesen. Und beide hatte ich verloren.

»Lass mich allein«, sagte ich unvermittelt zu Camille.

Sie zögerte einen Moment, doch es muss ein schrecklicher Ausdruck in meinem Blick gelegen haben, denn sie riss entsetzt die Augen auf und ging brummelnd hinaus. Keine Zeugen. Nein, ich wollte keine Zeugen. Ich musste mich jetzt meinem Schmerz ergeben, er sollte endlich herauskommen, um mich nicht länger von innen zu zerfressen. Jaufré, Jaufré, Jaufré, meine Liebe, mein Land, mein Licht, mein Leben. Ich wollte verflucht sein, dass ich ihn einfach gehen ließ, ohne etwas zu bemerken oder zu begreifen.

Sanft wie der Frühling erhob sich eine leise Stimme in meinem Kopf. Ich verspürte so den Drang, mich an sie zu klammern, dass ich trotz meiner Tränen mitsummte, wie ein verzweifeltes Gebet:

Amors de terra lonhdana
Per vos lo cors mi dol,
E no'n puèsc trobar meizina,
Si non vau al seu reclam.
Ab atrat d'amor doussana
Dins vergièr o sotz cortina
Ab desirada companha.

Zwischen zwei Schluchzern muss mich der Schlaf übermannt haben, denn irgendwann wurde ich vom Zwitschern der Vögel geweckt. Mein Mund war pelzig und meine Augen verschwollen. Auf dem Sims des Fensters, das ich offen gelassen hatte, sang ein Rotkehlchen sein süßes Lied. Als die schweren Glocken der Kathedrale von Rouen losschlugen, um zur Frühmesse zu rufen, flog es davon. Ich stand auf und klopfte an die Tür zum Hinterzimmer, in das ich Camille am Vorabend so unfreundlich verbannt hatte. Sie öffnete sofort. Bereits angekleidet, hatte sie auf meine Anordnungen gewartet. Mein Schluchzen hatte sie offenbar vom Schlafen abgehalten, denn auch sie trug über ihren runden Wangen dunkle Schatten der Müdigkeit.

»Hilf mir«, bat ich leise. »Ich kann mich mit diesem Gesicht nirgends zeigen.«

»Es gibt viele Möglichkeiten, sich in einen solchen Zustand zu bringen«, schalt sie mich sanft. Als ich nicht reagierte, fing sie an, mir Rosen- und Kornblumenwasser auf die Augen zu tupfen, und fuhr vorsichtig fort: »Habt Ihr je daran gedacht, den Schleier zu nehmen?«

Ich erschrak, doch so abwegig die Frage auch war, sie kam genau im richtigen Moment.

»Ich mag verzweifelt sein, aber so schlimm wie bei der armen Heloise ist es noch nicht!«, erwiderte ich mit fester Stimme.

Nein, ich hatte mir mein Leben vielleicht nicht selbst ausgesucht, aber dazu liebte ich Gott bei weitem nicht genug, um ausgerechnet ihm den Rest meiner schönsten Jahre zu schenken. Ich hatte weiß Gott schon genug Opfer gebracht. Plötzlich wurde mir klar, dass mir die vergangene Nacht eine beruhigende Gewissheit gebracht hatte. Diese Mission war meine letzte. Ich würde sie im Namen meiner Vorfahren erfüllen und im Namen derer, die ich für die Sache geopfert hatte, damit sie nicht umsonst gestorben waren. Doch dann würde endlich Schluss sein. Aus, vorbei. Sollte der Gott der Christen die Spuren der alten Riten, Druiden, Hexen, ja selbst der Verrückten auslöschen! Es war mir einerlei. Und England würde seinen Weg auch ohne meine Hilfe finden.

So würde es geschehen. Oder gar nicht.

Als ich den Chor betrat, waren alle Getreuen bereits versammelt. Der Bischof sprach das Paternoster. Ich schob mich zwischen zwei Frauen in prachtvollen Roben und senkte den Kopf, hoch zufrieden über meine frisch gefassten Beschlüsse.

Heinrich hörte sich aufmerksam an, was ich ihm zu sagen hatte, nickte gelegentlich zustimmend oder runzelte seine dichten Augenbrauen, wenn er seine Ablehnung zeigen wollte. Gleichwohl unterbrach er mich nicht. Er saß mit einem Schenkel auf seinem kunstvoll gearbeiteten Schreibtisch. Sein üppiger Haarschopf, der mich beim Kämmen immer so viel Mühe gekostet hatte, umgab seinen Kopf wie eine Feuermähne, die in einem dicken, gelockten Bart mündete. Er glich einem Löwen, der auf seine Beute lauert. Wenn es ihn schmerzte, dass ausgerechnet seine treueste Verbündete ihn dazu bringen wollte, den Treueid zu leisten, so ließ er es sich nicht anmerken.

»Ich versichere Euch, Messire, die Zeit ist noch nicht gekommen. Riskiert keinen Krieg mit Frankreich, solange Ihr nicht alle Karten in der Hand habt. Ludwig wünscht ein Treffen. Gewährt es ihm. Auf diese Weise lernt Ihr Eleonore kennen, und wir können ihr bei der Gelegenheit gleich einen Racheplan unterbreiten.«

»Ich höre Eure Worte wohl, meine Freundin. Doch dieser Idiot von Ludwig treibt mich in den Wahnsinn. Ich kann mich einfach nicht vor ihm beugen.«

»Ihr schuldet ihm die Treuepflicht, Heinrich.«

»Ich schulde ihm gar nichts! Bald schon werde ich mir nehmen, was mir gehört! England und Aquitanien! Und dann werde ich diesen Laffen mit dem Handrücken hinwegfegen!«

»Ihr seid immer noch so dickköpfig wie damals«, schalt ich, einen Augenblick lang von Rührung erfasst. »Was wird Euch Eure Sturheit nützen, wenn Ludwig seine Hunde auf Euch hetzt?«

»Ich kann mich verteidigen!«

»Leeres Geschwätz! Zur Stunde ist er wesentlich stärker als ihr, das wisst Ihr nur zu gut. Zumal wenn ihn die Armee von Stephan von Blois unterstützt. Und das wird mit Sicherheit geschehen. Im Handumdrehen hätte er Euch das Maul gestopft, nicht umgekehrt.«

»Und Ihr, Loanna, auf welcher Seite steht Ihr?«

»Auf der Euren, Messire, wie könnt Ihr daran zweifeln?«

»Beweist es.«

Er stand brüsk auf und zog mich brutal an sich. »Ich bin verrückt nach dir, Loanna. Wie lange habe ich auf diesen Moment gewartet.« Sein Ungestüm weckte Wut und Entschlossenheit in mir. Vielleicht war er drei Köpfe größer als ich, aber ich verstand es immer noch, mich zu wehren. »Lasst mich los, Heinrich! Ihr werdet nichts von mir bekommen! Ich liebe Euch nicht!«

Blind vor Verlangen, presste er mich gegen den Schreibtisch und löste mit einem geschickten Griff die Bänder meines Mieders. Ich hätte keine Chance mehr gehabt, wenn er nicht den Fehler begangen hätte, meine Beine frei zu lassen. Mit einem heftigen Stoß rammte ich mein Knie zwischen seine Schenkel und quetschte seine Männlichkeit. Vor Schmerz aufschreiend, ließ er mich los. Ich richtete sofort meine Korsage und meinen Zopf, aus dem sich ein paar Strähnen gelöst hatten.

»Heinrich«, sagte ich bestimmt, doch freundlich, »Ihr müsst mit diesen Kindereien aufhören. Binnen kurzem werdet Ihr für England der Löwe sein, auf den alle hoffen, und als echter und gerechter Monarch müsst Ihr lernen, Eure Urinstinkte zu beherrschen. Ihr seid für mich wie ein Bruder, und so liebe ich Euch auch. Ich werde stets die Treueste, Ergebenste und Hingebungsvollste Eurer Dienerinnen sein. Aber ich werde niemals, hört Ihr, niemals erlauben, dass Ihr meine Zuneigung für Euch erstickt, indem Ihr mich demütigt wie irgendeine Eurer Gespielinnen!«

»Schon gut«, brummte er, das Gesicht noch immer schmerzvoll verzogen. »Aber wagt das nie wieder, sonst lasse ich Euch auf der Stelle enthaupten, das schwöre ich bei Gott!«

»Um der Liebe Gottes willen, Heinrich, hört auf, die Frauen mit Gewalt zu nehmen. Ihr erntet von ihnen nur Zorn und Unterwürfigkeit, dabei gibt es kein größeres Geschenk als die Kunst zu lieben.«

»Zum Teufel mit Euren Ratschlägen!«, entgegnete er wütend. »Ich habe schon vier Bastarde, die beweisen, dass es vollauf genügt, seine Triebe zu befriedigen, um sich fortzupflanzen.«

Arme Eleonore, dachte ich, vom Regen in die Traufe. Ludwig war als Liebhaber eine Kirchenmaus, Heinrich ein Vandale; was war schlimmer für einen jungen Körper, der sich nach Liebkosungen sehnte?

Doch schon tauchte umgehend die Lösung des Problems auf in Gestalt eines dieser Männer, die man nie vergisst und über deren Wiedersehen man sich immer wieder freut. Bernhard von Ventadour hatte erfahren, dass ich angekommen war, und ließ sich nicht das Vergnügen nehmen, mit eigenen Ohren Neues von der Königin und dem Hofe von Frankreich zu hören.

»Bernhard!«, rief ich und nahm seine Hände. »Was für eine Freude, Euch nach so langer Zeit wieder zu sehen!«

»Meine Dame, Messire«, grüßte er uns höflich. Er war immer noch teuflisch schön. Sein Haar durchzogen hier und da Silberfäden, die seine grauen Augen noch reizvoller erscheinen ließen.

»Nun, mein Freund, Ihr erscheint genau in dem Moment, in dem ich Euch am wenigsten gebrauchen kann«, brummte Heinrich, erbost über die Unterbrechung.

»Habt Ihr mich nicht selbst eingeladen, Messire, jederzeit zu Euch zu kommen, wenn mich der Drang zu singen überkommt?«

»Ich will verwünscht sein für solch einen Vorschlag! Nun gut, da Ihr schon einmal hier seid und ich, meiner Treu, selten die Gelegenheit habe, besseren Gesang zu hören, verzeihe ich Euch. Mutter ist mit ein paar Damen im Salon; Euch zu hören wird außerdem gewisse Leiden lindern, die ich gerne vergessen möchte«, schloss er mit einem finsteren Seitenblick auf mich.

Ich legte meinen Arm um Bernhards, passte meinen Schritt seinem an und so schritten wir in den Salon. Die Damen waren mit Spinnen beschäftigt, während sie einen alten gallischen Abzählreim trällerten, und freuten sich über unseren Besuch. Bernhard setzte sich auf einen Schemel, nahm eine Harfe zwischen die Knie und begann, uns seine neuesten Kompositionen vorzuspielen. Mir war schnell klar, was los war. Bernhard sehnte sich mehr denn je nach seiner Königin. Er hatte nicht vergessen. Und da er nun zum Hofe Heinrichs gehörte, würde er bald wieder bei ihr sein. Denn wenn Eleonore Heinrich heiratete, um sich an Ludwig zu rächen – woran ich keinen Zweifel mehr hatte –, wäre sie es alsbald leid, ihm als Strohpuppe zu dienen. Dann würde ihre verlorene Liebe mit den Liebkosungen des Mannes verschmelzen, der ihr immer noch alles bedeutete. Das Leben bestand doch nur aus ständigen Wiederholungen. Warum musste ich als Einzige für mich selbst immer wieder daran zweifeln?

12

Wozu soll das gut sein?« Hodierne von Tripolis stand hinter Jaufré, der sich über sein Schreibzeug beugte. »Ihr werdet diesen ebenso wenig beenden wie die zuvor.«

Wie um ihr Recht zu geben, zerknüllte Jaufré das Pergament und warf es müde in einen Weidenkorb. Als er ihre fürsorgliche Hand auf seiner Schulter spürte, wandte er ihr sein bedrücktes Gesicht zu.

»Ich weiß, wie schwer es für Euch sein muss, mein Freund«, fügte sie seufzend hinzu. »Aber Ihr könnt nichts mehr tun.«

Sein trauriger Blick schmerzte sie, wie schon so viele Male zuvor. Sie zog seine bewölkte Stirn an ihren Bauch und streichelte seinen nahezu kahlen Schädel, auf dem große dunkle Flecken seltsame Muster bildeten. Diesmal weinte er nicht. Es war, als hätten auch seine Tränen ihre Reise beendet.

Im Laufe der Monate waren die Erinnerungen zurückgekehrt. Blaye, der Hof von Frankreich, der Kreuzzug, seine einstige Einsamkeit und die Erfüllung, nachdem er die Liebe seiner Fee, seines Lichtes kennen gelernt hatte. Seine Leidenschaft erfasste alles, sie war wie ein Gefängnis, in das er sich selbst einschloss, unfähig, einen Fluchtweg zu finden. Jaufré hätte den Tod tausendmal dieser nicht enden wollenden Qual vorgezogen. Wo war seine Muse? Was machte sie? Hatte sie ihn in den Armen eines anderen vergessen? Und selbst wenn das rechtens gewesen wäre, da sie ihn schließlich für tot hielt – er konnte nicht aufhören, diese niederträchtige und heimtückische Eifersucht zu empfinden, die ihn in den Wahnsinn trieb. Wenn er nur Hodierne lieben könnte…

Hodierne, die unfehlbare, die ihm die Hand gereicht hatte, als er wieder laufen lernen musste wie ein Kind. Die seiner undisziplinierten Hand das Schreiben wieder beigebracht hatte, die sich nicht ein einziges Mal über die Last beklagt hatte, die er für sie sein musste, oder die Stummheit, zu der ihn sein Schicksal verdammt hatte. Seine Stimme war verloren. Selbst wenn er sein ganzes Herzblut in seine Stimmbänder legte, kamen nur ein paar krächzende Laute heraus. Jaufré der Troubadour existierte nicht mehr.

»Ihr quält Euch selbst, Jaufré, und das kann ich nicht ertragen, das wisst Ihr. Wie viele solcher Briefe habt Ihr schon zerknüllt? Wie oft habt Ihr Euch die gleichen tränengetränkten Worte entrungen, obwohl Ihr wusstet, dass sie zu nichts führen? Es ist nicht gut für Euch, immer wieder in der Vergangenheit zu wühlen. Glaubt mir als Freundin, die ich Euch geworden bin. Vergesst, was war! Ich beschwöre Euch.«

Jaufré löste sich aus den Armen, die schon so viele Male sein Leid hatten trösten wollen. Achtzehn Monate hielt er sich nun schon in Tripolis auf. Achtzehn Monate, in denen er dieser Frau mehr als sein Leben verdankte. Wie gerne hätte er ihr mehr entgegengebracht als nur ewige Dankbarkeit.

Erneut beugte er sich über sein Schreibzeug, nahm ein Blatt Pergament und tauchte die Feder in die Tinte. Seine Hand war unsicher, seine Seele nicht. Zum ersten Mal fand er den Mut, der ihn sonst stets verließ, sobald er in dieses Gesicht blickte, das vor Zärtlichkeit zu ihm brannte, die er nicht erwidern konnte.

Süße Hodierne, begann er, während sie mit den Augen seiner Hand folgte, die krakelig Buchstabe an Buchstabe reihte, *ich kann, sosehr ich es auch will, Loanna von Grimwald nicht vergessen. Verzeiht mir, dass ich Euch solchen Schmerz zufüge, und verzeiht mir auch die Mühsal, die ich ohne Absicht über Euch bringe. Ich möchte, das schwöre ich bei der Heiligen Schrift, Euch lieben, denn mehr als jede andere, selbst mehr als sie, verdient Ihr es zu bekommen, was Ihr Euch wünscht. Jedoch, der infame Abschaum, der ich geworden bin, ist keinen Blick, keine Klage, keine Träne mehr wert, denn ich liebe sie immer noch, Hodierne. Wie ein Verrückter, wie ein König, wie ein Komma, das nie einen Satz be-*

endet. Werft mich hinaus, tötet mich, aber bitte versucht, mich zu verstehen, bevor mich der Tod von meinen Qualen erlöst.

Mit einem kratzenden Geräusch fiel ihm die Feder aus der Hand. Hodierne schluckte ihre Tränen hinunter. Sie hatte es schon lange geahnt und doch nicht aufgehört zu hoffen. Aus Wut oder Enttäuschung hätte sie einst beinahe das Werk vollendet, das Mutter Natur begonnen hatte, und ihn in den Tod geschickt. Doch Hodierne von Tripolis konnte nicht ihrem Wesen zuwiderhandeln. Jaufré traf keine Schuld. Voller Schmerz legte sie die Hände auf die gebeugten Schultern des Troubadours. Er hatte sich nicht gerührt, nicht geblinzelt, auf ihr Urteil wartend wie auf das Jüngste Gericht.

Da wusste sie aus tiefster Seele, dass sie ihm längst verziehen hatte. Sie hauchte ihm einen Kuss auf den Schädel und flüsterte kaum hörbar: »Es ist mir nicht wichtig, ob Ihr mich liebt oder nicht, Jaufré. Eure Freundin bleiben zu dürfen wäre mir schon genug. Ich werde am Hof von Frankreich Erkundigungen einziehen über die, nach der Ihr Euch verzehrt. Auf diese Weise wisst Ihr, was zu tun ist. Aber ich beschwöre Euch, überstürzt die Dinge nicht. Ich bitte Euch um einen Gefallen. Dann werde ich für Euch nur noch eine treue und hingebungsvolle Freundin sein. Liebt mich, einmal nur, ein einziges Mal, mit Eurem Körper, den Ihr zu Unrecht infamen Abschaum nennt, damit Ihr in meinen Augen lest, dass er weder abstoßend noch tot ist. Liebt mich, Jaufré, auch wenn Ihr in meinen Liebkosungen die ihren spürt.«

Erschüttert stand er auf, sich an der Rückenlehne des Stuhls abstützend. Hodierne weinte, das hatte er an ihrer Stimme bemerkt. Er zog sie an sich und suchte ihre zart umrandeten Lippen, ihre geschmeidige Taille, ihre kleinen Brüste. Es war so lange her. Würde er es noch können? Würde sein Körper die Fleischeslust wieder entdecken, die seine eingeschlafenen Sinne längst vergessen hatten?

»Ich werde Euch helfen«, hauchte sie, als könnte sie seine Gedanken lesen.

Sie legten sich auf das Bett gegenüber dem Kamin, in dem ein Holzscheit glomm. Nach und nach kehrte die Erinnerung zurück, und er ließ sich von ihren Händen leiten. Doch als er sie schließlich nahm, erstarb das lustvolle Röcheln in seiner Brust. Am Ende kam nichts als Tränen, mit denen sich das ganze Elend der Welt ergoss.

Ludwig war niedergeschlagen. Ins Gebet vertieft, stand er am Sarg seines treuesten Beraters und Freundes und dachte verzweifelt, wie groß dieser Verlust für das ganze Königreich war. Es war der 13. Januar 1151. Abt Suger war gestorben, ohne seinen zweifachen Traum verwirklicht zu haben: die Abtei von Saint-Denis zu vollenden und die historische Ehe des Königspaares zu retten.

Merkwürdigerweise berührte mich sein Tod. Hinter dem Feind stand ein Mann von Format, den ich sicherlich sehr geschätzt hätte, wenn er nicht ständig meine Pläne durchkreuzt hätte. Im Grunde kämpften wir für dieselbe Sache, wenn auch in verschiedenen Lagern. Suger träumte von einem starken und geeinten Frankreich, während ich mir für England dasselbe wünschte. Was hatten wir uns vorzuwerfen? Ohnehin blieb keine Zeit mehr für sinnlose Reue. Niemand konnte an dem, was geschehen war, noch etwas ändern.

Es war mir gelungen, einen prekären Frieden herzustellen, indem ich Heinrich das Versprechen abnahm, Ludwig zu huldigen. Der König nahm dank Sugers gutem Zureden die Ausreden hin, derentwegen sich der Akt des Treueschwurs immer wieder verschob. Stephan von Blois hielt diese Geduld zwar für unpassend, doch Ludwig blieb hart.

Eleonore und er sprachen nicht mehr miteinander. Ihre Annäherung war wieder einmal nur von kurzer Dauer gewesen. Eleonore hatte seit einigen Monaten einen neuen Liebhaber, den jungen und schönen Grafen von Rocamadour, der sich beim Turnier an Pfingsten 1150 am Hof eingeführt hatte. Ludwig wusste davon, zumal er das Gespött des ganzen Reiches war, seit zahllose Lieder kursierten. Er hätte seinen Rivalen offen angehen und verbannen können, doch er war die Kleinlichkeiten leid. Außerdem war da noch Suger, der unwiderruflich im Sterben lag. Er ermahnte seinen König, die Folgen seines Handelns zu berücksichtigen. Ergeben fügte sich Ludwig der Weisheit seines alten Freundes. Sicherlich mehr als jeder andere fürchtete er dessen Tod. Wer sollte anschließend diese tiefe Einsamkeit in ihm bevölkern?

Sugers Tod würde der Zusammenbruch des Reiches folgen, das in einen dunklen Abgrund der Trauer stürzen würde. Ludwig wusste das. Auch Eleonore und ich wussten es.

Die folgenden Monate vergingen in einer Art Nebeldunst, in dem die Dinge nur schwer ihren neuen Platz fanden. Ludwigs Berater Thierry Galeran fühlte sich in seiner Position gestärkt. Anders als Suger hetzte er, unterstützt von Raoul von Vermandois, Ludwig gegen Heinrich auf. Die Geschichte zog sich bis April 1151 hin, dann entdeckte Ludwig eine neue, alte Kraftquelle in sich. Durch das Gebet gestärkt, traf er seine Entscheidung: Heinrich sollte zum nächsten Pfingstfest sein Haupt beugen, oder es gab Krieg.

Mithilfe einer Taube ließ ich Mathilde eine Warnung zukommen. Seit meinem Besuch in der Normandie hatten wir uns regelmäßig so verständigt. Auf die gleiche Weise hatte ich unerwarteterweise Kontakt zu meinem alten Freund Thomas Becket aufgenommen, der sich einige Tage in Paris aufhielt. Er wollte in London eine Universität gründen und brauchte dafür Rat und Meinung seiner Meister. Ich empfing ihn mit großer Freude. Er lebte in England in einem Kloster am Ufer der Themse und wirkte nach wie vor geschickt für Heinrichs Machtübernahme. Stephan von Blois sei, so seine Meinung, ein Tyrann, der das Land immer weiter entzweie. Die Stunde sei nicht mehr fern, da er sich durch seine eigene Dummheit und Ungeschicklichkeit selbst entmachte. Es tat gut, mit Thomas zu diskutieren wie damals, als wir noch unbeschwert waren.

Immer häufiger wachte ich in dieser Zeit des Nachts schweißgebadet mit dem Gefühl auf, jemand wäre in der Nähe, ein gequälter Schatten mit einem ausgezehrten Gesicht. Jaufré… Er verfolgte mich ohne Unterlass, er öffnete den Mund, seine Lippen bildeten Laute und Worte, die jedoch nie zu mir durchdrangen. Ich begriff nicht. Ich begriff überhaupt nichts mehr. Jeden Morgen wachte ich mit der Gewissheit auf, dass er nicht tot war. Das konnte nur eines bedeuten: Ich wurde wahnsinnig.

Gottfried von Rancon hatte ich im Laufe des Jahres mehrmals bei Hofe getroffen. Jedes Mal hatten wir wie echte Freunde geplaudert. Getreu seinem Versprechen setzte er mich mit seiner Liebe nicht unter Druck. Ich spürte sie nur in seinem warmen Blick, einer flüchtigen Geste, einer Berührung. Doch am Ende dieses Jahres, wenn seine Trauerzeit zu Ende war, würde er eine Antwort erwarten. Mein Verstand sagte mir, dass ich dieser Heirat gelassen entgegenblicken sollte. Stattdessen war ich zutiefst aufgewühlt. Wie konnte ich einen anderen heiraten, während alles in mir nach Jaufré schrie? Andererseits – war es nicht das beste Bollwerk gegen den Wahnsinn, der von Tag zu Tag mehr Besitz von meiner Seele zu ergreifen schien?

Ich hatte mich der Königin anvertraut, die, ohne zu zögern, den Antrag des Grafen befürwortete. Auch sie hielt es für das Beste, was ich tun konnte. Sie hatte meine Nähe gesucht bei dieser Gelegenheit, doch eigenartigerweise hatte ich sie nicht lieben können. Seit Jaufrés Tod hatte keine Hand mehr in mir das Feuer entfacht. Ich konnte nicht mehr lieben. Wie sollte ich die unausweichlichen Umarmungen ertragen, die eine Frau ihrem Gatten schuldete? Um nicht länger über all diese Fragen nachdenken zu müssen, stürzte ich mich mit Haut und Haaren in meine Mission.

Unablässig wob ich mein Netz um Eleonore. Wir sprachen oft von Heinrich, und häufig war sie es, die das Gespräch auf ihn lenkte. Dass es jemand wagte, ihrem Gatten die Stirn zu bieten, spendete ihr Trost. Im Königreich Frankreich galt sie nichts mehr. Ludwig hörte nicht auf, sie abzukanzeln, zuweilen sogar in aller Öffentlichkeit. Früher hätte sich die junge Königin aufgebäumt, sie hätte geschrien und ihre Jugend ausgespielt, bis Ludwig sich schließlich gebeugt hätte. Doch heute hatte sie keinen Einfluss mehr auf ihn.

Sie war bereit. Wahrscheinlich musste sie Heinrich nur einmal in die Augen sehen, vielleicht genügte es schon, dass er sie mit Gewalt nahm, damit sie einwilligte, ihm zu folgen. Eleonore konnte so nicht weiterleben. Ihr schöner Geliebter stellte zwar ihre Sinne zufrieden, aber nicht ihr Bedürfnis nach Macht, ihren eigentlichen Daseinszweck.

Das Wetter zum Pfingstfest versprach mild, aber feucht zu werden. Der Himmel war seit einigen Tagen gewittrig. Die Luft war so aufgeladen, dass alle unter Spannung standen. Als sich die Vasallen des Königs in der großen Gewölbehalle einfanden, die mit den Bannern der französischen Provinzen geschmückt war, war Ludwig bei weitem nicht so locker und gelöst wie sonst bei dieser Gelegenheit. Bei der Prozedur, die der Eröffnung der Spiele vorausging, musste jeder vor dem König seinen Treueid erneuern. Nun wurde aber bereits seit dem Vorabend gemunkelt, dass die Pavillons mit den Farben der Normandie noch nicht vor Saint-Denis gesichtet worden seien. Eleonore, die an der Seite des Königs saß, suchte zitternd mit den Augen den Hünen mit den Flammenhaaren, von dem sie schon so viel gehört hatte.

Der Vormittag schritt voran, und meine Nervosität nahm zu. Meine letzten Boten hatten zwar gute Nachrichten mitgebracht, doch es gab immer noch keine Spur von Heinrich. Ludwig begann verärgert, mit den Fingern auf die Armlehne seines Sessels zu trommeln.

Erst um die Mittagszeit kündigte ein Herold die Ankunft des Grafen der Normandie an. Ein Seufzer der Erleichterung ging durch die Menge, während alle gespannt auf diesen Vasallen warteten, der so viel Unfrieden stiftete.

Zu meinem größten Erstaunen erschien Gottfried der Schöne, um sich zu verbeugen. Allein.

Ludwig runzelte die Brauen. Es war immerhin etwas, aber... Ohne Umschweife stellte er die Frage, die ihm auf den Lippen brannte. »Wohlan, Graf, wo ist denn nun der berühmte Fürst der Normandie, den wir alle mit großer Spannung erwarten?«

Sein Zorn war nur mühsam unterdrückt, Gottfried der Schöne ließ sich nicht täuschen. Er richtete sich auf und blickte den König selbstbewusst in die Augen. »Bedauerlicherweise, Euer Majestät, ist Graf Heinrich, mein Sohn, seit einer Woche durch ein schweres Fieber ans Bett gefesselt. Die besten Mediziner sind bei ihm; sie hielten es für geraten, ihn unter Quarantäne zu stellen, solange sie sein Leiden nicht benennen können. Der Graf schickt Euch durch mich seine aufrichtige Entschuldigung für diesen widrigen Umstand und verspricht, Euch alsbald nach seiner Genesung einen Besuch abzustatten.«

»Und was sollte das wohl für eine Krankheit sein?«, erkundigte sich der König mit ironischem Unterton. Er glaubte kein Wort.

»Leider, Messire, wissen wir das nicht. Doch der junge Graf ist sehr geschwächt, das müsst Ihr mir glauben.«

»Und wenn ich das nicht tue?«, fragte Ludwig zurück.

»Dann wäre das für uns alle ein großes Unglück, Euer Majestät. Daher wäre es durchaus sinnvoll, wenn Eure Nachsicht durch Vorsicht gestützt würde. Ihr solltet einen Eurer Ärzte nach Rouen schicken, der dort seinen teuren Rat beisteuern und Euch anschließend versichern könnte, dass Eure Geduld nicht umsonst war.«

»Worauf Ihr Euch verlassen könnt, Graf von Anjou. Doch wenn, bei Gott, Euer Sprössling nicht im Sterben liegt, schwöre ich, dass ich diesen Zustand durch diese Klinge hier herbeiführen werde!«, knurrte Ludwig und legte eine Hand auf den Knauf seines Schwertes.

Seine Stimme klang so schneidend, dass Eleonore sich in ihren Sessel duckte. Ludwig rief Thierry Galeran zu sich und befahl. »Es soll auf der Stelle eine Eskorte aufbrechen und meinen besten Arzt, Grimaud von Morois, zum Bett des Grafen der Normandie begleiten. Er soll diesem angeblichen Kranken einen Besuch abstatten. Was Euch angeht, Graf, Ihr seid mein Gast, doch Ihr solltet Paris nicht ohne mein Wissen verlassen.«

»Muss ich mich als Gefangenen betrachten?«, fragte Gottfried erbost.

»Guter Gott, nein«, erwiderte Ludwig lau, dann fügte er zynisch hinzu: »Nicht, solange die Gruppe nicht mit Nachrichten zurück ist. Betet also, Messire, dass sie in Eurem Sinne sein werden.«

Gottfried beugte den Kopf. Bald, dachte er, *wirst du es bereuen, meine Familie so zu demütigen.*

»Gehen wir jetzt, mögen die Spiele beginnen!«, rief Ludwig der Menge zu.

Dieser Aufforderung folgte eine Trompetensalve, woraufhin die Gästeschar wie ein Schwarm bunter Vögel durch die weit geöffneten Tore hinausschwirrte. Gefangen im Sog, konnte ich nicht sofort zu Gottfried dem Schönen vordringen. Ich beschloss, zu ihm zu gehen, sobald ich die Aufgabe erledigt hatte, die ich bei diesem

Fest übernommen hatte, nämlich dafür zu sorgen, dass sich die Tische unter Bergen von Pasteten, Schweinshaxen, Braten, Saucen, Süßspeisen und anderen Köstlichkeiten bogen.

Einige Stunden später ließ ich die Mauern des Palastes hinter mir, um mich nach Saint-Denis zu begeben, wo man sich bereits auf das Turnier vorbereitete. Granoë brachte mich mitten zwischen die Zelte und Pavillons direkt vor das Banner mit den Farben des Anjou.

Als ich mich bemerkbar machte, hielt Gottfried sofort in seiner Arbeit inne; er hatte mit einem Knappen zusammen seine Rüstung gewienert.

»Loanna, teures Kind!«, rief er aus, als er mich sah.

Ich grüßte ihn und kam sofort zum Grund meines Besuches: »Was ist dran an dieser Krankheit, Oheim?«

Mit einer scharfen Geste schickte er den Knappen weg, der gerade mit einem Ärmel fertig geworden war. »Ich werde den Helm alleine machen. Geh! Kümmere dich um mein Pferd. Sattle es sorgfältig! Vor dem König die Hosen zu verlieren wäre nicht gut für meinen Ruf.«

Als wir allein waren, goss er zwei Gläser Zimtwein ein und reichte mir eines davon. Dann sagte er mit seiner Stimme, die mit den Jahren brüchig geworden war: »Es ist leider nicht nur ein Vorwand. Heinrich ist tatsächlich krank.«

»Ist es schlimm?«

»Die Ärzte glauben nicht, dass er in Lebensgefahr ist, doch er ist schwach. Zum Glück bewahrt ihn seine Konstitution vor vielen Krankheiten, aber doch nicht vor allen. Wie dem auch sei, es ist ein denkbar schlechter Zeitpunkt. Jetzt war er einmal entschlossen, zu diesem Fest zu kommen, um die Königin kennen zu lernen!«

»Damit soll er sich nicht mehr lange aufhalten, Oheim. Sie ist bereit, sich auf seine Seite zu schlagen. Und Ludwig ist über diese Situation äußerst verbittert. Ich habe sogar schon daran gedacht, Bernhard von Clairvaux darum zu bitten, dass er den König zur Geduld mahnt, falls Heinrich sich nicht beugt. Allerdings bezweifle ich, dass er sich einmischen würde.«

»Heinrich ist noch viel sturer als ich. Er hat Ludwigs Einladung nur angenommen, um ihm den Fehdehandschuh hinzuwerfen, nicht um sich zu beugen.«

»Was ist er doch für ein Dickkopf! Dann werde ich mich also doch an Bernhard von Clairvaux wenden. Einstweilen hoffe ich, dass Heinrich diesem Scharlatan von Morois glaubhaft machen kann, dass es sich nicht um einen erneuten Affront handelt.«

»Euer Wort in Gottes Ohr. Dann bleibt mir jetzt nur noch, dem Grafen von Montmorency, diesem jungen Gecken, das Maul zu stopfen. Er hat sich in letzter Zeit mehrmals im Ton vergriffen. Ihn zu Boden zu werfen wird mir eine Genugtuung sein.«

Gottfried bekam seine Genugtuung. Besonders nachdem er erfuhr, dass Ludwig den jungen Grafen als seinen Favoriten auserkoren hatte.

Das Essen verlief fröhlich, trotz der Drohung, die auf Gottfried von Anjou lastete, während man auf die Rückkehr der Delegation wartete. Mich beschlich inzwischen eine andere Furcht. Wie im Jahr zuvor hatte Gottfried von Rancon auch diesmal meine Farben verteidigt und mir seine Trophäe überreicht. Dieses Mal jedoch, das wusste ich, war sie ein Symbol für etwas anderes. An dem langen Tisch, an dem gelacht, gesungen und geredet wurde, saß er so, dass ich ihn nicht sehen konnte. Doch irgendwann war es so weit, dass er meine Gesellschaft suchte. Zahlreiche Gäste lagen lange vor der Morgendämmerung bereits unter dem Tisch, voll mit Schlemmereien und den Weinen Aquitaniens. Als sich die Königin von ihrem Gatten und den Gästen verabschiedete, schloss ich mich an, aus ganzem Herzen hoffend, dass ich um dieses Gespräch herumkäme, das ich so fürchtete. Allerdings war ich nicht schnell genug, denn der Graf trat uns am Fuße der Treppe entgegen, die zu meinen Gemächern führte. Er grüßte höflich, tauschte ein paar Worte mit der Königin und bot mir seinen Arm: »Wollen wir ein paar Schritte gehen, Loanna?«

Mit zugeschnürter Kehle folgte ich ihm in den Garten, der im Licht des Vollmondes lag. Die ganze Zeit über sagte ich kein Wort, und auch er brach das Schweigen nicht. Mit jedem Schritt nahm die Panik mehr von mir Besitz, bis ich mich zusammenreißen musste, um nicht davonzulaufen und mich im Dunkel zu verstecken. Ohne meine Verfassung zu bemerken, lenkte er mich weg von neugierigen Augen und Ohren, an eine Stelle, wo die zarten Blüten des Pfeifenstrauches ihren betörenden Duft verströmten.

Als wir Schutz hinter einer Stockrose gefunden hatten, stellte er sich mir gegenüber. »Ihr zittert ja, süße Freundin. Würdet Ihr mir glauben, wenn ich Euch sagte, dass ich sogar noch mehr zittere als Ihr? Es ist jetzt ein Jahr her, dass ich mich Euch erklärt habe. Meine Zuneigung zu Euch hat nicht aufgehört zu wachsen, Loanna. Wäre es verrückt, zu gestehen, dass sich der Gedanke an unseren einzigen Kuss unauslöschlich in mein Herz gebrannt hat? Mein Trauerjahr ist zu Ende und damit die Wartezeit. Ein einziges Wort von Euch macht mich zum glücklichsten oder unglücklichsten Mann der Welt.«

Statt einer Antwort brach ich in Tränen aus.

Er nahm mich in den Arm wie damals in jener Nacht, als ich Béatrice' Tod gefeiert hatte. Es schien mir so nah und so fern zugleich. An jenem Abend hatte ich gedacht, ich könnte und wüsste alles. Heute war ich nur noch ein Schiff ohne Hafen, von Stürmen hin und her geschleudert, die mit jedem Mal heftiger wurden und aus denen ich jedes Mal zerschlagen, zerstört und ein Stück verletzlicher hervorging.

»Na, na, meine Süße ...«, flüsterte er mir begütigend ins Ohr.

Doch allein diese Worte trafen mich wie eine Breitseite auf einem entfesselten Ozean. Bleich machte ich mich von ihm los. »Nennt mich nie wieder so«, befahl ich mit einer Stimme, die ich selbst kaum erkannte.

Jetzt war es an ihm, blass zu werden. Er sah mich eine Weile voller Schmerz an, dann stieß er einen langen Seufzer aus und ließ sich auf eine kleine Steinbank fallen. »Es gibt eine Trauer, die weder die Zeit noch Konventionen auslöschen können, nicht wahr?«, fragte er geradeheraus.

Eine neue Welle von Tränen stieg mir in die Augen, doch ich nickte mühsam.

»Ich verstehe. Was soll aus Euch werden, Loanna von Grimwald? Werdet Ihr den Schleier nehmen wie die arme Heloise? Oder vielleicht ... Gift?«

Es war nicht einmal zynisch gemeint, auch wenn mir das sogar lieber gewesen wäre. Dann hätte ich ihn hassen können. So aber war ich unfähig, mich zu rühren. Ich war gebrochen.

»Kommt, setzt Euch, Ihr seid ganz bleich und seht aus, als ob Euch der geringste Windhauch wegblasen könnte.«

Ich gehorchte. Er legte mir einen Arm um die Schultern.

Dann begann er, sanft zu sprechen, wie zu einem Kind: »Ihr seid so zerbrechlich, Loanna. Denys von Châtellerault hatte Recht und Jaufré von Blaye ebenfalls. Kostbarer und feiner als ein Seidenfaden. Ich habe versprochen, Euch zu beschützen, und jetzt habe ich den Eindruck, dass ich Euch eben durch die Sicherheit, die ich Euch bieten möchte, ins Verderben stürze. Was soll ich nur tun? Ich lernte Euch lieben, lange bevor ich Respekt für Euch empfand. Soll ich Euch beweisen, wie viel mir diese Worte bedeuten? Ich bin zwar nur ein kleiner Lehnsmann, kriegerisch, verwegen und zuweilen jähzornig. Doch vor Euch bin ich nichts. Ihr wisst, dass ich mich nach Euren Wünschen richte, aber ich kann nicht zusehen, wie Ihr immer mehr ein Opfer des Wahnsinns werdet. Jaufré von Blaye ist tot, Loanna, niemand kann daran etwas ändern. Was auch immer Ihr jetzt tut, geschieht in dem Versuch, trotz allem weiterzuleben. Ich werde Eure Wahl akzeptieren, aber ich flehe Euch an, nicht als Freier, sondern als der Freund, in den Denys einst sein Vertrauen setzte: Verdammt Euch nicht selbst.«

Er hatte Recht. Und wie er Recht hatte. Ich musste tief in mir graben, um alles an Willen zusammenzukratzen, was mir noch geblieben war, damit ich ein Wort herausbrachte. Ich wollte, dass er verstand. Mühsam formulierte ich mit abgehackter Stimme: »Liebe zu machen ist für mich nicht mehr vorstellbar, Gottfried ...«

Damit, so dachte ich, war alles erklärt. Mein Schmerz, meine Sehnsucht, meine Zerrissenheit und meine Zurückweisung. Sicher spürte er es, denn er seufzte, doch dann drehte er sich zu mir. »Ist das der einzige Grund, warum Ihr meinen Antrag ablehnt?«

Ich nickte, ohne ihn anzusehen. Was nun folgte, war eine Geste von so unendlicher Güte, dass ich sie mein Leben lang nicht vergessen würde. Er nahm sanft meine Hände und sagte leise: »Schaut mich an, Loanna. Schaut mich an.«

Ich hob den Blick und las in seinen Augen nichts als Zärtlichkeit. »Ich habe genügend willige Mätressen. Wenn Ihr mir die Freiheit für gewisse Heimlichkeiten lasst, die in keiner Weise Eure Ehre antasten, schwöre ich bei Gott, dass Ihr Euer Leben mit mir teilen könnt, ohne jemals den geringsten Anflug von Ungeduld bei mir zu bemerken. Ich kann warten, Loanna, bis Eure Wunde vernarbt und die Liebe in Euer Herz zurückgekehrt ist, denn es ist undenkbar, dass in Eurem Alter die Lust bereits erloschen ist. Dann werde ich der Aufmerksamste aller Liebhaber für Euch sein. Doch auch wenn das niemals eintritt, soll es mich nicht kümmern. Ich habe zwei Söhne, meine Nachfolge ist also geregelt. Heiratet mich. Ihr habt nichts zu verlieren, das versichere ich Euch.«

»Habe ich Euer Wort, Gottfried?«

»Bei meiner Ehre und meinem Rang, Ihr habt es.«

Ich wusste, dass er es ernst meinte. Heiraten und vergessen, das konnte ich nicht. Aber heiraten und das Andenken an Jaufré bewahren, das würde gehen. Selbst wenn es mir schwer fiel, solch ein Opfer von Gottfried zu verlangen, denn ich hatte nichts zu geben. Nichts mehr. Ich war leer, ausgehöhlt. Doch wenn er mit alledem einverstanden war, wäre es eine Beleidigung gewesen, trotzdem abzulehnen. »Gut, ich werde Euch heiraten.«

Gleichwohl hatte ich nicht vergessen, warum ich Jaufrés Werben so lange nicht erhört hatte. Die Gründe waren nach wie vor da, und wenn Gottfried mich wirklich wollte, musste auch er warten. In meinem Inneren gab es eine leise Stimme, die den Tod anheulte, eine andere, die mir sagte, dass ich noch Zeit hätte, und eine dritte, die mich zu meiner guten Wahl beglückwünschte. Ich wog sie gegeneinander ab und sagte dann mit fester Stimme: »Ich werde Euch heiraten, Gottfried, doch Ihr müsst wissen, dass ich mich aus Gründen bei Eleonore aufhalte, die besser unausgesprochen bleiben.«

»Ich erinnere mich an einen gewissen gescheiterten Überfall …«, flüsterte er komplizenhaft.

»Glaubt nicht, Gottfried, dass ich nur eine Intrigantin bin. Ich bin aquitanisch durch meinen Vater und englisch durch meine Mutter, und ich kann diese Herkunft nicht verleugnen. Ich wuchs mit Heinrich Plantagenêt auf, und wenn es unseren Feinden nicht gelungen wäre, einen fatalen Schlag gegen Eleonores Vater zu führen, wäre Aquitanien heute englisch. Überdies kann ich nicht dulden, dass Eleonore weiterhin durch ihren mönchischen Ehemann gedemütigt wird. Ich wurde geboren, um dem König von England zu dienen, und bis Eleonore vor Gott seine Frau geworden ist, kenne ich keine andere Aufgabe im Leben. Jaufré wusste das und war bereit, bis zum Ende der Mission zu warten. Wir sind unserem Ziel jetzt näher denn je. Lasst mir die Zeit, die Aufgabe zu erfüllen, der mein elendes Leben geweiht ist. Anschließend werde ich das Kapitel abschließen, das mich die drei Menschen gekostet hat, die ich am meisten liebte.«

»Ich verstehe. Aber ich kannte Eure Geschichte bereits. Ich schulde Euch ebenfalls Aufrichtigkeit, Loanna. Dass Denys Euch unter meinen Schutz gestellt hat, liegt daran, dass er wusste, er konnte mir vertrauen. Ich bin fünfzehn Jahre älter als Ihr und Ihr wisst, dass mein Vater ein Freund des Grafen Wilhelm war. Ein sehr teurer und enger Freund. Als Wilhelm 1137 von einem geheimen Treffen in Fontevrault zurückkehrte, vertraute er sich meinem Vater an. Er fühlte sich geschmeichelt vom Vorschlag Gottfrieds des Schönen, doch vor allem war er glücklich, endlich die Zukunft Aquitantens und seiner Ältesten geregelt zu haben. Ich war damals um die dreißig. Als ich mit meinem Vater einen Viehdiebstahl besprechen wollte, platzte ich unbeabsichtigt in ihr Gespräch hinein. Wilhelm hatte eine sehr laute Stimme, sodass ich unwillkürlich mit anhörte, was er sagte. Ich wusste also schon, als wir uns das erste Mal sahen, wer Ihr seid. Als Denys mir sein Geheimnis anvertraute, wurde mir klar, dass alles noch in der Schwebe war. Ich habe nicht zufällig beschlossen, Euch zu beschützen, Loanna.«

»Ihr wart all die Jahre an meiner Seite und habt nichts gesagt! Gottfried, ich verdiene Euch nicht.«

Er lächelte sanft. Da beugte ich mich zu ihm hinüber und gab ihm einen Kuss auf die Lippen, einfach weil mir seine Worte wohl getan hatten. Er nahm mich in den Arm, und ich warf mich ungestüm hinein. Ja, ich würde diesen Mann heiraten. Nicht aus Liebe, denn ich hatte keine Liebe mehr zu geben, aber für das, was er war: großmütig und gerecht, stolz und wahrhaftig.

Die Feierlichkeiten neigten sich dem Ende zu, als ein Brief von Ludwigs Arzt eintraf, in dem dieser bestätigte, dass Heinrich in der Tat nicht in der Lage war, sich nach Paris zu begeben.

Derselbe, hieß es da, *ist gerötet und von schwellenden Pusteln übersät, die nichts Gutes verheißen. Sein Atem geht röchelnd und sein Fieber sinkt nicht, trotz aller Behandlungen. Überdies ist er von scheußlichem Charakter, wehrt sich gegen Behandlungen und weigert sich, die Kräutersude zu trinken. Er stöhnt ohne Unterlass, verlangt aber Reh- oder Wildschweinkeule zu essen, die er in kleinen Bissen zu sich nimmt, weil er ohnehin sofort gesättigt ist auf Grund der Krankheit. Wenn er nicht ein so unleidiger Kranker wäre, würde er sicherlich schneller gesund, aber er verjagt mit wilden Flüchen seinen Beichtvater, sobald der die Nase ins Zimmer streckt. Wie soll Gott unter diesen Umständen Milde walten lassen, Sire? Zum Glück ist er von robuster Konstitution und dürfte sich alsbald erholen. Möge ihm der Himmel seine Lästerungen verzeihen, im Hinblick auf die Kirche und Euer Majestät.*

Die Mitteilung amüsierte Ludwig aufs Höchste und schaffte es sogar, für den Augenblick seinen Zorn zu mildern. Er schickte umgehend eine Antwort, in der er seinem Vasallen baldige Genesung wünschte.

Damit Gottes Groll nicht den des Königs übersteige, fügte er an, *und Er ihn in Seiner göttlichen Milde baldmöglichst in die Lage versetze, seinen sturen Kopf vor dem Manne zu beugen, den er zum Gespött machen will.*

Statt Heinrichs wütenden Wahn zu besänftigen, ließen diese Worte seinen ohnehin reichen Schatz an Flüchen noch vielfältiger werden.

13

Die Ruhe war von kurzer Dauer. Bereits ein paar Tage später erreichten unangenehme Nachrichten den Hof. Seit drei Jahren schon befand sich Gottfried der Schöne im Streit mit dem Seneschall von Ludwig im Poitou, einem gewissen Giraud Berlai. Das war ein dunkles, vertrocknetes Männlein mit nur einem Auge und einer Mardernase. Ich war ihm mehrmals begegnet, hatte aber keine Sympathie für ihn entwickeln können. Nichtsdestotrotz genoss er Ludwigs Vertrauen. Während des Kreuzzuges hatte Gottfried der Schöne Giraud Berlai – aus mir unbekannten Gründen – gefangen genommen und damit den Zorn der Kirche auf sich gezogen. Nach dem Gesetz war es den Vasallen untersagt, sich in Abwesenheit des Monarchen gegen seine Autorität aufzulehnen. Die Geschichte endete damit, dass Gottfried die Exkommunikation angedroht und der Seneschall freigelassen wurde. Seither war das Verhältnis der beiden Männer mehr als gespannt. Gottfried war es nun leid, ständig von Berlai provoziert zu werden, der im Schutze seiner mächtigen Trutzburg in Montreuil-Bellay saß und ihm eine lange Nase zeigte, und zum Angriff übergegangen. Meine Intuition sagte mir, dass er zudem das letzte Pfingstfest noch nicht verdaut hatte, bei dem Ludwig ihn beleidigte, indem er sein Wort in Zweifel zog. Der Graf von Anjou war stolz. Außerdem konnte er sich auf diese Weise an Ludwig rächen, ohne den Frieden zu gefährden, den wir ausgehandelt hatten.

»Er hat einen Stützpfeiler des Bergfrieds zum Einstürzen gebracht, mit Feuerpfeilen und siedendem Öl!«, schimpfte Ludwig rot vor Wut und schlug mit der Faust auf den Tisch. »Dieser Teufel hat die Stadt angezündet und alle Tore umstellen lassen. Dann musste er Giraud und die Seinen nur noch aufsammeln wie verängstigte Ratten! Ich habe es jetzt endgültig satt, diese Verführer, diese Schäbigkeit, diese Kriege! Es wird Zeit, dass diese Rotznasen, und zwar der Vater wie der Sohn, Staub fressen und sich vor ihrem König beugen. Andernfalls werden sie, ich schwöre es beim heiligen Denis, von Gottes Schwert gerichtet!«

»Was habt Ihr vor?«, fragte Eleonore, plötzlich um ihren Vasallen fürchtend.

»Zur Stunde marschieren meine Truppen auf Arques in der Normandie. Sie werden marodieren, plündern und brandschatzen und alles dem Erdboden gleichmachen, bis sich diese aufmüpfigen Flegel endlich beugen! Ich werde überdies die Operationen selbst überwachen, unterstützt vom Papst, der diese Eidbrüchigen und Ungläubigen bereits exkommuniziert hat. Stephan von Blois hat mir mitgeteilt, dass sein Sohn Eustachius im Augenblick den Ärmelkanal überquert, im Gefolge starke Truppen, die sich meinen anschließen werden. Er freut sich außerordentlich, mir dabei zu helfen, seinen Feind zu vernichten! Noch vor Ende dieses Monats ist Schluss damit!«

Eleonore verließ mit wild klopfendem Herzen den Saal, in dem die Ratssitzung stattgefunden hatte. Wie der Blitz eilte sie in den Kräutergarten. Wie gewöhnlich war ich dort unter dem schattigen grünen Dach aus Geißblatt zu finden. Die Pflanzen waren meine Hauptbeschäftigung geworden, denn wenn wir uns auf das magere Wissen der königlichen Ärzte und Apotheker hätten verlassen müssen, wären viele durch deren Rosskuren umgekommen.

»Sie sind verloren!«, schloss Eleonore, nachdem sie mir in Kürze berichtet hatte, was sie gehört hatte. »Ich habe Angst, Loanna!«

Sie sah mich mit dem Blick eines eingesperrten Vogels an. Konnte es sein, dass sie sich in einen Mann verliebt hatte, den sie erst einmal gesehen hatte, als er noch ein Kind war?

»Warum interessierst du dich so für Heinrichs Schicksal?«, fragte ich unvermittelt.

Sie lief rot an. »Dir kann ich es ja sagen, Loanna. Ich weiß nicht, wie mir geschieht, wahrscheinlich habe ich Ludwig gegenüber so viel Groll aufgestaut, dass ich frohlocke, wenn ich sehe, wie andere tausend Gefahren suchen, um ihm zu trotzen. Ich möchte mich auch gegen ihn auflehnen, ihn ohrfeigen, so wie sie es tun, meine Stimme erheben und hören, wie seine bricht. Ich kann nicht anders, als mich auf die Seite seiner Feinde zu schlagen. Sie stillen meinen Rachedurst. Sie mildern meinen Zorn. Und wenn ich zu ihnen gehöre, muss ich nicht mehr die Königin von Frankreich geben, die sich an der Seite ihres Königs schwarz ärgert. Ach, wie gerne würde ich ihrem Beispiel folgen und den Treueid verweigern!«

Sie war bereit. Ich nahm ihre Hände und forderte sie auf, sich unter einen Apfelbaum zu setzen, direkt auf das frische, zarte Gras dieses Mai 1151. »Es wird Zeit, dir die Wahrheit zu offenbaren, Eleonore. Wie du anschließend entscheidest, ist nicht wichtig. Ich wurde am Hofe von Mathilde erzogen, wie du weißt. Meine Mutter war ihre Beraterin. Ich liebe Heinrich wie einen Bruder, und ich verrate dir kein Geheimnis, wenn ich sage, dass mir seine Zukunft sehr am Herzen liegt. So sehr, dass ich vor langer Zeit beschlossen habe, ihm mein Leben zu widmen. Damals wusste ich noch nicht, dass ich in dir eine süße Freundin finden würde.«

»Worauf willst du hinaus, Loanna?«

»Ein paar Monate, bevor ich nach Ombrière kam, hatte dein Vater, Wilhelm, eine Unterredung mit Gottfried dem Schönen. Er hatte doch versprochen, dir bei seiner Rückkehr von Compostela die wahren Gründe dafür zu nennen, warum er dich in ein Kloster stecken wollte.«

»Ich erinnere mich. Eine wirklich verrückte Idee!«

»Nein. Denk nach. Gottfried der Schöne bat deinen Vater an diesem Tag in der Abtei von Fontevrault um nichts Geringeres als um deine Hand für seinen Sohn Heinrich.«

»Was sagst du da?« Eleonore wurde weiß wie eine wilde Rose.

»Heinrich war damals ein Kind. Als dein Vater in beiderseitigem Interesse einwilligte, dich mit Heinrich zu verloben, gab es nur die eine Lösung, nämlich dich ins Kloster zu stecken, bis Heinrich alt genug wäre. Das mag absonderlich klingen, ich gebe es zu, aber Aquitanien lag schon oft im Visier des Königs von Frankreich. Indem es sich mit dem Anjou, Maine und der Normandie verbündete, wurde es mächtiger als dieser, zumal jetzt auch England den Schulterschluss mit Mathilde suchte. Dein Vater starb, bevor er dir die Wahrheit sagen konnte. Ich habe keine Beweise, aber ich glaube nicht, dass seine plötzliche Krankheit ein Zufall war.«

»Er wurde ermordet? Aber warum?«

»Um einen König durch einen anderen zu ersetzen, Eleonore. Aquitanien ist eine stolze Mitgift, da wirst du zustimmen.«

»Ich kann das nicht glauben. All das hier ist… Aber du, welche Rolle spielst du in all dem?«

»Mathilde fand, dass das Kloster nicht unbedingt der beste Ort für ein junges Mädchen von fünfzehn Jahren wäre, selbst wenn es dich vor den Begehrlichkeiten der aquitanischen Barone geschützt hätte. Wir waren gleich alt. Ich wurde dir aus zwei Gründen zur Seite gestellt: zum einen um die mündliche Übereinkunft zu besiegeln, zum anderen um deine Freundin zu werden und deinem Schicksal ein wenig die Härte zu nehmen.«

»Man hat mich benutzt.«

»Nein, meine Königin, niemals, hörst du, niemals. Schau mich an, Eleonore.«

Sie blickte verletzt drein.

»Ich liebe dich, Eleonore, und das, was zwischen uns ist, hat nichts zu tun mit Allianzen und politischem Kalkül. Von dem Tag an, als sich die Dinge wendeten, war ich an deiner Seite, um dafür zu sorgen, dass alles möglichst glimpflich abgeht. Doch alles ist so eingetroffen, wie es vorausgesehen wurde. Du hast nichts gemein mit Ludwig, während du Heinrich ähnlich bist. Vielleicht ist es Zeit, dich von dem zu lösen, was durch Verrat und Blutvergießen entstand.«

»Du möchtest, dass ich mich von Ludwig trenne, um Heinrich zu heiraten? Ist es das?«

»Du tust das, was du möchtest. Aber du sollst wissen, dass sein Hass auf den König von Frankreich auch damit zu tun hat, dass dieser ihm die Verlobte weggenommen hat.«

»Dann liebt er mich? Aber er ist doch noch so jung!«

»Erinnerst du dich daran, als wir unter der Trauerweide in Ombrière saßen und ich dich fragte, wie du fühlen würdest, wenn du jemanden kennen lerntest, der die Macht ebenso liebt und nutzt wie du?«

»Ich erinnere mich«, erwiderte sie lächelnd. Es blitzte spitzbübisch in ihren Augen. Einen Augenblick lang hatte ich die Eleonore von damals vor mir. »Ich habe dir geantwortet, dass ich ihn lieben würde, solange er mein Bett nicht verlässt, um in den Krieg zu ziehen … oder für Gott«, fügte sie lächelnd hinzu.

»Heinrich hat nichts von einem Priester.«

»Ich weiß. Sein Ruf ist bis hierher gedrungen. Es heißt, er habe bereits vier Bastarde. Vier Jungen. Loanna, was meinst du, dass ich Ludwig keinen Sohn schenken konnte, liegt das daran, dass die Menschen Gottes Willen missachtet haben?«

»Ganz sicher.«

»Aber Gottfried der Schöne ist exkommuniziert …«

»Wegen einer Lappalie. Weil er zweimal die Hand gegen den königlichen Beamten Giraud Berlai erhoben hat. Wenn dieser Trottel nicht wieder angefangen hätte, ihn zu ärgern, nachdem er ihn freigelassen hatte, wäre überhaupt nichts passiert.«

»Trotzdem.«

»Bernhard von Clairvaux kann dafür sorgen, dass die Exkommunikation rückgängig gemacht wird, wenn Heinrich sich vor ihm verneigt.«

»Aber wird er das tun?«, fragte sie skeptisch.

»Wenn das die einzige Bedingung dafür ist, dass die Verlobte endlich die Gattin wird …«, meinte ich mit einem verschwörerischen Zwinkern.

Sie riss die Augen auf und öffnete den Mund, ohne jedoch etwas zu sagen. Ein Blitzen in ihrem Blick verriet, dass ihr in diesem Moment aufging, welche Möglichkeiten der Rache und des Vergnügens ihr diese Perspektive bot. Und plötzlich hatte ich wieder das Mädchen aus Ombrière vor mir, das sich auf einen gut vorbereiteten Streich freute. Spontan umarmte sie mich, bis mir fast die Luft wegblieb, und drückte mir einen Kuss auf die Wange. »Ich liebe dich, liebe dich, liebe dich, Loanna von Grimwald!«

»Das ist kein Grund, mich zu erwürgen«, scherzte ich.

Sie lockerte ihre Umarmung. »Ich habe das Gefühl, wir werden uns noch prächtig auf Kosten des armen Ludwig amüsieren«, flüsterte sie boshaft.

»Doch zunächst müssen wir Bernhard von Clairvaux benachrichtigen, bevor das Land, das bald dir gehören wird, in Blut getaucht wird.«

»Er wird seine Bibel auffressen deswegen!«

»Wen meinst du, Bernhard oder Ludwig?«

»Vielleicht beide«, erwiderte sie mit unverhohlenem Vergnügen.

Drei Tage später kam Bernhard von Clairvaux nach Saint-Denis, um eine Messe zu halten. Es gehörte weder zu seinen Aufgaben – Sugers Nachfolger war bereits eingesetzt –, noch hatte er früher dergleichen getan. Ludwig indes fand nichts dagegen einzuwenden, aus einem einfachen Grund: Er bereitete sich gerade darauf vor, zu seinen Truppen zu stoßen, die den Grafen von Arques geschlagen und die Stadt eingenommen hatten, ohne auf großen Widerstand zu treffen. Seine Männer ebenso wie die von Eustachius von Blois lagerten vor der Festungsmauer und stellten ihre Übermacht zur Schau. Weder Gottfried noch Heinrich hatten reagiert und Ludwig beabsichtigte, vor Ort einzufordern, was ihm zustand. Bernhard von Clairvaux' Anwesenheit kam ihm also gerade recht, um seinen persönlichen Kreuzzug segnen zu lassen.

Der Empfang war denkbar unfreundlich. Bernhard redete nicht lange um den heißen Brei herum. Das Verhalten des Grafen von Anjou war inakzeptabel, doch das von Ludwig nicht minder. Die Einigkeit, die Suger geschaffen hatte, war dahin. So regelte man doch keine Differenzen! In einem Ton, der keine Widerrede duldete, befahl er Ludwig, diese Machtdemonstration zu unterlassen, und forderte klar und deutlich, den Frieden um jeden Preis wiederherzustellen. Er werde höchstselbst Gottfried den Schönen und dessen Sohn aufsuchen, um ihm dasselbe zu sagen und um sich als Vermittler bei Streitigkeiten zwischen den Kontrahenten anzubieten.

Ludwig grübelte. Er erwartete in Zukunft mehr als fadenscheinige Ausreden. Dennoch beugte er sich. Bernhards Stimme war wie Donner in der Wüste; jeder neigte sofort den Kopf, um sein Seelenheil fürchtend.

Erstaunlicherweise reagierten Gottfried und Heinrich genauso. Allerdings kannte ich sie gut genug, um zu wissen, dass sie sich weniger vor der Strafe Gottes fürchteten als vor der riesigen Armee, die vor ihrer Nase Quartier bezogen hatte. Und was aus dem für Juli 1151 vorgesehenen Treffen werden sollte, war wieder eine andere Geschichte…

»Was wollt Ihr?«, fragte Eleonore säuerlich, als sie Ludwigs Gestalt im Türrahmen erkannte.

Sie wollte ins Bett gehen und hatte gerade die Kerzen gelöscht, als sie das Klopfen hörte. Da sie dachte, dass ich es wäre, ließ sie ihren Besucher ohne weiteres eintreten. Die Überraschung auf ihrem Gesicht, als sie Ludwig entdeckte, wich bald einer hasserfüllten Grimasse.

»Ich wollte mit Euch reden. Darf ich?« Ludwig wirkte nicht bedrohlich. Sie nickte und zog das Laken höher über ihr Nachthemd. Der König musste lächeln. Er setzte sich ohne Federlesens auf das Bett, und Eleonore wich unwillkürlich zur Seite.

»Es ist lange her«, sagte Ludwig seufzend und strich leicht über das Kissen, auf das er so viele Male sein Haupt gebettet hatte.

»Ich bin müde, Ludwig, kommt bitte zur Sache, ja?«, drängte Eleonore und gähnte demonstrativ.

»Zur Sache? Braucht es eine ›Sache‹, damit ein Mann seine Frau besuchen darf? Ja, natürlich. Schließlich verbindet uns nur noch unsere Zerrissenheit. Wie konnte es so weit kommen zwischen uns, Eleonore? Ihr liebt mich nicht mehr, und ich muss mit Entsetzen feststellen, dass ich Euch ebenfalls nur noch Gleichgültigkeit entgegenbringe. Was haben wir Gott angetan, dass er unsere Verbindung so hart straft?«

Eleonore biss sich auf die Zunge. Am liebsten hätte sie ihm die Wahrheit, die sie gerade selbst erst erfahren hatte, wie Gift ins Gesicht gespuckt, hielt es aber für klüger, die Zukunft nicht zu gefährden. Also schwieg sie. Ludwig machte ihr Angst, in diesem Zustand der Schwäche sogar noch mehr, als wenn er vor Selbstbewusstsein strotzte.

»Ich bin ein einsamer Mann, Eleonore. Ein sehr einsamer Mann. Dabei habe ich die schönste Frau des Reiches an meiner Seite. Was habe ich falsch gemacht? Habe ich Euch nicht genügend glücklich gemacht? Wahrscheinlich brauchtet Ihr mehr Zärtlichkeit? Ich bin sie nicht mehr gewöhnt, aber sie fehlt mir auch nicht mehr. Ich habe nur noch Hass, Rache und Bitterkeit im Herzen. Und was mein Bedauern für all das angeht, was ich verpasst habe... Es bräuchte schon mehr als meine Tränen, um einen Rosenkranz daraus zu machen. Ich habe nicht einmal das Gefühl, ein guter König zu sein.«

Eleonore spürte, wie sich ihr unwillkürlich die Kehle zuschnürte. Noch nie hatte sich Ludwig ihr so geöffnet, niemals hatte sie ihn so niedergeschlagen gesehen. Als er einen Schluchzer unterdrückte, war ihre Wut mit einem Mal verraucht.

Mit erstickter Stimme fuhr er fort: »Ihr sagt nichts. Und Ihr habt Recht. Ich verdiene nichts anderes als Eure Gleichgültigkeit.«

Sie legte eine Hand auf seinen Arm, der durch den Umgang mit dem Schwert muskulös geworden war. »Glaubt das nicht, Ludwig. Ihr seid mir in Wirklichkeit nicht gleichgültig. Wir haben uns beide diese Ehe nicht ausgesucht. Wir dachten, unsere Differenzen würden sich legen, und ich glaube weiterhin, dass das möglich gewesen wäre, wenn nicht Suger zwischen uns gestanden hätte.«

»Beschmutzt nicht sein Andenken. Sicher hatte er zuweilen Unrecht, doch er glaubte aufrichtig, dass unsere Verbindung von Gott gesegnet war, und ich halte mich heute noch daran. Sonst wären die letzten fünfzehn Jahre nichts als Lüge gewesen.«

»Glaubt, was Ihr wollt, Ludwig. Ich jedenfalls sehe die Dinge heute anders. Dass Gott uns den Sohn verweigert hat, ist das nicht allein ein Zeichen dafür, dass unsere Ehe nicht rechtens ist? Dass wir nur Sünder vor dem Herrn sind?«

»Worauf wollt Ihr hinaus?« Ludwig war bleich geworden. Wahrscheinlich kannte er die Antwort bereits, bevor er die Frage gestellt hatte.

»Auf unser Verwandtschaftsverhältnis, auf Grund dessen unsere Ehe annulliert werden könnte.«

»Der Papst selbst hat es für ungültig erklärt.«

»Der Papst wollte ein Reich versöhnen. Und in dieser Hinsicht hatte er wohl nicht einmal Unrecht. Doch die Wahrheit lässt sich nicht leugnen, Ludwig: Die Interessen der Menschen wiegen leicht in Gottes Hand. Wenn ich Euch in fünfzehn Jahren nicht den Erben schenken konnte, den wir uns so sehr wünschten, so kann das meiner Ansicht nach nur an diesem Grund liegen.«

»Was soll nun aus uns werden? Ich hatte gehofft, dass Ihr mir die Arme öffnet wie in den Anfangstagen und ich darin das Elend vergessen kann, das uns hat altern lassen. Der Thron braucht einen Erben. Und bei allem, was ich gesagt oder gedacht habe, seid Ihr eine große Königin, Eleonore.«

»Ich kann nicht, Ludwig. Verzeiht mir. Ich kann nicht.«

Er lächelte bitter. »Anderen habt Ihr Euch immer wieder mit Leib und Seele hingegeben. Nein, streitet es nicht ab, Ihr würdet mir damit nur noch mehr Schmerz zufügen. Ich bin der Lügen müde. Ich weiß es. Das genügt. Sagt mir nur, was an ihnen anders war.«

Sie schluckte, dann sagte sie mit gequälter Stimme in die Stille hinein: »Sie haben mich geliebt, Ludwig. Wirklich und wahrhaftig geliebt.«

Mit verzweifelter Miene blickte er sie an. »Vielleicht ist es ja noch nicht zu spät?«, fragte er und nahm sanft ihre Hand.

»Doch, Ludwig. Es ist Eure Einsamkeit, die uns entzweit. Man entfacht ein Feuer nicht mit kalter Asche. Und selbst wenn Ihr es mit Eurer ganzen Seele und aus ganzem Herzen könntet, meines liegt in Trümmern. Es ist zu spät, Ludwig.«

Schweigend schüttelte er den Kopf, als würde er ihre Worte abwägen. Dann sagte er mit gebrochener Stimme: »Ihr seid müde. Ich werde Euch schlafen lassen.«

Eleonore schwieg. Es gab nichts mehr zu sagen. Sie begehrte ihn nicht mehr. Und sie fragte sich, ob er sie jemals begehrt hatte.

Bevor er die Tür hinter sich schloss, hielt er inne und drehte sich noch einmal zu ihr um. »Habt Ihr mich je geliebt, Eleonore, so wie die anderen?«

»Ja, Ludwig.«

Er seufzte verzweifelt. »Dann verdiene ich, wie es jetzt ist.«

Als die Tür sich leise hinter der niedergedrückten und gequälten Gestalt schloss, bemerkte Eleonore, dass sie weinte. Sie hatte nicht gelogen. Sie hatte ihn geliebt, kurze Zeit vielleicht, aber aufrichtig.

So sehr, dass sie sich zutiefst verletzt fühlte, als sie nicht mehr wusste, wen von beiden er geheiratet hatte – sie oder die Bibel.

Bald würde sie das Reich und den Mann bekommen, die ihr einst versprochen worden waren. Das hätte ihre Rache sein sollen, doch plötzlich wurde ihr bewusst, das all das keine Bedeutung mehr besaß. Ludwigs Bekenntnis hatte sie all die Jahre des Grolls vergessen lassen und in ihr Mitgefühl und Zärtlichkeit geweckt. Im Grunde war er wie sie – beide hatten sie das Bedürfnis nach Liebe, nach echter und kompromissloser Liebe. Leichten Herzens schlief sie ein. In ihrem Traum entstand nach und nach ein vages Gesicht, das sie aus einem roten Wald anlachte.

14

Gottfried von Rancon verneigte sich vor der Königin mit einem Lächeln, das auf seinem Gesicht lag wie eine Mondsichel. Grau und regnerisch war der Juni 1151 zu Ende gegangen und das Wetter war kennzeichnend für die angespannte Stimmung im Reich. Am 13. Juli sollten Gottfried der Schöne und Heinrich Plantagenêt zusammen mit dem König von Frankreich vor Bernhard von Clairvaux erscheinen. Seit sich die beiden Parteien darauf geeinigt hatten, der Vorladung des heiligen Mannes Folge zu leisten, lagen die Streitigkeiten auf Eis. Das indes trug keineswegs zur Entspannung der Lage bei. Alle bereiteten sich auf die Konfrontation vor. Vertrauen herrschte keines. Und so kam es, dass jede Menge Schaulustige anwesend waren, als der Lehnsherr von Taillebourg die feierliche Audienz bei König und Königin erhielt, um die er gebeten hatte. Klatsch und Tratsch verbreiteten sich schnell, denn Gottfried von Rancon hielt sich seit zwei Wochen im Palast der Hauptstadt auf und war ständig in meiner Gesellschaft. Ich hatte ihm das Vergnügen nicht abschlagen können, sich mit mir zu zeigen. Jetzt da Eleonore mir versichert hatte, dass Ludwig sich einer Annullierung der Ehe nicht länger widersetzen würde, gab es für mich keinen Grund mehr, die Verkündung unserer Verlobung weiter hinauszuschieben.

Als die warme Stimme des Sire von Taillebourg ertönte und um meine Hand anhielt, ging ein Raunen durch die Menge. Es hätte mir Freude bereiten sollen; stattdessen fühlte ich nur einen seltsamen Stich im Herzen, während mir Tränen in die Augen schossen. Was hätte ich dafür gegeben, wenn Jaufré jetzt aufgetaucht wäre und mich entführt hätte!

Als mich König und Königin hinzuriefen, trat ich würdevoll vor und zwang mich zu einem Lächeln.

»Loanna von Grimwald«, begann der König, »dieser Mann, der ebenso tapfer wie liebenswürdig ist, hält um Eure Hand an. Seid Ihr willens, die Ehe mit ihm einzugehen?«

»Wenn meine Königin es erlaubt«, sagte ich mit einer Stimme, die fest klingen sollte.

»Eure Königin schenkt Euch all ihren Segen«, entgegnete Eleonore bewegt.

Sie wusste, dass ich mich noch längst nicht von Jaufrés Tod erholt hatte. Wenn ich verheiratet war, würde sie für immer auf meine Liebkosungen verzichten müssen, doch sie hatte mich im Bett ohnehin schon längst durch einige geschickte Dienerinnen ersetzt. Sie freute sich für mich und hoffte aus ganzem Herzen, dass ich endlich Frieden fand.

Gottfried hatte sofort heiraten wollen. Ich hatte ihn gebeten, die Zeremonie auf September zu verschieben, damit sich die Fäden meines Lebens noch weiter entwirren konnten, bevor ich endgültig ein neues Leben anfing. Auch das hatte er mir zugestanden. Der König legte den Hochzeitstag auf den 30. September fest und erklärte, dass an diesem Abend im ganzen Königreich gefeiert werde. Schließlich bringe man nicht jeden Tag ein spätes Mädchen unter die Haube!

Alle umarmten mich und Gottfried herzlichst und beglückwünschten uns. Doch als ich später allein in meinem Zimmer war, schrie ich laut in die Stille hinein: »O Jaufré, was habe ich getan?«

Die Nachricht raubte Jaufré den Atem. Verlobt! Loanna von Grimwald, seine Loanna, würde Gottfried von Rancon heiraten! Er musste sich setzen, um nicht zusammenzubrechen. Hodierne von Tripolis kniete sich vor ihn und flüsterte ihm zu: »Ihr müsst die Wirklichkeit annehmen, Jaufré. Sie konnte sich nicht weiter nach einem Toten verzehren.«

Bestürzt blickte er sie an, dann wandte er sich dem Mann zu, der ihnen die Neuigkeit überbracht hatte. Schon einige Monate zuvor war er auf Hodiernes Befehl nach Frankreich entsandt worden, um dort Informationen zu sammeln. Als sie von dieser Verlobung erfuhr, die Jaufré von seinem Schwur entbinden würde, machte ihr Herz einen Sprung. Doch jetzt fragte sie sich, ob er nicht vor Kummer sterben würde. In den letzten Monaten war er so von der Hoffnung getragen worden, dass er eindrucksvolle Fortschritte gemacht hatte. Inzwischen konnte er schon ohne Hilfe gehen. Er stützte sich auf einen Stock und blieb dabei gebeugt, doch er konnte sich allein fortbewegen und hatte all seine Fähigkeiten wiedergewonnen. Zumindest bis auf eine: seine Stimme. Jetzt stand er auf und griff nach einem Stück Pergament. In seiner typischen Schrift, die er wieder beherrschte, schrieb er mehrere Fragen auf, die er Hodierne reichte. Sie nickte. Zwar wäre es ihr lieber gewesen, sie dem Boten nicht stellen zu müssen, denn sie fürchtete, dass die Antworten wieder einmal bitter für sie sein würden. Doch er hatte das Recht, alles zu erfahren. Und sie liebte ihn so sehr…

»Wann soll die Hochzeit gefeiert werden?«

»Am 30. September dieses Jahres«, antwortete der sonnenverbrannte Mann, der einen ziemlich aufgeweckten Eindruck machte.

»Was wisst Ihr sonst noch über diese Dame?«

»Es ist eine ziemlich traurige Geschichte, Euer Majestät! Es heißt, sie habe einen Mann geliebt, einen Troubadour. Den, der vor einigen Jahren bei uns beerdigt wurde, Ihr wisst, wen ich meine. Kurz nach dem Tod ihres Verlobten hatte sie eine Fehlgeburt. Niemand wusste, wer der Vater ist, aber es hat großen Tumult im Palast ausgelöst, weil niemand etwas von ihrer Schwangerschaft geahnt hatte. Angeblich überlebte sie nur, weil sie der Königin dienen wollte, ohne sich wieder einen Bewerber zu suchen. Sie hatte sehr stark abgenommen und war nur noch ein Schatten ihrer selbst, als der Graf von Taillebourg den König von Frankreich um ihre Hand bat. Das ist alles, was ich weiß, aber es ist alles sehr bedauerlich, denn Ihr könnt mir glauben, Majestät, diese Dame ist eine tapfere Frau.«

»Liebt sie diesen Lehnsmann?«

»Ich weiß es nicht, Majestät. Eurem Auftrag gemäß habe ich sie nie direkt angesprochen und weiß mithin nur, was man mir über sie erzählt hat. Manche sagen, sie hat der Heirat zugestimmt, um ihren

Kummer zu überwinden; andere, es sei ein Schachzug der Königin, um endlich ihre treueste Gesellschafterin in einen legitimen Stand zu versetzen, in dem niemand mehr über ihre Tugendhaftigkeit spottet. Wieder andere meinen, sie habe sich von diesem schönen Mann verführen lassen, und dann gibt es sogar solche, die sagen, sie bringe ihm große Leidenschaft entgegen. Gerüchte haben viele Gesichter.«

»Und Ihr, mein Freund, Ihr habt sie selbst gesehen, wenn Ihr auch nicht mit ihr gesprochen habt. Was glaubt Ihr?«

»Was ich glaube? Dass sich hinter ihrem Lächeln der traurigste Blick verbirgt, den ich je in meinem Leben gesehen habe«, schloss der Mann, an Jaufré gewandt.

Der rührte sich nicht. Hodierne schloss daraus, dass für ihn die Befragung zu Ende war.

»Ihr könnt gehen, mein Freund«, sagte sie zu dem Boten und reichte ihm eine üppig verzierte Lederbörse.

Als sie wieder allein waren, gab sich Jaufré ungehemmt den Tränen hin, die sein Schicksal geworden waren. Zuweilen mieden sie ihn, als wären sie versiegt, als wäre sein Kummer bar jeglicher Ausdrucksform; dann wieder erschütterten sie ihn, ohne dass er etwas dagegen tun konnte. Jetzt flossen sie einfach dahin – und mit ihnen sein Leben. Er konnte nicht mehr.

Hodierne nahm seine Hand. »Schau mich an, Jaufré.«

Er hob die vom Schmerz gezeichneten Augen zu ihr. Und plötzlich begriff sie. Sie begriff, dass sie diese beiden Herzen niemals voneinander trennen konnte, was auch immer sie tun würde. Und so tat sie, was sie geschworen hatte, niemals zu tun.

»Morgen sticht ein Schiff in See. Geh. Nur sie kann noch darüber entscheiden, ob du leben oder sterben wirst. Also geh!«

Er stand vorsichtig auf, zog diesen herrlichen Körper an sich, den er nur einmal geliebt hatte, und drückte ihn mit aller Kraft an sich, wie um niemals zu vergessen, was er ihr verdankte.

Eine beachtliche Menge Menschen füllte den großen Empfangssaal im Palast der Hauptstadt. Alle wollten bei dem historischen Treffen zwischen Gottfried dem Schönen und dem König von Frankreich dabei sein. Bernhard von Clairvaux war ebenfalls anwesend. Wie ein Richter stand er da in seiner schlichten grauen Kutte, ein Holzkreuz auf der Brust. Seine ebenso zierliche wie Respekt gebietende Gestalt zwang der Versammlung eine Stille auf, in der sogar das Rascheln der prächtigen Roben zu hören war.

Gottfried der Schöne und sein Sohn Heinrich traten Seite an Seite vor, mit sicherem Schritt und stolzem Blick. Voller Herablassung maßen sie die Menge, die sich vor ihnen teilte. Unmutiges Raunen ging durch den Saal. Hinter ihnen folgten zwei Soldaten, die einen in Ketten liegenden Gefangenen flankierten: Giraud Berlai.

Ludwig biss sich vor Wut auf die Lippe. Doch schon hob Bernhard die Arme, um für Ruhe zu sorgen. Gottfried der Schöne und Heinrich grüßten ihn, ohne den König zu beachten. Dann begann Bernhard von Clairvaux zu sprechen und seine Stimme zerschnitt die hassgetränkte Luft:

»Seid willkommen, Messires. Ich habe mich mit Seiner Heiligkeit, dem Papst, beraten. Er ist bereit, Eure Exkommunikation aufzuheben, wenn Ihr diesen Mann freilasst, den Ihr ohne Rücksicht auf Rang und Namen vor uns geschleppt habt wie einen ordinären Obstdieb. Löst ihm die Fesseln und erklärt ihn für frei.«

Statt bei dieser strengen Anordnung den Kopf zu beugen, erklärte Gottfried der Schöne mit lauter Stimme: »Ich weigere mich, mein Vater. Wenn es ein Fehler ist, einen Gefangenen zu halten, auf den man seine Ansprüche geltend macht, dann verzichte ich auf die Absolution!«

Tumult erhob sich in der Versammlung. Bernhard von Clairvaux' Blick war Furcht erregend. »Nehmt Euch in Acht, Graf von Anjou, denn Eure Richter lassen Euch die Gerechtigkeit zuteil werden, die Ihr verdient!«

Doch schon hatten Gottfried und sein Sohn Bernhard den Rücken zugewandt und gingen auf die Tür zu.

Bevor die beiden Wachen Giraud Berlai hinterherzerren konnten, wandte der sich an Bernhard: »Was auch immer mit mir geschehen mag, mein Vater, möge der Allmächtige die Schreie der Meinen hören, die ohne Grund verdammt wurden.«

Bernhards Stimme tönte hinter dem Mann her, der bereits weggeschleppt wurde: »Fürchte nicht um sie, mein Sohn! Selig sind die Unschuldigen in Gottes Hand.«

Bernhard von Clairvaux musste seine ganze Autorität aufbringen, um Ludwigs Rachelust zu bremsen. Als sich die Menge auf Anordnung des heiligen Mannes zerstreute, war der König von Frankreich drauf und dran, Gottfried den Schönen und Heinrich Plantagenêt auf der Stelle verhaften zu lassen.

»Tut das nicht oder Ihr begeht einen Eidbruch«, gab Bernhard zu bedenken.

»Beim heiligen Denis, er hat doch den Burgfrieden gebrochen!«, schimpfte Ludwig.

»Mitnichten, mein Sohn. Er hat seine Position gehalten. Aber aufgeschoben ist nicht aufgehoben. Wir müssen seine Wahl respektieren. Er kennt die meine. Gott wird richten. Gott allein. Ihr könnt beten, Ludwig. Also betet, dass der Friede Gottes von diesen Männern erhört wird!«

Und wie so oft zog sich Ludwig zum Gebet zurück.

Doch nicht seine vom vielen Beten wunden Hände und sein Gemurmel sollten die Männer auf den rechten Weg zurückführen.

Während Ludwig neben Bernhard von Clairvaux am Betpult kniete, lenkten Eleonore und ich unsere Pferde Richtung Wald von Vincennes, wo Gottfried mit seinen Leuten lagerte. Er hatte eine beträchtliche Zahl bewaffneter Männer um die Zelte postiert, sodass wir nicht in das Lager gelangen konnten, ohne aufgehalten zu werden. Ich schob meine Kapuze zurück und erklärte, wer ich war. Wir wurden sogleich zum Grafen geführt, ohne dass nach der Identität meiner Begleiterin gefragt wurde, die ihr Gesicht unter der Kapuze verbarg.

Erst als wir in Gottfrieds Zelt vor neugierigen Blicken geschützt waren, zeigte sich Eleonore. Heinrich, der neben seinem Vater stand, zuckte zusammen, als er sie erkannte.

»Ich komme als Freundin und nicht als Königin von Frankreich, Messires«, erklärte Eleonore liebenswürdig.

»In diesem Fall seid Ihr herzlich willkommen«, erwiderte Heinrich und bot ihr einen Stuhl an.

Als sie sich setzte, streifte seine Hand die ihre, woraufhin sich ihre Wangen leicht rot färbten. Die Reaktion gefiel Heinrich offenbar, denn er setzte ein Raubtiergrinsen auf, für das ich ihn am liebsten gemaßregelt hätte. Aber natürlich tat ich nichts dergleichen. Es war viel besser so. Sie gefielen sich. Alles war perfekt.

»Ihr habt König und Kirche gleichermaßen beleidigt, Messires. Es gab eine Zeit, da mein Großvater, Wilhelm der Troubadour, das Gleiche getan hätte, deshalb kann ich Euch diese Hitzigkeit, die auch für die Aquitanier typisch ist, schlecht vorwerfen. Überdies muss ich trotz allem gestehen, dass ich diese verbale Tjost sehr genossen habe und sicherlich genauso gehandelt hätte, würde ich zu Eurem Lager gehören.«

»Es steht Euch frei, in dasselbe zu kommen!«, sagte Heinrich, vorsichtig seine Worte wählend.

Das wiederum gefiel Eleonore, denn ihre Lippen verzogen sich zu einem spöttischen Lächeln, das ihre Perlenzähne sehen ließ. »Aber da bin ich doch bereits, wie mir scheint, mein lieber Graf«, antwortete sie gut gelaunt. »Und deshalb möchte ich Euch einen Vorschlag machen: Lasst Giraud Berlai frei. Er ist nichts weiter als eine Marionette und langweilig obendrein. Schwört dem König den Treueid, damit sichert Ihr den Frieden, der nötig ist, um ein Königreich aufzubauen.«

»Ihr erzählt uns nichts, was wir nicht vorhin schon gehört hätten. Was bietet Ihr im Gegenzug?«, fragte Gottfried der Schöne, der mir unablässig besorgte Blicke zuwarf. Er wusste noch nichts von den neuesten Entschlüssen der Königin.

»Mich, Messire.«

»Euch?« Heinrich grinste spöttisch. »Ihr wollt den Platz dieses Trottels von Berlai einnehmen?«

»Ich dachte dabei an andere Fesseln als die, die er trug, mein Freund«, entgegnete Eleonore belustigt.

Die beiden hatten die Fäden in die Hand genommen. Als Gottfried das begriff, entspannte er sich ein wenig und überließ seinem Sohn das Ruder.

»Und an welche Art von Ketten hattet Ihr gedacht, Euer Majestät?«

»An die der Ehe, junger Dummkopf. Mir scheint, Ihr braucht dringend eine gestandene Frau, die Euch ein wenig Euren stolzen Kopf zurechtrückt!«

»Was macht Euch glauben, dass Ihr mich interessieren könntet?«, wunderte sich Heinrich, ins Mark getroffen.

»Aquitanien.«

Gottfried der Schöne konnte sich bei so viel Schlagfertigkeit eines fröhlichen Grinsens nicht erwehren und fing sich dafür einen bösen und strengen Blick von Heinrich ein.

»Euer Majestät hat nur eine Kleinigkeit vergessen: Sie ist mit dem König von Frankreich verheiratet!«

»Leistet den Treueid, Heinrich Plantagenêt, und ich schwöre Euch auf die heilige Bibel, die Ihr verhöhnt habt, dass in den vor uns liegenden zwölf Monaten nicht nur meine Ehe annulliert wird, sondern ich Eure Gattin sein werde, wie es schon vor langer Zeit hätte geschehen sollen.«

»Wenn Ihr lügt, Eleonore von Aquitanien, kann Euch auch die stärkste Festung nicht vor mir beschützen.«

»Wer sagt, mein lieber Graf, dass ich vor Euch beschützt werden will?«, gab sie zweideutig zurück und warf ihm einen provozierenden Blick zu.

Einen Blick, der Bände sprach. Ich hatte es gewusst. Die beiden waren vom gleichen Schlag.

Dann kehrten wir in die Stadt zurück. Als sich die Nacht über die Burg senkte, ohne dass noch irgendetwas geschehen wäre, kletterte eine Gestalt geschickt an der Mauer über der Seine entlang bis zum Fenster der Königin.

Geschmeidig sprang Heinrich Plantagenêt auf den Boden. Das Knarren der Dielen weckte Eleonore, die hochschnellte und einen Schrei ausstoßen wollte. Doch Heinrichs kräftige Hand legte sich auf ihren Mund. »Ruhig, meine Königin«, flüsterte er, »ich bin es, Euer zukünftiger Gatte. Ich wollte, bevor ich Euren Wünschen nachkomme, nur sichergehen, dass Ihr bereit seid, Euch den meinen zu unterwerfen. Wenn Ihr schreit, beschwört Ihr einen hübschen Skandal herauf. Das wollt Ihr doch nicht, oder?«

Sie schüttelte den Kopf, und erst jetzt nahm er die Hand weg. Eleonore schmeckte Blut auf ihrer Lippe. »Grobian«, stöhnte sie, »Ihr habt mir wehgetan.«

»Hebt Euch das für später auf, meine Königin!«

Ohne ihr Zeit zu lassen, sich zu erholen, zerrte er sie mit der gewohnten Brutalität unter sich. Einen Augenblick lang ließ er seine Gefangene in Ungewissheit, dann riss er sie in einen Strudel der Lust, dessen Sogkraft sie nie für möglich gehalten hätte.

Der nächste Tag bereitete Ludwig Folterqualen. Kochend vor Wut schwankte er zwischen dem Wunsch, Bernhard von Clairvaux zu gefallen, und dem Bedürfnis, eine Horde Soldaten in den Wald von Vincennes zu schicken, die verbrannte Erde hinterlassen sollten. Auf der einen Seite Gott, auf der anderen der Teufel; wieder war da dieses unablässige Hin und Her zwischen Gut und Böse, zwischen Geist und Fleisch, zwischen Strafe und Verbrechen, das von jeher seine Seele peinigte. Ludwig kämpfte den ganzen Tag mit sich, während ein Gewitter Donner und Blitze über die alte Stadt schickte. Mit voranschreitender Nacht hielt er die Anspannung nicht mehr aus, die alle Dinge und die Luft erfüllt hatte, denn noch immer war nichts geschehen. Mit schnellen Schritten ging er in die Krypta, in der sein Vater begraben lag. Dort würde er allein sein. Ein einfaches Holzkreuz kennzeichnete die Grabstätte. Suger hatte es durch ein kunstvolleres austauschen wollen, doch Ludwig hatte sich widersetzt. Das schlichte Relikt aus seiner Jugend, an das er sich so oft geklammert hatte, wenn er fürchtete, seine Seele zu verlieren, war ihm immer wie ein uneinnehmbares Bollwerk gegen alle Versuchungen erschienen.

Wieder einmal kniete er sich davor, aber nicht um zu beten, denn Gebet und Buße schienen ihm abgenutzt. Nein, er wollte sich von dem Hass befreien, der in ihm wohnte. Hinter dem Kreuz war eine Bodenplatte lose. Er hob sie ohne Mühe an und holte aus der Kuhle eine Peitsche, auf deren Griff seine Finger ihre Spuren eingedrückt hatten. Lange schon hatte er sie nicht mehr benutzt – das letzte Mal nach der Nacht mit Béatrice von Campan, kurz vor ihrem Tod. Sie war zu ihm gekommen. Er hatte sie zurückgewiesen, denn sie war einem anderen versprochen gewesen. Sie hatte ihn angefleht, sie noch ein einziges Mal zu nehmen, bevor sie, wie sie sagte, ihn für immer verlieren würde. Sie war die Einzige, die ihn je wirklich geliebt hatte, das wusste er seither. Nur sie hätte ihr Leben für ihn gegeben. In dieser Nacht hatte auch er sie geliebt, aus tiefster Seele. Anschließend war er hierher gekommen, angewidert von den perversen Dingen, die er getan hatte, und der Lust, die sie ihnen beiden bereitet hatten.

Ludwig hob die Peitsche. Die Erinnerungen würden ihm helfen, sich von seiner Schande reinzuwaschen. Er schlug zu, einmal, zweimal. Als der Schmerz seinen Körper durchströmte, schlug er fester, bis er schließlich, von blutenden Wunden übersät, zusammenbrach.

In dieser Nacht wartete Eleonore und lauschte auf das leiseste Kratzen an der Außenmauer – so wie sie schon den ganzen Tag über gewartet hatte, dass Heinrich sein Versprechen einhielt und sich Ludwig beugte. Er hatte es nicht getan. Jetzt verlangte ihr Körper nach seiner vor Männlichkeit strotzenden Gegenwart. Mehrmals hatte sie geglaubt, ein Geräusch vor ihrem Fenster zu hören, war aufgestanden und hatte die Dunkelheit nach dieser Gestalt abgesucht, die sie so in Erregung versetzte. Alle Sinne in Alarmbereitschaft und feucht zwischen den Schenkeln, lag sie wach, während die Nacht voranschritt. Doch Heinrich erschien nicht.

Die Abteikirche von Saint-Denis war wie gewöhnlich bis auf den letzten Platz besetzt. Bernhard von Clairvaux breitete die Arme aus, um seine Predigt zu halten. Es war der Gottesdienst zur dritten Stunde und alle wollten die Stimme des heiligen Mannes hören. Ludwig, der eine ebenso schlichte Kutte trug wie Bernhard, ließ sich nichts von seinem aufgerissenen Rücken anmerken. Eleonore an seiner Seite hatte sich sorgfältig die Spuren der durchwachten Nacht weggeschminkt. Beide wichen sich gegenseitig mit den Blicken aus. Auf Bernhard schauend, hofften sie beide das Gleiche, wenn auch aus unterschiedlichen Gründen.

Als die Türen in der Stille knarrten, drehten sie sich gleichzeitig um. Gottfried der Schöne und Heinrich Plantagenêt kamen würdevoll und mit gefalteten Händen den Mittelgang entlang, in ihrer Mitte den lächelnden Giraud Berlai – ohne Fesseln.

Bernhard schrieb ein Kreuzzeichen in die Luft. Die Menge riss ungläubig die Augen auf angesichts dieses Aufmarsches, der sich nun gemessenen Schrittes auf die Stufen zum Altar zubewegte.

Kein Wort wurde gesprochen. Die beiden Männer beugten sich gleichzeitig vor dem heiligen Mann, um sich vor ihn zu knien, während ihr ehemaliger Gefangener auf Bernhard zuging und weinend den Saum von dessen Kutte küsste. Jetzt ertönte die Stimme des Meisters, die den Raum bis hinauf unter das Gewölbe des Kirchenschiffes erschütterte. »Brüder, der Friede des Herrn sei mit Euch.«

Vater und Sohn bekreuzigten sich. Dann erhoben sie sich würdevoll und ließen ihren befreiten Gefangenen zurück, um sich unter die Gläubigen zu mischen. Als Heinrich an Eleonore vorbeikam, hob er den Kopf und warf ihr sein Raubtiergrinsen zu, das mir mehr sagte als tausend Worte.

Ein paar Stunden später kniete Heinrich im großen Saal des Palastes der Hauptstadt vor dem Thron, auf dem der König und die Königin saßen, und leistete seinem Lehnsherrn den Treueid. Zur gleichen Zeit hob Bernhard von Clairvaux im Namen des Papstes die Exkommunikation auf, die auf Vater und Sohn gelastet hatte. Als Ludwig Heinrich freundschaftlich die Hand auf die Schulter legte, sah ich ein eiskaltes Blitzen in dessen Augen. Die Stunde der Rache war nicht mehr fern. Erleichterung ergriff mich, während ich der königlichen Gesellschaft in den Speisesaal folgte.

Ende August überschlugen sich in der Normandie die Ereignisse. Eustachius von Blois war beleidigt, weil er durch das neue, von Bernhard von Clairvaux geschlossene Bündnis keine Rolle mehr spielte, und beschloss, die ihm gewogenen englischen und normannischen Barone gegen die Anhänger von Heinrich und Gottfried dem Schönen aufzuwiegeln, während die beiden sich noch in Paris aufhielten. Unnötig zu betonen, dass diese Auseinandersetzung in ein Gemetzel münden würde. Bevor Eustachius seinen Plan indes in die Tat umsetzen konnte, wurden Gottfried und Heinrich durch einen Spion gewarnt und machten sich auf den Weg, um ihm die Stirn zu bieten.

Bei Château-du-Loir, an demselben Weiher, in dem ich mir im Jahr zuvor den Staub der Reise abgewaschen und Bastien wieder getroffen hatte, beschloss Gottfried der Schöne, ein Bad zu nehmen. Schon seit ein paar Tagen hustete er Mitleid erregend. Die Feuchtigkeit, die auf Paris lastete wie eine Ungezieferplage, war ihm schlecht bekommen. Ob dieses Bad einen Fieberanfall lindern sollte, der in der Hitze besonders unerträglich war? Jedenfalls war er nach dem Bad so schwach, dass er nicht mehr aufsitzen konnte. Heinrich ließ ihn sogleich zu seinem Vasallen und in dessen aufmerksame Pflege bringen, während er selbst in aller Eile auf seine Ländereien zurückkehrte.

Allein die Tatsache, dass Heinrich mit Zornesröte im Gesicht zurückkehrte, genügte schon, um den Frieden wiederherzustellen. Kurz nachdem er seine Mutter begrüßt hatte, erfuhr er, dass Gottfried der Schöne gestorben war. Eine Lungenentzündung hatte ihn dahingerafft. Schwindel erfasste ihn: Er war jetzt der Herr im Haus. Jetzt musste er lediglich warten, bis Eleonore ihr Versprechen einlöste, dann war Ludwig nur noch eine Spielfigur, die mit einem Handstreich hinweggefegt werden konnte.

Wir hatten Paris zur gleichen Zeit verlassen wie Plantagenêt. Die Luft stand und aus der Kanalisation strömte bis in die Häuser hinein widerlicher Gestank, verstärkt durch die Blumenteppiche, die doch eigentlich dem Mief entgegenwirken sollten. Doch das war nicht der Hauptgrund dafür, dass Eleonore nach Aquitanien zurückkehren wollte.

Direkt am Tag nach Heinrichs Abreise war sie ins Arbeitszimmer ihres Gatten geeilt, der sich im Gespräch mit Thierry Galeran befand. Bei ihrem Eintreten verschwand der alte Mann mit dem Mardergesicht wie gewöhnlich. Spätestens seit Eleonore ihn hatte auspeitschen lassen wollen, um Ludwig unter Druck zu setzen, ging man sich nach Möglichkeit aus dem Weg.

»Verzeiht, Ludwig, dass ich so hereinplatze, aber mich hat heute Nacht ein schrecklicher Albtraum aus unruhigem Schlaf gerissen, den ich als Wink des Schicksals ansehe. Ich musste Euch sofort davon berichten«, brachte sie mit tonloser Stimme hervor, die den König aufhorchen ließ.

»Sprecht ohne Furcht, meine Königin.«

»Riesige Ströme schwarzen Blutes ergossen sich über uns; aus meinem Bauch krochen entstellte Gnome, die zu unheilvoller und bedrohlicher Größe anwuchsen. Ich schrie vor Entsetzen und rief Gott an, uns vor den Dämonen zu schützen. Da übertönte die Stimme von Bernhard von Clairvaux ihr gehässiges Gelächter und klagte uns an: ›Schande über Euch, Ungläubige! Ihr seid eine Verbindung eingegangen, obschon Ihr wusstet, dass sie von der Kirche untersagt ist! Die Hand Gottes schicke Euch in die ewige Verdammnis! Eure Seelen werden in der Hölle schmoren und Eure Kinder werden Ausgeburten der Hölle sein!‹ Seht, Ludwig, ich zittere immer noch.«

Sie schob einen Ärmel hoch und zeigte ein Stück Gänsehaut, die allein ihre teuflische Fantasie hervorgerufen hatte. Ludwig wandte das Gesicht ab, wie sie es erwartet hatte.

»Vergesst das, Eleonore. Es war nur ein schlimmer Traum ohne Bedeutung.«

»Das glaube ich nicht, Ludwig. Erinnert Ihr Euch an unser Gespräch neulich Nacht? Wir sprachen darüber, dass der Herr uns gestraft hat, indem er uns keinen Sohn schenkt. Wir sind in der Tat miteinander verwandt. Bernhard von Clairvaux hat das selbst einmal angeprangert, erinnert Ihr Euch nicht?«

Ludwig erinnerte sich. Suger hatte ihn auf den Brief angesprochen, den ihm der heilige Mann geschrieben hatte. Es war zu der Zeit gewesen, als Raoul von Vermandois versucht hatte, seine Ehe annullieren zu lassen, um Pernelle zu heiraten. Eleonore und Ludwig hatten sich mit vereinten Kräften gegen das Kirchenrecht aufgelehnt. Bernhards Antwort war vernichtend gewesen. Ludwig tue gut daran, sich um sein eigenes Verwandtschaftsverhältnis zur Königin zu kümmern, als sich um einen Fall zu sorgen, den die Kirche bereits mit der Exkommunikation abgeschlossen habe.

Nein, das hatte er nicht vergessen. Suger hatte in all den Jahren versucht, ihn zu überzeugen, dass er sich deswegen keine Sorgen zu machen brauche, dass Aquitanien ein erstklassiger Fang sei und dass der Friede im Reich von seinen Besitztümern abhänge. Heute war er sich nicht mehr sicher. Suger war nicht mehr da. Bernhard lag ihm immer noch damit in den Ohren, die Königin war nicht in der Lage, ihm einen Sohn zu schenken, und schlimmer noch: Er begehrte sie nicht einmal mehr genug, um seinen ehelichen Pflichten nachzukommen.

»Habt Ihr mich verstanden, Ludwig?«, fragte Eleonore nach. Sie hatte ihn wohlweislich seinen Gedanken nachhängen lassen, doch langsam fand sie die Stille belastend.

»Ich habe Euch verstanden. Was wollt Ihr? Euch eines Ehemannes entledigen, der Euch nur noch Abscheu einflößt? Oder tatsächlich unser beider Seelen freikaufen?«

»Es ist weit mehr als das, Ludwig. Ich will Frankreich retten.«

»Was wollt Ihr damit sagen?«

»Unsere Ehe ist ein Fehlschlag, und es steht fest, dass nichts Gutes mehr daraus erwachsen wird. Das wissen wir beide. Sich dem Willen des Herrn zu widersetzen, hieße, unser Land ins Verderben zu stürzen. Seit dieser Vision heute Nacht bin ich davon überzeugt. Und was wird aus dem Land werden, wenn es keinen Thronfolger gibt? Schaut Euch doch an, wie Euer Bruder Robert Unruhe stiftet, weil er auf den Thron schielt. Wenn Ihr keinen Sohn bekommt, wird das Chaos ausbrechen. Die Männer werden sich gegenseitig für diese Macht, für dieses Land umbringen. Ich will das nicht, Ludwig. Und Ihr wollt das auch nicht. Ich bin keine gute Ehefrau und Ihr habt allen Grund, mich zu verstoßen. Doch wenn Ihr das tut, behalten meine Töchter, Eure Töchter, ihre Ansprüche auf den Thron. Lassen wir unsere Ehe annullieren, versichern wir uns der Gnade Gottes. Anschließend heiratet Ihr eine Frau, die Euch das Kind schenken kann, das Ihr von mir nie bekommen habt. Das Kind des Heiles.«

»Was wird aus Euch werden?«

Seine Stimme klang dünn, wie die eines Jungen, der aufgefordert wurde, endlich erwachsen zu werden und seinen letzten Halt loszulassen.

»Das ist nicht wichtig«, erwiderte Eleonore schulterzuckend. »Ich habe vor, für eine Weile die arme Sibylle von Flandern zu besuchen, die wir auf der Rückkehr vom Kreuzzug in Paraclet zurückgelassen haben. Aber ich denke, Fontevrault ist vielleicht die am besten geeignete Zuflucht. Dort werde ich alle Zeit der Welt haben, meine Seele im Gebet zu läutern, um dann eine Entscheidung zu treffen.«

»Ich kann mir Euch schlecht im Kloster vorstellen.«

»Lieber gehe ich ins Kloster, als Euch noch weiter leiden zu lassen.«

Mehr als ihre Worte beeindruckten Ludwig die Tränen in ihren Augen. Seit einer Ewigkeit hatte er sie nicht mehr weinen sehen. Er fragte sich sogar, ob er sie überhaupt jemals hatte Tränen vergießen sehen. Dass sie nach all den Jahren des Streits und der Zwietracht, des Hasses und der Verachtung so offen Farbe bekannte, genügte bereits, um ihn aus der Fassung zu bringen. Mit einer leichten Handbewegung wischte er ihr den Silbertropfen von der Wange. »Fünfzehn Jahre ... Es hat fünfzehn Jahre gedauert, bis ich Euch des Thrones für würdig befand, den Ihr mir jetzt zurückgebt. Schon morgen werden wir nach Aquitanien aufbrechen. Ich werde die Würdenträger der französischen Krone von den Festungen dort abziehen. Sobald das getan ist, wird geschehen, was Ihr wünscht.«

»Verzeiht Ihr mir all das Übel, das ich Euch angetan habe, Ludwig?«

»Ein einziges Wesen könnte das bewirken, wäre es noch auf dieser Welt«, sagte der König mit bitteren Gedanken an Béatrice von Campan. »Selbst wenn ich aufgehört habe, Euch zu hassen – mehr ist mir, wie Euch auch, nicht möglich. Lasst mich jetzt allein. Ich möchte allein sein.«

Leichten Herzens ging Eleonore. Ludwig hatte nichts bemerkt. Sie musste grinsen, als sie in aller Eile die Treppe erklomm. Niemand würde sie jemals dazu bringen, dass sie ihre Jugend und Schönheit hinter grauen Klostermauern versteckte! Ludwig musste schon sehr naiv sein, wenn er glaubte, sie hätte den Geschmack an der Macht verloren, die er ihr genommen hatte. Schwungvoll riss sie die Tür zu ihrem Zimmer auf und rief ihren Kammerfrauen fröhlich zu: »Tummelt Euch, meine Schönen! Morgen kehre ich nach Hause zurück!«

In Poitiers, wo wir einst glückliche Zeiten verlebt hatten, wollte Eleonore meine Hochzeit vorbereiten. Es war der 10. September. In weniger als zwanzig Tagen würde ich die Frau eines Mannes sein, den der Verstand für mich ausgesucht hatte. Und in einigen Monaten würde Eleonore nicht mehr Königin von Frankreich sein.

Wir spielten gerade mit Pernelles Kindern und der kleinen Marie im Garten Ball, als ein Bote die traurige Nachricht vom Tod des Grafen von Anjou überbrachte. Meinem ersten Impuls folgend, wollte ich sofort zur Beerdigung fahren, doch die Königin hielt mich davon ab. Es nütze nichts, wenn ich dorthin führe, ich könne auch hier für all das beten, was ich ihm für seine ewige Ruhe wünschte. Oberdies wäre ich nie rechtzeitig zur Hochzeit wieder da, wenn ich jetzt abreiste.

Sie hatte Recht. Aber vielleicht hoffte ich ja genau das insgeheim. Dass irgendetwas diese Hochzeit verhindern möge. Etwas Unausweichliches, für das ich nichts konnte.

Gottfried von Rancon kam mich in Poitiers besuchen. Er zeigte sich so zuvorkommend wie nur möglich, beriet sich mehrmals mit mir wegen der letzten Vorbereitungen und bestand darauf, dass ich ein herrliches Brillantcollier trug, das von seiner Großmutter stammte. Ich war mit allem einverstanden, ohne Murren und mit einem Lächeln auf den Lippen. Mir war alles einerlei. Die Zeremonie, das Kleid, die Blumen, die Gäste, der Tisch, der Segen des Papstes. Alles. Je näher der Termin rückte, desto leerer und trauriger fühlte ich mich. Eleonore tat ihr Bestes, um mich zu trösten. Sicherlich habe mich auch der Tod des Menschen, den ich lange Zeit als Vater angesehen hatte, sehr erschüttert und meine Traurigkeit verstärkt. Sie dagegen strotzte vor Lebensfreude, zumal der vorzeitige Tod des Grafen ihre zukünftige Macht noch erhöhte.

Ich kümmerte mich viel um die kleine Alix, deren Entdeckungsdrang schier unstillbar war. Das Kind war zierlich wie sein Vater, im Gegensatz zu Marie, die Eleonores gebräunte Haut und ihre Rundungen geerbt hatte.

Jedes Mal, wenn sich Alix in meine Arme schmiegte und wegen eines Kratzers weinte, stieg mir ein Ozean von Tränen in die Augen. Immer musste ich daran denken, dass meine Tochter in ihrem Alter wäre und wie Alix zu Eleonore »Mutter« zu mir sagen würde.

15

»Alix hat Angst!«, brabbelte das Kind und hängte sich an meine Rockschöße.

Seit dem Vorabend hatten wir im gräflichen Palast eine Gruppe Pilgermönche zu Gast, die aus Compostela zurückkamen und um Unterkunft gebeten hatten. Eleonore hatte ihnen in herzlicher Gastfreundschaft Zimmer in dem riesigen Bau angeboten. An diesem Morgen nach der Messe gingen sie, Umhänge über ihre knöchernen Schultern gelegt, im Garten spazieren und unterhielten sich leise. Doch nicht sie waren es, die dem Kind Angst einjagten. Abseits der Gruppe auf einer Bank vor einer mit Efeu überwucherten Mauer saß eine erbärmlich knöcherne und gebeugte Gestalt, deren ausgemergeltes Gesicht im Schatten einer Kapuze verborgen war.

»Alix hat Angst!«, wiederholte die Kleine und versuchte verzweifelt, mich wegzuziehen.

Sie hatte tags zuvor eine kleine Bernsteinkette verloren, die ihr Eleonore zum Geburtstag geschenkt hatte, und mich gebeten, ihr beim Suchen zu helfen. Als Patin konnte ich ihr diesen Wunsch natürlich nicht abschlagen. Doch nun stand ich, wie durch ein seltsames Gefühl am Boden festgenagelt, da und konnte meinen Blick nicht von diesem Mann wenden, der sie so erschreckte. Ich kann nicht sagen, was mich zurückhielt, vielleicht Mitleid; jedenfalls hob ich sie, statt wegzugehen, vom Boden auf und nahm sie auf die Arme.

»Du brauchst doch keine Angst zu haben, Alix, das ist nur ein müder Alter. Komm!«

Entschlossenen Schrittes ging ich auf die Gestalt zu. Als ich nur noch ein paar Meter von ihm entfernt war, Alix' Köpfchen in meine Halsbeuge vergraben, hielt mich eine Stimme auf. Ich drehte mich um und sah, wie ein anderer Mönch auf mich zukam. Der Höflichkeit halber blieb ich stehen, um auf ihn zu warten. Er war braun gebrannt und hatte einen starken Akzent, den ich nicht zuordnen konnte. »Verehrte Damoiselle, Ihr tragt aber eine schwere Last.«

»In der Tat, Vater«, erwiderte ich liebenswürdig.

»Ist das Euer Kind?«

»Nein, das der Königin. Komm, Alix, zeig dein Gesichtchen, du wirst schon nicht gefressen.«

»Will nicht! Hab Angst!«, wehrte sich das Mädchen. »Was macht dir denn solche Angst, kleine Schönheit?«

»Euer Gefährte dort auf der Bank«, erwiderte ich an ihrer Stelle. »Daher wollte ich gerne ein paar Worte mit ihm wechseln, damit Alix sich überzeugen kann, dass nichts Beunruhigendes an ihm ist.«

»Leider fürchte ich, Damoiselle, das wird nicht möglich sein«, antwortete der Mann mit einem traurigen Lächeln. »Unser Freund hier ist stumm, und dass er seine Kapuze so trägt, liegt daran, dass sein Gesicht entstellt ist, ebenso wie sein ganzer Körper.«

Unendliche Traurigkeit erfasste mich bei seinen Worten, ohne dass ich recht wusste, warum.

»Ihr tut besser daran, die Kleine wegzubringen«, fuhr der Mönch fort und streichelte ihr über den Kopf. »Glaubt mir, er gehört zu den Wesen, die selbst in den Augen Gottes eine Beleidigung sind.«

»Ich fürchte das Gebrechen nicht. Es gibt Wunden, die viel tiefer und schmerzhafter sind, auch wenn sie unter Jugend und Schönheit verborgen sind.«

»Ich weiß, mein Kind. Doch die Kleine hier ist noch viel zu jung, um das zu verstehen.«

»Da habt Ihr Recht. Andererseits ist Mitleid keine Frage des Alters.«

»Durch Mitleid verletzt Ihr umso mehr den Stolz, den er noch immer in sich trägt. Ich bitte Euch, lasst ihn in Frieden.«

»Wie Ihr wünscht, Vater.«

Ich gehorchte, aber nicht ohne noch einen Blick zu dem Mann

auf der Bank zu werfen. Er hatte in der ganzen Zeit keinen Finger gerührt.

Ich konnte nicht aufhören, an diesen Vorfall zu denken, zumal ich mehrmals glaubte, die gebeugte und hinkende Gestalt in meiner Nähe zu sehen. Als mir Eleonore am selben Abend sagte, dass die Gruppe am andern Morgen aufbrechen würde, war ich gleichermaßen erleichtert und traurig. In dieser Nacht verfolgte mich Jaufré wieder in meinen Träumen; er stand da, ein paar Meter von mir entfernt, doch wenn ich die Hand nach ihm ausstreckte, griff ich in einen leeren Mantel.

Ein dunstiger Morgen fand mich verzweifelt und erschöpft nach meinem vergeblichen Kampf gegen die Schatten.

Nach der Messe sah ich zu, wie die Pilgermönche, auf ihre Stöcke gestützt, an mir vorbeigingen. Unwillkürlich suchte ich den, der mich so irritierte, mit den Augen.

»Wartet Ihr auf Ihre Majestät, die Königin?«, fragte eine bekannte Stimme in meinem Rücken.

Als ich mich umdrehte, erkannte ich den Mönch, mit dem ich mich am Vortag unterhalten hatte. Ich nickte, weil er natürlich nicht merken sollte, welch eigenartige Neugier sein Gefährte in mir geweckt hatte.

»In diesem Falle, fürchte ich, müsst Ihr Euch noch gedulden, denn sie ist in ein Gespräch mit dem Bischof vertieft. Doch wenn Ihr vielleicht ein paar Schritte mit mir gehen wollt, würde ich mich sehr freuen.«

»Ihr könntet mir keine größere Ehre erweisen, Vater.«

Wir gingen zusammen los, verließen den Kiesweg, der zum Palast führte, und lenkten unsere Schritte Richtung Fluss. Schwärme blauer und rosafarbener Libellen stoben auf, als wir näher kamen. Dunstschleier schwebten noch über dem Boden, doch der Himmel hatte bereits aufgeklart. Es würde ein schwüler Tag werden.

»Dann verlasst Ihr uns also bald, Vater.«

»Leider, meine Tochter. Es gibt Orte, an denen einfache Seelen nicht zu lange bleiben sollten, um nicht die Strenge ihres Ordens zu vergessen.«

»Ich habe Euren stummen Gefährten gar nicht in der Messe gesehen. Ist er krank?«

»Nein, er hat sich nur gestern von unserer Gruppe getrennt, nach dem Vespergottesdienst. Wahrscheinlich hielt er es für besser, wenn sich unsere Wege hier trennen. Was empfindet Ihr für ihn, mein Kind?«

Die Frage brachte mich aus der Fassung. Mein Gegenüber sah mich mit einer Mischung aus Spott und Zärtlichkeit an, die ich nicht recht einordnen konnte.

»Schämt Euch nicht deswegen. Menschliche Gebrechen rufen häufig die unterschiedlichsten Reaktionen hervor. Es interessiert mich, Eure kennen zu lernen«, fuhr er milde fort.

»Ich schäme mich nicht«, log ich. »In Wahrheit weiß ich gar nicht, was ich ihm gegenüber fühle.«

»Habt Ihr Mitleid mit ihm?«

»Nein!« Ohne es zu bemerken, hatte ich die Stimme gehoben. Die Vögel schwiegen augenblicklich. »Nein, das ist es nicht«, wiederholte ich leiser.

Ich verstand nicht, wie mir geschah. Vielleicht erinnerte mich ja diese Entstellung an meine eigene, diesen monströsen Riss, der durch mein Herz und meine Seele ging; vielleicht wollte ich einfach Menschen nahe sein, deren Schmerz dem meinen glich.

Unvermittelt, ohne dass ich es hätte kontrollieren können, erschütterte mich krampfhaftes Schluchzen, und ich stammelte verzweifelt: »Ach, mein Vater, wenn Ihr nur wüsstet!«

»Sprecht«, sagte er nur und zog mich am Arm zum Ufer, unter eine Erle, die ihre Äste fast bis zum Wasser hinunterstreckte.

Ich setzte mich auf einen flachen Stein und versuchte, diesem Anfall Herr zu werden. Als er mir lächelnd ein Taschentuch reichte, wurde mir klar, wie hilflos ich aussehen musste. Ich rieb mir wie ein Kind die Augen und schnäuzte mich.

»Verzeiht mir, Vater. Ich weiß nicht, was mit mir ist.«

»Seht, mein Kind, es gibt schlimmere Sünden als die der Lüge«, sagte er väterlich und setzte sich neben mich.

»Nennt Ihr es Lüge, wenn ich neben Euch weine, statt zu lachen?«

»Nur Euer Herz kennt die Antwort darauf, mein Kind.«

»Ich kenne nicht einmal Euren Namen.«

»Er würde Euch nichts sagen. Doch Gott hat mir die Gabe verliehen, die Leidenden zu trösten. Öffnet Euch ohne Furcht.«

Ich atmete tief durch und brachte dann in einem Atemzug heraus: »Ich werde einen Mann heiraten, den ich nicht liebe, um einen anderen zu vergessen, den ich verloren habe. Das ist meine ganze Geschichte. Ist sie nicht traurig, mein Vater?«

»Wenn der andere, den Ihr verloren zu haben glaubt, noch lebte, würdet Ihr dann ihn heiraten?«

»Sofort und aus tiefster Seele!«, rief ich, von einem neuen Schluchzer unterbrochen.

»Selbst wenn er entstellt, bucklig und stumm wäre?«, fuhr er lächelnd fort.

Ich sah ihn verständnislos an, doch ich war mir meiner Sache so sicher, dass ich ohne zu zögern beteuerte: »Was scheren mich Äußerlichkeiten! Ich habe seine Seele geliebt! Sie war die schönste und reinste der ganzen Welt. Ohne sie bin ich nichts, ich existiere nicht mehr. Ich überlebe nur noch, versteht Ihr? Ich kann einfach nicht vergessen. Ich werde wahnsinnig. Helft mir, ach, helft mir doch!«

Er sah mir zu, wie ich meine Tränen trocknete, jene Tränen, die auch die Zeit nicht versiegen ließ. Dabei lächelte er voller Zärtlichkeit. Dann öffnete er mir seine Arme, und ich warf mich hinein, verloren und unnütz wie ich mich fühlte, seit Jaufré mich verlassen hatte.

Als mein salziger Gewittersturm sich langsam verzog, flüsterte er mir väterlich ins Ohr: »Wenn Ihr Loanna von Grimwald seid, dann habe ich für Euch den Frieden Gottes, so wahr wie Eure Tränen und Euer Schmerz.«

Er schob mich von sich und holte ein zusammengerolltes Stück Pergament aus seinem Quersack. Verständnislos blickte ich ihn an.

»Jetzt bin ich dran, Euch eine traurige Geschichte zu erzählen, meine Tochter. Die eines Mannes, den ich zufällig in Sizilien kennen lernte. Niemals im Leben habe ich größeres Leid gesehen als bei diesem gebrochenen Wesen. Er konnte nicht sprechen, doch wir verständigten uns durch Zeichen, die ich in meiner Jugend gelernt hatte. Ich verstand ihn, und ich begann, ihn zu lieben wie einen Bruder, so sehr berührte mich seine Suche. Schaut, mein Kind, ich dachte immer, die Liebe zu Gott sei viel erhabener und reiner als die zwischen den Menschen. Dank diesem Mann begriff ich, dass ich mich geirrt hatte. Denn so wie ich keine andere Existenzberechtigung kenne als die Liebe zu Gott, so kannte er nur die Liebe zu einer Frau. Er dauerte mich, wobei ich zugeben muss, dass ich für die Frauen nie viel übrig hatte, sind sie doch oft käuflich, oberflächlich und treulos. Als er mich fragte, ob er sich uns anschließen könne, war ich einverstanden. Als wir nun hier in Poitiers Rast einlegten, erfuhr er, dass sie sich hier aufhält. Nehmt, mein Kind. Es liegt nun ganz bei Euch, mich durch Edelmut mit den Frauen zu versöhnen.«

Zitternd nahm ich das Pergament entgegen. Mit angehaltenem Atem hatte ich seine Worte getrunken, ohne glauben zu können, was er sagte. Ich brach das Siegel und las:

An Loanna von Grimwald,
Mein Leben,
Meine Seele,
Meine Wunde

Wenn dich diese Zeilen erreichen, bedeutet dies, dass dein Herz noch immer mir gehört, denn ich weigere mich zu glauben, dass mein neuer Freund mich so verraten könnte, dass er mein Geheimnis einer Fremden offenbart. Ich habe diese Zeilen hundertmal geschrieben und wieder vernichtet, so schwer fällt es mir noch heute, dich um Vergebung zu bitten.
Ich bin schon so lange tot, dass ich fast vergessen habe, ob ich jemals gelebt habe. Tot bin ich, weil ich nichts mehr bin. Der Mann, den du gestern hier im Garten gesehen hast, der unter seiner Kapuze weinte, als er dich so schön und traurig sah, ist so anders, so schrecklich anders, dass ich kaum zu hoffen wage, dass du dich ihm jemals wieder nähern möchtest. Während die Legende vom Troubadour, der in den Armen einer Prinzessin starb, bis zu dir vordrang, ja während meine Beerdigung gefeiert

wurde, bemühte sich eine andere Frau in aller Heimlichkeit, mir das Leben zurückzugeben. Gegen den Widerstand aller. Sie hat mich aus dem Nichts geholt wie eine zweite Mutter, mit Geduld und Liebe.
Doch als mir bewusst wurde, was für ein Abschaum ich geworden war, hatte ich nicht mehr den Mut, dir das Joch meiner Gebrechen aufzubürden. Ich wollte dich vergessen, Loanna, so wie ich glaubte, dass du mich vergessen hast, so wie es sich gehört hätte. Doch ich konnte nicht. In ein paar Wochen wirst du verheiratet sein. Was habe ich dir zu bieten im Vergleich zu diesem anderen Mann? Nichts. Nicht einmal mehr mein Land, denn in den Augen der Welt bin ich tot.
Ich bitte dich nicht, dein Leben zu opfern. Ich verdiene dich nicht mehr. Beende das Werk, das Mutter Natur aus Mitleid oder Liebe nicht vollendet hat. Vernichte mich, Loanna, verbanne mich aus deinem Herzen. Meine Gestalt ist zu hässlich im Spiegel deiner Schönheit. Ich muss erst wahrhaftig sterben, damit du leben kannst. Doch ohne ein Wort von dir, das mich verdammt, kann ich nicht abtreten. Befreie uns beide. Ich flehe dich an.
Jaufré

Ich weinte immer noch, doch es waren nicht mehr die gleichen Tränen. Jaufré lebte. Ich musste erst seine Unterschrift sehen, um es wirklich zu glauben. Ich war nicht verrückt, war es nie gewesen. Nicht meine Intuition hatte mich getrogen, sondern ich sie.

»Wo ist er?«

»Ich weiß es nicht, mein Kind. Er hat mich nur gebeten, Euch diese Botschaft zu übergeben, sofern ich den Eindruck hätte, dass Ihr seines Vertrauens würdig seid.«

»Er lebt, Vater! Ich will ihn nicht ein zweites Mal verlieren, versteht Ihr? Es ist mir gleich, dass er mir nichts mehr zu bieten hat. Ich will sowieso nur seine Liebe.«

»Als er ging, sagte er nur: ›Es gibt nur einen einzigen Ort, an dem ich mich wirklich zu Hause fühle.‹ Ich hoffe, ich habe das richtig verstanden, denn die Zeichensprache ist manchmal schwer zu verstehen.«

Doch ich wusste bereits, wo ich ihn finden würde. Ich stand auf und lächelte in dieses freundliche, runde Gesicht. Die Flamme in seinen Augen ließ mich plötzlich an eine andere Wirklichkeit denken. Ich musterte sie, um mich zu vergewissern, dann sagte ich mit einer Stimme, die vom Glück gefestigt war. »Ich kenne noch immer nicht Euren Namen, Vater.«

Sein Lächeln löschte jeden Zweifel in mir aus. »Suche in deinem Herzen, mein Kind.«

Ich beugte mich vorsichtig zu ihm hinunter und hauchte ihm einen leichten Kuss auf die zarte Wange. »Danke ... Merlin.«

Er lachte sein Lachen, das wie Glocken aus dem Land der Feen klang. Eine Myriade bunter Schmetterlinge erhob sich aus der Krone der Erle. »Geh.«

Ich rannte los. Als ich oben auf der Anhöhe angekommen war, wo der Weg verlief, blickte ich zurück. Da war nichts mehr als der Stein, der Baum und das Wasser, umgeben von tausenden von Sternen, die in Licht und Liebe strahlten.

»Ich kann Euch nicht heiraten, Gottfried. Jaufré lebt!«

Die Neuigkeit raubte ihm den Atem. Fassungslos starrte er mich an. Ich hatte ihn vor den Ställen gefunden, wo er auf mich gewartet hatte. Ich hatte ganz vergessen, dass wir zu einem Ausritt am Fluss verabredet gewesen waren. Ich hatte alles vergessen, sogar meine Hochzeit. Sogar das Leben, das ich in diesen zwei langen Jahren geführt hatte. Mein Leben ohne Jaufré. Vom Laufen waren meine Haare zerzaust und meine Wangen gerötet. Ich musste aussehen, als hätte ich den Verstand verloren; das wurde mir klar, als er mich, wieder gefasst, nach einer Weile fragte:

»Was ist geschehen, Loanna? Habt Ihr vielleicht einen Sonnenstich erlitten? Eure Stirn ist ganz heiß, wie vom Fieber.«

Mit einem Mal begriff ich, dass ich dabei war, ihm das Herz zu brechen. Also zügelte ich meine Ungeduld und meinen Überschwang. Außerdem war dies nicht der richtige Ort für ein solches Gespräch, zumal ich in meinem aufgelösten Zustand alle Blicke auf uns zog.

»Sitzen wir auf, Gottfried. Und verzeiht meine Ungehörigkeit.«

Wie gewöhnlich zeigte er so viel Takt, nicht nachzufragen. Ein paar Minuten später ritten wir Seite an Seite am Ufer des Clain entlang. Ich versuchte, meine Gedanken zu ordnen. Zu wissen, dass Jaufré am Leben war und ich erst noch so vieles klären musste, bis ich zu ihm gehen und ihm meine Liebe ins Gesicht schreien konnte, bereitete mir Höllenqualen. Es wäre mir so viel lieber gewesen, wenn er nicht wieder geflohen wäre. Nicht an meinen Gefühlen gezweifelt hätte. Als meine Überlegungen, vom Auf und Ab des Pferderückens durchgeschüttelt, schließlich einen logischen Pfad gefunden hatten, parierte ich durch und saß ab.

Gottfried tat es mir nach. Er musste spüren, dass etwas im Schwange war, denn er hatte mir die ganze Zeit während unseres schweigsamen Rittes beunruhigte Blicke zugeworfen und nicht versucht, mich zum Reden zu bringen.

Eine Wiese erstreckte sich vor uns, darauf stand eine Mühle, deren Flügel sich im Wind drehten. Man hörte, zusammen mit dem Plätschern des Flusses, das Knirschen der Mühlsteine, die das Getreide zermahlten. Hin und wieder puffte eine Wolke Mehlstaub aus einem der Fenster. Es roch gut. Ich fühlte mich leicht, endlich wieder war ich ich selbst.

Gottfried schlang seine Finger um meine Hand, und ich ließ ihn gewähren. Als ich mich ins weiche Gras setzte, tat er es mir nach, ohne mich loszulassen. Er war mein Freund, er würde verstehen.

»In all den Monaten wart Ihr für mich da, Gottfried, und habt mir mehr gegeben als jeder andere Mann«, begann ich, »und ich schwöre bei Gott, dass ich bereit war, Eure Zärtlichkeit und Großmut zu erwidern, wenn schon nicht Eure Liebe. Doch soeben habe ich etwas erfahren, das mich so sehr bestürzt hat, dass ich Euch nicht mehr heiraten kann, ohne Euch, mich selbst und den Mann zu betrügen, den ich nie aufgehört habe zu lieben. Jaufré von Blaye ist am Leben. Er hat all die Jahre in einem schrecklichen Albtraum verbracht. Doch heute ist er aus Tripolis zurückgekehrt, und bei all meiner Zuneigung für Euch gehöre ich doch ihm mit Leib und Seele. Ihm bin ich versprochen.«

Gottfrieds Hand drückte meine, als wollte er sie zerquetschen. Als ich fertig war, sah ich, dass sein Gesicht verzerrt war. Es kostete ihn alles, nicht rot anzulaufen. Er litt und mir tat es auf einmal Leid. Doch es war zu spät – oder vielleicht zu früh.

»Ich möchte für Euch so gerne glauben, dass all das wahr ist, Loanna. Doch es klingt viel zu verrückt, um nicht die abgefeimte Intrige von Leuten zu sein, die Euch vernichten wollen. Habt Ihr schon einmal überlegt, dass es eine Falle sein könnte?«, fragte er mit einer Stimme, die ruhig und gelassen klingen sollte, aber dennoch zitterte.

»Wahrscheinlich hätte ich der Nachricht misstraut, mein Freund, wäre sie mir von jemand anderem überbracht worden. Doch diesem Boten würde ich mein Leben anvertrauen.«

Ich zog den Brief aus meinem Mieder und reichte ihn Gottfried. »Und diese Schrift kenne ich gut genug, um sagen zu können, dass sie echt ist und nicht das Werk eines Fälschers.«

Er las, ohne einmal aufzusehen. Dann sagte er, seine Gefühle nicht länger verbergend: »Ist es das, was Ihr wollt? Mit einem Krüppel leben? Er sagt selbst, dass Ihr ihn nicht mehr verdient …«

»Allein durch diesen Satz verdient er mehr denn je meine Liebe. Gottfried, Ihr seid der Einzige, zu dem ich offen und ehrlich sprechen kann. Ihr wusstet, wie sehr ich litt, ich habe Euch nichts verborgen. Ihr wart mit allem einverstanden, was ich Euch auferlegte. Versteht bitte, dass ich mir nicht mehr länger selbst gehöre.«

»Ich weiß.« Er wandte mir seine großen dunklen Augen zu. Es tat mir weh, den verletzten Ausdruck darin zu sehen. »Verzeiht mir, Loanna. Ich müsste mich über Euer Glück freuen, doch ich habe nicht die Kraft. Was ich noch vor einigen Monaten leichter hingenommen hätte, fällt mir jetzt, nur ein paar Tage vor unserer Hochzeit, sehr schwer zu akzeptieren. Ich habe mich nicht allein auf diese Ehe gefreut. Meine Kinder, meine Familie, sogar meine Leute hofften darauf, so sehr habt Ihr sie alle in Euren Bann geschlagen. Doch ich kann Euch nicht zwingen. Der tote Jaufré war ein Hindernis für Eure Liebe, nicht aber für Eure Zärtlichkeit und Hingabe. Nachdem er jedoch zurück ist, würdet Ihr in meinen Händen vergehen, weil ihr nicht zu ihm könntet. Ich stehe zu meinem Schwur, Euch zu beschützen, was auch immer kommen mag. Ich bin Euch nicht böse. Ich liebe Euch, Loanna von Grimwald. Doch kommt nie wieder nach Taillebourg. Hört Ihr, nie wieder.«

Ich nickte mit zugeschnürter Kehle, denn ich wusste, was es ihn kostete, mir die Freiheit wiederzugeben, was er an Spott und bösen Bemerkungen würde ertragen müssen.

»Noch weniger als ihn verdiene ich Euch, Gottfried.«

»Mögt Ihr nie bereuen, was Ihr soeben zerstört habt«, sagte er, »das ist alles, was ich Euch wünsche.«

Noch immer hielt er meine Hand. Ich löste mich als Erste, um das Collier aus Gold und Brillanten von meinem Hals zu nehmen und den Smaragdring vom Finger zu ziehen, den er darüber geschoben hatte. Er lächelte bitter, als ich ihm beides zurückgab.

»Bis in alle Ewigkeit werde ich Euch dankbar sein für alles, was Ihr mir gegeben habt. Bis in alle Ewigkeit werde ich Euer sein, mehr als jeder Ehering es beweisen könnte.«

»Ich weiß.« Wieder lächelte er traurig. Dann streichelte ich seine raue Wange und legte zum Abschied sanft meine Lippen auf seinen Mund. Er rührte sich nicht. Auch nicht, als ich aufstand und ebenso entschlossen wie unwiderruflich meine Stute Richtung Poitiers lenkte.

Eleonore reagierte wie er. Sie sah mich fassungslos an, als ich ihr mein Glück ins Gesicht schrie. Dann sagte sie vorwurfsvoll: »Es steht dir frei, dich einem Krüppel hinzugeben, aber ich sehe wirklich nicht, was das für ein Glück sein soll.«

»Eleonore! Jaufré lebt, ist mir zurückgegeben worden und das ist alles, was du dazu zu sagen hast?«

»Es schickt sich nicht, dass meine erste Gesellschafterin ein paar Tage vor der Hochzeit ihre Verlobung löst. Was sollen die Aquitanier denken? Und Taillebourg? Dir ist es wohl ziemlich gleich, dass ich damit eine Revolte am Hals habe, während ich eigentlich die Bande zwischen meinen Leuten festigen sollte, bevor ich mich des Königs entledige.«

Das war es also! Nach allem, was ich im Verborgenen für sie getan hatte. Plötzlich hatte ich einen bitteren Geschmack im Mund. Ich war böse auf sie, zum einen, weil sie sich nicht um mein Glück scherte, und zum anderen, weil sie Recht hatte. War es vernünftig, so kurz vor dem Ziel noch einen Skandal zu provozieren? Schon so lange hielt ich die Fäden ihres Schicksals in der Hand. Doch ich wollte Jaufré auf keinen Fall ein zweites Mal verlieren.

Eines Tages, hatte er vor langer Zeit einmal zu mir gesagt, *wirst du zwischen ihr und mir wählen müssen.*

Dieser Tag war jetzt gekommen. Eleonores Schicksal war besiegelt, es brauchte meine Beihilfe nicht mehr. Meine Mission war erfüllt. Jetzt hatte ich nur noch mir selbst Rechenschaft abzulegen.

Mit der ganzen Kraft, die mir bei aller Unterwürfigkeit in meinem zerrissenen Innern geblieben war, holte ich zum Schlag aus: »Es ist zu spät, meine Königin. Ich habe die Verlobung mit Gottfried gelöst, und er war einverstanden. Ich werde zu Jaufré fahren. Nichts kann mich mehr aufhalten. Es steht dir frei, uns zu verbannen, wenn du glaubst, dass es deinen Angelegenheiten dient. Ich brauche keine Eskorte, wenn es sein muss, ich brauche keinen Besitz, ich brauche überhaupt nichts mehr. Du hast einmal gesagt, dass du Jaufré hässlich findest und nicht verstehst, was mich an ihn bindet. Siehst du, ich finde diese Hässlichkeit schön. Denn ohne ihn an meiner Seite gibt es für mich nichts mehr, das ich schön finden oder lieben könnte. Ich bedaure sehr, dass du das nicht verstehen kannst.«

Bleiernes Schweigen entstand, beladen mit Vorwürfen und Groll. Schließlich stieß sie einen resignierten Seufzer aus und sagte ruhiger: »Du siehst, ich habe mich nicht verändert, Loanna. Ich bin immer noch eifersüchtig auf ihn. Du hast Recht. Sein Tod schmerzte mich zwar deinetwegen, doch im Grunde war ich erleichtert, weil ich dachte, dass du fürderhin ganz mir gehören würdest. Dich als Frau von Gottfried von Rancon zu sehen war mir nicht so wichtig, denn ich wusste, dass du ihn nicht liebst. Ich glaube wirklich, dass ich nie richtig verstanden habe, was du an Jaufré Rudel findest. Abgesehen von seiner Stimme. Er ist ein Rätsel für mich, ebenso wie du. Aber du weißt, dass ich es nicht ertragen würde, dich zu verlieren. Suche dir die Männer aus, die dich eskortieren sollen. Ich werde mit den übrigen schon zurechtkommen. Aber verlass mich nicht. Noch nicht.«

»Ich werde zurückkommen.«

»Als du mir das zum letzten Mal gesagt hast, bist du auch nach Blaye gefahren, erinnerst du dich? An diesem Tag wusste ich, dass er gewonnen hatte. Werde glücklich. Ich liebe dich.«

»Ich liebe dich auch, meine Königin.«

Wir umarmten uns in unendlicher Zärtlichkeit. Fünfzehn Jahre zuvor war sie bei gleicher Gelegenheit in einen Wutanfall ausgebrochen. Aus dem kleinen Mädchen war eine große Dame geworden. Eleonore war erwachsen geworden. Sie war immer noch dickköpfig und jähzornig, doch inzwischen hatte sie eine echte Noblesse gewonnen, die sie gerecht urteilen ließ. Mutter hatte Recht gehabt: England würde eine große Königin bekommen.

Noch vor dem Morgengrauen erreichte ich Blaye, begleitet von einer Gruppe aus zwanzig Reitern. In Angoulême mussten wir die Pferde wechseln, doch das konnte meinem Elan keinen Abbruch tun. Es war, als würde mit jedem Galoppsprung der Schmerz der letzten beiden Jahre ein Stück mehr getilgt. Es schlug zur sechsten Stunde, als die Befestigungsmauern der Bergstadt vor uns auftauchten.

Ich entließ meine Eskorte auf der Römerstraße in Saint-Martin-Lacaussade vor dem Hospital und trabte dann mit klopfendem Herzen auf die Stadt zu.

Bunte Stände säumten die Ufer des Saugeron bis zur Mündung. Der Mittseptemberduft rief Erinnerungen in mir wach. Fünfzehn Jahre! Und alles war wie früher. Ich überquerte die Brücke über den Fluss und ritt auf die Stadt zu. Am Rande einer Klippe in einem felsigen Vorgebirge würde ich ihn finden. An dieser Stelle hatte er mich schon einmal erwartet, damals als ich von der Burg aus die klagenden Klänge seiner Zither gehört, aber nicht mehr die Kraft gehabt hatte, zu ihm zu gehen. Ein Schritt genügte, um sich hier in die Tiefe zu stürzen. Der Gedanke verfolgte mich plötzlich. Und wenn es schon zu spät war? Wenn er nicht den Mut gehabt hatte zu warten? Wenn er doch gewagt hatte abzutreten, wie er geschrieben hatte? Nein, nein!

Ich ließ mein Pferd an einer großen Eiche zurück. Wacholdersträucher verstellten mir den Blick zur Klippe. Die waren das letzte

Mal noch nicht da gewesen. Hatte ich mich in der Stelle geirrt? Vielleicht war er nicht da? Mir ging die Luft aus. Zitternd teilte ich die Zweige. Er saß mit dem Rücken zu mir da, die Beine über dem Abgrund baumelnd. Sein Kopf glänzte in der Sonne, wie ein Pfirsich, der mit braunen Streifen überzogen war. Nur spärlich sprossen noch ein paar dünne Haare. Das trockene Gras raschelte unter meinen Schritten. Er wandte den Kopf und mein Herz krampfte sich zusammen. Wie sehr hatte er sich verändert! Ich hätte mich umdrehen und weglaufen können, dieses abgezehrte Gesicht vergessen, das vom Schmerz gezeichnet und von einem leeren Grinsen entstellt war. Diesem Bild den Rücken zuwenden und es verdammen. Sein Blick sagte mir, dass er damit rechnete. Um endlich springen, sterben und vergessen zu können.

Stattdessen stürmte ich, von Gefühlen und unendlicher Zärtlichkeit überwältigt, auf ihn zu und fiel neben ihm auf die Knie.

»Mein Liebster, mein zärtlicher Geliebter«, murmelte ich mit Tränen in den Augen und strich über die Narbe, die einen bläulichen Wulst auf seiner rechten Schläfe bildete.

Tränen liefen ihm über die Wangen. Er öffnete den Mund, aber es kam kein Laut heraus. Doch das war ohne Bedeutung. Da waren seine Augen, groß wie die Flussmündung. Ebenso grau und weit wie der Ozean. Dann sprach ich für ihn, denn er wagte nicht, mich zu berühren, wagte nicht, daran zu glauben. Ich redete unter Tränen, meine mit seinen vermischend, meine Worte mit Küssen auf sein Gesicht untermalend, das ich nie so geliebt hatte wie in diesem Augenblick.

»Ich liebe dich, ich liebe dich, ich liebe dich«, wiederholte ich immer wieder, um seine Zweifel zu zerschlagen. »Nichts hat sich geändert, Jaufré, nichts, ich bin immer noch dein. Und ich werde es immer sein. Ich werde dich mitnehmen in das Land Nirgendwo, in dem alles möglich ist. Ich werde dir deine Stimme zurückgeben, deine Träume, mein Leben, wenn du es noch willst. Ich kann nicht ohne dich leben, ich konnte es nicht, ich kann nicht mehr, ich will nicht mehr. Die Folgen sind mir gleich, deine Narben sind mir gleich. Heirate mich. Mehr denn je möchte ich deine Frau werden. Für immer!«

Seine Lippen öffneten sich und verschmolzen mit meinen. Sie schmeckten nach See und Honig. Das trockene Gras knackte unter dem Gewicht meines Körpers, als er mich umwarf. Wie früher lag der Duft von Lilien in der Luft. Wir rollten ineinander verknäult unter einen Strauch. Mit Bewegungen, die so zart waren, dass es mir den Atem raubte, zog er mich aus. Mein Körper, der schon so lange nicht mehr an Liebkosungen gewöhnt war, badete im Licht seiner Liebe. Als er mich nahm, barsten in meinem Leib tausend Sterne, während wir uns im Universum des Glücks verloren.

Dann musste ich Wirklichkeit und Leid ins Gesicht sehen. Jaufré war nicht mehr derselbe, doch ich war bereit, seinen neuen Körper anzunehmen, mich daran zu gewöhnen, hatte ich doch niemals eine andere Heimat als ihn gekannt. Wir mussten nicht reden, damit ich verstand. Es fiel mir leicht, in seinen Gedanken zu lesen, doch was ich dort las, war schwer zu fassen. Zwar hatte er sich wie verrückt gefreut, mich wieder gefunden zu haben, doch er wollte nicht, dass ich ihn so annahm, wie er war, dass ich ihn vielleicht bedauerte oder gar Mitleid mit ihm empfand. Er konnte sich nicht an die Vorstellung gewöhnen, dass ich einem anderen hätte gehören sollen, den ich jedoch seinetwegen zurückgewiesen hatte, so minderwertig fühlte er sich. Was ich auch hätte sagen können, nichts hätte ihn umgestimmt. Doch dann bekam alles, was ich gesagt hatte, ohne groß darüber nachzudenken, plötzlich einen Sinn. Jemand musste mir die Worte eingeflüstert haben. Wer? Merlin? Oder Mutter? Diejenigen, die mir immer gesagt hatten, dass es nichts Größeres gebe als die Macht der Liebe? Welcher Gott vollbrachte dieses Wunder? Der christliche oder der der Druiden? Es spielte keine Rolle. Wichtig und klar war nur eines: Ich musste Jaufré nach Brocéliande bringen.

Er sah mich verdutzt an, als ich verkündete, dass wir auf der Stelle abreisen würden. Dennoch nickte er. Er wäre mir überallhin gefolgt. Hätte alles getan. Doch genau das wollte ich nicht zulassen. Ich war bereit, mich mit Herz und Seele einem Mann hinzugeben, der sein Gebrechen besiegte, indem er es akzeptierte, doch ich weigerte mich, mit einer willenlosen Marionette zu leben. Ich trug genügend Liebe in mir, um hinter seiner gebrochenen Fassade den alten Jaufré Rudel wieder zu finden.

Eleonores Eskorte begleitete uns, ohne Fragen zu stellen. Jaufré hielt sein trauriges Gesicht unter der Kapuze seiner Pilgerkutte verborgen. Die Reise war lang und beschwerlich. Jaufré konnte nicht lange im Sattel bleiben, wir mussten also häufig Rast in Hospizen machen. Erst Ende Oktober tauchte der Wald meiner Kindheit vor uns auf. Mehrmals hatte ich mit Hilfe der Zauberei Schurken und Räuber abgewehrt. Ich war erschöpft. Nie zuvor in meinem Leben hatte ich so oft die Magie zu Hilfe gerufen. Meine Pflicht gegenüber England hatte ich erfüllt. Heute kam ich, um einzufordern, was mir zustand, und ich wusste, dass es auf mich wartete.

Am Waldsaum von Brocéliande schlummerte das kleine Schloss über dem Ort. Es wurde schon so lange von einem Verwalter geführt, dass man fast vergessen hatte, dass es uns gehörte. Ich stellte mich dem Mann vor – schließlich hatte er mich fünfzehn Jahre nicht gesehen – und ordnete an, dass er meine Eskorte aufnehmen solle, während ich in den Wald ginge. Durch Mutter daran gewöhnt, keine Fragen zu stellen, fügte er sich kommentarlos.

Die Nacht verging. Weder konnte ich einschlafen noch meinen Blick von Jaufré wenden, den eine flackernde Kerze von der Seite anleuchtete. Er schlief wie ein Kind, ein äffchenhaftes Grinsen im Gesicht, an meiner Schulter. Die letzte Etappe hatte ihn ausgelaugt. Wie weit fort war er, der unerschrockene Troubadour, der überall seine Verse sang und begeisterten Applaus dafür erntete. Wie weit fort war sein schalkhaft blitzender Blick, sein Witz, der mal scharfsinnig, mal zärtlich, mal schelmisch und mal spöttisch gewesen war. Wie sehr hatte er sich in diesen zwei Jahren verändert. Und doch liebte ich ihn, trotz seines entwürdigenden Hasses gegen sich selbst.

»Morgen«, flüsterte ich, »morgen werde ich, wenn es sein muss, mein Leben geben, um deine Seele zu retten.«

Dann zog ich das Laken über seine knöcherne Schulter, schmiegte mein Gesicht an seines und verschloss die Augen vor seinem Unglück, um mich an seinem Liliendüft zu berauschen.

Wir brachen im Morgengrauen auf, während im Schloss noch alles schlief.

Es überraschte mich nicht, als sich zwischen Heidekraut und Eichen vor uns ein Weg öffnete. Der Wald schloss sich hinter uns. Wir waren irgendwo im Land der Feen, im Land der Könige. Im Land der Druiden und des Nirgendwo. Wir waren in meiner Heimat.

Ich nahm Jaufrés Hand und führte ihn wie ein Kind über den mit weißen Steinen ausgelegten Weg. Schwärme von Schmetterlingen begleiteten uns, aus deren Flügeln das helle Lachen der Elfen perlte. Jaufré wirkte wie verzaubert. Seine großen, verletzten Augen versuchten, alles aufzunehmen, alles zu verstehen. Sogar das Licht, das durch die Kronen der Eichen schien, war unwirklich. Ich fühlte mich gut. Schon bald hörte ich leise das Murmeln der Quelle. Wir waren nicht mehr weit entfernt. Als wir um einen Felsen bogen, der mir sofort wieder vertraut war, lag sie plötzlich vor mir, so wie ich sie verlassen hatte. Aus Quarzstein sprudelte das Wasser, um sich in das aus dem Boden gewaschene Becken zu ergießen. Zur Rechten, am Ende des Weges, stand der Felsaltar, davor der Kreis aus Steinen. Direkt zum Himmel gerichtet, direkt zur Hoffnung. Merlin war da. Ich spürte ihn überall, selbst in der Aura der Pflanzen. Ich ließ Jaufrés Hand los. Er verharrte, alles in sich einsaugend, in dem Wissen, einen einzigartigen und wunderbaren Moment zu erleben.

Wie so viele Male während meiner Lehrzeit kniete ich mich vor das Hünengrab, die Hände offen zum Himmel erhoben. Zwischen meinen Armen prangte der Mond, rund wie ein Ballon, am wolkenlosen Firmament.

»Vater«, flüsterte ich. »Voller Demut und Gelassenheit trete ich hier vor Eure Güte. Hört den Atem, der mich würgt, seht meinen Schmerz, meine Freude. Und all das, was mir noch zu lernen bleibt.«

Ein Rascheln wie von Seide ertönte. Auch Jaufré hörte es. Gleichzeitig blickten wir auf das Wasserbecken. Tausende von Sternen begannen, blitzend durcheinander zu wirbeln, bis ein Bild entstand. Es war genauso, wie ich es in Erinnerung hatte. In seine Wasserrobe gehüllt, die in Kaskaden an ihm herabströmte, erstand durchscheinend Merlin in seiner weisen Schönheit. Jaufré fiel auf die Knie und faltete die Hände. Die Geste war mir beinahe unangenehm, bis ich eine Stimme hörte, die mir zuflüsterte: *Alle Götter sind eins*. Dann ging ich entschlossen zu ihm und kniete mich an Jaufrés Seite.

»Vater, Ihr braucht uns nur anzuschauen, um zu wissen, was mein Begehr ist. Ihr habt diesen Mann zu mir geführt. Heute führe ich ihn zu Euch, denn seine Suche ist so rein, dass sie nicht nur meine Liebe, sondern die der ganzen Welt verdient.«

»Ich habe keine Macht, Loanna von Grimwald. Nur die Liebe hat sie. Liebe ist Magie.«

»Und doch kann ich nichts tun, um seine Wunden zu heilen, während Ihr alles vermögt.«

»Bist du dir da sicher?«

Ich zitterte vor Ungeduld, denn im Grunde hatte ich erwartet, dass er die Arme hob und Jaufré wieder so war wie früher. Worauf wollte er hinaus?

»Jaufré Graf von Blaye«, fuhr er mit kristallklarer Stimme fort, »Ihr habt die Grenzen der menschlichen Welt überschritten. Heute befindet Ihr Euch in einer anderen, die nicht Leben und Tod, sondern der Zeit gehört. Es ist ein Raum der Wahrheit, in dem Ihr mit Euch selbst allein seid. Es gibt nur wenige Eingeweihte, die an diesen Ort kommen dürfen. Und doch empfange ich Euch hier wie einen Sohn. Seid Ihr bereit, für die Liebe dieser Frau Euer kostbarstes Gut zu opfern? Seid Ihr bereit, Euch uns anzuschließen, indem Ihr Euch mit ihr verbindet? Seid Ihr bereit, das Wissen der Druiden zu erlernen und weiterzugeben? Dafür zu sorgen, dass es stets geheim bleibt? Seit Ihr bereit, wieder geboren zu werden, zu vergessen, wer Ihr wart, ohne indes ein anderer zu werden?«

Plötzlich begriff ich, dass ich nichts von Merlin bekommen würde. Er sicherte seine Nachkommenschaft, setzte seinen Erben ein. Dumpfe Wut stieg in mir auf. Ich wollte gehen und Jaufré mitnehmen, doch als hätte er meine Gedanken lesen können, wandte sich mein Troubadour zu mir. Sein Blick in diesem gemarterten Gesicht war süß wie eine Liebkosung und voller Vertrauen. In seiner Wärme schmolz mein Zorn.

»Nichts zwingt dich«, sagte ich, »ich werde dich so lieben, wie du bist. Dein Aussehen kümmert mich wenig. Du bist frei in deiner Wahl.«

Sanft nahm er meine Hand und führte sie an seine Lippen. Dann wandte er sein Gesicht Merlin zu und nickte kurz im Zeichen des Einverständnisses.

Mein Herz schlug, als wollte es mir den Brustkorb sprengen. Ich schwankte zwischen Glück, Furcht und Wut.

»Ich weiß, was du fühlst, Loanna«, wisperte Merlin. »Aber alles erfordert Opfer. Ein Leben für ein Leben. Hast du das vergessen? Ich habe keine Macht. Bist du bereit anzunehmen, was er dir bietet? Bist du bereit, auf das zu verzichten, was du bist? Wenn du dich diesem Mann schenkst, bist du nur noch eine Frau. Voller Intuition und ausgestattet mit der Gabe des zweiten Gesichts, doch du kannst mich niemals mehr rufen oder diesen Ort besuchen. Hier endet dein Geschlecht.«

»Meine Wahl ist getroffen, Vater.« Ich klammerte mich an Jaufrés knochige Finger. »Ich gehöre ihm.«

Es sah aus, als lächelte Merlin durch seinen Bart aus Wassertropfen. Kraftvoll erhob sich seine Stimme in der Stille. »Heute ist der Tag von Samhain. Du weißt, was das bedeutet. Was in dieser Nacht gezeugt wird, ist ein Kind der Nacht, berufen, voller Gerechtigkeit über die Finsternis zwischen Gut und Böse, zwischen Qual und Barmherzigkeit zu herrschen. Willst du dies akzeptieren, Loanna von Grimwald?«

»Ja, Vater.«

»Und du, Jaufré von Blaye?« Jaufré nickte entschlossen.

»Von diesem Tage an seid Ihr beide das Positive und das Negative. Hässlichkeit und Schönheit, Licht und Schatten, die Dualität, auf der das Universum ruht. Dies ist mein Geschenk zu Eurer Vermählung, Loanna von Grimwald.«

Seine langen Arme hoben sich zum Himmel, dessen klares Blau sich mit großen schwarzen Wolken überzogen hatte.

»Mögen die Tore der Zeit für diese beiden Seelen das Verbindungsglied zwischen gestern und heute sein, zwischen der Welt der Feen und der der Menschen. Niemals sollen sie sich verlieren im

Laufe der Jahrhunderte und möge ihre Liebe sie immer wieder zueinander finden lassen, über alle Äußerlichkeiten hinweg, ohne dass sie sich jemals daran erinnern, was sie waren und dereinst geschworen haben. Möge sie die Liebe, die sie heute im Angesicht der Väter verbindet, dazu anleiten, in Gerechtigkeit, Freiheit und Liebe zum Wohle der Völker zu handeln.«

Ein Donnerschlag ertönte und einen Augenblick lang dachte ich, der Himmel würde zerreißen wie ein Stück Pergament. Doch nichts geschah. Um uns herum glitzerten die Sterne so hell, dass wir die Augen senken mussten. Die Lichtung war in goldenen Dunst getaucht.

»Ich habe keine Macht, nur die Liebe ist Magie!«, hörte ich noch.

Dann verstand ich. »Komm«, sagte ich leise zu Jaufré und half ihm beim Aufstehen.

Getaucht in das Licht, das uns in den Strudel der Unendlichkeit sog, führte ich ihn zum Fuße des Hünengrabes, das sich nun vor uns erhob, ohne uns zu blenden. Dort zog ich ihn an mich.

»Ich bin dein in alle Ewigkeit, Jaufré. Ich liebe dich.«

Wir legten uns auf den flachen Stein, und ich nahm ihn in mich auf, als wäre mein Leib das ganze Universum, das sich für ihn öffnete. Als er mit einem Aufschrei seinen Samen in mich legte, wusste ich, dass unser Opfer angenommen war.

Während in der Welt der Feen nur ein paar Stunden verstrichen waren, waren draußen in der Welt der Menschen zwei Wochen ins Land gezogen. Als wir den Wald verließen, wusste ich, dass ich Jaufrés Kind im Schoß trug. Merlin hatte die Wahrheit gesagt. Jaufré hinkte nicht mehr und sein Gesicht war wieder so zart wie früher. Die hässliche Narbe an seiner Schläfe war verschwunden, zusammen mit allen Spuren seiner Qualen. Der Troubadour indes war in Tripolis gestorben. Jaufrés Stimme war dunkel und rau und hatte nichts mehr mit der gemein, die mir so viele Male die Tränen in die Augen getrieben hatte. Er war derselbe und doch anders. Ich wusste nicht, ob er sich in diesem Moment über das Ausmaß des Opfers bewusst war, das er gebracht hatte. Seine Stimme zu verlieren war, wie seine Seele zu verlieren. Er versicherte mir, das wäre nur ein kleines Unglück, gemessen an all dem, was er wiederbekommen habe. Ich war viel zu glücklich, um daran zu zweifeln, doch eine leise Stimme in mir sagte mir, dass es so einfach nicht sein könne.

Als ich mich auf dem Hünengrab aufgerichtet hatte, hatte ich instinktiv an meinen Hals gegriffen. Mein Mondstein war nicht mehr da gewesen. Einen Augenblick lang dachte ich, er hätte sich bei unseren Umarmungen gelöst, verwarf diesen Gedanken jedoch sofort wieder. Merlin hatte ihn mir genommen. Er war das Symbol meines besonderen Wissens, meiner Zugehörigkeit zu den Hohepriesterinnen von Avalon gewesen. Indem ich auf all das verzichtet hatte, hatte ich den Stein in der Welt zurückgelassen, zu der ich nun nicht mehr gehörte. Mit Erstaunen stellte ich fest, dass ich erleichtert war. Als wäre mir etwas vom Hals genommen worden, das mich lange Jahre gewürgt hatte. Frei. Ich war endlich frei.

16

Eleonore empfing mich herzlich und schloss mich liebevoll in die Arme.

»Du strahlst ja«, rief sie aus. »Ich kann kaum glauben, dass du dieses törichte Vorhaben aufgegeben hast, um dessentwegen du mich verlassen hast!«

»Ich hatte versprochen zurückzukommen, meine Königin. Und hier bin ich«, sagte ich nur und erwiderte ihren Kuss.

Sie war nicht allein im großen Saal des fürstlichen Palastes. Einige ihrer Damen waren mit Würfelspielen beschäftigt. Eleonore hatte in Poitiers nicht nur einfach ihre Zelte aufgeschlagen, sie hatte innerhalb weniger Monate den Hof ihrer Kindheit wieder erschaffen, den Hof von Wilhelm dem Troubadour. Aus allen Winkeln des Palastes drangen die Klänge von Harfen und Zithern, Mandoren und Flöten, Akrobaten und Jongleure zeigten ihre Kunststücke. Sich auf bunten Kissen räkelnd, ließen sich Eleonores Vasallen unterhalten, um die ersten Fröste unter ihren Fenstern zu vergessen. Niemand wunderte sich darüber, dass Ludwig nicht anwesend war. Es hieß, er habe überall im Reich Angelegenheiten zu regeln. Über Poitiers lag ein Hauch von Glückseligkeit. Eleonore bereitete ihren Rücktritt vor. Und den Wechsel zu ihrer neuen Aufgabe.

Ein Mann kam auf uns zu und allein das genügte, um alle Blicke neugierig auf mich zu lenken. Gottfried von Rancon hatte öffentlich die Annullierung unserer Verlobung bekannt gegeben und nun wurde wahrscheinlich erwartet, dass er auf meinen Anblick übellaunig reagieren würde. Ich machte einen Knicks vor ihm. Wut fürchtete ich nicht. Als ich mich erhob, sagte er lächelnd:

»Ich wollte der Erste sein, der Euch bei Eurer Rückkehr begrüßt, Loanna.«

»Nach Eurer Königin, Gottfried«, wies ihn Eleonore milde zurecht.

»So bin ich doch in allem Euer Vasall, Majestät«, entschuldigte er sich galant.

»Ich bin froh, Euch wieder zu sehen, Messire Gottfried«, sagte ich.

»Als Herzogin von Aquitanien, die ich in erster Linie bin, bin ich entzückt, glaubt mir, dass Ihr trotz allem höflichen Umgang miteinander pflegt, meine Lieben«, fügte Eleonore hinzu und erhob dann die Stimme, um besser gehört zu werden. »Ich für meinen Teil habe Loanna nichts vorzuwerfen, außer vielleicht ihre Seelentreue, die nach meinem Verständnis eine Tugend ist, die vielen gut zu Gesicht stehen würde. Wie sehr ich Euch um Eure Großmut und Euren klaren Blick beneide, mein Freund...« Sie gluckste vor Lachen. »Kommt, gehen wir, bei diesem Lärm versteht man sein eigenes Wort nicht. Außerdem würde ich mich gern ohne neugierige Lauscher mit Euch unterhalten. Du bist so Hals über Kopf aufgebrochen, Loanna, dass ich jetzt dringend mit dir reden muss.«

Bestimmt schob sie sich zwischen uns und zog uns hinaus. Ein paar Minuten später saßen wir bei Schlehenlikör und Waffeln in ihrem Arbeitszimmer.

Ich hatte keine Veranlassung, ihnen die Wahrheit zu verbergen, zumindest den Teil, den man erzählen konnte. Doch zunächst war ich neugierig, welche Gründe Gottfried für die Annullierung unserer Hochzeit vorgebracht hatte.

»Ich wollte nicht, dass man über mich lacht«, begann er, »oder über Euch, über uns und meine Familie. Ich wollte auch nicht, dass über die Autorität des Königs und der Königin gespottet würde, die wir um ihren Segen gebeten hatten.«

»Sire Gottfried kam nach deiner Abreise zu mir«, erklärte Eleonore. »Er wollte, dass die Hochzeit wegen Blutsverwandtschaft abgesagt werde. Amüsant, nicht wahr?«

Ich lächelte bei dieser Anspielung an ihre eigene Situation, ließ sie aber fortfahren, ohne sie zu unterbrechen.

»Gewisse Prälaten, denen ich großzügige Spenden habe zukommen lassen, bestätigten, dass ihre Nachforschungen, die sie auf die dringende Bitte des Lehnsherrn von Taillebourg unternommen hätten, zu diesem traurigen Schluss geführt hätten.«

»Meine Familie«, fügte Gottfried ein, »sah in dieser meiner Vorahnung ein Zeichen des Himmels, das eine größere Katastrophe verhindert hat. Es war besser, es vor der Heirat zu entdecken als danach.«

»Ich wage zu hoffen, Gottfried«, warf ich ein, »dass Ihr auf diese Weise meinen Ruf gerettet habt.«

»Ich war zwar enttäuscht und verletzt, aber an meinen Gefühlen Euch gegenüber hat sich nichts geändert.«

»Gottfried hat mir alles erzählt«, fügte die Königin hinzu, »auch alles, was du ihm anvertraut hast, und dass er versprochen hat, dich nie in deinem Bett aufzusuchen, ritterlich wie er ist. Ich konnte so deine Entscheidung besser verstehen. Er und ich haben beide unser Bestes getan, im Namen der Liebe. Und Gott weiß, dass wir dich lieben.«

Tränen schossen mir in die Augen. Mit bangem Herzen war ich hergekommen, weil ich nicht wusste, wie ich nach dieser Wende des Schicksals aufgenommen werden würde, und siehe da, man empfing mich mit offenen Armen. Zum ersten Mal in meinem Leben fügte sich alles im Sinne meiner Bestimmung.

»Und jetzt erzähle du. Ist unser teurer Troubadour so lebendig, wie man es dich hat glauben lassen?«

»Es ist eine ziemlich lange Geschichte, meine Königin. Ich habe Jaufré von Blaye wieder gefunden und doch ist der Mann, der einst die kältesten Herzen hat erbeben lassen, in Tripolis gestorben.«

Beide sahen mich verständnislos an. Ich fuhr fort: »Jaufré wurde dort unten Opfer einer sonderbaren Krankheit, die ihn zunächst tot erscheinen ließ. Wäre seine Gastgeberin, Hodierne von Tripolis, nicht in ihn verliebt gewesen, hätte man ihn lebendig begraben. Sie verbarg ihn, umsorgte und pflegte ihn, bis er das Bewusstsein wiedererlangte und zu Kräften kam. Anschließend ließ sie ihn ziehen. Man sagt, dass äußerliche Schönheit oft Niedertracht verberge. Lange Zeit dachte ich das auch. Heute weiß ich, dass es falsch ist. Es gibt keine schönere Frau auf der Welt als sie, doch ihr Herz und ihre Seele sind noch makelloser als ihr Äußeres. Sie hat Jaufré besser gehegt und gepflegt, als ich es je hätte tun können. Auf diese Weise war sein Gebrechen nichts weiter als eine Probe für meine Liebe. Jaufré ist so, wie ich ihn in Sizilien zurückgelassen habe, abgemagert, kahlköpfig, jedoch ohne Anzeichen für irgendeine Verletzung. Der einzige Makel, der geblieben ist, ist seine fehlende Stimme. Er ist nicht stumm, aber fast, denn den Troubadour gibt es nicht mehr. Doch das kümmert mich nicht. Ich liebe ihn, wie er ist.«

»Welch eine eigenartige Geschichte! Was willst du tun?«, fragte Eleonore gerührt.

»Ihn heiraten. Dem Kind, das ich verloren habe, und dem, das ich erwarte, einen Vater geben.«

Eleonore stieß einen Schrei aus, während ich mir zärtlich über den Bauch strich. Gottfrieds Blick verschleierte sich, doch er sagte nichts.

»Wie kannst du das jetzt schon …«

»Ich weiß es eben, ich spüre es. Ich brauche nur Euer beider Segen.«

»Zuerst muss Jaufré sein Land zurückgegeben und die gute Nachricht verkündet werden.«

»Nein, meine Königin. Jaufré würde die Kommentare nicht ertragen, mit denen man ihn zweifellos überhäufen würde. Auch nicht die mitleidigen Blicke und ausgestreckten Zeigefinger der Väter, die ihre Söhne beiseite nehmen und sagen: Sieh, der war einst ein großer Troubadour! Nein! Mit Sicherheit würde er eher an diesen Verletzungen sterben als an allen anderen, so kostbar war ihm die Gabe, die er verloren hat. Lassen wir die Legende leben. Sie wird seinen Namen und sein missliches Schicksal in Verse gießen, in denen er weiterlebt. Wieder Herr von Blaye zu werden genügt ihm. Mehr braucht er nicht, um unsere Kinder großzuziehen.«

»Ich habe keine Einwände. Doch wie soll das vonstatten gehen?«

»Nichts leichter als das, Eleonore. Sein Schicksal hat ihn härter gemacht und ihn auch äußerlich altern lassen. Niemand wird den verlorenen Troubadour wieder erkennen, trotz der Ähnlichkeit, denn schon seine Stimme verrät ihn. Jaufrés Bruder Gérard, der von Aigues-Mortes aus zum Kreuzzug aufgebrochen war, gilt als auf dem Meer verschollen, das hast du mir selbst erzählt, als es um das Erbe des Grafen von Blaye ging. Vertauschen wir mit dem Wissen seines Cousins und Lehnsherrn Jaufré mit Gérard. Es ist das Einfachste von der Welt. Als Grund für seine lange Abwesenheit nennen wir Gefangenschaft im Heiligen Land, in der noch viele der Unsrigen ausharren müssen und aus der er am Ende fliehen konnte. Sobald er nach Frankreich kommt, kann ihm die Königin die Ländereien von Blaye übergeben, auf die er auf Grund seiner Verwandtschaft mit dem vermeintlich Verblichenen Anspruch erhebt. Aus Jaufré dem Troubadour wird Gérard II. Rudel. Gérard selbst hat schon lange niemand mehr in Blaye gesehen. Wer würde dort seine Herkunft oder seinen Namen in Zweifel ziehen?«

»Kein dummer Plan«, befand Eleonore.

»Der unser Glück besiegeln würde«, fügte ich hinzu und wandte den Blick von Gottfried, in dessen Augen ich tiefe Trauer las.

»Wieder einmal«, sagte er seufzend, »muss ich die Bürde eines schweren Geheimnisses tragen. Was ich auch tue, Loanna von Grimwald, Euer Leben bleibt dem meinen verbunden, seit Ihr damals nach Aquitanien kamt. Doch ich werde Euch niemals verraten. Weder Euch noch den Grafen von Blaye noch meine Herzogin, welches Banner sie auch immer tragen möge.«

»Gottfried von Rancon«, verkündete Eleonore ernst und legte ihm eine Hand auf die Schulter, »wenn es in Aquitanien einen Menschen gibt, dem ich mein Leben anvertrauen würde, so seid Ihr das. Von nun an werdet Ihr mich nicht mehr verlassen. Ihr übernehmt während meiner Abwesenheit die höchsten Ämter auf meinen Ländereien. Es soll nicht heißen, ich würde mich nicht erkenntlich zeigen. Und du, Loanna von Grimwald, holst deinen Geliebten. Er soll seiner Herzogin den Treueid schwören, um sein Land wiederzubekommen, damit er als Herr in Blaye einziehen kann.«

Leichten Herzens verließ ich die beiden. Jaufré wartete ungeduldig in einer Herberge unweit des Palastes auf mich. Als ich ihm die Neuigkeit verkündete, umarmte er mich stürmisch, wobei ich nicht sagen konnte, ob aus Dankbarkeit, Liebe oder Seelenpein.

»Ich bin dein, Liebster«, flüsterte ich, und es klang wie ein Schwur. »Für immer, Jaufré! Für immer!«

»Hab keine Angst. Mir geht es gut«, erwiderte er ruhig.

Doch das bestärkte mich nur darin, das Gegenteil anzunehmen.

Als er sich vor die Königin kniete, setzte mein Herzschlag aus. Dieses Mal spottete Eleonore nicht wie vor Jahren in Ombrière. Sie trat auf ihn zu, hob ihn an den Schultern auf, lächelte ihm aufrichtig zu und gab ihm freundschaftlich einen Kuss auf die Wange.

»Der rüde Jaufré, Jaufré das Wunder, die Geduld, die Liebe! Da unser Allmächtiger Gott dir seine Barmherzigkeit zuteil werden ließ, bist du mehr als jeder andere unseres Respekts und unserer Freundschaft würdig. Jaufré Gérard Rudel, ich mache dich zu Gérard II. Graf von Blaye, deinem Blute gemäß. Allerdings nur unter einer Bedingung.«

Beunruhigt blickte ich die Königin an, doch sie lächelte. »Ich befehle dir, noch in diesem Frühjahr zu heiraten. Und zwar am besten die, die ich für dich ausgewählt habe.«

Sie nahm meine Hand und legte sie in Jaufrés.

»Nach Eurem Willen soll es geschehen, meine Königin«, krächzte Jaufré mit seiner metallischen Stimme.

Eleonore zuckte zusammen, ließ sich aber nichts anmerken. »Noch heute Nachmittag wird die Neuigkeit öffentlich bekannt gegeben. Schon morgen werdet Ihr die Stadt Blaye wieder in Besitz nehmen. Dieses Schreiben wird Euch Tür und Tor öffnen.«

Mit festem Griff nahm er das Pergament. Ich spürte, wie schwer es ihm fiel anzunehmen, was ihm bereits gehörte. Doch auch er ließ sich nichts anmerken. Jaufré hatte sich den Namen Rudel hart verdient. All die Jahre des Grübelns und des Leidens hatten ihn verhärtet, verdüstert. Der Mann, der einst nur Licht und Wärme gewesen war, hatte sich verschlossen. War das wirklich noch der Mann, den ich liebte? In meinem Innern klang die Antwort wie aus tausend Kehlen: Ja! Ja! Ja! Ich würde warten und verstehen, ich würde seine Wunden pflegen, ich würde ihm sein Lächeln wiedergeben. Ich würde dafür sorgen, dass er wieder vollständig würde. Die Zeit würde für mich arbeiten. Wir waren füreinander bestimmt. Ich legte seine Hand auf meinen Bauch. Mein Kind hielt mich warm. Und plötzlich erschienen mir auch Jaufrés Hände nicht mehr ganz so eisig.

17

Den Winter verbrachten wir auf Reisen. Weihnachten 1151 hielten wir uns in Limoges auf, wo Ludwig in Grabesstimmung zu uns stieß, um ein langes Gespräch mit der Königin zu führen. Gerüchte verbreiteten sich auf den Korridoren, nach denen eine Trennung unmittelbar bevorstand. Fürderhin fand unser Wanderleben in zwei Gruppen statt. Die aus dem Süden folgten der Königin, die aus dem Norden Ludwig. Der König hatte sich in würdevolle Strenge gehüllt, die mir deutlich sagte, wie unheilbar einsam und unglücklich er sich jetzt fühlte. Zu Lichtmess waren wir in Saint-Jean d'Angély, wo sich die Ereignisse schließlich überschlugen. Ludwig hatte hier für März 1152 ein Konzil anberaumt, von nun an eine öffentliche Angelegenheit. Und bei dieser Gelegenheit verkündete er vor aller Ohren seine Absicht, sich von der Königin zu trennen.

Eleonore gefiel gar nicht, dass er so offen hinausposaunte, was in aller Verborgenheit beschlossen worden war. Nicht dass sie um ihren Ruf fürchtete, in dieser Hinsicht hatte sie schon weit Schlimmeres erlebt. Nein, sie spürte nur mit einem Mal die begehrlichen Blicke der Vasallen, die sich bis dahin wohlweislich zurückgehalten hatten. Eleonore mit Gewalt zu nehmen und zu heiraten kam jetzt einer Eroberung Aquitaniens gleich. Und wir wussten alle, was diese Mitgift wert war.

»Geh«, forderte mich die Königin auf. »Sag Heinrich, er soll sich im Hintergrund halten. Ich fürchte, mein Weg zu ihm wird voller Fallstricke sein. Er soll sich zu meiner Rettung bereithalten. Nein! Er soll mir einen sicheren Weg sagen, auf dem ich im Falle von Gefahr zu ihm gelangen kann.«

Und so wurde es gemacht. Bevor die nächste Stunde schlug, war ich, von einer Eskorte begleitet, bereits nach Angers unterwegs. Mein fünf Monate alter Bauch verbot mir das Reiten eigentlich, doch das kümmerte mich nicht. Ich wusste, dass ich mein Kind diesmal nicht verlieren würde. Auch wenn ich keine echten Zauberkräfte mehr hatte, so war doch meine Intuition noch immer hellwach.

Eleonores Angst war begründet. Ich hatte Jaufré nach Blaye zurückgeschickt, doch wir schrieben uns häufig. Er musste Ordnung in seine Angelegenheiten bringen, die in den letzten beiden Jahren schlecht geführt worden waren. Zunächst hatte er jedoch auf Anraten der Königin seinen Cousin und Lehnsherrn aufgesucht, der seine Entscheidung guthieß. Es war sowohl vor Gott als auch vor den Menschen besser, wenn der Mann, der in Tripolis beerdigt worden war, nicht mehr unter den Lebenden auftauchte. Anschließend fuhr er nach Lusignan, wo er ein weiteres Mal die Wahrheit nicht verbergen konnte. Sein alter Freund Uc schloss ihn weinend in die Arme und schwor bei seiner Seele, das Geheimnis zu bewahren, das seine traurigen Erinnerungen ein wenig erhellte. Langsam wurde Jaufré wieder er selbst und fand seinen angestammten Platz wieder. Alle Schwierigkeiten, die mir so unüberwindlich erschienen waren, lösten sich in Wohlgefallen auf. In seinen Briefen tauchte wieder der Humor auf, den ich so an ihm geliebt hatte. Besser noch, er bereitete sogar unsere Hochzeit vor, die auf Ende Mai festgelegt worden war. Bis dahin wäre unser Kind bereits geboren, doch das spielte keine Rolle. Nichts war mehr wichtig.

Als ich die Zugbrücke zu der kleinen Stadt meiner Kindheit überquerte, dachte ich daran, wie ich hier, hinter den Mauern des Turmes, in dem ich aufgewachsen war, einstmals im Traum Jaufrés graue Augen gesehen hatte.

Drei Tage später reiste ich wieder ab, nachdem ich mit Heinrich und Mathilde einen Plan ausgearbeitet hatte, der uns ausgesprochen verwegen erschien.

Eleonore traf ich in Beaugency wieder, wo sie zusammen mit dem Hof auf die Eröffnung des Konzils wartete. Am 21. März stießen die großen Vasallen des Königreiches sowie die Erzbischöfe von Reims, Bordeaux, Sens und Rouen zu der gelehrten Versammlung der Richter. Ludwigs Verwandtschaft warf Eleonore vor dem Konzil mehrfachen Ehebruch vor. Sie widersprach der Anklage nicht, weil sie wusste, dass sich Ludwig an ihre Abmachung halten würde. Ehebruch hätte nur eine Scheidung und keine Annullierung der Ehe zur Folge gehabt. Ludwig schließlich brachte den entscheidenden Punkt aufs Tapet. Die Eheleute waren nach Kirchenrecht Verwandte dritten Grades. Beide stammten von Wilhelm Werghaupt ab, dem Herzog von Aquitanien und Grafen von Poitou, Eleonore mütterlicherseits, Ludwig väterlicherseits in der sechsten Generation. Die Ehe konnte aufgehoben werden. Eleonore war frei. Endlich.

Noch am selben Abend glitten wir, in Kapuzenmäntel gehüllt und auf Pferden in unauffälligem Geschirr, durch eine Geheimtür, um uns einer Eskorte anzuschließen, die aus Gottfried von Rancon, Bertrand von Moreuil und einigen weiteren Getreuen bestand. Eleonore sollte so schnell wie möglich vor der Gier der Vasallen in Sicherheit gebracht werden. Wenn wir unseren Pferden die Sporen gaben, konnten wir Poitiers in zwei Tagen erreichen.

Gottfried von Rancon stellte aufgebracht fest, dass ich mit von der Partie war. Es sei kein Platz für eine Schwangere, meinte er. Überdies würde ich sie behindern, wenn sie in Gefahr geraten sollten. Aber ich war stur geblieben. Diesen letzten Schritt hatte ich mir verdient. Ich wollte diejenige sein, die Eleonore zu Heinrich führte.

Das Gras war weich wie ein Samtteppich. Wilde Rosensträucher in der Nähe verströmten süßen Duft, der Schwärme von Bienen anzog. Das Wetter war schön. Wir saßen auf dem Boden, unsere Pferde grasten hingebungsvoll, während ihnen an den Flanken der Schweiß heruntertroff. Seit Tours waren wir nur galoppiert, bis ich, von meinem Instinkt aufgeschreckt, Eleonore vor einer nahen Gefahr warnte. Wir befanden uns einige Meilen von Port-de-Piles entfernt, wo wir die Creuse überqueren wollten. Gottfried von

Rancon hatte sich, ohne zu zögern, meiner Meinung angeschlossen. Es war ein idealer Ort für einen Hinterhalt. Eleonore dagegen blieb skeptisch. Außer ihr und unserer Begleitmannschaft kannte niemand unsere Route. Aber ich blieb stur, und sie vertraute mir wie schon so oft.

Gottfried ritt mit zwei Männern als Kundschafter voraus, während wir an einem Waldrand zurückblieben, an den sich weite Felder anschlossen. Etwas weiter entfernt führte die Straße vorbei, auf der an jeder Kreuzung ein Steinkreuz mit Frühlingsblumen am Sockel stand. Die Rast tat mir wohl. Seit Beginn des Monats bewegte sich das Kind ohne Unterlass in einem Tanz, der mich ebenso entzückte wie rührte. Mir war sehr wohl bewusst, dass solch ein Parforceritt nichts für eine fortgeschrittene Schwangerschaft war. Doch würde Eleonore statt in Heinrichs in irgendwelchen anderen Händen landen, dann würde ich mir das nie verzeihen. Abgesehen davon, dass Heinrich diesem Rivalen gegenüber noch viel weniger umgänglich sein würde als seinem König gegenüber.

Auf dem Rücken liegend, die Arme hinter dem Nacken verschränkt, beobachtete ich glücklich den Zug der Wolken, die in meiner Fantasie Formen und Figuren in das Blau des Himmels malten. Eleonore hielt es nicht an ihrem Platz. Beim geringsten Geräusch sprang sie auf und kletterte auf einen Stein, um zu spähen, ob sich auf dem Weg etwas rührte, dann legte sie sich wieder neben mich.

»Beruhig dich doch«, schalt ich irgendwann mit halb geschlossenen Augen. »Du strengst dich nur unnötig an.«

»Und wenn du Recht hattest? Wenn sie in eine Falle geraten sind und nicht zurückkommen?«

»Gottfried ist klug genug, um kein solches Risiko einzugehen, meine Süße. Wenn du weiter so herumspringst, ziehst du vielleicht die Aufmerksamkeit eines Reisenden auf dich, der dich für eine nette Bäuerin hält und herüberkommt, um Süßholz zu raspeln.«

Sie seufzte geräuschvoll. »Du hast Recht. Aber all das regt mich auf. Schau mich doch nur an, was aus mir geworden ist! Gestern noch war ich von allen respektiert, heute muss ich mich verstecken wie eine Diebin, die den Galgen fürchtet.«

»Denk lieber daran, dass Ludwig bald vorWut erstickt, wenn er von deiner Heirat mit Heinrich erfährt. Übrigens, meinst du nicht, es wäre angebracht, dass Heinrich bei ihm um deine Hand anhält?«, neckte ich.

»Soll er doch zum Teufel gehen! Er und sein Priesterreich! Er wird die Neuigkeit auch nicht früher erfahren als alle anderen. Und umso besser, wenn ihn das gehörig in Harnisch bringt!«

»Ich dachte, du bist ihm nicht mehr böse.«

»Ich bin ihm auch nicht mehr böse. Aber ich beuge mich nicht länger vor einem König.«

Langes Schweigen senkte sich über uns. Die Wachposten, die unseren Rastplatz sicherten, lagen im Schatten einer Eiche. Ohne es bewusst herbeizuwünschen, hatte ich plötzlich Jaufrés Gesang im Ohr. Mein Herz krampfte sich zusammen, als sich die rauen Liebesschwüre daruntermischten, mit denen Jaufré mich vor seiner Abreise nach Blaye überschüttet hatte. Ich musste seufzen, und es klang so traurig, dass mir Eleonore ihr schönes Gesicht zuwandte, über das eine lose Haarsträhne tanzte.

»Woran denkst du?«

»An Jaufré«, erwiderte ich, »er fehlt mir.«

»Bald ... Bald werden wir beide bei denen sein, die wir lieben.« Ich lächelte sie zärtlich an. »Liebst du Heinrich, Eleonore?«

Ihre Augen glitzerten spöttisch. Sie brach in perlendes Lachen aus. »Ob ich ihn liebe? Ja. Ja, ich liebe ihn. Aber frag mich bitte nicht, warum. Ebenso wenig könnte ich dir erklären, wie es kommt, dass ich in jedem Troubadour Bernhard von Ventadour sehe und mich nach seiner Gegenwart sehne. Findest du diese Kapriolen des Herzens nicht auch sonderbar? Kann man denn zwei so unterschiedliche Wesen auf so unterschiedliche Weise lieben und doch gleichermaßen stark?«

»O ja, das kann man. Da bin ich sicher.« Dabei dachte ich an die Gefühle, die mich immer wieder zwischen ihr und Jaufré hin und her gerissen hatten, nicht zu reden von Denys, den ich noch immer nicht vergessen konnte. Ich brauchte Eleonore nicht zu fragen, welchen Platz ich fürderhin in ihrem Herzen einnehmen würde, denn ich kannte die Antwort. Sie brauchte mich nicht mehr. Ich konnte sie guten Gewissens allein lassen, zwischen ihren beiden Amouren. Bernhard von Ventadour würde in schwierigen Zeiten an ihrer Seite sein. Und die würden zweifellos kommen, denn ihr Zukünftiger und sie waren vom selben Feuer, vom selben Blut, derselben Energie. Sie würden sich in dem Maße streiten, wie sie sich lieben würden. Doch war ihnen Großes vorherbestimmt. Meine Aufgabe endete hier. Ich hatte gewählt. Und Jaufré brauchte mich.

Stiefelschritte rissen mich aus meinen Gedanken.

»Messire Gottfried ist zurück«, verkündete einer der Wachposten, der auf einem Ast der Eiche saß.

Gottfried war allein und saß sofort ab. Eleonore eilte herbei.

»Ihr hattet Recht, Loanna. Über vierzig Soldaten lauern an der Brücke im Hinterhalt. Unmöglich, kampflos an ihnen vorbeizukommen. Wenn wir auf diesem Weg weitergeritten wären, wärt Ihr, Herzogin, längst gefesselt und bezwungen.«

»Wo sind unsere Männer?«

»Sie beobachten die Bewegungen dieser Schurken und werden an einer verabredeten Stelle wieder zu uns stoßen, denn es versteht sich von selbst, dass wir eine andere Route nehmen müssen.«

»Konntet Ihr sehen, wer uns diesen Empfang bereiten wollte?«, fragte ich neugierig.

»Weiß Gott, Damoiselle, und genau das ist der Grund für meine besondere Vorsicht. Es handelt sich um keinen Geringeren als Gottfried von Anjou!«

»Gottfried? Aber der ist doch gerade einmal sechzehn Jahre alt!«

»Wer ist der Kerl?«, wollte Eleonore erbost wissen.

»Heinrichs Bruder. Mir fiel schon auf, dass er ständig um uns herumschlich, als mir Heinrich den Weg nach Angers erklärte. Niemand achtete auf ihn und das nutzte er geschickt aus. Heinrich hat ihm nur einen geringen Teil des väterlichen Erbes zugestanden, aber er ist nicht dumm. Er hatte schnell begriffen, dass er mit Eleonore nicht nur seinen Besitz um Aquitanien erweitern, sondern sich auch noch an seinem Bruder rächen könnte. Da hast du wieder einen Freund gewonnen, Eleonore … Und im Übrigen habt Ihr Recht, Gottfried. Selbst wenn wir ihm hier entkommen, erwischt er uns an einer anderen Stelle der Route, denn er ist besser informiert als jeder andere.«

»Ich kann nicht glauben, dass Heinrich nichts von diesem Komplott weiß«, brummte Eleonore. »Eigentlich würde ich das Abenteuer gern mitspielen, um seine Liebe zu prüfen.«

»Davon kann ich Euch nur dringend abraten«, warnte Gottfried. »Es lohnt nicht, einen Kampf zu riskieren, der alle Aufmerksamkeit auf uns zieht. Die Neuigkeit wird sich schnell verbreiten und Ludwig wird sicherlich bald erfahren, welch großes Interesse man Euch allerorten entgegenbringt. Vergesst nicht: Er kann uns auf dem Weg durch einen Getreuen abfangen und Euch nach Frankreich zurückbringen lassen, während Ihr nach England wollt.«

Ein paar Minuten später waren wir wieder im Sattel, sorgfältig alle Stellen umrundend, wo Gottfried Späher aufgestellt hatte. Wir mussten die Vienne an einer Furt durchqueren, unterhalb des Zusammenflusses. Es war keine leichte Aufgabe, denn die Pferde stiegen mehrmals, von dem Wasser, das ihnen bis zum Halfter spritzte, in Panik versetzt. Einer der Lehnsmänner wurde sogar abgeworfen, was einen Sturm des Gelächters auslöste, wobei niemand sagen konnte, ob es auf die Komik der Situation oder auf die allgemeine Nervosität zurückzuführen war.

Am anderen Ufer angekommen, versuchten wir, so schnell wie möglich voranzukommen, ohne Rücksicht auf die zunehmend bleierne Müdigkeit, die vor allem mich überfiel. Als endlich die Mauern von Poitiers vor uns auftauchten, stießen wir alle einen Seufzer der Erleichterung aus. Wir waren in Sicherheit.

Das Osterfest des Jahres 1152 würde nicht wie die anderen sein. Eleonore war wieder Herzogin von Aquitanien und mit dem Titel hatte sie sämtliche Besitztümer und Ländereien zurückerhalten. Marie und Alix, die mit ihren Ammen über ruhigere Wege gereist und lange vor uns angekommen waren, spielten friedlich im Garten und scherten sich wenig um das turbulente Treiben im Palast. Die Hochzeit wurde bis ins letzte Detail geheim gehalten, sodass bis auf wenige Eingeweihte niemand wusste, dass Eleonore hinter diesen Gemäuern nicht nur irgendwelche banalen Angelegenheiten regelte.

Man wunderte sich noch nicht einmal, als die massige Gestalt von Heinrich Plantagenêt vor den Toren der Stadt auftauchte, zumal ihm andere Lehnsherren folgten. Alle dachten, die Herzogin wolle auf ihren Ländereien für Ordnung sorgen und die Bündnisse mit ihren Vasallen und Nachbarn erneuern.

Dabei waren viel pikantere Dinge im Gange.

Als Jaufré in die Stadt einritt, krampfte sich mein Herz zusammen. Er hatte auf der Straße ein paar Troubadoure, ehemalige Gefährten, getroffen, die ihn nicht wieder erkannt hatten und aus vollem Hals sangen. Er hatte sie schon seit der Zeit vor dem Kreuzzug nicht mehr gesehen, als sie noch jung und Schüler von ihm und Panperd'hu gewesen waren. Panperd'hu – von dem ich im Übrigen keine Nachrichten hatte. Er war verschwunden, kurz nachdem er von meiner Verlobung mit Gottfried von Rancon erfahren hatte, wobei er versprochen hatte, an der Hochzeit teilzunehmen. Er fehlte mir. Wie glücklich wäre er gewesen, Jaufré an meiner Seite wieder zu sehen!

Der Zug der Troubadoure zum Palast war von Kindern und Schaulustigen gesäumt, die eine fröhliche Eskorte bildeten. Jaufré ritt hinter ihnen. Stolz und gerade saß er auf seinem Pferd, den Blick starr auf die singenden Teufel vor ihm gerichtet, die immer wieder Klapse auf die Hinterbacken der Mädchen gaben, die mit ihnen schäkerten. Ich empfing sie scherzend und führte sie sogleich in die Küche, wo nach Sitte des Hauses jederzeit eine Mahlzeit für sie bereitstand. Einen unpassenden Impuls von Zärtlichkeit unterdrückend, trat ich dann auf Jaufré zu, der sich zu einem Lächeln zwang. Ich konnte es kaum erwarten, mit ihm allein zu sein.

»Komm«, sagte ich und zog ihn hinter mir her.

Er folgte mir widerstandslos. Kaum war die Tür meines Zimmers hinter uns geschlossen, schlang ich leidenschaftlich die Arme um seinen Hals. Er packte mich so heftig, dass ich überrascht aufschrie. Nach der Apathie, die er auf den Korridoren gezeigt hatte, hätte ich solch einen Ausbruch nicht erwartet. Doch Jaufré der Rüde hatte sich bereits wieder unter Kontrolle.

»Verzeih, meine Süße. Ich hatte früher kommen wollen, doch es war sehr schwierig, mich loszureißen. Es gibt so viel wieder gutzumachen in Blaye. In meiner Abwesenheit hat der Verwalter hohe Steuern erhoben, angeblich um Waffen und Söldner für die Verteidigung zu kaufen. Ich weiß nicht, was er wirklich mit dem Geld vorhatte, aber er wird sich vor Uc und Eleonore verantworten müssen, denn ich bezweifle, dass er auf ihre Anordnung handelte. Im Übrigen bräuchte ich mehr als einen Tag, um dich auf den neuesten Stand der Dinge zu bringen, dabei hatte ich die ganze Zeit über nur den einen Wunsch, nämlich dich so vorzufinden, wie du bist: schöner und begehrenswerter denn je.«

»Ach Jaufré, ich liebe dich so!«

Unsere Lippen fanden sich leidenschaftlich. Doch selbst in dieser Leidenschaft spürte ich seinen Schmerz, seinen Groll und seine Trauer über all das, was er mit seiner Stimme verloren hatte. Er nahm mich noch an der kalten Wand, im Stehen, die Hände um meinen Bauch gelegt, sodass sie am Stein rieben.

Danach begann er leise zu weinen, das Gesicht in meinem Haar vergraben. Ich schmiegte mich schweigend an ihn, aufgewühlt, weil ich wusste, wie schwer diese Bürde noch für ihn werden würde, bis die Erinnerungen endlich verblassten unter der Liebe und Dankbarkeit, die ich ihm täglich schenkte. Ich war von nun an Frau, Mutter, Schwester und Geliebte für ihn.

Irgendwann hob er den Kopf, drehte mich zu sich um und suchte panisch meinen Blick, in dem er indes nur Geduld und Liebe fand. Das schien ihn zu beruhigen. Er lächelte und flüsterte mir ins Ohr: »Jetzt hast du zwei Kinder zu tragen, meine Geliebte ...«

»Ich habe die Geduld einer Mutter. Und genug Liebe, damit es keine Last wird.«

»Dann bin ich der glücklichste aller Männer. Weißt du, was ich seit Angoulême immer wieder auf den Straßen gehört habe? Die Geschichte eines Troubadours, der in ein fernes Land reiste, um seine Geliebte wieder zu sehen, und kurz nach seiner Ankunft in ihren Armen starb. Ich bin im Begriff, zu einer hübschen Legende zu werden. Was für eine Ironie ...«

»Und was für ein Glück! Bedenke doch, ohne diese Geschichte wärst du vielleicht viel zu früh in Vergessenheit geraten. Keiner ihrer Gesänge lässt mich die deinen vergessen. Aber sie fehlen mir dennoch viel weniger als du in den letzten Tagen. Sie werden von anderen gesungen, und die Legende sorgt dafür, dass sie immer weiter gesungen werden. Hör sie dir an! Es ist wie mit dem Kind, das ich erwarte. Es gibt eine Zeit, in der man das Beste in sich an andere weitergeben muss. Weine nicht über dich selbst, zärtlicher Jaufré, rauer Jaufré, deine Musik ist lebendiger denn je. Es liegt an dir allein, die Gefühle in dir wieder zu finden, die du mit ihr hervorrufst. Du kannst nicht mehr singen, Jaufré, doch deine Hände haben ihre Geschicklichkeit nicht vergessen. Hast nicht du selbst gesagt, der Körper einer Frau sei wie ein Instrument? Nur die Liebe bringt beide zum Schwingen. Die Liebe zur Musik lebt noch immer in dir. Ersticke sie nicht, lass sie leben.«

Er seufzte und schob mich sanft von sich. »Reden wir nicht mehr davon, ja? Du bist so schön. So unendlich schön. Und ich liebe dich«, fügte er hinzu und streichelte meinen Bauch.

»Ich liebe dich auch, Jaufré.«

»Dann komm mit mir in die Küche. Ich sterbe vor Hunger.«

»Erst muss ich meine Toilette in Ordnung bringen.«

Ein paar Minuten später ließ ich ihm eine drei Finger dicke Scheibe Braten und dampfende Bohnen mit Speck servieren. In der Küche herrschte gute Laune, denn die Troubadoure sorgten unablässig mit Liedern und Geschichten, Scherzen und Späßen für Stimmung. Einer von ihnen hatte sogar eine dralle Dienerin auf den Knien sitzen, deren braune Zöpfe im Rhythmus seines Fußes hüpften, mit dem er den Takt schlug.

»Damoiselle von Grimwald«, rief mir der älteste zu, ein gewisser Bernhard Marti, der viele Male Panperd'hu begleitet hatte, »kommt Ihr, um Euch über den Lärm zu beschweren?«

»Keineswegs, mein Freund, keineswegs. Lacht, spielt, unterhaltet uns, so viel Ihr wollt, aber passt auf, dass Ihr Euch die Bäuche nicht zu voll schlagt, bevor Ihr vor Eure Herzogin tretet, sonst, meiner Treu, werdet Ihr noch schlimmer brummen als Eure Instrumente!«

Meiner gut gelaunten Schelte folgte eine Lachsalve. Ich nahm einen Weinkrug und goss Jaufré ein Glas ein. Er hatte nicht einmal gelächelt und aß an einem Ende des Tisches, ohne auch nur die Augen zu heben.

Einem der Troubadoure fiel das auf, und er bemerkte: »Bei Gott, guter Freund, Ihr seht aber trübselig aus. Müsst Ihr zu einer Beerdigung?«

Jaufré reagierte nicht. Ich überlegte, ob ich mich einmischen sollte, entschied mich aber dagegen. Jaufré musste lernen, sich der Wirklichkeit zu stellen. Dass er hierher hatte kommen wollen, obwohl er wusste, dass sie hier waren, musste einen Grund haben. Vielleicht suchte er selbst die Konfrontation, vor der er solche Angst hatte.

»Messire!«, hakte der Jüngling nach. »Zurückhaltung ist nicht immer höflich. Seid Ihr denn stumm?« Er begleitete seine Frage mit einer Grimasse, die allgemeines Gelächter auslöste. Tränen stiegen mir in die Augen. Ich wandte dem Tisch den Rücken zu, um die Speisekammer zu inspizieren und ein wenig Haltung zu gewinnen.

»Wollt Ihr nicht Euren Namen nennen? Oder möchtet Ihr ihn lieber aufschreiben?«

Wieder ertönte Gelächter, wahrscheinlich erneut durch eine Grimasse hervorgerufen. Dann ertönte Jaufrés gebrochene Stimme und brachte ihn zum Schweigen. »Hört mir zu, junger Tölpel, es gibt Gelegenheiten, bei denen man nicht reden muss, nur um irgendwas zu quatschen. Wenn es Euch stört, meinen Namen nicht zu kennen, so sollt Ihr wissen, dass ich mich sehr wohl damit fühle, Euch nicht zu kennen.«

Missbilligendes Gemurmel erhob sich. Zitternd drehte ich mich um.

»Beim Allmächtigen, Messire, liebt Ihr denn die Musik gar nicht?«, fing der Jüngling wieder an.

Jaufré maß ihn mit wütendem Blick. »Was Ihr Musik nennt, ist nichts weiter als ein fader Klangbrei. Gestattet also, dass ich nicht mit Euch speise.«

Ins Mark getroffen, sprang der Troubadour auf. Diesmal musste ich eingreifen, um ein Handgemenge zu verhindern. Ich stellte mich dazwischen.

»Kommt schon, dieser Streit führt doch zu nichts. Pax, meine Freunde! Pax. Oder wollt Ihr Eure Gastgeberin und diesen Tisch beleidigen?«

»Im Moment wird unser Talent hier beleidigt, Damoiselle Loanna, und bei allem Respekt für Euch kann ich solche Worte aus dem Munde eines Unbekannten nicht hinnehmen. Er soll sich entschuldigen.«

Jaufrés Stimme durchschnitt die Luft wie ein Beil. »Ich werde etwas anderes tun, eitler Geck. Ich werde Euch eine Lektion erteilen.« Bedächtig beugte er sich über den Tisch und nahm eine Mandore, die einer der Troubadoure dort abgelegt hatte, um ein Glas zu trinken. Der junge Mann brach in Gelächter aus, in das seine Freunde sogleich einstimmten. Mir war die Kehle vor Zärtlichkeit wie zugeschnürt, doch Angst hatte ich keine mehr. Als unter Gespött die ersten Akkorde ertönten, schepperten sie noch ein wenig, so lange hatten seine knochigen Finger nicht mehr gespielt. Und doch dauerte es nur ein paar Augenblicke, denn Jaufré hatte die Augen geschlossen und in sich die überbordende Liebe wieder entdeckt, auf die er so lange hatte verzichten müssen. Als die Saiten unter seinen gekonnten Liebkosungen zu schwingen begannen, erstarb das Gelächter.

Es gab in der ganzen Küche niemanden, der nicht sofort innegehalten hätte, um zu lauschen. Mich ergriff dasselbe Gefühl wie damals in Ombrière, als ich ihn zum ersten Mal hatte spielen hören. Und wie damals erhellte sich trotz des Schmerzes, der aus der traurigen Melodie sprach, Jaufrés Gesicht von innen heraus. Als der letzte Ton verklungen war, wurde sein Spiel mit tosendem Applaus quittiert. Bewegt und aufgewühlt trat der Jüngling auf ihn zu.

»In diesem Falle, Messire, bin ich derjenige, der sich zu entschuldigen hat! Ich habe diese Lektion wahrhaft verdient. Doch nun wüssten wir endlich gerne, wer Ihr seid, denn Ihr seid der Beste von uns.«

»Ich bin kein Troubadour«, erwiderte Jaufré mit einem dankbaren Blick zu mir. »Meine Stimme eignet sich wenig und würde mein Publikum wohl eher in die Flucht schlagen als fesseln. Doch Ihr habt Recht, es ist ungehörig, sich nicht vorzustellen: Man nennt mich Gérard Rudel, Graf von Blaye.«

Bei diesem Wort erhob sich ein Raunen. Bernhard Marti wurde blass und fragte mit tonloser Stimme: »Mein Meister, Sire Panperd'hu, sprach oft von einem Freund, der ihm teuer war, ebenfalls einem Troubadour, der diesen Titel trug und in der Ferne verstarb. Seid Ihr mit ihm verwandt?«

»In der Tat. So versteht Ihr auch, dass ich den größten Meister als Lehrer hatte.«

»Was für eine Tragödie ist doch der Verlust dieses Größten unter den Großen für unsere Zunft von Taugenichtsen! Ich glaube, er wäre stolz, wenn er Euch hören könnte, Messire. Wenn Ihr auch nicht wie er singen könnt, so habt Ihr doch seine Fingerfertigkeit und seine Ausdruckskraft.«

Jaufré nickte. Eine der Dienerinnen kam und füllte seinen Becher mit einem leichten Rotwein. Er leerte ihn in einem Zug. Die Troubadoure taten es ihm nach und griffen dann wieder zu ihren Instrumenten.

Als Jaufré vom Tisch aufstand und ging, folgte ich ihm. Er verließ den Palast und schritt zum Fluss hinunter. Ich wollte ihn nicht in seinen Gedanken stören, weil ich wusste, wie hart er gegen seine Angst hatte ankämpfen müssen, um sich zu überwinden.

Am Ufer des Clain blieb er unter einer Erle stehen, wandte sich zu mir und zog mich zärtlich an sich. Ganz leise, als würde von diesem Wort mein Schicksal abhängen, flüsterte ich: »Danke.«

Drei Tage später, am 18. Mai 1152, läuteten die Glocken der Kathedrale von Saint-Pierre. Im Chor waren nur ein paar enge Freunde versammelt, Getreue, auf die sich Eleonore verlassen konnte. Mit leidenschaftlichem Fieber im Blick ließ sich die Herzogin von Aquitanien von Heinrich, dem Grafen von Anjou und Herzog der Normandie, den Trauring an den Fingerstecken.

Als sich die beiden küssten, erfasste mich eine Welle des Glücks. Die allerdings gefolgt war von einem heftigen Schmerz in meinem Bauch, der mir einen Schrei entriss. Alle Blicke richteten sich auf mich, und die stürmische Umarmung der jungen Eheleute wurde unterbrochen. Verstört sah ich Jaufré an, denn ich wusste genau, was mit mir geschah. An meinen Schenkeln rann eine heiße, klebrige Flüssigkeit hinab, während mich ein erneuter Krampf auf die Knie zwang.

»Herr Jesus!«, schrie Mathilde mit spitzer Stimme. Sie hatte es sich nicht nehmen lassen, bei dieser Zeremonie zugegen zu sein. »Sie bekommt ihr Kind!«

Sie kam auf mich zugeeilt, gefolgt von Eleonore und Heinrich, der laut und fröhlich rief. »Seht, meine Freunde, meine Hochzeit ist ein Geschenk Gottes! Aber, Grundgütiger, Loanna von Grimwald, könnt Ihr nicht *einmal* etwas so machen wie alle anderen?«

Rosig und hübsch wie eine Frühlingsknospe lag Eloin, mein Töchterchen, in meinem Arm. Ihre Geburt war lang und schwer gewesen, doch inzwischen ging es mir wieder gut. Es war taghell im Zimmer und die Kleine nuckelte hingebungsvoll an meiner Brust. Das ungewohnte Kribbeln hatte mich aus dem Schlaf gerissen.

»Deine Mutter wäre stolz auf dich, Canillette«, sagte Mathilde und streichelte meine Stirn.

Ich erwiderte ihre Zärtlichkeit mit einem Lächeln. Die harte, unnachgiebige Mathilde sah mich mit den Augen einer Mutter an. Auch Eleonore lächelte. Ihr Gesicht strahlte vor Glück.

»Du musst sterben vor Hunger«, sagte sie, »ich werde dir eine Kleinigkeit bringen lassen. Der kleine Engel ist ja schon wieder eingeschlafen …«

Tatsächlich schlummerte Eloin mit halb geöffnetem Mund glückselig an meiner Brust, die aus meinem Hemd herausschaute.

»Meine Tochter, mein Licht«, flüsterte ich.

Mathilde nahm sie mir behutsam aus dem Arm, um sie in eine Wiege zu legen, die hereingetragen worden war, während ich schlief.

Wieder allein, weinte ich vor Glück, als mein Blick auf die Wiege fiel, in der meine Kleine schlief. Dann erschien Jaufré und zu dem Glücksgefühl gesellte sich Zärtlichkeit. Er küsste mich überschwänglich. Diesmal flüsterte er es mir ins Ohr: »Danke.«

Kaum einen Monat später, am 10. Juni 1152, brach ich Richtung Blaye auf und überließ Heinrich und Eleonore ihrem Schicksal, das von nun an nicht mehr das meine war.

Heimlich hatte ich in ihrer Anwesenheit Jaufré geheiratet, denn eine Braut mit Kind gehörte sich in den Augen der Kirche nicht. Aber das war mir gleich, denn Merlin hatte uns auf dem Steinaltar vereint, fester und dauerhafter, als sie es jemals vermocht hätte. Gleich nach Eloins Taufe – Heinrich und Eleonore waren die Paten – war Jaufré auf seine Ländereien zurückgekehrt, um meine Ankunft und die unseres Kindes vorzubereiten.

Neben mir ritten Gottfried von Rancon, der darauf bestanden hatte, mich zu begleiten, und Panperd'hu. Letzterer war ein paar Tage nach Jaufrés Abreise gealtert und erschöpft wieder aufgetaucht. Er hatte eine tragische Liebe hinter sich, die ihn sehr mitgenommen hatte, und wollte sich nun in einem Kloster davon erholen. Ich konnte ihm die Wahrheit nicht vorenthalten; außerdem hätte er seinen alten Freund ohnehin wieder erkannt, selbst wenn ich geschwiegen hätte. Er weinte über seinen wieder gefundenen Bruder und schloss sich uns an, um ihn wieder zu sehen.

Ich ging einem neuen Schicksal entgegen, doch ich tat es ruhig und gelassen. Nun war ich zu einem Ganzen geworden. Die kleine Fee von Brocéliande hatte sich zu einer Frau entwickelt, einer Mutter, die an ihrer Brust eine weitere kleine Lichtfee trug.

Ein Schwarm Wildgänse flog durch den wolkenlosen Himmel über uns hinweg, während im nahen Wald eine Wölfin heulte. Doch Eloin schlief friedlich weiter, sanft gewiegt vom weichen Gang der betagten Granoë. In dem Moment stob eine Myriade bunter Schmetterlinge vor mir auf und nur ich hörte ihr leises Lachen.

Ich musste lächeln, während ich ein Lied vor mich hin summte, das mir zum ersten Mal seit langem in den Sinn kam. Mit wissendem Blick stimmte Panperd'hu mit ein.

Languan li jorn lonc en mai
M'es bèlhs dous chans d'auz'elhs de lonh
E guan me sui partitz de lai
Remembra'm d'un'amor de lonh …

Literatur

Zahlreiche Werke haben mir geholfen, der historischen Wirklichkeit dieser Geschichte nahe zu kommen. Ich gebe hier nur die wichtigsten an, als Quelle für die Leser, die sich über diesen Roman hinaus informieren wollen.

Ein großes Dankeschön an alle, die ich mit Fragen bombardieren durfte, sowie an die Historiker, die mir die richtigen Quellen genannt haben.

Dankbar denke ich auch an Régine Pernoud, die mit ihrem Werk über Eleonore von Aquitanien meine Neugier geweckt hat.

Audiau, J., Lavaud, R.: *Nouvelle Anthologie des troubadours*, Delagrave, Paris 1928 (zu deutsch etwa: »Neue Anthologie der Troubadoure«).

Bailey, Alice A.: *Traité sur la magie blanche*, Lucis, Genf 1976 (»Abhandlung über die weiße Magie«).

Barber, R.: *Henry II Plantagenet.* A biography of Henry II of England, Boydell and Brewer Inc., ohne Ort, März 2001, Neuaufl.

Belperron, P: *La joie d'amour*, Plon, Paris 1998 (»Die Lust an der Liebe«).

Berry, A.: *Bernart de Ventadour, choix de chansons*, Rougerie, Mortemart 1958 (»Bernart de Ventadour. Auswahl an Liedern«).

Birolleau-Brissac: *Histoire de Blaye*, 1968 (»Geschichte von Blaye«).

Bordonove, G.: *Les croisades et le royaume de Jérusalem*, Pygmalion, Paris 1992 (»Die Kreuzzüge und das Königreich Jerusalem«).

Boutiere, J., Schutz, A.-H.: *Biographies des troubadours*, Nizet, Saint-Genouph 1973 (»Biografien von Troubadouren«).

Candé (de), R.: *Histoire et cartulaire des Templiers de Provins*, Paris 1919 (»Geschichte und Kopialbuch der Templer«).

Cauzons (de), Th.: *La magie et la sorcellerie en France*, Paris 1901–13 (»Magie und Hexerei in Frankreich«).

Chambure (de), Malliard: *Règle et statuts secrets des Templiers*, Paris 1840 (»Ordensregel und Geheimstatuten der Templer«).

Curzon (de), Henri: *La règle du temple*, Paris 1886 (»Ordensregel der Templer«).

Daniel-Rops (alias Henri Petiot): *Saint Bernard et son message*, Paris 1943 (»Der heilige Bernhard und seine Botschaft«).

Dejeanne, J.-M.-L.: *Poésies complètes du troubadour Marcabru*, Privat, Toulouse 1909 (»Sämtliche Gedichte des Troubadours Marcabru«).

Depping: *Histoire de la Normandie,* 2 vol., Édouard Frères, Rouen 1835 (»Geschichte der Normandie«).

Duby, G., Perrot, M.: *Geschichte der Frauen*. Bd. 2: *Mittelalter*, Fischer Taschenbuch Verlag, Frankfurt 1988.

Faral, E.: *Les jongleurs en France du Moyen Âge*, H. Champion, Paris 1987 (»Die Jongleure im mittelalterlichen Frankreich«).

Frappier, J.: *Amour courtois et Table ronde*, Genf 1973 (»Höfische Liebe und Tafelrunde«).

Goyau, G., de l'Académie française: *Saint Bernard*, Flammarion, Paris 1927 (»Der heilige Bernhard«).

Grousset, R.: *Histoire des croisades et du royaume franc de Jérusalem*, Paris 1935 (»Geschichte der Kreuzzüge und des fränkischen Reiches Jerusalem«).

Harvey, J.: *Les Plantagenêt*, Plon, Paris 1930 (»Das Geschlecht der Plantagenêt«).

Higonnet: *Bordeaux pendant le haut Moyen Âge*, 1963; Histoire de l'Aquitaine, 1971 (»Bordeaux im Mittelalter«).

Jeanroy, A.: *Jongleurs et troubadours gascons des XIIe et XIIIe siècles*, H. Champion, Paris 1957 (»Jongleure und Troubadoure in der Gascogne des 12. und 13. Jahrhunderts«).

Lacroix, P: *Mœurs, usages et costumes au Moyen Âge*, Firmin-

Didot, Paris 1877 (»Sitten, Gebräuche und Kleidung im Mittelalter«).

Lavocat, M.: *Procès des frères de l'ordre du Temple*, Paris 1888 (»Prozess gegen die Brüder des Templerordens«).

Leguay, J.-P: *La Rue au Moyen Âge*, Ouest-France, Rennes 1984 (»Die Straße im Mittelalter«).

Michelet, J.: *Le procès des Templiers,* 2 vol., Paris 1841–51 (»Der Prozess gegen die Templer«); *La Sorcière, Flammarion*, Paris 1966 (»Die Hexe«).

Montaigu, H.: *Histoire secrète de l'Aguitaine*, Albin Michel, Paris 1979 (»Geheime Geschichte Aquitaniens«).

Pernoud, R.: *Les Croisés*, Hachette, Paris 1959 (»Die Kreuzzüge«); *Königin der Troubadoure. Eleonore von Aguitanien*, dtv, München 1979.

Reznikov, R.: *Les Celtes et le druidisme*, Dangles, Saint-Jean-de-Bray 1993 (»Die Kelten und das Druidentum«).

Roy, J.-J.: *Histoire des Templiers*, Tours 1853 (»Geschichte der Templer«).

Saint Bernard de Clairvaux, de laude novae militae ad milites Templi, in: Migne: *Patrologia latina*, t. 182, Paris 1879; *Exhortations, lettre 56 au pape Eugène* (»Ermahnungen, Brief 56 an Papst Eugen«).

Schlumberger, G.: *Récits de Byzance et des croisades*, Paris 1932 (»Berichte aus Byzanz und von den Kreuzzügen«).

Vacandard, E.: *Vie de Saint Bernard,* Paris 1910 (»Das Leben des heiligen Bernhard«).

Vaublanc: *La France au temps des croisades*, Paris 1847 (»Frankreich zu Zeiten der Kreuzzüge«).

Vetault, A.: *Suger*, Mame, Tours 1877.

Dank

An Régine Gonnet und Francine Bureau für ihre Arbeit, ohne die nichts möglich gewesen wäre.

An den C.L.I., den Conseil régional d'Aquitaine, den Conseil général de la Gironde und das Centre régional des Lettres für ihre Unterstützung.

An Michel Duvernay für sein Vertrauen in mich.

An meine Kinder für ihre Geduld und Liebe.

An den Troubadour der Gegenwart, der mich zu einem Ganzen gemacht hat.

Und schließlich an meine Mutter für ihre Opferbereitschaft und das Wissen, das sie mir hinterlassen hat.